LES LARMES DE LA MORT

JULIE THOMIÈRES

LES LARMES DE LA MORT

LES LARMES DE LA MORT

Couverture : Marialeina.art
Illustration de personnage : Vanille Gaston
Editrice : Eugénie Dielenschneider
Ouvrage dirigé par : Charlotte Deloy
Correction : Romane Prieur

ISBN : 978-2-487392-38-0 (broché)
ISBN : 978-2-487392-39-7 (e-book)

Dépôt légal : Mai 2025
Achevé d'imprimer en France par CPI en mars 2025 (182865)

Composé et édité par Edition Celeste
16 Av des Chateaupieds
92500, RUEIL MALMAISON

À Emma Saucet, une amie en or.
À Hajar Bennani, ma binôme la plus chère.
Et à Aria, l'une de mes plus précieuses amies.

« Chaque larme versée, chaque fredonnement envolé et chaque vocifération échappée suffisaient à sceller le destin de l'être vers qui l'attention était tournée. Elle le savait. Ils le lui avaient avoué. Elle était l'incarnation de la damnation, l'âme de la destruction ; mais elle ignorait qu'elle avait été arrachée à ses racines pour empoisonner les cœurs des seules personnes qui l'avaient un jour aimée. »

— Estæbann Van de Saez

PLAYLIST

TRIGGER WARNING

Ce livre peut contenir des scènes pouvant heurter la sensibilité de certains : séquestrations, viols, description de scènes de torture, scènes de mort graphiques.

PROLOGUE

L'Épée et la Rose

7 ans plus tôt
AN 852, À SAZURIA

Riham, 12 ans

Je fixe mon gant noir, la main posée à plat sur la table. Je ne l'aime pas. Le cuir me serre les doigts. Oncle Matheiüs dit que c'est pour éviter une catastrophe. Lui non plus, je ne l'aime pas. L'Oncle Matheiüs, pas le gant. *Enfin, si, le gant, je le déteste toujours.* Mais mon instituteur est le seul à bien vouloir me dire qui je suis. À me le répéter. À me raconter mon histoire. Encore, et encore. Alors, je l'écoute. Attentivement. Aussi attentivement que je regarde mon stupide gantelet.

— Au temps de la Genèse, huit dieux ont offert leur corps aux profondeurs de la nature, creusant et sillonnant le monde pour le fractionner en huit royaumes.

Son regard pèse sur moi, mais je ne détourne pas le mien du tissu qui me retient en otage.

— Huit royaumes et sept océans.

Par Ma Mère, je déteste ce satané gant !

— La forme de chaque île est l'emblème des divinités. Te souviens-tu de celle de notre territoire ?

— Le domaine de Zuria a été bâti sur l'anatomie divine d'une tortúga géante, soufflé-je.

Mon pouce est boudiné. *Je n'aime pas ce gant. Je déteste ce gant.*

— Sur et dans sa carapace, précisé-je. Et si on regarde bien les roches anciennes, *les plus anciennes des anciennes*, on peut y voir la même fleur gravée. Partout. C'est le symbole de la Tortúga. La Daliakys.

— La Fleur éternelle, confirme Oncle Matheiüs. Reine de la nature. Mère du monde. Dernière déesse des Éveillés. Qu'a-t-elle fait avant de s'éteindre ? D'accepter de n'être plus qu'une île sans conscience et sans pouvoir ?

— Elle a créé la propre nature de nos terres.

— Mais surtout ?

— Une seule et unique reproduction de la fleur emblématique.

— La Daliakys.

Je sens ses yeux effleurer le dos de ma main. Son regard me brûle la peau.

Je déteste le cuir. Je déteste Oncle Matheiüs.

— La Tortúga a fait naître cette fleur avec l'apparence de son symbole, et les pouvoirs de sa création étaient exceptionnels. Il a suffi d'une larme du Soleil sur ses pétales pour que la Daliakys se déploie dans des courbes humaines. Puis, la Reine des Sept Mers s'est endormie pour toujours, sacrifiant son esprit pour faire vivre son organisme.

— Son Royaume.

Ma voix n'est qu'un murmure. J'ai appris à ne pas parler

trop fort. Un simple cri, une pauvre octave un peu trop poussée, et la mort fracasse les portes de ma tour d'ivoire.

Fichu gant que je voudrais voir réduit en cendres. S'il y a bien quelque chose que je souhaiterais tuer librement, c'est ça. Ce maudit tissu. Il me maintient prisonnière.

— Elle a sombré dans l'oubli de sa mémoire alors que sa fille bâtissait son empire. Sa force et sa vitalité lui ont permis d'édifier et de connaître les deux-cent-six premières années de l'Histoire zurienne. Mais par-delà les générations, son cœur gorgé de pouvoirs a continué de battre, divisé en mères, en sœurs et en filles.

Sa voix se fait plus grave. Je crois que mon cœur se froisse un peu sous mes côtes… même si je sais déjà tout. Je connais *déjà* la suite de son récit. Mais je l'écoute encore, comme si c'était la première fois, comme si certains détails étaient susceptibles de mieux marquer ma mémoire ; les yeux toujours braqués sur le dos de ma main. Une tache foncée luit sous l'éclairage des chandeliers. Je plisse les paupières pour identifier une goutte de sang. Son tracé est irrégulier. Un haut-le-cœur vient s'enrouler autour de mes cordes vocales. Ma gorge est prise d'assaut par l'acidité ; or, je refoule ma nausée ainsi que mes larmes. Le sang des autres, mon propre sang… rien n'est plus choquant. Plus maintenant.

Je suis née dans les entrailles de la Mort.

— Riham, m'écoutes-tu ?

— Oui, Oncle Matheiüs.

S'il est surpris par ma capacité vive à réagir à son interrogation, il n'en laisse rien paraître. C'est une obligation ici, pour *nous*, pour *moi*, dans *ce* manoir et pour *tous* les fidèles de la cause, d'être imperméables aux émotions, d'aiguiser tous nos sens. Ainsi, nous pouvons mieux mener nos combats.

— Jusqu'à ce qu'une femme, avide de puissance, soulève le peuple contre l'une des Daliakys et lui arrache le trône…

— Faisant de la lignée divine une honte, un sacrilège, une dangerosité barbare à exiler ou à abattre, interviens-je pour lui prouver mon attention.

— Dès lors, poursuit-il, ravi, Zuria, peuple connu à travers les sept océans comme le royaume de la Paix et de la Prospérité, a sombré dans l'obscurité, la guerre, la famine des bas quartiers, la pauvreté, le conflit des castes sociales, l'hostilité et la violence. Même le corps de la Déesse originelle en a pâti. Pourrissant en son cœur, annihilant la fertilité des terres, excavant des crevasses dans sa carapace, bouleversant l'équilibre de l'eau en une substance boueuse, âcre, et tirant un épais nuage gris au-dessus de sa tête.

Mes doigts se crispent sur la table. Si mes ongles étaient assez acérés, ils auraient déjà déchiqueté le cuir.

— Durant des siècles, mes ancêtres ont été les victimes d'une chasse cruelle, sauvage, sans merci, craché-je.

— Elles ont été contraintes de vivre à l'écart, affirme Oncle Matheiüs, dans une grotte, dans la pauvreté et avec la promesse d'une extinction prochaine.

— Mais la naissance de Sazira a offert l'espoir d'un renouveau.

Ma fierté vibre dans ma voix.

Le sourire de l'Oncle Matheiüs s'accentue quand j'affronte enfin son expression.

— Elle a réussi à réunir des partisans de la lignée Daliakys et a retrouvé sa place près du trône. Bien qu'elle ait accepté de ne pas être souveraine, elle était aux premières loges des prises de décisions. Première Conseillère de la reine Dianeilis de Zuria. Sauf que Sazira, sans même avoir connu le monde originel, souffrait du rejet et de la haine dont ses ancêtres, sa propre mère, avaient été victimes. Elle voulait reprendre ce qui appartenait à sa famille. Ce qui lui revenait de droit. Elle voulait que le monde redevienne celui que la Reine des Sept Mers avait construit, espéré, rêvé.

— Elle a échoué, soupiré-je.

— Son rêve s'est changé en cauchemar sous le fouet et les flammes de la monarchie, anéantissant tout ce qu'elle et ses fidèles avaient construit. Mais elle a laissé derrière elle un dernier espoir, une dernière étincelle de vie : toi. Sa fille, son héritière légitime. Riham, Daliakys de la Damnation. Progéniture de Sazira. Descendante de la Déesse mère.

— Je suis une princesse.

— Tu es *la seule* et *l'unique* princesse. Le sang et la chair de la Déité oubliée. Elle vit en toi, elle coule dans tes veines empoisonnées par la malédiction.

Une ombre m'attire. Je tourne la tête et découvre Estæbann dans l'encadrement de l'arche menant à la bibliothèque, ma salle d'études. Sous l'éclat de ses iris perçants, toutes les étagères disparaissent. Les murs, les livres, la table, chaque objet, chaque personne s'effacent pour ne me laisser que lui. Bien que mon cœur soit doté d'une essence mortelle, d'une puissance suprême, nier la fatalité de ma soumission pour *ce* regard serait mentir.

Estæbann Van de Saez, fils de mes tuteurs.

Mon cœur monstrueux lui appartient pour quelque chose d'aussi risible qu'une affection irraisonnée.

— Je suis née pour tuer, déclaré-je sans me détourner de lui.

Mais je me prête à croire, dans mes plus sombres secrets, que je suis aussi née pour l'aimer. Pour que mon âme corrompue par la putréfaction lui soit destinée.

— Pour reprendre ce qui te revient de droit, proclame Oncle Matheiüs. À toi, aux Daliakys, à la communauté de Sazira.

Estæbann s'avance, le menton haut. Il est habillé pour partir. Soudain, la douleur de ma main se propage dans le reste de mon corps. J'aimerais déchirer mon gant pour étrangler mon précepteur. Pour faire cesser mes démangeaisons dans sa mort. C'est lui qui me prive d'Estæbann. Lui qui l'envoie en missions. Lui qui l'éloigne de moi. De plus en plus souvent. De plus en plus longtemps. *Je n'aime pas ça. Je déteste ça.* Peut-être davantage que ce gant diabolique et le reflet de mes pupilles funèbres dans mon miroir.

— Je suis née pour être reine.

Mon regard se plante dans celui d'Estæbann.

Et toi pour être mon roi.

1 an plus tard

AN 853, À SAZURIA

Estæbann, 16 ans

Riham est assise sur la banquette creusée dans le mur, sous sa fenêtre. Ses boucles brunes volent sous le zéphyr. Elle est toute petite, les genoux collés à sa poitrine et les bras croisés autour de ses jambes. En m'approchant d'elle à pas feutrés, j'aperçois son expression mélancolique. Elle ne me remarque pas ou me laisse-t-elle le croire…

Mes lèvres s'incurvent dans un sourire amusé. Je lui tends la rose noire, sculptée et chauffée de mes propres mains dans le verre, mais c'est mon ombre projetée sur son visage qui lui arrache un sursaut. Son regard effrayé se pose sur moi, puis un éclat envahit ses prunelles sombres dès qu'elle me reconnaît.

— Estæbann, souffle-t-elle.

Elle ne bouge pas, ses yeux sont figés dans les miens alors que ses mains se sont crispées sur ses coudes. Elle veut m'enlacer, c'est évident.

— Cela faisait plusieurs jours que tu n'étais pas venu, constate-t-elle.

— J'étais trop occupé à te préparer ceci.

— Une rose ?

Son étonnement est la définition visuelle de ce que je trouve *charmant*.

— Comme celle du pendentif, confirmé-je.

— Non, celle-là a la taille d'une vraie.

Je ris.

— Oui, si tu veux. Tu la prends ou tu la refuses ?

— Maintenant que je l'ai vue, je refuse que tu me la reprennes.

Je me retiens de glousser de nouveau comme un pauvre imbécile.

— Elle est trop jolie.

— C'est certain, c'est moi qui l'ai créée !

— Modeste.

— Et très beau avec ça !

— Je ne vois pas le rapport.

Je feins d'être vexé. Riham m'ignore et se redresse pour déposer la rose dans un vase, sur sa coiffeuse. Mon œuvre est magnifique au milieu des véritables fleurs sauvages que je lui ai cueillies il y a deux semaines. En tournant la tête vers son miroir, je distingue les émotions qu'elle essaie de refouler.

Elle s'efforce d'avoir l'air impassible, de ne s'autoriser qu'une brève plaisanterie à mes côtés, mais maman l'oblige à n'être qu'une marionnette sans sentiment. Or, son cœur est en train de battre, je le sais. Il frappe ses côtes sous le médaillon que je lui ai offert. Il s'évertue à donner des coups pour prouver qu'il est en vie et que la guerre contre l'inévitable, il la gagnera. C'est ce que je trouve le plus affligeant pour elle. Elle n'est qu'une enfant pleine de vie dont la mort possède les veines.

— Tu as le droit de sourire, Riham.

— Mais pas d'être heureuse.

Je déglutis.

— Tout comme j'ai le droit de pleurer, mais pas d'être triste.

Un soupir se coince dans ma gorge et je n'ose pas l'interrompre.

— J'ai le droit de froncer les sourcils, mais pas d'être en colère. J'ai le droit d'incarner mes émotions, l'espace d'une seconde, mais pas de les ressentir.

— Tu parles comme maman, soufflé-je.

— Greitshenn m'a tout appris.

— Tu ne devrais pas l'écouter.

Riham se tourne dans ma direction, les traits figés dans une expression stricte, dépourvue d'une quelconque lueur. Ainsi, elle ressemble à une fichue poupée de porcelaine. Inerte. Sans âme ni esprit.

— Je suis née pour détruire. J'ai un devoir à accomplir en tant que descendante de la Reine des Sept Mers. Fille de Sazira.

— Tu répètes des phrases apprises par cœur, ce n'est pas toi.

Son mouvement de recul me fait déglutir. Une étincelle jaillit dans ses prunelles, aussitôt engloutie par l'obscurité. Elle naît pour être étouffée. Et ça m'enrage. Ça m'indigne qu'elle ne s'autorise pas à vivre ce qu'elle est au-delà de sa malédiction.

Je l'ai blessée, je l'ai vexée, je l'ai faite souffrir, mais elle ne proteste pas, elle ne dit rien. Elle lutte contre elle-même pour reprendre son sang-froid et ne pas s'emporter. Ça me rend fou. Comme ce sentiment âcre de culpabilité que je m'empresse de réprimer, terrassé par toutes ces choses qui se développent en moi quand je me trouve à proximité de Riham.

Je déteste qu'on la considère comme une arme.

Je déteste que notre famille l'utilise pour notre cause.

Je déteste qu'elle ait été choisie pour incarner et répandre la mort.

Je déteste qu'on lui impose d'être une autre.

Je déteste qu'on lui apprenne à être un objet.

Mais le pire, c'est que je *me* déteste de ressentir tout ça.

Je ne suis pas censé avoir pitié d'elle ni même la défendre. Je ne dois pas être de son côté. C'est ridicule pour un homme comme moi. Moi aussi, je me sers d'elle, moi aussi, je la trompe, moi aussi, je la soumets à mes convictions. Il faut que je continue comme ça, je n'ai pas le choix, je ne peux pas perdre la face. C'est pour le bien du peuple, pour le pouvoir, pour la gloire, pour la libération.

— Parce que c'est ce que je dois être : un outil sans vie, déclare-t-elle après un long silence.

Et ça me crève le cœur. Je grimace, irrité, énervé, dément à lier. Pourquoi je veux m'y opposer ? Pourquoi ses propos agissent de cette façon sur moi ? Pourquoi ne puis-je tout simplement pas confirmer ? C'est mon *devoir*.

— Tu as raison, affirmé-je avec une peine trop grande pour être dissimulée.

Sombre gougnafier, m'insulté-je dans le huis clos de mon esprit.

— Tu n'es qu'un pantin sans âme, enchaîné-je. Tu n'as été créée que pour tuer. C'est pour ça que la rose noire te va si bien. Tu es la Mort, c'est *ton* symbole. Tu empoisonnes tout sur ton passage, à commencer par toi-même. Un jour, tu seras ta propre meurtrière. Fais en sorte de rendre ton dernier souffle après avoir accompli ton obligation envers ta mère et ta lignée.

La haine transparaît dans ma voix et Riham l'encaisse de plein fouet. Je vois l'horreur dans ses yeux une fraction de seconde avant qu'elle ne la balaye de son visage. Je discerne ses tremblements un instant avant qu'elle ne se pétrifie de tout son long. Le menton dressé dans ma direction, elle pose sa paume sur mon torse, au-dessus de mon cœur, et je reste immobile, paralysé par son toucher.

Sa peau est chaude à travers le tissu de mes vêtements, mais je perçois aussi cette sensation désagréable qui gratte mon bouclier. Le bouclier de tissus nécessaire pour repousser la mort. Elle ne le transperce pas, je le sais, mais la peur me gagne, nourrissant avec elle l'excitation du danger, le plaisir de l'avoir enfin contre moi, comme dans ces rares moments où je flirte avec l'Enfer de mes propres mains.

Ses doigts froissent ma chemise alors qu'elle replie son coude vers elle pour approcher son visage du mien. Mon nez survole son front et ses lèvres effleurent gravement le lobe de mon oreille.

— Quand ce jour viendra, je t'emporterai avec moi.

Ça résonne comme une promesse et ça m'enivre le cœur. Il s'avive à la manière d'un tambour assourdissant.

— J'ai hâte d'y être, beauté mortelle.

Je glisse mes doigts dans la poche de mon pantalon et enfile mes gants sans me délivrer de sa prise. Ma main effleure la sienne contre mon buste, puis remonte le long de son bras. Elle observe mon geste jusqu'à son épaule avant de revenir sur mon visage.

— Je voulais t'offrir cette rose pour m'excuser, soufflé-je en caressant sa bouche de mon pouce.

— T'excuser de quoi ?

Sa manie de plisser les yeux en me détaillant me fait sourire. Elle est si belle quand elle ne cherche pas à cacher ce qu'elle ressent. Elle est spontanée, naturelle, humaine, et je déteste aimer ça.

— De te laisser seule trop longtemps, confié-je.

Et quand je reviendrai, je jure que je ne t'approcherai plus.

Plus jamais de cette façon.

Je changerai. Je deviendrai comme papa et maman, je démontrerai que je peux être la version que tout le monde attend de moi : le parfait fidèle de Sazira.

Même si ça me détruit aujourd'hui, ça ne me rendra que plus fort à l'avenir. Je serai libéré de ce que je ressens pour toi et je pourrai te voir telle que tu es aux yeux du Conseil, telle que tu dois être.

— Tu pars ?

— J'ai quelque chose à faire pour Oncle Matheiüs.

— Ça ne peut pas attendre ?

— Non. Pas cette fois. Il m'a déjà à l'œil pour mes nombreuses frasques, c'est ma dernière chance de lui prouver qu'il a eu raison de s'opposer au Conseil pour mon bannissement.

— Quelle en est la teneur ?

— Tu ne veux pas le savoir.

Son regard s'assombrit aussitôt.

— Tu vas tuer quelqu'un ?

Mon pouce s'écrase sur ses lèvres, l'obligeant à se taire. Ma main gauche se déploie sur sa gorge. Mes doigts forment des cercles sur sa peau, puis voyagent sur ses clavicules. Je ne m'arrête pas à la lisière de sa veste, je poursuis mon chemin et saisis le médaillon de la rose en obsidienne contre sa poitrine. Je le tourne, révélant l'inscription et la lisant à voix haute :

Ma beauté mortelle,
Je reviendrai toujours.

Je me penche sur son visage, embrasse mon pouce encore appuyé sur sa bouche et reste figé de longues secondes pour me donner le temps d'imaginer le goût d'un baiser volé à la Mort.

N'oublie pas ma promesse, Riham, parce que lorsque je reviendrai, je reviendrai pour toi. Peu importe combien de temps cela me prendra, ce que je traverserai. Je reviendrai et j'anéantirai tout ce que nous sommes. Tu as beau être la rose empoisonnée, je serai l'épée qui te condamnera à ta perte.

— Ne le fais pas, tente-t-elle de me retenir.

Sa main se crispe un peu plus sur ma chemise et mon doigt glisse sur sa joue. Nos lèvres se frôlent, mais Riham s'écarte avant que la moindre pression ne soit exercée.

— J'ai besoin de toi ici.

— Tu survivras sans moi.

— Comment ?

— Chante.

Mes poings se ferment sur ses hanches et je la presse contre mon torse, veillant à ce que seuls nos vêtements se touchent.

— Ne m'oublie pas, Riham.

Elle est raide contre moi, ne s'autorise pas à me rendre mon étreinte. Aucune marque d'affection, encore moins physique. Pourtant, je sens ses lèvres contre ma chemise, dans ses inspirations, elles caressent mon ventre. Un discret frisson se propage en moi et je me réjouis de sa petite taille. Son front posé contre mon torse, sous mon cœur, elle ne peut pas l'entendre s'accélérer. À cet instant, si elle devinait ce que je ressens vraiment, ce serait la fin. De tout. De nos vies à tous. De moi.

— Je t'attendrai, me confie-t-elle. Aussi longtemps que cela sera nécessaire.

Alors, prépare ton cœur avant que je ne le brise.

PARTIE 1

« Il est ma peine, il est ma gloire,
Je suis sa reine, telle est ma victoire,
Il est ma souffrance et ma délivrance,
Je suis sa liberté, son destin lié,
Il est mon âme, il est mon sang,
Mes flammes et mes tourments,
Je suis sa déesse, il est ma muse,
Mon allégresse : je suis la foi qu'il use.
Il est ma perte et ma défaite,
Je suis l'esclave de sa haine,
Son cœur en est ma chaîne. »

— Riham de Zuria, Daliakys de la Damnation.

1
Un seul homme peut soumettre la Mort

Aujourd'hui
AN 859, À SAZURIA

Riham, 19 ans

Mon roi.

Mes doigts effleurent ses lèvres. Obsédantes, tentatrices. Elles sont toujours là, belles, face à moi, sous ma peau. Elles n'ont pas disparu de ma mémoire. Aussi précises que *s'il* était présent. Avec moi. Dans cette pièce.

Sauf qu'Estœbann n'est pas là. Il ne l'est plus depuis six ans.

Mes ongles se plantent dans mon calepin. Inutile d'en étudier les pages. Inutile de les compter. Inutile de savoir que c'est le centième carnet de croquis.

Peut-être le deux-centième ou le millième.

Inutile, oui, puisque je sais ce que mon corps esquisse au charbon… *depuis six ans*. C'est *son* visage. *Son* sourire. *Ses* yeux. *Sa* bouche. *Ses* mains. Je me souviens de ses bras, des muscles de son dos sous mes gants. Je me rappelle son odeur… celle qui a disparu quelque part en dehors de ces murs. Au-delà de cette île. De l'autre côté de cette vie. De *ma* vie.

Mon roi.

Une fleur éclot sur le papier. Dans le sel de ma larme, les pétales se déploient et noient la poudre noire de mon crayon. Une seconde perle translucide étincelle dans sa chute. Elle s'écrase sur *sa* mâchoire, glisse jusqu'à la pointe de *son* menton et s'étale dans *son* cou. Le dessin se froisse sous mes pouces. Un cri s'étrangle dans ma gorge. Les serres de ma rage me déchirent les cordes vocales, mais je n'ouvre la bouche que pour aspirer de l'air et ravaler ma colère. Ravaler la mort que je pourrais répandre par-delà l'horizon.

Je ferme les paupières et soupire. Profondément. J'ai besoin de l'oublier. Besoin d'effacer son nom de ma mémoire. D'enterrer ses traits dans le cimetière de mon esprit. Pourquoi le poison de mes propres veines ne peut pas me servir pour mes souvenirs ? Pourquoi je ne peux pas *le* tuer à travers mes pensées ?

Mon roi.

J'étais persuadée qu'il était né pour ça. Qu'il était né pour moi ou que j'étais née pour lui. Que nos existences étaient vouées l'une à l'autre.

Je dépose le calepin sur le rebord de la fenêtre et glisse mon dos sur les coussins. Le banc, creusé dans l'encadrement de la fenêtre, accueille mon corps plié en deux. Les faibles rayons du soleil effleurent ma joue, à l'endroit où mes seules larmes ont coulé. Je peux sentir la clarté chauffer ma peau. La brûler. La consumer. J'aimerais avoir mal, mais c'est comme si l'astre lui-même me craignait. Comme s'il redoutait que j'anéantisse sa puissance incandescente d'un simple regard ou d'un geste insignifiant.

— Mon roi, murmuré-je au ciel assombri par le crépuscule.

Où est-il ? Quelque part sous cette voûte gigantesque, c'est certain. Vivant ou mort ? Libre ou captif ? Je ne sais plus quoi penser. Je ne sais plus quoi espérer.

— Il m'a quittée.

Estæbann est parti en m'offrant la promesse de me revenir ; elle est toujours logée contre ma poitrine. Gravée sur une fleur noire. Comme un serment funeste.

— Où es-tu ?

Le piaillement d'un oiseau résonne dans la chambre. Au-dessus de moi, perché sur le rebord, un meiridon s'ébroue. L'une de ses plumes se détache de son cou pour se déposer sur le creux de mon ventre. Mon souffle s'interrompt sous la douceur de ce contact. À travers le tissu de mes vêtements, je peux la sentir. Dans la quiétude et le silence de ma tour, mes sens se sont aiguisés. Mes doigts pourraient discerner la caresse de l'air à travers mes gants s'ils n'étaient pas enfouis dans mes cheveux.

Ma contemplation glisse sur la robe turquoise du volatile. Claires, ses nuances de bleu et de vert contrastent avec la tombée de la nuit. Dans les derniers rayons du soleil, les couleurs de l'animal scintillent à m'en rendre aveugle. Ses yeux noirs percent mon admiration. Ils me sondent, me défient.

— Tu sais qui je suis ?

Ma question n'est qu'un chuchotement modelé sous la brise. L'oiseau ne me répond pas. Il se contente de m'observer. Les battements de mon cœur s'accélèrent avant de se modérer. Brusquement. Ils deviennent de plus en plus lents. De plus en plus forts. Je les sens résonner contre mes côtes, soulevant des ondes de choc dans mon buste, jusque dans ma gorge.

Touche-le.

Je libère l'une de mes mains et la tends dans sa direction.

Empare-toi de son cœur d'océan.

Un fredonnement ronronne dans ma gorge.

Caresse les vagues de son plumage…

Mes doigts l'effleurent.

… et tue-le.

Un puissant bruissement d'ailes m'arrache un sursaut. L'oiseau céleste se dégage de mon emprise et s'éloigne pour s'enfuir.

— Bien sûr que tu sais qui je suis.

L'existence des meiridons est un mythe pour les huit royaumes. À travers les sept océans. Leur nombre est inconnu, mais leur apparition est si rare que l'on doute qu'ils soient plus d'une dizaine à peupler le ciel et à survoler les eaux du monde. Les gens meurent sans jamais en avoir entendu le chant ou aperçu le plumage. C'est ce qu'Oncle Matheiüs m'a appris. Ce que j'ai lu dans les livres.

— L'un d'eux m'a sauvé, m'a-t-il révélé un jour, durant mon enfance. Grâce à Sazira.

Grâce à *ma mère*, cet homme a été béni. C'est pour honorer la mémoire de ma génitrice qu'il m'a élevée, éduquée, confiée à cette famille, avant de partir accomplir son rôle, sa mission. Guider les fidèles de Sazira vers la rébellion. Le renversement du peuple. Il agit dans l'ombre, en attendant que ma destinée opère. Qu'elle se déclare au grand jour et s'abatte sur la Couronne. En attendant que je revendique mes droits.

Je déteste l'Oncle Matheiüs…

Mais la clémence d'un meiridon est un don inestimable. Respectable. S'il est rare d'en apercevoir un, cela l'est davantage d'être l'un des sujets graciés par sa clémence. Une créature divine, enfant des Dieux, possède le cœur le plus pur. Un cœur que jamais un humain ne pourrait obtenir. Alors, si l'Oncle Matheiüs peut arborer une plume de meiridon autour de son cou, s'il a été sauvé par l'un d'eux, je dois lui vouer ma vie. C'est ce que voudrait la Déesse des Sept Mers.

— Meiridon… murmuré-je.

L'œil perdu sur l'ombre des feuillages, à la cime des arbres, j'essaie de distinguer l'éclat de ses couleurs. En vain. Il a disparu.

Mon cœur reprend sa course régulière et mon esprit se délie de l'emprise du poison mortel. Je respire calmement, sereinement. Si je l'avais touché, j'aurais tué le seul être capable de me comprendre et de réparer ce que je sème derrière moi.

Si Oncle Matheiüs savait combien cela n'est pas rare pour moi de croiser le regard d'un meiridon… Je n'ose imaginer sa réaction.

Je côtoie ces oiseaux exceptionnels depuis mon enfance. Parce qu'ils savent que je suis comme eux. Un être créé par les entrailles de la Tortúga. Eux et moi appartenons à la même Déesse. À la différence que je propage la mort, et les meiridons, la vie. Ils sont le symbole de la Guérison. Une de leurs plumes suffit pour subtiliser toute âme à la Mort. Même dans les derniers instants. À l'ultime seconde. Juste avant le dernier souffle. Le soupir final.

Mes doigts pincent le bout du duvet turquoise. Je le soulève au-dessus de mon visage pour le contempler au clair de lune. Il est merveilleux.

— Mon roi… J'espère que tu es en vie.

Dans le cas contraire, j'aurais raté ma chance de sauver le seul être qui en vaille la peine. Trop d'années se sont écoulées sans nouvelle de lui. Trop de doutes, trop d'espoirs enfouis, trop de dégrisements.

Peut-être est-il temps de cesser de croire en lui.

Peut-être est-il temps d'admettre qu'il n'était qu'un rêve, qu'une illusion.

Douce et amère.

La plus belle et la plus douloureuse.

Parce que même la Mort peut souffrir. Même la Mort peut trembler. Pour *lui* – et pour lui seul –, elle était capable de se soumettre.

2
Les écumeurs des mers

Riham, 19 ans

Écumeur (de mer) : dangereux bandit voyageant sur un bateau à travers les océans pour piller et saccager les terres qu'il croise sur sa route.

La mine de mon crayon se brise sur la fin de ma phrase. Je soupire, déposant mon carnet d'études sur mon bureau.

— Les écumeurs des mers sont terrifiants.

Je lève les yeux vers Patou et Tatou.

— On dit que le plus terrible équipage règne sur les vagues les plus meurtrières depuis le pont du Reidhrivein, récité-je. Ce sont des hors-la-loi et ils n'appartiennent à aucun dieu. Ils n'ont aucune terre, aucune maison. Seulement leurs voiles rouges pour terrasser les mers et arracher leurs trésors aux royaumes.

Je souffle en passant une main sur le sommet de mon crâne. De longues mèches noires s'entortillent autour de mes doigts. Mes boucles s'unissent à mes phalanges à la façon qu'ont les serpents de s'emmêler aux corps de leurs victimes.

— Terrible, répété-je.

Mes yeux flirtent avec les lignes, se figeant sur un nom.

Loasodhsan.

On le dit immortel. Seigneur des profondeurs océanes et de leurs ténèbres. En vérité, cette pérennité n'est qu'une légende pour l'homme. C'est le nom qui, lui, est éternel. De génération en génération, les pères, les mères et les enfants se le lèguent. Peu importent l'âge, le genre ou le sexe du nouveau capitaine du Reidhrivein. Il est Loasodhsan. L'incarnation du sang, du crime et de la trahison.

— Il n'y a que trois solutions si nous croisons cet équipage : la plus répandue est notre mort sous leurs lames ou entre leurs propres mains crasseuses. La tolérée est une offrande en échange de notre vie sauve : nous leur cédons ce que nous possédons de plus cher en ce monde. La plus rare : ils nous accordent une place sur le Reidhrivein.

Une lueur change dans les yeux de Patou. Mon petit caméléon en peluche rose.

— Aucun risque : nous trois, nous sommes enfermés ici aujourd'hui et pour toujours.

Ceux de Tatou, mon petit équidé blanc en laine, s'assombrissent.

— Tu as raison. Pour toujours, jusqu'à ce que je sois envoyée tuer des souverains…

Un soupir meurt entre mes poumons, écrasé par le poids d'un ricanement, mais je ne le laisse pas s'échapper.

Loasodhsan.

Je suppose que ce nom entraîne les plus braves à trembler. Les plus forts. Les plus téméraires. Bien que ce titre ne soit qu'une légende, il porte en lui toutes les promesses mortelles que mes propres veines sont susceptibles de répandre dans mon sillage. Cet écumeur des mers me terrifie et me fascine à la fois. Je me prête parfois à croire que dans un autre univers, quelque part ailleurs que dans mon histoire, une autre s'ouvre, s'écrit et me permet de croiser le chemin périlleux de cet aventurier. Connaître son visage, sa réelle identité. En savoir davantage sur sa lignée, au-delà de son sobriquet. Peut-être s'agit-il d'une femme ? J'aimerais que cela en soit une. Qu'elle m'accueille sur son navire, en dépit du prix à payer pour me dégoter une couchette parmi celles de l'équipage. Je voudrais pouvoir croiser le regard du Loasodhsan actuel et lui tenir tête. Lui montrer qu'il existe quelqu'un apte à vaincre sa peur pour l'affronter.

Je jette un œil noir à Patou et à Tatou.

— Non, je ne l'admire pas et je ne compte pas l'admirer.

Je fronce les sourcils.

— Je n'ai pas besoin de savoir que vous me croyiez ou non.

Patou frémit et penche sur le côté. Offusquée, je croise les bras sur ma poitrine, marmonnant entre mes lèvres sans élever la voix.

— Je te l'assure. Comment peux-tu croire que je veux l'admirer ? Loasodhsan est le Seigneur de la Criminalité. Il… Ses actes et ses ordres sont ignobles. Tu le sais aussi bien que moi.

Tatou tombe. Je sursaute.

— Ne sois pas si fataliste, Tatou. Pourquoi ? Premièrement, parce que je ne pourrai jamais sortir de ce manoir ou ne serait-ce que mettre un pied en dehors de Sazuria. Le débat devrait déjà être bouclé avec cette argumentation concise. Deuxièmement, parce que c'est un monstre. Loasodhsan est…

Je frissonne, grimace, mime un haut-le-cœur. Oui, c'est un monstre. Il n'y a pas d'autre mot susceptible de mieux le définir. À moins que je manque encore de vocabulaire. Peut-être devrais-je faire un tour du côté des dictionnaires anciens…

— Troisièmement, parce que je ne veux pas l'admirer et ne compte pas le faire un jour. Cela n'aurait… aucun sens ?

Un point d'interrogation se dessine dans mon esprit.

Pour la Daliakys de la Damnation, cela serait sans doute ironique de l'affirmer.

Non, je ne suis pas comme Loasodhsan.

— C'est un monstre, insisté-je.

Je toise mes deux amis muets d'un œil réprobateur.

— Évidemment que vous êtes d'accord avec moi ! Non, ne me jugez pas avec ces yeux-là. Je vous jure que…

— Mademoiselle Riham ?

Ma voix s'étrangle dans ma gorge. *Misère, Zoeila…* Je me redresse d'un bond, faisant grincer les pieds de ma chaise sur le sol. Un pot en céramique blanc se renverse. Des crayons s'en échappent, roulent sur le bureau pour badiner avec le vide. Je les repousse d'un geste ample de la main.

— Oui, Zoeila ?

— À qui parliez-vous ?

J'inspire pour parer à toute inconstance dans mon inflexion.

— Personne. Je parlais seule.

— À Patou et à Tatou ?

Je déglutis. Prise sur le fait.

— Non, seule. Juste moi avec ma solitude. Comme tous les autres jours de l'année.

Un petit rire résonne de l'autre côté de la porte. Je ne pense pas avoir usé de mon triste humour, mais Zoeila a la fâcheuse tendance à me faire douter.

— Faites-leur un bisou de ma part, s'il vous plaît.

Je soupire. Soit. Elle n'est pas dupe.

— Un bisou pour Patou et Tatou, affirmé-je. Avec plaisir.

— Merci bien, mademoiselle Riham.

Je tressaille. Quelle courtoisie ridicule.

— Je vous dépose votre plateau-repas devant votre porte, mademoiselle.

Chaque syllabe de ce mot s'inscrit dans ma tête pour alimenter ma folie.

— Je vous remercie, Zoeila. Savez-vous où dînent mes tuteurs ce soir ?

— À Sazuria. Ils reviennent dans la soirée. Peut-être tard dans la nuit, selon la durée de leur voyage.

— Et vous ?

— Je reste à vos côtés jusqu'à leur retour.

Par « à vos côtés », je suppose qu'elle sous-entend « quelque part dans la tour ». Zoeila, son frère et l'ensemble des domestiques, travaillant au manoir et comptant parmi les fidèles de Sazira, ne quittent jamais le domaine. Encore moins Sazuria. Au fond, ils sont comme moi. Enchaînés à leurs devoirs et prisonniers de ces terres. La seule différence réside en ces murs. Mon champ de vision se limite à l'ouverture de ma fenêtre, et mon périmètre de circulation, à cette chambre. L'un des points positifs à la présence de l'Oncle Matheiüs à Sazuria est la permission qu'il me donne de sortir de cette pièce. Avec lui, je vais dans ma bibliothèque. Dans les bons soirs, je suis même conviée aux repas. Mais cela fait un moment qu'il n'est pas venu… et j'ai arrêté d'attendre sa prochaine visite.

Je le déteste.

— Merci, Zoeila.

— Le plaisir est pour moi, mademoiselle Riham. Avez-vous dessiné aujourd'hui ?

« Avez-vous encore pensé à lui aujourd'hui ? » serait une question plus pertinente. Elle le sait. Je le sais. C'est notre façon de parler de *lui*. Pas de l'Oncle Matheiüs. De *lui*. Mon…

Je secoue la tête.

— Non, pas depuis trois jours.

« Tous les jours, à chaque instant, à chaque seconde des misérables journées de ma vie. Il persiste à nourrir mes pensées alors qu'il a déserté mon existence ! » serait une réponse plus correcte. Or, l'honnêteté n'est pas utile face à la fatalité de cette navrante situation. Celle dans laquelle je me trouve… *depuis six ans*.

— C'est peut-être une bonne chose, n'est-ce pas ?

Non, pas du tout. Je voudrais que ces six dernières années n'aient pas existé et qu'il ne soit jamais parti. Je veux qu'il revienne et arrêter de m'accrocher à des souvenirs de plus en plus brumeux.

— Oui.

— Venez chercher votre repas, mademoiselle Riham. Je reviendrai quand le verrou de votre chambre sera refermé.

— Très bien. Merci.

Le bruit de ses pas s'estompe. J'attends quelques secondes, puis soupire et ouvre la porte. De la soupe et un bout de pain. Merveilleux. De la pointe de mon chausson, je déplace le plateau sur les planches de ma chambre. La clé tourne dans la serrure et je la glisse à travers le liseré pour la remettre à Zoeila.

Assise par terre et adossée à la porte, je souris en entendant la domestique m'imiter de l'autre côté.

— Le pain a été préparé par mon frère, précise Zoeila, et j'ai concocté votre soupe moi-même. Je sais que c'est rudimentaire, mais c'est tout ce que nous avions à vous proposer avec nos maigres talents culinaires. Je peux tout de même vous assurer qu'ils ont été produits avec application et attention.

— Je n'en doute pas.

Savoir que Zoeila et Oneloz se sont affairés aux fourneaux me suffit pour rendre sa sincérité à mon sourire. Le cuisinier de mes tuteurs a beau être l'un des meilleurs du royaume – il paraît –, les plats des jumeaux ont cet *ingrédient secret* en plus qui ravit mes papilles. Peut-être est-ce… *l'amitié* ?

— Zoeila ?

— Oui, mademoiselle Riham ?

— Vous et moi, est-ce que nous sommes amies ?

Son silence éloquent me refroidit le cœur. Je me racle la gorge et avale une gorgée de ma soupe. Soupe aux fruits de mer. Objectivement délicieuse, comme à l'accoutumée. Subjectivement, ce n'est pas le cas. Pas aujourd'hui. Les saveurs deviennent fades, se perdent sur ma langue sans atteindre mes sens.

Fichus espoirs relationnels. Morts et enterrés avant même de naître. Quelle tristesse.

— Mademoiselle Riham ?

— Pourriez-vous me donner un autre carnet ? la coupé-je.

Je préfère l'ignorance à l'affrontement. Assumer ma naïve obsession plutôt que de me rendre un peu plus pitoyable que je ne le suis déjà.

— Pardon ?

— Il y a trois jours, c'était la dernière page.

— Vous voulez…

— Continuer à dessiner ? Oui.

— Mais vous…

— C'est tout ce que j'ai, Zoeila.

Je me félicite intérieurement pour préserver la placidité de mes intonations.

— Non, mademoiselle Riham, je suis…

— La domestique de mes tuteurs, complété-je avec douceur. Pas mon amie. Vous avez raison. Alors, je n'ai que *lui*.

Estœbann.

Zoeila s'éclaircit la voix.

— Vous pouvez essayer de dessiner autre chose.

— Je ne crois pas que…

— Qu'avez-vous étudié aujourd'hui ? m'interrompt-elle à son tour.

— Loasodhsan, le Reidhrivein et les écumeurs des mers en général.

— Loasodhsan ? s'étonne Zoeila. La légende immortelle qui voyage et dévaste les huit royaumes depuis les sept océans ?

— Elle-même.

— Vous pourriez en faire le portrait.

Le portrait de Loasodhsan ? Des traits que je lui imagine quand je lis ses récits à travers les époques ? L'écumeur des mers le plus célèbre de l'Histoire, issu des grands fracas manqués de la Genèse, et dont le visage serait tracé par mes propres crayons…

— Oui, je le pourrais.

Non, je le *veux*. Et ce Loasodhsan m'appartiendra.

— Mademoiselle Riham ?

— Pouvez-vous aller me le chercher, Zoeila ?

— Mademoiselle Riham…

— S'il vous plaît, insisté-je.

Je l'entends presque ouvrir la bouche, hésitante, puis la refermer. Elle sait que je lui demande de partir après m'avoir déposé un énième carnet et récupéré mon plateau à peine entamé. Son soupir transperce le bois qui nous sépare. J'ai remporté cette bataille.

— Je suis désolée, mademoiselle Riham.

Je ne lui demande pas pour quelle raison obscure elle m'adresse ses excuses. Elle n'attend pas que je le fasse pour poursuivre sur sa lancée :

— J'espère qu'il vous reviendra.

Les pas de Zoeila s'éloignent dans l'escalier de la tour. Alors, les yeux dressés vers la lune, dans le silence de ma chambre et au cœur de mon étreinte solitaire, je confesse dans un murmure :

— J'ai arrêté d'espérer.

Zoeila avait raison.

Esquisser le portrait de Loasodhsan me fait perdre la notion du temps. Me permet presque d'oublier ma première muse. Celle que je croyais unique. Presque, parce que je ne peux pas m'empêcher de penser à *lui*. De comparer la délicatesse de ses traits avec ceux, bruts, de toutes ces femmes et de tous ces hommes qui se succèdent sur le papier. Bien que mes crayons de charbon ne m'octroient aucune couleur, je peux voir dans les nuances que j'applique au papier, la rousseur ou la noirceur des chevelures, la clarté ou l'obscurité des peaux, l'opacité des ombres et l'étendue de la musculature de chacun d'eux. Bedaine entretenue par l'alcool ou ossature endurcie par l'exercice. Jeunesse indéfectible ou vieillesse malingre. Regard menaçant ou œil docile de scélérat. Toutes les facettes de mon imagination se peignent sous mes doigts, noircissant le blanc crémeux des feuilles et trahissant l'immuabilité de l'immaculé.

Il n'y a que l'un d'entre eux que je dessine frêle et fragile. Petit et gringalet. Le tout premier enfant des Sept Mers. Celui que les débris de la Genèse ont maudit. Celui dont le cœur pur a été créé lors de la grande composition des Dieux et des Déesses avec les huit royaumes et en a été détruit par sa violence.

Tous les ouvrages en ma possession n'offrent aucun détail sur les origines du premier Loasodhsan. C'est en partie ce qui fait de lui une légende immortelle. Comme personne ne sait d'où il vient, mais comme l'on prétend que, sur son épaule, un meiridon corrompu veille, les fabulations lui prêtent le don de résurrections perpétuelles.

J'aime lui façonner ma propre histoire. Croire qu'au tout début, il ne s'agissait que d'un pauvre enfant abîmé par la destinée, engendré par la volonté des Dieux à créer les Hommes, mais corrompu par leurs ambitions divergentes et un monde trop grand.

Ainsi, son nom inspire la monstruosité des actes dont nous l'accusons, et j'ai l'impression d'être légitime à le comprendre. Peut-être que ma détention dans cette tour n'est qu'un merveilleux présent offert au monde entier. Si ces murs n'étaient pas là pour me retenir d'investir les terres, je serais probablement l'un des membres du Reidhrivein.

La rencontre de Loasodhsan et de la Daliakys de la Damnation pourrait condamner l'existence même des Dieux à leur perdition mortelle.

3
Beauté Mortelle

Riham, 19 ans

Je ne suis qu'une larme,
Dans le chant de ma voix, utilisée comme une arme,
Je suis la dague mortelle
Dans mes mains, les cœurs s'éteignent
Le mien s'évertue à battre
Quand je prie pour que l'on m'abatte.

Vivre est un cadeau empoisonné. Nous ne le choisissons pas, nous ne le réclamons pas, mais la majorité des êtres vivants se battent pour ça, comme si la mort n'existait pas. La vie est sans doute la pire maladie qui soit, et je suis enfermée avec la mienne pour ne pas l'ôter aux autres.

Ma chambre est ma prison, elle sauve le monde et réprime mon existence. Il y a des jours où j'ai envie de m'enfuir, de connaître l'inconnu en dehors des murs du manoir, au-delà des romans que je lis, puis d'autres instants où je me rappelle ce que je suis, ce dont je suis capable. Tuer, occire, arracher toute conscience. Et la raison reprend le dessus sur mon esprit.

Appuyée contre le rebord de ma fenêtre, je fixe d'un œil désabusé le paysage que j'ai tant appris à connaître au fil des années. L'arbre, qui entrave ma contemplation, grignote de ses feuilles le mirage de Zuria.

Mes mains nues sont recouvertes de poudre noire. Un énième carnet consommé repose en équilibre sur mes genoux. Le portrait d'une héritière de Loasodhsan se soulève sous la brise. Je n'y prête pas attention. Ce soir, dessiner a perdu de sa saveur. Le ciel est gris, les nuages sont noirs. Le crépuscule tire ses couleurs orangées avec peine à l'horizon. Mon cœur est triste. Morne. Un nouveau jour s'achève, emportant avec lui les dernières bribes d'espoir dont je pensais m'être débarrassée. Elles reviendront demain, au réveil. Parce que je n'ai pas assez de force pour les repousser. Parce qu'au fond, je crois, ce sont elles qui maintiennent le gouvernail de mon esprit.

Tu survivras sans moi, a tenté de m'assurer Estæbann.

— Comment ? soufflé-je en écho à mes souvenirs.

Chante.

Ma voix s'échappe de mes lèvres. Elle s'envole pour capturer l'attention d'un oiseau. Perché sur sa branche, ses petits yeux bruns m'observent. Il m'épie depuis quelques minutes. Je le sais, je l'ai senti.

Chante.

Envoûtée par cette emprise que la musique détient sur mon corps, j'élève les sons, encourageant les vibrations de mes cordes vocales. Elles se tendent dans ma gorge, se déploient. Elles courtisent le ciel, flattent les nuages et s'immiscent dans l'air.

Tout cela pour l'atteindre, lui, ce pauvre petit être innocent.

Le moineau émet un son timide, s'ébroue et s'élance. Ses

plumes tressaillent sous la brise. J'admire ses mouvements, obnubilée. Le creux de ma paume accueille son atterrissage et je sursaute au contact de ses pattes rêches. Mes veines se réchauffent. Il dresse son petit bec vers mon visage pour fredonner avec moi. Son regard s'assombrit sans se détourner. Il ne se rend pas compte de ce qu'il se passe, pas comme les meiridons – ou peut-être a-t-il choisi de ne pas résister… Sa mélodie s'estompe pour ne laisser que la mienne vibrer dans l'air. Ses ailes s'affaissent entre mes doigts. Mon entité absorbe les battements de son cœur.

Une pointe incandescente se plante dans mes poumons et les flammes douloureuses de la culpabilité me lèchent la trachée.

Je suis pétrifiée, terrifiée par mes actes, mais je ne repousse pas ma proie. Elle est là, mourante, et je patiente le temps qu'elle s'effondre dans le creux de ma main.

Le petit oiseau est inerte, ses plumes immobiles chatouillent toujours ma peau.

Il a succombé.

Je l'ai tué.

Est-ce que c'est ce que je devais faire ? Est-ce que c'est ce qu'il voulait ?

Je lève la tête, cherchant une réponse quelque part dans le ciel, mais il n'y a rien, aucune indication pour me soulager. Pourquoi suis-je ainsi ? Pourquoi suis-je née pour donner la mort ? Je dépose le corps du moineau contre l'encadrement de la fenêtre et loge ma joue sur mon bras.

Mon pouce effleure le pendentif contre le renflement de mon sein droit. Je le soulève et mon cœur semble effectuer une halte.

Six ans…

Six années se sont écoulées depuis *qu'il* m'a offert cette médaille. Une fleur sculptée dans de l'obsidienne. Comme une rose. Comme les pétales déployés de l'Amour. Mais pas précisément une *rose*. Non, cette fleur, *ma* fleur, est une *daliakys*. L'emblème naturel de la Force, du Pouvoir, de la Divinité. Une *daliakys noire* ; noire pour identifier la Mort. *Moi*. *Mon* symbole, ce que je représente, ce qu'Estæbann Van de Saez admire et protège. Il me l'a confiée avant d'être écroué par la garde royale, et chaque jour, je lis l'inscription à son dos pour me souvenir de sa promesse :

Ma beauté mortelle,
Je reviendrai toujours.

Je lui ai juré d'être présente à son retour, de l'attendre, mais je crois que ce n'est plus le cas. J'avais treize ans la dernière fois que je l'ai vu, j'en ai dix-neuf désormais; il n'est plus qu'une silhouette floue dans mes souvenirs, un visage qui se perd dans le néant.

Est-ce que je te reconnaîtrais si nous nous retrouvions ?

J'ai beau avoir essayé d'esquisser ses traits d'adulte, je crains que mes rêves ne soient rien face à la réalité.

S'il te plaît, Estæbann, ne reviens jamais.

Un nuage noir descend de la voûte céleste pour s'installer dans mon thorax. Épais, encombrant. Je le sens jusque dans ma gorge, comme la nausée. Il stagne là et pèse sur mes cordes vocales, anesthésie ma langue. L'envie de le revoir me dévore les entrailles. Je sais que ce n'est pas bon. Je sais que ce n'est pas bien. Estæbann ne doit pas m'approcher.

Reste loin. Préserve ta liberté et ta vie.

Parce que lui aussi, je pourrais le tuer…

Mon roi.

Estæbann Van de Saez.

Son nom résiste encore à l'oubli. Il est gravé de son propre sang sur mon cœur.

Tu n'es pas mort.

S'il l'était, ses parents l'auraient su, et je veux croire qu'ils me l'auraient dit. Je veux croire que je l'aurais pressenti.

Tu es là, quelque part. Tu es forcément là.

Je *sais* qu'il est là, au-delà de cette forêt immense, de l'autre côté de l'océan, sur l'île principale de Zuria. Dans les tréfonds de ces terres divines ou au sommet de la carapace de notre territoire. Encore emprisonné ? En fuite ? Peut-être est-il libre… Et s'il m'avait abandonnée ici ? S'est-il aperçu que ce lien que nous avions noué n'était pas si indestructible ? Le temps a consumé les souvenirs. Estæbann est mort dans ma tête comme je me suis effacée de la sienne. On est quittes. Certainement.

La tristesse a infecté mon cœur. Elle le gorge d'une douleur désastreuse que mon corps peine à réduire en cendres. Je me sens seule, perdue, démunie, et ce sentiment croît au fil des années depuis qu'il est parti. Il me manque une moitié de moi que je ne connais plus, et je vis sans vivre, tuant des âmes innocentes pour avoir la sensation de respirer.

Ne suffoque pas, Riham. Tu es la Mort, la Maladie. Rien ne peut t'atteindre sans mourir. Les sentiments sont vivants, ils périront aussi.

— Riham.

Mes muscles se crispent. Je n'ai pas entendu Greitshenn entrer dans la chambre. La main posée contre la porte, elle m'adresse ce sourire froid, qui me glace toujours plus le sang.

— Faites-vous présentable. Oncle Matheiüs nous rejoint pour le souper.

Un coup invisible me percute l'abdomen.

Oncle Matheiüs.

Impossible. Je ne peux pas le voir. Je préfèrerais encore me terrer dans ma prison plutôt que de rejoindre le cœur du manoir et de dîner à ses côtés.

Plutôt rendre l'âme avant qu'il ne me la vole.

Il ne peut rien me faire, certes, mais il peut me contraindre, me forcer à user de ce qui coule dans mes veines pour semer le néant. Malgré mon but, malgré mes devoirs, je ne veux pas. Sentir cet appel, cette force imparable qui me pousse à assassiner me dégoûte. Si je pouvais reprendre ce qui appartient de droit à ma lignée sans verser le sang, je n'hésiterais pas. Qu'importe le temps et les obstacles à braver. Or, mon instructeur n'attend pas de moi mon pacifisme. Nos adversaires n'auront que ce qu'ils méritent : leur couronne a percé les veines, tranché les gorges de mes ancêtres… mais je veux tout de même avoir l'opportunité de choisir. De décider de leur accorder ou non mon indulgence.

Ce n'est qu'une utopie.

À travers ses cadeaux, ses mots et ses attentions, je sais. Je comprends que ma destinée n'est qu'enfer et trépas pour autrui. Selon lui, il n'y a que cette solution. Et je hais sa façon – même silencieuse – de me rappeler que je ne suis qu'une arme, que je ne suis pas dangereuse, mais le danger en personne, et que tout ce que je façonne réside uniquement dans la malédiction.

Le plus terrible, c'est que j'ignore ce que je ressentirai *après*. Après avoir accompli ma mission. Celle que ma mère, sa mère avant elle et toutes les autres Daliakys ont mené sans victoire absolue.

Le sang coule sur mes mains depuis si longtemps…

En vérité, je ne sais même pas pourquoi je nourris cette crainte d'ôter la vie à un être humain. Je suis née pour ça. Le jour où ma voix transpercera les tympans des souverains ou que mes mains se seront posées sur leur gorge, peut-être… peut-être que je sourirai. Peut-être que ça me plaira. Et je crois… Je crois que ça, ce n'est pas impossible.

Lors de sa précédente visite, l'Oncle Matheiüs m'a cédé une dague soi-disant sculptée des mains de ma mère. Sazira, la dernière Daliakys déchue, traitée comme une sorcière, celle qui, à travers les flammes de l'Enfer, m'a transmis un don maudit. Par la faute de ses bourreaux, je suis la plus inhumaine de mon espèce. Je ne suis même pas normale parmi les miens. Si le peuple zurien connaissait mon existence, mon pouvoir, ils auraient enfin une véritable raison de brûler vive une héritière de la Déesse.

Votre dessein est grand, mademoiselle Riham.

C'est ce que j'entends depuis que je suis enfant. Mais mon dessein est morbide.

— J'ai tué un oiseau, Madame.

Ma déclaration surprend Greitshenn et mon ton détaché la décontenance. Une ride a sculpté sa peau à l'endroit de son visage où ses sourcils se divisent. Ces derniers se touchent presque, se saluent de loin, dans l'agacement et le dédain. Ce spectacle aurait été amusant si j'ignorais avoir franchi deux ou trois règles de bienséance.

Greitshenn se contient pour ne pas verbalement exprimer ses émotions. Je sais, pour avoir subi de nombreuses leçons de « restriction d'impulsivité émotionnelle » durant de longues heures, qu'elle ne reprend la parole que lorsqu'elle est certaine d'avoir balayé toute inflexion :

— C'est une situation chagrinante pour lui.

Je l'observe minutieusement. Elle n'a plus l'air troublée, accoutumée à mes confessions funestes. Combien d'animaux, de plantes et d'insectes ai-je déjà anéantis ? Je ne tiens même plus le compte. Elle non plus, je suppose. Dans un soupir, je concède :

— Oui, peut-être.

— Enfilez une robe noire.

Mon cœur tressaute.

Le noir est interdit. C'est la couleur de la Mort, *ma* couleur. Celle que je n'ai pas le droit d'exhiber fièrement.

Oncle Matheiüs ne nous a pas rejoints pour admirer le blanc de mes yeux.

Un étau se forme autour de mon cœur et de mes poumons. Il est lourd, accablant, comme une machine venue les broyer. C'est la sensation qui m'envahit chaque fois que le chef des fidèles de Sazira nous rend visite.

— Je n'ai pas faim, Madame.

— Un petit peu de volonté et vous arriverez à vous forcer.

— Je vous remercie pour l'espoir placé en mes aptitudes, mais je ne tiens pas à vous accompagner.

— Riham, ne faites pas l'enfant, vous êtes grande. À votre âge, vous n'êtes plus censée oser le moindre caprice.

— Difficile d'en juger au vu des exemples qu'il m'a été donné de contempler à travers les murs de ma chambre, rétorqué-je.

Nouveau silence. J'affronte la dureté du regard de Greitshenn avant de détourner le mien pour le poser sur le crépuscule. Entre quelques branches, je parviens à distinguer les couleurs épuisées de l'océan et du soleil couchant.

— Très bien, je lui dirai que vous n'avez pas faim et que vous préférez rester dans votre chambre.

Mais... ?

Parce qu'avec Greitshenn, il y a toujours un « mais ».

— À condition que vous vous prépariez malgré tout. Oncle Matheiüs pourrait décider de s'aventurer jusqu'ici pour vous voir.

Un long frisson de dégoût me parcourt le dos. La mâchoire contractée par l'exaspération, je hoche la tête et elle s'avance pour me soumettre à son observation. Elle tend la main vers ma coiffeuse, m'indiquant de m'y asseoir, et je m'exécute en silence. Pas un mot de plus ne se forme dans nos bouches. Seuls les bruits des objets trahissent le calme de la pièce. Elle me maquille et m'habille à sa guise.

Les paupières chargées de cendres, les lèvres surmontées d'un rouge pourpre, je replace le médaillon de l'obsidienne contre ma poitrine et examine la personnification de la Mort dans mon miroir. L'indécence de mon bustier en forme de cœur me fait déglutir. Je n'incarne pas uniquement la Fatalité, mais bel et bien la Beauté et l'Élégance d'une pureté trompeuse. Je suis la pomme empoisonnée, la lame de la Traîtrise, une perfidie sous un masque angélique.

Oui, j'aurais définitivement ma place à bord du Reidhrivein.

Je lisse la jupe de ma tenue, cintrée à la taille et tombant jusqu'aux chevilles. On dirait que je me prépare à aspirer l'âme de quelqu'un.

— Mettez vos gants, m'ordonne Greitshenn.

— Je ne préfère pas, mais je les laisse à disposition pour les enfiler au moindre bruit de pas dans la tour.

— Comme vous le désirez, accepte-t-elle, défaitiste. Zoeila vous montera votre plateau dès que vous lui signalerez votre envie de manger.

Je lance une œillade aux trois cordes épaisses sillonnant le flanc gauche de la porte. Trois cordes pour trois demandes. Le repas, la douche et la lecture. Je réprime un soupir encombré de dépit.

Greitshenn pince une dernière fois la mèche qu'elle tient entre son pouce et son index, acquiesce en considérant le résultat depuis mon reflet, puis tourne les talons.

— Si je ne vous revois pas, je vous souhaite une bonne nuit, Riham.

— À vous aussi, Madame.

Un sourire se dessine sur ma bouche, petit, faux, forcé, mais résistant.

Cela conviendra.

Si l'Oncle Matheiüs débarque dans ma chambre et me menace, les gants ne suffiront pas à le protéger. J'ai encore ma voix, mes larmes et mes émotions pour le détruire. Alors, comme le défunt oiseau, son cœur explosera dans le creux de ma paume.

Je n'ai plus qu'à attendre.

Si seulement agir contre lui était faisable…

4

Le Voleur de la Mort

Riham, 19 ans

À trop attendre, je me suis endormie. Allongée sur mon lit, les bras le long du corps, les cheveux toujours en ordre sur l'oreiller et la robe sans le moindre pli, je dois livrer l'image d'une poupée de porcelaine immobile, posée là pour combler un vide, mais dont l'air glacial n'inspire que l'effroi.

J'étais plongée dans un sommeil profond quand l'urgence, rythmée par le bruit des pas dans l'escalier de la tour, m'a tirée de l'étreinte de Morphée. Or, ce n'est pas l'Oncle Matheiüs qui a ouvert ma porte ni son ombre qui est apparue ou sa démarche que j'ai reconnue.

Il n'existe qu'une seule autre main que la mienne capable de surprendre la mort. Il n'y a que ces doigts longs et doux pour défier le destin. Il n'y a que ce poing ferme et tendre pour trahir le mauvais sort.

Enfermés dans un gant de cuir, la paume écrase mes lèvres et le pouce s'enfonce dans ma joue.

— Tu m'as manqué, beauté mortelle.

Son visage transperce l'obscurité et mon cœur bondit dans ma poitrine alors que sa bouche embrasse le dos de sa main.

— Tu es toujours là.

Ses paupières closes m'empêchent d'apercevoir son regard, de m'assurer que c'est lui. Je ne bouge pas. Mon corps refuse d'obéir à mon instinct de survie. Parce que c'est *son* odeur, les sensations qu'il laissait sur ma peau à sa proximité. Il n'est désormais qu'à quelques centimètres d'écart, qu'à une main de mes caresses mortelles, mais je l'ai senti avant même qu'il n'entre dans la pièce. Oncle Matheiüs s'est effacé de mes pensées pour qu'elles ne hurlent que son nom à *lui*.

Estœbann.

J'ouvre les yeux. *Il est là.* Un amas longiligne et obscur, *sa* silhouette. Je ne dis rien. Je crois que j'en suis incapable. Il a muselé ma voix, gelé mes émotions, paralysé mes sentiments… ou peut-être simplement ma conscience dans un rêve. Ce ne serait pas la première fois que je le pense réel. Mon âme putride se réchauffe toujours avant de sombrer sous la terrifiante glace de la désillusion. Après tout ce temps, cette attente interminable, cette peine abominable et la douleur infernale de son absence, je ne peux que l'imaginer. Or, mon corps est lourd, lié à mon esprit. Mes muscles et mes articulations réagissent à mes commandes, et les ombres de ma chambre ne se dénouent pas. Elles demeurent au-dessus de moi, massives, compactes, tangibles. J'entends *son* souffle.

Estœbann.

Je ne sais pas ce que je ressens. La colère et la joie se bousculent sous l'enveloppe de mon immobilité. Il y a la surprise et… l'évidence, comme si, au fond de mon cœur maudit, *sa* promesse avait défié toutes les lois. *Divines, humaines, vitales et mortelles.* Il est ici, à mes côtés. Enfin. De nouveau. Et toutes les pièces du tableau décomposé de mon existence se retrouvent assemblées.

Mon roi est revenu pour moi.

Je le sens effleurer mes clavicules, danser avec son index et son majeur pour les installer entre mes seins, juste au-dessus de cet instrument traître. Il les sent, c'est certain. Le rythme effréné, l'excitation, l'incompréhension et la peur. Son rire me chatouille les tympans jusqu'à enlacer mon âme.

Pourquoi ai-je cru l'avoir oublié ? Le mirage n'en a jamais été un. Il est là et je sais que c'est lui. Je le perçois partout en moi. Même privée de mes cinq sens, je l'aurais reconnu grâce au sixième.

Estœbann est avec moi. Estœbann est de retour.

— Je suis revenu pour toi, Riham.

Il a tenu sa promesse.

— Tu as mis du temps.

Ma voix est enrouée. Par l'émotion ou par le sommeil, peut-être par les deux, j'ignore comment le déterminer.

— Je sais, mais je ne compte plus te quitter, me confie-t-il.

Est-ce facile à croire après des années sans nouvelle de lui ? Je n'en suis pas persuadée, mais la nuit, le sommeil et les brumes épuisantes de mes songes rendent ce moment irréel.

— Tu restes ? me soucié-je.

— Non, c'est toi qui viens avec moi.

Il me faut quelques secondes pour comprendre et j'ai besoin d'un temps supplémentaire pour contrôler le volume de ma voix.

— Quoi ?

Mes dents s'enfoncent dans ma lèvre inférieure. Un gémissement de douleur roule dans ma gorge, étouffant mes protestations.

N'extériorisez pas vos émotions, ne les ressentez pas, refoulez-les dès qu'elles essaient de prendre le dessus. Ça ne vous est pas permis, ça n'est pas de votre rang, me sermonne la voix vigoureuse de Greitshenn. Elle hante mon esprit.

— Ce n'est pas possible, Estæbann, reprends-je d'un ton plus calme.

Neutre.

C'est bien. Gardez le contrôle.

— Riham, tais-toi et écoute-moi.

L'un de vos devoirs est d'écouter vos aînés sans les interrompre ou leur manquer de respect. Il n'y a pas d'exception. Même si cela implique une conversation qui vous déplaît ou qui vous effraie. Tous vos sentiments, positifs ou négatifs, sont dangereux. Éteignez-les avant qu'ils n'explosent.

Ce n'est pas ce que je fais.

— Oncle Matheiüs ne me l'autorisera jamais.

— Ma mère et mon père non plus, mais aucun de nous deux n'ira s'enquérir de leur permission.

La panique me submerge le ventre. Je repousse Estæbann et me plaque contre le mur. Un bruit sec retentit. Une douleur intense se propage entre mes omoplates, mais je ne bronche pas. Les genoux enfoncés dans la poitrine, je maintiens Estæbann à l'écart, criant presque pour qu'il n'approche pas :

— Tu es fou ! On ne peut pas faire ça.

— C'est fou de vouloir te voir libre ?

— Oui, en effet, puisque je ne peux pas l'être. C'est interdit et ce serait… insensé !

— Tu veux rester ici ? Enfermée dans cette piaule pour le restant de tes jours ?

Qui le voudrait ? Bien sûr que j'ai envie de sortir, bien sûr que je ne supporte plus la couleur de ces murs ou voir ce que l'extérieur peut être sans le sentir contre moi, sur moi, autour de moi, sans en faire partie. Mais le bonheur d'une personne ne vaut pas la vie de milliers d'autres.

— C'est ce à quoi je suis destinée !

— Ce n'était pas ma question, Riham. Je te demandais si tu en avais *envie*.

Non ! vocifère mon âme.

— Oui, murmure ma raison.

— Tu mens.

Quel fin limier !

— Ne me pose pas la question si tu n'es pas capable d'accepter ma réponse.

Mon grognement résonne dans la pièce.

— Que tu le veuilles ou non, je te prends avec moi.

— C'est un enlèvement ?

— Précisément.

Estæbann se penche au-dessus de mon lit, les mains enfoncées dans ma couverture. Son visage avale la distance pour survoler le mien. L'obscurité emplit toujours la pièce, mais je repère les traits de ce garçon de seize ans, affirmés en quelque chose de plus adulte : un jeune homme de vingt-deux ans. Ciselés, mâchoire anguleuse, nez droit et fin, surmonté de deux yeux pénétrants, à la portée intense et au pouvoir hypnotisant.

Mon souffle se perd quelque part entre nos bouches.

À quelques détails près, ce visage ressemble aux portraits que j'ai imaginés.

Six années se sont écoulées et Estæbann est de nouveau face à moi. *Avec* moi. Là pour moi. Il est venu me chercher. Mon corps est tiraillé entre l'envie de le détruire et le besoin de l'aimer, mais pour ma nature, l'un ne fonctionne pas sans l'autre.

— Greitshenn et Connrhad ne te laisseront pas faire.

— Mes parents n'entendront rien.

— Pas si je hurle.

— Tu prendrais le risque de me tuer ?

Mon cœur éclate sous une vision d'horreur. Son sourire s'élargit alors que sa main gantée enveloppe ma nuque. Son nez effleure le mien, l'espace d'une microseconde, puis ses lèvres jalonnent mon cou sans s'y poser.

— Je t'aurai pour moi tout seul et toi tu auras tout.

Ses iris verts scintillent dans la pénombre et je suis irrémédiablement obnubilée. J'avais oublié l'intensité de ces prunelles, ce pouvoir qu'Estæbann avait sur moi, celui de me faire abdiquer en un regard. Or, il s'est absenté trop de semaines, trop de mois, trop d'années, et je ne suis pas prête à le suivre aveuglément. Je ne suis plus la petite fille docile qu'il a connue. J'ai compris ce que je suis, je n'ai pas oublié qui je dois être, et je ne le laisserai pas mettre en péril les vies de gens innocents. Ceux qui ne représentent aucun danger dans la quête de ma destinée.

— Si tu me veux, il te faudra me prendre de force, le défié-je.

Quelque chose vacille dans son regard, mais un sourire lumineux déforme ses traits.

— Tu as bien grandi, petite fleur, atteste-t-il d'un ton lascif. T'arracher à ta prison ne me fait pas peur. Le monde est vaste. Notre pays est si beau que ce serait un crime de ne pas le parcourir. Tu viens avec moi. Quoi que tu en dises, je sais que c'est ce que tu veux. Ta bouche peut s'évertuer à me mentir, ton corps m'avoue tout.

Je n'ai jamais su être totalement illisible avec lui. Je le regrette aujourd'hui. Parce que ça n'a pas changé et il s'amuse à le souligner.

— Dommage que maman ne soit pas là, la déception ruinerait sa propre contenance.

La colère se fraie un chemin dans ma poitrine.

De quel droit se permet-il de me renvoyer mon insuffisance à la figure ? Je suis censée être comme Greitshenn. Toutes ces leçons subies pendant des années n'ont-elles en effet servi à rien ? Sont-elles véritablement bafouées en l'espace d'un instant en sa présence ? À cause de lui ?

Greitshenn ne serait pas en mesure de le supporter. Elle m'enfermerait à double tour, barricadant ma fenêtre pour m'écarter de la plus petite et infime source de lumière, privée de paysage et de ces rêves qui me conservent en vie, seule, dans cette fichue tour, chaque jour.

— Va-t'en, lui ordonné-je. Je ne veux plus te voir.

— Je n'ai pas l'intention de t'obéir.

Son expression se durcit. Sa main s'abat sur ma bouche et son bras s'enroule autour de ma taille pour plaquer mon dos contre son torse. Réduite au silence, brusquée par sa force, je suis en difficulté pour récupérer mon souffle ; le sien me chatouille la nuque. Je sens ses cuisses contre mon bassin, le rythme acharné de sa respiration contre ma colonne vertébrale et ses muscles tendus pour me garder prisonnière de son étreinte.

— Tu vas venir avec moi sans faire de bruit. Si tu essaies d'alerter quelqu'un d'une façon ou d'une autre, je tuerai tout ce qui se dressera sur notre route. Y compris Greitshenn et Connrhad.

Tu n'oserais pas ?

L'affolement gagne mon cœur.

— Crois-moi, je n'hésiterai pas. Plus maintenant.

S'en prendrait-il à ses propres parents ? Il ébranlerait la communauté créée par les fidèles de ma mère. Les alliés de Sazira ne lui pardonneraient jamais. Estæbann serait traqué, chassé, poursuivi, arrêté et massacré. C'est tout ce qu'on réserve aux traîtres.

La peur contamine ma raison. Je n'essaie plus de me débattre, je me fige et m'affaisse contre lui pour lui prouver ma résignation. Puis mes doigts franchissent la barrière des siens pour éloigner sa main de mes lèvres.

— Ne me mens pas, l'imploré-je. Ne dis pas que c'est uniquement pour moi que tu es là. Pour quelle raison as-tu besoin de moi ?

— Tu es le plus précieux des diamants dont je dispose. Si tu es avec moi, nous pouvons être libres tous les deux.

— Permets-moi d'en douter. Tu es en train de faire de moi ton otage.

— Là où l'on va, tu l'oublieras vite.

— Oui, parce que c'est aussi simple que cela.

— Ça ne tient qu'à ta volonté, beauté mortelle.

Je pousse un lourd soupir, agacée. La main toujours agrippée à son poing, je raffermis ma prise pour m'aider à pivoter contre lui. Mon front manque d'entrer en collision avec son menton, et il a un mouvement de recul quand mon nez survole sa bouche. Sans doute que son instinct de survie lui a sauvé la mise. Ma peau frétille, dévorée, subjuguée, attirée par la sienne. C'est viscéral. Cela m'agrippe à la gorge, au cœur, au creux du ventre, et cela grouille partout en moi. L'attraction est puissante, mais je lutte, je m'évertue à lui résister. Peu importe la sueur de mes tempes, la moiteur de ma nuque ou le froid glacial qui envahit mes veines.

Il le faut. Je dois rivaliser contre cette attraction. Cette tentation infernale.

— Très bien.

— Très bien quoi ? me demande-t-il, troublé.

— Je pars avec toi.

— Tu…

Il ne s'attendait certainement pas à ce que j'accepte de mon plein gré. Aussi vite. Moi non plus. Mais si ce rêve n'est pas qu'un rêve, si Estæbann est bien là, si tout ce que j'ai toujours désiré est en train de se produire… pourquoi résisterais-je ? Pourquoi resterais-je enfermée ici alors que le garçon, né pour être mon roi, mon souverain, m'est revenu ? Pourquoi alors que l'extérieur me tend les bras ? Je peux m'autoriser une nuit… quelques jours, peut-être, puis je reviendrai. Je retrouverai mes tuteurs, Oncle Matheiüs, et j'accomplirai mon devoir. J'arracherai le trône aux usurpateurs. Tout ce qui est à moi, à ma lignée impériale, je m'en emparerai. Puis j'élèverai Estæbann à la hauteur du siège royal. À *mes* côtés.

— Je pars avec toi, répété-je, mais j'ai une condition.

— Miséricorde, gémit-il en renversant la tête vers l'arrière.

La proéminence cartilagineuse de sa gorge se soulève juste devant mes yeux.

J'ai envie de l'embrasser.

Une pulsion surgit du fond de mes entrailles. Mes ongles s'enfoncent dans ses doigts alors que mes dents mordillent ma langue. Un goût de sang se répand dans ma bouche.

Résiste, Riham.

— Je…

Je veux poser mes lèvres sur son cou, fermer les paupières et laisser mon corps aspirer tout ce qu'il convoite. Tout ce qui peut apaiser les flammes voraces de mes muscles, de mes organes. Elles sont affamées. Cela aussi, je l'avais oublié. *Cette puissance invisible...* Elle grouille, s'agite, bataille, hurle au fond de moi. Elle le veut. Lui et sa vitalité. Lui et sa peau. Lui et sa chaleur.

Non, je ne peux pas. Je dois préserver mes esprits.

— Je croirais voir un suceur de sang.

Mon cœur rate un battement. La remarque d'Estæbann me glace les veines. La douleur s'infiltre sous ma peau pour transpercer ma poitrine. Des milliers d'aiguilles s'enfoncent dans mes poumons.

Oui, je crois qu'il a raison. Mais je n'ai besoin d'aucun croc pour m'abreuver de son sang. C'est sans doute ce qu'il y a de plus effrayant. Il me suffirait de chanter, de fredonner un air envoûtant. Ou de céder et d'envelopper sa joue de ma paume. Prisonnier d'une caresse, d'un effleurement, peau contre peau, il serait condamné. Offert à la volonté de ma nature. Du paradoxe de mon existence.

Une vie pour semer la mort.

Peut-être est-ce sa remarque, cinglante comme une insulte, qui m'insuffle assez de révolte pour immobiliser le poison de mon esprit, mais je parviens à me délivrer. *Ne pas l'approcher.* Je titube en reculant. *Ne pas le toucher.* Il tente de me retenir et je le repousse brusquement.

— Deux conditions, pesté-je, contrariée contre moi-même.

Estæbann porte son regard vers le plafond, exaspéré, mais acquiesce, les bras croisés.

— La première ?

— Tu ne m'appelles plus « beauté mortelle ». Ce surnom est ridicule. Pour toi, c'est Riham. Juste Riham.

— Tu as oublié de mentionner « petite fleur », il ne fait donc pas partie du contrat, décrète-t-il, une lueur malicieuse sur le visage.

— Arrête de m'agacer.

— C'est ta seconde condition ?

— Oui. Non ! m'exclamé-je.

— Ouf… Ç'aurait été trop compliqué.

— La seconde : tu ne me touches plus, m'énervé-je en ignorant sa réflexion puérile. Plus jamais. Pas de contact, pas de badinage avec le danger, pas de prises de risques. Je ne veux plus que tu franchisses mon espace vital, c'est compris ?

Il ne dit rien. Un moment, il me fixe sans réagir. Puis son torse se bombe lorsqu'il inspire.

— D'accord. Tu as fini ? On peut partir ?

Il n'attend pas ma réponse. Un coup de vent m'apporte son odeur pendant qu'il me contourne pour atteindre la sortie de ma chambre. La main tendue vers la poignée, il s'apprête à partir, mais je ne réussis pas à lui épargner ma dernière requête :

— Est-ce… Est-ce que je peux… prendre Patou et Tatou ?

Estæbann se pétrifie, puis se retourne, indigné, pour m'incendier :

— Tu as encore ce foutu caméléon et ce malheureux équidé en peluche ?

Je sens mes joues s'enflammer et prie pour qu'il ne le remarque pas. Comment le pourrait-il dans la nuit ? Il me connaît, moi et les réactions de mon corps, mais il n'est pas surhumain, il ne peut pas apercevoir des choses invisibles…

N'est-ce pas ?

— Coupable ?

Mon couinement ne lui arrache même pas une particule de sourire. Il grommelle dans sa barbe de trois jours.

— Magne-toi, on n'a pas toute la nuit. Oncle Matheiüs est toujours là. Il pourrait monter à tout moment et je n'ai pas envie de l'affronter aujourd'hui.

— Donc je peux hurler ? claironné-je.

— Ne me cherche pas. Prends tes doudous de la mort et ramène tes fesses.

— Quel aîné adorable au langage soigné !

— Je ne suis pas ton frère.

— J'ai dit « aîné », pas « frère ».

Il ne réplique pas. J'enfourne Patou et Tatou dans un sac, enfile mes gants, mes bottes et ma cape, puis me dirige vers Estæbann. *Estæbann Van de Saez. Il est là. Il est vraiment là.* Peut-être devrais-je me pincer pour m'assurer que ce n'est pas un rêve.

Non, je ne suis pas certaine de supporter le poids de la déception si je me réveillais dans mon lit, seule, dans cette chambre et offerte à mes démons.

Je frappe la main offerte d'Estæbann et grommelle dans un murmure :

— Pas de contact, je t'ai dit.

— Tu m'emmerdes.

Oh, quelles douces paroles…

Mon cœur se serre. Je n'étais pas préparée à la haine que je ressens à travers ses mots.

— C'est réciproque.

Ma remarque me brûle la langue. Jamais je ne pourrai le détester, lui. Jamais sa présence ne m'ennuiera.

— Parfait ! crache-t-il. Cette aventure s'amorce à merveille, tu ne trouves pas, *Juste Riham* ?

Mes poils se dressent sur ma nuque. En fin de compte, peut-être que cette nouvelle variante de lui serait bien susceptible de m'agacer un peu.

— Un rêve éveillé, riposté-je, amère.

— Je savais qu'on était sur la même longueur d'onde, se

réjouit-il d'un air théâtral.

Pieds nus, je le suis jusqu'à l'escalier de la tour.

Pourvu que quelqu'un nous intercepte ! prié-je en mon for intérieur. *Même si c'est l'Oncle Matheiüs ou Connrhad ou Greitshenn...*

Quitte à être reconnue coupable moi aussi et à être enfermée dans l'obscurité jusqu'à la fin de mes jours, je préfère être arrêtée maintenant plutôt que lorsqu'il sera trop tard. Je peux me risquer à les alerter, mais comment ? Sans mettre en péril la vie d'une personne, à commencer par celle de mon guide, c'est presque impossible.

Un éclat de rire cynique est sur le point de m'échapper quand je trébuche sur une marche et me rattrape de justesse à l'épaule d'Estæbann.

— Tu as deux pieds gauches.

— C'est un peu ironique, non ? plaisanté-je en fouettant sa tentative de me tenir la main.

— Quoi donc ?

— Un assassin est en train de voler la Mort.

Cette fois, c'est lui qui loupe une marche. Je hausse les sourcils, moqueuse.

— Ironique, oui, affirme-t-il en fuyant mon regard. Avance et ferme-la.

5

L'évasion de la Mort et de l'Assassin

Estæbann, 22 ans

Je ne sais pas ce qui est le plus affligeant entre le fait que rien n'ait changé et la fatalité dévastatrice que le surnom donné à Riham durant notre enfance ne m'ait jamais paru aussi approprié.

Beauté mortelle.

C'est une évidence irréfutable. Je n'ai rien croisé de plus cruel que son regard. Même celui de mon oncle ne lui arrive pas à la cheville. Parce que la pudeur et l'innocence de son esprit s'oppose à la dangerosité de son âme. De son corps à ses larmes, de ses caresses à sa voix, elle est une arme. La plus terrible. La plus insensée. Et elle se pavane encore avec cette effroyable figure d'ange. Un ange façonné dans les ombres les plus séductrices, doté d'une beauté ensorcelante.

Elle est ma damnation. Elle l'a toujours été. Et c'est pour cette raison qu'aujourd'hui, je la déteste. Riham doit disparaître de ce monde et emporter avec elle tous ceux qui menacent *ma* prospérité.

Un frisson terrasse mon corps. Ses doigts gantés effleurent mon avant-bras et me subtilisent toute contenance. Mon talon glisse sur la pierre blanche de la marche, polie par les domestiques et salie par mes bottes. Je sens le pouce de Riham naviguer sur mes veines gonflées, sous le tissu de ma lourde veste sombre. Sa main se resserre doucement autour de mon poignet. Je crois d'abord qu'elle va tenter de libérer le sien, mais elle exerce une ferme pression. Une requête silencieuse, je suppose. Je ralentis, une paume appuyée contre le mur gelé par l'absence des bougies. D'un regard lancé par-dessus mon épaule, je l'interroge en silence. Ses yeux fouillent la tour et cette cage d'escalier démesurée.

Il n'y a pas de fenêtre. Les flammes des mèches ont été soufflées. On ne distingue même pas nos propres ombres dans cette obscurité écrasante. Je ne perçois Riham que parce que mes rétines se sont accoutumées au néant et parce que son corps est tout proche. *Trop proche.* Je peux sentir son souffle dans mon cou. La déglutition est difficile sous la cajolerie de son expiration.

— Estæbann…

Son murmure arrache un sursaut à mes épaules. Ma mâchoire émet un craquement et la douleur vibre jusque dans l'émail de mes dents. J'ai toujours détesté les réactions de mes muscles à sa proximité. Riham est nocive, son âme est perfide. Même sans le vouloir, tout son être agit dans l'objectif d'ôter une vie. La mienne, en l'occurrence. Et désormais, jusqu'à son dernier souffle, c'est le mien qu'elle tentera d'emporter. Parce que je ne compte plus m'en éloigner. Personne ne me la prendra. Elle-même n'aura pas le choix. Je ne lui permettrai jamais de me filer entre les doigts.

— Tu as quelque chose à dire ? la pressé-je, agacé.

— Je me questionne.

— Tu penses que le moment est opportun ?

— Comment comptes-tu traverser le manoir sans te faire remarquer ? murmure-t-elle. Tu n'es pas n'importe qui, même un nouveau-né serait susceptible d'alerter l'île de ta présence. En ayant l'arme de la communauté sazurienne à tes côtés, qui plus est. Tu ne peux pas repartir en toute discrétion, Estæbann. Si Matheiüs est venu avec ses hommes, ton plan est peut-être déjà compromis.

— Tu t'inquiètes pour qui ?

— Je me questionne, répète-t-elle.

— Les sbires de mon oncle sont trop visibles et trop prévisibles pour me surprendre.

— Mais ils t'ont formé, ne l'oublie pas.

J'esquisse un petit sourire amusé.

— Pas ces dernières années.

Je crois qu'un pli se forme entre ses sourcils. Je ne sais pas si je l'ai surprise, mais elle est au moins intriguée. En effet, en six ans, j'ai eu le temps de découvrir d'autres méthodes que celles inculquées par le chef de cette satanée secte pour satisfaire mes propres missions.

Les lèvres toujours courbées en un rictus malicieux, j'insiste :

— Est-ce que tu t'inquiètes pour moi, Riham ?

— Tu as cessé de m'intéresser le jour où tu es parti.

Un ricanement flirte avec le silence des lieux. Je le ravale avant que l'écho ne prenne de l'ampleur.

— Peu importe le nombre de leçons que t'auras donné ma mère, tu mentiras toujours aussi mal.

— Nous ne sommes pas tous nés avec cette faculté, Estæbann.

La pointe d'amertume que je note dans sa voix entame quelque peu ma bonne humeur.

— Avance.

Mon ordre résonne comme un léger grondement dans l'air. Ses doigts abandonnent mon poignet et la morsure du froid s'infiltre sous ma chemise. L'épaisseur de mon manteau ne suffit pas à m'en protéger. Un sentiment étrange s'installe dans mon torse. Je serre les dents, referme mon poing sur son bras et la tire à ma suite. La brutalité de mon geste manque de nous envoyer tous les deux valdinguer sur les marches.

— Vous êtes d'une douceur à couper le souffle, cher ravisseur.

— Si tu ne veux pas que je te bâillonne, tu ferais mieux de te taire.

Elle soupire tout contre mon oreille et je m'écarte d'un mouvement brusque. Riham gémit sous l'étau renforcé de mes doigts, mais ne se dérobe pas. Mon cœur hurle face à l'obscurité. Si la Mort se dresse au-dessus de moi, dans mon dos, il n'y a qu'un gouffre obscur à l'horizon. Pénétrer l'enceinte du manoir était un jeu d'enfants. S'en extraire relève de l'irréel. La méfiance habille mon corps et le démon de mes angoisses porte les yeux de mon oncle.

— Les regrets t'inspireraient-ils des envies de disparaître ?

Riham adopte la voix de l'ange déchu sur mon épaule et un ricanement fait vibrer son souffle contre ma nuque.

— L'une des règles principales de la maison n'est-elle pas de savoir situer sa place ? rétorqué-je.

— Tu as perdu la tienne. Je suis plus titrée que toi sur cette île, Estæbann.

— Tu ne vaux rien pour personne ici. Aucun fidèle de mon oncle ne te considère comme un être humain.

— Sans aucun doute, puisque je n'en suis pas un.

Sa voix sèche étire un sourire sur mon visage. Jadis, je me délectais de jouer avec ses faiblesses pour déployer ses émotions. Ça n'a pas changé, à quelques nuances près. Aujourd'hui, la saveur est meilleure. Plus malicieuse encore, et chargée de délices. Parce que je n'éprouve aucune compassion face à sa condition. Seulement du plaisir.

Mon pied glisse sur la dernière marche de l'escalier. Le frottement fuse dans l'air, mais s'évanouit aussi sec. Riham étouffe un gémissement et ses ongles se plantent dans mon épaule. Malgré le cuir de son gant et la couche épaisse de mon manteau, sa poigne me paraît surmontée de cinq lames venimeuses. Il s'en faut de peu pour qu'elles déchirent les tissus et atteignent ma peau. Peut-être devrais-je m'estimer chanceux d'en ressortir indemne.

Sans un mot, je la guide à ma suite à travers le couloir qui sépare la tour du reste du manoir, puis bifurque sur la gauche, le souffle court, le pas calme et l'œil vif. Riham se raidit dans mon dos. Sa démarche freine, mais ne s'interrompt pas. Je suppose qu'elle ne s'attendait pas à ce que j'emprunte l'aile où l'Oncle Matheiüs se repose. J'en suis le premier nerveux, mais il n'y a pas de meilleure destination pour tromper la vigilance des gardes. Les domestiques ne sont pas endormis. Certains d'entre eux travaillent encore. Les hommes de main, eux, ont pour habitude de s'éloigner des quartiers de leur maître. Mon oncle n'a besoin que de deux gardes. L'un d'eux étant dans la même pièce que lui. L'autre toujours posté devant sa porte.

Qu'importe sa stature et son importance, en ces lieux, même le chef de l'île ne peut rien contre mes connaissances. Ma mémoire n'a rien perdu. Je l'ai su dès mon arrivée. Des années d'expérience ne s'oublient pas. Cette nuit, je retrouve mon âme chevaleresque. Ou presque. Ce n'est pas pour la voir, mais pour l'enlever que je me suis fondu dans les ombres de la maison et que j'ai grimpé la tour d'ivoire où Riham est enfermée jour après jour. Qui aurait cru que mon père se dresserait contre son frère ? En étant l'aîné, c'est lui qui a hérité des plans du manoir. *Connrhad Van De Saez. Premier du nom.* Même ma génitrice ignore tous les secrets de cette bâtisse. Et Connrhad ne se doute pas un instant que mes anciens sentiments pour la prisonnière m'ont amené à les découvrir. Un par un. Encore moins qu'ils me serviraient après m'avoir jeté en prison et condamné avant même que mon exécution soit rendue publique.

Le froissement de nos habits me déconcentre une fraction de seconde. La suivante, un bruit de pas me fige et Riham se tétanise à quelques centimètres de moi. La sensation de son visage proche de moi brûle mes omoplates, mais je ne réagis pas. Une faible lueur de bougie éclaire la pierre du manoir un peu plus loin. Trois portes nous séparent du faisceau lumineux. Il ne nous faudrait en dépasser qu'une seule pour atteindre la tenture où le premier passage est dissimulé, incrusté dans les fondations. Mais la silhouette ne poursuit pas sa route en longitude. Elle dérive vers nous et s'avance dans notre direction. Je calme ma respiration avant même qu'elle ne cède au froid de mes veines.

Riham, elle… J'ignore ce qu'elle ressent. Elle est silencieuse, immobile, d'un flegme exemplaire. Devrais-je remercier ma mère pour lui avoir appris à contrôler toutes ses émotions ? Y compris la peur et la surprise ?

— Oneloz !

Mon cœur tressaute à l'exclamation de cette voix féminine.

Juste derrière nous. Quelque part dans l'escalier de la tour. Elle est étouffée, mais elle porte à l'autre bout du couloir. L'homme se fige quelques mètres devant moi.

— Oneloz, c'est toi ?

— Oui, souffle le domestique en avançant de trois ou quatre pas.

Le claquement des talons résonne au-dessus de nous. Ma main libère la pression autour du bras de Riham. Mon dos se colle à sa poitrine et mes doigts effleurent son flanc droit pour s'enrouler autour de sa hanche. Sans un mot, je la pousse à reculer. Les deux inconnus marchent avec hésitation, prêts à se rejoindre. Mes chaussures glissent sur le sol et je prie pour ne pas déraper. Pour que Riham suive la cadence sans protester ou tenter la moindre dénonciation. Ma paume collée au mur gelé rencontre le vide et j'oblige la Daliakys à prendre la direction de cette intersection.

Son corps se cambre soudain contre le mien. Je me fige. La flamme de l'homme s'approche dangereusement de nous. Je suis toujours à découvert. Lentement, la main de Riham effleure la mienne et mon cœur s'embarque dans une hésitation douloureuse. Raide, je m'évertue à ne rien dire, à ne même pas souffler, murmurer ou tourner la tête pour l'apercevoir par-dessus mon épaule. Ses doigts étendent mon bras dans son dos, étirant mes muscles contre les siens. Quand le cuir de mon gant effleure la surface dure d'un meuble, je comprends le sens de son intervention. J'ignore comment elle est parvenue à anticiper le choc, mais je ne m'attarde pas sur la question. Nous le contournons, serrés l'un contre l'autre. Accroupis de l'autre côté, nous apercevons les ombres danser sur le mur d'en face au moment où l'homme et la femme se retrouvent au pied de l'escalier.

Les serviteurs chuchotent, tout près de nous, et nous nous tapissons du mieux possible dans l'obscurité.

— Tu as trouvé quelque chose ? se soucie le dénommé Oneloz.

— Non, rien dans la tour.

— Pas même dans la chambre de Riham ?

Un pressentiment terrible soumet ma cage thoracique à un poids considérable. Une gêne s'installe dans mes poumons. Mon souffle, pourtant si faible, se fracture.

— La porte était fermée à clé. Je n'ai pas osé y entrer, mais je pense que personne ne s'y est encore introduit.

— Peut-être n'est-ce pas elle qu'il cherche ?

— Des indices de ton côté ?

— Une fenêtre ouverte dans la bibliothèque de l'Oncle Matheiüs.

Mon cœur menace d'éclater sous la pression.

— Mon frère, es-tu certain d'avoir aperçu quelqu'un s'infiltrer dans le manoir ?

— Il fait nuit, ce ne sont peut-être que des ombres, admet-il, mais comment pourrais-tu expliquer la disparition des clés ?

— Ce ne sont que les doubles.

— Un trousseau pourtant caché de tous, souligne l'homme. Zoeila, j'ai… je crains que Matheiüs soit là pour une raison bien particulière.

— Laquelle ?

— Je l'ai entendu prononcer le prénom de son neveu aux gardes qui le suivent partout.

Il sait, bien sûr.

Mon pouls s'accélère légèrement dans mes tempes, et mon sang s'échauffe. Les doigts de Riham ont glissé entre les miens. Ce n'est que lorsqu'elle presse ma main dans la sienne que je le remarque. Un hoquet de stupeur manque de m'échapper. Je le ravale et raffermis sa prise pour me maintenir en équilibre, contre elle.

— Tu penses que notre jeune maître est en vie ? Que c'est lui qui s'est infiltré dans le manoir ?

— Ce n'est qu'une hypothèse, mais une idée qui me semble cohérente. Il est le seul capable de déjouer la vigilance des domestiques. C'est notre mère qui nous l'a appris avant de mourir et de nous céder aux Van de Saez.

— Tu as raison…

Le soupir de la femme paraît me lécher la gorge. La menace s'infiltre dans les pores de ma peau pour m'incendier.

— S'il s'agit d'Estæbann, nous n'avons plus le choix. Pars alerter monsieur Connrhad.

— Vérifie que demoiselle Riham soit toujours dans sa chambre.

— Si elle ne l'est plus…

— Nous sommes perdus.

Je déglutis alors que les deux individus se séparent. Riham demeure muette jusqu'à ce que les bruits de pas se soient estompés et que le noir complet nous ensevelisse.

— Presse-toi de nous faire sortir d'ici ou tu mourras, m'intime-t-elle dans un souffle.

— Tu ne cherches même pas à les alerter ?

— Je pars avec toi, je te l'ai dit.

— Pourquoi ?

— Parce que c'est toi, Estæbann. Maintenant, tais-toi et sors-nous d'ici.

L'urgence dans son intonation me convainc de ne pas réfléchir. Dans un pas de course étouffé, nous atteignons l'immense tapisserie et je m'accroupis, délivrant Riham de ma prise. Mon index glisse entre le mur et le sol, sous le liseré cimenté, jusqu'à trouver un interstice. Je plie mon doigt et l'enfonce vers le haut pour tirer de toutes mes forces. Un grincement sinistre se fait entendre. Je grimace, mais ouvre la lourde porte en pierre jusqu'à libérer une odeur épouvantable de renfermé. Riham écarte brusquement le tissu de la tenture et presse ses mains dans mon dos.

— Ils arrivent, chuchote-t-elle.

Les muscles de mes bras se tendent sous l'effort. Le temps a passé sans que personne n'emprunte cette voie. C'est à croire que même les pierres ont le pouvoir de se ressouder entre elles. L'espace est juste suffisant pour nous laisser passer de profil. Je presse Riham contre mon flanc et la pousse vers les escaliers étroits du passage oublié. De l'autre côté de la porte, la poignée en fer rouillé est toujours scellée. Je tire d'un coup sec et le choc de la pierre fait trembler l'encadrement. Un nuage de poussières me tombe sur le crâne et des morceaux se coincent dans mes narines. Des larmes chaudes envahissent mes yeux sous la douleur des picotements. Je tâtonne dans mon dos pour trouver la main de Riham. Quand ses doigts s'enroulent autour des miens, je les écrase dans ma poigne et la traîne derrière moi. Les marches défilent sous nos pas. Nos épaules cognent les murs. Sur la pointe des pieds, nous essayons toujours de faire le moins de bruit possible, mais l'épaisseur des fondations nous assure désormais toute notre discrétion.

— Où est-ce que ce chemin mène ? m'interroge Riham lorsqu'un long couloir faiblement éclairé s'étend devant nous.

— À une centaine de mètres du manoir.

— C'est par là que tu es entré ?

— Non, je me suis contenté de la fenêtre de la bibliothèque pour l'aller.

— Pourquoi ?

— Parce que je craignais que la porte ne soit plus assez utilisée pour être silencieuse. J'ai eu raison, la preuve en est. Tout le manoir doit être alerté désormais. J'ai seulement pris le temps de débarrasser tout ce qui encombrait l'accès de l'autre côté.

— Je me demande si Zoeila et Oneloz vont réellement le payer de leur vie.

— Si ce sont les domestiques chargés de ta surveillance, c'est certain. Leur destin est scellé.

Elle soupire.

— Tu t'inquiètes pour eux ?

— Pas autant que pour toi.

Je trébuche sur un caillou.

Ou peut-être sur du vide…

— Tu te confesses ?

— Je ne mentirai jamais aussi bien que toi, Estæbann. Tu en es le premier conscient.

— Et tu ne cherches pas plus longtemps à éviter la situation alors que tu sais que tes sentiments pourraient servir à tous mes desseins ?

— J'ai lutté pendant six ans, je trouve que c'est assez long, rétorque-t-elle.

Un instant troublé, je me tourne vers elle sans pour autant cesser de marcher.

— Je suis prête à fuir avec toi depuis que je t'ai rencontrée. Tout comme je suis prête à mourir pour toi. Peu importe ce que tu me caches, mon destin t'appartient. Fais-en ce que bon te semble.

6
La découverte d'ailleurs

Riham, 19 ans

Ce n'est assurément pas un rêve.

À peine ai-je posé le pied sur le seuil de la grotte que toutes mes réticences s'envolent. Disparues en un coup de vent. Effacées par l'air qui me gifle les joues et s'infiltre sous mes vêtements, caressant ma peau sur le moindre espace qu'il lui est donné de conquérir. Mes cheveux détachés dansent comme l'herbe et les feuilles que je contemple au quotidien depuis la fenêtre de ma chambre. Mes orteils s'infiltrent dans la terre et mes doigts voyagent sur les pétales de fleurs sauvages.

Ce ne sont pas les premières que je vois d'aussi près. Avant de disparaître, Estæbann m'en avait confectionné un bouquet en guise de cadeau, mais elles sont mortes entre mes mains le jour où j'ai appris ce qu'il a fait pour se racheter auprès des membres haut gradés de la communauté sazurienne.

Ce ne sont pas non plus les premières que je touche. Or, celles-ci sont toujours unies à leurs racines, et malgré la noirceur du ciel, je devine leurs couleurs et cerne leurs silhouettes.

L'ombre de mon guide s'agite un peu plus loin, entre les arbres. Un sourire émerveillé sculpte ses courbes sur mes lèvres.

— Ce sont les mêmes que celles que tu m'as offertes le jour de mes treize ans, constaté-je.

J'entends la démarche d'Estæbann s'interrompre, puis sa voix gronde dans le silence de la nuit :

— Ne les touche pas et ne t'avise pas de retirer tes bottes.

Je fixe les doigts de ma main droite, immobiles au-dessus du nœud de mes lacets.

— Pourquoi ?

Pourquoi n'aurais-je pas le droit de sentir l'herbe fraîche sous mes pieds ? Pourquoi ne pourrais-je pas ôter mes gants pour effleurer chaque élément de cette nature que je croyais à jamais hors d'atteinte ?

— Tu veux tuer le monde entier ? riposte Estæbann.

Il a l'air incrédule, comme si mon interrogation soulevait toutes les preuves de ma stupidité et de mon inconscience réunies.

— Les êtres humains ne sont pas les seuls à vivre, je te rappelle.

— Tu m'ennuies.

— C'est réciproque.

Son affirmation et son imitation dédaigneuse me contrarient.

— Combien de temps allons-nous marcher ?

— Commence à compter. Tu me donneras ton résultat à l'arrivée.

— Tu es infâme, m'agacé-je.

Il ne répond rien et je me décide à l'imiter. Murée dans le silence, je m'extasie sur chaque plante, insecte, manifestation animale, agitation des arbres, des feuilles ou des buissons. Tout est sombre, mais l'éclairage de la pleine lune me suffit pour distinguer les formes, imaginer les contours de cet univers que je ne connais qu'à travers les pages de mes lectures.

Les minutes s'égrènent, puis les heures. La fatigue rend mes paupières lourdes, mes pieds malhabiles, mais la curiosité et la peur constante d'être repérée me maintiennent éveillée. Estæbann ne décroche pas un mot, ne me fournit aucune indication. Je ne lui fais pas le plaisir de lui en réclamer, le suivant aveuglément, oubliant de penser qu'il peut me mener à un guet-apens. Une partie de moi se méfie de lui, mais c'est comme si ma confiance en lui ne s'était jamais essoufflée. Comme si le voir revenir avait ravivé les mêmes sentiments au profit de ma toute première aventure ainsi que de ma contemplation.

Suis-je persuadée que cet instant est réel ?

C'est trop beau pour être vrai. À un détail près : le caractère horripilant de mon complice d'enfance.

Sa silhouette svelte se fond dans l'obscurité. Elle se découpe à travers les rayons opalescents de la lune, mais reste vague, indistincte. Estæbann avance d'un pas nonchalant, comme si le monde entier lui appartenait. Comme si rien ne pouvait le détruire. Pas même les habitants de l'île, certainement tous alertés de ma disparition.

Mes talons s'enfoncent dans une motte de terre. Le bruit spongieux de la boue inquiète Estæbann. Il pivote dans ma direction, à l'endroit exact où son profil brille dans un filet de lumière. Malgré l'ombre et la clarté, je cesse de respirer. Il est plus beau encore que dans mes souvenirs. Plus affirmé que dans mon imagination. La nuit ne me permet pas de le détailler, mais ce que j'aperçois me broie les entrailles.

Il entrouvre la bouche, se prépare à parler. Je le devance :

— Es-tu un rêve ?

Ma question n'est qu'un chuchotement porté par l'alizé du soir. J'ignore si son silence est surpris ou éloquent. Je décide d'attendre jusqu'à ce que sa voix balaye mes doutes.

— Non, je suis bien réel.

— J'ai du mal à y croire.

Il ne répond pas, ne bouge pas. Je ne daigne pas en faire davantage que lui. Sans doute oublie-t-il sa précipitation puisqu'il demeure statique de longues secondes… puis il s'approche. Doucement. Lentement. Ses yeux, même dans la pénombre, sont accrochés aux miens. Je les sens posés sur moi, m'envelopper, me caresser. Il ne s'arrête pas avant d'avoir collé les pointes de nos chaussures. Ses mains frôlent les miennes, crispées sur ma hanche et ma cuisse pour soulever les pans de ma robe.

— Inspire, m'intime-t-il l'ordre.

Les effluves de son odeur se logent dans mes poumons.

Je frémis.

— Inspire, répète-t-il.

Son souffle cajole mes joues et sa chaleur vient encercler mon cœur.

— Je suis réel.

— Tu es réel, murmuré-je.

— Je suis avec toi et tu ne dors pas.

Il me pince tendrement le bras. La légère morsure de la douleur me fait cligner des cils. Mais le spectacle est toujours le même. *Lui*. *Son* visage penché sur le mien. *Son* menton au-dessus de mon crâne. *Ses* clavicules au niveau de mes yeux. *Son* aura tout autour de moi.

— Tu es revenu.

Ses pouces survolent ma mâchoire, mais ne se posent pas. Ses bras retombent le long de son buste.

— Je suis là, avec toi.

J'acquiesce. Un soupir reste coincé dans ma trachée. Je ne sais pas si j'y crois plus qu'au moment où j'ai ouvert les yeux dans ma chambre, mais ma vue se brouille un instant. Voilée d'humidité. Peut-être qu'à l'aube, la Déesse de la Nuit me rendra ma conscience et me révèlera la perfidie de cette mystification. Mais jusque-là, jusqu'à cet instant, je *veux* croire qu'Estæbann est avec moi. *Pour* moi.

— Continuons, me somme-t-il.

Au terme d'une longue descente, j'aperçois le bout de Sazuria, l'île que possède la famille Van de Saez depuis deux siècles. Celle sur laquelle la communauté de ma mère a élu sa capitale. Je m'arrête à hauteur d'Estæbann, sur la bordure d'une plage de galets noirs, et contemple l'océan étendu face à moi, vaste. Il est comme un anneau immense autour de Zuria. Plongé dans l'obscurité, il est presque terrifiant, mais l'excitation provoquée par une telle vision d'immensité surpasse la peur dévorante. Je veux le voir avec sa centaine de nuances bleues et vertes, comme il est décrit dans les romans et représenté par certaines illustrations. Quand le soleil pointera le bout de son nez, j'admirerai le paysage détaché de son voile nocturne. Or, même la nuit, cela se révèle époustouflant. Avec les milliers d'étoiles, qui brillent tout autour de la lune, au-dessus de ma tête, je nage dans un enchantement.

Un cri menace de m'échapper, mais je le ravale de justesse. Trahir notre position me paraît risqué. Et tuer quelqu'un ou quelque chose pour exprimer mon bonheur serait un paradoxe trop sinistre. Ma conscience préfère rompre le lien avec mon corps. D'elles-mêmes, mes jambes se mettent à sautiller. Je danse sans grâce, tournoie sur mes pieds, m'emmêle les pinceaux et trébuche à plusieurs reprises. Gauche. Maladroite.

Étourdie. Tout est extraordinaire, à commencer par ce que j'éprouve au fond de moi, de mes entrailles. De la joie. Pure et absolue.

En ai-je déjà vécu l'expérience auparavant ? En fouillant dans mes souvenirs, je vois le visage juvénile d'Estæbann, nos moments l'un avec l'autre, sans adultes, puis ses cadeaux, ses caresses gantées…

Je ferme mon esprit à ma mémoire, de peur que mon extase soit entachée, et mes pirouettes arrachent un grondement dépité à Estæbann.

— Tu es…

— Une enfant ? proposé-je en acceptant de m'abandonner à mon insolence.

Après tout, Greitshenn n'est pas là.

Il n'y a que lui, et Estæbann sait déjà que je ne peux pas tout réprimer en sa présence. J'en suis mortifiée, mais quelque chose en moi m'incite à ne pas m'en soucier. J'accepte alors cette sensation de ridicule, me promettant intimement que je redeviendrai la parfaite petite poupée sociopathe qu'on attend que je sois.

— Oui, j'ai cru comprendre grâce à ta mère.

— J'allais dire épuisante.

— Oh ! m'exclamé-je sans trop savoir quoi prononcer de plus.

Y a-t-il quelque chose à répondre de toute façon ? À la place, je lorgne le sol et un besoin intense fleurit dans mon ventre.

— Tu penses que je peux quitter mes bottes maintenant ? me renseigné-je d'une voix éraillée par une excitation aussi inattendue qu'incontrôlable.

Les bras croisés sur son torse, Estæbann ne cesse de jeter

des regards entre Zuria et moi. L'île est la source de son attention ; moi, je suis sa distraction. Un tracas. Un boulet à sa cheville, sans aucun doute. Il est peut-être perdu dans ses réflexions, soulevant la question fatidique : a-t-il fait le meilleur choix en m'extrayant de ma prison ? Je n'ai nulle part où aller ; s'il angoisse de mon éventuelle fuite, il peut se rassurer, je refuserai de m'éloigner de lui. Retrouver mon chemin toute seule ? C'est un exercice trop difficile à envisager, mais aussi et surtout à entreprendre.

— J'aimerais sentir les galets et le sable sous mes pieds, lui confessé-je en étouffant le flot de mes protestations.

— Les grains de sable n'ont pas de cœur que tu peux ponctionner à ta guise, petite sorcière diabolique. Mais il y a des êtres vivants qui y pullulent. Tu pourrais les massacrer en ne faisant que les effleurer. C'est ce que tu veux ?

Je grimace en entendant le nouveau surnom dont il m'a affublée, mais l'ignore, histoire de ne pas le satisfaire de mes réactions spontanées.

— Et dans l'eau ? Je ne vais tout de même pas nager avec des gants et du tissu sur le visage !

— Pourquoi pas ? Tu préfères décimer les poissons ?

Son air malicieux agite mes intestins dans une rage sourde.

— Je te déteste, Estæbann.

— Non, ce que tu détestes, c'est toi-même.

Je le pousse d'une vive frappe sur le torse. Mon expression, fermée par sa remarque blessante, se craquelle pour arborer un air espiègle. Il titube et je ricane. Un pauvre caillou plus gros que les autres lui a fait perdre l'équilibre, mais il réussit à ne pas s'écrouler sur la plage.

L'opalescence de l'œil céleste baigne son visage et cette vision agit sur moi avec trop de violence. Mes poumons se compressent sur eux-mêmes, douloureusement. La clarté fixée dans ses pupilles est vertigineuse. Elle s'intensifie quand il s'approche, avalant mon espace vital comme il m'arrachait mon souffle autrefois. Il n'est qu'à quelques centimètres de moi, et je dois incliner le menton vers le haut pour ne pas perdre son regard clair, limpide, transcendant, du mien… sombre et mortel.

— Ne me frappe plus.

— Sinon quoi ? rétorqué-je. Tu vas m'enlever ?

Un rire cynique résonne dans l'air.

— C'est déjà fait. Tu n'es pas en mesure de m'imposer tes conditions, Estæbann. Respecte les miennes et ravale tes nerfs si je t'agace. On ne sait jamais, un meurtre est vite arrivé avec une *petite sorcière diabolique*.

Sa mâchoire se contracte et j'ai la subite envie de la parcourir du bout des doigts. Là, détaché de toute obscurité végétale, au bord de l'eau, sous la pleine coupe lumineuse de l'astre, Estæbann s'impose. Ses traits se dessinent avec plus d'exactitude. Même si les couleurs le fuient, je les devine. Ses iris, s'ils sont les mêmes qu'autrefois, me rappellent le plumage des meiridons. Sa peau hâlée se couvre d'ombrages, affirmant les angles de sa mâchoire, les courbes de sa nuque, la puissance de sa carrure… à la fois fine et déployée. Athlétique. J'aimerais parcourir ses pommettes hautes, goûter sa bouche délicate, embrasser le grain de beauté sur sa joue gauche, puis celui qui trône fièrement au-dessus de son œil droit. Je voudrais passer la pulpe de mon index sur l'arête de son nez, jusqu'à son extrémité ciselée, et m'ancrer dans les lignes de son corps pour ne faire qu'un avec lui. Pour me confirmer que *mon* corps a été taillé pour le sien.

— Je te hais, me crache-t-il sur le ton de l'aveu hargneux.

Une mèche brune tombe sur son front. Je résiste à l'envie de m'en saisir pour la remettre à sa place.

— Tu me combles de trop d'honneur, l'affronté-je malgré tout.

Malgré ma voix tremblante, mon manque d'assurance et le poids de son regard envoûtant.

La main protégée par le gant, Estæbann saisit mon coude et m'entraîne à sa suite. Une exclamation étranglée s'extirpe de ma gorge. J'essaie de me débattre, mais la force d'Estæbann domine toutes mes attaques.

— On va prendre cette barque pour atteindre Zuria et on dormira dans une auberge pour le reste de la nuit. Ensuite, il nous restera une demi-journée de marche, le long de la côte, pour atteindre mon chez-moi.

— Ton chez-toi ? Un cabanon en ruine ?

Son ricanement me surprend.

— Tu verras.

Il grimpe dans le petit bateau et me tend la main. J'hésite un instant, mais après avoir avisé son gant et le mien, j'accepte son aide. Je m'installe face à lui tandis qu'il prend place, le dos tourné à l'île façonnée par le corps de notre Déesse.

— Avant que tu commences à pagayer, j'ai une question.

— Ça ne peut pas attendre ?

— Non.

Il soupire.

— Pourquoi cette nuit ? Je trouve cela étrange que tu aies débarqué en même temps que l'Oncle Matheiüs, exposé-je. Ses visites ne sont pas fréquentes, cela faisait trois ans qu'il n'avait pas mis les pieds à la maison. En général, il ne vient que pour les choses importantes, jamais pour des… dîners conviviaux.

— Juste une question, hein ? se moque-t-il.

— Tu sais aussi bien que moi que Matheiüs n'est pas du genre à respecter les codes familiaux.

— Tu te tortures les méninges pour pas grand-chose, Riham.

— Explique-moi, exigé-je.

Il redresse son visage, comme pour me défier. Les bras croisés sur son buste – sa posture favorite –, il me toise d'un air condescendant. Je compte une poignée de secondes, puis il me confie d'un ton brusque ; le genre qu'il utilisait avant pour couper court à mes interrogations et espérer partir plus vite :

— Ça fait deux ans que je me suis échappé de la prison royale. Quand mon oncle l'a appris, il m'est tombé dessus. Il voulait que je le suive, mais j'en avais fini avec les Van de Saez, alors je l'ai fui lui aussi. Il m'a cherché. Longtemps. Sauf qu'il ne m'a plus jamais trouvé. Un jour, j'ai entendu dire qu'il retournait chez mes parents et j'ai eu la lumineuse idée de le suivre pour t'arracher de ses griffes.

— Tu es donc un preux chevalier venu sauver la princesse sur son magnifique équidé blanc, le nargué-je.

— Je dirais plutôt : un assassin en fuite venu enlever une âme pourrie par une force démoniaque sur ma barque tout aussi moisie.

Même dans l'obscurité, je distingue la blancheur de ses dents, dévoilées dans un sourire effronté.

— Je peux naviguer maintenant ? Malgré notre avance et l'obscurité, il ne faudra plus longtemps à certains habitants de l'île pour nous trouver sur la plage si nous nous attardons.

— N'attends pas de moi que je t'appelle « capitaine », répliqué-je.

— Je te propose « mon bel étalon des mers », tu en penses quoi ?

— Sais-tu ce que veut dire « étalon » au moins ? C'est encore plus dégoûtant que ridicule.

Estæbann se renfrogne et grommelle. Ses poings se referment sur les pagaies, bandant les muscles de ses bras sous sa chemise. L'air est frais, il ne porte pas de veste. Je peux sans peine admirer la valse impétueuse de son col, ouvert de trois ou quatre boutons. Selon ses mouvements saccadés, il m'est possible d'apercevoir son nombril. Les manches glissent sur ses épaules, le déshabillant presque, mais résistant à la chute. Une chaîne en cuir noir pend à son cou. Elle est surmontée d'un médaillon de la même couleur, qui repose contre son torse, entre les contours de ses pectoraux.

Une rose en obsidienne.

Pas exactement une rose…

À la différence du pendentif qu'il m'a offert, le sien a un détail supplémentaire : une épée transperce le cœur de la fleur. Un cri éclate dans mon crâne, comme tout droit sorti d'une vision funeste.

Glacée par la symbolique de son bijou, je me recroqueville sur moi-même et détourne le regard, mais le paysage n'a plus cette saveur excitante de la découverte. Je prends subitement conscience de mes actes. Ce n'est pas un rêve. Ni un cauchemar endormi. J'ai suivi le fantôme d'un garçon surgi du passé pour me retrouver avec un homme que je ne connais pas. J'ai fui ma tour, ma maison, tout ce que j'ai toujours connu, les personnes qui m'ont élevée et auprès desquelles j'ai juré d'accomplir mon destin. J'ai désobéi, je me suis sauvée, tout ça parce qu'Estæbann est là. Tout ça parce qu'il est revenu.

Mais il n'est pas là pour moi. Au fond de moi, je sais que je ne peux pas le croire, qu'il n'est pas là pour m'offrir ma liberté. Pourtant, c'est ce que j'espère. Je l'espère comme cela est arrivé tant de fois dans mes songes et, acculée par l'enchantement de cette réalité, j'ai cédé. Je suis partie avec lui. Le sentiment d'avoir commis une grave erreur me ronge les entrailles.

Je jette un coup d'œil par-dessus mon épaule, tentant d'apercevoir le manoir depuis l'océan, mais la cime des arbres et la nuit englobent tout. J'ai encore l'opportunité de sauter de la barque, nager jusqu'au rivage et rentrer à la maison. Estæbann ne me rattraperait pas. Ou peut-être que si, mais j'aurais la certitude que ce n'est pas pour moi qu'il est venu me chercher. Je veux le mettre au défi, plonger à l'eau et voir sa réaction, mais une force invisible me maintient assise devant lui.

Une puissance ésotérique, palpable, envahissante…

La peur.

La peur d'être déçue. La peur d'être blessée. La peur de ne pas le supporter. La peur de dire adieu à la seule personne qui m'a un jour fait me sentir aimée.

— Estæbann ?

Ses poings se crispent autour des rames.

Est-ce qu'on peut s'arrêter pour contempler le ciel ensemble ?

Observer les étoiles avec lui, c'était l'un de mes rêves. Elles sont belles à travers ma fenêtre, bien que discrètes entre les branches des arbres. Mais leur beauté totale, je voulais la contempler avec lui. Sentir mon cœur battre contre mes côtes, sa main dans la mienne.

— Sazuria, m'efforcé-je d'articuler, c'est quelle partie de la Tortúga ?

— Sa…

Son hésitation m'encourage à lever les yeux sur son visage.

Ses yeux…

Je me mords les lèvres pour me contraindre à ne pas penser.

Des muscles de ses joues se contractent, engendrant un tressautement au niveau de sa pommette droite. Il me sonde, surpris.

— L'extrémité de l'une des nageoires antérieures.

Sa voix rauque me fait frémir. Je me recroqueville sous les pans de ma cape et plonge le nez dans son col.

Il n'est pas un rêve, me répété-je. *Estæbann est là.* Mon *Estæbann.*

— La gauche, précise-t-il sur un ton presque acide.

Non, ce n'est pas *mon* Estæbann.

— Elle s'est effondrée lors d'une guerre intestine entre le gouvernement royal et…

— Nous ? proposé-je.

— Les fidèles de Sazira.

Sa correction et ce qu'elle implique ne m'échappent pas.

Je déglutis, bousculée par cette révélation tacite, et me demande si le retour d'Estæbann est de bon augure. À peine l'ai-je retrouvé que j'en doute atrocement…

Qu'es-tu réellement venu faire à Sazuria, Estæbann ?

Il doit s'écouler près d'une heure lorsque notre barque approche la rive de Zuria. Dans des mouvements souples, Estæbann enjambe le rebord et immerge son corps jusqu'à ses hanches. Je déglutis en le voyant tendre les bras dans ma direction. Ses mains effleurent mes hanches et brûlent ma peau. Un instant, j'oublie mes doutes et mes questionnements. À travers mes vêtements, toutes les couches de tissus, son contact m'atteint. Je sens la chaleur de ses doigts et son cœur battre tout contre moi. Il me redresse à la force de ses muscles bandés et ceinture ma taille.

— Saute, m'intime-t-il.

Mes gestes n'ont rien de grâcieux. La pointe de ma botte s'accroche à l'embarcation et le bois percute le flanc d'Estæbann. Il ne dit rien, ne bouge pas et ne gémit pas, mais j'entraperçois l'agacement dans son expression crispée. La température glaciale de l'eau me mord des pieds aux coudes. Je n'ai pas le temps de l'exprimer que mon guide me repousse. Je chancelle, manque de m'effondrer sous une vague et titube jusqu'à la plage.

— Attends-moi sur le sable, m'indique Estæbann.

Je pivote vers lui, irritée par son comportement revêche et prête à le lui signifier. Le spectacle que je découvre me sidère.

— Pourquoi noies-tu cette barque ? m'offusqué-je. Nous en aurons besoin pour revenir et…

— Revenir ? Tu crois que je vais gentiment te ramener dans ta tour ?

— Il le faut.

— Si tu comptes y retourner, tu le feras par tes propres moyens.

— Et comment ?

— Je peux t'apprendre à nager.

— Tu es fatigant.

— Je te retourne le compliment.

Je croise les bras et tente de ravaler un grognement de frustration. Énervée, je marche jusqu'au sable et m'y affale. Un caillou pointu me cisaille la cuisse, mais je ne rechigne pas.

— Y a-t-il une autre raison ?

— À quoi ?

— À ce que tu fais là. J'ai envie de croire que ce n'est pas simplement parce que tu veux me mettre des bâtons dans les roues.

— Et pourtant…

— Estæbann.

Il soupire alors que la barque s'enfonce dans l'eau et disparaît vers le large. C'est comme si la mer l'attirait vers elle et acceptait une offrande.

— Je ne compte pas te ramener sur Sazuria, insiste Estæbann en plantant son regard sévère dans le mien, malgré la pénombre de la nuit.

Excédée, j'ouvre la bouche pour lui faire comprendre qu'il joue avec mes nerfs, mais à mon grand étonnement, il me coupe l'herbe sous le pied et poursuit :

— L'abandonner dans le coin revient à donner un indice à mon oncle et à ses sbires sur notre direction. Comme je n'en ai plus besoin, je l'attribue à la mer. C'est une coutume commune entre tous les royaumes de notre monde. Chacun d'entre nous, s'il n'a plus besoin de son embarcation, doit la présenter aux six océans pour que les âmes des marins ou des noyés trouvent le chemin de la septième mer.

— Solariam ?

— Celle sur laquelle le soleil ne se couche jamais, approuve Estæbann. Le tombeau des immergés.

Surprise, je ne dis rien et Estæbann me rejoint. Sa main cueille la mienne sur mon genou. Il me tire vers le haut pour me dresser sur mes pieds et me presse de me remettre en marche.

À ZURIA

L'auberge dans laquelle nous nous installons pour le reste de la nuit est dissimulée dans une forêt à une bonne heure de marche de la plage. Elle est vide lorsque nous débarquons, mais des chaises sont renversées. L'odeur qui s'élève est insoutenable, un mélange d'alcool, de sueur et d'acidité nauséabonde. Le propriétaire n'est pas encore couché. Il nous reçoit avec l'amabilité d'un ours mal léché, puis il nous prête la clé de la dernière chambre libre.

Il ne nous reste que peu de temps pour nous reposer avant de nous remettre en route, comme le souhaite Estæbann. C'est pour cette raison que nous ne cherchons pas à discuter et que nous ne posons aucune question.

C'est la première fois que je partage une chambre avec lui. Même s'il lui est arrivé de passer de nombreuses heures allongé à côté de moi, durant notre enfance, jamais nous n'avions vécu une nuit ensemble, dans l'intimité de nos seules présences.

— Ne te retourne pas, m'interrompt-il. Je ne retire que mes bottes et ma veste.

— Et… tes gants ?

— Tu comptes me tuer pendant mon sommeil ?

— Je ne compte pas dormir dans le même lit que toi.

— Je n'en vois qu'un dans cette pièce, fait-il remarquer.

— Il y a le bureau.

Il plisse les paupières en épiant l'endroit que je pointe du doigt.

— Je n'ai pas quitté la prison royale pour me briser la colonne vertébrale sur…

— Pas toi. C'est moi. Je vais dormir là.

Ses lèvres bougent. Elles forment un « quoi » aussi interrogateur que silencieux. Puis il secoue la tête dans un soupir et balaye l'air de la main.

— Prends ça.

Estæbann me jette l'un des oreillers que j'attrape au vol. Sans plus s'attarder sur ma silhouette, il s'allonge sur le lit et plonge sous les draps. Je m'assieds au bureau, la gorge sèche.

Il est là. Juste là. Ce n'est pas un rêve... et je préfère dormir sur une chaise.

C'est très certainement ridicule.

Mais je ne l'ai pas vu depuis six ans...

Et si je suis persuadée d'une chose, c'est que *mon* Estæbann ne m'adresserait jamais ce genre de regard. Un regard où le dégoût me paraît être la chose la plus sincère et la plus authentique de cette nuit irréelle.

Je l'entends grommeler des choses inintelligibles, mais il ne se fatigue pas longtemps et je croise les bras sous le coussin. Penchée au-dessus du meuble, les pieds effleurant le sol, la dureté du bois sous les fesses, je suis piteusement avachie, mais je refuse de le rejoindre.

Plutôt mourir.

Ce n'est pas un rêve, me répété-je pour la énième fois.

Mes premiers instants en tant qu'évadée touchent à leur fin.

L'excitation s'est étouffée sous le poids immense de la culpabilité et un sentiment d'erreur fatale s'est coincé dans ma gorge.

7
La promesse funeste

Estœbann, 22 ans

J'ai réussi.

Je l'ai arrachée à mon oncle, à ma famille, à sa tour et à cette terre d'exil pour la guider sur l'île de Zuria. Là où le monde vit. Là où l'avenir nous attend.

Comment suis-je parvenu à la convaincre ?

Mes menaces n'y sont pas pour rien. Je ne m'attendais pas à ce que l'affect fonctionne encore. Je croyais que je n'étais plus qu'un songe dans sa mémoire, un fantôme, lointain, effacé, mais elle m'a reconnu. Je l'ai tout de suite compris. Son corps s'est souvenu. C'est comme si elle m'attendait. Elle n'a même pas sursauté lorsque ma paume s'est aventurée dans le creux de sa poitrine, à l'endroit où repose le pendentif que je lui ai fabriqué.

L'évidence.

C'est ça.

Elle a toujours su que je reviendrais, même sans y penser, même sans plus espérer. Six années se sont consumées avant mon retour et nos retrouvailles sont arrivées.

Enfin.

Tout au fond de moi, une part de mon âme s'en réjouit, mais mon esprit, lui, le déplore. Riham est revenue dans ma vie et cela ne peut rien présager de bon. C'est à cause d'elle. Mon existence entière ne repose que sur la sienne. Elle devait vivre, je devais la protéger ; aussi longtemps que le Conseil de Sazira en avait décidé. Je n'étais voué qu'à ça : sa survie et sa destinée.

Elle n'incarne pas la mort, elle l'est. Jamais je n'ai eu peur d'elle. Au contraire. Jusqu'au jour où l'amour m'a condamné. Emprisonné. *Torturé...* Jusqu'au jour où j'ai compris ce que je devais faire pour me délivrer de ma malédiction.

J'accomplirai ce pour quoi je suis né en faisant payer aux autres tous les supplices qu'ils m'ont infligés. Riham est ma clé vengeresse, mais également et essentiellement sa raison.

Malgré l'obscurité, mes yeux ne se détachent pas de sa silhouette avachie sur le piteux bureau. Je devine ses boucles brunes, son corps frêle sous sa cape et sa robe, ses bras croisés sous sa joue et ses paupières closes.

Et ces foutues peluches, ses amis imaginaires... ah ! Je les exècre.

Je suis tenté de me lever pour profiter de son sommeil, lui arracher Patou et Tatou des mains, puis les brûler dans la cheminée de l'auberge. Mon cœur cogne mes côtes. J'agrippe ma couverture miteuse de mes poings et reste immobile. L'approcher est une mauvaise idée. Créer une proximité avec elle provoque le danger. Il suffit qu'elle soit à distance de bras pour que ma raison se taise. Chaque minute à ses côtés me demande des efforts insoutenables. Je suis dans une lutte perpétuelle.

Sans doute n'est-ce là que la cruelle attraction de sa profonde nature et l'appel mortel qui aguiche la moindre de ses proies…

Arrête de l'observer, me sermonné-je en silence.

Si je cesse de respirer, je peux sentir la caresse de ses cils contre mon torse. Même à travers le tissu de mes vêtements. La privation de son toucher charnel a accentué ma sensibilité.

Avant de la retrouver, il m'arrivait de percevoir son souffle contre l'étoffe de ma chemise, les vibrations de sa voix contre mon col ou les frémissements de ses lèvres contre mes gants. Elle a toujours été là, comme si, dès l'instant où mon oncle Matheiüs l'a propulsée dans nos vies, elle faisait partie de moi.

J'avais trois ans.

Trois ans quand j'ai croisé le regard de la Mort pour la première fois.

Trois ans quand j'ai su que mon cœur était destiné à finir comme le sien : pourri, réduit en cendres.

Aujourd'hui, j'en suis réduit à la détester. À haïr une moitié de moi.

— Putain de beauté mortelle… craché-je entre mes dents.

Je ferme les yeux. Un bras sous la tête, plongé dans le noir de mon esprit, j'essaie d'en chasser sa silhouette.

Mais elle est toujours là. Toujours présente. Quoi que je fasse.

Riham porte en elle le fléau de mes fautes. Si une infime part d'elle nourrit encore sa foi en moi, elle fonce droit dans le mur. Rien ne nous attend de beau sur cette île, à Zuria. Ni pour l'un ni pour l'autre. Nous n'y avons plus notre place. Je doute l'y avoir eue un jour. Riham, elle, l'a perdue contre son gré, sans le savoir et dès son plus jeune âge. Elle est l'âme funeste, l'enchanteresse de la putréfaction, et je suis son soldat. Sauf qu'il n'y a rien de chevaleresque. Ma volonté n'est pas noble. Mon ambition moins encore. Et elle est ignorante.

Si sa lucidité alimente sa méfiance, elle doit trouver la force de s'accrocher à ses incertitudes pour ne jamais baisser sa garde.

Si elle ne parvient pas à me fuir avant que nous atteignions *mon* objectif, l'un de nous se perdra.

J'en suis conscient et ça m'effraie. Parce que, pour moi aussi, toutes ces années loin d'elle, enfoncé dans la souffrance et la haine, le danger réside. Il est toujours là, dans mon propre cœur. Je l'ai senti à l'instant précis où mon regard a retrouvé le sien.

Tu es encore capable de succomber, m'a soufflé cette voix horripilante dans un coin de mon crâne.

En se révélant juste, ces paroles me condamneront à ma propre mort, mais je cultive l'espoir d'être plus fort. C'est *elle* qui doit mourir en anéantissant tous ceux qui se sont servis de moi. Ainsi, tout reviendra dans l'ordre et la malédiction de Zuria sera annihilée.

— Dors, petite fleur, murmuré-je. Dors tant que tes rêves peuvent peupler ton repos. Un jour, tes yeux ne s'ouvriront plus.

8

Emporter les cieux dans la mort

Riham, 19 ans

Inconsciente.

Une douleur aiguë comprime mes cervicales. Un filet brûlant serpente le long de ma colonne vertébrale. Je le sens vibrer, siffler, descendre, puis remonter en flèche dans ma nuque. Jusqu'au sommet de mon crâne. Malgré mes paupières résolument closes, le sommeil s'éloigne. Il me fuit pour mieux m'abandonner à mon sort.

Pauvre fille.

J'ai beau fuir la réalité, elle, elle ne m'a pas oubliée.

Estæbann est là. J'entends son souffle lourd, endormi, derrière moi. Chacune de ses expirations me caresse le corps. À travers ma robe et ma cape, ma peau réagit à sa présence. Elle se réchauffe, brûle, me consume. Je plante mes ongles dans mes paumes. Les démangeaisons deviennent de plus en plus désagréables. De plus en plus insistantes.

Diantre.

Je frémis. Greitshenn me punirait pour mes jurons.

Je me redresse, accompagnée par les couinements de ma chaise. Un soupir excédé tente de quitter mes lèvres. Je me suis endormie. J'imagine que cela relève de la chance. D'un œil torve, je toise le bureau et me lève sans un bruit. Mon observation s'égare sur la silhouette d'Estæbann. Étendu sur le ventre, le visage incliné face au mur, il semble inoffensif. Offert au danger. Exposant son dos à la lame de la trahison.

Mes mains se resserrent sur mon oreiller. L'envie de le toucher fourmille dans mes doigts. Je la sens s'accroître, gravir mes bras et me parcourir au point de voler l'espace à l'air dans mes poumons. Mon corps tout entier tressaille sous ce désir.

Je veux le toucher. Juste un peu.

Les vibrations ardentes déferlent sur moi, noyant mon cœur et ravageant mes entrailles.

Sa chemise blanche s'est froissée sur ses épaules, chiffonnée entre ses omoplates saillantes. Un grain de beauté en forme d'étoile se dessine sur sa nuque, au-dessus du col blanc. Je m'attarde sur lui et souris en apercevant les deux autres points bruns. Ma triade préférée est toujours là. Toujours fièrement incrustée dans la pigmentation de sa peau. C'est d'elle que je ne pouvais me détourner chaque fois qu'il me tournait le dos pour observer le ciel depuis ma fenêtre…

Le monde est bien plus beau qu'à travers ce bout de clarté, a-t-il dit un jour.

Touche-le, m'ordonne une voix caverneuse.

Je sursaute.

Tue-le.

Mes yeux s'écarquillent d'effroi. Le coussin glisse de ma prise. Je le retiens maladroitement et m'empresse de le déposer sur le lit.

Peut-être est-il temps de voir le monde de mes propres yeux. De le découvrir entre sa beauté et la malédiction qui a frappé Zuria à cause de la cruauté humaine. Ma chère ancêtre me reconnaîtra. Elle sentira mes pas sur sa carapace et veillera sur moi. Elle me protègera. Et je veillerai à ne pas détruire son corps de mes pouvoirs. Si Estæbann a raison, si je suis capable d'anéantir toute vie, je dois réprimer ce que je suis pour préserver le corps de la Déesse. Ne pas retourner sa haine contre elle-même. C'est elle qui m'a fait don de cette puissance maudite, pour venger le sort de Sazira et celle de toutes ses filles avant ma mère. Je dois en faire bon usage.

Je soupire.

Mon regard se perd sur le rideau à ma droite. Le soleil ne s'est pas encore levé, mais son éveil ne saurait tarder. Je peux y arriver. Une simple balade. Rapide et furtive. Estæbann ne se rendra même pas compte de mon absence. Oui, je peux le faire. Je *vais* le faire.

— D'moiselle ?

Je sursaute une nouvelle fois. L'ours mal léché me guette de l'autre côté de son comptoir. Je ne m'étais même pas aperçue être descendue. Je me racle la gorge pour recouvrer une contenance acceptable et lui souris.

— Je sors me promener. Auriez-vous un endroit à m'indiquer ? Quelque chose que je pourrais découvrir ? Un ruisseau où tremper mes pieds ?

Une lueur étrange traverse ses pupilles. Un rictus déforme sa bouche et je ne peux m'empêcher de le trouver menaçant.

— Pas prudent, d'moiselle.

— Ne vous en faites pas pour moi, monsieur.

Il ricane, secoue la tête, et d'autres rires lui font écho.

— Approchez. V'là un plan. Débrouillez-vous avec ça.

— Merci.

Ma voix est dure, mon ton est rêche. Je ne m'attarde pas davantage devant lui. Je lui subtilise la serviette sale et sors de l'auberge.

Un hoquet de stupeur m'échappe sur le pas de la porte. La nuit s'est faite un peu plus claire malgré l'absence de soleil. L'auberge est encerclée d'arbres. Voir la mer est impossible. La forêt qui me sépare de la plage est trop dense. Peut-être même que notre dernière heure de marche nous en a plus éloignés que ce que je croyais.

— Je suis désolée, Zoeila. Je suis désolée, Oneloz.

Mon murmure s'étiole dans le vent.

Leur peau a-t-elle déjà croisé le fer et la colère de l'Oncle Matheiüs ? Ont-ils été punis de leur négligence ? Sont-ils à ma poursuite ?

Je ferme les yeux.

Inutile d'y penser et de paniquer.

Personne ne saura où me chercher. Cela vaut également pour le grand maître de la communauté.

J'inspire l'air frais.

Oui, c'est décidé. Je vais parcourir ce monde, me forcer à croire aux belles paroles d'Estæbann. Pour aujourd'hui ou bien quelques jours… puis j'y retournerai. Je retrouverai ma tour et ma destinée.

Tu n'es pas censée aimer découvrir un monde saccagé par des humains.

Je rouvre les yeux. Mes poings se sont fermés. Un sentiment âcre bouillonne en moi. Je crois que c'est ma rage.

— Je n'ai pas suivi Estæbann pour ne pas au moins en profiter. Je peux découvrir ce monde tel qu'il l'est aujourd'hui pour voir. Pour comprendre.

J'acquiesce.

— C'est parti.

La terre poudreuse s'effrite entre mes doigts. Sa couleur terne, grisâtre, m'évoque des cendres. Il n'y a pas un seul chemin où l'herbe verte semble pure. Même les feuilles des arbres, sous la clarté de l'aurore m'apparaissent fades, trouées, mortes, bien que toujours accrochées à leur branche. Je m'imaginais observer la verdure que j'ai connue à Sazuria, ne voir que quelques recoins délabrés. Aujourd'hui, je constate qu'Oncle Matheiüs ne m'avait pas menti. Peut-être même m'a-t-il trop préservée de la réalité et de son ampleur.

— Ma Déesse, soufflé-je. Que t'ont-ils fait ?

Les mortels sont cruels. Pourquoi leur cœur est-il aussi infâme ? Voilà comment ils ont remercié leur Mère originelle pour sa vie sacrifiée. Seulement pour posséder tous les pouvoirs. Pour détruire toute forme de don supérieur à leur nature. Leur impuissance. Je vomis ce peuple. Mais ils sont aussi les enfants de Zuria. Ils sont *mon* peuple. *Mon* royaume. Ils représentent et nourrissent l'existence de Zuria. Je me dois de les protéger. De les ramener sur le droit chemin. Une grande partie d'entre eux sont bons. Ils ont cru et soutenu ma mère. Ils ont tenté de la sauver. Je peux me permettre de croire en eux à mon tour. De croire qu'ils ont droit à leur rédemption. Qui serais-je si en tant que reine je ne leur accordais pas cela ? Je ne vaudrais pas mieux qu'eux. Pas mieux que la personne qui a trahi mes ancêtres.

— Je suis désolée.

— À qui tu parles, beauté ?

Je sursaute.

Un homme, dans un costume de bonne fortune, projette son ombre sur mon visage.

— Pardon ?

— Tu étais en train de parler, je me trompe ?

— Je…

Une ride douloureuse se forme entre mes sourcils.

— Vous vous trompez. Je ne parlais pas.

— Tu…

— Je chantais.

— Tu chantais ?

Son air abasourdi me froisse.

— Tu es une artiste en plus d'être une pute ?

— Pardon ? m'étranglé-je, offusquée. U… une pute ?

Je déteste ma voix qui déraille et mon ton qui se brise. Greitshenn me priverait de mes repas du jour pour cet écart. Discrètement, je me racle la gorge et me redresse.

Tout est une histoire de contenance.

L'homme s'approche. Trop près. Les premiers rayons de soleil zèbrent le chemin escarpé sur lequel je me suis aventurée avec les recommandations de l'aubergiste. Or, le froid m'enveloppe et pénètre ma cape pour glacer ma peau. Sa silhouette m'arrache chaleur et lumière. Son nez survole mon front. Je serre les dents, piégée par sa proximité et l'arbre dans mon dos.

— Combien pour la pipe ici et maintenant ?

Un hoquet de stupeur s'élève entre nous et une branche craque sous mon talon. L'homme vacille. La surprise s'égare dans son regard avant d'être balayée par cette lueur d'espièglerie menaçante. Un rictus mauvais fracture le coin de sa bouche. Mes yeux fixent le bout de sa langue.

Il humidifie lentement sa lèvre inférieure, et un frisson de dégoût se répand dans mon dos.

— Je ne suis pas…

— Je t'ai vue sortir d'une chambre.

— *Ma* chambre.

— Tu es venue avec un homme.

— Un homme qui n'est pas un client.

— Mais tu es bel et bien une pute.

J'ai beau ne pas connaître les hommes et le monde extérieur, je ne crois pas me leurrer en affirmant que ce n'était pas une question.

— Une pute ? répété-je.

Mes joues s'enflamment. Ni de gêne ni de honte. Elles brûlent de colère, de rage et de hargne. Mes omoplates effleurent l'écorche rêche du tronc. Je tressaille en sentant la main propre et soignée de ce goujat – visiblement de bonne famille et objectivement bel homme, quoique *très* âgé – s'appuyer au-dessus de mon crâne. Ses cheveux blancs et ses rides trahissent ce que l'argent ne peut lui épargner : le temps et la mortalité de son être.

Mon cœur vibre de haine sous le souffle aviné. Quel riche parti, jeune ou vieux, s'éloigne si loin des villages nobles pour boire et… soulager sa solitude ? Sans doute un lamentable fauché – pour cacher sa misère – ou un détestable monstre – pour agir sans conséquences.

— Sois gentille, beauté, et fais-moi plaisir. Je peux combler tes poches vides si tu me contentes et te couvrir d'or si tu avales. À moins que tu préfères me recevoir sur tes seins.

Sa main libre se dresse entre nos corps. Ses doigts se tendent vers ma poitrine.

— Laissez-moi vous prévenir, monsieur, puisque vous ne semblez pas aussi futé que votre argent le laisserait penser, ou peut-être l'êtes-vous justement assez pour vous enrichir sur la ruine des autres. Vos intentions sont claires, tout comme votre méprise. Je ne suis pas celle que vous croyez, mais si vous faites le choix de poursuivre quand même, d'aller à l'encontre de ma volonté, vous en mourrez.

Il me fixe. Longtemps. Puis son rire gras me gifle le visage.

— Ce sont des menaces ? Tu es seule avec moi, poupée. Si l'un de nous deux a le pouvoir de tuer l'autre, je pense que tu as de fortes chances pour perdre ce duel.

— Je vous recommande de ne pas me toucher.

L'ignare s'esclaffe un peu plus fort et sa main s'aventure sur le nœud de ma cape. Je la sens s'alourdir sur mes épaules, glissant à mes pieds. Mon bustier noir, en forme de cœur, révèle la naissance de ma poitrine. Si mon immobilité perturbe l'homme, il n'en montre rien.

— Ferme-la et mets-toi à genoux. Ton travail ne nécessite aucune discussion.

Son poing s'abat sur mon épaule, mais mes phalanges heurtent sa mâchoire. Sa peau s'arrache à la mienne. Mon propre instinct vient de sauver la vie de ce malotru.

Je profite de son étourdissement pour fuir, mais son pied frappe mon genou et je vacille. Mon talon se coince sous l'arc d'une racine. L'élan de ma chute m'emporte sur le mauvais flanc de la route… et mon corps défie le vide.

Je tombe.

Un cri jaillit de ma gorge et emporte les cieux eux-mêmes dans la mort.

9
Toujours la Mort

Estæbann, 22 ans

L'aube me réveille doucement. Je m'étire, les paupières closes, essaie d'oublier mes rêves incessants où seuls les yeux noirs de Riham s'imposent à mon esprit. Je me redresse, assis sur le matelas, et m'apprête à héler la poupée macabre quand mes cordes vocales s'étranglent entre elles.

Riham n'est pas là. Elle a disparu.

La chambre n'étant pas dotée d'un cabinet de toilette, il n'y a qu'une pièce, visible dans son ensemble depuis ma position.

Rien.

Pas d'autre trace de vie humaine que les miennes.

Même l'oreiller qu'elle a emprunté repose à mes côtés, impeccable.

S'est-elle enfuie ?

Cette question m'insuffle un mélange de rage et de panique aussi violent qu'un ouragan enfermé dans le ventre. Je bondis du lit, les sens en alerte, enfile mes bottes et sors en trombe. Le couloir est sombre, mal éclairé par la lumière du jour.

Quelques faibles bougies tentent d'y remédier, disposées sur des chandeliers, mais je dois tâtonner de la semelle pour trouver la première marche. La main bien accrochée à la barre, j'atteins le rez-de-chaussée, mieux illuminé que l'étage. Je me précipite en quelques foulées rapides vers le comptoir de l'aubergiste, ignorant les regards des clients les plus matinaux, et l'apostrophe en guise de salutation :

— Sais-tu où est la fille avec qui je suis arrivé cette nuit ? Brune, cheveux bouclés, yeux noirs, petite taille…

Ma description fait rire le patron. Il affiche un sourire moqueur et me jauge d'un œil hautain. Sa voix graveleuse s'écoule de sa bouche édentée dans un torrent de paroles malsaines et fatiguées :

— Cet' fois, c'est pas la femme qui s'fait abandonner. C'est l'homme. Ah ! Quel abruti, j'te jure ! Pas su la contenter, la d'moiselle. Pas convaincue, pas restée. S'est sauvée v'là une p'tite heure. Tu la retrouveras pas. Fini. Beauté en cavale.

Des rires s'élèvent dans mon dos. Je n'ai pas besoin de me retourner pour connaître la source de leur amusement. Les poings serrés, je suis à deux doigts d'en flanquer un ou deux dans la tronche du propriétaire. Ma nervosité se développe, empire, mon sang bouillonne dans mes veines. J'ignore comment retrouver Riham, si je peux faire confiance en l'homme ou en mon instinct, mais je ne suis pas préparé à repartir le dos courbé. De gré ou de force, il me donnera des informations. Parce que je compte bien lui en arracher sans état d'âme. La manière employée ne tient qu'à lui.

— Elle t'a dit quelque chose ?

— Nan. Rien de rien, mon pauv' p'tit gars, se réjouit-il. Tout seul. Te faut accepter.

De vieux bougre un peu sot, l'aubergiste se transforme en

véritable tête à claques. Si je ne suis pas prêt à laisser tomber mes recherches pour retrouver Riham, je suis tout à coup déterminé à graver la marque de mes phalanges sur la joue de ce type.

— Tu es sûr de toi ? craché-je.

Mon intonation est si sèche que la méfiance s'infiltre dans son expression persiffleuse.

— Tu veux quoi, le gringalet ? intervient l'un des clients dans mon dos. Tu viens chercher des noises au patron ?

— Seulement s'il se fout de ma gueule.

Les yeux plantés dans ceux du propriétaire, je repère le moment exact où il hésite entre continuer sur sa lancée ou retrouver un peu de sérieux. Mon esprit a le temps de réunir sa clairvoyance et son agilité pour parer mes muscles à toute éventualité, mais la chance sourit aux audacieux, comme on le prétend. Avant qu'il n'ouvre la bouche, la porte grince et Riham entre. Ses cheveux humides tombent sur son front, dans son dos et sur ses épaules. Ses habits sont surmontés d'auréoles. Quelques gouttes suintent des manches de sa robe noire. Ses doigts gantés sont crispés sur les bordures de sa cape dans laquelle elle tente de s'emmitoufler. Elle grelotte de froid et expire une épaisse fumée blanche. Les yeux rivés droit devant elle, elle ne m'aperçoit pas tout de suite.

Les rires gras des hommes ont cessé. Comme moi, tous se sont figés. On observe Riham dans un silence pieux. Elle s'essuie les pieds sur le paillasson, puis tourne la tête dans la direction du comptoir.

— Merci pour les indications, monsieur, mais la prochaine fois qu'un homme suit une femme qu'il croit être une pute, ayez l'obligeance de l'informer qu'une pute a le droit de *choisir* ses clients et qu'un *non* reste un *non*.

Elle balaye la mèche noire qui lui barrait l'œil droit et mes yeux s'écarquillent. Du sang séché s'étale sur sa pommette.

— Riham ! Mais qu'est-ce que…

— Estæbann ? s'exclame-t-elle, ahurie.

Elle s'approche, presque en courant, mais n'a que trois foulées à effectuer.

Putain.

Je ne m'étais pas rendu compte que je m'étais avancé vers elle, le bras tendu vers son visage. Mes doigts effleurent sa joue et mes yeux butent sur mon geste. Je n'ai pas de gant. Mes muscles se crispent et je recule d'un pas.

— Je croyais que tu dormais encore, souffle-t-elle. Me suis-je absentée longtemps ? Nous partons ?

— Où étais-tu ?

— J'explorais les environs à la recherche d'un ruisseau que l'aubergiste m'a indiqué.

La confirmation que le patron s'est payé ma tête agite l'âme de la colère déjà bien éveillée en moi, mais je réprime de nouveau et tant bien que mal mon envie de le cogner. Riham est là, elle ne s'est pas enfuie. C'est tout ce qui compte.

— Tu l'as trouvé ? demandé-je.

— Oui, ou plutôt, c'est lui qui m'a trouvée.

Sa confession colore ses joues d'un rouge écarlate, elle baisse les yeux et je comprends en la contemplant une seconde fois qu'elle est tombée à l'eau. Cette simple idée réussit à me calmer. Du moins, assez pour ne plus lutter contre mes pulsions bagarreuses. Je me mords les lèvres pour ne pas m'esclaffer.

— Tu t'es blessée dans ta chute ?

Je serre mes poings dans les poches de mon pantalon. Hors de question de la toucher. Surtout pas sans mes gants.

— Je…

Troublée, elle hésite, fronce les sourcils, puis essuie une goutte de sang au-dessus de sa bouche.

— Oh, je… je ne m'en étais pas rendue compte. Oui, je suis tombée.

— À cause d'un homme ?

— Quoi ?

— Tu as parlé d'un homme et… d'une pute.

— Ah, oui, ça… c'est sans importance.

— Tu as été suivie par l'un des clients de l'auberge ?

Elle ouvre la bouche en secouant la tête. Je la devance :

— Ne me mens pas.

— Oui.

— Qu'est-ce qu'il t'a fait ?

Une rage sourde naît en moi. Je la sens incendier ma poitrine et consumer mes côtes.

— Rien, affirme-t-elle avec un petit sourire. Il n'en a pas eu le temps.

Je contemple la courbe de ses lèvres, fière, mais tremblante. Riham frissonne sous sa cape.

— Rien à part… ma chute.

— Tu…

— Non, il est encore en vie. Il est… juste profondément sonné.

Je soupire en fermant les yeux.

Merveilleux.

— Tu vas te réchauffer avant qu'on parte, déclaré-je. Je ne tiens pas à ce que tu me claques entre les doigts.

— Mortelle, dans tous les sens du terme, marmonne-t-elle. Quelle ironie du sort.

— Suis-moi.

Installés à une table proche de la cheminée, nous tenons fermement nos tasses fumantes entre nos mains. Riham pointe un index accusateur sur moi. Prêt à encaisser une pique, je serre les dents et m'arme de patience.

— Ta chemise est débraillée, souffle-t-elle par-dessus le nuage de son chocolat chaud. Tes cheveux aussi.

Décontenancé, je m'empresse de boutonner mon vêtement et de ramener mes mèches rebelles vers l'arrière de mon crâne. Je suppose que ma dégaine a incité le propriétaire des lieux à amuser la galerie. Dans un raclement de gorge gêné, je m'adosse à ma chaise et fuis le regard de ma fugitive. M'imaginer outrepasser mes limites déjà dangereuses est une source d'embarras. Riham me tuerait de sa propre volonté si j'osais lui parler de ce que l'un de mes rêves, indécent, a mis en scène entre elle et moi. Je m'évertue à penser à autre chose ou, au mieux, à ne penser à rien, comptant sur les flammes pour accaparer mon attention. Mais Riham se fiche de me donner du répit.

— Tu m'avais dit que parcourir les terres de notre royaume me décevrait.

— En effet, affirmé-je.

— Tu me mentais. Ou peut-être que tu te trompais.

Je la détaille sans comprendre.

— J'ai parcouru les alentours de l'auberge pendant une heure et tout était… fade, sombre. À la clarté de l'aube, j'ai vu les véritables couleurs de ce monde. On dirait qu'il est en train de périr ou qu'il a été victime d'une bataille rutilante. C'est un décor très… triste. Ce n'est pas ce à quoi je m'étais habituée du haut de ma tour, même si Greitshenn aime prétendre qu'il n'y a rien à voir au-delà de notre île et que l'Oncle Matheiüs m'a préparée au pire. Je ne m'attendais pas à cela. Dans nos livres, Zuria est décrite comme un royaume fantôme, dont le peuple foulerait les cendres, mais dans les autres… Ne me regarde pas comme ça. Oui, j'ai profité de ce que Zoeila me laisse seule dans la bibliothèque pour fouiller les tiroirs interdits. Quoi qu'il en soit, en découvrant les récits populaires provenant de la capitale, j'ai pu constater que la royauté décrivait notre île comme majestueuse, magique, magnifique.

Un rire, à la fois enfantin et cynique, s'élève hors de sa gorge.

— Même dans la pourriture, j'ai trouvé la beauté.

La stupeur me fige.

— Zuria est grande, elle détient notre histoire, celle de notre naissance et celle de notre Déesse. Elle incarne les souvenirs de la Genèse, et je sais au plus profond de moi qu'elle peut renaître de ses cendres. Je le *sens*, insiste-t-elle en plantant son regard noir – et déstabilisant – dans le mien.

Le sourire tendre de Riham attise des étincelles dans ses prunelles. Mon cœur en sursaute d'effarement contre mes côtes.

— Je ne peux pas être déçue par *mon* territoire, Estæbann. Je suis seulement en colère qu'il ait dû subir ce carnage. Mais maintenant, grâce à notre famille et à nos fidèles, je sais qu'on peut guérir mon Ancêtre.

— Riham…

Je déteste aussitôt ma voix éraillée.

— N'essaie pas de me contredire, m'interrompt-elle. Aucune de tes convictions ne balaiera ce que je ressens.

Je déglutis.

— Je n'allais pas te contredire.

Il lui suffirait de comprendre que la rougeur de mes joues ne provient pas des flammes de la cheminée pour affirmer que je mens.

— Qu'allais-tu dire alors ?

Son expression espiègle me désarçonne. Elle, elle n'a pas changé. Toujours à ne se soucier de rien. À ne pas se méfier de son plus grand ennemi. À me faire confiance sans pour autant se fier à moi. Ça n'a aucun sens, mais c'est plus fort qu'elle. Plus fort que nous. Je priais pour que les années de séparation aient préservé ça, mais aujourd'hui, un goût amer se répand sur ma langue. Ni le temps ni l'éloignement n'a bouleversé sa façon d'appréhender ma présence ou mes décisions. C'est ce que j'espérais, alors pourquoi j'en suis contrarié ?

— Il y a des endroits de ce monde qui ont gardé toute leur beauté.

— Lesquels ? s'étonne-t-elle.

J'essaie d'ignorer la vive lueur de ses yeux.

— Difficile de t'expliquer puisque tu ne les connais pas.

— Pas encore, souligne-t-elle.

— Pas encore ?

— Tu me les feras visiter ?

Je suis persuadé qu'une ride s'est formée entre mes sourcils.

— Qu'est-ce qui te fait croire une chose pareille ? m'offusqué-je.

— Rien, admet-elle. Mais quitte à être ici pour la première fois, et sans doute la dernière, de ma vie, je compte sur toi pour me montrer ce que la Déesse a forgé de son propre corps et ce que le temps en a fait réellement. Si je veux atteindre mon but, j'estime que c'est un procédé logique et indispensable. Tu ne penses pas ?

Ses longs doigts couverts de cuir effleurent sa joue, cueillant l'une de ses boucles brunes pour la coincer derrière son oreille. Ses taches de rousseur s'étendent jusqu'à sa tempe. L'ébauche d'un sourire fracture le coin de ses lèvres et je dois me racler la gorge pour me forcer à me détourner d'elle.

— Il y a un endroit en particulier que je veux te dévoiler.

— Ah oui ?

Son enthousiasme retrouve sa désagréable manie de me remuer le cœur.

— Il concerne Sa…

Je m'interromps, jetant un coup d'œil aux alentours. Certains regards emplis d'animosité nous fixent toujours. Bien que les oreilles soient éloignées, je préfère baisser la voix et me corriger :

— Il concerne ta mère.

La bouche de Riham dessine un cercle. Un « Oh ! » muet résonne dans mon crâne. Elle me contemple un instant, puis ses yeux glissent sur le bas de mon visage.

— Pourquoi tu chuchotes ? me questionne-t-elle.

— Personne ne doit savoir qui tu es. Ni d'où tu viens.

Elle plisse les paupières.

— Les Daliakys ne sont pas les bienvenues…

Son murmure m'atteint avec peine. Aucune chance pour que quelqu'un d'autre que moi l'ait entendu. Pourtant, je me raidis. *Daliakys*. Ce mot est maudit. Si le peuple se complait dans l'illusion qu'il est tombé dans l'oubli, il suffit d'en effleurer les syllabes du bout des lèvres pour être pendu par un membre de la famille royale en personne.

— Le peuple de Zuria ignore-t-il vraiment que c'est l'un des leurs qui a causé tout ce malheur ?

— Oui.

Son attention se perd sur le feu de la cheminée. Une mèche brune s'évade de sa capuche, lui chatouillant la joue à nouveau. Riham tient sa tasse avec vigueur, le bout de ses manches recouvrant presque ses mains. Son nez retroussé et ses lèvres pulpeuses survolent la bordure circulaire de son récipient.

M'imaginer à la place de cette tasse est pathétique. À mon grand désarroi, cette vision reste imprimée dans mon crâne et je peux difficilement m'en détacher.

— Qu'est-ce que tu crois, toi ?

Pris de court, je ne saisis pas tout de suite le sens de sa question. Mes pensées se pétrifient, gelées par mes convictions et ses attentes.

— Ce que je crois n'a aucune importance.

Son front se plisse sous la frustration. Ma réponse ne lui convient pas, mais elle ne cherche pas à me sonder davantage. Mon soulagement me décontenance. Je réprime juste à temps un soupir délesté.

— J'ai tué un lapin.

Ma nuque craque sous mon mouvement brusque. Je la dévisage, incrédule. Changer de sujet avec autant de facilité a toujours fait partie de ses habitudes. Encore aujourd'hui, s'en est déconcertant.

— L'homme est inconscient, ajoute-t-elle, mais j'ai bel et bien ôté une vie.

— Comment ? m'efforcé-je d'articuler, le ton dur.

— J'ai crié pendant ma chute.

Cette fois, je suis dans l'incapacité de dissimuler mon sourire. La facilité de son aveu et son ton désabusé m'impressionnent. Par le passé, la fille que j'ai vue grandir, lutter contre sa nature et ses propres émotions, craquait toujours. Elle pleurait systématiquement à la plus insignifiante des vies volées. Désormais, elle semble s'être détachée de la portée de ses actes. Son absence de contrôle sur les dons que ses veines possèdent n'a pas évolué. Riham s'est résignée.

— Ta volonté ne suffit toujours pas à sauver une âme ? m'intéressé-je.

Je vois le défaitisme dans son corps avant qu'il ne transparaisse dans ses yeux. Elle dépose sa tasse à moitié vide sur la minuscule table en bois et porte sa main gauche à son front. Ses ongles grattent sa peau dans un geste frénétique. Elle tremble et son assurance de cette nuit s'est fait la malle. Ses réactions m'intriguent. Elle prend trop de temps pour répondre, mais je sais qu'elle le fera. Alors, j'attends. Elle lâche un soupir désespéré, puis concède ses aveux :

— Si, je peux *ressusciter*.

Ça me scie le ventre. Enfant, puis adolescent, j'essayais de l'aider à croire en sa volonté, mais rien ne se déroulait comme prévu, rien ne fonctionnait. Riham en avait conclu qu'elle n'était vouée qu'à semer la mort. Une part de moi avait abandonné, mais une autre tentait encore d'y croire. Là, alors que je la retrouve après toutes ces années et qu'elle me fait cette confession, je comprends qu'elle a persévéré et réussi.

— Pourquoi as-tu l'air si… fataliste ?

— Parce que…

Elle grimace. Il y a une chose spontanée qu'elle a toujours détesté chez elle : hésiter, balbutier. Ça lui donne le sentiment ultime de perdre à la fois le contrôle et la raison. Elle inspire longtemps, puis reprend :

— Parce que si je sauve une vie, une autre meurt.

Sonné par sa déclaration, je sens mes poumons se coincer dans ma gorge.

Alors, elle a échoué. Tout la ramène au sort funeste qu'elle réserve involontairement au moindre être imprudent envoûté par sa voix, son regard ou son toucher. Elle n'est que damnation et destruction, sans offrir un seul espoir de rédemption. Si je trouve la position de ses victimes injustes et révoltantes, c'est elle que je plains le plus. Depuis toujours, elle aurait pu profiter de ses facultés pour répandre le mal partout autour d'elle. Au lieu de ça, elle a remis sa légitimité à exister en cause et a dû encaisser chaque jour le poids de la culpabilité de ces meurtres non désirés.

Mes pensées fusent dans mon crâne, mais mon corps demeure immobile, et Riham poursuit, de plus en plus emportée par son indignation :

— Mon don… Mes *pouvoirs* – ou ma malédiction – ont beau être puissants, ils me rappellent sans cesse que la mort finit toujours par gagner. Je peux la donner sans conditions, aussi facilement qu'un baiser, qu'un cri ou qu'une caresse, mais je ne peux pas l'éviter ou réparer ce que j'ai causé.

C'est un discours des plus décourageants.

— Même si tu ne fais que soigner une blessure que tu n'as pas provoquée ?

— Je ne peux guérir rien ni personne. Ce n'est qu'une fois que la mort est prête à envahir un cœur que je peux espérer contrebalancer le sort.

La naïveté dont je croyais m'être débarrassé en prison me saute à la figure. Impétueuse. Explosive. Destructrice. Je déteste ça. Je *me* déteste. Et Riham me soumet à la vérité.

Je ravale ma salive, douloureusement bloquée dans ma gorge comme une balle de plomb chauffée à blanc.

— Toujours la mort, soufflé-je.

— Toujours la mort, répète-t-elle.

Un rire sarcastique transperce mon thorax. Il est si soudain, si imposant, que même les flammes en sont secouées. Le feu vacille avant de se redresser tant bien que mal. Quelques étincelles jaillissent, comme pour se venger de leur frayeur, mais elles s'évanouissent sur les cendres, loin de moi, et je suis intouchable. Je ris encore. Un venin que j'ai moi-même créé pour rester en vie engloutit mon cœur.

Lentement, je pivote sur ma chaise pour m'élever face à Riham.

Je sais ce que je suis sur le point de faire, mais je ne cherche pas à me restreindre. C'est ce qu'il faut. C'est ce que je me suis promis. Pas pour ma famille, pas pour mes parents, mais pour moi. *Rien que pour moi.* Elle paiera elle aussi pour le sort qu'on m'a réservé. Pour ce que j'ai enduré simplement parce que j'ai osé l'aimer.

— Tu n'es qu'une foutue malédiction pour ce monde, Riham. Je comprends pourquoi mes parents t'ont enfermée dans la tour toutes ces années. Tu ne méritais pas mieux. Une aberration pareille ne devait pas être libre.

Malgré son teint brun, sous ses taches de son, je décèle l'éclat livide de sa meurtrissure. Je l'ai atteinte. Pas physiquement, mais pire encore. Je l'ai touchée là où mes parents et même mon oncle n'ont jamais eu l'accès. Quelque part dans son âme, quelque part dans son estime, quelque part dans son ego et quelque part dans son cœur.

Elle pâlit, ses lèvres frémissent, ses yeux brillent d'une lueur humide. Je vois ses prunelles se faire avaler par une noirceur assassine. Elle a cessé de respirer. Sa poitrine, enfermée dans son bustier en forme de cœur, ne bouge plus. Ses doigts sont crispés sur ses cuisses ou sur les bordures de la table. Elle donne l'impression de mourir sous mes yeux et le venin, *ce* venin impitoyable qui a tout contaminé sur son passage, me fait sourire.

Tu connais le nouvel Estœbann, maintenant. Celui que tu as contribué à créer.

À toi d'essayer de me survivre, beauté mortelle.

10
Condamné pour l'avoir aimée

5 ans plus tôt

AN 854, À LA PRISON ROYALE DE ZURIA

Estæbann, 17 ans

Un coup m'extirpe du sommeil dans lequel j'ai fini par sombrer malgré moi. Les odeurs âcres de la terre et de l'humidité mêlées à celle de la moisissure me grattent la gorge. Si bien que mon gémissement est piteusement inaudible. Une main ferme m'agrippe par le col et mon corps, endolori par ces misérables mois de famine, se soulève sans manifester de résistance.

Je suis terrifié. Terrorisé par la force de mon bourreau, affaibli par le traitement qu'on me porte, fatigué par l'espace étriqué dans lequel je suis condamné à croupir jusqu'à ma mise à mort. Je baigne dans mes propres excréments, dans ma propre pisse, dans mon propre sang, dans ma propre gerbe. C'est insoutenable, mais je persiste à tenir bon. Plutôt crever entre les mains de la garde royale que montrer à leur prince ce que je ressens.

J'ai perdu la notion du temps, mais il s'est écoulé avec tant de paresse, tant de lassitude, que ma conscience s'est éteinte sur mes perceptions. Quelque chose au fond de moi sait. Je suis sur le point de célébrer ma première année d'embastillé.

Un an de tortures, un an à ne boire que l'eau de pluie du seau à ma disposition ou les maigres verres qu'on accepte de me donner, un an de supplice, un an à tenter de créer des liens avec des types condamnés à crever au bout d'une corde ou sous la lame aiguisée d'un exécuteur des hautes œuvres.

Six mois à attendre de la *revoir.*

*Six autres mois à prier pour qu'*elle *me sauve.*

Si j'ai tenté de me rebeller au départ, je me suis très vite plié à l'évidence, sous les fouets et les poings armés des sbires princiers, que mon âme explosera ici, dans cette cage. Seule ma révolte brise la douleur. Elle ne rompt pas, implacable, même lorsque l'héritier au trône s'évertue à l'annihiler. Je n'ai plus qu'elle pour m'aider, pour m'insuffler l'espoir et la certitude qu'un jour, je m'en libérerai.

Je m'échapperai, je disparaîtrai, puis je reviendrai te tuer, me promets-je chaque fois que mon regard affronte celui de Cassiānn.

— Le prince veut te voir, bouffon.

La poigne, solidement refermée sur ma gorge, me fait un mal de chien. Mes mains s'accrochent à son avant-bras pour m'aider à respirer. Bouger la tête ou lever les yeux m'apporte une souffrance trop grande, insupportable. Je n'ai même pas le loisir d'apercevoir le visage du garde. Une seconde, mes orteils effleurent le sol dans un désespoir pitoyable ; l'instant d'après, mon dos heurte les barreaux rouillés. Le lourd pommeau de la porte s'enfonce dans le creux de mes reins et mon hurlement s'étouffe entre mes dents plantées dans ma langue.

Un goût métallique s'écoule de ma bouche, envahissant ma gorge et se répandant comme une sensation inconfortable jusque dans mes poumons. Crasseux, poussiéreux. Une forte toux me pousse à cracher un mollusque noirâtre, parsemé de filets écarlates.

Un claquement de fer résonne et un vertige m'emporte vers le sol.

Dans un réflexe maladroit, je plonge ma main dans la boue de ma chiure pour éviter à mon visage d'en rencontrer la texture. Le dégoût me lacère la poitrine, remuant mes boyaux dans une vigoureuse envie de régurgiter de la bile pour la énième fois.

Je suis sur le point de m'évanouir, arrivé à la limite, à la rupture de ce que mon corps est apte à supporter. Je veux me défendre, je veux hurler, mais rien ne peut contrer la brutalité cruelle. Pas avec les maigres ressources qu'il me reste. Je suis condamné à pourrir ici, les tripes arrachées et les poumons sur le dos.

— Tu veux que je te présente ma meilleure amie ? C'est la plus tendre de toutes. T'as l'impression que tu pourras mieux l'encaisser que les autres, mais elle t'a à l'usure. Tu connais la ceinture de fer, crevure ? Tu vas l'embrasser de toute ton âme.

Un éclat lumineux m'aveugle, puis le son d'un sifflement strident me perce les tympans juste avant que la morsure ne se propage sur ma peau. Elle est là, brûlante et vive sur la chair de mon dos, paralysante. Ma joue percute le revers de ma main et la moiteur du sol entre en contact avec ma figure égratignée. Un geignement sinistre oblige mon torse à gronder, mais cette tentative protestataire n'est rien d'autre que l'aveu de mon supplice. Mon geôlier du jour ricane. Le spectacle est à se tordre le bide.

L'écho de plusieurs rires me parvient et je me demande si les autres détenus se marrent avec lui. Avec les soldats de Son Altesse. Ou avec le prince lui-même.

Mon ventre émet un rugissement, alertant de sa faim et réclamant sa nourriture salvatrice. Mais il est opprimé par les cris de la sangle sur mes hanches. Le cuir est surmonté de piques en ferraille ; la boucle, elle, est chauffée jusqu'à l'incandescence. Elle incendie ma peau à la moindre déchirure de mes habits. Elle se jette sur chaque recoin visible, chaque opportunité. Mes cuisses en pâtissent. Puis mes mollets, et mes bras. Il n'y a pas de sens, pas de règles, hormis l'ordre de faire mal, de détruire plus que de blesser. Coup après coup, cri après cri, plaie après plaie, on m'arrache tout ce que je suis, on m'arrache toutes mes convictions.

Le calvaire s'attarde. Je ne suis plus certain de ressentir ces lancinements épouvantables. J'ai la sensation que mon corps est mort et que mon esprit s'est retiré dans une brume inconsciente. En réalité, la douleur est telle, la répétition des coups si proche, que je ne suis plus capable de les discerner, de les capter et de les différencier. Mes oreilles bourdonnent. Peut-être que je hurle depuis des heures. Peut-être que je gémis depuis des lustres. Ma gorge est si contractée, mes veines si gonflées ou éclatées… Je suis au bord du ravin et ma vie se joue là. Ma vie ou très probablement ma mort.

La pointe d'une botte heurte mes flancs. Mes paupières me plongent dans le noir, puis la lumière réapparaît, faible, lointaine. Je ne discerne même pas les formes qui m'entourent. La semelle en cuir, aussi solide que du béton, s'abat de nouveau. J'ai l'impression d'être un morceau de roche que l'on s'amuse à expulser du bout du pied.

Futile, inhumain…

C'est tout ce que je suis.

Je ne les sens presque pas, mais je perçois les craquements de mes côtes sous les assauts, et je remercie le ciel d'être à terre. Je suis persuadé que si l'on me force à me lever, la douleur sera affreuse. Mon buste se soulève de quelques centimètres, puis mon dos s'affaisse. La violence a accablé ma volonté. C'est le sort que l'on me réserve avant chaque entrevue avec le prince.

Pour que tu te rappelles qui tu es et quelle est ta place, sale chien.

Il n'y a que ma vision trouble et mouvante pour m'assurer que je suis toujours vivant. Et, aussi longtemps que cela sera le cas, j'aurai encore l'espoir de réaliser mes rêves sanglants.

Ce n'est pas comme ça que je m'imaginais crever. Pas ventre à terre. Pas la bouche plongée dans la merde. Pas le corps étalé dans cette geôle minuscule, offert aux humeurs des molosses du royaume.

Non, mon espoir à moi était différent… et la différence a un prénom, celui de Riham.

Dans tous les scénarios que je me façonne, elle est là. J'ai au moins droit au bonheur de l'avoir à mes côtés, d'être près d'elle, avec elle. Peu importe dans quel état je suis – malade, vieux, accidenté, miteux –, je la supplie de m'embrasser, et ce sont ses lèvres qui m'emportent.

C'est comme ça que je veux mourir.

Depuis toujours je me bats contre mes sentiments, je lutte contre cette envie de la toucher. Elle était encore trop jeune et j'avais des choses à accomplir, importantes, audacieuses, mais plus tard… Oui, plus tard, ç'aurait été possible. Riham aurait exécuté sa destinée, ma famille nous aurait donné le droit d'être unis, même après l'avoir trahie, elle nous aurait pardonné, moi plus que tous les autres, et nous aurions été heureux.

Riham…

Je lui aurais vendu mon âme. À la place, je me suis offert au prince.

Et maintenant… j'y suis. Plongé jusqu'au cou dans les déjections des tréfonds. Immergé jusqu'aux poumons dans l'air irrespirable. À deux souffles d'une mort affreuse. Je dois penser à la cause. *Pas à Riham.* C'est *la cause* avant tout. *Pas Riham.* La communauté avant l'amour. *Sors de ma tête, beauté mortelle.* Je trouverai la force de mourir en assassinant cet enfoiré de Cassiānn. C'est un serment. Une promesse faite au ciel sombre et à l'horizon de fer de ma cellule. J'y arriverai.

— Ça suffit ! tonne une voix forte, mais juvénile, qui me secoue l'estomac plus que les coups.

— Votre Altesse.

— À quoi cela me servirait de venir le voir s'il ne peut même pas m'entendre ?

— Je vous prie de m'excuser, Prince Cassiānn, je…

— Épargnez-moi vos lamentations. Cela ne durera que le temps d'une question.

J'essaie de me redresser, de ne pas lui offrir l'opportunité de me voir aussi soumis à lui, mais il s'approche et je n'ai pas esquissé le moindre frémissement de lèvres. Seuls mes poings réussissent à se refermer sur la boue, contre mes joues, tandis que Cassiānn s'accroupit au-dessus de moi.

Mes cils assombrissent l'intérieur de ma cellule. Je sens l'ombre de l'héritier sur mon visage. Tout a été orchestré pour me plonger dans cette obscurité écrasante. J'en perds mes sens, même sans ployer sous la sauvagerie des gardes, et j'encaisse le poids de sa présence tout près de moi. Je peux renifler sa fragrance au-delà de l'odeur nauséabonde qui empeste les lieux.

— Tu seras exécuté, ton jugement a été rendu dès le premier jour et je ne tiens pas à y revenir, mais je veux tes aveux. Je veux t'entendre me dire que tu l'as tué.

Et si je te disais que je suis innocent ?

Ma bouche tente de se mettre en mouvement, mais ma langue est immobile et le sang coule entre mes dents. Comment suis-je censé lui parler ? Ne serait-ce qu'en avoir la force ?

J'ai l'impression d'être mort de l'intérieur, et les trépassés ne parlent pas. Leurs fantômes ne portent pas leurs derniers mots.

Je suis figé, pétrifié, forcé à la vassalité.

— Tu peux rester ici aussi longtemps que ton silence perdurera, mais en contrepartie, tu en paieras le prix. Chaque jour passé à ne rien dire et à te terrer derrière ces barreaux, tu apprendras que la cruauté possède chaque homme bon. Mes soldats te le prouveront.

À l'instant où son index presse ma peau, un frisson me traverse le dos. Il naît dans ma nuque, puis court le long de mes vertèbres pour s'échapper dans mes jambes. Je déteste qu'il me touche. Son contact plante des milliers d'aiguilles dans mes veines et elles se chargent d'empoisonner mon cœur. Mon esprit s'éveille et ma haine se décuple. Il me dégoûte. Je rêve de sa mort. Je veux voir et sentir sa souffrance atroce. Le châtiment funeste le plus horrible doit s'abattre sur lui. C'est à moi d'en être le maître. Personne ne me volera ce moment, cette délivrance. Il faut qu'il paie chaque torture qu'il m'inflige des poings de ses sous-fifres.

Son regard perce la boue qui obscurcit le mien. Un éclat traverse ses prunelles et une émotion étrange se profile sur son visage. Balayée par un clignement de cils.

Qui es-tu, bordel ?

Cette question résonne contre les parois de mon crâne. Réelle ou imaginaire, elle me déconcerte. Mais ma réponse, elle, s'inscrit avec assurance dans mon esprit :

Ton assassin.

— Je te tuerai, Cassiānn. Dès que je sortirai d'ici, je te tuerai.

Mon murmure meurt dans la boue. Le prince s'est déjà éloigné. Je tente de fixer le bout de ses bottes qui s'éloignent. Mon regard se voile sur la fleur noire sculptée sur ses talons.

Riham.

Ma Daliakys noire.

Ma beauté mortelle.

Ma fleur empoisonnée.

Elle est leur symbole.

— Tu ne la retrouveras jamais, soufflé-je dans un sanglot où le rire et le désespoir se mêlent.

— Faites vite ! ordonne le prince.

Et je crois qu'il commande à ses hommes de m'achever.

Des mains se posent sur moi et m'arrachent un sursaut en dépit de la douleur. Mes muscles s'éveillent, mais ils sont encore trop faibles pour effectuer le moindre geste. Ils ne protestent pas, et je sais alors, avec une certitude désarmante, un désespoir accablant, qu'ils seront à jamais incapables de contester le moindre coup. Pour l'avenir, ici, dans cette prison, je ne suis plus qu'une loque. Réduit à l'état d'une mauviette, d'une marionnette. Je ne suis rien. Plus rien depuis un an.

On m'assied sur le sol, adossé aux pierres salies par le sang et la crasse. Les jambes étendues devant moi, j'observe les ravages de cette année, prisonnier du fin fond des enfers. Je porte les mêmes vêtements que le jour où j'ai été arrêté. Déchirés, troués. Je suis épouvantable, pouilleux, lamentable.

Quelle représentation affreuse dois-je renvoyer aux autres ? J'ose à peine imaginer mon reflet dans un quelconque miroir. La plupart de mes plaies, exhibées entre les lambeaux de mes tissus, sur mon ventre ou sur mes cuisses, ne cicatrisent pas. Maigre, affaibli, je n'ai plus que des os pour me servir de corps. Laid, amoché, souillé.

Si je sors de cette misérable prison...

Jamais Riham ne m'acceptera tel que je suis.

Elle mérite plus présentable que ça.

Un tabouret apparaît face à moi. Je dresse à peine le menton.

Je ne veux pas savoir quel genre de tortures le nouveau garde va m'infliger. L'inconscience. Elle est ma seule amie dans ce gouffre.

— Mon garçon, je peux enfin te parler.

Mon cœur bondit dans ma poitrine.

Cette voix, ce n'est pas celle du prince ou d'un inconnu. *Cette* voix, c'est l'une de celles qui peuplent mes rêves d'évasion.

Il est venu me sortir de là. *Il* est venu me porter l'espoir. *Il* est venu m'aider.

Au nom de Sazira. Au nom de notre famille.

— Oncle Matheiüs ? bafouillé-je en relevant la tête.

Ma vue trouble reconnaît ses traits. Il est là, c'est bien lui. Il se tient devant moi. La porte de ma cellule est ouverte, gardée par mon geôlier. Un peu plus loin, Cassiānn se tient au centre de la tour réservée à la prison. Et c'est comme si je la regardais pour la première fois.

Les cages se succèdent en cercle, sur des étages entiers. Je suis abandonné au plus bas, là où les gardes ont tous les droits. Le prince observe chaque détenu, les bras croisés dans le dos, la mine tranquille. Il n'est pas tourné dans notre direction, comme s'il savait, comme s'il n'avait aucun souci à se faire. Sa chevelure blonde resplendit sous les rayons de soleil qui parviennent jusqu'ici. Il est d'une beauté infernale et je crève d'envie de me jeter sur lui. L'occasion est trop belle. Oncle Matheiüs peut neutraliser le garde et ma volonté me suffira pour m'occuper de Cassiānn.

Oui, c'est possible...

Mais c'est étrange.

— Comment avez-vous pu entrer ? me méfié-je alors.

— Je suis membre du Conseil Royal, mon neveu, me rappelle-t-il. J'ai soumis à Ses Majestés une requête, et ils ont fini par l'accepter. Il fallait que je te voie.

— Que leur avez-vous dit ?

Je lutte pour garder les yeux ouverts, fixés sur les siens. L'angoisse s'infiltre dans ma poitrine pour la grignoter. Il y a quelque chose dans son regard que je ne supporte pas. Il est trop calme, trop imposant. Un sourire est dessiné sur ses lèvres et je n'ai pas la sensation d'être le complice de cet éclat. Mon attention se braque de nouveau sur le prince, à présent tranquillement assis sur une chaise. Il nous observe, les jambes croisées, et déguste une pomme rouge.

Je suis convaincu qu'il ne peut pas nous entendre, mais son garde est présent pour être son oreille vigilante. Il fait confiance à Oncle Matheiüs sans lui laisser la liberté de me parler seul.

— La vérité, déclare le chef de ma communauté. Que l'amour est un bien trop grand péché, mon enfant. Que l'amour t'a rendu fou.

Je fronce les sourcils.

De quoi Diable parle-t-il ?

— Que notre prince, de sa beauté, t'a ensorcelé et t'a indirectement incité à commettre l'irréparable pour prendre la place de son fiancé. Mon cher neveu, la démence a proliféré dans ton esprit bien trop de malveillance pour que je ne puisse faire quoi que ce soit pour toi. Je suis là pour t'aider à mettre fin à ton supplice.

Sa main se pose sur ma cheville droite. Il imite un geste réconfortant, mais ses mots sont des lames plantées dans mon cœur.

— Avoue au prince Cassiānn que tu as assassiné celui qu'il aimait, reprend-il d'une intonation aussi douce que formelle. Ton exécution sera propre et rapide.

L'effroi a envahi mes poumons. Il m'a arraché ma voix. Les larmes – que la douleur a nourries – se sont alourdies, traçant des sillons brûlants sur ma peau, quitte à creuser mon visage pour le marquer à jamais.

— Pourquoi ? balbutié-je sous l'emprise d'un émoi dévastateur. Pourquoi alors que je vous ai toujours été plus que fidèle ?

Il se redresse pour m'approcher et se pencher au-dessus de moi.

— La famille n'a plus besoin de toi, Estæbann.

— Pourquoi ? répété-je, abattu.

— Parce que tu es tombé amoureux de la seule personne qui t'était interdite. Tu as outrepassé tes devoirs. Et puis…

Il rit contre mon oreille pour me narguer dans un murmure :

— Un simple mortel oserait prétendre au cœur de la Mort ? Tu ne la vaux pas. Oublie-la, oublie-nous et meurs dans ta geôle. Rassure-toi, on vengera celui que tu étais avant que tu te perdes sur un chemin trop grand pour toi.

Sa main tapote ma joue sale, puis il recule, alertant le garde.

— Je te laisse penser à ce qui serait le mieux pour toi : vivre une éternité sous la torture ou avouer et abréger tes souffrances.

Il cisèle un air peiné sur sa figure alors que le prince marche vers nous pour le rejoindre.

— Dans tous les cas, je te dis adieu, mon cher neveu. Je te souhaite que ta folie amoureuse cesse pour que tu puisses mourir en paix.

11

Des apparences mensongères

Aujourd'hui
AN 859, À ZURIA

Riham, 19 ans

Estæbann me sort par les yeux. C'est un fait. Mais quelque chose ne colle pas. En moi, dans mes réactions ou même… mes sentiments. Je suis blessée, meurtrie, vexée au plus profond de mon être, mais je n'arrive pas à lui en tenir rigueur. Je suis incapable de le haïr pour les propos qu'il ose m'offrir. Que s'est-il passé ces six dernières années pour le transformer ? Le résultat m'attriste.

Les inconnus de la taverne le jaugent avec méfiance. Ils n'ont pas perdu une minute pour se jouer de lui. Je le sens. Dans sa façon à lui de garder la tête haute au milieu du troupeau de gueules enfarinées. À sa manière de défier l'aubergiste au moment de notre départ. Il est à la fois le garçon que je connais et une personne différente. Opposée à celle de notre enfance. Le passé et le présent réunis.

Il me manque tout un pan de son histoire pour comprendre.

Six années de sa vie.

Et c'est assez long pour me donner le vertige. Le meurtre change les gens, j'en sais quelque chose, mais Estæbann a été éduqué en ayant connaissance de sa destinée. Il a commis ses crimes trop tôt, à l'encontre de la volonté du Conseil de Sazira. De l'Oncle Matheiüs. Il s'est produit un événement dont j'ignore tout, j'en suis persuadée. Quelque chose qui ne l'a pas seulement touché, mais détruit. Cela se voit dans son regard. Je le perçois, parce que ses yeux sont les seuls que je m'autorise à convoiter, les seuls que je ne peux pas toucher, mais dont la sincérité et l'émotion ne trompent jamais.

Cela veut-il dire que je lui ferai don de ma compréhension et de ma bonne humeur ? Ma fierté m'intime l'ordre de ne pas m'y résoudre.

Pas tout de suite…

L'un comme l'autre, nous n'avons pas décroché un mot depuis ses insultes. Il marche loin de moi, creusant la distance de plusieurs mètres. Je ne la comble pas ; ce n'est pas très grave si je le perds de vue. J'estime que c'est autant mon problème que le sien. C'est bien lui le voleur de jeune fille, non ?

Parfois, il disparaît derrière le feuillage d'un buisson et mes yeux n'effleurent qu'une vision terne, dépourvue de sa silhouette. Tout est sombre. Même les rares animaux que nous croisons paraissent vides. Ils bougent dans un ballet aussi coutumier qu'irrégulier. Leurs actes, dans la douceur comme dans la chasse, sont mécaniques, las, désespérés.

Cela me troue le cœur pour le ravager.

À plusieurs reprises, mes mains sortent mes peluches de sous ma cape et je les comprime contre ma poitrine. Estæbann les hait. Il les trouve hideuses et ne perd pas une seconde pour me le rappeler. Lors d'une pause, à peine les a-t-il aperçues entre mes bras qu'il a émis un son guttural dédaigneux et a repris sa route. Il ne se soucie pas de mon état. Je suis épuisée, les pieds endoloris, les jambes courbaturées. La fatigue pèse sur ma nuque et les muscles de mon visage. Si bien que j'en ai oublié de redouter la moindre menace. À commencer par le type que j'ai laissé derrière moi près du ruisseau.

Peut-être l'ai-je réellement tué, en fin de compte…

Il n'est pas réapparu avant notre départ de l'auberge, et il n'a pas encore surgi de l'ombre ou de la cachette d'un buisson.

J'en viens à espérer qu'il le soit. Que cela veut-il dire de moi ?

Un long frisson désagréable me parcourt le dos. Le souvenir de ses mains, de ses paroles et de son haleine fétide malgré son apparence soignée me donne la nausée. Je secoue la tête, espérant l'en chasser. Un vertige me fait basculer. Une brindille craque sous la pointe de ma botte et je me rattrape au tronc pourri d'un arbre fragile.

— Bon sang…

Je suis prête à m'écrouler et à dormir sur les cailloux du sentier, mais Estæbann n'a visiblement qu'une volonté : atteindre sa cahute au plus vite.

— Pourquoi ? me risqué-je à lui demander.

— Tu pues, se contente-t-il de me répondre.

Je me renfrogne, m'enfermant un peu plus dans le tissu de ma cape. Mes poumons me brûlent, je sens mes côtes douloureuses. Mon cœur bat trop fort. Mon plaisir à la découverte du monde s'est étiolé. La tristesse s'est emparée de moi à la vue de cette nature obscurcie par une malédiction toujours désastreuse. Elle dévore la terre de la plus profonde des racines à la plus haute branche. Tout ce qui est en vie meurt.

Pour une fois, je n'en suis pas la cause, mais ce sinistre spectacle fait écho à ce que je suis et à tout le malheur que j'ai causé. Fermant brièvement les paupières, je me souviens des lignes écrites sur un carnet personnel. Un carnet où mes pensées les plus intimes ont été exposées. Il est enfoncé dans ma sacoche, entre Patou et Tatou. Tout contre ma hanche. À l'abri des regards curieux et des mains voleuses.

« Je déteste quand il me regarde comme si j'étais une pierre précieuse, ai-je rédigé lorsque je devais avoir onze ou douze ans, quelque temps avant qu'il ne disparaisse de ma vie. Ses lèvres tentatrices m'enferment dans des pensées vicieuses. J'espère ses baisers autant que je les crains, désespérée. Désespérée par ce que je sème de mon toucher. Et j'ai envie de lui dire : « Eh, mon amour, mon roi, mon aimé, regarde autour de toi ce que la vie est devenue depuis que j'ai osé exister. » La vie elle-même redoute ma liberté. Tout meurt à mes côtés. Tout s'effrite sous mes pieds. Tout est ma faute, oui… puisque je suis née. »

À l'orée de la forêt, un chemin rocailleux nous dirige jusqu'au lit d'une rivière desséchée. Mon cœur se serre davantage. Les arbres s'espacent, permettant au soleil d'étendre son éclat, et j'aperçois la couleur du sable que nous foulons depuis des heures. Gris, fade, semblable à de la poussière ou de la cendre. Peu importe l'endroit sur lequel mon attention est rivée, tout est pourvu de nuances pauvres et malades.

Cela ne paraît pas émouvoir Estæbann. Moi, je suis sidérée. Mes larmes s'accumulent sur mes cils et je lutte pour ne pas leur céder. Pleurer anéantirait tout ce qu'il reste de ces lieux.

Je dois rester indifférente, comme Greitshenn me l'a appris.

La rage de voir ce que mon peuple est devenu se confronte à mon accablement. Qui suis-je pour blâmer tout un royaume de ne pas avoir su protéger ses terres ? Je porte moi-même le symbole de mon chaos, pendu à mon cou, dissimulé entre mes seins.

Le cœur lourd, je m'évertue à réciter en silence mes propres textes et à n'émettre qu'un faible fredonnement. J'en ai besoin pour m'accrocher, avancer et me contenir.

« Je ne peux empêcher mon cœur de s'emballer quand il est à mes côtés. Je l'aime et j'ai envie de me tuer. Parce que je sais que rien ne sera possible tant que je ne l'aurai pas touché. Ni l'amour ni la mort, ni la vie ni l'espoir, je suis condamnée. Condamnée à l'aimer de loin, condamnée à ne presque pas lui parler. Et si mes émotions l'assassinaient ? Comme mes larmes ont anéanti ses fleurs sauvages, tant aimées, comme mes cris ont ravagé des bêtes, innocentes, envolées, comme mes chants ont emporté des êtres oubliés, comme mes mains ont détruit des âmes empoisonnées. »

Estæbann s'immobilise à la bordure d'un long creux sinueux et je cesse de chantonner. Il m'attend, le dos tourné. Un instant, je m'arrête pour le contempler. Sa silhouette, je l'ai gravée au charbon tant de fois.

Son visage, son corps, ses mains...

Je connais chacune de ses courbes par cœur. Même affinées, affirmées, elles restent familières. Similaires. Au plus profond de moi, je sais que je les reconnaîtrais parmi des milliers. Je les ai dessinées tant de fois… Ma main se crispe sur le renflement de ma sacoche. Mes confidences et quelques portraits de lui se trouvent là, offerts à sa prospection s'il décidait de me fouiller.

Résignée, je soupire et poursuis mon chemin. Dès qu'il entend mes pas fouler le terrain derrière lui, Estæbann saute dans le trou et me tend sa main gantée.

— De l'aide ?

— Je préfère me tordre une cheville, confessé-je en retroussant mes manches et soulevant les pans de ma robe sur mes tibias.

— Au vu de ta taille et de ton adresse, ce serait plutôt le cou.

— J'en mourrais ?

— Assurément.

— Tu en serais navré ?

— Pour ma quête, oui.

— Oh ! Pour ta quête. Hm. Alors, je prends le pari de mourir.

Il roule des yeux – ses illustres et intrépides yeux verts –, puis se détourne. Encore. Il m'abandonne à mes tentatives hasardeuses.

Sa besogne ne doit pas être si importante. Ou bien a-t-il une autre solution si je viens à rencontrer une mort aussi glorieuse que le présage ce lit de rivière ?

Estæbann disparaît derrière des herbes jaunies par la sécheresse, plus hautes que lui, et je me décide à le rejoindre. Mes talons glissent sur la gadoue, ma cape et ma robe s'embourbent entre des branches et un amas de boue. Le nœud contre ma gorge m'étrangle, mais je réussis à me dégager en préservant mes vêtements – certes, plus trop entiers. Une fois face à l'autre rive, j'avise mes doigts, protégés par du cuir, et ne réfléchis pas longtemps avant de les plonger dans la terre molle pour m'extirper du trou.

La tête basse, je ne suis consciente de mes plaintes audibles que lorsque des mains se logent sous mes aisselles pour me tirer vers le haut. Mon élévation me donne le tournis. Je chancelle dès que me pieds touchent de nouveau le sol. Estæbann referme ses bras autour de ma taille et me plaque contre son torse. Je cesse de respirer, le nez presque enfoui dans son cou et la paume étalée sur son abdomen.

Mes yeux trouvent les siens, partagés entre l'amusement et l'agacement. Un sourire moqueur se dessine sur ses lèvres, puis il s'évanouit, achevant de rompre le charme lorsqu'Estæbann commente mes prouesses :

— Tu es abominablement lente.

Les joues rouges, je ne parviens pas à étouffer ma réaction virulente :

— Règle numéro une : ne me touche pas ! Imbécile.

Je le pousse vivement, manquant de basculer dans le creux dont il vient de me sortir. Ses piques détiennent au moins la faculté de nous libérer de… *l'Attraction.* Le ricanement d'Estæbann, sous les gifles cinglantes de mes paumes contre son torse, accentue ma colère.

— Ajoute des exceptions à ta condition, petite fleur, ou tu finiras par me claquer entre les doigts.

— Odieux personnage.

— Grossière fillette.

Ses omoplates entrent dans mon champ de vision et je comprends que le temps n'est plus à la discussion. Je le suis, ravalant ma rage et ma honte au profit d'un silence pesant. J'étouffe avec mes cordes vocales nouées, mais je résiste, trouvant une alternative apaisante dans les aveux inscrits sur mon carnet, ne laissant pas ma voix s'extirper de mes lèvres, juste des sons résonner.

« Mon amour, pars loin de moi. Je ne supporterai pas de te voir au trépas. Un « nous » est impossible. Un « nous » est répressible. Nous n'avons pas le droit de nous aimer autrement qu'à travers nos regards éloignés. »

La capuche de ma cape enfoncée sur mon visage, je déambule entre les fougères, le dos raide et la respiration courte. Je crains que la moindre étincelle de vie ne s'éteigne contre ma peau. Il est plus facile d'ôter celle d'un insecte ou d'une fleur que celle d'un arbre ou d'un cerf. Le temps joue parfois en leur faveur. Si leur espérance est longue, leurs forces ne s'évanouissent qu'au terme de longues heures. Or, tout ce que je touche, tout ce qui essaie de me gifler les joues, est susceptible de mourir à la seconde de notre collision.

« Je suis la fleur maudite, le fruit de la guerre et du conflit. Je suis la Mort, le poison, le corps contaminé. Que le cœur de mon roi reste sauf, c'est là mon seul souhait. Si tant est que la Mort elle-même puisse souhaiter autre chose que de tuer. »

Estæbann me jette un coup d'œil par-dessus son épaule lorsque je le rejoins au bord d'un lac, enfin dépêtrée du champ de hautes herbes sèches. Il m'étudie en silence, puis m'interroge :

— Qu'est-ce que tu marmonnais ?

— Rien que tu ne puisses entendre.

— Les paroles, lâche-t-il d'un ton excédé. C'est quoi ?

— Ô Sainte Déesse, laisse-moi le tuer. Ô glorieuse Mère, laisse-moi l'emporter. Il n'est qu'un insecte abject. Oui, Estæbann n'est qu'un idiot infect.

Je lui adresse un sourire charmeur. Ses yeux parcourent mes lèvres, puis se portent sur l'horizon. Un village sur pilotis nous attend au beau milieu du lac.

— Hm… souffle-t-il en arborant un air pensif. Je suis convaincu que tu peux améliorer ça.

— Je te l’accorde, c’est très laid, mais c’est le mieux que je puisse faire pour une muse pareille.

Un rictus amusé fend son visage, éclairant sa mine hâlée. Des fossettes se creusent sur ses joues et les angles ciselés de sa mâchoire semblent se contracter sous la surprise de cet éclat. Estæbann ne me laisse pas en profiter puisqu’il s’enfonce dans l’eau jusqu’aux genoux, sans un mot. Mon rire forcé s’envole, tout bas, quelque part dans le ciel. J’attends qu’il décroche la barque de son emplacement pour tremper mes bottes. Il m’aide une nouvelle fois à grimper dans l’embarcation et je l’admire à la tâche.

Voir ses muscles se tendre sous les mouvements de ses bras a quelque chose de fascinant. Je ne l’avais jamais vu de mes propres yeux. Dans un livre d’anatomie, il y a bien les dessins de silhouettes humaines, de femmes et d’hommes, mais rien de très esthétique.

Rien de très… Estœbann.

Cette pensée est ridicule. J’essaie de me défaire de son torse saillant, mais sa chemise, de nouveau entrouverte, m’autorise un plongeon direct sur son abdomen. Tout son buste est employé à l’ouvrage. Ses biceps tendent ses manches retroussées sur ses coudes et les veines gonflent le long de ses avant-bras.

Une chaleur agréable, mais inconvenante, se répand sur mes joues.

Mon attention s’égare aussitôt sur le lac.

Le soleil, même caché derrière d’épais nuages, m’offre l’opportunité d’observer les couleurs qui m’entourent. Toujours tristes, mais plus nombreuses que celles peuplant la forêt. L’eau miroite d’éclats infimes. Les gouttes envoyées dans l’air par les pagaies d’Estæbann forment des rideaux de perles étincelantes. Le bruit est presque apaisant. Je peux sombrer ainsi dans le sommeil, assise dans cette barque, bercée. Le Dieu ou la Déesse des Songes m'appelle, mais je suis accaparée par la découverte d'un nouvel endroit. Un poisson fait exploser une bulle à la surface, et des cercles se forment, s'élargissent, avant de s'estomper.

Notre traversée dure de nombreuses minutes. La pluie en profite pour nous tomber sur la tête. Mes cheveux, fraîchement remis de leur baignade improvisée, s'humidifient une seconde fois.

— La vie a-t-elle toujours l'air si triste, même au-delà de notre île ? me soucié-je.

Le corps d'Estæbann est contracté par l'effort, mais je devine sans peine le moment où sa mâchoire se carre. Il n'aime pas évoquer la maison. L'on peut aisément comprendre dans les lignes strictes de ses traits qu'il ne désire plus en faire partie. Ce n'est plus « notre » île ou « notre » maison. Je ne sais même pas si, au fond, elle a un jour, et un tant soit peu, été la mienne.

— La vie est trompeuse, Riham. Méfie-toi des lieux magnifiques et vois plus loin que le bout de ton nez lorsque la nature te repousse. Parfois, les apparences sont en accord avec la vérité, mais trop souvent, tu te perds sous les mensonges d'une vision agréable.

Je rive mes yeux sur le ponton du village. Nous ne sommes plus qu'à quelques mètres. Une jeune femme semble déjà nous y attendre. Vêtue d'un pantalon en toile et d'une chemise blanche salie par de nombreuses taches noires, comme de la suie, elle se triture les doigts, alternant entre baisser et lever la tête.

— Tu en es un parfait exemple, murmure Estæbann.

Je ne suis pas certaine d'avoir bien compris, mais mon cœur s'emballe. Incapable de rétorquer, je le laisse amarrer et entamer le dialogue. D'une main, Estæbann me hisse à ses côtés pour me présenter :

— Aria, voici l'invitée dont je t'ai parlé.

Elle me salue d'un sourire rayonnant. Ses yeux en amande, pourvus de longs cils, se plissent et des sillons charmants se creusent dans le prolongement de ses paupières. Un bandeau similaire au tissu de sa chemise retient ses longs cheveux blonds et raides. Quelques mèches s'en échappent et lui barrent le visage. Elle les chasse de ses mains tremblantes. Je remarque son anxiété et constate qu'elle est aussi à l'aise que moi.

Estæbann pivote dans ma direction, veillant à ne garder que ses doigts gantés liés aux miens.

— Aria est une amie avec qui je partage ma vieille bicoque. Elle travaille dans le village comme femme de chambre. Elle aide les autres dames à prendre leur bain, à se coiffer et à s'habiller. Ah, et aussi… elle n'est pas muette, mais elle ne parle pas. Ou très rarement. N'attends pas d'elle qu'elle te réponde de vive voix. Elle n'aime pas ça.

— Bonjour, Aria, chuchoté-je en saisissant ses mains glacées entre mes gants.

Sans un mot, elle s'incline et me presse la paume. Elle ne me libère pas, m'entraîne à sa suite vers le cœur du village. Je romps mon lien avec mon guide pour la suivre.

Je foule les planches de bois qui constituent le sol de ces habitations. Le lac s'étend à moins d'un mètre sous mes bottes. Il n'y a que des bâtisses similaires, seules les tailles diffèrent. Derrière nous, Estæbann m'explique que les plus petites sont les maisons. Les plus grandes sont des tavernes ou des commerces.

— Vues de l'extérieur, elles ne paient pas de mine, mais elles sont chaleureuses, précise-t-il. Ne t'inquiète pas, tu y trouveras ton confort.

Des éclats de rires tonitruants m'arrachent un sursaut de frayeur. Les battements enragés de mon cœur cognent douloureusement mes côtes. Mon attention est attirée vers un groupe d'hommes sortant d'une auberge. Ils portent l'un des leurs à bout de bras. Les cris du prisonnier me font froncer les sourcils, mais je comprends qu'il n'est pas en trop mauvaise posture lorsque ses acolytes le jettent à l'eau. Les autres continuent de s'esclaffer, des verres emplis de bière à la main. Le malheureux les insulte, mais il les rejoint dans leur hilarité dès qu'il est de nouveau sur les planches.

Des enfants jouent sur un plateau, non loin d'eux, et je m'attarde à les contempler. Ils sont tous concentrés, penchés au-dessus des pions ou sur les participants toujours en lice. Un second sursaut me pousse à serrer un peu plus la poigne d'Aria. L'une des filles vient de hurler sur l'une de ses copines. De joie. Ses petites mains de porcelaine sont accrochées aux épaules de la gagnante et elle la secoue avec une brusquerie gentillette.

— Aria ? hélé-je.

Le bleu de ses iris se pointe sur moi et je prends une seconde pour admirer ses nuances. Ils sont sombres, mais si intenses. Si beaux.

— À quoi jouent-ils ? m'intéressé-je.

— Difficile de le savoir, répond Estæbann. D'un jour à l'autre, ils changent les règles.

Un sursaut élance mon cœur contre mes côtes sous son regard. La tendresse que j'y découvre et qui couve les enfants me déconcerte. Qu'importe sa froideur actuelle et la criminalité dont il est coupable, ses sentiments sont toujours là. Il aime ces petits. J'en ai la confirmation lorsque l'un d'eux nous aperçoit. Son visage s'éclaire au passage de mon voleur. Le gamin saute sur ses pieds pour courir dans notre direction. Dans une spontanéité désarmante, Estæbann le recueille contre ses jambes. Aria ne s'arrête pas, j'hésite, troublée, mais elle m'incite à l'imiter. Peut-être Esætbann espère-t-il des retrouvailles intimes.

— Enfin ! Te revoilà ! entends-je le garçon s'écrier.

— Je ne suis parti que quelques jours !

Estæbann s'offusque assez fort pour donner de la portée à sa voix, mais son ton est doux.

— Tu n'étais pas là pour jouer avec nous ! s'écrie une fillette, boudeuse.

— Ni pour nous montrer comment sculpter une fleur dans le bois !

Je ne distingue pas la réponse d'Estæbann. Aria me tire dans une ruelle un peu plus étroite et j'abandonne l'idée de regarder dans mon dos. Mes doigts commencent à glisser dans mon gant. Malgré le ravissement de découvrir tous ces gens, ma fatigue se rappelle à moi. Je suis exténuée. Par miracle, mon accompagnatrice m'indique l'une des maisons de son index et je saisis que mon calvaire est sur le point de s'achever.

En mon for intérieur, je hurle de douleur. Mes reins, mes côtes, mes genoux, mes muscles, tout me brûle. J'ai la sensation d'être un brasier que ma cape étouffe. Il ne faudrait pas encore longtemps à mon corps pour flamber.

Quand Aria ouvre la porte et délivre ma main, je m'écroule sur la paillasse de l'entrée.

12
La nudité d'un cri assassin

Riham, 19 ans

Les paupières closes, je savoure cet instant comme si aucun autre ne pouvait rivaliser. Je profite de la tiédeur de l'eau sur ma peau. Je suis nue, complètement dévêtue. Pas de gant, pas de cape. Ma robe jonche le sol à côté de la grande bassine. Je suis assez petite pour y tenir deux ou trois fois. La mousse blanche sur mes cheveux tombe et flotte à la surface, contre mes bras ou sur mes genoux. Je suis en paix, sereine. J'ai le sentiment que rien ne peut m'atteindre. C'est rudimentaire, et pourtant, c'est mieux que ces douches ébouillantées à la cascade brutale que j'encaisse chaque jour sur l'île où j'ai grandi. Où Greitshenn, Zoeila et Oneloz me surveillent, m'obligeant à garder mes dessous.

En dépit de la présence d'Aria, j'ai tout retiré, excepté le collier d'Estæbann. Il est immergé, toujours pendu au même endroit, comme sculpté ou gravé dans ma peau. À la lueur des bougies allumées par mon hôte, l'éclat de la pierre d'obsidienne scintille sous l'eau. Elle a beau être obscure, elle se sublime elle-même de ses étincellements. Si Estæbann était toujours le même qu'avant, je lui aurais confié à quel point j'aime ce bijou et admire la façon dont il l'a taillé. Je peux y voir mon reflet sans réellement discerner mes traits. La Daliakys noire me représente. Aussi éternelle que mortelle. Un paradoxe bien trop complexe résumé en un symbole.

Aria me regarde à peine, affairée à la préparation de mes nouveaux habits et de la chambre. Elle est exiguë, de quoi accueillir un lit, une petite coiffeuse et le bain, avec à peine un peu d'espace pour circuler. Il n'y a que deux pièces comme celle-ci. Le reste sert de salon et de cuisine.

— Aria ?

Elle se tourne vers moi, les yeux plantés dans les miens. Son regard ne dévie pas, elle ne cherche pas à m'examiner, sans doute est-elle trop habituée à respecter l'intimité des dames dont elle s'occupe.

— Estæbann vit ici depuis longtemps ?

Sa tête s'incline et je suis étonnée de comprendre qu'elle approuve.

À l'avant-dernière visite de l'Oncle Matheiüs, Estæbann était toujours enfermé dans les geôles royales. C'était il y a trois ans. Si je peux me fier aux maigres confidences d'Estæbann, je suppose qu'il a trouvé refuge ici lorsqu'il a fui la prison. Comment ai-je pu l'imaginer un jour en preux chevalier ? Il n'est définitivement pas venu me sauver de ma tour. Il prétend avoir débarqué sur l'île des Van de Saez en suivant Matheiüs pour me délivrer de son emprise, mais il me cache quelque chose. Un élément primordial. Je devrais me méfier, rester sur mes gardes. À la place, je ne peux repousser l'assaut de l'oppression sur ma poitrine. L'envie. La jalousie. La déception. Alors que je l'attendais, alors que j'oubliais jusqu'à sa promesse inscrite dans la pierre, Estæbann vivait en paix, à l'abri de ce village.

L'aigreur de mon estomac remonte le long de mon œsophage. Je ne suis pas prête à accepter cela. Ai-je sciemment été écartée de la vérité par les Van de Saez ? Estæbann m'a-t-il abandonnée ? N'est-il réapparu que pour sa stupide quête et pour m'utiliser comme un objet ? Pourquoi ? Dans quel but ? Sa liberté absolue dépend-elle de la mienne ?

— Et toi ? m'enquiers-je en m'efforçant de ne pas m'enfoncer dans mes réflexions.

Elle hoche de nouveau la tête. Je mets tout en œuvre pour ignorer la pointe de colère qui me lacère les poumons et me torture le ventre.

Mon Estæbann s'est lié à d'autres personnes pendant que je moisissais dans ma propre geôle.

— T'a-t-il dit où il était avant de s'installer ici, avec toi ?

Aria détourne les yeux, gênée. Encore une fois, elle se triture les doigts. Elle fait le choix de me mentir en articulant un « non » silencieux.

Dans un soupir, je me redresse pour sortir de la bassine et elle se précipite vers moi pour m'envelopper dans un large linge blanc. J'ai un mouvement de recul avant d'apercevoir ses gants. Décontenancée, j'observe ses mains, protégées de ma fatalité, poser le drap cotonneux sur mes épaules.

Estæbann a dû la prévenir. Qui prendrait autant soin d'une personne capable de tuer en ne faisant que chanter ? Si le contact de ma peau est la manière la plus lente d'ôter la vie, ma voix et mes larmes sont dévastatrices.

— Aria… soufflé-je alors qu'elle gesticule dans tous les sens pour me sécher et me démêler les cheveux. Est-ce qu'Estæbann est un homme bien ?

Elle se fige derrière moi. Ses doigts sont crispés sur mon crâne. À travers le miroir de la coiffeuse, je la vois pâlir et m'en veux de la mettre dans cet état, de l'utiliser pour disséquer l'Estæbann que je ne connais pas.

— L'est-il ? insisté-je.

Sous l'emprise de mon regard, elle m'accorde un haussement d'épaules. Je suppose qu'il l'est, mais que tout le monde sait que quelque chose s'est noirci en lui et qu'il n'a pas eu le choix.

Aria me tresse les cheveux et je la surprends à plusieurs reprises en train de sourire devant mes boucles noires. Elle me dépasse d'une bonne dizaine de centimètres. Or, ses épaules voûtées par une discrétion qu'elle s'efforce de préserver ajustent sa taille à hauteur de la mienne. Elle me paraît un peu plus âgée qu'Estæbann, mais quelques-unes de ses réactions sont encore enfantines. C'est une femme attendrissante. Une femme avec qui j'ai envie de nouer un lien. Une amitié, peut-être, qui pourrait durer le temps que je suis autorisée à rester sur Zuria dans l'insouciance et l'oubli de mes fonctions.

— Aria ?

Son regard s'immobilise sur le mien.

— J'aimerais apprendre à te connaître.

Un petit sourire fait tressaillir le coin droit de sa bouche. Ses iris pétillent et elle baisse les yeux, embarrassée, avant d'exprimer un peu plus franchement son contentement.

— J'aimerais être ton amie, me risqué-je à ajouter.

Cette fois, un léger rire semble lui échapper. Sa gorge émet un bref râle, mais aucun son ne veut s'affirmer. Sa figure, elle, n'efface pas sa gaieté. Elle bouge la tête de haut en bas et je saisis ce qu'elle essaie de me dire : « moi aussi ». À mon tour, je m'esclaffe comme une enfant timide. Doucement.

Pour éviter que les éclats de mes intonations ne l'atteignent et ne la poignardent en plein cœur. L'image des deux petites filles jouant dans la rue me revient en mémoire et mon cœur se réchauffe.

Peut-être que la Mort aussi peut avoir une copine sur qui compter ?

Le visage d'Aria s'éclaire au moment où elle me fait signe de retirer le linge blanc. Elle court vers le lit pour s'emparer de mes peluches et me les tend. Son index pointe Patou avec insistance.

— C'est un caméléon, lui expliqué-je en comprenant qu'il l'intrigue. C'est un véritable reptile. Oui, il existe dans la réalité. D'après mon précepteur, on ne le trouve que sur le territoire du royaume de Lhorie. Le mien, c'est Keiriamie, la gouvernante des Van de Saez, qui me l'a tricoté. Elle est d'origine lhorienne. Il est beau, n'est-ce pas ? Je l'ai appelé Patou… Non, il ne bouge pas. Ce n'est… qu'une peluche.

Le regard perçant de Patou me foudroie. Je songerai à m'excuser plus tard.

— Non, il ne parle pas. Oui, comme toi.

Amusée, j'esquisse un sourire délicat. Aria repose mes compagnons sur la couverture du lit et m'invite à me glisser dans les vêtements qu'elle me prête. Elle paraît tout à coup surexcitée, comme si le simple fait d'avoir une amie la submergeait de bonheur.

Moi aussi, je suis ravie, ai-je envie de lui confier. Jamais personne avant elle n'a accepté d'être mon ami. Ou au moins, d'essayer. Pas même Zoeila et Oneloz.

Comment se portent-ils ? Sont-ils toujours en vie ?

Je soupire et chasse leur visage de mon esprit.

Ma nudité ne me gêne presque pas. Pas avant que la porte s'ouvre et que la tête d'Estæbann apparaisse. Le cri que mes poumons expulsent me déchire la gorge. Ma langue tente d'en étouffer les vocalises, mais un gémissement informe parvient à me filer entre les lèvres. Estæbann chancelle, se cognant au mur et trébuchant sur le sol. Aria tombe à genoux et bascule sur le ventre. Mes mains réussissent à lui éviter un choc au niveau du front, mais je la lâche précipitamment à la vue de mes doigts qui effleurent son épaule dénudée par nos mouvements brusques.

— Es… Estæbann… Aide-moi… Estæbann… Je…

La panique me frappe de plein fouet. Estæbann prend quelques secondes de trop pour réagir, sonné. Je comprime mes lèvres sous ma paume, m'éloignant le plus vite possible. Le bas de mon dos cogne la coiffeuse et je me recroqueville dans un coin de la pièce. Terrifiée. Pétrifiée.

Mon cœur est lourd. Dans ma poitrine, entre mes côtes, il pèse comme une pierre. Or, il n'est pas immobile, il n'est pas froid ni indifférent. Je le sens vibrer. De terreur, d'horreur, de colère et de désespoir. Voilà pourquoi, moi, plus que quiconque, je dois réprimer mes émotions. Il ne me faut jamais baisser la garde. À aucun moment.

J'ai ce pouvoir, je le détiens dans mes veines ; chaque jour, je le sens ne faire qu'un avec mon propre sang, et pourtant… je suis incapable de le contrôler. Comment suis-je censée remercier le ciel, ma Déesse et ma propre mère de m'avoir créée ? Je suis une meurtrière. Je suis la malédiction incarnée. Même si je suis née pour reconquérir ce qui appartient à ma lignée, mon âme pleure et hurle en silence.

— A… Aria, balbutie Estæbann en se redressant enfin.

Mon regard trouble se pose sur sa silhouette désorientée. Les talons de ses bottes noires claquent sur le plancher. Ses bras se soulèvent dans des gestes vifs pour recouvrer son équilibre. Ses jambes paraissent faibles, son visage tiraillé par une douleur sourde. C'est comme si mon cri s'était enfermé dans son crâne. Comme s'il n'avait aucun moyen de s'en libérer.

Un sanglot se loge autour de mon cœur, le compressant dans une étreinte affligeante. Quelque chose que je ne peux pas soulager au détriment de sa vie. J'ai envie de me jeter aux pieds d'Estæbann pour m'excuser. Mes mains tremblent. Mon corps s'est emporté dans une agitation ombrageuse et je perçois la souffrance grignoter mes entrailles. Chaque seconde de lutte est une seconde de supplice.

J'ai failli le tuer. J'ai failli massacrer la seule personne qui m'a aimée par le passé ; et même si ce n'est plus lui, l'aberration de mes actes me saute à la gorge.

Qu'en est-il d'Aria ?

Estæbann est penché sur elle. Il palpe son cou et son poignet, puis glisse ses bras sous ses genoux et ses épaules. Je le vois la porter pour la déposer sur le lit, mais mes yeux combattent l'obscurité. Malgré les bougies, malgré les flammes dansantes sur les murs, des lianes de noirceur entachent ma vision. Elle la dévore peu à peu jusqu'à me cloîtrer dans mon angoisse.

— Riham !

Cette clameur, vociférée tout contre moi, m'arrache un sursaut d'effroi.

Je veux disparaître, m'enfoncer dans les planches, les traverser, me noyer dans le lac et que plus personne ne prononce mon nom. Je veux me terrer dans l'oubli, m'ensevelir dans la mort. C'est là où est ma place, pourquoi continuerais-je d'exister ?

— Elle respire. Aria respire. Calme-toi, Riham.

La caresse d'un tissu sur ma peau nue propage des frissons le long de mes membres. L'effleurement d'une main sur ma hanche, osant l'aventure jusque dans le creux de mes reins, me pétrifie et m'avive à la fois. Je suis transie d'effroi. J'ai cessé de frémir, mais la peur m'habite encore. Seul mon regard est rivé sur celui d'Estæbann, accroupi face à moi.

Son visage surplombe le mien. Sa main droite enveloppe ma joue et son pouce presse ma bouche. Mon attention tombe sur ses lèvres, leurs courbes fines et élégantes. Elles sont magnétiques. Le souffle qui s'en échappe est doux contre ma gorge. Il rebondit sur ma peau pour glisser sur mes épaules et mes clavicules. Il est rassurant, comme une couverture immatérielle capable de dorloter mon âme à travers mon enveloppe charnelle. Je le perçois partout, même sous la chaleur de mes bras, entre mes seins.

— Tout va bien, petite fleur… souffle-t-il.

Mes paupières se baissent. Je plonge volontiers dans la pénombre, me concentrant sur le son de sa voix. Sur les paroles qu'il me destinait autrefois. Comme un poème. Comme une déclaration.

— Tout va bien, petite fleur, répète-t-il. Je suis là, je te tiens contre mon cœur. Le monde est en vie et tu en fais partie. Toi et moi, c'est tout ce qui compte aujourd'hui. Tu n'es pas seule, promis. Je suis là, uni à toi. Tu es avec moi, logée dans mes bras. Toi contre mon cœur. Moi contre ton cœur. Tout va bien, petite fleur.

Son étreinte encercle ma taille, sa paume pousse ma tempe contre son épaule et sa joue se pose sur le sommet de mon crâne. Il parcourt mon dos de ses doigts, puis mes cuisses pour affirmer sa prise. Mon corps quitte le sol. Mon flanc est collé à son torse, je sens sa peau sous sa chemise et je prie pour qu'elle ne touche pas la mienne.

Les yeux toujours clos, j'écoute le bruit de ses pas. Il n'en effectue qu'une dizaine avant de m'allonger sur un lit. Vide. Sans doute un autre que celui d'Aria.

Ma tête s'enfonce dans un coussin moelleux. Son odeur en émane pour emplir mes poumons. Mes narines sont dilatées par cet effluve vivifiant. Cet air salvateur. Sa main s'attarde sur l'extérieur de ma cuisse. Je perçois son visage à quelques centimètres au-dessus du mien. Je peux presque le voir, l'imaginer, les traits figés dans une expression sérieuse, les paupières fermées et la bouche pincée. Il retient des mots qu'il n'est pas certain de souhaiter formuler. Je le sais. Je le ressens.

Peut-être m'auraient-ils apaisée...

— Je suis désolé, ma beauté mortelle, soupire-t-il à la place. Je vais me contenter de mettre la couverture sur toi. Repose-toi. Aria t'aidera à t'habiller.

Je réprime un sourire. Fatiguée. La paume d'Estæbann, toujours appuyée contre moi, entame son ascension le long de mon flanc, jusqu'à mon épaule et dans le creux de ma nuque. Son pouce suit la ligne triangulaire de ma mâchoire et se presse sur ma bouche. Les vibrations du baiser qu'il offre au revers de sa main résonnent jusque sur ma peau. J'ouvre les yeux et aperçois le sourire minuscule qu'il m'adresse. À travers mes cils, il discerne mes prunelles, attentives. Il reste là un moment, sans bouger ni parler. Puis il embrasse de nouveau ses doigts et tire le drap sur mes épaules.

— Dors, petite fleur. Le monde ira mieux demain.

C'est faux, le monde n'ira pas mieux demain. Mais pour l'infime instant où j'ai eu la sensation de retrouver le garçon que j'aimais, je décide de le croire.

13
Quand la Rose meurt

5 ans plus tôt
AN 854, À SAZURIA

Riham, 14 ans

La réalité est décevante. Accablante.

J'ai beau le fixer à longueur de journée, mon pendentif est inutile. Pas de secret magique. Pas de pouvoir incroyable. Rien. La Daliakys en obsidienne n'a aucune vertu miraculeuse. Et mes espoirs d'invoquer Estæbann par le biais de mon collier sombrent dans le néant. Il n'est toujours pas revenu. De coutume, il ne s'absente pas plus d'une poignée de semaines pour effectuer une ou plusieurs missions.

Deux mois, c'est son record. Outrepassé depuis longtemps. Plus d'une année s'est écoulée. Un an et dix-huit malheureux jours.

J'ai célébré mes quatorze ans sans lui, seule avec le cadavre d'un papillon entre les murs de ma tour. Zoeila et Oneloz se sont contentés de déposer un gâteau devant ma porte. Rien de réconfortant. Rien d'assez comparable pour me faire oublier *son* absence.

Estæbann n'a jamais raté l'un de mes anniversaires ; il sait que je n'ai que lui pour y accorder de l'importance.

Ce jour-là, je n'ai eu que les bougies de mon chandelier à souffler.

Bon sang, où es-tu Estæbann ?

Par ma Mère et tous les Dieux de la Genèse, je veux te retrouver.

Que fait-il ? Quelle obligation lui prend tant de temps ?

Le monde peut bien s'écrouler, mon tracas ne porte que le nom d'Estæbann.

Un bruit résonne dans ma chambre. *Ma prison.* Greitshenn n'attend pas mon accord pour entrer. La serrure émet un déclic et la porte s'ouvre.

— Oncle Matheiüs s'est joint à nous pour le souper.

Je l'ignore, le regard rivé sur l'oiseau, dont les pattes froissent le visage crayonné d'Estæbann. Mon carnet est ouvert sur le rebord de ma fenêtre. De la poudre à charbon sillonne les rainures du bois, salissant le coin des feuilles et maculant la pulpe de mes doigts. Le volatile me fixe, dans l'expectative. Je pince résolument mes lèvres. Hors de question que je fredonne pour l'envoûter, que je le touche ou que je pleure à ses côtés.

— J'ai tué un insecte ce matin.

C'était un accident, mais il est inutile de le préciser. À quoi bon ?

Ma déclaration ne quémande aucune félicitation. Seulement une réaction. N'importe laquelle. Quelque chose pour me convaincre que je suis cruelle.

L'inspiration de Greitshenn amorce sa réponse lasse :

— Il n'avait qu'à pas se poser sur vous.

Après tout, c'est sa faute à lui. Pas la mienne. *Il* s'est posé sur moi.

Je réprime un ricanement cynique.

— Oui, Madame, vous avez certainement raison.

— Faites plaisir à l'Oncle Matheiüs, enchaîne ma tutrice. Mettez une robe de sa couleur préférée. Vous vous souvenez de…

— Le rouge sang, Madame. Je me souviens, affirmé-je. Puis-je me préparer seule ?

— Je vais vous aider.

— Ai-je le choix ?

— Sans doute que non.

— Alors, oui, soufflé-je pour avoir un tant soit peu l'impression d'avoir décidé de mon sort.

Greitshenn s'approche, saisit mon menton entre son index et son pouce protégés par le cuir de son gant, et me soumet à son œil critique. Mes yeux heurtent ses iris sombres. Un rictus tremble sur les commissures de mes lèvres, mais je mets tout en œuvre pour le rendre imperceptible, futile, jusqu'à l'estomper. Tout du visage de cette femme est à l'opposé de ce que j'aimerais voir. De ce que mon cœur aimerait trouver. Du teint de sa carnation à la nuance de sa chevelure, rien ne me ramène au portrait de son fils. Estæbann détient une beauté qui lui est propre. Mystérieuse, impénétrable, ésotérique. Aucun membre de sa famille ne possède son charisme, la douceur de son regard ou la précision de ses traits. J'ai beau chercher, j'ai beau fouiller, rien chez mes tuteurs ou mon prescripteur ne m'apaise ni ne me soulage de ce que je veux contempler.

— Il ne ressemble à aucun d'entre vous, osé-je murmurer.

Une étincelle de rage jaillit dans les prunelles de Greitshenn. Le rejet de sa main me pince la nuque. Je ne m'excuse pas. Ma tutrice ne rétorque rien. Je m'installe sur la chaise de ma coiffeuse, laissant le silence envelopper la pièce. Il n'y a plus que le ballet habituel des objets pour rompre cette tranquillité factice, pesante. Entre les doigts de Greitshenn, je ne suis qu'une poupée. Chaque minute passée devant le miroir m'insuffle un peu plus de haine à l'égard de mon reflet.

Dissimuler la moindre émotion, la plus infime des expressions, me rappelle que je ne suis qu'une arme. Pour ma communauté, pour ma propre lignée. Aux yeux de ma propre Déesse. Je ne suis ni humaine ni égale aux autres. Je n'éprouve qu'un devoir revanchard. La couleur de ma robe souligne la promesse funeste de la raison de ma naissance.

Je représente ce que je vole aux vivants. Les paupières chargées de poudre et les lèvres surmontées de pourpre, je suis parfaite pour l'Oncle Matheiüs. Parfaite pour éblouir ses conseillers. Parfaite pour braquer l'attention sur moi. C'est mon rôle en dehors de ma tour. Je n'en sors que pour être vue, jaugée, jugée, crainte, admirée, insultée ou remerciée. Le temps d'un repas, je me souviens que malgré mon titre, mon destin, et malgré l'origine de mon sang, je n'ai jamais été à moi. Je suis à eux.

— Vous êtes prête, conclut Greitshenn. Il est l'heure de descendre…

L'ouverture de la porte l'interrompt. Mon ancien instructeur apparaît. Mes genoux ploient sous son regard. Je baisse la tête, rive mes yeux sur le plancher et pose mes paumes nues sur mes cuisses. Prostrée sur le sol, dans l'attente de son jugement, je garde le silence. À l'instar de ma tutrice. Greitshenn reste debout, mais elle est tout aussi offerte à l'autorité de notre chef.

— Laissez-nous.

Oncle Matheiüs n'a pas besoin de préciser à qui il s'adresse. Greitshenn obtempère. On ne doit jamais contester un ordre du maître.

— Ma très chère Riham, vous êtes ravissante.

Je ne réponds pas. Ce n'était pas une question. Je n'ai pas été conviée à parler.

— Votre mère a fait du bon travail.

Je dois me mordre la langue pour ne pas répliquer. J'abhorre l'idée que l'on considère Greitshenn et Connrhad comme mes parents de substitution. Ils n'ont fait que me recueillir. Et c'est encore un bien grand mot…

— Mon frère m'a rapporté que tu te souciais des faits et gestes d'Estæbann.

Entendre ce prénom pour la première fois depuis des mois dans une autre bouche que la mienne me désarçonne. Mes muscles se contractent, mon cœur accélère le rythme de ses battements. Affolés, terrifiés, alertés. Mon sang inonde ma gorge.

Vais-je enfin pouvoir le voir ? Est-il revenu ? Est-ce pour cela que l'Oncle Matheiüs est venu dîner ?

— Je l'ai vu il y a trois jours, m'annonce-t-il. Il est en vie.

Je tente de réprimer une grimace. La seconde information n'a pas le temps de me ravir. Je me suis figée à la première, à son sous-entendu initial : Estæbann n'est pas revenu.

— Comme tu le sais, mon neveu a accompli de nombreuses missions pour le Conseil, mais il a aussi commis de nombreuses erreurs. Cela partait d'une bonne intention : nous rendre fiers. En cela, nous ne pouvons le réprimander. Toutefois, certaines de ses erreurs nous ont mis dans une position délicate. L'un des nôtres, un membre haut placé des fidèles, a été découvert. J'ai dû, moi-même, et – que Sazira m'en pardonne – au nom de la Couronne, mettre fin à ses jours.

Je tressaille. Mes veines se glacent au fur et à mesure que ses paroles s'éternisent. Je n'aime pas le ton de sa voix. Je n'aime pas l'air qu'il se donne, même si je n'ai toujours pas relevé la tête. Il ne m'est pas difficile de le percevoir, de l'imaginer. Il est suffisant, hautain, presque moqueur, mais il a cette diction envoûtante qui vous force à l'écouter, à vous soumettre à l'attente, à lui faire confiance pour garder espoir.

Peine perdue.

— Il y a un an, Estæbann est parti pour se racheter. Il ne devait que collecter des informations, mais il a eu une occasion trop belle pour atteindre la famille royale. Ce n'était pas le moment, ce n'était pas la méthode… mais il l'a fait.

Il étend son récit, trop longtemps et inutilement pour que je ne devine pas son manège. Il veut me faire craquer, que je parle, que la curiosité et l'inquiétude m'embrument la raison et m'obligent à l'interroger. Je ne suis plus une enfant fragile. Je suis capable de résister, et je le lui prouve.

— Il a assassiné le fiancé du prince Cassiānn, cède-t-il enfin, au terme d'une lutte insupportable.

J'ai gagné, mais sa déclaration provoque un tumulte trop violent dans mon ventre. Quelque chose de destructeur. Peut-être un trou vorace capable d'avaler tous mes organes, jusqu'à même mon esprit et mes réflexions.

Estæbann a assassiné quelqu'un.

Cette révélation ne veut pas s'imprégner dans mon crâne. Mes pensées la rejettent. Pourtant, je m'évertue de ne rien laisser paraître. Oncle Matheiüs n'a pas terminé.

— Il est enfermé dans les geôles du royaume. Nous n'avons pas le pouvoir de le libérer. Pas pour le crime qu'il a commis envers le prince héritier. J'espère que vous pouvez le comprendre et l'accepter. Je sais que vous teniez beaucoup à lui.

Son intonation est teintée d'un rire que j'exècre. À ce moment précis, je rêverais de hurler au point de le voir exploser sous mes yeux.

Cet homme est-il à ce point dépourvu de cœur pour s'amuser d'une situation de laquelle son propre neveu ne peut s'échapper ? Il m'écœure.

— Avez-vous une question ?

Le chef m'invite à prendre part à la discussion. Une autorisation formelle qu'il me faut saisir avant qu'elle ne me fuie.

— En effet, Oncle Matheiüs, approuvé-je.

— Quelle est-elle ?

Son intérêt paraît forcé. Il aurait sans doute préféré que je me taise, que je courbe l'échine et que je me contente d'absorber son annonce sans réagir. Je suis certaine qu'il a placé ses espoirs en moi. Peut-être attend-il que j'oublie Estæbann et qu'il ne signifie rien à mes yeux.

Lamentables espoirs…

Estæbann est tout ce que mon cœur faisandé possède de plus cher.

— M'est-il possible de lui rendre visite à la prison, ne serait-ce qu'une fois ?

Le prince l'accepterait-il ?

Un rire incrédule me répond. J'ose lever les yeux sur l'Oncle Matheiüs. Il ne semble pas s'émouvoir de mon regard planté dans le sien. Au contraire, il affirme la froideur de ses iris clairs. Sa stature, déjà imposante, atteste une décontraction du cadre. Ses épaules sont relâchées, mais ses bras glissés dans son dos gonflent ses muscles sous son costume.

Il affirme une aura impressionnante. Écrasante. Dans sa beauté, dans sa vanité assumée, dans sa fierté dévoilée… tout transpire le danger. Il n'oblige pas le respect, il y soumet quiconque tenterait de le défier.

— Non, c'est interdit, rétorque-t-il d'un ton ferme. Et si cela l'avait été, je vous l'aurais refusé. À moins d'un miracle ou d'une clémence hors du commun de la part de la Couronne, jamais Estæbann ne sortira en vie de sa cage.

Ses explications me pétrifient les poumons.

Estæbann est emprisonné jusqu'à la fin de ses jours ? Sans aucun espoir de le revoir ? Jamais ?

Un vent de panique s'engouffre dans mon corps, engendrant un ouragan dans mon ventre. Un cataclysme se propage dans ma poitrine.

Non, je ne veux pas de ça. Estæbann doit sortir, Estæbann doit me revenir, Estæbann doit vivre.

— Je vous suggère d'apprendre à l'oublier, ma très chère Riham.

Je lutte pour respirer, pour me contenir tout en ne laissant rien paraître.

— Avez-vous besoin d'une minute seule ?

Oncle Matheiüs doit le sentir. Rien ne se dévoile sur mon visage, dans mon corps, mais il le perçoit. Je suis sur le point d'exploser. Et il sait ce qu'il risque si je craque à quelques petits mètres de lui, sans rien pour lui servir de bouclier.

— S'il vous plaît, confirmé-je.

Une minute ? Il m'en faudrait des centaines, des milliers. Un nombre que nous ne pourrions pas calculer.

Sa contrariété m'indiffère. Je me fiche bien de ses désillusions. Il ne compte pas, il ne vaut rien. Il n'est que le porteur de ces nouvelles déchirantes. Bien qu'il n'y puisse rien, je l'en déteste. Il me faut un visage sur ma haine et c'est le sien qui s'impose à moi.

À peine a-t-il fermé la porte que je me redresse et envoie valser le vase. La rose en verre qu'Estæbann a sculptée de ses propres mains se brise au milieu des pétales fanés de ses fleurs sauvages. Mon cœur entre en déflagration. Mon âme est réduite en éclats sur le sol.

Estæbann est un assassin…

… mais le prince, ce prince que je ne connais pas, m'a arraché ma vie.

Il m'a arraché mon roi.

14
Le sourire d'une fleur mortelle

Aujourd'hui
AN 859, À ZURIA

Estœbann, 22 ans

Une cascade de flammes zèbre la pénombre de la cabane.

L'épaule appuyée contre le mur de la cuisine, les bras croisés sur mon torse, je toise la silhouette qui projette son ombre sur mon parquet. L'éclat éblouissant du crépuscule nimbe sa carrure des nuances de lave. Un sourire amusé fend ma figure.

Malgré sa posture assurée, les talons de ses bottes, son menton haut dressé et son port altier contracté, l'écumeuse des mers est assez fine pour insérer deux autres corps identiques au sien dans l'encadrement de la porte. Sa longue natte rousse se balance dans son dos, balayant ses hanches. Les poings vissés à sa taille, le sourire large et fier, elle me défie, de son regard espiègle, de me moquer d'elle. Je ravale un ricanement à la vue de son tricorne mal enfoncé sur son crâne.

— Morbleu ! jure-t-elle de sa voix toujours aussi étonnamment rocailleuse. Quel bourbier qu'ce village ! Toujours une catastrophe pour y fout'e les pieds.

Capitaine Arsen, pour les intimes, et sa façon bien à elle d'exprimer son bonheur. Elle abandonne ses bottes boueuses sur la paillasse et échoue ses minuscules pieds sales sur le plancher. Un grognement résonne dans la pièce tandis qu'elle se déleste de sa lourde veste.

— Salut, gamin ! s'exclame-t-elle en s'affalant sur une chaise de la cuisine. T'aurais pas du grog à offrir à ta vieille amie ?

— Pas aujourd'hui, capitaine.

— Gredin, m'injure-t-elle, un sourire affectueux sur le coin des lèvres. La p'tite Aria est pas là ?

— Elle se repose. Dure journée. Si elle est d'humeur, elle vous préparera peut-être votre boisson dans la soirée. Je ne toucherai plus à la cuisine pour vous.

La dernière fois, elle m'a tout recraché au visage…

— Toujours méfiante du poison qu'tu pourrais y mettre, se justifie-t-elle en ricanant.

— J'empoisonnerais mon capitaine ?

— Pourquoi pas ? On est des écumeurs de mer, pas vrai ?

— Vous savez qui de nous deux ne fait que prétendre l'être pour sauver sa peau.

Elle part dans un rire gras, assez puissant pour infliger des tremblements aux murs. Aria et Riham doivent être assaillies par un nombre abrutissant de cauchemars. La volonté d'Arsen d'être si bruyante me cisaille entre le rire et l'effroi. C'est une femme bourrée de complexes, qu'elle compense par autant de manies dérangeantes que possible. Les plus dangereuses y compris, et elles font d'elle l'une des capitaines de sa parenté les plus redoutables. Son âge m'est inconnu, mais la cinquantaine s'est sans doute entamée depuis quelques années, et avec elles, sa férocité a pris de l'ampleur.

Elle a hérité de son propre père à la place de son frère et a forgé sa force dans les entrailles de l'océan. Des décennies se sont écoulées. De second, elle a été précipitée au rang de capitaine avant même d'avoir des poils sous les bras. La mort lui a arraché son mentor, mais aussi le peu d'innocence qu'elle aurait pu avoir. À peine a-t-elle eu dressé le fameux tricorne rouge sur son crâne que la lame aiguisée de son épée et les canons de son bâtiment ont versé le sang de centaines de marins.

Sa réputation la précède. Elle terrifie la plupart des gens dotés de jugeote – excepté les malheureux qui osent croire que sa taille et son poids ont réduit la crédibilité de sa menace – mais ici, dans ce village perdu où seules les âmes égarées se réunissent, elle est comme les autres : un humain de plus que la vie a rejeté. Les proies se mêlent aux chasseurs sans connaître les secrets des uns et des autres. Le danger court partout sur les planches, pourtant l'enfer ne s'est jamais déployé au-dessus du lac. Une certaine paix règne. Un commun accord tacite de nous accepter et de nous jurer loyauté tant que la quiétude de tous les habitants n'est pas mise en péril.

Ma « vieille amie », comme elle aime elle-même se nommer, ne vit pas ici, mais elle me rend tant de fois visite qu'elle est considérée des nôtres.

Son regard se fait plus sérieux. Ses rides s'affirment dans une expression sombre. De celles qui effraient jusqu'à certains membres de son propre équipage. Surtout les mousses ; les autres n'ayant rien à envier à la cruauté de leur capitaine, si ce n'est son titre.

— Où est la gamine ?

Sa question s'est formée dans un grondement grave. Elle l'a presque murmurée, mais sa voix est si caverneuse qu'elle résonne dans toute la pièce. C'est dans ces moments que je dois lui démontrer mon sang-froid. Je le sais et je ne me départs pas de mon sourire.

— Dans ma chambre, lui révélé-je.

Mon pouce pointe la porte par-dessus mon épaule. Ses yeux perçants se braquent dans la direction indiquée, les miens restent figés sur son visage marbré des stigmates de ses nombreux combats. Bientôt modelé dans un ébahissement trop franc pour être futile.

— Tu la baises ?

La rudesse de ses mots et l'octave supérieure de son exclamation me décontenancent. Puis un rire tonitruant s'échappe de ma gorge, clair, incontrôlable, soudain.

Coucher avec Riham ? Non, merci. Plutôt m'arracher les bourses que d'avouer qu'elle s'est déjà glissée sous mes draps dans mes rêves les plus insensés.

— Elle est nue dans mon lit, approuvé-je, mais sauve de toute perversité.

— Tu m'en vois désolée, gamin. Elle te refuse ?

Je sens mes joues chauffer face à sa moue moqueuse. La gêne s'immisce dans mes poumons et ma respiration devient fébrile. Je tâche de ne pas la laisser transparaître.

— Quand bien même ce serait le cas, je ne suis pas comme les membres de votre équipage, lui rappelé-je après avoir recouvert mon assurance. Je ne la prendrai pas de force.

— Un écumeur peut avoir des valeurs.

Je m'esclaffe pour la seconde fois.

J'ai beau la respecter pour ce qu'elle m'a apporté, la femme qu'elle est et ce qu'elle autorise à ses hommes me retournent les tripes. Il me suffit d'ouvrir les yeux pour éprouver tout le mépris et la haine qu'elle m'insuffle.

— Les blagues n'ont jamais été votre fort, capitaine.

Elle esquisse un rictus carnassier et je détourne les yeux pour ne pas les lever au ciel.

— Veux-tu peut-être que j'aille la voir ?

Mon cœur se pétrifie. Mon poing se crispe sur mon genou alors que ma mâchoire se contracte sous la tension que mon corps encaisse soudain. Je m'évertue à ne pas perdre la face, mais une pointe d'agressivité s'infiltre dans les nuances de mon intonation :

— Cela dépend de votre volonté à prolonger votre espérance de vie. Êtes-vous prête à mourir ?

Mes mots sonnent comme une promesse menaçante et personnelle, mais ce n'est pas de moi qu'Arsen doit se méfier.

Riham peut tuer n'importe qui en un cri. En l'espace d'une pauvre et pénible seconde. Elle a peut-être commis son premier meurtre envers un humain il y a quelques heures, à l'auberge. Puis elle a failli nous emporter, Aria et moi, mais sa retenue nous a offert notre salut. S'il ne m'a fallu qu'une petite minute pour braver mes vertiges, un long repos est nécessaire à Aria pour reprendre des forces et se remettre debout.

— Alors, capitaine, l'expérience d'une mort imminente vous paraît alléchante ?

— Je passe mon tour.

— Vous devriez peut-être avertir votre équipage de ne pas tenter le diable en cédant aux pulsions malsaines contre lesquelles vous n'avez pas l'habitude de lutter, lui conseillé-je. Je peux vous assurer qu'ils ne survivraient pas plus d'une minute.

— Sans même l'avoir touchée ?

Je hoche la tête.

— Est-ce une arme aussi redoutable que tu le prétends ?

— Aria en a fait les frais et ce n'était rien comparé à ce que Riham est capable d'infliger.

— Promets-moi qu'elle tuera pas l'un d'mes hommes.

— Que vaut la parole d'un écumeur ? répliqué-je.

— T'en es pas un.

Ça, c'est quand ça l'arrange.

— Mais on ne fait pas de marché avec un écumeur, précisé-je. Aucun engagement n'est valable.

— Jure quand même.

— Pas s'ils s'en prennent à elle.

Des bruits de pas l'interrompent dans sa tentative d'objection. J'ai tout juste le temps d'intercepter sa mine médusée que la voix de Riham s'élève derrière moi :

— Bonjour, Madame.

Arsen ne répond pas. Je me redresse, braquant mes yeux sur la silhouette de ma beauté mortelle, et m'immobilise. Après s'être figé, mon cœur bondit dans ma gorge pour mieux chuter dans mon ventre. Cette vision de Riham est comme un coup de poing dans le foie. Elle n'est pas nue, comme je l'ai décrite plus tôt, mais vêtue de *mes* habits.

La toile du pantalon est gonflée au niveau de ses cuisses, mais elle en a retroussé le bas sur ses chevilles pour ne pas marcher dessus. Ses cheveux, toujours humides, sont retenus en arrière par mon bandana favori. Elle n'a aucune classe, mais elle est divine. Sans doute grâce à la chemise trop grande pour elle. Le col ouvert de deux boutons dévoile la naissance de sa poitrine, de ses épaules, ainsi que le cordon de son pendentif. Le vêtement lui tombe sur les hanches et ses mains ont disparu sous les manches. La tenue est noire dans son ensemble. Aussi obscure que ses prunelles envoûtantes.

— Est-il possible de manger quelque chose ? me réclame-t-elle en rivant son attention sur moi.

— Tu te sens mieux ? me soucié-je.

— Reposée.

Son affirmation lasse m'en fait douter.

— Pourquoi es-tu debout ?

— Vos rires m'ont réveillée, souffle-t-elle. Est-ce que je peux manger, Estæbann ?

— Sur mon bateau, vous aurez de quoi vous rassasier, d'moiselle, intervient Arsen.

Je lui jette un coup d'œil désapprobateur, mais plus tôt nous évoquerons le sujet, plus tôt nous pourrons embarquer avec elle et accomplir notre plan.

— Sur votre bateau ? relève Riham, décontenancée.

— Nous n'allons pas rester ici, l'informé-je. Demain soir, nous embarquerons avec la capitaine pour contourner l'île et atteindre la ville. On en aura pour plusieurs journées – voire plusieurs semaines – de voyage si l'on compte notre détour par le royaume de Lhorie.

— Le royaume de Lhorie ? Pourquoi aller là-bas ?

— Les affaires, commente Arsen, malicieuse.

— En quoi cela nous concerne ?

— Tu nous serais d'une grande aide, ma p'tite.

— Et à la fin ? Où sommes-nous censées atterrir ? m'interroge Riham. Je croyais que c'était ici, chez toi. Ne devions-nous pas nous y établir ?

Sa moue méfiante ravive mon flegme. Je souris d'un air énigmatique.

— Tu te rappelles que je t'ai promis ta liberté ?

— Tu as surtout souligné que je devais t'apporter la tienne, contre-t-elle.

— Ce n'est pas ici que nous la trouverons.

— Où ?

— Tu verras.

— Où, Estæbann ? insiste-t-elle.

J'entends le rire d'Arsen, pas loin de moi. Elle semble apprécier le caractère prononcé de Riham. Elle ne se laisse pas convaincre facilement, bien qu'elle cède toujours.

— Quelque part au cœur du royaume.

— Proche du palais ? s'inquiète-t-elle.

— Oui.

— Tu es fou ! En quoi trouveras-tu ta liberté si tu t'approches de ceux qui t'ont emprisonné ? C'est n'importe quoi, tu…

— Riham, soupiré-je.

Je n'ai pas haussé le ton, mais ma voix la coupe dans son élan.

— Je t'expliquerai au fur et à mesure. Tu me fais confiance ?

— Non.

Ma vieille amie ne ravale pas son rire désagréable. Riham grimace.

— Pourtant, tu es là, argumenté-je.

— Ce n'est pas comme si tu m'avais laissé le choix.

— Tu l'as eu.

— Sous couvert de menace, rétorque-t-elle en dressant son menton bien haut.

Elle me défie et je la trouve adorable. Mon regard se perd sur sa peau. Ma chemise a glissé sur son corps, vers le bas, en dévoilant un peu plus. Ça n'est pas suffisant pour être indécent, mais quelque chose dans mon ventre réagit trop violemment. Ça se répercute entre mes jambes… entre mes cuisses.

— Je t'expliquerai plus tard, répété-je pour achever la discussion.

Sous les yeux d'Arsen, ce spectacle est déplorable.

— Retourne te reposer, enchaîné-je. Quand Aria sera réveillée, nous dînerons.

— Je te déteste, marmonne Riham avant de tourner les talons.

— Tu me combles de trop d'honneur.

Elle marque une légère pause, assez infime pour qu'Arsen ne la remarque pas. Moi, je la repère, et ma fierté apporte des étincelles sur mon visage. Pas besoin d'un miroir pour le voir. Je sens ma joie. Vive et brillante. J'ai volé la riposte que Riham a utilisée lors de nos retrouvailles, mais au sourire que j'aperçois lorsqu'elle penche la tête vers le sol dans une tentative de le cacher, je sais qu'elle s'en réjouit.

Ma petite fleur sourit.

Quoi de plus dangereux qu'une beauté mortelle épanouie ?

Les émotions négatives n'en sont que plus épouvantables.

15

La parure de l'âme putride

Riham, 19 ans

Aria est en meilleure forme. Ses joues blanches ont repris des couleurs. La lividité de sa peau a cédé sa place à une rougeur prononcée. À peine s'est-elle réveillée qu'elle a couru me tirer du lit d'Estæbann pour m'embarquer dans une visite du village.

— Tu es sûre qu'Estæbann est d'accord ? me soucié-je sur le pas de la porte.

Elle hausse les épaules en me désignant l'intérieur de la maison d'un mouvement de menton. Il n'y a plus aucune trace de lui ou de la capitaine Arsen. Il n'a laissé aucun mot, aucune indication.

— J'espère qu'il ne tardera pas à rentrer, je suis affamée.

Je n'ai rien avalé de consistant depuis que j'ai quitté ma tour et mon ventre se creuse d'impatience.

Aria exerce trois pressions successives sur ma main pour me signaler de la suivre. Le décor est le même que quelques heures plus tôt, mais la nuit enveloppe peu à peu le lac. L'eau devient de plus en plus sombre, donnant une apparence plus effrayante au paysage. Une brume épaisse navigue lentement au-dessus des vaguelettes. Elle envahit même les planches des ruelles. C'est inquiétant, mais Aria ne semble pas s'en émouvoir.

Mon cœur s'accélère au surgissement d'une silhouette ou aux hurlements inattendus de quelques enfants qui se pourchassent. Je ne suis pas détendue et Aria le sent. Elle m'entraîne auprès d'un groupe de mômes pour m'asseoir à même le sol et jouer avec eux. Ils n'ont pas l'air d'avoir plus de dix ans, mais ils nous accueillent avec de grands sourires heureux. Je devine à leur attitude et leurs messes basses que rares sont les adultes désireux de les rejoindre. J'essaie de balayer mes inquiétudes pour me concentrer sur eux. Ils se moquent de mes ridicules tentatives de remporter une ou deux parties. Mes stratégies sont infructueuses, catastrophiques. J'enchaîne les échecs et Aria accumule les victoires. Une fillette de six ans me propose d'être mon mentor et je fais abstraction de ma honte pour accepter. Elle paraît ravie. Ses yeux pétillent. Elle me regarde avec le sérieux du jeu et l'excitation d'apprendre quelque chose à l'un de ses aînés. Cela m'emplit d'un bonheur que j'étais loin de me douter pouvoir trouver ici ou ailleurs.

— Tu es remarquable, Creicidha, complimenté-je ma petite patronne tandis que je gagne pour la première fois. Une véritable championne.

— C'est vrai ?

— Un vrai champion ne se distingue pas que par son nombre de titres.

— Comment alors ? s'intéresse un garçon.

— En apportant son aide à quelqu'un qui en a besoin et en lui prouvant que tout est possible !

Aria m'adresse un sourire éblouissant, ému. Elle embrasse le crâne de tous les enfants et je m'efforce de ne pas l'imiter, bondissant sur mes pieds avant que l'un d'eux n'ait l'idée de se jeter sur moi ou sur ma peau.

La main gantée de mon amie saisit la mienne et elle me guide jusqu'à la boutique de l'unique couturière du village. Une dame dont elle se charge de la toilette plusieurs fois par semaine et qui est, selon Aria et les signes que je comprends, une professionnelle aguerrie. Edlena s'occupe de la garde-robe de chaque habitant. Elle aime la conversation, mais très certainement et principalement s'écouter parler. Cela me convient. Ainsi, j'en apprends plus sur elle, sur les raisons de sa présence ici.

— Ma chère Riham, sais-tu comment on nomme notre si précieux patelin ?

Elle n'attend pas ma réponse.

— Le village perdu. Il abrite les âmes égarées. Les plus mauvaises comme les plus innocentes. Les plus nobles autant que les plus pauvres. Une fois établie dans l'une de nos maisons, toute personne s'engage à abandonner son passé pour réécrire son histoire. Nous ne nous jugeons pas, nous nous acceptons tels que nous sommes tant que nous nous respectons.

— N'y a-t-il jamais eu de manquement à ces règles ? me renseigné-je.

— Non, ce village est celui de la dernière chance, ma belle. Si on le bafoue, on n'a plus rien. Ça, tout le monde l'a bien en tête, je peux te l'assurer.

— Et les enfants, ont-ils le droit de faire leur vie au-delà du lac ?

— Bien sûr que oui ! C'est même ce qu'on s'évertue à

accomplir. S'ils peuvent avoir une vie meilleure, ça fait notre bonheur. Mais si ça ne marche pas, ils savent qu'ils auront toujours un endroit où revenir et se sentir chez eux. Acceptés.

— Edlena, est-ce malvenu de vous demander comment vous vous êtes retrouvée ici ?

La couturière émet un rire cristallin. Comme une mélodie libératrice. Elle a l'air si légère, si allègre. C'en est fascinant. Même au cœur d'une vie qu'ils n'ont pas choisie, ces gens y trouvent la paix. Ils sont en marge du royaume, ont leurs propres lois et cohabitent comme une immense famille. Ça ne peut être qu'admirable. Quoiqu'un peu incroyable, mais ça fonctionne. Du moins, c'est ce qu'ils prétendent et ce que je constate.

Je ne suis peut-être pas destinée à vivre à leurs côtés, pas tout de suite, mais je me dis que ça ne m'est pas impossible. Si tant est que Greitshenn, Connrhad ou l'Oncle Matheiüs ne m'emprisonne pas à vie en haut de ma tour. C'est une éventualité à laquelle je me refuse de penser.

Deux jours que j'ai quitté la maison et j'ai encore envie d'en profiter. Les rencontres avec Aria, Edlena et les enfants me bercent dans trop d'émerveillement pour déjà m'imaginer de retour dans ma chambre, entourée par les cadavres de mes victimes.

— Ça peut l'être pour certaines personnes, mais j'ai depuis longtemps abandonné mes remords et ma culpabilité pour me réjouir de mon nouveau quotidien, affirme la couturière. Aria, ça t'ennuie d'écouter pour la énième fois mon récit ?

Mon amie secoue la tête. Son sourire et sa douceur me submergent de tendresse. Elle me présente une robe beige, m'incitant à l'enfiler, pendant qu'Edlena me relate son histoire. Toutes les deux me tournent autour, posant leurs mains sur mes hanches.

— J'avais seize ans lorsque je suis tombée amoureuse pour la première fois, déclare la couturière en tirant sur le tissu de la robe pour l'ajuster à ma taille. C'était une femme riche, célèbre. Une chanteuse que le royaume s'arrachait et qui voguait même au-delà des frontières pour combler d'autres pays de sa voix exceptionnelle. Je n'étais qu'une servante, une fille de mauvaise famille. Je n'étais pas mal vue, mais je n'avais rien en commun avec elle. Quand elle m'a prise sous son aile pour me trimballer d'île en île, de territoire en territoire, de ville en ville, j'étais subjuguée.

Elle me détaille une dizaine d'anecdotes de leurs voyages, étalés sur cinq longues années, puis leur amour passionnel. Avec pudeur, elle évoque leurs moments d'affection et d'intimité volés entre deux représentations. La chanteuse, de quinze ans son aînée, a été contrainte de taire cette relation pour aviver les foules, donner aux journaux l'opportunité de lui inventer des histoires sans lendemain, la rendre désirable et faire parler d'elle.

— Sauf qu'un jour, je l'ai découverte au lit avec un homme, me confie-t-elle. Elle a prétendu que je n'étais rien de plus qu'un morceau de viande à se mettre sous la dent quand elle en avait besoin, pour évacuer sa frustration, puis elle m'a mise à la porte. Sans elle, je n'étais rien. J'avais tout lâché pour travailler à ses côtés. J'étais la seule capable de subvenir aux besoins de mes parents et de mes frères.

Edlena me confie avoir été aveuglée par la jalousie, la peur et la déraison. La vengeance est née de ces sentiments. Elle s'est immiscée dans la loge vide de son amante et a glissé du poison dans la bouteille de rhum que la cantatrice buvait au goulot après chaque représentation. Plus tard, Edlena a appris que la chanteuse et son nouvel amant étaient morts. Quelqu'un avait vu Edlena entrer.

— J'ai réussi à m'enfuir, laissant tout mon argent à ma famille, et je me suis échouée ici. Ça fait une vingtaine d'années, j'ai refait ma vie et j'en suis heureuse.

Je souris.

Son récit devrait me terrifier, sans doute, mais j'éprouve une infinie compassion pour cette femme, l'adolescente qu'elle a été.

— L'amour est beau, ma douce Riham, me souffle Edlena en se plaçant face à moi pour planter son regard dans le mien. L'amour est magnifique. Tout le monde mérite d'aimer et d'être aimé. C'est un cadeau de la vie. L'une des deux plus pures et intenses choses que tu pourras ressentir.

— Et la seconde, qu'est-ce que c'est ?

— La haine.

Elle me sourit d'un air énigmatique. Sans un mot, elle échange un long regard avec Aria et reprend la parole :

— L'amour et la haine torturent les âmes. Certaines personnes pâtissent de leurs dégâts, au point où, parfois, elles les tuent.

Une impression étrange et désagréable m'encourage à me tourner vers Aria. Elle a les larmes aux yeux, mais ses lèvres affichent toujours cet éclat lumineux sur son visage.

— Aria est l'une d'elles.

Le mystère de cette déclaration me coupe le souffle, mais je n'ose pas l'interroger. Edlena, émue en quelques mots, plus que pour le récit de sa propre histoire, préfère changer de sujet et se décale sur le côté pour me dévoiler mon reflet dans le miroir.

— Cette robe te rend plus merveilleuse que tu ne l'étais déjà, commente-t-elle.

J'admire ma silhouette dans cette tenue de princesse. La

jupe est bouffante, le bustier bien serré, le corsage sublime. Les manches en tulle transparent sont parcourues de paillettes. J'ai l'impression de briller, d'être une femme de la noblesse, pouvant prétendre à la séduction d'un peuple et aux charmes d'un prétendant.

Une véritable princesse. Bientôt une reine.

Aria sautille à côté de moi, les yeux rivés sur la robe. Son enthousiasme me fait rire. Elle me trouve ravissante et je ne peux réprimer l'embarras de colorer mes joues. Je suis heureuse. Pour la première fois, j'observe l'apparence d'une fille comme les autres, vêtue d'un rêve. Je porte un habit clair, loin des couleurs sombres que Greitshenn m'a tant ordonné de porter. Je me sens comme Creicidha. La petite fille m'a confié que, la nuit, dans ses songes, elle se voit reine. Son visage s'impose à moi et je me mets à prier qu'un jour elle puisse s'admirer ainsi.

Quand j'en aurai le pouvoir, je réaliserai son vœu le plus cher. Elle sera reine. Peut-être de Sazuria. Elle aura son île, mais je gouvernerai le territoire.

— Vos mains sont celles d'une fée, chère Edlena.

L'émotion transparaît dans mes yeux, je pourrais le parier, mais je préfère l'ignorer.

— Je vous remercie. Malheureusement, je ne peux pas vous payer. Si ça m'est possible, je le ferai après mon…

Excursion ? Escapade ? Évasion ?

— Après mon voyage, murmuré-je, indécise.

— Prends-la, s'il te plaît. On s'occupera du reste plus tard.

— Cela constituerait un crime de ne pas l'accepter.

La voix d'Estæbann m'arrache un sursaut. Le cri de frayeur d'Edlena perce mes tympans tandis qu'Aria rit silencieusement de notre spectacle.

— Estæbann ? m'étranglé-je en croisant les bras sur ma poitrine. Que fais-tu là ?

Figé dans l'entrée de la pièce, le rideau menant à l'avant de la boutique écarté d'une main, il me fixe sans ajouter un mot. Son regard est intense, se promène sur mon corps. Il admire le tissu qui moule les formes de mon buste avant d'avaler mes jambes dans une épaisse toile beige. Le bustier me paraît serré tout à coup. Ma respiration est irrégulière, erratique, et mon cœur bat à tout rompre, susceptible de déchirer le corsage pour s'enfuir loin de moi.

La contemplation d'Estæbann nourrit un sentiment que je croyais endormi dans mon ventre et dans ma poitrine. Quelque chose que je me suis évertuée à effacer de mon âme durant son interminable absence. Je ne veux pas y penser puisque c'est impossible, mais lorsqu'il m'observe de cette manière, tout ce que je désire, c'est que son corps s'offre au mien et qu'ils se livrent l'un à l'autre. Je frémis d'envie de sentir le contact de sa peau sur la mienne, mais cette convoitise me meurtrit de honte.

Comment ai-je pu entretenir cette aspiration avec un mirage ? Pendant six ans, malgré mes dessins et mes pensées, je me suis convaincue de l'avoir oublié, mais c'est faux. Je m'en rends bien compte désormais. Il n'a jamais quitté mes rêves, la mémoire de mon corps. Je n'ai jamais cessé d'espérer le revoir. Et j'ai conservé cette relation dérisoire dans mon imagination.

Mon roi.

Sa reine.

C'est ce que nous sommes depuis toujours. Depuis que nos regards se sont croisés. Je n'en ai pas le souvenir, mais je le sais, je le ressens. C'est aussi simple que ça.

— Tu es…

— Sublime ? Merveilleuse ? Splendide ? intervient Edlena. Évidemment, cette fille est un bijou ! Mais dois-je te rappeler que les hommes n'ont pas le droit d'entrer quand les dames s'apprêtent ? Sors d'ici, petit chenapan !

Elle le chasse de quelques tapes sur l'épaule, mais Estæbann résiste quelques secondes, peu sensible à ces assauts.

— Tu vas me dégager le plancher, bougre de mal élevé ! peste la couturière.

Estæbann semble difficilement dévier son attention sur la femme et lui adresse un signe de reddition.

— Je vous attends dehors ! nous lance-t-il, à Aria et à moi, avant de disparaître derrière le rideau.

— Les hommes, par Izhyris ! se plaint Edlena, un sourire aux coins des lèvres.

— Izhyris ? relevé-je, perplexe.

— Le Dieu de la Perte et de l'Abomination.

— Je… j'ignorais qu'il était surnommé ainsi.

— Chaque peuple vénère son propre Dieu, mais il n'y en a qu'un que nous abhorrons en parfaite union. Tu ne le connais pas ?

— Je ne me suis jamais attardée sur son histoire. Oncle Matheiüs… mon instituteur, me corrigé-je, ne m'a conté que l'histoire de Zuria.

— Oh, ma pauvre petite ! gémit Edlena. Tu rates une somptueuse histoire.

Le coude qu'Aria lui plante dans le flanc lui tire une grimace.

— Bon, d'accord… somptueuse, mais surtout tragique. Et effrayante. Assieds-toi quelques minutes, veux-tu ?

Je m'exécute. Ma nouvelle amie s'installe à mes côtés et

Edlena nous rejoint avec trois tasses d'eau chaude, aromatisée aux plantes. J'en saisis une et hume le doux parfum de fleurs inconnues.

— Izhyris est le Dieu de la Perdition, reprend notre hôte. L'on raconte, du fait de son nom, qu'il est le frère jumeau de Zuria, notre très chère Déesse. J'ignore si c'est vrai, ce détail se perd à travers l'Histoire, mais ce qui est certain, c'est que Zuria est la dernière à s'être endormie pour veiller sur l'extinction de l'esprit d'Izhyris. Elle a vécu quelques siècles de plus que ses compères pour assurer la stabilité du monde. Nos huit divinités ont bien essayé de nous donner vie tout en restant éveillés, mais Izhyris était le dernier des disciplinés. Il n'était pas foncièrement méchant. Chacun de ses frères et sœurs l'adorait. Le problème, c'est que là où les autres n'espéraient que le bonheur et la paix partagés entre les peuples, Izhyris était obsédé par l'idée du chaos.

Edlena avale quelques gorgées de sa boisson et je tressaute dans le silence en prenant conscience que mes lèvres n'ont pas encore touché le bord incurvé de mon récipient.

— Au temps de la Genèse, lorsqu'ils ont décidé de se rejoindre à la surface de l'eau pour bâtir des mondes avec leur corps, Izhyris a été émerveillé par les catastrophes et les créatures engendrées du chaos. Alors, quand il a mis au monde son propre peuple, il en a fait des guerriers. Des êtres sanguinaires, dotés de pouvoirs maléfiques et d'une cruauté inhumaine. Les siens ont parcouru les mers pour terrasser les autres peuples, allant même jusqu'à défier le légendaire capitaine du Reidhrivein.

— Loasodhsan, ne puis-je m'empêcher de prononcer dans un murmure à peine lucide.

Aria hoche la tête, les yeux voilés, et Edlena sourit.

— Les sept dieux se sont dressés contre lui et leur colère s'est abattue sur son peuple, anéanti dans les flammes divines. Son corps a été calciné. Les terres qu'il avait créées étaient dépourvues de vie, de ressource et d'espoir. Il ne restait plus rien. Zuria a été contrainte de porter le coup fatal, pour que l'esprit de son frère soit réduit à néant pour toujours. Et l'accès au huitième royaume a été condamné. Il est voué aux Enfers, perdu quelque part où personne ne peut l'atteindre, pas même les peuples à proximité.

— C'est pour cette raison que vous jurez en disant « par Izhyris » ? demandé-je.

— En effet. Il n'y a pas meilleur Dieu pour exprimer l'enfer.

Peut-être que, dans une autre existence, j'aurais été comme lui. Est-ce que Zuria m'a choisie pour me transmettre les pouvoirs de son frère ? Je soupire. Edlena et Aria sautent sur leurs pieds et me tirent par les poignets pour me redresser à mon tour. Protégées par leurs gants, elles m'aident à quitter la robe. J'enfile les habits volés dans le placard d'Estæbann. La couturière ajuste ma tenue, puis me fourre sa confection entre les bras.

— Prends-la, insiste-t-elle. Tu me paieras plus tard si tu insistes.

— Merci, Edlena.

16

Damnation rime avec Obsession

Estæbann, 22 ans

Je profite de ce que les ruelles soient vides pour m'adosser au mur qui borde le lac. Edlena a fait construire sa bâtisse à l'une des extrémités du village. Pour elle, il était important d'être proche de l'eau. À cet instant, je ne peux m'empêcher de me sentir reconnaissant. Depuis deux ans, la mer, les rivières et les lacs sont tout ce qui me permet de m'imaginer affranchi. Adieu la prison. L'odeur iodée de la liberté m'anime. Aujourd'hui, elle me réconforte.

La vision du corps de Riham dans cette robe…

Je ferme les yeux. Elle m'en a coupé le souffle.

Ce bustier serré comprimait sa poitrine, dévoilant le galbe de ses seins dans son décolleté. Je savais qu'Edlena était une couturière de talent, mais le corsage qu'elle a créé pour cette tenue est époustouflant. Ou peut-être que c'était la fille qui le portait qui le rendait exceptionnel… Je secoue la tête. Non. C'est Edlena. Cette femme a de l'or au bout des doigts. Elle est capable de tout. Ses prouesses artistiques peuvent rivaliser avec la plus puissante des magies. Ça n'a rien à voir avec Riham. Même si la couleur claire du tissu donnait à son teint mat une vivacité des plus affolantes. Même si ses hanches, marquées par les rubans, avaient accaparé mon attention au point où je me suis bien pensé incapable de m'en détourner. Elle est belle, elle l'a toujours été, mais elle n'obsède plus mes sens.

Impossible.

Je passe une main tremblante sur mon crâne, crispant mon poing autour de mes mèches. C'est épuisant de ne serait-ce que penser à elle. Son simple prénom diminue mon espérance de vie d'au moins cinq ou huit ans. Ça relève incontestablement du miracle que je me tienne toujours debout.

Ma tête bascule vers l'arrière pour se poser contre le mur et je soupire d'agacement. Sous mes paupières closes ou dans les ombres du paysage, le visage de Riham ne veut pas se dissiper.

— Ne peux-tu pas te résoudre à me laisser en paix ?

Mon murmure s'envole dans le vent. Si quiconque passait par là et m'entendait, il me prendrait pour un fou. Un enfant ne manquerait pas de rapporter le spectacle à ses amis et tout le monde en rirait en quelques heures. En temps normal, ça ne me gênerait pas. Là est tout le bonheur et la légèreté que l'on peut absorber de ce lieu. Mais cette fois, ça la concerne *elle*. Et je ne laisserai personne lui soumettre l'idée qu'elle peut être importante pour moi.

C'est terminé.

Les rêves, les chimères, la niaiserie et les illusions sont derrière moi.

Alors pourquoi l'image de son corps ne veut-elle pas s'effacer ?

Je vois les paillettes des manches en tulle transparent scintiller sur ses bras, tombant et pendant sur ses poignets avec une délicatesse raffinée. *Par Zuria...* Elle ressemblait à une prétendante dans les bals où les jeunes du royaume se présentent pour se faire la cour. Je n'aurais pas dû assumer l'achat d'une tenue pareille. Elle serait fichue de me rendre fou en la portant dans les jours prochains.

Cette putain de damnation rime avec obsession.

Six années plus tard, je refuse de croire qu'elle incarne encore la promesse de ma perdition.

Je ne te laisserai plus m'atteindre, beauté mortelle. Plus jamais.

Et si je manque à mes paroles, je m'ôterai moi-même la vie.

17
Le rêve de la Mort

Riham, 19 ans

Après avoir parcouru le village en sens inverse, escortée cette fois par mon voleur et son amie, je m'enferme seule dans *sa* chambre. La main posée au centre de ma poitrine, j'écoute les battements de mon cœur résonner depuis le creux de ma paume. Alors qu'Estæbann s'est tenu loin de moi durant tout le trajet, je n'ai cessé d'alimenter des pensées dans lesquelles il était l'unique objet.

Sa façon de me regarder…

Sa vision ensorcelante…

Je suis incapable de m'en délivrer. Plus les heures s'égrènent, plus je prends conscience de la réalité. Estæbann est là, avec moi. Il est revenu me chercher. C'est lui et personne d'autre. Ne pas connaître ses véritables intentions me tourmentent, mais la brume des rêves se dissipe pour clarifier les faits actuels : Estæbann est en vie et j'ai enfin l'opportunité d'être à ses côtés. Et il ravive des sentiments, des désirs, des peines, des douleurs. Tout se confond. Des souvenirs de notre enfance surgissent de l'obscurité de ma mémoire, composent une nouvelle histoire avec la silhouette de cet Estæbann du présent. Un instant, je le vois, petit, enfantin, me prendre la main depuis la sienne gantée et me faire tournoyer au milieu de ma chambre pour m'apprendre à danser. Puis je le sens, à côté de moi, je comprends qu'il suffirait d'ouvrir une porte pour le retrouver, pour recommencer, pour entremêler nos doigts et nous amuser.

Ma beauté mortelle, l'entends-je me souffler dans le secret de mes songes. La tessiture juvénile de sa voix se mélange au timbre rauque qu'elle est devenue.

Il est ici. Juste là. Dans la pièce d'à côté.

J'ai besoin de le voir, de ne jamais plus le perdre de vue, comme pour m'assurer qu'il n'est plus un rêve ou un mirage. Je dois m'approcher de lui, le sentir contre moi… ou presque. Le manque s'affirme. Parce que je peux de nouveau me combler de sa présence, de lui, de ce qu'il lui est possible de me donner sans mourir.

Je veux juste retrouver tes bras, ta chaleur contre la mienne.

Estœbann…

Quelque chose en moi me pousse dans sa direction.

Estœbann, Estœbann, Estœbann…

Son prénom résonne comme un appel, une réclamation. Une *supplique*. Cette *Chose*, cette *Attraction*, en moi me pousse vers lui. Elle est obnubilée, *je* suis envoûtée, incapable de résister. Il *faut* que je cède.

Résiste, résiste, résiste…

Mon corps se soulève du lit et la voix de ma raison est enfermée quelque part trop loin de mon esprit.

Reste ici, ne bouge pas.

Je ne l'écoute pas, avance. Ma main effleure la poignée pour s'y accrocher, comme si ma vie en dépendait. J'ai beau me raisonner, rivaliser contre la tentation, des griffes acérées se plantent dans le creux de mes reins et me bousculent. Quelque chose, comme une aura, une présence étouffante se tient tout contre mon dos, presse mes omoplates. Chaque fois que mes talons s'enfoncent dans le plancher pour m'arrêter, elle appuie sur ma colonne vertébrale et me contraint à franchir des limites supplémentaires.

Elle est là.

Oppressante, envahissante.

Je lui suis faible, asservie. Elle est assez puissante pour envoyer des vagues étranges parcourir mes veines. Je les perçois couler dans mon corps. Elles paralysent mes pensées et contrôlent mes gestes.

Je la sens.

Elle s'empare de moi, me possède, me domine.

La porte s'ouvre, lentement, silencieusement. L'air se charge davantage de *son* odeur. Celle d'Estæbann. Il est partout. Cette maison est à lui, elle *est* lui, et les larmes envahissent mes yeux.

Je ne peux pas…

Je ne peux pas m'en empêcher.

J'ai enfin la chance de te retrouver.

Est-ce que c'est réel ?

Oui, ça l'est. Et quand bien même je me rendrais compte que tout est faux, je voudrais que l'on m'enferme dans ce rêve trop grand.

Les doigts toujours agrippés au col de ma chemise, je traverse le séjour pour atteindre la cuisine. Estæbann est debout face au plan de travail, le nez penché sur une casserole. De la fumée enveloppe son visage. Elle rougit ses joues de chaleur et souffle sur les mèches qui lui tombent sur les tempes. Il porte le même genre d'habits que je lui ai empruntés, dans des tons bleu foncé. Les muscles de son dos saillent sous sa chemise. Je suis envoûtée par leur danse. Chaque geste, même minime, crée un mouvement de tissu sur lequel je veux passer ma main. J'aimerais que mes doigts nus glissent de son col à sa nuque, découvrent sa peau hâlée et s'infiltrent dans ses mèches brunes, ondulées sur le sommet de son crâne. Je tremble d'envie de connaître les sensations que je ne fais qu'imaginer depuis des années. Avec lui. *Uniquement* lui.

Quelle importance y a-t-il à savoir comment ce serait avec les autres ? Mon corps ne réagit qu'aux paroles muettes du sien. Je serais prête à parier ma vie, ma destinée et mes pouvoirs que parcourir le monde ne me ramènerait qu'à lui. Qu'à Estæbann.

Les serres de ma folie transpercent ma peau pour me mener toujours plus loin, toujours plus proche. Elle prolifère sa déraison dans mon esprit et je sens mon âme flancher dans cette douce démence. Dans cette séduisante dangerosité.

Estæbann est là. Alors, j'avance encore. En silence, je m'approche de mon ami d'enfance, de mon amant dans mes rêves. Je trace le chemin qui me guide vers son dos. Mon cœur bat dans ma gorge et contre les parois de mon crâne. Je crains qu'il me trahisse ou fracasse les murs.

Les bras croisés sur mon ventre, je cesse de respirer, le temps d'un instant. Le temps d'avaler la distance et de m'immerger dans les effluves de cette odeur qui a toujours été celle de la moitié de ma vie. Comment ce parfum a-t-il pu résister au temps ? Aux années de prison, de sa nouvelle existence ? Je l'ignore, mais j'en remercie le ciel. C'est mon parfum favori. Celui qui me rappelle mes premiers éclats de rire et les plus sincères, mon unique balade à travers le manoir pour un cache-cache, nos instants de bonheur, chacun de nos anniversaires, ses sourires, ce flottement incessant, cette légèreté dans ma poitrine, ce bien-être qui ne dure que lors de ses visites…

Cette fragrance a la couleur de ses yeux, la silhouette de son corps, la chaleur de sa proximité, la tendresse de ses caresses malgré le cuir sur ma peau, les vibrations de ses baisers à travers nos mains. Elle est humaine, palpable, réelle et entêtante.

Cette odeur, c'est lui.

Et l'écho de l'enfant que j'étais veut lui crier qu'elle n'a jamais arrêté de l'aimer. Que ses sentiments ne se sont pas taris. Au contraire, ils ont mûri, évolué, persisté. Ils renaissent autrement, avec plus de fébrilité, mais autant de force. C'est incompréhensible. Effrayant. Je ne peux pas me l'expliquer. Cette *Attraction* est anormale. Non. Elle est surnaturelle. Irréfléchie. Monstrueuse. Il m'était encore inconcevable d'y céder quelques jours plus tôt. Je *voulais* lui résister. Pourquoi faut-il qu'elle prenne les devants ? M'y force ? M'y pousse ? Me jette dans la gueule du loup et le piège lui aussi ?

Estæbann a davantage à y perdre.

— Estæbann…

Il se raidit juste devant moi. Il ne sursaute pas, mais la surprise le saisit et le paralyse. J'en suis certaine. Son corps ne me trompe pas. Il prend une poignée de secondes avant de se retourner. Ses hanches butent contre le meuble derrière lui. Notre proximité le déroute. Je dois reculer, lui rendre son espace… mais je suis pétrifiée. Je ne peux qu'avancer.

— Qu'est-ce que tu…

Sa voix aussi détient un pouvoir… dévastateur, déraisonnable, inconscient. Elle est modulée dans son timbre rauque et a raison de ma volonté.

Je le dépossède de ses moyens en franchissant les derniers centimètres. Mon front se pose contre son torse. Je me refuse à relier mes mains à sa taille, mais elles ne m'obéissent pas. Mes paumes s'aventurent sur ses flancs et mes doigts s'agrippent à son haut. Son odeur emplit mes poumons. Elle vivifie mes sens.

J'entends son cœur rater plusieurs battements sous mon oreille. Je m'accroche à lui, aux remparts que forment ses vêtements pour nous protéger tous les deux du vide. Quelque part dans mes entrailles, des émotions s'agitent. Trop nombreuses pour les discerner les unes des autres. Je les sens grouiller comme des parasites. Elles prennent de la place et de l'ampleur. Elles me hurlent presque de les laisser me dominer. Je les sens chauffer le sang dans mes veines gonflées par cette tension affranchie.

— Riham… balbutie Estæbann.

Je veux juste t'enlacer.

Je veux juste te toucher.

Je veux juste t'embrasser.

Mon bras droit s'enroule autour de ses hanches. Mon geste est lascif, lent, appuyé. Un feu inattendu se propage dans mon ventre. Je perçois l'envie, je perçois l'ivresse. Une soif de possession. Un besoin d'appartenance.

Il est mien, je suis sienne.

Ma propre voix résonne dans ma tête. Je me fais perdre la raison. Mon corps n'écoute que lui et mon esprit se perd dans cette attirance exacerbée.

Ma main gauche remonte sur le ventre d'Estæbann. Je le sens se creuser sous mon passage alors que son torse se bombe sous son inspiration. Mes doigts effleurent le renflement de ses pectoraux. La pointe de son téton s'est éveillée, mais le souffle qui s'abat sur mon visage est empli d'appréhension. Les tremblements de son corps sont les manifestations de sa peur. Je n'en connais pas la cause, mais je sais qu'il ne me craint pas. Pas *moi.*

Ma bouche se presse contre le dernier bouton attaché de sa chemise, offrant sa gorge à mon regard envieux. Il porte le médaillon de la Daliakys en obsidienne, traversée de l'épée. Je veux lui demander quelle en est la signification, mais mes réflexions sont effacées par la convoitise. Mes lèvres s'approchent du creux formé entre ses clavicules, en dessous de sa pomme d'Adam qui se soulève d'angoisse.

— Riham, tu…

Tais-toi, ai-je envie de crier. Ma voix grave, émancipée de ma volonté, s'échappe de mes lèvres. Je la sens exprimer des paroles pourtant secrètes, dévastatrices…

— J'ai longtemps rêvé de connaître le goût de tes baisers, mais le destin nous a séparés. Est-ce que c'est un signe pour me dissuader ? Tu es là, devant moi, et la tentation est décuplée. Ton odeur m'enivre, elle m'encourage à t'aimer, mais si je me l'autorisais, je serais condamnée à te tuer. S'il te plaît, résiste-moi. Ton cœur ne doit pas être l'enclume de mon épée.

— Arrête… m'implore Estæbann dans un gémissement plaintif.

Je ne veux pas qu'il m'interrompe. Le ton que j'emploie l'ensorcelle, mes caresses l'étourdissent. Or, dans sa lutte intérieure, il trouve la force de me repousser, de se libérer. Ses mains s'abattent sur mes épaules et ses bras me bousculent. Un voile sombre tombe sur mes yeux, l'espace d'une microseconde, puis je recouvre la vue.

— Tu veux me tuer ou quoi ?

La gravité de mes actes me saute à la figure. L'effroi me refroidit le cœur. Mon désir a motivé cette chose en moi, dangereuse, nuisible. Elle a dominé mes pensées. *Encore.* Estæbann est la victime de ma plus terrible nature.

— Tu ne tiens pas toi-même tes propres conditions, crache-t-il, le vert de ses iris s'assombrissant. Il me faudrait peut-être penser à te ligoter les poignets et à t'attacher un foulard sur la bouche.

Je frissonne.

— Tu es trop puissante pour moi et pour quiconque, sorcière sanguinaire. Reste à ta place.

Il m'incite à m'éloigner de quelques pas supplémentaires, et son visage, submergé par la rage et le dégoût, me bouleverse. L'Estæbann qui m'a soufflé les paroles apaisantes de notre enfance pour me calmer, un peu plus tôt dans la journée, n'a été qu'un mirage. Un espoir noyé par une réalité bien trop funeste.

Titubante, je lui tourne le dos et cours jusqu'à sa chambre. Aria sort de la sienne au moment où j'ouvre la porte, mais je n'ai plus le cœur à rassasier mon estomac ni à sourire. Encore moins devant la capitaine Arsen, censée nous rejoindre pour le repas. Je m'enferme à double tour et m'écroule sur le lit, tirant la couverture jusqu'à mon front. J'ai besoin d'être invisible, oubliée du monde. Et je rêve que la Mort, logée dans mon âme, finisse par m'emporter moi-même.

18

Sa part d'humanité

Estæbann, 22 ans

La nuit est tombée. Le crépuscule a laissé sa place à la lueur de la lune. À travers la fenêtre, la peau sombre de Riham luit sur son visage et dans le creux de sa gorge.

Je déglutis. La sensation de son corps trop près du mien, de son souffle dans mon cou et de sa bouche à quelques centimètres de ma peau me brûle encore. Je la perçois encore sous mes vêtements. Malgré la présence d'Arsen et d'Aria, le dîner et les heures qui se sont écoulées, je n'ai pas réussi à m'en défaire. C'était brutal, insensé… et diablement dangereux.

Elle a failli me tuer, et le pire, c'est que j'ai aimé ça. Sur le moment, dans l'instant, j'ai oublié que la Mort était en train de m'enlacer. Que c'était ma fin qui propageait son aura autour de mon âme. Que les ongles acérés de la fatalité s'apprêtaient à transpercer mon cœur. La réalité s'est éclipsée pour ne laisser que l'illusion. Je l'ai voulu. J'ai prié pour que ça ne s'arrête pas. Jusqu'à ce qu'une faible voix me ramène à la raison. Le réveil a été violent. J'aurais aimé ne pas sombrer, mais il était trop tard, je n'ai pu que me battre.

Plus je l'observe, plus je me sens faiblir. Cette Attraction, comme elle la nommait autrefois, me terrasse. Je n'y échappe toujours pas…

Les mains bien enfoncées dans mes gants, je me dirige vers mon lit et m'installe sur le bord du matelas. Lentement, je tends le bras pour effleurer son front du bout des doigts. Mon index souligne une boucle au-dessus de son sourcil et je la coince tout en douceur derrière son oreille. Du pouce, je caresse les taches de rousseur sur sa joue droite. Ces mêmes taches de rousseur que j'ai tant de fois espéré pouvoir embrasser un jour. Mais un seul baiser pourrait me faire basculer du côté de ses victimes.

— Beauté mortelle, l'apostrophé-je dans un souffle. Il faut te réveiller.

Ma paume glisse sur sa mâchoire, atteignant ses lèvres. Je les fixe, longtemps, et m'aperçois que Riham est réveillée lorsque mes yeux découvrent le poids des siens. Je ravale ma salive avec difficulté.

— Tu dois manger, articulé-je.

— Je n'ai pas faim.

Son estomac émet un grondement. Je n'ai pas l'audace – ou la force – d'en rire. Même quand elle esquisse une grimace contrite.

— Je peux réchauffer ton assiette dans la cheminée.

— Non, merci.

— Mange un bout avant de partir.

— Je ne voulais pas, Estæbann.

Je me fige. Mon cœur, ce traître, chancelle entre mes côtes. Je déteste quand il s'oublie. Comment peut-il ignorer la douleur qu'il a subie toutes ces années à cause d'elle ?

— Je sais, approuvé-je.

Parce que c'est la vérité. Je connais Riham et la moindre de ses pensées. Elles s'inscrivent dans son regard. Toutes, sans exception. Et je les lis les unes après les autres, sans peine.

— Je préfèrerais m'occire que de te tuer. Estæbann…

Elle se redresse sur un coude. Je ne bouge pas. Son visage est à deux souffles du mien. Peut-être moins. Il me suffirait de m'incliner un peu pour l'embrasser. Pour cueillir ses lèvres et ma mort.

— Tu es tout ce que j'ai d'humain.

Troublé par cette confession, je me contente de la scruter sans ouvrir la bouche. Sa main nue embarque la mienne, et elle pose trois de mes doigts sur ses lèvres. D'un lent mouvement, elle presse un baiser sur le cuir de mon gant et s'écarte à contrecœur.

— Pourquoi m'as-tu emmenée, Estæbann ? Tu sais très bien que l'Attraction se sert de mes sentiments pour t'atteindre. Je suis hors de contrôle en dehors de ma tour. Tu devrais me ramener auprès de Matheiüs. Ou je peux l'attendre jusqu'à ce qu'il me retrouve.

— Hors de question.

— Que veux-tu que je fasse ?

— Reste avec moi.

— Je ne peux pas.

— Bien sûr que si.

— Je te tuerai, Estæbann, chuchote-t-elle, les larmes aux yeux.

Dès qu'elle s'en rend compte, elle frotte ses paupières et essuie ses larmes sur le drap. Si ma peau entre en contact avec l'une de ces perles salées, les flammes avaleront mon corps pour le porter tout droit vers l'enfer.

— Reste avec moi, répété-je.

— Jusqu'à quand ?

— Jusqu'à ta mort.

Je tressaille. Cet aveu, je n'étais pas censé le lui donner. Mais les mots m'échappent et je prie pour qu'elle les interprète de façon romantique. Pour qu'elle ne se doute pas encore de mes desseins.

— Meurs avec moi, Riham.

— Je n'ai jamais voulu mourir ailleurs qu'à tes côtés. Je veux seulement m'assurer que je ne te tuerai pas.

— Ça n'arrivera pas.

Je compte vivre bien plus longtemps que toi.

— Je suis désolée… pour tout à l'heure.

— Je sais.

— Embrasse-moi, m'intime-t-elle.

Mes deux pouces s'invitent sur ses lèvres et ma bouche répond à sa requête. Mon cœur se perd dans sa rage. La souffrance qu'il ressent propage de la lave dans mon corps. Il aimerait… connaître le véritable goût de ses baisers. *Morbleu.* Je pourrais crever pour le connaître.

Impossible.

Impensable.

Intolérable.

Je m'écarte brusquement. Riham vacille.

— Viens manger. Nous partons dans deux heures.

PARTIE 2

« Plus fort brillera le mirage de sa liberté, plus douloureuse sera sa chute. »

— Estæbann Van de Saez.

19
Captive du Reidhrivein

Riham, 19 ans

Capitaine Arsen.

Loasodhsan.

Je crois que mon cœur ne s'est toujours pas rétabli de la stupéfaction.

— Pas certaine de m'être officiellement présentée à toi, a ricané la femme rousse, les deux poings fermés sur les hanches et le menton dressé dans ma direction. Capitaine Arsen. Sova pour les très intimes. Arsen pour tous les invités de mon bateau.

Son sourire s'est agrandi, fracturant son visage en une expression sournoise.

— Pour tous les autres, j'suis Loasodhsan.

Une déclaration claire et concise, qui m'a désarçonnée alors que nous étions sur le départ d'une aventure inconnue.

C'est une femme !

J'ai envie de crier. De brandir mes mains vers le ciel et de proclamer ma victoire. Je le savais. Je l'avais deviné.

Ou plutôt, je l'avais espéré. Une excitation inattendue me parcourt le corps. C'est une sensation que je n'avais jamais ressentie pour quelqu'un d'autre qu'Estæbann ou pour autre chose que ma découverte du monde extérieur. Cette envie de sautiller. De courir et de danser. J'essaie d'étouffer mon émotion en plantant mes dents dans ma lèvre inférieure.

Estæbann et Loasodhsan ouvrent la marche. Aria et moi la fermons.

Je plonge ma main sous ma cape et plante tour à tour mes yeux dans ceux de Patou et de Tatou.

— Je vous l'avais dit, murmuré-je.

Ma joie éclate dans ma poitrine quand je prononce ces quelques mots. Je sens le regard d'Aria posé sur mon profil.

La mine sombre de Patou, enfermé dans ma sacoche, est emplie de sermons.

— Je ne fanfaronne pas, protesté-je tout bas. Je suis juste… Quoi ?

Tu sais qui est Loasodhsan. Tu sais ce que ce nom a répandu à travers l'Histoire. Ça n'a rien de réjouissant.

Je trébuche sur une branche morte. Aria me rattrape avant que je ne chute. Estæbann me jette un coup d'œil par-dessus son épaule, puis le rire de la capitaine Arsen s'élève au-dessus du chemin délabré.

C'est une écumeuse des mers, me rappelle Patou. *Une marginale, une anarchiste.*

La pire de toutes, me confirme Tatou.

Et ce nom, sa lignée, ne sont pas issus des sombres histoires de navires perdus et d'esclavagisme. Les motivations de tous les *Loasodhsan*, qui se sont succédés, résident à la surface de l'eau, au sang, à la torture, au pillage et aux conflits. La femme devant moi compte parmi ces personnes croyant que les océans leur appartiennent. Peut-être pense-t-elle même en être la Déesse suprême.

Et Estæbann la connaît, souligne Tatou.

Il connaît son équipage, ajoute Patou.

Des mousses au plus haut gradé.

Estæbann est l'un de leurs membres. C'est là qu'il m'emmène. Au cœur de ce groupe affamé de la douleur des autres. Sur le pont du célèbre et tant redouté Reidhrivein.

Mon regard voilé croise celui d'Aria. Son visage défait me confirme toute la gravité de la situation. Et cette dure réalité m'entrave la gorge.

Estæbann m'a confié s'être échappé de prison voilà deux ans.

Deux ans.

Qu'a-t-il fait pendant tout ce temps ?

Si cette question m'a hantée pendant des années, à présent, il me semble avoir un aperçu de la réponse. Un infime pan de son passé se soulève. Je suis sur le point de m'engouffrer dans l'ouverture, dans la brèche de sa coquille bien gardée. C'est terrifiant. Parce que je ne suis pas certaine d'en apprécier tous les secrets. D'assassin, Estæbann s'est transformé en fugitif, puis en écumeur des mers. Brillant parcours. Est-ce que je dois fuir ? Disparaître ? Quitte à me livrer à moi-même et la nature à la mort ? Ou dois-je… lui faire confiance ? J'ignore s'il est toujours la personne à qui je peux livrer ma vie, mon âme et mon cœur. Une partie de moi ose encore y croire, mais une autre, plus vicieuse, s'installe petit à petit dans ma poitrine. Elle m'ordonne de me tenir sur mes gardes.

Les voiles rouges du Reidhrivein se dressent à l'horizon. Puis elles se déploient, plus grandes, plus imposantes, plus effrayantes. La semelle de ma botte percute la planche menant jusqu'au pont. Aria se tient près de moi, à la fois comme une gardienne et comme une pauvre fillette apeurée. Nos mains gantées désespérément accrochées les unes aux autres.

— Je crois que j'ai peur, Aria, chuchoté-je.

Je n'aurais sans doute pas dû révéler mon émotion, mais la pression des doigts de mon amie autour des miens me réconforte.

Que Greitshenn soit déçue par mon comportement m'importe peu. Je ne suis pas assez courageuse pour paraître assurée ou ne serait-ce qu'essayer de l'être. Aria a glissé mon bras sous le sien et le serre avec force. Le tissu de nos vêtements empêche nos peaux de se toucher.

Je ne sais pas si Estæbann lui a raconté les raisons de mon absence au dîner et j'ai peur de lui poser la question, de connaître la réponse. Aria ne montre pourtant aucun signe de réticence à mon égard. Je suis presque certaine qu'elle sait ce que je suis ou ce dont je suis capable. Cela n'enlève rien à mon angoisse ni à ma culpabilité. Soit elle ignore tout et n'a pas pris conscience du danger qu'elle risque elle aussi, soit elle connaît la totalité des enjeux et de mes actes et elle les accepte sans les juger ni protester. Je ne comprends pas comment c'est possible. Qui peut autoriser un monstre à pénétrer sa vie ? Hormis Estæbann… pour qui je dois être une ennemie, désormais.

Je secoue la tête et déglutis pour déloger la boule qui oppresse ma voix et mon souffle.

— Est-ce que tu connais cet équipage ? demandé-je.

Aria acquiesce, mais son regard alerte ne me rassure pas. Elle paraît justement les connaître assez pour se méfier d'eux. Quand elle m'a aidée à faire ma toilette, elle m'a certifié qu'Estæbann était un homme bon, mais à cet instant précis, je commence à en douter.

— J'ai lu toutes sortes d'histoires abominables concernant le… le Reidhrivein à travers les époques, soufflé-je.

Des histoires provenant du monde entier, où il est question de villages, de bateaux, de royaumes, de maisons, de fermes, d'auberges ou de champs enflammés, ensanglantés, pillés, massacrés, souillés, violés, violentés… et cela vaut pour le mobilier autant que pour les habitants.

Qu'il soit un homme ou une femme, Loasodhsan a ça dans le sang.

— Et Estæbann se tient à ses côtés.

Je frémis en m'entendant penser à voix haute.

Les écumeurs des mers peuvent-ils transcender l'Histoire ? Les préjugés ? Je l'espère puisque je suis destinée à cohabiter avec une trentaine d'entre eux, sur le pire bateau de la légende. Y a-t-il une chance pour que l'âme d'Estæbann n'ait pas succombé à la noirceur de celle d'Arsen ?

— *Mademoiselle* Riham, m'accueille Loasodhsan devant les portes de sa cabine.

Sa main est tendue vers moi. Mon gant la protège de la mort, mais la nausée me submerge. Imaginer poser mes doigts sur les siens me retourne les tripes.

— T'as rien à craindre avec moi, p'tite, tente-t-elle de m'apaiser. Rien de rien.

Ma gorge se noue. Une nouvelle fois. Mes cordes vocales se sont entrelacées malgré elles et leur pression est si forte qu'une vive douleur s'éveille. Je tente d'en faire abstraction pour affronter la capitaine. Mon bras se resserre autour de celui d'Aria. Mon flanc se plaque contre le sien. Je ne la connais presque pas, mais j'ai besoin de la sentir contre moi pour puiser ma force.

— Ce n'est pas ce que vos intentions m'ont laissé penser, Loasodhsan, répliqué-je.

Je perçois, plus que je ne vois, le coup d'œil intrigué qu'Aria me lance. Or, je l'ignore. Estæbann fronce les sourcils, il s'est raidi à la gauche de son acolyte, mais je ne lui accorde pas mon attention. Elle est rivée sur le trouble de la cheffe de l'équipage légendaire. Sa longue tresse rousse, parsemée de cheveux blancs, affermit la dureté de son visage pourtant émacié. Un air sauvage se dégage de ses traits. Elle est presque plus petite et plus maigre que moi, mais rien ne me terrifie davantage que cette apparence fragile derrière le nom qu'elle porte.

— Mes intentions ? relève-t-elle, interpellée.

— Celles que vous avez énoncées auprès d'Estæbann dans la journée d'hier. Voulez-vous que je vous en rappelle la teneur peu édifiante ? Je n'ai, hélas, pas tout entendu, mais je vous implore de croire Estæbann lorsqu'il vous met en garde. Un accident est vite arrivé et serait très regrettable, surtout s'il implique la mort, n'est-il pas ?

J'ignore ce qu'elle sait de moi, de mes capacités, mais il est clair qu'elle se méfie. Elle doit avoir assez foi en la parole d'Estæbann pour le croire sans preuve. Au fond de moi, mon âme tremble comme une feuille. Je suis terrorisée, mais mon don me donne au moins la satisfaction de pouvoir agir.

Arsen me prend de court en affichant un sourire ravi. Elle accorde un regard narquois à Estæbann, puis se tourne de nouveau vers moi.

— Mille sabords ! s'exclame-t-elle. C'est que t'as un bien beau caractère, la *mademoiselle*. Je suis rustre et un mauvais spécimen, mais j'sais me tenir à carreau, promis. Le premier de mes hommes qui s'approchera un peu trop près de toi, je l'exécute de ma propre lame. Ça te va ?

Comment pourrais-je la croire ?

— La mort, soupiré-je. Toujours la mort.

Elle ne rebondit pas, se contente de m'observer, les lèvres toujours surmontées de son sourire féroce. Elle a ce genre d'yeux perçants qui m'inspirent la manipulation et la sournoiserie. Les mêmes que ceux de l'Oncle Matheiüs. Quand elle se détourne enfin, quelque chose dans mon ventre se relâche. Arsen prend congé dans ses quartiers personnels, attendant qu'Estæbann la rejoigne. Ce dernier est toujours planté devant moi. Il me fixe d'un drôle d'air. Si j'étais optimiste, je penserais qu'il y a un soupçon d'admiration dans ses pupilles. Mais je crains qu'il n'y ait qu'une longue analyse désabusée à travers laquelle il m'est impossible de lire ses pensées.

— Je vais t'accompagner à ma cabine. Tu t'y cloîtreras pour que personne n'entre en mon absence.

Cela promet un voyage aussi éblouissant qu'inoubliable.

— Et Aria ? m'inquiété-je.

— Son frère et des amis viennent la chercher. Elle a tenu à faire le chemin avec nous pour retarder les au revoir, mais elle ne peut pas nous suivre.

— Pourquoi ? m'exclamé-je en sentant la panique me gagner.

— Elle n'aime pas les écumeurs, me répond Estæbann. Elle nous rejoindra dans quelques semaines, en ville.

Je pivote vers Aria, le cœur lourd de cette séparation prématurée. La serrer dans mes bras m'est impossible, mais je presse sa main contre la mienne et murmure :

— Je suis désolée, Aria. Mais merci. Merci pour tout le reste.

Elle me sourit, caresse le revers de mes doigts, puis se libère de ma prise.

— Nous nous retrouverons, l'entends-je à peine formuler.

Mon cœur tressaute dans ma poitrine. Le mutisme d'Aria s'est brisé l'espace d'un léger instant. Si court, si minuscule, qu'il peut paraître futile, mais il me réjouit plus que tout.

— Oui, je l'espère.

Je fixe son dos tandis qu'elle s'éloigne. Un homme, qui lui ressemble, l'attend au milieu de cinq autres personnes. Il lui tend les bras et la serre contre elle, jetant des regards garnis d'animosité en direction de l'équipage. Lorsque ses yeux tombent sur moi, une ombre traverse son visage. Je vois cet inconnu se défaire de sa sœur pour effectuer un pas vers le bateau, mais Aria le retient. Ils luttent, se chamaillent ; le garçon paraît décidé à monter sur le Reidhrivein.

— Que fait-il ? questionné-je.

Mon murmure se perd dans le vent.

— Il aimerait voler à ton secours, m'éclaire Estæbann.

Entendre sa voix proche de mon oreille me déstabilise. J'essaie de réprimer un frisson, mais échoue lamentablement.

— Pourquoi ?

— Il croit que tu es en danger.

— Je le suis ? me renseigné-je en adoptant un air de défi que je souhaite confiant.

Sa main me surprend. Son pouce enfoncé dans le cuir effleure ma joue, puis son index dégage l'une de mes mèches pour l'emprisonner derrière mon oreille, sous un bandana noir. Le sien. Je tente de réguler ma respiration alors que mon cœur tambourine contre mes côtes. Il enveloppe ma nuque de sa paume et je dois fournir un immense effort pour ne pas me presser contre sa poigne en fermant les yeux. Sa proximité est un piège dans lequel je chute pour l'éternité. Cela doit être ma sentence. Être accrochée à lui jusqu'au désespoir. N'avoir que lui auprès de moi. Le seul à accepter que la mort soit humaine.

En fin de compte, je ne suis pas si différente de ceux que je crains. Ils ont beau semer l'horreur, tuer est ma nature. C'est ce que la Déesse a choisi pour moi. Ce que le chaos a fait de moi avant même que je naisse. Je suis la mort. Je suis la destruction. Je suis le mal incarné. À peine ai-je posé les pieds en dehors de Sazuria que j'ai semé *mon* chaos. J'ai assommé un homme. Ou peut-être l'ai-je assassiné, et qu'importe que cela soit pour me défendre. Puis, ici, sur le pont de ce navire, j'ai menacé une femme dont je ne connais que l'histoire ancestrale, écrite dans des romans.

Se peut-il que Loasodhsan ne soit pas si horrible ? Que les écumeurs dans son genre soient diabolisés ?

Deux iris d'un vert intense, ombragés par de longs cils bruns, avalent mon esprit. Je tâche de ne plus penser à rien. À rien d'autre qu'à Estæbann. Debout face à moi, me surplombant d'une dizaine de centimètres, il me contemple avec ce magnétisme que je ne sais pas décrire. Sous son regard, je ne fais pas que m'embraser. J'ai la sensation d'exister, d'être *normale*. Et c'est tout ce dont j'ai toujours rêvé. C'est ce qu'il m'offre de plus beau.

C'est aussi tout ce qu'il y a de plus dangereux pour lui…

— Le danger, c'est toi, petite fleur, ne l'oublie pas. Tu as la malédiction dans les veines.

— Je *suis* la malédiction, le corrigé-je en déglutissant.

— Sois toi-même dès que la situation l'exige. Sois le tombeau de tes détracteurs.

La noirceur voile ses prunelles. Il se referme sous mes yeux. Malgré sa main appuyée dans le creux de mon cou, je le sens s'éloigner de moi. Son être ou peut-être son cœur. Je le vois scruter mes lèvres et un rictus de dégoût fracture son sourire tendre. Il recule, comme brûlé par d'infâmes flammes tout droit sorties d'un récit horrifique.

— Suis-moi, m'ordonne-t-il. La capitaine te présentera plus tard à l'équipage.

Il ne me donne pas l'opportunité de m'attarder sur le pont ni d'admirer l'étendue de l'océan – quoique gâtée par le relief de la crique dans laquelle le bateau a effectué sa halte. Sa main s'empare de la mienne et il me tire derrière lui. Un hoquet de stupeur dépasse la barrière de mes lèvres. Estæbann grimace, mais ne ploie pas sous mon exclamation. Lorsque je tourne la tête en direction des écumeurs affairés à leurs tâches, je remarque leurs regards braqués sur nous. De longs frissons me parcourent la colonne vertébrale, de la nuque à mes reins. Des fourmillements de malaise se propagent dans mes bras et dans mes jambes. Quelques sourires salaces imitent celui d'Arsen un peu plus tôt.

— Peuvent-ils briser la porte, même fermée ? me soucié-je en avisant les deux battants en bois devant lesquels Estæbann nous immobilise.

— Il ne vaut mieux pas pour eux.

— Pourquoi as-tu si confiance en mes pouvoirs ? Peut-être… que je ne suis pas si monstrueuse que nous le croyons.

Il a un rire cynique. Je m'empourpre, vexée ou honteuse. Sans doute les deux.

— C'est ridicule, Riham. Tu es la Daliakys de la Damnation, déclare-t-il. Personne ne peut t'atteindre.

— La mort est plus lente au toucher, confessé-je d'une petite voix. Ils pourraient…

— Il suffit que tu cries ou que tu pleures.

— Est-ce que cela m'épargnerait l'épreuve d'être agressée ?

La mâchoire d'Estæbann tressaute. Je comprends que ma question a fait mouche, pour autant, il ne témoigne aucune émotion. Si ce n'est cet agacement persistant face à mes questions.

— Entre et ne cherche pas à sortir de là, me dit-il sèchement.

Ses doigts se déposent sur mon dos pour me bousculer. Je titube et me retourne juste à temps pour apercevoir son visage contrarié avant qu'il ne disparaisse derrière les portes closes. Je l'entends verrouiller l'accès, puis les talons de ses bottes claquent les planches du Reidhrivein. Il s'éloigne sans l'once d'une hésitation dans sa démarche. Mon sang quitte mes joues.

M'a-t-il menti ? M'a-t-il arrachée à ma tour, à ses parents et à ma vie ennuyante pour faire de moi la prisonnière du Reidhrivein ?

L'angoisse s'insinue dans mon ventre et remonte dans ma poitrine. D'une main agitée, je presse le pendentif contre mon cœur affolé et m'évertue à garder le contrôle de ma respiration. Ce n'est pas le moment de céder à la panique. *Ou peut-être que si.* Il faut que je me pose et que je réfléchisse. *Ou peut-être que je fuie tout de suite.* Je dois attendre le retour d'Estæbann, me fier à lui. *Ou peut-être commencer à croire qu'il est l'antagoniste de mon histoire.* Je n'ai aucune raison de douter de lui, il me protège depuis toujours. *Ou peut-être plus maintenant.* J'ai tenté de le tuer à deux reprises, je lui dois au moins le bénéfice du doute. *Vraiment ?*

Y a-t-il une échappatoire ? Un accès par lequel je peux me glisser sans être aperçue ? Un espoir de me sauver s'il me trahit ?

Je pivote sur mes pieds à la recherche du moindre interstice, de la moindre fenêtre dissimulée. Je repère des tableaux et me précipite vers eux pour les écarter du mur. Rien. Uniquement de la poussière. Y compris derrière les meubles ou sous les planches grinçantes. Il n'y a aucun outil pour m'aider à saccager la coque et la traverser.

Découragée, je m'approche de la porte et me penche pour couler un regard par la serrure. Un œil au blanc injecté de sang m'y attend. D'instinct, ma main se pose sur ma bouche et je hurle. Étouffée par mon gant, j'entends le fracas d'un corps sur les planches. Des rires gras retentissent.

— C'est plus d'ton âge la boisson, Mordac ! ricane la voix graveleuse d'un homme.

— Y s'est passé quoi ? interroge quelqu'un.

— L'est tombé dans les pommes, le pauv' con.

Les bruits de pas s'éloignent, le cœur battant la chamade, la peur vissée aux boyaux, je me redresse. Mon corps tremble de part en part. Mes ongles griffent le bois de la porte sous les tremblements de mes doigts. Terrifiée, je me place devant la serrure et inspire longuement avant d'observer le pont du bateau. La pluie y est battante, le ciel est gris. Mon champ de vision est dégagé, bien que restreint par la forme de l'ouverture. Je n'y vois pas grand-chose et, à présent, les silhouettes perceptibles se trouvent à plusieurs mètres de la cabine. Personne d'autre ne semble profiter de ma solitude pour venir me tourmenter.

L'anxiété entrave toujours ma gorge, mais je me résigne à m'asseoir sur le lit et à attendre.

Par dépit ou par instinct, je choisis de faire confiance à Estæbann.

20
Qui sont les monstres ?

Riham, 19 ans

Estæbann a oublié de préciser que je ne serai pas disponible pour ma propre présentation.

Quand le bruit des clés enfoncées dans la serrure me parvient, je me redresse sur le lit. La lourdeur de mes paupières et la raideur de mes traits me signifient que l'attente et l'inactivité ont eu raison de ma conscience. Je me suis endormie.

Un instant, la panique afflue telle une vague capable de retourner le Reidhrivein, mais je parviens à préserver mon sang-froid. Très vite balayé par la silhouette qui pénètre la cabine. Ce n'est pas celle d'Estæbann ni celle d'un écumeur des mers inconnu. C'est Arsen. La main agrippée à son tricorne pour ne pas le laisser filer sous le souffle du vent, elle glisse sa taille maigrichonne dans l'embrasure des battants et étend son corps de toute sa petitesse lorsque ses deux énormes bottes sont dans l'entrée. Elle lève dans ma direction son menton traversé d'une cicatrice et son regard percute le mien. Je tressaille d'effroi.

Mes lectures m'ont définitivement dissuadée de sous-estimer le moindre visage dessiné sous ce légendaire surnom. Le roux de ses cheveux flamboie sous le soleil avec les nuances écarlates du sang. Du *véritable* sang. Arsen, du sommet de son crâne à la pointe de ses orteils, incarne l'oiseau d'une liberté malsaine, nourrie par le goût du crime.

Je suis seule avec Loasodhsan dans une cabine à peine plus grande que la chambre de ma tour. Le terrible sentiment d'être prise au piège m'agrippe de nouveau à la gorge.

— *Mademoiselle*, me salue-t-elle avec son sempiternel sourire conspirateur. On discute ?

— Où est Estæbann ?

Je coule un regard par l'entrebâillement de la porte.

— Je t'ai posé une question.

— Moi aussi, affirmé-je sans me démonter.

Sauf que je tremble de tout mon être.

— Répondez d'abord à la mienne.

Un éclair de surprise traverse l'expression de mon adversaire.

— T'es bien imprudente d'exiger de moi quelque chose. Tu as oublié qui j'suis, gamine ?

Comment le pourrais-je ?

Je déglutis, secouant la tête. Mes yeux me brûlent, mais mes cils balayent toute éventuelle larme importune. Si je ne peux pas crier et m'en prendre à la capitaine sans risquer d'atteindre Estæbann ou de créer une émeute de barbarie et de violence, je peux au moins essayer de ne pas perdre la face.

— Non, mais je ne suis pas votre larbin, rétorqué-je. Je n'ai pas d'ordre à recevoir de vous.

Cette fois, la surprise ne se contente pas d'apparaître. Elle se fige dans ses yeux clairs, écarquillés, et y demeure de longues secondes.

— Tu voudrais tâter d'ma lame, petite ? s'offusque-t-elle.

Par Ma Mère ! Je vais mourir ici.

— Vous n'auriez pas le temps de la sortir de son fourreau, la défié-je.

Je ne sais pas comment je réussis à préserver l'indifférence de ma voix alors que tout mon corps tangue. Mon estomac s'est retourné sur lui-même et mes intestins se sont entortillés autour de lui. La douleur et la nausée sont si envahissantes que mon cœur bat à tout rompre contre mes côtes fragiles.

Arsen me dévisage longtemps.

— Qui es-tu pour être aussi sûre de toi ?

Si vous saviez combien je suis dépourvue d'assurance... C'en serait fini de mon audace. Je le dois probablement à Greitshenn. Il n'y a que pour ça que je la remercierais de m'avoir infligée ces longues années d'ennui et de leçons. Pour ce moment crucial où ma vie dépend de l'humeur de... Loasodhsan.

Par Zuria, comment ai-je pu me retrouver dans ce pétrin ?

Je ferme les paupières pour chasser mes pensées intrusives et affirme :

— La Mort.

Oui, voilà tout ce que je suis. La destinée funeste.

Arsen s'abandonne à un rire gras et puissant. Toujours aussi détonnant avec son gabarit. Son menton se renverse et emporte toute sa tête vers l'arrière. Le son guttural est caverneux. Il emplit la pièce et rebondit contre les murs, jusqu'à faire siffler mes oreilles.

Grands Dieux de la Genèse ! Estœbann ne lui aurait donc rien expliqué ?

C'est sans doute mieux ainsi, mais... c'en est ahurissant de vérités : bien qu'Arsen ne me croie pas, elle maintient sa garde d'après les dires d'un homme qui n'est même pas sous sa coupe. Lui fait-elle confiance ou est-elle dangereusement méfiante ?

— Et est-ce que la Mort a toujours faim ? se moque-t-elle d'un ton allègre.

J'avise la pomme qu'elle sort de sa manche. Elle me la lance et, avec toute ma maladresse, je la rattrape dans le creux du coude. Elle est verte, d'une nuance beaucoup plus claire que les iris d'Estæbann. Je connais son goût, acide et agressif. Greitshenn m'en offre une à chacun de nos enseignements matinaux. Je soupire.

— De quoi voulez-vous parler ? m'intéressé-je après avoir déposé le fruit sur la commode à côté du lit.

Elle toise la pomme, l'air irrité, mais elle ne commente pas mon geste et me répond plutôt :

— À toi de décider. C'est bien toi qui sais rien, pas vrai ? Tu as des questions, pose-les.

À mon tour de l'examiner, interdite et suspicieuse.

— Pourquoi vous me répondriez ?

— Personne a dit que je serai sincère.

— Alors, je n'en vois pas l'utilité.

— Peut-être que j'ai des défauts. Je suis une écumeuse, et pas n'importe laquelle, je te l'accorde, mais tu verrais que y a pas que ça, sur ce bateau. Les gens comme toi ont peur de nous…

— À raison, l'interromps-je.

— … mais vous êtes les seuls à écrire nos histoires.

Sa remarque me vole mon souffle.

— Vous êtes dirigés par vos peurs et vous en oubliez la vérité.

— Parce que les écumeurs des mers ne tuent pas ? Ils ne pillent pas ? Ils ne violent pas ? C'est ce que vous essayez de me dire ?

Mon attaque lui soutire un soupir exaspéré et elle se laisse tomber sur une chaise du bureau, à quelques petits mètres de moi. Elle est trop proche. Ma sérénité n'étant déjà pas de la partie, la frayeur transperce mon thorax. Que prévoie-t-elle de me faire durant cette entrevue imprévue ?

— Beaucoup sont pas exemplaires, mais on n'est pas tous pareils.

— Vous, vous faites quoi ?

— Je tue les traîtres et ceux qui essaient de voler mes trésors. Je pille les villages et je baise des femmes.

— Vous les violez, craché-je avec un dégoût tellement vibrant que tout mon corps vacille.

— Non, je les paie, mais certains de mes gars ont parfois souillé des demoiselles ou des jeunes garçons.

Est-ce censé apaiser ma fureur ? La peur qu'ils m'inspirent, elle et son équipage ? L'horreur d'être présente sur leur bâteau ? Si telles sont ses attentes, elle peut remballer ses tentatives foireuses et repartir dans sa propre cabine.

— Et vous ne les punissez pas ? me soucié-je, affligée.

— On punit pas l'un des nôtres pour ça, ma p'tite.

Tous mes muscles se crispent. Sur le point de craquer. J'aimerais lui sauter au visage pour le réduire en lambeaux. Ses propos me répugnent et avivent en moi une haine qui noie mon angoisse.

— Vous devriez.

— Et pourquoi ?

— Ça vous éviterait d'essayer de me convaincre de ne pas croire aux histoires écrites par les autres.

Je la fusille du regard, révoltée, et ajoute dans un claquement de langue :

— En vain. Vous ne faites que me confirmer ce que j'ai appris sur vous et vos hommes. Peu importe ce qui en a conduit la plupart à vivre votre vie, et peu importe que vous vous en fichiez, vous restez des monstres et des lâches. Que votre bateau coule et vous avec, c'est tout ce que je vous souhaite.

Elle encaisse mes paroles. Je sais qu'elle ne les apprécie pas, mais elle reste effroyablement calme, immobile. Cela me glace le sang. Est-elle si peu dotée d'humanité pour n'éprouver aucune émotion ? Du remords ? De la gêne ? De la colère ? Son silence m'épouvante davantage que l'un de ses rires.

— D'où viens-tu ? me questionne-t-elle alors.

Déconcertée, je la toise sans répondre.

— Tu devais être terrée au fin fond d'une grotte pour pas avoir conscience de ce qu'est le monde, poursuit-elle en ne dissimulant plus son air excédé. Je sais que nous, les écumeurs, on n'inspire pas confiance et on propage la peur. Mais tu veux que je te dise ? Vous êtes pas différents de nous.

Elle lève le bras, pointe l'index vers le sol, puis le pouce par-dessus son épaule, et effectue un cercle avec sa main.

— Ici et partout ailleurs, personne n'est différent. J'essaie de donner une meilleure image de nous, même à mes hommes, j'essaie de les changer, eux et leurs conditions de vie, mais y a personne pour y croire. Et tu sais pourquoi ?

Je ne réponds pas, la gorge serrée par l'appréhension. Arsen n'élève pas la voix, mais je comprends que derrière chaque mot se cache un sentiment d'injustice. Sa carrure, elle, a pris de l'ampleur. Elle m'étouffe. C'est comme si elle avait investi chaque centimètre carré de la pièce.

— Parce que vous êtes tous des écumeurs, comme nous. Vous êtes des voleurs, des tueurs, des violeurs, des coupables ou même des victimes. La seule distinction entre nous, c'est que vous nous décrivez pire que vous dans vos livres.

Je baisse les yeux.

Qu'est-ce que je peux répliquer ? Estæbann et moi sommes des assassins. Le village dans lequel je veux retourner vivre quelques jours avant de rentrer au manoir est la terre promise des condamnés ou des évadés. Il n'y a pas que des criminels, mais ils s'acceptent tous sans se discriminer, sans se rejeter ni se dénoncer. Absoudre Loasodhsan et son équipage est au-dessus de mes forces. Me fier à elle est exclu. Je saisis pourtant qu'en effet, ma nature ne diverge pas de la leur. Que l'humanité crée et fait perdurer ses propres vices. Je suis née avec l'obligation de tuer; eux ont été éduqués pour semer l'horreur et la discorde.

Comme lui.

Je suis convaincue que rien de mauvais ne coule dans les veines d'Estæbann, mais ses propres parents, l'Oncle Matheiüs et tous les fidèles de ma mère, de ma lignée et de ma destinée, l'ont formé pour un accomplissement : détruire la royauté. Le meurtre fait-il partie de leur plan ? Je ne peux ni l'affirmer ni le nier. Mais aujourd'hui, il est contraint d'assumer son existence de fugitif et de marginal.

— T'es en sécurité avec moi, ma p'tite, reprend Arsen. Pour ce que mes promesses valent, je te le jure pas, mais je te le dis et t'en fais ce que tu veux. Estæbann, je l'ai recueilli y a deux ans, et je le considère comme mon fils.

Son aveu résonne avec une telle sincérité – affirmée par la souffrance qui assombrit son regard lorsqu'elle le pose sur le bureau – que je la crois. Je n'aime pas cette sensation soudaine de compassion ; je la réfrène pour ne pas la révéler, mais elle s'installe dans ma poitrine et me compresse les poumons.

— Il m’a demandé de te protéger, je le ferai, m’assure-t-elle.

La porte s’ouvre sur ces derniers mots. Mon cœur effectue un bond faramineux alors qu’un fracas sonore explose dans la minuscule cabine. Estæbann apparaît, le corps tendu, le visage défiguré par la haine, la main cramponnée à un couteau. Un plateau de nourritures tient en équilibre sur son bras gauche. Quand ses yeux fouillent la pièce, se posent sur la capitaine, tranquillement assise, puis me trouvent, établie sur le lit, ses épaules s’affaissent. Il n’émet pas un bruit, mais son torse se creuse et je devine son soupir de soulagement.

Il s’est inquiété pour moi. Il a sauté sur la première arme pour me défendre.

Un sourire tente de se frayer un chemin sur ma bouche. Je le réprime. Ce n’est pas le moment de crier victoire. Sans doute même que cela serait puéril de ma part de le faire. Or, je ne peux réprouver le soulagement qui me gagne. Dans son initiative, Estæbann me fournit la preuve dont j’ai besoin pour croire en lui. Il connaît les risques que je prends à séjourner sur le bateau d’un écumeur des mers, le Reidhrivein et l’ensemble de son équipage de surcroît, et il est prêt à combattre le premier qui voudrait me causer du tort. Il me protègera, j’en suis persuadée.

— Capitaine, salue Estæbann en inclinant la tête, la voix éraillée.

Il se tourne vers moi, me rejoint en trois enjambées et me tend le plateau.

— Ce n’est pas aussi bon qu’à la maison, me souffle-t-il, mais c’est le mieux que tu puisses avoir ici.

— Critiques-tu la cuisine de notre chef, gamin ?

La question amusée de Loasodhsan nous fait lever les yeux vers elle.

— Je ne m'y risquerais pas devant lui, avoue Estæbann à demi-mot.

Arsen s'esclaffe. Cette fois, je suis étonnée de ne pas frémir.

— Je retourne à ma besogne ! annonce-t-elle, haut et fort, en se redressant. Vous êtes pas obligés de verrouiller, mes gars ont pigé que fallait pas entrer ou toucher à la *mademoiselle*. Mais fermez la porte avant de dormir. Et mange la pomme, ma p'tite, elle est bonne. Conseil d'amie.

La porte claque de nouveau derrière elle, me laissant seule avec Estæbann.

21
Le deuil de la rédemption

Estœbann, 22 ans

Le monde des écumeurs n'est pas prêt pour Riham. Ou peut-être que je ne suis pas préparé à ce que ces deux univers se rencontrent. C'est ce que j'avais prévu pourtant. C'était ma volonté. Loasodhsan est au courant depuis longtemps. Peut-être depuis le premier jour, quand elle m'a fait monter sur son bateau après mon évasion.

L'équipage du Reidhrivein n'est qu'un condensé de criminels parcourant les mers, mais ils sont les pires. Surtout, ils incarnent ce qu'il y a de plus mauvais dans la société. N'importe laquelle. Il n'y a qu'à les regarder pour voir la perfidie dans certains regards, les stigmates des bagarres, des tortures et des sévices qu'ils ont reçus ou portés. Habillé comme eux, je me serais sans doute fondu dans le décor, mais j'essaie encore de me convaincre que je suis différent.

En quoi le suis-je en projetant de sacrifier la seule personne qui me porte dans son cœur ?

Mes sombres desseins se dessinent à l'horizon, un peu plus à chaque mètre avalé par le bâtiment et ses voiles pourpres. Je m'évertue à ignorer la sensation désagréable qui s'installe dans ma cage thoracique, mais elle prend de plus en plus de place et la douleur m'afflige dès que mon regard rencontre celui de Riham.

Je l'observe plus longtemps que nécessaire. La silhouette d'Arsen a disparu derrière les portes. La cabine est de nouveau tranquille, silencieuse. Il n'y a que Riham, juchée sur le lit. Elle me contemple sans un mot, dans l'attente. J'ai besoin de quelques secondes supplémentaires pour reprendre conscience. La peur que j'ai ressentie en apercevant la porte entrouverte et en entendant le son étouffé d'une voix qui n'était pas la sienne m'a frigorifié les veines.

Elle va bien, tenté-je de me rassurer. *Elle est toujours là, saine et sauve.*

Je balaye les émotions qui s'agitent dans mon ventre pour fermer la porte et avancer.

— Tu as toujours faim ?

La surprise de m'entendre sculpte son expression. Elle arque son sourcil droit et je détaille les taches de son sur son visage. Avec le temps, elles se sont étendues sur ses joues.

Je déteste l'effet que ça me fait.

— Oui, affirme-t-elle.

— Je te dépose le plateau et je m'en vais.

— Déjà ?

Il le faut. Partager davantage de temps, seul avec elle, met en péril tout ce que j'ai construit ces dernières années. Mes convictions, mon plan, mes résolutions. Je dois me tenir éloigné.

Je ne dois pas flancher.

Pourtant, ce serait si simple... et quelque chose en moi me hurle de céder.

— Tu as sans doute besoin d'être tranquille.

— Pour manger ? semble-t-elle se consterner.

Je hausse les épaules. *Pour tout,* devrais-je lui répondre. Elle mérite au moins d'être en paix avant de subir le plus grand chamboulement de sa vie. Plus grand que celui d'être arrachée à tout ce qu'elle a jusqu'alors connu. Puisque ce ne sont que des mensonges, mais que la vérité, elle, se rapproche comme un reptile rampant vers sa proie, tapi dans l'ombre, ventre à terre… pour mordre et empoisonner la moindre parcelle de cœur encore battant.

— Reste, me demande-t-elle.

Ça me glace le sang.

— Riham, je…

— S'il te plaît.

J'ai la sensation de me trouver face à la Riham de l'époque. Et je me sens aussitôt propulsé dans le corps de mon moi du passé. Celui, enfoui quelque part en moi, qui croit encore pouvoir la trahir en obtenant le pardon de son amour.

Au moins, aujourd'hui, j'ai fait le deuil de ma rédemption.

22

Le protecteur coupable

Riham, 19 ans

Le matelas se creuse à côté de moi lorsqu'Estæbann s'assied sur le lit. Il retire ses bottes et s'enfonce dans les coussins pour appuyer son dos contre le mur. Mon cœur s'emballe. Il reproduit la même position qu'il prenait chaque fois qu'il était autorisé à monter dans ma chambre pour partager mes repas. Il ne me regarde pas, l'air pensif, mais je sais qu'il attend que je le rejoigne. Je l'imite, la poitrine gonflée par un sentiment salvateur d'un passé palpable. Un passé toujours présent. Ou peut-être d'un passé qui veut renaître. Nos épaules s'effleurent. Ma cuisse est presque collée à sa hanche, mais je me refuse à le toucher. Ce n'est plus possible. Même à travers nos vêtements. Pas s'il ne le décide pas.

Il ne dit rien, picorant dans mon assiette quelques morceaux de pomme de terre. Le goût n'est pas exquis, mais ce repas soulage la douleur de la famine dans mon ventre.

— Merci, chuchoté-je après avoir vidé le contenu du plateau.

Estæbann s'en débarrasse et me présente le fruit de la capitaine.

— Pourquoi me l'a-t-elle offerte ?

— C'est un présent. Un signe qu'elle accepte de s'occuper de toi comme de l'un de ses hommes.

— Alors, il faut que je la mange, deviné-je.

Estæbann hoche la tête. Je tourne la mienne vers lui pour le détailler. Il ne me considère toujours pas, mais mon attention l'interpelle. Ses prunelles plongent sur mon visage et je retiens mon souffle. J'aime l'intensité qui se dégage de lui chaque fois qu'il m'observe. Il y a quelque chose de vrai dans son regard, de mélancolique et d'apaisant. Je suis presque certaine qu'il peut passer des heures à me contempler, comme moi je le fais avec lui. Nous n'avons pas besoin de mots pour apprécier la présence de l'autre. Pourtant, je sens que son âme s'est brisée depuis longtemps. Il y a cette tristesse et une sorte de résolution menaçante dans le reflet de ses pupilles qui me contraignent à accepter qu'il ne soit plus le même. Je ne le crains pas, je ne veux pas avoir peur de lui, mais une part de moi sait qu'il ne me mène pas vers ma liberté.

Il court après la sienne et je le suis vers ma perte. Malgré tout, je ne crois pas regretter d'être partie avec lui. Il pourrait même me trahir et me donner en pâture à Arsen, je ne saurais pas lui en vouloir de m'avoir arrachée à ma tour. Au moins, grâce à lui, je suis sortie. Je suis allée plus loin que les murs du manoir. J'ai foulé le sol de nombreux de mes rêves et ai franchi des frontières que je n'ai jamais osé imaginer traverser. Le monde n'est pas tel que je l'idolâtrais, Zuria n'est pas éblouissante de beauté, mais je m'aventure à sa découverte, et je suis heureuse. Je découvre de moi-même *mes* terres. Celles que Ma Mère divine a engendrées.

La peur que Greitshenn et Connrhad me retrouvent commence à se développer.

— Tu crois qu'Oncle Matheiüs me cherche ? interrogé-je Estæbann.

Un muscle de sa joue tique à la mention de notre chef. Il détourne les yeux et pose l'arrière de son crâne contre le mur. La pomme de sa gorge se soulève. Je m'efforce de ne pas la regarder pour éviter à cette envie meurtrière de resurgir.

— C'est certain, confirme Estæbann.

— Y a-t-il une chance pour qu'il nous trouve ?

— C'est Matheiüs, soupire-t-il d'un ton las et dédaigneux. Il nous trouvera un jour. Il a assez de relations pour nous mettre la main dessus.

— Comment ?

— Il n'est pas uniquement notre chef, Riham. Il est aussi membre du Conseil royal. Comment crois-tu que les fidèles de Sa… de ta mère ont fait pour se retrouver si nombreux et acquérir tant de puissance, même dans l'ombre ? Il doit y avoir un traître dans les rangs de la royauté pour tout manigancer.

J'écarquille les yeux, effarée. Je me doutais de l'importance de sa place dans le gouvernement zurien, mais j'ignorais qu'il se tenait chaque jour aux côtés du roi et de la reine, dans l'attente du meilleur moment pour les faire tomber.

— Je ne veux pas rentrer, confessé-je.

— Ce n'est pas le but.

— Je ne veux pas te perdre encore une fois.

Il se fige contre moi et l'angoisse domine ma raison, forçant ma bouche à formuler un torrent de paroles inadmissibles :

— C'est au-dessus de mes forces.

— Riham… tente-t-il de m'interrompre.

— Pas après t'avoir retrouvé. Pas après avoir eu l'espoir que tu ne partirais plus.

— Tais-toi, Riham, tu…

— Je ne veux pas qu'on nous éloigne, que Matheiüs menace de te renvoyer en prison. Je ne veux pas que tes parents refusent de te rouvrir les portes de la maison. Je ne veux pas être de nouveau enfermée en attendant d'accomplir un devoir funeste dont j'ignore encore toute la teneur.

Je déglutis.

— Tu es le seul en qui j'ai foi. Le seul avec qui je veux vivre et auprès de qui je me sens exister.

Ses poings se sont crispés sur la couverture. L'un d'eux est entre nous, proche de ma cuisse. Je lutte pour l'ignorer, mais mes doigts frétillent d'envie de caresser le dos de sa main.

— C'est égoïste, mais je ne supporterais pas qu'on nous sépare encore.

Il reste silencieux et l'embarras chauffe mes joues. Je me rends alors compte de la portée de mes mots, de combien j'ai dévoilé mes sentiments à travers mes inquiétudes. Des sentiments tus depuis toujours. Je n'ai jusque-là été qu'un livre ouvert pour Estæbann. Je suppose qu'il connaît déjà l'existence et l'opulence de mes émotions, mais je ne les ai jamais exprimées.

— Estæbann, je…

— Ça suffit, Riham, me coupe-t-il. Mange la pomme et occupe-toi sans sortir d'ici. Je vais… aider les autres à préparer le bateau pour partir.

Je n'ai pas le temps de protester. Bouche bée, je le regarde sauter du lit, enfiler ses bottes sans les relacer et courir vers la sortie.

— Si t'as besoin de te reposer, garde le lit. J'irai dormir avec le reste de l'équipage.

Il ouvre la porte, me désignant la clé qu'il enfonce dans la serrure.

— N'oublie pas de verrouiller l'accès.

Il referme d'un mouvement brusque. Je suis de nouveau seule. Mais à l'évidence, la solitude n'est plus bercée d'inquiétudes ou de doutes. Elle est écrasante de désespoir, comme le soleil mourant au soir. Estæbann me protège contre les autres, c'est assurément vrai. Excepté de lui-même et de mes sentiments dévastateurs.

23
Le chant des voiles

Estæbann, 22 ans

Vaheem, le plus jeune écumeur à bord du Reidhrivein, se tient debout sur la balustrade. Je l'ai déjà vu faire plusieurs fois, mais je suis toujours surpris. Personne ne le retient. Personne n'a accroché quoi que ce soit à sa taille ou à son dos. Il est debout. Ses coudes contre ses flancs, il maintient son violon contre son épaule. L'archer dans la main gauche, il joue, comme si sa vie en dépendait, l'un des seuls morceaux heureux de son répertoire. Le plus connu de tous à travers les sept océans. Ses longues boucles blondes flottent dans l'air, autour de lui, comme emportées par des vagues invisibles. Sa chemise beige ondule sous la brise, à l'instar de son pantalon noir, qui dévoile les muscles solides de ses cuisses. Tout son corps lutte contre les humeurs du temps pour rester en équilibre, mais le plus surprenant est qu'il n'a pas l'air d'en souffrir. Ça force l'admiration.

Mon regard balaie les écumeurs présents sur le pont du bateau. Ceux qui chantent et ceux qui, comme moi, sont trop occupés à observer notre musicien pour donner de la voix. La peur, Vaheem ne semble pas la connaître. Pourtant, il n'est pas comme les autres. Il est comme ce garçon qui ne peut pas détourner les yeux de lui. Une main enfoncée dans sa chevelure noire, Nehōo affiche un sourire tendre, timide… amoureux. Vaheem et lui se connaissent depuis trois ans, plus longtemps que moi, et dès la première rencontre, j'ai décelé les sentiments que mon ami porte au plus jeune de l'équipage.

Un écumeur un peu trop éméché surgit dans son dos et le bouscule en titubant. Nehōo secoue la tête, intercepte mon regard et le rouge lui monte violemment aux joues. Je ris sous cape. La gêne lui est trop familière. Je me demande encore quelle dose d'envie de résister il entretient chaque jour pour survivre sur le Reid. Nehōo est pur… jamais il n'aurait dû se retrouver ici.

— Bah alors, tu chantes pas, petit ?

Une main lourde s'abat sur mon épaule. Je me retourne vers Lazia, la seule femme du navire à rivaliser de force avec le cuisto. Elle est plus grande et plus imposante que moi. Avec Sova Arsen, elles forment à elles deux les opposés les plus complémentaires de l'histoire des contraires. Lazia a un caractère doux et aimable, pour un physique de rustre. Tout l'inverse de notre capitaine.

— Je contemple Vaheem.

— Ah, Vaheem ! Notre petit virtuose. Qu'est-ce que je l'aime ce gamin ! Il a la musique greffée dans le cœur et dans l'âme, t'entends ça ?

J'acquiesce et elle me flanque son coude dans le flanc. J'essaie de ne pas mourir sous cet assaut.

Aussi dangereux que le moindre cri de Riham…

Je frémis quand ce prénom effleure mes pensées.

Non, rien ne peut être plus dangereux que la Daliakys de la Damnation..

— Chante avec moi ! me somme Lazia.

Elle fait claquer ses mains et encercle mes épaules de son énorme bras. Je me sens ridicule à côté d'elle, mais je m'exécute. Je joins mon timbre à ceux, faux, gras, rauques, frêles, brisés, fêlés ou parfois – par quel miracle ? je l'ignore – beaux, de mes compatriotes.

Hissons les voiles de bon matin
Nous naviguerons pour chaque lendemain
Chantons, dansons, rions
Sous le chœur des vagues à l'unisson

Et même si la tempête approche de nous
Imaginons nos cœurs battre dans nos cous
Hissons les voiles contre le danger
Et levons nos armes pour notre liberté

L'hymne de l'équipage du Reidhrivein, écrit par le tout premier Loasodhsan.

Nous le chantons une fois par jour, si ce n'est plus. Chaque matin, au minimum. Puis tous les soirs, si possible. À chaque repas, pour fêter nos estomacs pleins. Après le moindre abordage, pour célébrer nos récoltes. C'est systématique.

Mes amis, dites adieu à votre passé
Votre vie s'inscrit dans les vagues à partir d'aujourd'hui
Le soleil brille pour nos journées
Et les étoiles fixeront nos nuits

Amis, buvons, voguons, vivons
C'est pour notre liberté que nous combattons
Dites adieu à votre passé
Nos âmes vibrent pour notre prospérité

Nous avons repris la mer depuis une semaine, en route pour le royaume de Lhorie. Dans sept jours, Riham découvrira un nouveau monde. Pour l'instant, elle est contrainte d'admirer les murs de ma cabine et de n'ouvrir sa porte que lorsque je toque pour lui glisser son repas. Un rire cynique me hante. Dire que je l'ai enlevée à sa tour pour l'enfermer sur le Reidhrivein… Elle doit devenir folle dans sa cage. *Et je ne lui ai même pas encore proposé de bain…*

Je secoue la tête, les bras croisés, essayant de ne pas penser à elle.

Juste un instant.

Un tout petit instant, au moins…

Hissons les voiles de bon matin
Nous naviguerons pour chaque lendemain
Chantons, dansons, rions
Sous le chœur des vagues à l'unisson

Et même si le vent hurle dans nos pensées
Jamais nous ne nous perdrons
Il est à nous l'horizon
Jamais nos cœurs ne seront décimés

Peut-être aimerait-elle ce moment… Entendre ces voix s'unir en une seule.

Mes mains se crispent autour de mes bras. J'ai envie de

me gifler pour ne pas réussir à me la sortir de la tête. Lazia danse avec d'autres écumeurs et je n'ai plus personne pour m'accrocher à autre chose qu'à mes pensées.

Le chant des voiles nous acclame
Sentez-le danser dans vos âmes
Hissons nos couleurs sur l'océan
Nous sommes fiers et gouvernants

Et même si nos chopes sont vides
Reprenons de la boisson, amis avides
Nous devons trinquer à notre sérénité
Soyons ensemble, mes braves équipiers

Je me crispe à l'instant où je décèle un murmure étouffé. Elle l'a apprise par cœur. En une semaine… et elle est en train de m'attirer vers elle.

Hissons les voiles de bon matin
Nous naviguerons pour chaque lendemain
Chantons, dansons, rions
Sous le chœur des vagues à l'unisson

Et même si la tempête approche de nous
Imaginons nos cœurs battre dans nos cous
Hissons les voiles contre le danger
Et levons nos armes pour notre liberté

Quelques écumeurs se dirigent vers ma cabine et j'accélère le pas pour les devancer. Je monte les marches quatre par quatre et me fige en apercevant deux hommes qui tentent d'arracher la poignée. Gardia et Fargus. Riham a cessé de chanter. Elle ne crie pas, mais tente de leur demander de partir. Eux ne répondent rien, obnubilés par la voix qui vient de les ensorceler.

— Ferme-la, Riham ! hurlé-je. Idiote, ne parle plus, tu les attires encore !

— De quel droit tu…

Elle s'interrompt et je l'imagine sans peine se mordre la lèvre inférieure, les mains couvrant sa bouche pour se réduire au silence. Elle sait très bien que j'ai raison. J'essaie d'éloigner les deux écumeurs de la porte, mais ce n'est qu'au bout d'une interminable minute qu'ils flanchent. Leurs yeux vitreux retrouvent une certaine lueur. Ils secouent la tête, sonnés, et me fixent comme si je venais de leur dire quelque chose de complètement absurde.

— Y s'est passé quoi ? me demande l'un d'eux.

— À vous de me le dire.

Mon ton est dur, empli d'animosité. Juste pour leur faire croire que je ne suis pas dupe et que je m'imagine le pire. Ils sont venus parce que Riham les a attirés malgré elle, pas parce qu'ils comptaient lui faire du mal. À bien y réfléchir, ces deux-là ne sont pas des enfants de chœur et même si je ne doute pas des pouvoirs de Riham, savoir qu'ils auraient pu entrer dans la chambre dresse les poils de mes bras et de ma nuque. Je déteste la vision qui s'impose dans mon esprit.

— Qu'est-ce qu…

— Personne ne s'approche de ma cabine, c'est clair ?

— Mais… proteste Gardia, le plus massif.

— Très clair, l'interrompt Fargus, troublé.

Il attrape Gardia par le coude et le tire derrière lui en chuchotant des phrases que je ne prends pas la peine de déchiffrer.

— Riham, tu m'entends ?

— Oui…

— Ne chante plus. Je t'ai entendue alors que j'étais au-dessus de la cabine de Sova, lui expliqué-je avec rudesse. Eux ne devaient être qu'à quelques pas de toi. Je suis arrivé au bon moment et l'ensorcellement s'est rapidement estompé puisque ce sont deux gros gabarits, mais la prochaine fois ce ne sera peut-être pas le cas.

— Je m'ennuie, Estæbann.

— Ce n'est pas si différent que dans la tour. Tu as de quoi dessiner et…

— C'est toi que je veux.

Je m'étouffe avec les mots qui étaient prêts à sortir de ma bouche.

— Estæbann, que crois-tu, au juste ? Tu ne veux peut-être pas m'entendre m'épancher sur mes sentiments, je peux le comprendre, c'est trop pour toi. Mais je t'ai retrouvé, après toutes ces années de doute et de peur, et je suis obligée de vivre dans cette cage alors que tu ne te donnes même pas la peine de passer un peu de temps avec moi ? C'est ridicule. Je m'ennuie parce que tout ce que je veux, c'est être avec toi. Je m'en fiche d'être enfermée. Tu le sais, et tu en profites, je suis prête à tout accepter pour toi tant que tu ne me laisses plus seule.

— Riham…

— Tu es à quelques mètres de moi, Estæbann !

Je soupire.

— Je ne peux pas te rejoindre…

— Pourquoi ?

Je devrais lui dire qu'elle a tenté de me tuer. Je la connais, je sais que c'est la seule réponse qu'elle serait capable d'accepter pour que je reste loin d'elle. Mais c'est faux. À tel point que ma voix refuse de se faire entendre. Je ne lui en veux pas. Pas pour ça. Pas pour m'avoir touché ni approché. Elle n'a jamais eu la volonté de m'assassiner. Elle m'a seulement… fait tomber amoureux d'elle par le passé.

Et si l'Attraction était trop forte ? C'est la question que j'essaie de formuler, pour détourner l'affirmation que je ne peux pas prononcer. Le résultat est similaire. Échec cuisant. Je ne peux pas lui dire ça. Je n'y arrive pas. La blesser n'est pas un exercice qui m'est inconnu, mais insinuer *qu'elle* pourrait être responsable de *ma* mort est insupportable.

— Si j'entre et si je poursuis notre relation là où elle s'est arrêtée, j'en mourrai, Riham, avoué-je. Mes plans tomberont à l'eau et je serai… perdu.

— Je peux tout accepter, Estæbann. Absolument tout.

Sa voix insiste sur les deux derniers mots et je ferme les yeux, le front collé à la porte. Elle a compris. Elle sait que dans mes plans en question, je l'utilise à des fins tragiques. Mais a-t-elle compris que sa mort est la clé de ma vengeance ? Sait-elle qu'il suffirait de redevenir comme avant pour que je…

Non. J'irai jusqu'au bout.

Les poings serrés contre le bois, je réprime une envie violente de le fracasser. Si je veux réussir, je dois l'ensorceler à mon tour, lui faire croire qu'elle est ma reine et que mon amour pour elle ne s'est pas étiolé. Je peux la détruire.

Et je le ferai.

— Attends-moi. Je viendrai dans la nuit.

24

Asservir le monde dans la mort

Riham, 19 ans

Les premiers boutons de sa chemise ont sauté. Largement ouverte, elle ne laisse aucune place à l'imagination. Mon souffle se coupe en apercevant les lignes de sa clavicule droite. Elles rejoignent son épaule, où le sommet de la manche menace de tomber. Le col d'un vert sombre, comme le feuillage des arbres dans les plus belles forêts que j'ai découvert à travers quelques dessins de Zuria, flotte sous la brise qui s'infiltre dans l'embrasure de la porte. La cabine se charge d'un air nouveau et bienfaiteur. J'en emplis mes poumons et sens le soulagement m'envahir, chasser la tension de mes muscles.

Bonté divine…

Cet instant est merveilleux pour mourir.

Ou peut-être que…

Oui, il est merveilleux pour *vivre*.

Mes doigts se resserrent sur la pointe de mon charbon. J'étais justement en train de dessiner ce torse que j'ai senti sous mes mains et que j'ai pris la peine de mémoriser pour lui rendre justice dans mes esquisses. Une chaleur vive voyage dans mon ventre et dans mes cuisses. Je me sens… étrange.

Estæbann titube. La porte se referme derrière lui, lui a les yeux braqués dans les miens. Il m'observe d'un air indéchiffrable, un peu inquiétant, à tel point qu'il en oublie de verrouiller la serrure.

— Tu es si belle que mon cœur éclate quand je te vois. Chaque fois que je suis avec toi, je meurs et je vis une seconde après l'autre. Putain, tu es le crime personnifié, Riham.

Sa main s'enroule autour de mon cou et son pouce écrase mes lèvres. Je manque de m'étrangler, terrifiée à l'idée que nos peaux entrent en contact, mais c'est le cuir de son gant que je devine. La nuque tordue sous la pression de sa poigne, je glisse sur ma chaise pour lui faire face.

— Pourquoi tu ne me supplies pas de te dire ce que je veux faire de toi ?

— Est-ce que tu me l'avouerais ?

— Sans doute pas.

— Alors pourquoi une telle perte de temps ?

— Au fond de toi, tu sais très bien que je veux me venger.

— Pourquoi de moi ?

Il se fige, les yeux sombres. *Très* sombres. C'est comme si l'obscurité avait enfin trouvé l'accès pour s'infiltrer et posséder son âme. Il pourrait presque me terrifier, mais il est toujours *lui*. Je n'ai pas peur. Je ne peux pas le craindre. Ça m'est impossible. Dans mes sens, dans mon cœur, au plus profond de moi, oui, je sais que ses ambitions sont portées par la rage et le sentiment de trahison, mais moi ? Moi ! Je ne peux pas m'éloigner de lui, même s'il veut me tuer.

Nous sommes nés pour être l'un à l'autre. C'est viscéral, véridique, je le ressens. Alors, j'accepterai tout.

— Parce que tu es la raison de ma perte.

La haine que je perçois dans sa voix sculpte un sourire tendre sur mes lèvres.

— Et moi, Estæbann ? soufflé-je. Qu'est-ce que je devrais faire ? Qui a le plus le droit de se venger de nous deux ?

L'étonnement déforme l'expression dure de ses traits. Je lui donne l'opportunité de protester, mais il préserve le silence.

— Jamais tu n'as essayé de me libérer avant d'être acculé, poursuis-je en glissant ma main dans mon propre gant noir. Jamais tu ne t'es opposé à ta famille pour me sortir de cette tour.

Je tends le bras vers son visage.

— Tu as cautionné ma captivité.

Je caresse sa pommette du bout de mon pouce.

— Tu l'as voulue.

Mes doigts glissent sur sa nuque.

— Pourquoi ne devrais-je pas tenter de te tuer ?

J'approche lentement sa tête de la mienne.

— Tu m'as aimée et je veux bien accepter d'admettre que c'est ma faute. C'est à cause de moi que tu as été emprisonné et que tu as vécu l'horreur. Mais peut-être…

Nos lèvres, à un pouce les unes des autres, s'effleurent. Elles se respirent. Je sens son souffle alcoolisé par interruption sur ma mâchoire.

— Peut-être que tu pourrais cesser de te mentir à toi-même. Tu n'es pas le seul de nous deux à avoir des raisons de t'en prendre à la seule personne en qui tu avais confiance. Si je le souhaitais, tu mourrais en quelques secondes, ici et maintenant, à mes pieds. Qu'importe la douleur que cela me procurerait.

Cette fois, c'est tout son corps que je sens se figer, pris de court.

La vérité mise à nue. Même s'il en a toujours été conscient.

— Si la seule personne en qui j'ai foi me trahit, il ne me reste plus rien. Plus personne ne compte. Et je peux crier. Hurler à pleins poumons. Jusqu'à décimer le monde entier. Le moindre royaume. Et la conscience de nos Dieux avec les Humains. Mon cri, lui, à moins que tu ne m'arraches mes cordes vocales, peut retentir à n'importe quel moment. Y compris à l'instant où tu serais susceptible d'abattre ta vengeance sur moi.

J'appuie mes lèvres sur le cuir de son gant. Je l'embrasse, les yeux clos, et *l'Attraction* réagit avec virulence. Elle me pousse à le bousculer pour exécuter mes paroles. Pour l'embrasser et l'occire. Lui arracher la vie avant qu'il ne nous accable. Je résiste avec toute la force que je possède et m'écarte de quelques centimètres. Elle se calme, tapie dans l'ombre de mon âme, mais toujours ardente dans mes veines.

— Mon roi… murmuré-je.

Si tu savais combien je te suis docile… Mes mots ne forment que de beaux discours. Parce que si tu estimes que ma mort peut te sauver, je t'offrirais mon cœur pour que tu le transperces de ta lame.

— Tu es infâme.

Mais j'ai tout de même envie de vivre à tes côtés. Pour connaître le goût de tes baisers – si tant est qu'un jour cela nous soit possible –, la chaleur de tes étreintes un peu plus longtemps…

Estæbann s'arrache à mon contact. Ma surprise me terrasse. Peut-être moins que la sienne… Il trébuche, titube jusqu'au lit et s'y affale, la tête entre les mains. Je me dresse au-dessus de lui, son regard peine à trouver le mien. Je ne l'avais jamais observé sous cet angle. L'impression qu'il m'est complètement offert me galvanise. Il est là, assis, l'air piteux, tremblant, et la manche de sa chemise a glissé dans le creux de son coude, dévoilant l'entièreté de son torse. Sa beauté est dévastatrice. Debout devant lui, mes genoux effleurant les siens, je représente le prédateur, et lui, la proie. Cela serait mentir de prétendre que cette sensation ne me satisfait pas. Je l'apprécie… un peu trop pour totalement avoir le contrôle sur *l'Attraction*. Mon propre démon.

— Je suis née pour être reine, Estæbann.

Ma main gantée effleure de nouveau sa joue, puis s'égare dans sa chevelure, dégageant quelques mèches de son front fiévreux.

— E-et moi, pour être… ton roi.

C'est la première fois qu'il le dit…

Il est essoufflé, comme s'il avait lutté pour prononcer cette phrase. Mon cœur rugit entre mes côtes. Peut-être qu'Estæbann l'entend puisque ses yeux s'animent. Cette clarté est infime, fugace, mais un sourire tremble sur ses lèvres et c'est tout ce que j'attendais. Un sourire sincère. Un sourire doux.

Je m'accroupis devant lui, rétablissant nos positions spirituelles. Lui me dominant de ses décisions.

Mes mains glissent sur ses cuisses, apprécient les courbes de sa musculature, et atterrissent sur ses bottes. Je les délace, une par une, puis les lui retire. J'insère mon corps entre ses jambes, les doigts tremblants d'une excitation nouvelle sur ses hanches. L'accord tacite d'Estæbann m'anime d'une audace que je ne me soupçonnais pas. De mes bras, j'entoure sa taille et dépose ma tête dans le creux de son épaule toujours habillée. Son odeur et celle de l'alcool m'enivrent. Il hésite, longtemps, mais je ne bouge pas, et il m'étreint à son tour.

— Dors avec moi, le supplié-je.

Il soupire contre le sommet de mon crâne, y dépose un léger baiser, et mon cœur palpite.

— C'est trop dangereux.

— Es-tu prêt à prendre le risque que le monde entier meure ?

Parce que si nos étreintes t'arrachent la vie…

J'embrasse lentement sa clavicule au-dessus du tissu de sa chemise.

… c'est l'univers qui s'ébranlera sous mes hurlements.

25

Admirer son existence

Estœbann, 22 ans

Chaque matin depuis sept jours, mes yeux s'ouvrent sur un visage endormi. De longs cils noirs effleurent de belles joues surmontées de taches de son. Une peau brune, marquée par les ombres de la chambre, qui quémande les caresses. Des lèvres pulpeuses, assombries par l'obscurité, sur lesquelles j'ai envie de poser ma bouche… sans un pouce pour les éloigner. Ma main est abandonnée dans le creux d'une hanche. La courbe légère de ce flanc instaure un calme douloureux dans ma poitrine, presque accablant. Je me sens écrasé. Un poids insoutenable me compresse les poumons. J'ai du mal à respirer, de la peine à dégager mon torse et ma trachée. Mon cœur aussi est prisonnier de son émoi.

Mon bras glisse autour de la taille qui s'offre à moi. J'approche de mon corps celui tiédi par le sommeil et évite de coller le visage qui hante mes nuits à ma peau.

Si tu savais comme je crève d'envie de tout laisser tomber. Tu es la seule raison pour laquelle je peux m'oublier…

— Ma Riham… soufflé-je.

Son ventre, pressé contre le mien, j'inspire l'odeur de ses cheveux et apprécie la sensation de ses boucles sur mes joues. Elles chatouillent les angles de ma mâchoire, dans la douceur et la malice. Comme si elle le faisait exprès pour m'arracher un sourire amusé, incontrôlé. Je déglutis et résiste à l'assaut de *l'Attraction*. Elle grouille dans mes boyaux, frétillant d'excitation à l'idée de voler *ma* vie. De l'offrir aux mains de Riham. À son cœur et à ses veines.

Et je serai capable de te la donner…

— Ma…

Je ravale ma salive, secoue la tête. Non, pas de « ma ». Il ne le faut surtout pas.

— Riham, l'apostrophé-je.

Je ne reconnais pas ma voix. Trop tendre, trop mielleuse.

À vomir.

Je ne peux pas me perdre à cause de sentiments enfouis, anciens. Mais Riham a raison. Qu'ai-je fait pour la libérer, moi ? Alors que je sais tout de ce qu'elle ignore, y compris sur elle-même… Si je suis aussi confiant de sa servitude, c'est bel et bien parce que je suis la seule personne à avoir pénétré son cœur et son âme. Elle peut tout me donner, parce qu'il y a longtemps, elle s'est abandonnée à moi, et parce qu'une Daliakys ne voue son amour qu'une fois. Et je prévois de la tuer pour mes desseins. Juste parce que mon oncle a décidé que notre relation était inappropriée. Interdite. Parce que ce n'est pas moi qu'elle doit aimer. Pas à moi que son don doit être voué. Mais à lui. À Matheiüs. Il a été élu par Sazira en personne. Qui suis-je pour lui voler la Daliakys de la Damnation ? Pour la lui arracher, la détruire en la trahissant et envisager de l'anéantir ?

— Ça suffit !

Riham sursaute. Ses yeux s'ouvrent dans de lents papillonnements fatigués.

— Pardon ? bafouille-t-elle.

Je me crispe en comprenant que j'ai parlé à voix haute.

— Riham ?

— Que disais-tu ? se soucie-t-elle. Je… Tu avais l'air agacé.

— Ce n'est pas contre t… toi.

Ou peut-être que si. Je ne sais plus exactement.

— Je… Ce sont mes pensées, rien d'essentiel.

Sa main gantée trouve ma joue et la caresse de son pouce sur ma pommette fait vibrer mon cœur.

— Bonjour, Estæbann, murmure-t-elle à quelques centimètres de ma bouche.

— Bonjour, Riham.

Elle rit doucement et son rire est… adorable. Je frémis d'horreur. Je déteste ces sensations. Je hais mes propres réactions. Je me dégoûte. Pourquoi je ne peux pas être plus fort ? Pourquoi ne puis-je pas résister ? Respecter la promesse que je me suis fixée ? Je ne dois pas céder. Je ne peux pas m'avouer vaincu. Encore moins pour elle, pour la pépite d'or jalousement gardée de l'Oncle Matheiüs.

— Pourquoi ris-tu ?

— J'ai rêvé que tu avais dit « *ma* Riham ».

Je me fige, le feu incendiant mes joues.

— Ah…

Sa facilité à parler de ce genre de choses me déconcerte.

Tu ne peux donc pas laisser mon cœur tranquille…

— C'est l'heure de découvrir un nouveau monde, soufflé-je pour éviter de nous attarder sur le sujet. Le Reid a accosté. Nous sommes arrivés dans le port du royaume de Lhorie.

— Je peux y aller ?

— Je ne compte pas te laisser toute seule ici pendant notre escale.

— Rassure-moi, tu ne te moques pas de moi ?

Ses yeux éclairés par l'espoir me font regretter de ne pas y avoir songé. Peut-être qu'ainsi, son âme se serait fendue sous la désillusion… Je soupire pour chasser la soudaine envie de mentir, qui me bouffe les entrailles.

— Je t'ai promis ta liberté, Riham, je vais te l'accorder, peu importe ce qu'il se passe après.

Elle sourit avec douceur et… une compréhension désarmante. Elle sait.

— Lhorie est un beau royaume ?

— L'un des plus beaux que j'ai visités, affirmé-je.

— Tu en as visité beaucoup ?

— Deux seulement, en fait…

— Ah… quel est l'autre ?

— Arcadeimia. Il est très beau, mais… un peu spécial. Très fleuri, très… rose.

— Rose ?

— Ouais. Les arbres, les feuilles, les fleurs, les architectures… tout est rose. Plus ou moins.

— Plus ou moins ?

— Un jour, peut-être que nous irons.

Tu seras morte avant…

Une douleur fulgurante me perfore les poumons.

— Arcadeimia était un loup au pelage rose, d'après les légendes et les recherches archéologiques qui ont été entreprises dans les entrailles du royaume.

— Est-ce que l'île est en forme de loup comme Zuria a la forme de la Tortúga ?

— Non. C'est un hexagone inégal, comme la tache blanche qu'Arcadeimia a au niveau du cou. Au fait, sais-tu quel est le Dieu suprême ?

— Le Dieu suprême ? Il y en a un ? s'étonne-t-elle.

— Bien sûr. Il n'a aucun corps, il est… spirituel, mais il est en chacun de nous et compose tout ce qui vit. De la plus petite particule de la nature à la moindre de nos cellules. La faune et la flore. Les humains, les bâtiments…

— Oncle Matheiüs ne m'en a jamais parlé.

— Bien entendu. Je n'ai appris son existence que sur le tard également. Les fidèles de Sazira taisent son existence. Les Zuriens sont fiers des légendes qui portent le nom de notre Déesse comme celle de la Toute-Puissante. Tu peux imaginer à quel point les anti-royalistes portés par Matheiüs sont plus fermés encore que le reste du pays.

— Comment il s'appelle ?

— Zatlovia. Chaque lettre de son prénom est l'initiale de l'un des royaumes. C'est lui qui a nommé chaque divinité. Lui qui les a façonnés et lui qui leur a accordé le droit de procréer un monde.

— Il a autorisé la Genèse.

— Et l'existence de l'espèce humaine.

— Pas les créatures ?

— Si, mais disons qu'il n'avait pas trop le choix. Ce sont les dégâts de la Genèse qui ont provoqué des changements génétiques et des couplages divers. Voilà pourquoi nous ne sommes pas seuls à fouler le sol de Zatlovia.

— C'est incroyable ! s'exclame-t-elle.

— Tu trouves ?

— Pas toi ?

Je hausse une épaule.

— Ce sont des histoires qui nous dépassent. Tu es une demi-déesse, je me contente d'admirer *ton* existence.

Je me fige. Les mots se sont échappés de ma bouche. Je n'ai pas su les retenir. En vérité, je n'étais pas même préparé à les *penser*. Je me racle la gorge et me redresse, embarrassé. Les pieds effleurant le sol de la cabine, je tâte le sol à la recherche de mes bottes. Je les enfile, les doigts tremblants sur les lacets.

— Je vais te porter un bain. Attends-moi ici. Ensuite, nous irons visiter Lhorrancie, la capitale de Lhorie.

Elle acquiesce, un léger sourire aux lèvres, et je déglutis.

Quel idiot je suis...

Elle est merveilleuse.

Dans sa robe, d'un violet foncé, prêtée par la couturière du village perdu et qui moule son corps fin dans une élégance déconcertante, Riham est sublime. Les quelques écumeurs encore présents sur le bateau la dévisagent malgré la large capuche noire, d'un court gilet de laine offert par Sova Arsen en personne. J'incline la tête en direction de Nehōo, planté dans l'encadrement des cuisines. Là où d'autres effectuent des gestes obscènes, celui que j'estime être mon meilleur allié esquisse un discret sourire sur le coin de ses lèvres, tout en pudeur. Il se détourne une seconde plus tard et disparaît dans la cabine. Le regard de nouveau fixé devant moi, je pose une main gantée sur celle de Riham, enroulée autour de mon bras, et la guide jusqu'au pont. Le claquement de nos talons résonne dans l'air. Le cuir couine contre le bois qui grince. Le silence est rare dans une ville.

À Zuria, le calme de la nuit lui-même n'a pas sa place. Surtout dans la capitale. Ici, en Lhorie, à Lhorrancie, c'est… un climat bien différent. Presque désarmant. Les gens se baladent sans un mot ou échangent de simples banalités. C'est ainsi que le roi aime son peuple : silencieux. Le seul homme qui a le droit de crier après le souverain n'est autre que son fils. Un prince encore trop jeune pour peut-être comprendre les lois grotesques et tyranniques du royaume dont il héritera un jour.

Le silence, l'obéissance, le respect…

Tout manquement aux règles est une promesse pour l'exécution. Cela vaut pour les Lhoriens autant que pour les étrangers. À ma première visite en ces lieux, l'un des prisonniers du Reid s'est échappé. Il a hurlé sur la place publique pour que les Lhoriens lui viennent en aide. Les gardes royaux sont sortis de l'ombre en quelques secondes. Le pauvre garçon a été abattu sur place. Je ne suis pas certain qu'il ait eu le temps de comprendre son sort, fort heureusement pour lui.

— Si l'un de nous doit parler, laisse-moi faire, soufflé-je à Riham. Les femmes ne sont pas autorisées à prendre la parole en public. Hormis celles qui ont un statut de marchande.

Même la reine a moins de libertés que les autres. Peut-être son sort est-il pire.

— La souveraine de Lhorie est la cousine de Dianeilis de Zuria.

— La cousine de notre reine ? s'étonne Riham dans un murmure étouffé.

— Oui, elle a ton âge.

Riham se raidit contre moi.

— Et le roi de Lhorie ?

— Il est plus vieux que Connrhad. Il a cinquante-six ans.

Elle frémit de dégoût.

— Il a fait exécuter plusieurs de ses compagnes. Y compris la mère de son fils. L'actuelle souveraine n'a aucun droit. Elle n'a même pas la possibilité de se déplacer aux latrines sans être accompagnée et surveillée.

— C'est horrible.

— Personne n'est autorisé à le souligner au risque…

— Laisse-moi deviner… d'être exécuté ?

J'opine du chef. Riham frissonne.

— Tu m'avais dit que ce royaume était beau.

— Il l'est. Seulement en apparence. Regarde ces terres, cette herbe et ces champs. Ils sont dénués de noirceur. Tout est entretenu à la perfection. Archimeid de Lhorie peut couper la tête d'un paysan si la moindre fleur fanée et oubliée attire son regard.

— Et comment nettoie-t-il le sang qu'il fait couler sur cette verdure paradisiaque ? rétorque Riham, sarcastique.

— Il ne s'abaisserait jamais à nettoyer lui-même. Il retourne la terre et enterre sa victime à l'endroit exact où il l'a abattu. Pourquoi crois-tu qu'il n'y ait pas de dalles à fouler sur cette place ?

Riham se pétrifie. Elle tire sur mon coude sans le vouloir et je me fige sans desserrer les lèvres pour ne pas protester.

— Tu veux dire que nous sommes peut-être en train de marcher au-dessus d'un ou de plusieurs cadavres ?

— Ce sol en particulier en est parcouru.

— Je préfère rester enfermée dans ma cabine, Estæbann, gémit-elle.

Elle pâlit, je crois. Le teint brun de sa peau perd quelques nuances.

— Ramène-moi sur le bateau, je t'en supplie, ou… ou je vais m'évanouir.

— Riham…

— Je sais qui je suis, tu n'as pas besoin de me le rappeler, cela ne veut pas pour autant dire que j'accepte de piétiner des morts ou de… Par Sazira, Estæbann ! Sous mes pieds… est-ce un visage ?

Je baisse les yeux. Mon cœur se soulève, bousculant mes poumons et ma trachée.

— Ce n'est que de la terre, Riham. Les corps sont enterrés un peu plus bas, tu…

— Ramène-moi au bateau, insiste-t-elle.

Je hoche la tête, résigné. Je pourrais sourire devant les larmes qui embuent ses yeux, mais mon âme se recroqueville sur elle-même et bouscule mes muscles pour prendre Riham dans mes bras. L'un d'eux glisse autour de sa taille pour la coller à moi et sa tête se loge dans le creux de mon épaule.

— C'est terrible, Estæbann…

— Je sais.

— Comment peux-tu considérer ce royaume comme quelque chose de beau ?

— Je… je ne sais pas, soupiré-je. J'ai réagi comme toi le jour où je l'ai appris, j'ai perdu connaissance et j'ai vomi tripes et boyaux par-dessus bord. Lhorie est un royaume pourri de l'intérieur. Je me suis dit que…

— Qu'il me ressemblait.

Je manque de trébucher sur la première marche menant au pont du Reidhrivein.

— Je…

— Et que si tu pouvais m'accepter, tu pouvais accepter ce monde.

Je ne réponds pas. Pas tout de suite.

— Je suis désolée d'être qui je suis, Estæbann. Si j'avais pu choisir, je n'aurais été qu'une fille comme les autres. Pas une Daliakys. Pas une arme que des barbares pourraient utiliser. Je ne peux pas tolérer un royaume aussi cruel.

— J-je comprends, balbutié-je.

Je la guide à l'intérieur de la cabine, sous les rires moqueurs de certains écumeurs et la mine fermée de la capitaine. À quoi pense-t-elle ? Certainement à l'innocence stupide de Riham et l'incohérence de sa nature. Elle a beau ignorer qui Riham est, Sova Arsen sait que notre captive est dangereuse. Pourtant, son comportement et sa fragilité attestent le contraire.

La Mort qui refuse de piétiner les morts…

Le paradoxe est insolite.

26

Le fantôme des voiles rouges

Estœbann, 22 ans

Une ombre se projette sur les planches luisantes. Mes mains compriment l'éponge, créant une flaque plus épaisse et spongieuse. Je sais, en détaillant la silhouette difforme dans l'eau de mon seau, quel est l'écumeur qui se tient debout dans mon dos.

— Qu'est-ce que tu veux, Dragor ? soupiré-je.

Un ricanement me répond en premier, puis le souffle d'une voix graveleuse me lèche quasiment la nuque.

— J'sais pas comment tu fais pour m'reconnaître à chaque fois.

— Un magicien ne révèle jamais le secret de ses tours, plaisanté-je.

Son éclat de rire pourrait me faire frémir si je n'y étais pas habitué.

— J'me demandais. J'suis pas l'seul en fait. On s'demande tous…

Je ferme les yeux et retiens mon souffle.

— Tu nous la présentes quand ta d'moiselle ?

Encore Riham. Je ne crois pas avoir fait un pas sur ce pont sans croiser un écumeur curieux de tout savoir sur elle. Rien d'étonnant. Les femmes ont beau ne pas être des intruses ou des étrangères sur le Reidhrivein, le genre que Riham incarne est… distinct. Singulier. Extraordinaire. Il a suffi de courtes apparitions depuis notre arrivée pour que tous soient obnubilés par elle. Par son aura. Elle attise les conversations et les convoitises. Le désir et l'impatience grouillent entre chaque latte du navire. Dragor n'est pas le seul à être venu me questionner. Je crois que je n'ai jamais été aussi populaire que depuis que je me suis pointé ici avec Riham.

— Dragor…

— Fait beaucoup parler d'elle, ta d'moiselle.

Ce n'est pas ma demoiselle.

Je me bouffe l'intérieur des joues pour ne pas prononcer cette pensée à voix haute. Il vaut mieux qu'ils croient qu'elle est… à moi. Je déglutis. Non pas que ça les dérange en temps normal, mais pour les compagnes ou compagnons des membres de l'équipage, une règle tacite impose le respect. Même si je ne suis pas clairement l'un des leurs, je sais que certains me traitent comme le veut Arsen. Dragor en fait partie. Enfin… je crois. Je *préfère* y croire.

— Elle ne fait rien de plus qu'exister.

— Exister sur notre bateau, rétorque-t-il, une pointe de malice dans le ton. Alors, c'est quoi qui t'pousse à nous l'amener, la p'tite ?

— Dragor, c'est pas une discussion que j'ai envie d'avoir.

— J'ai l'air d'en avoir que'que chose à foutre ?

Je lui jette un coup d'œil par-dessus mon épaule, les genoux toujours noyés dans les flaques savonneuses. Son sourire édenté fend son visage sale. Le froncement de son nez cabossé fait croître la bosse due à une ancienne fracture – pas tout à fait guérie, selon moi… Quelques cheveux gris s'échappent de son bonnet noir. Il doit avoir quarante ans, plus jeune encore que Loasodhsan, mais il a l'allure d'un vieux de soixante-dix balais. Son passé est marqué sur chaque trait de sa misérable figure. Je connais son histoire, ou les bribes les plus importantes. Et même si je voudrais avoir le courage de lui dire d'aller crever pour les saletés qu'il fait à chaque débarquement du Reidhrivein, une part de moi, infime, mais bien présente, se tord sous la compassion. Ce que j'ai vécu pendant les quatre années entre les barreaux de la prison royale, lui l'a enduré les vingt premières années de sa vie. Voilà pourquoi son expression affiche cette douleur constante, ravagée par le temps et la torture.

— Dragor, j'aimerais pouvoir te dire que j'ai hâte de te la présenter et que ton intérêt me touche, mais je mentirais.

Il s'esclaffe de bon cœur.

— Allez, gamin, sois pas ingrat. Faut partager !

— Partager ?

— Au moins qu'on la voie.

— Dragor…

— T'as jamais autant dit mon nom, s'amuse-t-il, fier et vantard.

Ses yeux bleus, translucides, étincellent de sournoiserie.

— C'est parce que tu m'exaspères.

— Faut vraiment pas la toucher ta donzelle, hein ?

Je ne réponds pas, me contente simplement d'un long regard appuyé.

— J'dois me méfier de toi, petit ?

— Tu crois que je te menace ?

— C'est ma question, ouaip.

Je roule des yeux, les lève au ciel et secoue la tête.

— Ne l'approche pas, et fais en sorte que les autres ne l'approchent pas non plus.

— T'es mordu à ce point ?

Un sursaut embarque mes poumons, mais je m'efforce de rester de marbre.

Impassible.

Mon corps demeure immobile.

Puis je me tourne vers un nouveau venu. Markan. L'un des plus jeunes, la vingtaine. Sans doute deux ou trois ans de plus que moi. Mais aussi l'un des plus dangereux. Mes poils se dressent sur ma nuque. Je peux presque sentir mes vertèbres les imiter le long de ma colonne. Comme Arsen, il paraît innocent. Avec sa gueule d'ange un peu fragile, son regard des plus basiques, marron, tendre, et ses cheveux blonds, balayés par le vent et parsemés du sel de la mer. Il est plus fin que moi, mais certainement plus musclé par les années déjà à son actif sur le pont du Reidhrivein et sous la coupe de Loasodhsan. Chaque fois que mon regard croise le sien, la nausée me retourne les tripes et me ravage le bide.

Je l'ai déjà vu faire.

Je l'ai déjà vu à l'œuvre.

Je l'ai vu commettre plusieurs crimes en l'espace de dix minutes. Là, juste sous mes yeux. Parce qu'il voulait m'initier. Parce qu'il voulait que j'y prenne goût et que je devienne comme lui. Parce qu'il voulait déclencher un truc en moi, quelque chose qui me rendrait aussi *libre* que lui de posséder ce que je veux.

Je me souviens de cette fille, Dlhavia, presque encore une adolescente. Elle avait l'âge que Riham a aujourd'hui. Dix-neuf ans. L'un des plus beaux et doux sourires que j'aie jamais vus. Elle travaillait dans la taverne de son oncle, qui la traitait comme une princesse, mais qui ne se doutait pas un instant que les écumeurs qu'il accueillait si souvent allaient lui arracher ce à quoi il tenait le plus. Il aurait donné son auberge pour elle. Pour la vie de Dlhavia et sa paix. Il aurait dormi dans la boue, ciré le pont du Reidhrivein durant trois mois sans broncher ou vendu son âme à *Loasodhsan* pour qu'on la lui laisse, elle. La fille de sa sœur décédée. La propre enfant de son âme paternelle.

J'ai eu le malheur de lui plaire. Son sourire était trop grand, trop lumineux. Un soleil dans l'obscurité de la taverne. J'ai voulu la prévenir, lui faire comprendre que mon cœur n'était pas à prendre, trop brisé, trop insensible, et la mettre en garde contre la voracité des ambitions malsaines de mes comparses. Mais Dlhavia m'a embrassé la joue en me servant mon dernier verre et m'a demandé de la rejoindre sur la colline derrière l'auberge. Je l'ai fait. Je ne me suis pas rendu compte que j'étais suivi. Parce que je ne pensais qu'à Riham. Je n'avais que son nom sur mes lèvres, que son visage en tête. J'avais besoin de l'effacer, de me prouver qu'une autre fille pouvait me hanter.

À peine sa bouche a-t-elle effleuré la mienne que les mains de Markan l'ont arrachée à moi. D'autres m'ont retenu prisonnier, ventre à terre. Et ils m'ont bâillonné, forcé à regarder. Ils m'ont montré comment je devais m'y prendre. Markan l'a violée. Sans que je puisse réagir. Puis il lui a planté sa lame crade dans la gorge, jetant ses vêtements par-dessus la falaise et abandonnant son corps nu, ensanglanté, les yeux terrifiés rivés sur le ciel noir, sans étoile.

J'ai essayé de la sauver. J'ai vraiment essayé.

Me confronter à Markan m'anime d'une terreur effroyable et fait vibrer mon corps d'une envie de meurtre foudroyante. Si je parviens à l'éviter habituellement, lui et les trois types qui m'ont maintenu au sol, ils passent leur temps libre à se concurrencer pour me tourmenter davantage que les autres. Je ne serai jamais comme eux. Pas comme ça. Je ne suis pas innocent, mais loin d'être aussi cruel.

— Pourquoi t'es revenu si on te donne autant envie de vomir que tu le prétends ? m'a-t-il demandé une fois.

— Parce que je suis un écumeur.

C'était faux, on le savait tous les deux. Je n'étais et ne suis toujours pas l'un des leurs, mais il avait deviné mon sous-entendu sous ces mots, j'en étais certain. Un écumeur n'a ni foi ni loi. En prétendant en être un, j'affirmais que je me servais d'eux pour quelque chose. Quelque chose qu'il s'échine encore à comprendre dans l'espoir de me dénoncer à Loasodhsan et de me faire la peau.

— Ne t'approche pas d'elle, Markan.

Cette fois, la menace est bien palpable dans la tessiture de ma voix.

— Tu veux te la garder juste pour toi, elle aussi ?

Mes mains se crispent sur ma cuisse et sur l'éponge.

— Peut-être qu'on pourrait décider que c'est mieux de partager, pas vrai, Dragor ?

— Au moins un dîner, confirme Dragor.

Le rire cynique de Markan me gonfle les veines de rage.

— Un dîner ! s'offusque-t-il. Mais bien sûr ! Non, faut être plus ambitieux, mon vieux ! Si elle est dans son lit, faut qu'elle visite tous les nôtres.

Sa main s'abat sur l'arrière de mon crâne et secoue mes cheveux dans un geste volontairement – et amèrement – fraternel. Je le repousse, éclaboussant son pantalon de bulles de savon. Il se marre.

— Elle est si précieuse que ça ta belle ?

Je lâche mon éponge et me redresse pour me retrouver nez à nez avec lui. Le mirage du visage inerte de la douce Dlhavia se faufile entre nous. Je le rejette pour me concentrer sur lui, son regard effrontément perfide et son sourire désagréablement insolent.

— Ouvre tes sales oreilles de minable et écoute-moi bien. Ne t'approche pas d'elle, répété-je. Ne t'approche même pas des portes. Ou ta mort sera plus douloureuse que celle de tes victimes.

Que celle de Dlhavia.

— Tu crois que tu me fais peur, petit prince en détresse ? me défie-t-il.

— Tu crois que mes menaces sont des paroles en l'air ?

— C'est pas parce que t'as tué quelqu'un, un jour, que je vais trembler devant un freluquet comme toi.

Sa certitude envenime la haine de mon cœur. Je serre les poings sur mes biceps, les bras croisés contre mon torse, pour éviter de lui mettre la misère, de repeindre le plancher avec son sang et de combler les trous des mites avec des bouts de sa cervelle. Mon sourire le décontenance.

— Tu es le premier à savoir qu'on ne doit pas se fier aux apparences, Markan, j'ai pas raison ?

Je le toise de la tête aux pieds et il effectue un mouvement de recul. Je ne suis pas idiot au point de croire qu'il me craint soudain, mais je sais que ma pique atteint son faible égo. Un homme, qui n'est pas capable d'attendre l'accord d'une femme pour toucher son corps, n'est rien de plus qu'un esprit fragile, ne cherchant qu'à compenser sa faiblesse par une domination dictatoriale. Ç'a été prouvé à travers l'Histoire. Même pour certains dirigeants d'autres royaumes. Comme le roi de Lhorie.

— Fais gaffe à ce que tu dis, vaurien, fulmine Markan.

Il me le crache, littéralement. Ses postillons s'écrasent sur mes joues et sur mes lèvres. Je pourrais en vomir.

— N'ouvre pas trop grand ta gueule, tu ne sais toujours pas contre qui tu te frottes, articulé-je d'un ton calme après avoir lentement essuyé ma bouche.

— Tu…

— Suffit d'jouer les meiridons fiers ! intervient Dragor, agacé, mais diverti. Hop, accolade et par-dessus bord les discordes ridicules.

— Je suis d'accord avec Dragor.

— Capitaine ! s'étrangle le concerné.

— Loasodhsan, la salue Markan en s'écartant vivement.

Je n'ai pas le temps d'ouvrir la bouche que la femme la plus importante de ce navire beugle :

— Dégage du pont, Markan. Laisse Estæbann lustrer les planches.

— Oui, Capitaine.

Markan m'adresse un regard foudroyant, empli de promesses funestes, et tourne les talons. L'œil perçant d'Arsen se concentre sur moi. J'aimerais prétendre le contraire, mais je retiens mon souffle, intimidé.

Elle est terrifiante. Dans chaque parcelle de son corps, elle me rappelle Markan. Un écumeur des mers formé sous *sa* direction. Par *ses* règles. Malgré tout ce qu'elle peut prétendre, Markan est exactement comme elle lui a appris à devenir. Lui, et la majorité des autres.

— T'attends quoi pour te remettre au boulot, gamin ? s'indigne Loasodhsan.

— Que plus personne ne me dérange.

Un amusement surpris bouleverse la sévérité de ses traits.

— Moi y compris ?

— Avec tout le respect que je vous dois.

Ah bon... ?

— Très bien, j'te laisse à ta besogne. Dragor, aide le gamin ou va en cuisine.

— Bien, Capitaine.

Échange de hochements de têtes, puis je me retrouve seul. Mes épaules s'affaissent. Un coup d'œil circulaire me permet de prendre conscience que je suis le dernier à astiquer les planches. Tous les écumeurs doivent être occupés au nettoyage des dortoirs et des différentes pièces du bateau – excepté ma cabine et celle de Loasodhsan.

Mes yeux glissent sur les portes menant à ma chambre. À Riham.

Le visage de Dlhavia s'impose encore sous mes prunelles et mes poings se serrent. Si je n'avais pas été obnubilé par Riham, si je n'avais pas eu envie de l'oublier, même après toutes ces années de prison, Dlhavia ne serait peut-être pas morte. Elle n'aurait pas quitté l'auberge de son oncle pour me retrouver et ne serait pas tombée entre les mains crasseuses de Markan. Ou peut-être que si, peut-être que mes suppositions n'ont aucun sens…

Peut-être, mais Riham...

Riham est aussi mêlée à cette histoire.

Sans même en avoir conscience, elle est toujours là ; et elle emporte la mort avec elle.

Des talons se balancent dans le vide, manquant de me cogner la mâchoire. Je l'évite de justesse et contourne les bottes agitées pour fixer mon regard dans celui de Leika. La bouche de l'écumeuse s'incurve dans un large sourire.

— 'Stabann ! Fini tes corvées ?

— Non, c'est ma pause.

Elle balance la lourde tresse blanche de son épaule gauche à son épaule droite pour se pencher au-dessus de moi. Ses sourcils blancs forment des arcs, ses yeux brillent d'un plaisir malsain, mais joueur.

— Un peu de temps pour moi ?

— Toujours pas, Leika.

— À cause de l'autre ?

— L'autre ?

— Ta demoiselle en détresse. Celle que t'as mise dans ta piaule.

— Rien à voir.

— Oh…

Sans perdre un dixième de son équilibre, elle tend le bras, passe ses doigts sur mon torse et les remonte jusqu'à mon col pour l'agripper. L'un de mes boutons craque, mais ne s'arrache pas. Leika, elle, ne vacille toujours pas de son perchoir ; et je me laisse emporter vers l'avant.

— J'aimerais que tu montes.

— Impossible.

— Pourquoi tu refuses toujours de t'amuser comme je veux ?

— Je ne suis pas intéressé, Leika.

— Pas ce que ton corps me disait quand je me suis mise à genoux dans ta cabine…

Elle s'agrippe à mes épaules pour couler devant moi, la paume étalée sur mon entrejambe.

— Un soir, je me souviens, elle était gonflée ici.

De son index, elle pointe l'intérieur de sa bouche avant de l'enrouler avec sa langue pour mimer une fellation. Elle n'a pas besoin de se hisser sur le bout de ses orteils pour effleurer mes lèvres des siennes.

— C'était il y a deux mois, Leika.

Et j'en avais besoin. De relâcher la pression. De me convaincre que je pouvais éprouver du plaisir dans la vraie vie. Ailleurs que dans mes rêves, prisonnier de grands iris noirs, de longues boucles soyeuses, de taches de son brunes et d'un sourire naturellement carmin.

— Deux mois, répète-t-elle, amusée. T'es comme un fantôme sur le Reidhrivein, mon beau.

Elle rit contre ma mâchoire.

— C'était bon, non ? C'est pas interdit de recommencer.

Peut-être qu'il le faudrait. Peut-être que Riham devrait me voir, là, figé contre Leika, plaqué contre elle, sa main pressée contre mon sexe. Mais ce dernier reste imperturbable. Parce que j'ai trop conscience de la pâleur des couleurs de Leika. Ses cheveux trop blancs, ses yeux trop clairs, sa peau blafarde… elle n'est pas Riham.

— Je ne veux pas, Leika.

— Tu mens pour te faire désirer ?

— Ne sois pas ridicule. Ça ne se reproduira plus.

— T'as pas aimé ?

J'ai aimé, les paupières closes, en imaginant un autre visage que le sien. Une autre bouche que la sienne. Mais c'était Leika. Pas Riham. Et Leika est une écumeuse. Comme Loasodhsan. Comme Markan. Et si ma réponse ne lui plaît pas, elle a assez de ressources pour me donner le revers de la médaille. Elle pourrait me tendre un piège… ou s'en prendre à Riham. Je ne peux pas le permettre.

Riham est…

C'est moi qui déciderai de son sort. Pas quelqu'un d'autre.

— C'était bien, mais c'est fini.

Elle recule en soupirant et me jette un morceau de pain sans se départir de son sourire en coin.

— D'accord, mon beau. Mais j'te laisse revenir vers moi. Ma porte est grande ouverte.

Je lui adresse un clin d'œil. Elle sourit un peu plus avant de retourner à son poste pour contempler l'horizon.

L'une des voiles rouges s'agite dans l'air. Mon ombre se projette sur elle, l'espace d'un instant, une seconde, puis elle disparaît, même quand le tissu revient vers moi.

Un fantôme sur le Reidhrivein.

Oui, peut-être que c'est ce que je suis. Les fantômes n'ont pas la réputation d'être bienveillants envers les lieux qu'ils hantent…

27
Entre les chairs

Estæbann, 22 ans

Nehõo me file un coup de coude. Ses yeux bleus brillent d'une lueur nouvelle sous les torches de la ville. Ses iris ressemblent à des pierres précieuses où la nuance marine se transforme en rivières de lave autour de la pupille. Ce contraste entre le froid et le chaud éveille des émotions contradictoires dans mon ventre. L'admiration et l'émerveillement contre le choc et une forme de crainte. C'est impossible pour un humain d'avoir l'air aussi… inhumain. L'on dit que les dieux se distinguent avec leurs yeux. Si Riham les a aussi noirs que la mort, mais passe inaperçu grâce à sa semi-humanité, Nehõo, lui, a l'air d'avoir été forgé dans la même essence que Zuria, Izhyris, Lhorie et les autres. Un dieu. Voilà ce qu'il me semble être sous les flammes de la place marchande. Mais sa fragilité est déconcertante. Un dieu n'a pas besoin d'être protégé des humains à moins de leur avoir offert son corps ou son âme. Alors, son mince sourire me réconforte et me serre le cœur à la fois. Combien de fois vais-je me demander ce qu'il fiche encore ici ? Il n'a toujours pas tenté de fuir. Il sait quel sort est réservé aux prisonniers qui essaient de s'évader, mais rester n'est-il pas un supplice plus insupportable ? Selon moi, oui. La peur doit le maintenir paralysé.

Je suis le seul à fouler le pont du Reidhrivein tout en ayant l'opportunité d'en descendre quand bon me semble. Je suis libre de mes mouvements. Ce que Nehōo m'envie, mais qu'il n'a jamais avoué. Et ces éventuels ressentiments envers moi n'ont jamais entaché notre amitié en deux ans.

— La capitaine nous demande de rejoindre Lazia, Leika et d'autres pour aller piller la maison du duc de Lhorrancie.

— Le duc ? m'étonné-je. Qu'a-t-il de si important pour que Sova nous envoie en mission chez lui ?

— L'une des couronnes du roi.

— Pardon ?

— Tu ne rêves pas. Le duc possède une couronne du roi de Lhorie. Ils sont frères et c'est un cadeau donné par leur père en héritage. Archimeid de Lhorie l'a laissée à son cadet.

— Sova nous demande de nous joindre à l'aventure ?

— Ouais.

— Pourquoi ?

Nehōo hausse une épaule. Il tremble et je tends la main pour saisir son poignet.

— Respire, ça va bien se passer. Si Sova nous dit d'y aller, nous n'avons pas le choix. Et si je suis de corvée pillage, c'est qu'il ne doit pas y avoir un grand danger. Elle ne m'y enverrait pas sinon.

Il déglutit. Oui, moi aussi, je crois à moitié à mes paroles. Mais j'ai espoir que ce soit le cas. Je lève les yeux vers Arsen, qui trône au-dessus de sa cabine, à la proue du navire. Elle arque un sourcil en me voyant suivre Nehōo. Je m'attends à ce qu'elle me fasse un signe, comme chaque fois qu'elle m'envoie en mission. Rien. Je hoche la tête dans sa direction et elle m'imite sobrement.

Je saute sur les planches du petit ponton et rejoins les écumeurs du Reid. La plupart d'entre eux sont surexcités, mais les règles de la ville les poussent à rester silencieux. Nous sommes six au total. Pas encore tout à fait le tiers de l'équipage. Nous avançons à travers les ruelles, sous les regards effarés des passants. Les Lhoriens savent probablement que la présence du Reidhrivein dans leur port n'est pas de bon augure pour leurs trésors, la plupart d'entre eux ont déjà eu la visite de nos pairs. Et beaucoup ont subi leurs cruels impairs. Si je n'étais pas accroché à ma foi en la vengeance, j'aurais honte de marcher comme l'un des leurs, avec eux. Être allié aux écumeurs de Loasodhsan n'a rien d'illustre.

La nuit est tombée sur le royaume de Lhorie. Rares sont les habitants qui flânent dans les rues, la plupart d'entre eux sont des marchands, accompagnés par les gardes de la capitale pour éviter que les intrus s'en prennent à ceux qui rapportent de l'argent à la Couronne. Au moment où notre petit groupe se sépare, à la sortie du quartier portuaire, Nehōo glisse sa main contre la mienne, hésite à la prendre, puis passe sur mon poignet. Ses doigts se crispent sur le bout de ma manche. Il me maintient près de lui et se rapproche, pratiquement collé à mon flanc.

— Il fait si sombre… c'est terrifiant.

— Au moins, les autres ne sont plus là. Tu peux te détendre, ils ne vont pas nous sauter à la gorge.

— Peut-être pas à la tienne, mais certains d'entre eux rêvent encore de me faire la peau.

— Ils ne t'acceptent toujours pas ?

— Tu connais Leika…

Je grimace. Pas beaucoup, en réalité, malgré ma terrible erreur, l'incartade que je regrette, mais le peu que je connais est suffisant, en effet.

— Depuis qu'elle est persuadée que j'ai voulu empoisonner Markan, elle me menace. Elle, Markan et leurs meilleurs camarades. Ils ne me laissent pas respirer.

— Lazia est avec Leika, et Sranan est avec Markan le réconforté-je. Si l'un des deux vient, ils te laisseront tranquille ou Sranan tranchera la gorge de Markan et Lazia réduira Leika en pièces mieux et plus vite que Zatlan quand il coupe la viande.

Nehōo s'esclaffe, le rire tout de même teinté de doute et d'appréhension.

— Elles sont chouettes Lazia et Sranan.

— Ce sont les meilleures après Vaheem et toi.

Je ne le vois pas, mais je sais que ses joues s'empourprent à la mention de ce prénom. Vaheem, notre musicien. Vaheem, le plus jeune d'entre nous. Excepté en comptant la présence de Riham sur le Reidhrivein. Ma beauté mortelle est née le trente-deuxième jour d'izirientis, le dernier mois des huit. Vaheem, lui, est de zurientis. Je me bouffe les lèvres pour réprimer mon envie d'aborder le sujet avec Nehōo, sachant pertinemment que je n'aurai aucun résultat probant. La seule et unique fois où je m'y suis risqué, j'ai cru qu'il allait s'effondrer en sanglots. La raison m'échappe, mais j'ai retenu la leçon.

Est-ce que Vaheem sait que Nehōo est amoureux de lui ? Il l'était avant même que je ne débarque sur le navire de Loasodhsan. Tout le monde le sait, mais personne ne le dit. Ce qui est assez étrange quand on connaît l'équipage du Reidhrivein. Le silence paraît avoir été instauré d'un commun accord. Je ne serais pas surpris de savoir que Zatlan, le chef de Nehōo, ou Sova en personne, ait demandé aux écumeurs de se taire à ce sujet. Un amour entre matelots ? C'est impossible et insensé sur le Reid. L'idée même est absurde. L'un des deux se ferait tuer, je crois, s'ils s'embrassaient et étaient découverts. Ça n'a aucune logique. Mais la logique ne fait pas partie du vocabulaire de ces barbares.

En silence, Nehōo et moi marchons sur la route principale qui mène à la maison du duc. Nos coéquipiers d'infortune, eux, ont pris des chemins divergents, plus discrets pour éviter que notre groupe n'alerte quiconque. Nous les attendons dans l'allée ombragée, qui est d'autant plus sombre sous le clair de lune. Lazia fait signe à chaque binôme pour que nous nous séparions. Mon tandem doit contourner la bâtisse pendant que Leika et Lazia se dirigent vers la trappe du jardin, dissimulée par d'épais buissons et surveillée par des molosses enragés que seules Leika peut amadouer et une femme du gabarit de Lazia peut mater. Sranan et Markan, eux, sont chargés de s'infiltrer dans la demeure. Ma main, accrochée à celle de Nehōo, tire pour le convaincre de me suivre de près. Il me talonne, non sans trembler, mais il est contraint de mener à bien notre mission pour ne pas se faire remercier à notre retour sur le pont du Reid.

La signature préférée de l'équipage de Sova Arsen envers les siens est des plus barbares. Et je n'ai pas envie de voir mon meilleur ami en être la victime.

Mon meilleur ami…

Oui, c'est ce que Nehōo est pour moi.

C'est pour ça que mon cœur éclate au coin de la baraque. Une silhouette sombre surgit à quelques centimètres de moi. Le mirage du visage de l'Oncle Matheiüs s'impose à moi et j'effectue un pas de recul dans un réflexe mortel. La lame scintille sous la clarté opalescente de la nuit. Elle gémit. Son sifflement hurle sous la brise nocturne. Comme une promesse sanguinaire. Puis elle s'enfonce dans la chair.

J'aime Nehōo.

À tel point que depuis deux ans, je suis à la fois soulagé et terrifié de l'avoir dans ma vie. Soulagé parce qu'il m'a fait découvrir ce que c'était d'avoir un vrai ami. Il m'a fait comprendre que, même si je ne le mérite pas, j'ai le droit d'avoir des gens comme lui près de moi, à mes côtés, qui m'estiment. Terrifié, parce que mes sentiments me déchirent. Oui, mon cœur éclate entre mes côtes et ses lambeaux de chair brûlent mon estomac dans leur chute. Une lave affreuse se répand dans mon corps lorsque je me rends compte que Nehōo est touché. La lame fait gicler du sang quand elle se retire. Nehōo s'effondre à genoux et mon esprit s'éteint. Des cris retentissent dans les alentours de la maison. Des aboiements graves. Des hurlements déchirants, de douleur et de peur.

Une embuscade.

Je n'ai pas le temps de me jeter sur lui que l'homme m'attaque à nouveau. Ma main s'enroule autour du poignet armé et la lame lèche mon abdomen. Je serre les dents sous la morsure. Je crois que j'ai mal, mais mes gémissements s'étouffent sous les grondements de ma rage. Nehōo est touché. L'inconnu s'en est pris à lui.

Par Izhyris, je vais le tuer.

Dans des mouvements amples, notre agresseur glisse dans mon dos et place son bras contre ma gorge. Je m'étrangle sous la pression, mais tente de planter mes coudes dans son buste. Tout mon être se fige lorsque sa voix rauque murmure dans le creux de mon oreille :

— Surprise, *maître* Estæbann. Nous sommes déjà là.

La Daliakys pourpre étincelle sous la lueur des étoiles, et le cuir encercle fièrement son poignet. Le symbole de Sazira. Celui que la secte anti-royaliste arbore avec audace dans l'ombre et le secret de leurs missions. Le timbre de l'homme n'est pas celui de mon oncle, mais je sais pertinemment que ce type lui est proche. Je le reconnais. Feilicius. La fidélité incarnée pour Matheiüs. Il a été envoyé par ma propre famille pour me tuer. Un ricanement sinistre vibre dans ma cage thoracique. Et cet enfoiré a blessé mon ami.

— Tu crois que tu pourras nous échapper un jour ?

— Je mourrai en essayant.

— Exactement.

— Je vais te tuer, Feilicius.

— Je suis surpris que tu ne m'aies pas oublié.

— On n'oublie pas les chiens de Matheiüs.

— Je suis ravi de l'entendre, affirme-t-il, pas vexé pour un sou.

— Qu'est-ce que tu veux ? Si tu étais là pour m'arracher la gorge, ce serait déjà fait.

— Tu as raison. Oncle Matheiüs serait fier de voir que tu n'as pas non plus oublié nos règles. Tu avais du potentiel, ta fin est plus que dommage.

— Qu'est-ce que tu veux ? répété-je, hargneux.

— Tu seras porteur d'un message. Dis à Riham qu'Oneloz et Zoeila sont morts. Si elle ne revient pas d'elle-même, elle sera officiellement considérée comme une traîtresse et son sort sera scellé.

— Ça m'étonnerait. Tu oublies qu'elle pourrait vous tuer en un claquement de doigts.

— Mais ses pouvoirs ne sont rien face à ceux d'un meiridon. Elle a beau être une malédiction, elle ne pourra jamais abattre un homme sauvé par un meiridon. Alors tant que Matheiüs vivra, ta petite chérie sera en danger. Ne l'oublie pas, Estæbann. Peu importe où vous vous sauverez, notre chef la trouvera et il l'emportera. Elle est à lui et tu n'as aucun droit. Dis-lui.

La lame de son poignard tranche mon avant-bras et je grogne de douleur tandis qu'il me repousse. La violence de son geste me projette au sol. Le bruit de ses pas s'éloigne. Je titube en me redressant pour le poursuivre, mais la main de Nehōo me retient. Alarmé, je tourne la tête vers lui et plante mes doigts sur sa mâchoire.

— Nehōo, comment tu te sens ? T'es conscient ?

— J-je crois que c'est… c'est superficiel, je… Mais je perds beaucoup de sang. Ra… ramène-moi au Reid, je… je vais tourner de l'œil, putain.

— Tu peux t'accrocher à ma nuque ?

— Ouais, j-je…

— Où t'es touché ?

— Au flanc gauche. Tu penses que les autres ont la couronne ?

— La présence de cet homme est significative. Ils savaient qu'on allait venir. La mission est compromise. On va devoir lever l'ancre plus tôt que prévu.

Les doigts de Nehōo s'accrochent à mon avant-bras et je m'étouffe sous la douleur avec mon cri. Nehōo se confond en excuses, mais je serre les dents et lui intime l'ordre de ne pas bouger. Il comprime ma plaie.

— Les autres nous rejoindront directement au bateau ou peut-être qu'ils y sont dé…

Un coup de feu m'interrompt. Mon sang se glace au hurlement féminin qui déchire la nuit. Je trébuche sur les pieds de Nehōo, prêt à courir dans le sens opposé, mais une voix forte, masculine, familière et déchirante me perfore les omoplates pour traverser mon cœur et mes poumons. Elle les arrache, violemment, et les syllabes de mon prénom donnent naissance à une mise en garde. Une menace. Terrible et mortelle. Missionner un messager n'était pas suffisant. *Il* est là en personne pour *me* parler. Pour me faire entendre sa proposition et pour me voir, de ses propres yeux, pâlir sous sa cruauté.

— Riham contre la vie de deux de tes nouveaux amis.

Sous les ongles de Nehōo, la plaie de mon avant-bras me terrasse de douleur. Mon visage est déformé par un rictus horrible. Je ne le vois pas, mais je le sens. Il s'incruste dans ma peau, se plante dans mes muscles et s'y grave au fer rouge. Il s'ancre au crochet. Lentement, brutalement. Ça fait si mal que des taches noires mouchettent ma vision. La nuit n'aidant pas, je ne perçois que des formes, elles-mêmes indistinctes. Et cet écho, qui continue de se réverbérer dans le silence funèbre.

— Ne t'arrête pas, me souffle Nehōo, à deux doigts de perdre connaissance. Ils sont morts de toute façon.

Oui, ils sont morts, peu importe ce que je fais. Peu importe ce que je décide. Mais même si je voulais les sauver, même si je veux arracher la vie à la Damnation, je ne cèderai plus jamais Riham à l'Oncle Matheiüs et à la secte sazurienne. Feilicius se trompe. Matheiüs a peut-être été sauvé par un meiridon, mais il n'est pas le seul à pouvoir la tuer. Et me concernant, je n'ai qu'à le lui demander pour qu'elle s'ôte la vie. Un sourire tremblant de fièvre, mais fier se dessine sur mes lèvres.

Tu peux toujours courir, Matheiüs. Jamais tu ne l'auras.

J'élance mon pied vers le chemin qui me ramènera au Reidhrivein et me fige de tout mon long sous l'éclat tonitruant du coup de feu. Les doigts de Nehōo glissent sur mon bras. Je me bouffe les lèvres pour ne pas hurler, mais le corps de mon meilleur ami s'étale dans l'herbe. Le prénom de l'écumeur manque de m'échapper dans un cri. Je chancelle au-dessus de lui et mes genoux flanchent, tombant autour de ses hanches. Mon nez effleure sa mâchoire alors que mon regard trébuche sur ses yeux inertes. Mon cœur explose sous la seconde déflagration. La détonation résonne dans l'air, s'élève dans le ciel et se ponctue des hurlements éplorés de deux camarades. Mon âme s'effondre sur le sol.

Deux membres de l'équipage légendaire viennent de tomber et Nehōo est…

Un frisson me parcourt sauvagement l'épine dorsale.

Mes mains tremblent sur le visage de mon ami. Des gouttes de sang giclent sur ses paupières. Elles coulent abondamment de ma plaie et mes forces s'amenuisent. Ma vue devient trouble, mon sang se glace. Tout s'assombrit un peu plus.

— Nehōo… murmuré-je.

Mon propre gémissement me réveille en sursaut.

Je ne sais pas combien de temps je suis resté étalé dans l'herbe, sur le corps meurtri de Nehōo. Je me redresse en vitesse, agrippe sa taille et glisse un bras sous ses genoux. Je le soulève en titubant et me mets en marche. Je ne peux pas l'abandonner. Son corps ou son âme doit rentrer avec moi. Un pied devant l'autre. Un souffle après le précédent. J'inspire et j'expire avec difficulté. J'abandonne la maison du duc, la couronne, mes camarades et notre mission. Il n'y a que Nehōo et ma volonté de le mettre à l'abri. De le ramener sur ce bateau qu'il déteste tant, mais qui est devenu son unique maison.

Je sursaute au moindre craquement de brindille, étouffe ma peur aux ombres que ma silhouette projette sur les murs des ruelles. Je me tapis derrière un bosquet ou file à travers les arbres, la trouille au ventre. Mes boyaux sont sens dessus dessous. Je crois qu'ils forment un nœud infernal, impossible à défaire ou à soulager. Du moins, jusqu'à ce que mon pied touche le pont du bateau et que Sova elle-même se précipite dans notre direction pour statuer de l'état de Nehōo. Dès que son corps libère le mien de sa pression, je m'effondre dans un gouffre abyssal.

28

Quand la Mort soigne la Vie

Riham, 19 ans

Le verrou de la serrure émet des claquements sinistres. Dans un sursaut apeuré, j'ouvre les yeux et bondis sur mes pieds. Mes mains fouillent le bureau dans mon dos. J'attrape la première chose qui passe et suis heureuse de me voir brandir un couteau. Un couteau rond… seulement digne de couper du beurre. Mais un couteau tout de même. Les deux battants de la porte cèdent dans un grand fracas. S'il est vrai que je m'attends à tous les dangers, je n'imaginais pas voir des têtes ensanglantées dans les bras de Loasodhsan et d'un jeune écumeur paniqué.

— Si t'es vraiment magique, sauve-les, me crache Sova Arsen.

— J-je… je ne suis pas…

— Je me fiche que tu sois la Mort en personne ! Si t'as de la magie dans le sang, t'as le pouvoir d'appeler un meiridon. Si tu le fais pas, ton petit ami mourra.

Mon regard tombe sur l'un des visages et mes veines implosent. Du sang gicle et noie mon corps. Mon cœur, lui… je crois qu'il n'en reste plus rien. Je plaque une paume sur mes lèvres pour ne pas hurler. L'horreur. La peur ensevelit mon être jusqu'au plus profond de mon âme. Estæbann gémit. Sa douleur se répercute dans mes os. Je la sens vibrer dans ma colonne vertébrale. Elle me terrasse, me dépasse. Sa voix est si faible que je doute qu'il soit encore conscient. Estæbann est en train de mourir. Son sang s'écoule sur mes mains, à travers mes gants, alors que je ne m'étais même pas sentie le rejoindre. Il est là, juste devant moi. Contre moi. Je suis assise au bord du lit, sa tête sur mes cuisses. Et des taches rouges aux nuances de brun maculent le sol, les draps, mes vêtements… Il y en a partout. Les larmes voilent mes yeux, mais je mets tout en œuvre pour ne pas pleurer, pour ne pas brûler ce visage que j'aime tant. Mes doigts, agrippés à sa mâchoire, tentent désespérément de la lui incliner pour lui faire ouvrir les paupières, pour croiser son regard et retrouver la beauté de ses iris. Mes bras tremblent. Mon corps, mon âme, mon cœur… tout vacille.

— SAUVE-LES !

Je tressaute. Un visage juvénile me fait face. Agenouillé sur le lit, les mains plantées sur les joues d'un garçon inconscient, il pleure et me fixe comme s'il me savait capable de les sauver. Mais comment ? Comment alors que tout ce que je pourrais faire leur arracherait le peu de souffle qu'il leur reste ?

J'essaie de ne pas crier, de résister contre les émotions affligeantes qui me dominent. Mais c'est trop dur. C'est trop puissant. Estæbann trépasse sous mes yeux et mes pouvoirs ne m'aident qu'à l'achever. Mes gémissements commencent à rouler dans ma gorge.

— Je ne peux pas ! Je ne peux pas ! Je ne peux que les tuer. Je…

Mes yeux tombent sur les mains entrelacées de l'écumeur et d'Estæbann.

Est-ce que je dois tout de même essayer ?

Non. Il suffirait de quelques secondes pour les tuer. Je le sens.

— Alors qu'est-ce qu'on fait ? Sova ! Qu'est-ce qu'on fait ?

— Ton petit ami n'est pas là pour te protéger, me menace Loasodhsan.

Ses traits sont déformés par la colère. La haine et la peur ont défiguré sa figure pourtant amicale et d'apparence fragile. Elle a beau avoir gardé sa taille gracile, l'étendue de son aura agressive a gravi des sommets. Je secoue la tête.

— Je ne peux pas, répété-je.

— SAUVE-LES !

Je me fige face à la pointe de son épée. La légendaire épée de Loasodhsan. Celle qui a traversé les siècles et les époques. La seule capable de tuer son propriétaire. Parce que l'essence de son cœur y demeure.

— Sauve-les ou tu mourras la première.

— Alors, tuez-moi, soufflé-je.

Je le vois dans ses yeux. Elle est déstabilisée. Je n'ai pas hésité.

— Tuez-moi. Je ne peux pas sauver l'homme que j'aime, pensez-vous que j'ai envie de continuer à vivre ?

Décontenancée, Arsen baisse son arme et je m'empresse de quitter mon gant pour attraper sa main au vol.

— Regardez par vous-même.

Mes doigts se pressent autour de sa paume.

— Vous voyez ? Vous le sentez ? Vous ne pouvez pas mourir, vous êtes certainement la seule personne capable de me résister puisque vous êtes issue des Dieux, mais pas eux. Pas Estæbann. Personne d'autre que vous, capitaine. Je suis maudite. Vous comprenez ?

Je m'étonne moi-même de l'absence de l'Attraction. Elle s'est éveillée au contact de la peau sur la mienne, mais elle frémit dans mes entrailles. Il n'y a pas d'âme dans ce corps. Pas de cœur à voler. Arracher la mort à ce qui l'est déjà ne La nourrit pas. Arsen se libère aisément de ma prise et rengaine son épée dans son fourreau.

— Soignez-les.

— Sova… gémit le jeune écumeur.

— Ne touche pas cette gamine sans tes gants, réplique *Loasodhsan*, dont le regard s'est changé en quelque chose de plus sombre.

La porte de la cabine se referme derrière sa silhouette, emportant son ombre et la lueur du clair de lune avec elle.

— Compresse les plaies avec du tissu, je vais cherchais de l'alcool et de quoi les recoudre.

— L-les recoudre ?

— Oui, il faut refermer les plaies après les avoir nettoyées. C'est soit ça, soit le feu pour les cautériser.

— Plutôt crever… grommelle une voix qui fait vaciller mon âme.

— Estæbann !

— Occupe-toi d'eux, marmonne l'écumeur alors que mon attention est déjà rivée sur Estæbann.

— Mon amour… murmuré-je.

— Je vais bien, je… c'est juste une éraflure. Il faut que tu aides Ne… Nehōo, il…

— Je m'en occupe. Laisse-moi te redresser avant.

Il ne rechigne pas. Mes bras encerclent son buste et je glisse du lit pour libérer l'espace. Mon oreiller contre les reins, Estæbann s'adosse au mur dans un grognement douloureux. Des gouttes de transpiration roulent sur ses tempes. Ses lèvres tremblent, surmontées de quelques perles brumeuses. La flamme a disparu de ses prunelles. Son regard se perd sur mon visage, puis sur celui de l'homme étalé, inerte, à ses côtés.

— Sau… ve-le, Riham. J-je t'en s-sup… plie. Il est la seu… eule autre p-personne pour qui je… serais capable de d-donner ma vie. Nehōo d-doit vivre.

Sa difficulté à formuler ses mots me déchire l'abdomen. Peut-être à l'image de l'entaille affreuse qui barre son ventre, juste au-dessus de son bras blessé.

— Ne te rendors surtout pas, Estæbann, ordonné-je, d'un aplomb que je ne m'imaginais pas détenir dans ces circonstances.

Je me lève, contourne le lit et retire ma chemise pour en faire une boule et l'appuyer sur le flanc de Nehōo. Aucun mouvement. Aucun grognement. Je pâlis.

— Raconte-moi ce qu'il s'est passé.

J'essaie de presser mes mains sur la blessure, mais l'ami d'Estæbann ne réagit toujours pas. Je dissimule mes craintes dans mon silence et balaie mes doutes. Mes doigts tremblent sur le bas du tissu qui recouvre ma poitrine. Je le déchire, pose la main de Nehōo sur la chemise et m'éloigne pour imbiber d'eau mon éponge improvisée. Je retourne à ma place tout en développant mon ouïe à la fois sur la respiration absente de l'écumeur et les paroles d'Estæbann. Ma peau blêmit à vue d'œil, je pourrais le jurer. Mais, grâce à Zuria, la pénombre empêche Estæbann de s'en rendre compte.

— Matheiüs était là.

Je manque d'en lâcher mon foulard sur les yeux clos de Nehōo. La main fébrile, je tente de reprendre contenance et de retrouver un semblant de contrôle.

— Il a tiré sur deux d'entre nous et je… je n'ai rien fait. Je voulais à tout prix revenir pour mettre Nehōo à l'abri.

— Tu as bien fait.

— Tu crois ?

— Évidemment, soufflé-je en plantant mon regard dans le sien.

Il frémit.

— Tu as fait ce que tu devais faire pour sauver ton ami, Estæbann. Sois en fier. Le reste ne compte pas. Même si pour cela, tu m'avais donnée à ton oncle. Tu as fait ce qu'il fallait.

— Pardon ?

— Qu'y a-t-il ?

— Tu as insinué que tu te vendrais pour mon ami ?

— Je ne l'ai pas insinué.

— Tu as dit qu… essaie-t-il de protester.

— Je l'ai affirmé.

Face à son silence éloquent, je poursuis :

— Tu es tout ce que j'ai et tout ce que j'aime. Sans toi, sans toi tout entier avec les personnes que tu aimes, je ne suis rien. Je me fiche d'être prise pour une traîtresse par notre famille, au moins, je sais que désormais je dois tout mettre en œuvre pour ne jamais retourner là-bas. Je vais rester avec toi.

— Riham…

— Je suis à toi, Estæbann.

De longues heures s'écoulent avant que le pronostic vital des deux jeunes hommes soit hors de cause. Nehõo dort, roulé en boule contre le jeune écumeur dont j'ignore toujours le nom. Après deux grosses frayeurs, qui ont failli coûter également la vie à mon assistant, l'écumeur est enfin revenu à lui, la peau plus colorée que l'instant d'avant. Estæbann, lui, a perdu connaissance au moment où je me suis appliquée à nettoyer son ventre. Il ne s'est réveillé que sous la piqûre de l'aiguille. Ses hurlements étaient insupportables, mais je les ai encaissés.

Je le lui devais bien.

Maintenant, il est recroquevillé contre moi, dans mes bras. Je suis adossée au mur. Lui a l'arrière du crâne appuyé contre mon épaule et son visage repose dans le creux de mon coude. Les paupières closes, vu de haut, il a l'air d'un enfant au repos. Un enfant qui viendrait de vivre l'une des plus terribles épreuves, mais un enfant tout de même. Et mon envie de le choyer prend le dessus sur l'Attraction. Pour la première fois depuis… *toujours ?* J'effleure son front du bout des doigts. Je me penche doucement pour déposer un baiser nu sur sa tempe, sans m'y attarder, et je confie à ses rêves des mots que je n'ai jusque-là uniquement soufflés aux miens :

— Je t'aime.

29
Dites Adieu, Odieux des mers

Estæbann, 22 ans

Lazia est morte.

Son visage, marbré du sang qui s'est écoulé depuis le trou béant au centre de son front, est si pâle que, sans même le toucher, mon corps se contracte sous ce froid mortuaire. Dans mes veines, de la glace a transformé le liquide pompé par mon cœur. Et mon cœur, lui, s'agite avec une telle faiblesse que je me demande comment il parvient encore à battre. La main de Riham a beau être posée sur mon torse, elle ne suffit pas à me réchauffer. Je suis gelé de la tête aux pieds, figé, pétrifié.

La mine de Sova, elle, est terrifiante. C'est comme si sa peau seule s'était greffée au voile de la mort alors que la vie coulait toujours dans son corps. Pourtant, son cœur ne réside plus dans l'abri de ses côtes depuis qu'elle a voué son existence au capitanat du Reidhrivein. Est-ce donc si étonnant que son visage se confonde avec celui de Lazia ? Les lèvres d'Arsen frémissent sous les murmures que seuls Dragor et Vaheem, qui l'encadrent fièrement, peuvent discerner.

Les unes après les autres, les mains se succèdent sur la paillasse formée par des bottes volées à un fermier sur la place en l'honneur de Lazia. Les brins ont été déposés sur un radeau et s'affaissent sous le poids lourd de notre amie. Sa longue tignasse blonde, coiffée et scindée en deux énormes tresses, repose sur ses épaules. Quelques cheveux courts s'échappent et s'agitent sous le vent marin, comme pour nous rappeler qu'il y a cinq jours encore, elle était en vie.

Nehōo a posé son front contre mes omoplates. Il ne peut pas regarder. Lui qui a pris la même décision que moi : abandonner nos camarades pour sauver notre peau, pour agir comme un écumeur du Reidhrivein, mais qui ne nous sauvera jamais de la rancœur du reste de l'équipage. À commencer par Leika et Markan, aux premières loges de ces deux exécutions sauvages.

— Lazia. Sranan.

La voix de Sova est ferme, dépourvue d'émotion. Lentement, les doigts de Riham se pressent sur mon torse et ceux de Nehōo se referment sur mes hanches, dans mon dos. Il se fait tout petit, mais il titube et attire l'attention sur nous. Le silence, propre aux enterrements des membres du navire de Loasodhsan, est respecté, mais les regards, eux, nous hurlent de fuir tant que la capitaine s'échine à ignorer ce qui se passe autour d'elle.

Mais Riham est là. Si elle craint pour nos vies, elle les tuera. Tous autant qu'ils sont, parce qu'ils ne valent rien pour elle.

Vaheem se détache de notre peloton et escalade la balustrade, son violon et son archet coincés entre les doigts. Dans des gestes mesurés, il entame la musique des adieux et le cortège d'écumeurs se met en place. Les bras tendus vers le ciel, ils soulèvent le radeau de Lazia, puis celui de Sranan dont les longs cheveux bruns coulent dans le vide.

Ils flottent sous la brise, un peu plus féroce depuis que le musicien opère. Les voix de l'équipage s'assemblent, et la mienne, plus discrète, toujours malhabile, les accompagne. Quelques regards compatissants me fixent, mais ils sont rares. Les autres pleurent sans se soucier de ce qui se passe autour d'eux, et les derniers m'assassinent. En particulier ceux de Leika et de Markan, qui, eux, ne m'ont pas lâché. Je ne serais pas surpris s'ils tentaient de m'approcher, là, au milieu de notre troupe, pour me tuer. Pour me contraindre à rejoindre les vies que j'ai abandonnées. Je les ignore et me concentre sur les paroles de nos au revoir.

Dites adieu aux Dieux des mers
Dites adieu, Odieux des mers
Dites adieu
Dites adieu

La folie dévastatrice du violon se tait. Nos âmes vibrent dans nos corps et entre nos côtes. Riham se presse un peu plus contre mon torse, mais ses yeux se sont relevés sur la silhouette qui domine les mers. Vaheem et son aura. Vaheem et sa force inébranlable. Il n'y a plus rien qui compte quand il est avec son violon. Et pour cause, peu importe ce qui se passe autour de lui, si le danger rôde, la mer se charge de le protéger. Lui ne s'est pas seulement fiancé aux Océans, c'est Eux qui l'ont élu. Il est leur avorton, leur trophée. Ce qui explique cette magie dans le creux des mains d'un jeune et simple humain.

Sous le grondement des vagues et la vocifération de l'air, Sova récite les paroles que Loasodhsan porte à chacun de ses compagnons tombés en mer, au combat, ou emportés par la Mort :

— Dites adieu aux odieux de ce monde, récite Sova, que les eaux ont bien voulu accueillir. Ô nos épouses, Ô nos mères ! Vous qui êtes si grandes, veuillez les envelopper pour l'éternité, ces femmes qui vous ont tant aimées.

L'éclat de la corde retentit. Vaheem explose le silence. Les vagues jaillissent. Le vent ferle les voiles, et le Reid chavire. Nous taguons, mais personne ne tombe. Personne ne bouge. Personne ne s'affole. Nous savons. Et nous continuons à chanter en chœur.

Qui sommes-nous pour prétendre aux Mers ?
Qui sommes-nous pour prétendre au titre de Dieux ?
Nous sommes les fiancés des Océans
Nous leur avons vendu nos âmes

Les écumeurs déposent les radeaux sur la balustrade, aux côtés de Vaheem, toujours figé sur ses appuis, les chevilles enlacées par l'écume. En quelques notes, l'eau vient noyer le visage des deux défuntes, et bientôt, ce sont leurs corps qui disparaissent entre les vagues. Et la musique s'affaiblit. Le violon s'adoucit pour accompagner le départ des mortes.

Je frémis au contact de la lame de Markan contre mon flanc, mais je n'ai pas le temps de souffler un mot à Riham que la pointe d'une épée étincelle. Elle flanque le menton de mon assaillant et, à son extrémité, se trouve la mine fermée de Loasodhsan.

— Ose le toucher, lui ou Nehōo, et je te découpe en rondelles, crache Sova.

30

L'héritage de Loasodhsan

Riham, 19 ans

« J'ai conquis les Sept Océans, à travers le temps, mes descendants conquerront le monde. »
Extrait des mémoires de Loasodhsan : Au temps de la Genèse. Chapitre MCCCIX[1] : Jusqu'à la Légende.

Captivée, je parcours en diagonale la fin de ces confidences exceptionnelles, pour arriver aux tout derniers mots. Aux ultimes lignes.

« Mon nom s'inscrira dans l'Histoire, jusqu'à faire trembler les âmes les plus noires. Je suis né de la Guerre, et je l'incarnerai pour l'éternité. »
Extrait des mémoires de Loasodhsan : Au temps de la Genèse. Chapitre MCCCX[2] : La promesse d'une Légende.

1 - 1309 en chiffres romains
2 - 1310 en chiffres romains

Là, juste sous mes doigts, sur des pages jaunies par les huit siècles passés depuis la Création, s'étend et se révèle l'écriture de Loasodhsan. C'est magnifique. Purement et simplement. À travers ces trois carnets de confessions, j'ai le sentiment de pouvoir vivre la Genèse. De la ressentir. Je peux entendre les hurlements des Dieux et des Déesses, le chaos de la nature en mouvement, la guerre des éléments. Entre mes mains, je tiens des reliques d'un passé qui unit huit royaumes, sept océans. Je perçois les cris étouffés par les vagues de *mon* Ancêtre.

> « La Déesse des Sept Mers, celle qui a surgi des profondeurs océanes. J'ai croisé son regard dans le tourbillon de ma noyade, et j'ai su. Oui, j'ai su qu'elle me promettait de toujours m'accueillir. Elle m'a porté sur la pointe de sa nageoire pour me hisser sur son dos et créer de ses entrailles mon bateau. Des voiles rouges, comme tes cheveux, m'a-t-elle susurré dans mon esprit. [...] Ces terres, celles de la Tortúga, seront mon exil si mon cœur putréfié par la Guerre a besoin de repos ou si mon bateau coule. »
>
> Extrait des mémoires de Loasodhsan : Au temps de la Genèse. Chapitre CCXXXVI[3] : Zuria, la Déesse des Sept Mers.

Comment ces livres ont-ils pu résister à travers le temps et les époques ?

Ils sont là, entre mes mains, généreusement indiqués par la capitaine Arsen deux jours après les adieux en l'honneur de Lazia et Sranan.

— Première porte de l'armoire, soulève la cale du fond et

3 - 236 en chiffres romains.

prends la boîte en argent. Code : DCLXVI[4]. Tu vois la clé ? Dernier tiroir du bureau. Lis ça et remets tout à sa place, m'a-t-elle ordonné de l'autre côté des battants de la cabine.

Je n'ai pas tout lu, seulement de grands axes, et déjà, la richesse de mes connaissances s'est étendue, déployée, accrue.

Tu es en train de l'admirer ?

J'avise les regards accusateurs de Patou et Tatou, installés en face de moi, sur quelques livres poussiéreux.

— Vous avez entendu, n'est-ce pas ? Je vous l'ai lu à haute voix ! m'enthousiasmé-je. Loasodhsan est… il n'est pas…

Mes épaules s'affaissent, mais mon sourire ébloui ne s'estompe pas.

— D'accord, c'était un monstre, mais il n'a pas eu le choix. Comme moi, il est né du chaos. On ne peut pas lui reprocher d'avoir été créé ainsi. Ou peut-être que si, mais pas moi. Je ne peux pas. Parce que je suis comme lui. Vous le savez très bien. Vous ne pâtissez pas de mon don, mais si vous aviez un cœur qui bat, il y a longtemps qu'il se serait consumé entre mes mains. Contre notre volonté à tous les trois, précisé-je. Je suis un monstre. Je suis née pour détruire. Comme Loasodhsan. Et si lui n'avait pas de pouvoir incontrôlable, la destruction est sa nature.

De la fumée s'échappe de la bouche de Patou.

— Non, je ne l'admire pas et je ne cautionne pas ses actes, encore moins ceux de ses descendants, mais j-je… peux le comprendre…

La mine chagrinée de Tatou me fend la poitrine. Je sens une fissure se former dans mon cœur et je devine la tristesse de mes paroles. Un désagréable frisson me traverse.

---

4 - 666 en chiffres romains.

Par la Déesse des Sept Mers… ai-je perdu la raison ? Non, je ne peux pas *comprendre* les actes de ses descendants et de leur équipage. C'est impossible. Impensable. Mais Loasodhsan, l'originel, le capitaine Saven Arsen, lui… oui, je peux. J'en ai le droit. J'ai le droit d'affirmer qu'il n'a pas choisi. Il est né comme ça. Il est né *pour* ça. Lui n'a jamais décimé la vertu et l'innocence d'un corps, il ne s'est jamais approprié le consentement de quiconque. Rien ne le prouve ou ne le sous-entend dans ses textes. J'aime à croire qu'il n'a jamais possédé en lui cette faim de domination et de possession. Que ce sont ses enfants, à travers les années, qui ont ravagé son nom. Lui, il tuait, il pillait, il frappait, mais il combattait ceux qui se mettaient en travers de sa route et tentait d'entraver sa liberté. Ce n'est pas normal, ce n'est pas louable, mais c'était tout ce qu'il connaissait comme réponse à l'affront.

Zuria, Ma Mère originelle, lui a fait confiance. Peut-être que moi aussi, je peux me fier à Loasodhsan. Je peux me lier d'amitié avec Arsen, comme la Tortúga avec le premier écumeur.

Saven Arsen.

Son visage a été dessiné par ses propres mains. La feuille tremble dans la mienne. Ou peut-être que ce sont mes doigts qui tremblent autour d'elle. J'ai ouvert ce dernier carnet, éperdue dans mon élan de curiosité, d'avidité de savoir. Je ne m'attendais pas à tomber sur son portrait. Le premier capitaine du Reidhrivein. Si j'avais un doute durant ma lecture, désormais, je le sais avec certitude : Saven Arsen était un homme. Grand, fort, majestueux.

Aucune couleur. Aucune nuance. Mais je sais que ses longs cheveux bouclés ont le même éclat que le soleil à l'horizon, lors de son crépuscule. Que sa barbe est un peu plus foncée, un peu plus brune. Certains reflets paraissent rouges, écarlates, comme si ses poils surgissaient de ses propres veines, alimentés et colorés par son propre sang. Ses pommettes sont hautes, son teint pâle, mais ses yeux immenses et sombres. J'aurais aimé les voir. Apercevoir ce que, sur *ce* visage, aurait donné la couleur des meiridons. Il décrit ses iris comme le plumage des oiseaux sacrés. Comme Estæbann. Même si ceux de *mon roi* tirent davantage sur le vert. Un vert clair, profond, aux mille éclats.

Mon cœur se laisse distraire par ma respiration saccadée et mon émotion. Il s'emballe, accélère. J'ai mal, mais cette douleur est porteuse de vie, de sacrifice, de bonheur. J'ai comme des fourmillements dans les mains. Des picotements. Et je sais ce que cela signifie. Pourtant, je n'ai pas le temps de me rendre compte de mes gestes. En quelques battements de cils, je suis déjà face au résultat de mon inspiration.

La pulpe de mon pouce est couverte de suie. Les cendres des chandeliers m'ont servi de charbon pour dessiner sur les feuilles d'un livre pioché au hasard sur une étagère. À travers des lignes manuscrites, les courbes d'un visage se rejoignent. Page après page, entre les lignes des textes évoquant le royaume de Lhorie et de ses coutumes, je dresse mon propre portrait de Saven Arsen. De l'homme que je l'imagine avoir été. Victime de sa nature, mais dont la force et le charisme étaient indéniables.

Quand je le contemple, je n'éprouve aucune peur, aucune pitié. Simplement de la reconnaissance. Je le connais enfin. Pour de vrai. C'est comme s'il m'avait raconté son histoire de sa propre voix. Comme s'il avait été là. Réel. Comme si, l'espace d'un instant, il avait existé à mes côtés. Comme s'il était revenu d'entre les entrailles de la mer, pour me raconter qui il est. Pour me prouver que je ne suis pas seule. Que je ne l'ai jamais été.

— Merci, murmuré-je, presque coupable sous les regards attentifs de mes peluches.

Un grand fracas éclate dans la cabine. D'un bond, je me retourne pour voir les portes trembler. Des poings les percutent. Mon cœur frémit entre mes côtes.

— Eh, Poupée ! m'apostrophe une voix grasse, masculine. On sait que t'es de nouveau là-dedans. C'est quand que tu viens nous faire des p'tits bisous à tous ? On attend impatiemment que tu viennes nous dire bonjour et nous réconforter !

— Ouais, sois polie, Poupée ! ricane un timbre féminin.

— On veut te saluer comme y se doit, roucoule un ton rendu chevrotant par l'âge.

— Bien comme y faut ! renchérit un plus jeune.

— On pourrait te montrer comment qu'on danse sur le pont de not' bateau !

Des rires gras s'infiltrent dans la cabine et rebondissent contre ses murs. Je frissonne et recule jusqu'au lit pour m'y rouler en boule, le dos écrasé contre le mur.

Par Ma Mère, par Sazira, par tous les Dieux et les Déesses, par Loasodhsan... qu'ont-ils fait de l'héritage de Saven Arsen ?

31
Le dernier vœu

Estæbann, 22 ans

Un soupir s'extirpe de mes lèvres. Il s'échappe de mes poumons, comme l'oxygène, volé par la puanteur de la cale. Mélange de sueur, de pourriture, d'humidité, de sel et de… choses non identifiées.

Un coude s'enfonce dans mon flanc. Le choc me meurtrit légèrement les côtes et mon visage se tord dans un mince rictus. Je ravale aussi sec ma grimace pour ne rien laisser paraître, mais ma main effleure mon buste et le souvenir acide de la torture s'infiltre dans mes veines pour glacer mon sang.

La douleur est ma seconde peau. Je l'encaisse et l'accepte avec une facilité étonnante. Mais parfois, sans raison apparente, le mirage m'enveloppe et dupe mon corps. Il trompe mes muscles jusqu'à les faire gémir, plier, céder. Et il n'y a que ma conscience pour résister. Pour étouffer mes cris, pour exploser mes larmes dans ma gorge ou pour panser les nouvelles plaies. Je réprime les visages inconnus, celui du prince, et je me concentre sur le manche de mon balai. Mes doigts se crispent sur mon torse, mais je les laisse glisser sur mes hanches, puis pendre dans le vide. Les yeux clos, une seconde. Je me remets à la tâche.

Je nettoie la cuisine sans prêter attention au chef des lieux. Nehōo m'accompagne, chargé de faire la vaisselle. Un haut-le-cœur menace ma gorge chaque fois que mon regard effleure ses mains plongées dans la crasse. Ici, dans cette pièce, le balai ne peut être que mon meilleur ami.

— V'là des crevettes ! Z'en dites quoi, les gars ? nous apostrophe le chef cuistot.

— Je ne peux pas toucher, signale Nehōo.

— Envoie, accepté-je.

Je rattrape l'une des crevettes au vol et fais fis de sa pauvre tête blafarde pour la fourrer dans ma bouche. *Par tous les Dieux.* Je ferme les yeux. *Quelle horreur.*

Cul sec, m'encouragé-je avec ironie.

J'avale dans une déglutition douloureuse. C'est fade. Vraiment. Mais le plus triste, c'est qu'il s'agit de l'une de ses meilleures recettes. Mon regard trouve celui de Nehōo de l'autre côté de la pièce. Dissimulé dans le dos de Zatlan, le cuistot, il se mord la lèvre inférieure pour étouffer un rire nerveux. La teinte bleutée de ses iris s'assombrit, partagée entre la peur et le soulagement.

« Merci », articule-t-il en silence. J'aimerais jurer de ne plus me dévouer pour être le cobaye, mais ça ne servirait à rien. La seule capable de contredire Zatlan, c'est Loasodhsan. C'est aussi la seule que Zatlan écoute. Mais nous, pauvres pantins aux palais fragiles, nous devons courber l'échine et nous contenter de… feindre. Dans le cas contraire, la lame de

Zatlan transpercera notre torse. Il n'y a que lorsqu'il est sous l'emprise de l'ébriété que le hasard nous accorde une chance de survie. Nehōo l'a découvert à ses dépens. En témoigne la cicatrice immonde qu'il cache sous un foulard, noué autour de son cou. Si je n'avais pas été là, il n'aurait pas survécu et son corps serait en train de gésir quelque part entre le bassin de Lhorie et la mer de Meiridonn.

— Validé, chef ! m'exclamé-je pour affirmer mon faux contentement.

— Ah ! T'as de bons goûts, p'tit ! se réjouit Zatlan. Je le savais.

Sa grande main bourrue s'abat sur l'épaule du mousse, qui manque de faire tomber une assiette. Il la rattrape de justesse, évitant ainsi la lourde peine que les poings du cuisinier lui auraient administrée. Le droit à l'erreur n'a pas sa place sur le Reidhrivein. Et le respect est imposé par les plus dangereux.

— Je peux goûter, chef ? intervient Leika, déboulant dans la pièce comme si elle lui appartenait.

Elle me bouscule à son tour, feignant de ne pas m'avoir vu, et saute sur l'assiette tendue par le cuistot.

— Trop bon !

Elle ment. Ou peut-être que son palais est ruiné après toutes ces années passées à mastiquer et régurgiter les mêmes plats infâmes de Zatlan.

— Tu penses que ta gamine aimera ?

Je mets quelques secondes à comprendre que Zatlan s'adresse à moi. Mes poings se crispent autour du manche graisseux de mon balai.

— Elle a aimé ton premier plat. Elle aimera celui-là aussi, affirmé-je.

Un rire cynique résonne contre les parois de mon crâne. Pauvre Riham. Elle, qui était habituée aux menus du cuisinier des Van de Saez, ou de ses apprentis, Zoeila et Oneloz, doit sentir sa bouche fondre sur sa langue tant la cuisine sur le *Reid* est infecte. Ce n'est pas une surprise de tous les voir s'amincir au fur et à mesure des mois.

— Une dame raffinée, commente Leika.

Assise sur le plan de travail, balançant ses jambes dans le vide, elle m'adresse un regard perçant, appuyé. Difficile d'ignorer son air moqueur. Déjà envolées, ses idées de me transpercer de sa dague. Depuis que Sova a pointé son épée sur Markan, étrangement, je suis plus tranquille qu'auparavant. Leika croque dans une pomme verte avec voracité, puis se tourne vers Nehōo pour lui caresser la mâchoire. Mon meilleur ami frémit et je contracte mes muscles, prêt à bondir sur l'écumeuse pour la réduire en pièces. Nehōo lâche un rire gêné avant de se dégager, faisant mine de river toute son attention sur la vaisselle.

— Une dame qui me plairait beaucoup alors ! claironne Zatlan, agitant ses sourcils d'excitation.

Mon estomac se retourne sur lui-même.

— C'est quand que tu la sors de sa cage ? Faut qu'elle vienne nous voir ! déclare-t-il, toujours avec ce rire horripilant.

Par Sazira...

Je tente de préserver mon calme en me concentrant sur les mouvements du balai.

— C'est trop dangereux pour qu'elle se balade à l'air libre.

Leika et Zatlan éclatent d'un rire tonitruant.

— Trop dangereux ?

— T'as peur qu'on lui fasse quoi à ta p'tite, gamin ?

— De sales choses, pour sûr ! affirme Leika.

— De sales choses ? répète Zatlan, hilare. Mais non ! C'est juste pour lui apprendre la vie sur le Reidhrivein ! Allez, sors-la de là qu'on fasse mumuse tous ensemble.

Il me lance un clin, qui fait exploser un truc dans mon ventre et me force à rester de marbre pour ne pas lui enfoncer le bout de mon balai dans le gosier, puis il se tourne pour retrouver ses fourneaux.

— Elle s'appelle comment ? m'interroge Nehōo.

Sa voix à lui n'a rien de perfide. Il est doux, calme, respectueux… J'aurais aimé trouver un moyen de l'aider. De le sortir de là. Mais comment faire sans violer les lois du navire ? Sans m'attirer les foudres de Loasodhsan ? Je n'ai pas pu intervenir quand j'ai appris qu'ils l'avaient arraché à sa famille. S'emparant de lui comme un dû. Sa vie contre celles de ses frères et de sa mère.

— Riham.

Nehōo murmure le prénom que je viens de prononcer et j'essaie de toutes mes forces d'ignorer les battements affolés de mon cœur. Dire son nom à voix haute, ici, sur ce bateau, parler d'elle à d'autres personnes, ça rend la situation beaucoup plus réelle. Beaucoup plus concrète.

Riham, Riham, Riham…

Elle est là. Enfermée dans ma cabine, mais libérée de sa tour. Libérée du manoir. Libérée de mes parents et de Matheiüs. Libérée de ses devoirs mortels. Je l'en ai libérée… pour mieux pouvoir me servir d'elle. *Elle a sauvé Nehōo.* Me servir de ses pouvoirs pour décimer ceux contre qui je me bats. *Elle l'a sauvé quand j'étais incapable d'intervenir.* Pour anéantir *sa* famille. *Est-ce que je dois toujours la tuer ?* Et pour tenir la promesse que j'ai faite à l'âme brisée que j'ai abandonnée dans la cellule de la prison. *Est-ce que je dois tenir ma promesse ?* Entre ma merde et mon sang. *Elle a sauvé Nehōo...*

Je la tuerai.

Je tuerai la dernière Daliakys et pousserai ce maudit peuple à sombrer dans l'oubli.

32

Belle à en crever

Estæbann, 22 ans

Un rire s'étouffe sur ma langue, contre la barrière de mes lèvres pincées. La poussière brille comme des étoiles d'argent sur les mèches claires et désordonnées de Vaheem. Écumeur de père en fils, il a débarqué sur le navire légendaire aux voiles rouges à l'âge de trois ans, après le massacre de son propre équipage. Vaheem est l'ancien héritier de l'Eimerald Rhache. Autrefois, ce bâtiment était le plus célèbre ennemi du Reidhrivein, et Vaheem n'était encore qu'un enfant quand, au bout de longues années de captivité, il a vu la tête de son père tomber à ses pieds. Coupée par la lame d'Arsen en personne. La cérémonie de cette exécution a été longue, importante. D'après les récits de la capitaine, qu'elle écrit, à l'instar de ses ancêtres, dans des carnets miteux, elle devait cet honneur à son vaillant ennemi. Si l'un d'eux méritait de connaître ce sort respectable, cette attente et cette indulgence, c'était l'un des descendants de la lignée Eimerald Rhache.

Vaheem a toujours respecté les lois du Reid. C'est un membre modèle de l'équipage et Loasodhsan l'apprécie sincèrement. Parce que son sang force le respect d'Arsen et parce que ses mains couvrent les voiles rouges d'or. En plus de faire naître les plus belles musiques, elles créent des œuvres d'art spectaculaires, que certains écumeurs échangent contre de grosses sommes d'argent ou de marchandises culinaires.

Aujourd'hui, Vaheem a l'âge de Riham.

— *Oye*, Estæbann !

Son intonation enjouée est un miracle au cœur de ce navire. Je ne sais pas comment il fait pour accepter ce train de vie. L'équipage de l'Eimerald Rhache avait des valeurs. Ce n'étaient pas des écumeurs sanguinaires. Ils ne voyageaient pas au-dessus des vagues en brandissant leurs armes pour terrasser le moindre signe de vie. Ils respectaient les autres et s'évertuaient à défendre les terres de la sauvagerie du Reidhrivein. Mais Vaheem a vécu la majorité de sa vie sous les couleurs de Loasodhsan. Sans doute n'a-t-il aucun souvenir de ses ancêtres, de leurs coutumes ni de leurs règles.

— *Oye*, Vaheem, le salué-je à mon tour. Quelle vague t'amène jusqu'à moi ?

— L'atelier, m'indique-t-il en haussant une épaule, comme si ma question était absolument ridicule.

— Tu viens pour peindre ?

— Dessiner.

— Quoi ?

— Qui, me corrige-t-il.

— Qui ?

— Ta dame.

Je réprime un sursaut, mais mon cœur, lui, succombe à la surprise.

— Quoi ?

— J'aimerais que tu me décrives ta dame et que je la dessine.

— Pourquoi ?

— Je sais que tu ne la feras pas sortir de la chambre, et c'est tant mieux comme ça, qu'on se le dise, mais tout le monde parle que d'elle ici. Y veulent la voir. Peut-être qu'avec un portrait, y seront contents et arrêteront de râler parce qu'y voient que sa cape ou une silhouette dans la pénombre de ta cabine.

Je jette un coup d'œil à la porte de notre atelier. Cette pièce, c'est celle où nos tableaux, nos sculptures et nos dessins reposent en attendant de servir de monnaie d'échange contre des richesses encore plus grandes. Personne n'y entre sans l'autorisation de Loasodhsan. Rares sont ceux à avoir la clé. Le premier assez abruti pour s'y aventurer en perd la tête, à défaut de n'avoir jamais eu de cerveau. Le dernier en date s'y est risqué à ma précédente escapade sous les voiles rouges. Les deux morceaux de son corps doivent désormais gésir en lambeaux dans les profondeurs marines ou dans l'estomac d'une bête.

— Alors ? insiste Vaheem.

— Elle est tout ce qu'il y a de plus banal. C'est une femme. Cheveux noirs, yeux noirs, peau brune. Voilà.

Le silence de Vaheem est éloquent. Il me gifle le visage comme la main réprobatrice d'un adulte sur le cul d'un gosse. Sale geste. *Mais pour un bon à rien de menteur…*

— C'est sûr qu'avec ça je peux dessiner n'importe qui, commente le jeune écumeur. Mais je veux être le plus précis possible. Donc donne des détails. Je suis sûr que tu peux mieux faire. T'es artiste aussi après tout, j'ai faux ?

Mes yeux effleurent le calepin entre mes mains. Elles tremblent. Je commence toujours par *son* sourire. Puis par le pendentif que je lui ai sculpté. Symbole de sa nature. Je la connais par cœur. À tel point que je me fiche de suivre un ordre précis, des lignes directives. Mais je me refuse presque toujours à dresser son croquis entier. Seulement des éléments. Sa bouche et la daliakys en obsidienne reviennent systématiquement.

Je ferme les paupières, me plongeant dans le noir. Puis la lumière s'infiltre à travers ma peau, faisant ployer les rayons orangés pour former *ses* traits, *sa* silhouette.

Je peux même moduler sa voix, l'entendre, la laisser traîner dans un coin de mon esprit…

Je me résigne.

— Elle a de longs cheveux bouclés, chuchoté-je. Épais, volumineux. Elle les a toujours détachés, ou presque, mais détachés, c'est comme ça qu'elle les préfère. Elle aime en sentir les pointes lui effleurer le creux des reins. Elle les sent à travers ses robes ou ses capes. Ils forment une cascade brune sur ses épaules. Une cascade aux nuances incroyables. Du noir le plus intense ou brun le plus éclatant. Ils sont doux sur la peau. Doux et fragiles, comme si chaque ondulation parfaitement formée détenait un secret dans leur coupe. Elle a un visage fin, mais des joues pleines, parsemées de taches de son. Un nez dont la courbe vient pointer le ciel. Ses yeux noirs avalent tout ton souffle dans leur néant et leur éclat à la fois. Ils sont si intenses qu'il est difficile de s'en détourner. C'est comme si, dès qu'on osait plonger notre regard dans le sien, elle nous le faisait payer en ne nous libérant pas. Et ses cils… ils sont longs et noirs, ornant son regard d'une élégance infernale. Mais sa bouche est… c'est la plus belle œuvre d'art que nous ne pourrons jamais reproduire. Ses lèvres forment un cœur étiré, toujours très légèrement écartées, comme figées dans une inspiration ou la répression d'un souffle. Peut-être le souffle de l'espoir ou celui de la liberté. Sa bouche… oui, cette bouche est extraordinaire.

Mes mots s'écoulent de mes pensées, se forment dans l'air, autre part que dans mes silences et mes secrets. Ils révèlent tous les détails qui me hantent. Je décris sa nuque, ses épaules, le masque d'indifférence qu'elle s'efforce de porter, mais la malice qui en brise toujours le bouclier. Puis l'une de mes propres phrases me ramène à la réalité…

— Elle est tellement belle que je pourrais crever juste en l'observant et sans cligner des yeux ou faire autre chose de ma vie.

Mes coudes claquent le bois de la chaise quand je frémis.

Pouah, c'était quoi, ça ? J'ai envie de vomir.

Vaheem rit. Je le fusille du regard sans poser de question. Je n'ai pas besoin de faire face à mon humiliation. Elle s'abat déjà sur moi avec toute sa détermination.

— J'ai fini, m'annonce-t-il alors.

— Déjà ?

Il ne répond pas, certainement par respect et parce qu'il a deviné ce que d'écouter ses suppositions me coûterait. Mais l'amusement au fond de ses prunelles me suffit pour comprendre. Ses yeux me disent clairement que j'ai parlé assez longtemps de l'apparence de Riham pour m'y perdre et parler plus qu'il ne l'aurait fallu.

Pour être tout à fait sincère, oui, je crois que c'est possible de mourir de honte.

— Regarde !

Il me tend son œuvre, m'invitant à la prendre et m'y pencher dessus. À peine mes yeux ont-ils effleuré le portrait que mon cœur se pétrifie. Instantanément, je m'entends de nouveau la lui décrire, avec ces mêmes mots, ces mêmes formulations, et je les ressens plus forts, plus puissants. Ça me terrasse l'âme et les boyaux. À travers ses coups de crayon, Vaheem a dessiné Riham. *Ma* Riham. Et c'est comme si elle était là, face à moi, entre mes mains, sous mes doigts.

— C'est ressemblant ? s'enquiert mon ami.

C'est même plus que ça. C'est comme si c'était elle, *vraiment elle*, figée sur du papier. Je ne sais pas combien de temps je reste là à la contempler, à rester muet et à ne penser à rien. Vaheem finit par me subtiliser son carnet en riant de ce rire révélateur, presque accusateur, et je l'entends s'éloigner. Je ne bouge pas. Je ne lève pas les yeux dans sa direction. Même quand le bruit d'une bousculade me parvient entre les murs, puis la voix de Markan. Je suis immobile, paralysé. Il n'y a que mes yeux pour tracer des lignes devenues imaginaires. On dirait qu'elles se sont gravées dans l'air pour qu'elles soient toujours avec moi.

Riham...

Ma beauté mortelle...

Oh oui, elle est sublime.

Mais elle est surtout mortelle.

33

La jalousie d'un cœur maudit

Riham, 19 ans

Mon regard est figé sur le plafond. Certainement depuis des heures. Je ne sais pas combien de temps s'est écoulé. Quelques bougies se sont éteintes, consumées jusqu'au bout de la cire. D'autres résistent, mais leur feu vacille. Leurs étincelles faiblissent et l'obscurité avale la danse de leurs ombres, teintant les murs de ce noir angoissant.

C'est comme si Estæbann m'avait abandonnée là. Des jours entiers peuvent avoir été entamés, puis achevés. Je ne ressens pas la faim, la soif ou la fatigue. Seulement l'ennui. Un ennui oppressant, pesant, accablant. Mes mains sont sales, et mes vêtements couverts de cendres. Je crois qu'un épais trait de poudre noire me barre la joue droite. Une espèce de silence et de confusion floue a envahi l'extérieur du navire. Les nuits sont calmes, et les jours sont plus bruyants. Comme si les adieux n'avaient été qu'un cauchemar que l'on redoute à la tombée du voile obscur.

Des coups retentissent contre les portes de la cabine. Je ne réagis pas. Étendue sur le dos, les bras écartés perpendiculairement à mon buste, les jambes molles, enfoncées dans le matelas. Je ne tends même pas l'oreille pour tenter de percevoir une voix au-delà du vacarme de la pluie et des cris. Le ciel gronde, quelque part au-dessus des voiles rouges, en dehors de cette cage. Peut-être n'est-il qu'un triste écho à mes sentiments.

Je sens mon cœur embourbé dans une mélasse nocive. Mes poumons, eux, se font une terrible joie de ne plus fonctionner. Pas correctement, du moins. Je suppose que je respire assez pour que la vie m'anime, mais là, baignée par la pénombre, abattue sur ce lit, je ne perçois plus d'air. Rien. Il n'y a rien pour soulager mon souffle, pour le constituer. Pas même Estæbann.

Les coups reprennent. Je ne bouge pas.

Si c'était Estæbann, je le saurais. Mon corps le saurait. Chaque parcelle de mon âme en serait convaincue, sentirait sa présence. Non, ce n'est pas lui. Et ça ne m'intéresse pas. Puisque cela ne peut être que l'un de ces stupides écumeurs. Ceux qui, après huit siècles d'existence, déshonorent la mémoire de Saven Arsen. J'aime à penser qu'il ne serait pas ravi de voir à quel point son nom a été sali, traîné dans la boue et la criminalité par ses propres semblables. Par ses descendants et par son équipage. Sa génération a beau avoir rendu son dernier souffle depuis longtemps, les nouvelles, jusqu'à celle d'aujourd'hui, me paraissent pitoyables.

— Riham ! hurle une voix féminine.

Je sursaute. La peur, dont je croyais m'être débarrassée, m'ensevelit. Un instant, j'ai la désagréable sensation d'être projetée dans la chambre de ma tour, au manoir, sur Sazuria, et que la femme derrière la porte n'est autre que Greitshenn. Cela ne dure que quelques secondes, mais c'est assez pour me torturer l'esprit et me mettre face à l'évidence : je n'ai pas envie de retourner là-bas, que je sois considérée comme une traîtresse ou non.

— Riham, t'es là-dedans, pas vrai ?

Ma bouche s'entrouvre de stupeur. Non, ce timbre m'est inconnu. Même si mon nom est prononcé, je ne connais pas la personne qui m'appelle.

— Riham ? insiste-t-elle.

Je me lève pour marcher sur la pointe des pieds jusqu'à l'entrée de la cabine.

— Si tu m'entends, je suis Leika, une écumeuse du Reidhrivein. Je voudrais bien discuter avec toi. Tu veux ? Pas besoin d'ouvrir. Juste qu'on s'écoute, ça t'va ?

Je fronce les sourcils. Quelque chose dans sa voix ne me plaît pas, mais je ne saurais pas définir quoi.

— Si t'es muette, tu peux toquer deux fois.

J'ouvre la bouche, prête à nier, mais renonce. À la place, mes phalanges rencontrent le bois humide. Deux fois. J'entends un rire de l'autre côté. Un rire étouffé, presque dissimulé.

— D'acc'. Alors, je vais parler et tu vas me répondre par coup. Ça t'va ? Un pour « non », deux pour « oui ».

Deux coups. Nouveau rire.

Je n'aime vraiment pas les sons que cette fille émet.

— Bien ! s'exclame-t-elle. Par quoi qu'on commence ? Ah oui. Alors, t'es la fiancée d'Estæbann ?

Je manque de m'étouffer. Est-ce comme ça qu'il m'a présentée ? J'en doute. Ce ne serait pas son genre.

Un coup.

— Ah, j'aurais parié que si. C'est toi ou c'est lui qui veut pas ? Toi, un. Lui, deux.

Mon poing se crispe contre ma poitrine, tout près de mon médaillon. La réponse exacte est que je n'en ai aucune idée. Nous sommes nés pour être ensemble, je le sais, j'en suis persuadée, au fond de moi je le sens, Estæbann est ma destinée. Mais cela dépend-il de notre volonté ? La mienne est acquise. La sienne… je l'ignore. Alors, je ne fais rien. Je ne bouge pas.

— Oh, j'vois. Donc t'es pas à lui et lui est pas à toi ?

Un coup.

Bien sûr que si. Nos âmes s'appartiennent.

— J'comprends rien. Z'êtes ensemble alors ? Genre en couple ?

Un coup.

— Tu m'as perdue.

Je discerne le son de son soupir. L'épaule appuyée contre la porte, je laisse ma tempe rejoindre le battant, sans un bruit.

— Mais bon, si z'êtes pas ensemble, je suis contente. Ça me laisse champ libre.

Une ou deux de mes vertèbres craquent. Mon corps s'est raidi. Tendu. Crispé.

— La dernière fois qu'y l'est monté sur le bateau, c'était moi dans cette cabine avec Estæbann.

Un choc me transperce le cœur.

— C'était rapide, juste un coup comme ça. Mais je compte bien recommencer. C'est pas des choses dont on devrait discuter, ça se fait pas trop, je crois, dans ton monde de gamine bien éduquée… tant pis. Je le dis quand même ! L'a un de ces engins, morbleu ! Et ce cul sous mes mains… rah ! Bien ferme. Hm… j'attends la première escale pour lui sauter dessus à cet enfoiré. Mais cette fois, c'est lui qui doit s'occuper de moi.

Je ne m'étais pas rendue compte que je m'étais écroulée sur le sol. Leika n'a pas l'air de l'avoir davantage remarqué que moi. Son flot de paroles ne s'interrompt pas.

Les yeux écarquillés, des images obscènes d'Estæbann, debout dans cette chambre, les jambes écartées et la main enfoncée dans les cheveux d'une femme aux traits flous, inconnus, surgissent et me harcèlent. L'écumeuse me décrit le mouvement de sa langue autour du sexe de *mon* Estæbann et la douleur s'invite dans mon cœur. Elle s'y loge pour mieux se répandre dans mes veines. Je la sens pulser avec mon sang, dans mes poignets, dans ma gorge et dans mon crâne. J'ai mal à la tête. Mon visage brûle et mes joues s'enflamment sous des larmes de rage.

Je ne m'étais jamais questionné sur la possibilité qu'Estæbann puisse avoir quelqu'un d'autre que moi dans sa vie. Qu'il puisse tomber amoureux d'une fille. Qu'il puisse aimer le corps d'une autre. Et qu'il puisse se dénuder devant elle. Mais au fond… pourquoi cela me surprend ? Jamais il ne pourra me toucher, jamais il ne pourra m'embrasser. Jamais je ne connaîtrai le goût de sa peau et de ses baisers. Alors, peut-être… peut-être qu'il a bien fait. Peut-être que lui aura au moins pu savoir ce que ça fait de toucher un corps, de l'aimer et d'en jouir.

J'essaie de comprendre. J'essaie d'accepter.

Pourquoi je ne peux pas ?

C'est *mon* roi. *Mon* Estæbann. *Mon* homme. Je n'ai pas besoin d'être en couple avec lui pour le savoir.

Je frémis. Ai-je l'air d'une folle ? J'imagine que oui. Mais personne ne peut comprendre. Pas même Estæbann. Je ne suis pas comme lui. Je ne suis comme personne dans ce monde, et mon cœur, mon âme, fonctionnent différemment. *Dès le premier regard,* me rappelé-je. Dès le premier regard, j'ai su. Je l'ai toujours su. C'est quelque part inscrit en moi, en nous. Les Daliakys s'unissent à une âme pour l'éternité, à la première seconde.

— Enfin… v'là, c'était bien. Je suis rassurée que tu l'intéresses pas pour ça. J'ai pas à me battre.

Un rire jaune siffle entre mes dents serrées et passe la barrière de mes lèvres. Je sens mon souffle rebondir contre la porte, il résonne, vibre dans l'air confiné de la cabine. Mon front est posé sur le battant et je ne peux pas m'arrêter. Je ne peux pas me calmer.

— Quoi qu'est drôle ?

Une pointe d'amusement et de joie s'installe dans mon ventre en notant la touche de surprise et d'offense dans son timbre.

— Estæbann est né pour être mon roi, et je suis déjà sa reine, déclaré-je.

Je ne reconnais pas ma voix. Cette voix d'outre-tombe. Mais mon sang brûle dans mes veines, enflammant mon cœur, et ma main se crispe quelques centimètres au-dessus de la poignée. Je sens cette présence oppressante, dérangeante, de l'autre côté de la porte. Et je veux l'exterminer. L'occire. La réduire en pièces. Toute mon âme le veut. *La Chose, l'Attraction*, est en ébullition.

— Sauf que s'il me touche, il meurt. Alors, estime-toi heureuse d'avoir été ne serait-ce qu'effleurée par cet homme, mais ne te crois pas privilégiée. Chaque fois que tu poseras la main sur lui, il imaginera un autre visage que le tien. Et ce visage, il est de l'autre côté de la porte.

Je prends peut-être mes désirs pour des réalités, mais même sans la voir, même sans la défier de mes propres yeux, ça explose en moi. Cette envie de l'écraser. De lui faire comprendre qu'elle n'a peut-être rien d'exceptionnel. Qu'un homme comme Estæbann ne s'atteint pas sans incarner l'excellence ou la divinité.

— C'est qu'elle mord la gamine ! ricane Leika après un long silence. Je sais pas t'es qui ou ce que t'es, mais t'as l'air d'un phénomène. Quand tu sortiras de là, je veux bien qu'on discute en face, ça te dit ?

Un coup contre la porte. Ma voix ravalée, mon silence imposé. Puis son éclat de rire me terrasse.

— Je sens que je vais t'adorer toi ! Dommage que tu sois que de passage. Suis sûre qu'on aurait pu être amies.

Il y a un peu trop de malice dans son intonation pour que je la croie.

— Eh, Markan ! Viens là ! Je discute avec la gamine qu'Estæbann a rapportée. Elle s'appelle Riham. Riham, me hèle Leika, faut que je te présente, Markan. C'est le plus *gentil* d'entre nous. Une vraie crème. J'ai pas raison, Markan ? Il a un p'tit cadeau pour toi, beauté. Waouh ! Tu ressembles vraiment à ça ?

Je n'ai pas le temps d'assimiler ses paroles qu'une feuille glisse sous la porte. Mon regard rencontre celui de mon reflet dessiné. La stupeur me fige. Incrédule, j'observe les traits si finement et précisément posés au crayon. Mes taches de son, les boucles étroites, mais épaisses, de ma chevelure.

— Comment… ? demandé-je dans un murmure.

Je ne crois pas qu'il m'entende, mais le présumé Markan m'apporte les réponses à mon trouble :

— Estæbann est si secret sur toi que les autres membres de l'équipage m'ont demandé de te dessiner. Estæbann a accepté de te décrire à moi, et v'là le résultat. Il a rien dit, mais je crois que j'ai bien réussi mon taf justement. Non ?

Je ne réponds pas.

— C'est possible de te voir en vrai un de ces jours ? D'un peu plus près ? J'aimerais pouvoir te comparer à mon dessin.

Mon « non » résonne contre la porte.

— Si je m'attache à la balustrade tu serais prête à entrouvrir la porte ?

Non.

— Faut faire quoi pour voir le bout de ton nez, p'tite ?

— Partez, soufflé-je.

— T'as dit quoi ?

J'ai un mouvement de recul. Il s'est avancé… et le son de ses pas était proche. *Trop* proche. C'est comme si sa respiration avait traversé la porte, comme si son corps s'était matérialisé dans le bois… et qu'il était là, contre moi. Cette impression est suffocante, désarmante, terrifiante. Je titube, écorchant mes talons sur les planches abîmées du sol de la cabine. Mon regard effleure la serrure verrouillée. Je jurerais voir la clé bouger. Un cliquetis retentit, faible, discret, mais je l'entends. Je ne suis pas folle.

— Partez, répété-je, plus fort.

Ma voix vibre de cette inflexion sombre, découverte quelques secondes plus tôt, avec Leika.

— Fais pas ta mijorée, ma beauté. Je veux juste me féliciter de mon travail en voyant ton p'tit minois. Tu peux comprendre qu'un mec comme moi insiste pour voir un visage aussi séduisant que le tien, pas vrai ?

Je frémis. Mon regard incendie la clé. Le premier tour vient de s'enclencher. La poignée tente de s'abaisser, mais cela ne suffit pas pour ouvrir l'accès.

Je vais le tuer.

Je vais le massacrer.

Tuer, tuer, tuer.

Je serre les poings, sur le point de hurler.

Ouvre, mon petit. Viens, approche-toi, ose, je t'attends.

— Si j'entre, tu peux aussi me remercier comme y se doit, pas vrai ?

— En effet, chuchoté-je.

Un sourire craquelle la dureté colérique de mes joues.

— Essaie, le défié-je un peu plus fort.

Son ricanement me percute le cœur. Mon corps me hurle de se replier sur lui-même, de se protéger. Mais mon âme se déchire de haine. Je la sens en moi, s'acharner, cogner mes os, bousculer mes muscles, fracasser mon crâne. Mes ongles peints de noir s'enfoncent dans mes paumes couvertes de cendres.

Tuer, tuer, tuer.

Ma peau se déchire, mon sang perle et glisse le long de mes doigts.

— Entre, craché-je durement.

La porte s'ouvre.

34

Adieu, petite poupée

Estæbann, 22 ans

« Qui es-tu, bordel ? »

Cette question me hante chaque fois que mes yeux effleurent le pendentif de la fleur noire traversée par la lame de mon épée. Il repose contre mon torse, sous le tissu de ma chemise, et il me brûle les doigts dès que je l'en sors pour m'y confronter.

Si tu savais, Cassiānn…

Je ne suis pas seulement la personnification de son cauchemar, je *suis* son cauchemar. C'est moi qui lui arracherai toutes ses raisons de vivre, toutes ses raisons de se battre. Jusqu'à la dernière poussière de son corps. Jusqu'à la dernière miette de son cœur. Je lui ferai payer toutes ces années de prison en m'en prenant à *elle*. Parce que c'est *elle* qui compte le plus pour lui désormais.

De rage, je serre les poings. La corde de mon collier craque sans rompre, mais la feuille recouverte par le croquis de Riham se froisse contre ma paume, ployant entre les plis de ma peau.

Ma petite fleur…

Ma beauté mortelle…

J'anéantirai son cœur. Je me libérerai d'elle.

« Qui es-tu, bordel ? » me répète le prince héritier.

— L'assassin de toute ta famille, craché-je entre mes dents.

La boule de papier vole à travers la pièce et disparaît derrière une pile vertigineuse de cartons sanglés au mur.

J'accomplirai tout ce pour quoi je suis né, tout ce pour quoi on m'a élevé. Je me battrai contre le gouvernement actuel. Contre la Couronne. Mais je ne le ferai pas pour mon oncle. Pas pour mes parents ni pour Sazira et ses fidèles. Je tuerai Cassiānn et les siens pour assouvir ma vengeance. Puis j'irai enfoncer la sentence de mon oncle droit dans sa gorge, jusqu'à ce que le pommeau de mon épée ressorte de l'autre côté.

Et Riham…

Riham sera la dernière. Elle verra mon vrai visage, se méfiera, mais restera à mes côtés, parce que c'est comme ça qu'elle fonctionne, parce qu'elle est incapable d'écouter son instinct quand il s'agit de moi. Et ça causera sa perte. Jusqu'au dernier instant, je lui ferai croire qu'elle pourra s'en sortir. Jusqu'au dernier instant, je lui ferai croire que tout peut redevenir comme avant. Mais elle comprendra. Lorsque mes lèvres se poseront sur les siennes et qu'elle sentira son cœur s'ouvrir en deux sous le passage de mon poignard.

— Je peux entrer ?

Peut-être que je peux lui pardonn…

Je me redresse, lâche mon médaillon et tape mon poing sur mon genou.

— Certainement pas ! m'exclamé-je.

— Quelque chose te tracasse à ce point ?

Un hoquet de stupeur me prend par surprise. Je le ravale juste à temps et me tourne en direction de la porte. Leika y est appuyée. Un sourcil arqué, un sourire en biais, les bras croisés sur sa poitrine, elle me défie d'un regard à la fois calculateur et accusateur.

— Qu'est-ce que tu fais là, Leika ?

— Vaheem m'a dit que je te trouverais ici. Pas changé. Toujours à l'atelier.

— Il le faut bien. Comment vous vivrez si vous n'avez rien à échanger ?

— Tu sais très bien comment.

Je soupire…

Dlhavia, Dlhavia, Dlhavia !

… et chasse des images sordides qui jaillissent dans mon esprit.

— Quand Markan est dans les parages, t'es jamais très loin…

— Nan, c'est vrai, affirme-t-elle, mais Markan te colle trop au cul. À croire qu'il t'aime pas mal.

— Qu'est-ce que tu veux ? craché-je, peu disposé à parler de ce sac à merde.

— Toi.

— Leika… on a déjà eu cette conversation il y a quelques jours.

— Mais y a pas eu de pratique. Laisse-moi au moins te rappeler comment que c'était.

Elle s'avance, fermant la porte derrière elle. Je reste assis, les mains crispées sur le bout des accoudoirs. En quelques pas rapides, elle est devant moi.

— Arrête tout de suite ton cirque, Leika, l'avertis-je.

— Pourquoi ? J'suis sûre que t'as besoin de décompresser un peu. Ça doit pas être facile d'aimer quelqu'un qu'on peut pas toucher.

Déconcerté, je n'ai aucune réaction lorsqu'elle se met à genoux entre mes jambes et qu'elle pose ses doigts sur le haut de mes cuisses.

— Je peux te faire jouir comme la dernière fois. Ferme les yeux et pense à elle. Ça me dérange pas.

Je la fixe sans comprendre alors que ses ongles glissent sur mon pantalon, au-dessus de mon sexe, jusqu'au nœud de mon élastique.

— Tu peux m'appeler par son prénom, si tu veux, moi, je veux bien. On a tout plein de jeux dans l'équipage. Avec toi, je peux être qui tu veux. Et ça peut être notre petit secret. T'en dis quoi ?

Mon regard se perd dans le sien et quelque chose me frappe.

— Je peux pas résister à ton corps quand t'es sur le *Reid.* Je t'ai déjà dit que de tous, t'es le plus insaisissable ? Je me sens chanceuse de t'avoir eu une fois, mais je veux pouvoir recommencer chaque fois que tu viens.

Ma main s'enroule autour de son poignet. Dans un geste presque tendre, réfléchi, je me penche vers son visage et pose sa paume sur mon entrejambe.

— Tu vois comme tu m'excites, Leika ?

Ses doigts se referment sur mon sang calme, froid. Rien. Il n'y a absolument rien.

— Même les yeux fermés, tu ne la vaux pas. Mais crois-moi, Leika, c'est pas toi, le problème. C'est *elle*. Elle a volé tout ce que je pouvais ressentir pour posséder mes émotions, pour *me* posséder. Maintenant que je sais ce que ça fait, je peux te certifier que tu ne suffiras pas. Personne d'autre qu'elle ne suffira pour me *combler*. Et j'ai accepté de ne jamais l'être.

Je soulève son menton entre mon pouce et mon index pour la forcer à soutenir mon regard.

— Retourne à tes occupations avec les autres mecs de ce navire et oublie-moi.

Plusieurs orages se bousculent dans les pupilles de l'écumeuse. Une rage folle s'empare d'elle, de son expression. Elle sombre dans une démence colérique qui me ferait presque trembler si je n'étais pas déjà habitué et lassé par les faibles egos de son équipage au complet. Je m'attends à une réplique cinglante, à une menace ou à une gifle agrémentée d'une lame, mais c'est un rire qui perce le silence. Brutalement. Désagréablement. Un rire d'abord infime, puis un vacarme éclate au-dessus de nous et le rire devient macabre. Tonitruant.

Je la repousse violemment, désorienté. Leika titube, tombe, s'effondre contre l'un des chevalets de Vaheem sans cesser de rire. Debout, paniqué, je lève les yeux vers le plafond là où des cris résonnent, s'accentuent, se déchaînent. Et l'hilarité de Leika transperce mon cœur de milliers d'aiguilles empoisonnées.

Le piège.

La trahison.

Le mensonge.

Ça résonne et m'explose à la tronche. Je suis sur un navire peuplé par les écumeurs de mers les plus malveillants, les plus criminels et les plus terrifiants de tous les temps. À quoi je m'attendais ? Qu'est-ce que j'attendais ?

— Adieu, p'tite poupée, peste Leika dans un ricanement sinistre.

35
La Volonté de l'Attraction

Riham, 19 ans

Le verrou claque, la poignée bascule vers le bas et la lumière pénètre la cabine. Mes lèvres s'entrouvrent, prêtes à hurler. Mais avant que je puisse assimiler les traits de l'homme qui apparaît face à moi, l'obscurité me submerge. Elle s'abat sur moi, m'ensevelit, me désarçonne. Je vacille, déconcertée. Ma hanche bute contre la chaise de bureau et je sursaute, étouffant un petit cri de frayeur. À la lueur restante des bougies, je ne repère aucune ombre inconnue. Aucun intrus. Mon cœur bat à tout rompre, à commencer par mes côtes. Mais je ne me laisse pas le temps de réfléchir. Je cours vers l'entrée de la cabine, la verrouille, puis bloque la poignée avec le dos de la chaise. Ses pieds raclent le sol dans un bruit grinçant. Mon souffle éreinté m'assourdit. Je le sens bourdonner contre mes tympans à l'instar d'un misérable insecte envahissant. Les mains posées à plat sur le bois des battants, j'essaie de bloquer mon inspiration et de tendre l'oreille. Un raffut s'élève de l'autre côté, pour mourir aussi vite.

— Y a des règles, Markan ! beugle une voix inconnue. Respecte-les.

Un claquement précipité de semelles dévale un escalier et son écho se répercute dans ma poitrine jusqu'à ce que le silence s'impose.

— Mademoiselle ? se manifeste de nouveau le timbre rocailleux, particulier, de ce que je pense deviner être un jeune homme. Mademoiselle, z'allez bien ?

— Qui êtes-vous ?

— Je suis Vaheem, mademoiselle. Suis l'écumeur des mers qui était avec vous pour soigner Nehōo et Estæbann, et j'ai presque deux fois dix ans.

Quelque chose dans ses paroles me donne l'impression que l'enfance ne l'a pas encore quitté. Pourtant, il semble avoir mon âge. *Deux fois dix ans.* Bientôt vingt ans.

— Et vous ? Votre prénom ?

— Riham.

— Âge ?

— Presque deux fois dix ans.

Un rire doux me glace les veines de sincérité.

— Pareil que moi, alors ! Est-ce que Markan vous a touchée, mademoiselle Riham ?

— Il n'en a pas eu le temps, soufflé-je.

— Ouf, suis arrivé au bon moment, marmonne-t-il pour lui-même. Cet enfoiré m'a volé mon dessin pour venir se pavaner devant vous. Mais c'est un zébra véreux. Putain de serpent.

Je l'entends cracher.

— Je lui aurais brisé les doigts s'il avait mis la main sur vous. M'sieur Estæbann a dit de pas vous approcher. Si vous me le permettez, je vais m'asseoir devant votre porte pour surveiller votre cabine et votre sécurité. Promis, je vais pas essayer de rentrer. Mais je veux bien récupérer mon dessin de vous. Suis content du résultat. À la tête qu'a tirée m'sieur Estæbann, je crois que j'ai réussi mon coup.

— Vous vous êtes donné le mot pour essayer de me faire perdre la tête ?

Ma question s'est débarrassée de toute inflexion accusatrice et emplie d'animosité. J'ai le sentiment que l'équipage entier se joue de moi.

— Non, bien sûr que non. Peut-être que les autres oui, mais pas moi. M'sieur Estæbann est mon ami, et je veux pas m'attirer ses foudres. Il est pas si gentil et innocent que les autres le croient.

Il ricane, et un mince sourire fait trembler mes lèvres. Je secoue la tête, manquant de cogner ma tempe à la porte.

— Je veux pas que vous ouvriez la porte, mademoiselle Riham. Je veux juste discuter. Est-ce que vous acceptez ?

— J'ai bloqué la porte, murmuré-je.

— Bien joué ! Et moi, je la bloque de l'autre côté. Ça t'va ?

Son tutoiement soudain me déconcerte, mais je choisis de l'imiter et d'entrer dans son éventuel jeu sournois.

— C'est vraiment toi qui as dessiné mon portrait ?

— Oui, mais c'est ton m'sieur qu'a tout décrit.

— Mon… bredouillé-je avant de me racler la gorge. C'est très ressemblant.

Je m'agenouille contre la porte, sans toucher à la chaise, et fais glisser le portrait sous la rainure. De l'autre côté, l'écumeur met quelques secondes à apercevoir la feuille, puis son exclamation ravie fait sursauter mon cœur. Dans ses remerciements, dans son enthousiasme et dans ses rires, tout m'inspire l'enfance, l'innocence. J'essaie de ne pas me laisser duper, mais cela me paraît si vrai, si sincère…

Certains écumeurs n'ont pas perdu les valeurs humaines de Saven Arsen. Peut-être que Vaheem est l'un d'eux. Peut-être que je peux me fier à lui. Je n'ai pas à ouvrir la porte, seulement à l'écouter, à lui parler, à travers une cloison. Je ne suis pas en danger pour ça.

Le déchirement des feuilles résonne dans mon dos, puis des rectangles blancs apparaissent sur les planches.

— Mes autres portraits, pour que tu voies que je mens pas. Tous signés de mon nom. Tu reconnais mon coup de crayon, j'ai faux ?

Mes yeux s'écarquillent devant la beauté et le réalisme de ses dessins. Pour avoir aperçu certains membres de l'équipage à mon arrivée sur le pont, je peux attester de son talent. De la finesse de sa technique et de son œil avisé pour les détails. Ce ne sont pas de simples portraits. Les perspectives des visages sont intenses, particulièrement tracées, ébauchées, retouchées. Jusqu'à donner l'impression qu'ils pourraient sortir du papier et se mettre à bouger. À vivre.

— C'est splendide !

— N'est-il pas ? se vante-t-il.

Je soupçonne une note d'ironie dans sa voix et mon sourire s'accentue, dévorant des centimètres sur mes joues.

— Toi, tu fais de l'art ? s'intéresse-t-il.

— Je dessine aussi, confirmé-je. Un peu. Avec des cendres et du charbon principalement. Mais je sais peindre et utiliser des crayons.

— Je peux voir ?

— Je n'ai rien avec moi.

— Je te crois pas. Si t'es une vraie artiste, alors t'as dû trouver de quoi faire. Je me trompe ?

Un petit rire m'échappe. Je plaque ma paume contre ma

bouche et ferme les yeux.

— Sur les pages des histoires du monde ? devine-t-il. Loasodhsan va te tuer si elle voit ça.

— Tant pis, ça en valait la peine.

— T'as dessiné qui ?

— Saven Arsen, avoué-je.

— Ah, alors, t'as peut-être une chance de t'en sortir ! Y a que pour la légende en personne que sa descendante est clémente.

Je pose l'arrière de mon crâne contre le bois et préserve mon sourire dans le secret de la cabine.

— Tu sais, on n'est pas tous comme Markan sur ce bateau. Parfois, on peut paraître flippant et dangereux, mais c'est juste parce qu'on est sales et un peu abrutis.

— Et Leika, elle est comment ?

— Leika ? Hm… un entre-deux, je dirais. C'est une fille bien, mais elle a été éduquée sans comprendre le refus. Alors, elle est entêtée et elle lâchera pas le morceau qu'elle convoite si elle l'a pas. Quand elle t'apprécie, tu peux être un roi à ses yeux, mais quand elle t'a dans son collimateur… compliqué.

— Alors, je crois qu'elle m'a dans son collimateur.

— Pourquoi tu dis ça ? Elle te connaît pas.

— Elle m'a dit que Markan était le plus gentil d'entre vous.

Vaheem garde le silence.

— Mais elle a l'air aussi de me prendre pour un obstacle entre elle et Estæbann.

— Elle et Estæbann ? répète-t-il, incrédule. Pourquoi ?

— Il s'est passé quelque chose entre eux.

— Entre eux ?! s'insurge-t-il. M'sieur Estæbann a été infidèle ? J'aurais parié mes mains qu'il voyait que par toi, mademoiselle. T'aurais vu son regard devant ton portrait, il… ses yeux brillaient.

Mon rire est triste.

— Tu te trompais sûrement.

— Pff… quand je descendrai, je lui foutrai un coup de balai sur le crâne. Sombre idiot.

Je l'entends glisser contre les battants et j'imagine sa silhouette s'asseoir à même le sol, juste derrière moi. *Contre* moi. Étrangement, cette présence est réconfortante. Elle est rassurante et ne dégage aucune menace. Je me sens protégée, et ma solitude est chassée par sa voix. Vaheem change de sujet pour me parler des traditions les plus drôles sur le *Reidhrivein*. Des jeux idiots, des paris ou des défis parfois mortels, mais il me confirme que le temps d'un instant, quand ils s'autorisent le divertissement, tout l'équipage peut n'être qu'un groupe d'amis, parmi lequel chacun se trouve et se fond. Il me raconte l'histoire de l'esclavage, des naufrages, qui ont donné naissance aux pirates. D'autres hommes et femmes qui parcourent les mers pour survivre et échapper aux huit royaumes de la Genèse. Ils se différencient des écumeurs. Je ne suis pas certaine de saisir la nuance, mais les écumeurs naissent sur l'eau, les bateaux. Ils n'ont aucune foi, aucune nationalité, aucune attache hormis leur navire. Ceux qui deviennent des écumeurs renoncent à tout ce qui fait d'eux des êtres humains civilisés. Ils n'ont plus de noms, plus d'identités, pour les rattacher à leur vie d'avant.

— Mon père vient d'une famille de pirates. Je crois que c'est mon arrière-arrière-grand-père qu'était un esclave en Lhorie. Il était enfermé dans les cales d'un navire royal, mais y a eu une mutinerie, puis un naufrage. Avec les restes du bateau, ils ont construit le leur. Le Sambre Reitribucion. Mon arrière-arrière-grand-père et plusieurs de ses camarades ont pris le large sans jamais retourner sur les terres. Ils avaient la marque des esclaves de Lhorie. Partout où ils auraient posé le pied, les royaumes les auraient dénoncés. Alors, ils ont dû faire des manigances et se battre pour vivre. Jusqu'à c'que l'Eimerald Rhache leur tombe dessus.

— L'Eimerald Rhache ? m'étonné-je. L'ennemi numéro un du Reidhrivein ?

— Oui ! Comment tu sais ça ?

— Être enfermée…

... pratiquement toute sa vie.

— M'a permis de beaucoup étudier.

— Génial ! Pas que tu sois enfermée, se corrige-t-il. Mais que tu te sois intéressée à nous.

Je sens sans les voir les regards réprobateurs de mes peluches depuis le bureau.

— C'est mon arrière-arrière-grand-mère qui était la capitaine à cette époque. Après avoir attaqué le Sambre, elle est tombée amoureuse de mon arrière-arrière-grand-père, et v'là comment ma famille a vu le jour. Dingue, j'ai faux ?

— Dingue, affirmé-je, sourire aux lèvres.

— Et puis, bon, nous v'là réunis… l'Eimerald et le Reid. Pas plus mal.

— Tu ne regrettes pas ta place sur l'Eimerald Rhache ?

— Nope. Je connais mieux le Reid que l'Eimerald. Loasodhsan est ma famille.

Loasodhsan... Se peut-il qu'une part de son ancêtre sommeille en elle ?

— Est-ce que tu veux que je te montre l'une de mes peintures préférées de moi ? me propose soudain Vaheem.

— Oui, ce serait avec plaisir.

— Je la déroule et je te la glisse sous la porte, me prévient-il.

Quand les couleurs commencent à apparaître à côté de moi, mon cœur s'effondre sur mon estomac. L'une de ses peintures préférées n'est autre qu'une représentation d'Estæbann, debout à la proue du navire, les mains fermement agrippées aux barres du gouvernail. Il ne sourit pas, mais je sais qu'il est heureux. Les épaules dégagées, la nuque tendue, le menton dressé vers l'horizon, ses yeux de meiridon témoignent d'une vie et d'une passion enfin trouvées. Jamais je ne l'ai vu arborer cet air. Il est fier, rayonnant. Entièrement vêtu de noir, *ma* couleur. Un pendentif se dévoile entre les deux morceaux de col largement écartés. Le détail de la fleur et de l'épée ne se discerne pas, mais je sais qu'il est là. Que ce pendentif a toujours été là durant mon absence. Qu'il ne m'a jamais oubliée. Une bouffée d'espoir me gonfle le ventre et propulse mon cœur pour le remettre à sa place. Mes côtes souffrent de ses coups. Le réveil de l'aube tout autour du bateau est saisissant. Le réalisme de cette peinture est exceptionnel. Il renforce l'image de cet Estæbann plein de fougue, transcendé par la liberté.

— Mon roi, chuchoté-je pour moi-même.

C'est lui. Personne d'autre.

Je sursaute au claquement de la chaise sur le sol, mais il est trop tard lorsque je prends conscience de mes gestes. Le verrou est débloqué, la porte est ouverte. Mon regard plonge dans deux billes brunes ébahies.

— Je la veux pour moi, déclaré-je au garçon toujours assis sur le sol. Rien que pour moi.

36
Les larmes de la Mort

Riham, 19 ans

De la poussière brille sous les rayons, pourtant faibles, du jour, ternissant légèrement les éclats blonds de la chevelure de Vaheem. Du châtain clair à l'or le plus étincelant, ses mèches semblent avoir emprisonné le plus beau des soleils sur sa tête. Le teint rosé de sa carnation se couvre de rouge au niveau de ses pommettes, et ses lèvres pâles frémissent, hésitant sans doute entre le froissement de la grimace ou le cercle de la stupéfaction.

Presque deux fois dix ans, a-t-il dit. Il paraît en avoir cinq de moins. De son regard à sa posture prostrée, il a tout de l'allure d'un adolescent timide, renfermé… innocent. Je sens ma gorge s'assécher, mes joues brûler pour imiter les siennes. Son air juvénile me noie tout de suite sous mon envie de le protéger.

Ne tombe pas dans le piège, Riham, il pourrait être aussi dangereux que la capitaine Arsen. Aussi mesquin et perfide que Leika. Aussi mauvais que Markan.

Je déglutis, tente de me ressaisir et m'éclaircis la voix :

— Je la veux pour moi, insisté-je face à son silence. Est-ce que c'est possible ?

Vaheem se racle la gorge, mais ne bouge pas. J'ai l'impression qu'il me considère comme un animal sauvage et qu'il ne veut pas risquer de m'effrayer. C'est alors que je prends conscience de ce que j'ai fait. Mon regard tombe sur ma main, figée sur la poignée de la porte. Puis se dirige vers mes pieds, tous les deux avancés au-delà de la frontière entre la cabine et le reste du Reidhrivein. En territoire ennemi. Là où tous les dangers rôdent. Je peux sentir leurs étincelles crépiter sur ma peau. Ils m'attendent.

— Garde-la, m'autorise Vaheem avec une assurance bancale et une prononciation articulée parfaite.

Mes lèvres s'étirent tellement que je nourris la peur de me déchirer le visage en souriant. J'ai tout juste le temps de poser la peinture contre ma poitrine, en imaginant ce que les bras d'Estæbann me procureraient, enlacés autour de mon torse, que la porte claque dans mon dos. Vaheem hurle et se redresse. Une main m'attrape sauvagement par le coude. La peinture m'échappe et un poing percute mon dos.

— Lâche-la, putain !

Mes hanches s'entrechoquent avec la rambarde et mon buste bascule vers l'avant. Un juron fleurit en dehors de ma bouche.

— Markan !

Mon sang se glace dans mes veines. Des doigts s'enfoncent dans ma taille et sur ma mâchoire.

— Appelle à l'aide et tu crèves. Ton amoureux doit pas t'entendre, pigé, poupée ?

Des rires et des acclamations retentissent sur le pont du Reidhrivein. Face aux voiles rouges, je remarque des dizaines d'hommes et de femmes. Ils applaudissent. Tous, sans exception. Certains cognent les talons de leurs bottes au plancher. Pendant que le navire file au-dessus des vagues, que l'équilibre est précaire et que le vent gifle ma peau, je suis paralysée par ces mains qui me touchent. Ce souffle contre ma nuque. Ce torse qui se plaque peu à peu contre mon dos. Il se presse contre mes omoplates, envahit mon espace. Une lente douleur sillonne mes membres, s'immerge dans mes veines et les empoisonne. La nausée embarque mon cœur dans son sillage, et je la sens sur le bout de ma langue, prête à s'échouer sur le sol s'il n'y avait pas ce bâillon humain.

Je suis figée, déconcertée, incapable de penser. Mais soudain, *elle* explose. *La Chose.* Ce n'est pas comme lorsque mon corps ressent celui d'Estæbann. L'Attraction qui se manifeste à cet instant est vicieuse, dévorante, foudroyante. Je la perçois partout en moi, elle détruit tout sur son passage. Ravageuse. Il n'y a aucun désir, aucun plaisir. Seulement une faim affolante de chair humaine, une soif vertigineuse de sang. J'ai besoin de le tuer. Besoin d'aspirer son âme jusqu'à la dernière pensée. Besoin de le sentir s'effondrer contre moi jusqu'à ce qu'il rende son ultime souffle.

Meurs, lui ordonne une voix d'outre-tombe, enfoncée dans ma tête.

Meurs, meurs, meurs, s'y joint la voix de *mon* esprit.

Je peux presque entendre les hurlements de Tatou et de Patou depuis la cabine. Ils me supplient de le tuer. Il n'y a aucune foi ni loi. Pas pour Markan. Pas pour tous les autres.

L'écumeur qui me retient prisonnière se colle à mon corps. Je le sens contre moi, contre mes fesses, autour de mes hanches, dans une caresse écœurante au niveau de mes seins… et l'équipage s'amuse.

— MARKAN ! s'égosille Vaheem.

Dans un mouvement de désespoir, mes yeux tentent de l'apercevoir. Son ombre danse férocement sur ma gauche. Le jeune artiste est retenu par deux colosses.

— Lâchez-moi ! s'agace-t-il. ESTÆBANN !

L'appel destiné à mon protecteur lui vaut la trace de quatre phalanges sur la pommette droite, mais Vaheem ne se tait pas. Pire, il use de ses cordes vocales encore plus fort. Les coups qui pleuvent sur lui sont tous plus acharnés les uns que les autres.

Je ne peux pas crier.

Je ne peux pas le tuer.

Il est trop proche. Vaheem y succomberait.

— Vaheem ! hurle quelqu'un.

Un homme, jeune, tente de jouer des coudes à travers le pont pour nous rejoindre. L'expression sur son visage ne laisse aucun doute sur ses émotions. Il est terrifié.

— Reste là, Nehōo, grogne une femme.

— Va pas t'en mêler, putain d'idiot trouble-fête ! grommelle un vieillard.

— ESTÆBANN ! s'époumone Vaheem.

Une larme se forme sur le trait fin de ma paupière. Elle glisse sur l'arrondi de ma joue, puis sur l'angle de ma mâchoire. Quelques regards interloqués croisent le mien et je devine, une seconde trop tard, quel genre de spectacle ils s'apprêtent à voir. Mes larmes, celles qui ne sont créées que par ma haine, luisent d'un noir sinistre. Même aussi fine qu'une goutte de pluie sur la tige d'une fleur, son scintillement obscur perce l'horizon. Annonciateur de la Mort.

Elle est là. Parmi nous. Et elle va s'abattre aujourd'hui.

Ma larme s'écrase sur le pouce de Markan et l'odeur si familière de la brûlure explose à mes narines. En un battement de cils, un cri s'élève vers le ciel et l'éclat turquoise du plumage d'un meiridon zèbre ma vision. Le corps de Markan s'écroule derrière moi, et des mains gantées remplacent les siennes. Plus douces, plus puissantes, plus réconfortantes. Je sais que c'est *lui* avant même d'entendre sa voix.

— Je vous avais dit de ne pas la toucher !

Le rugissement d'Estæbann me vrille l'estomac. Sa présence me fait chanceler, son contact balaye la rage de mon poison et je m'effondre contre son torse, pleurant dans des larmes à la couleur plus humaine, moins mortelle, mais depuis lesquelles un parfum de sang métallique s'élève. Ses bras se resserrent autour de moi, je les sens presser ma taille, mes hanches, dans une étreinte puissante, protectrice. Son cœur bat avec hargne contre mon dos, en symbiose avec ma peur.

Un silence déroutant s'impose à bord du Reidhrivein. Un trouble, épais et sombre, se dépose sur chaque tête des membres de l'équipage. Même Vaheem a cessé de beugler. Il s'est dégagé des prises des deux molosses, mais il n'a pas bougé. Le seul mouvement qui se crée dans la foule, c'est le jeune homme à l'expression terrifiée. Sa main surgit dans le dos de Vaheem pour se poser sur son épaule. Je n'ai pas l'opportunité d'entendre ce qu'il lui dit, des cris incrédules déflagrent dans l'air. Des insultes me transpercent, des questions haineuses me sont adressées, mais tout s'enflamme quand une fille aux longs cheveux blancs jaillit devant moi pour s'agenouiller à côté de Markan.

— Il est mort, constate-t-elle.

Sa voix ne trahit aucune émotion, comme si c'était naturel.

Comme si rien ne pouvait l'effrayer ou l'atteindre. Mais lorsque ses yeux me percutent, moi, je comprends que tout est faux. L'horreur a envahi ses prunelles, les faisant miroiter avec l'intensité d'une pluie d'étoiles filantes.

— Elle l'a tué, souffle-t-elle. Estæbann, qu'est-ce que… Qui est cette… celle-là ?

Des exclamations rageuses résonnent, quelqu'un appelle à la vengeance, et un vacarme monstrueux fait trembler les murs du bateau.

— ARRÊTEZ-VOUS ! rugit Estæbann.

Il est fou de rage, ivre de haine. Son corps tressaille contre le mien de manière incontrôlable. Jamais je ne l'ai senti aussi fébrile. Jamais je ne l'ai senti aussi révolté. Il tremble et m'emporte avec lui dans ses soubresauts. Ses doigts protégés par le cuir enveloppent ma main. Sa douceur me décontenance, elle n'est pas en accord avec sa colère, mais je devine qu'il me la voue. Rien qu'à moi. Cette douceur, cette force fragile dans sa fureur, elle m'est destinée. Parce que je suis blottie dans sa providence. Contre son cœur déchaîné. Je le sens poser ses lèvres sur ma tempe, brièvement, puis sa joue sur le sommet de mon crâne… et un frisson se propage le long de ma colonne vertébrale.

— Approchez, touchez-la ou ne faites juste qu'essayer et je vous tue tous, un par un ! crache-t-il. Je vous tuerai de mes propres mains.

Quelques secondes plus tôt, j'aurais pu jurer que ses menaces ne serviraient à rien, mais tout l'équipage se fige comme un seul homme. La stupeur s'abat sur moi.

— ARSEN ! hèle alors Estæbann.

C'est là que je la vois, l'ombre de la capitaine projetée sur le balcon de nos cabines.

Elle était là. Tout ce temps… et elle n'a rien fait.

— Tiens tes chiens en laisse où ton navire coulera avec chaque âme qui a la prétention d'y vivre en s'y croyant immortel.

37

De la démence à l'inutilité d'un cœur

Estæbann, 22 ans

Enfoiré de Markan.

Mon sang pulse dans ma gorge, contre mes tempes et mes phalanges. *Putain de phalanges fragiles et abîmées...* Elles sont déjà marquées par les nuances pourpres de la violence. Les injures pleuvent de tous les côtés du pont et me fracassent le crâne. J'aimerais ne rien ressentir, ou éprouver le même sentiment de révolte qu'eux. De sentir ma rage s'unir à la leur, qu'elle mute en catastrophe mortelle et qu'elle consume l'âme noire de Riham jusqu'à la dernière particule. *Ouais, j'aimerais.* Mais dans le bouillonnement de mes veines, il n'y a rien de toute cette haine. Il n'y a que de la peur.

Peur qu'elle nous tue tous, ici et maintenant.

Peur qu'elle ruine toutes mes chances d'atteindre mon but.

Peur qu'elle m'arrache tout ce qu'il me reste.

Peur qu'ils me l'arrachent, elle, la clé de ma vengeance.

Sans elle... je ne peux pas torturer la Couronne.

Je n'écoute rien. Le brouhaha gronde comme un orage autour de moi. Il m'oppresse, s'accentue, se déplace et se déploie. Mes bras se resserrent autour de la taille pressée contre mon torse. Je la tiens si fort que ses os s'enfoncent presque dans les miens. Ma vision devient floue, mais l'éclat blanc d'une chevelure surgit de la masse obscure. Leika ne m'adresse pas l'ombre d'un regard en passant devant nous pour s'agenouiller près de Markan. Je fixe ses doigts s'étirer sur le cou de l'écumeur, et la sentence tombe sans l'ombre d'un doute – ni même celle d'une émotion :

— Il est mort.

La noirceur de ses prunelles confronte celle de Riham. Leurs regards se lient pour se haïr. Si Riham m'impressionne par son sang-froid, l'indifférence feinte de Leika me plante une lame invisible dans les poumons. Elle en est terrifiante.

— Elle l'a tué, souffle-t-elle.

Je l'entends à peine prononcer mon prénom. Me prendre à partie. Enflammer la foule et embrumer les esprits. L'équipage du Reidhrivein s'est transformé en monstre. Il n'a qu'une seule voix, qu'un seul corps. Et son cri fait frémir la coque du navire. Je peux presque distinguer le hurlement du vent contre les voiles rouges. Il s'unit à celles des hommes et des femmes déchaînés.

— ARRÊTEZ-VOUS !

Il y a une règle, une seule, à respecter en montant à bord du Reidhrivein : ne jamais faillir. Celui qui flanche perd son âme. J'ai résisté pendant deux ans. Pour chaque voyage sous les voiles rouges, c'est à peine s'ils ont eu le loisir d'apercevoir l'une de mes émotions ou de toucher du doigt la vérité sur mes sentiments. Aujourd'hui, je tremble. Je le sens d'abord dans mon abdomen, ce frémissement familier, insignifiant, presque imperceptible, mais il gravit l'échelle de mon torse pour émerger dans mon thorax, dans le siège de mes côtes. Et c'est l'explosion. Terrible, monumentale, cataclysmique. Elle me ravage, me roule sur chaque organe, emporte tous mes membres… et je frémis, frissonne… trémule… Mes mains s'accrochent à Riham. À ses bras, à sa taille, à tout son corps.

Elle est là. Dans mes bras.

Mes lèvres effleurent sa tempe. Je voudrais pouvoir m'y attarder, mais la proximité de sa peau brûle la mienne.

Ma beauté mortelle…

— Approchez, touchez-la ou ne faites juste qu'essayer et je vous tue tous, un par un ! vociféré-je. Je vous tuerai de mes propres mains.

Et j'admirerai la couleur de votre sang sur le cuir de mes gants ou l'ambre de ma carnation.

Une ombre attire mon attention sur les planches. Elle danse au-dessus de nous. Au-dessus de Leika et du corps inerte de Markan. Mon sang se fige. Sa circulation s'inverse, vide mes veines, transperce mon cœur et le réduit en charpie.

Elle était là et elle n'a rien fait.

Elle. Était. Là.

Elle. A. Tout. Vu.

Et… elle n'a rien fait.

— ARSEN !

Si ma fureur était l'essence d'un pouvoir aussi puissant que le don de Riham, peut-être qu'elle aurait tout dévasté et que la chair de Loasodhsan serait éparpillée en lambeaux sur le pont du bateau. À mes pieds. Et je les y écraserais. Sans remords ni état d'âme.

Elle n'a rien fait, me répété-je.

— Tiens tes chiens en laisse où ton navire coulera avec chaque âme qui a la prétention d'y vivre en s'y croyant immortel, craché-je.

Je le savais. Je m'y attendais. C'est pour cette raison que je voulais enfermer Riham dans cette fichue cabine. Pour qu'Arsen ne soit pas tentée de la tester. Pour qu'elle ne soit pas spectatrice de l'étendue de sa force. De sa nature. Pour qu'elle ne comprenne rien. Mais il a fallu que la captive cherche sa liberté. Stupide, ridicule. La colère afflue, déferle et rugit un nom. Toutes les palettes de ma rage bouleversent mon équilibre.

Je hais Riham.

Je hais Arsen.

Je hais le Reidhrivein et tout cet équipage de malheur.

Qu'ils aillent tous crever.

Mais rien n'ébranle le calme de Loasodhsan. Rien.

— Jetez le corps de cet abruti à la mer et retournez à vos postes, énonce-t-elle.

Un flottement se propage au-dessus des têtes de l'équipage. La réaction de la capitaine en sidère la majorité. Certains s'offusquent. Leika hurle qu'il a droit à un enterrement digne d'un écumeur du Reid. Sova la fait taire d'un claquement de langue. *Pourquoi ? Pourquoi choisit-elle de lui faire cet affront ?* D'autres membres de l'équipage envisageraient de se rebeller, mais le risque de rejoindre Markan par le bout de la lame empoisonnée d'Arsen elle-même est trop grand.

— Personne ne touche à la demoiselle ou le déshonneur le plus total s'abattra sur vous.

Le silence est pesant. Terrible. Mais Loasodhsan a parlé. Sa sentence n'est pas à discuter. Alors, elle enchaîne, le ton soudain allègre :

— Dragor, Vaheem, Nehōo, portez une bassine devant les portes. Vous connaissez les habitudes du damoiseau. Toujours un petit bain pour sa peau fragile.

Des rires gras circulent, sans nous débarrasser de la tension sauvage. Dans d'autres circonstances, je me serais forcé à rire, moi aussi. Mais pas maintenant. Pas alors qu'elle a failli m'arracher tout ce pour quoi je lui ai vendu une partie de mon âme. Cette putain d'âme détraquée qui ne tient que grâce à mon aspiration pour la vengeance.

— Estæbann…

Le murmure de Riham me vrille les sens. Je m'efforce de l'ignorer pour ne pas sombrer dans l'hypnose de son être tout entier.

— Mademoiselle Riham, je te prie de rentrer dans la cabine. Estæbann, j'ai à te parler.

Riham se crispe au cœur de mon étreinte, mais je ne lui laisse pas l'opportunité de protester. Ni celle de me retenir. Je la repousse vers les portes, pose mon pouce sur ses lèvres et embrasse le cuir. Mon estomac se soulève quand je croise son regard incrédule. *C'est la première fois…*

La première fois que je le fais devant des gens…

La première fois que je le fais parce que…

Je secoue la tête et ferme les battants.

Les membres endoloris par mon travail acharné et ma rage à peine refoulée, je grimpe l'escalier en bois menant à la direction du navire. Loasodhsan m'attend, son exécrable sourire malicieux ciselé sur ses lèvres.

— Pourquoi tu souris comme ça ? me méfié-je.

L'absence de formalité dans ma phrase devrait suffire à condamner ma tête sous le poids d'une hache. Mais lui témoigner le respect qu'Arsen m'a imposé au même titre que le reste du Reidhrivein me paraît risible à cet instant.

— Je savais pas que tu savais mordre à ce point, gamin. Elle est si importante que ça pour toi ?

— J'ai besoin d'elle. Pour ma vengeance.

— Pour ta vengeance…

Elle m'imite, fait traîner les mots sur sa langue et des étincelles de sournoiserie scintillent dans ses yeux clairs.

— Lequel de vous deux a tué Markan ?

Je sais qu'elle sait. Ça ne m'empêche pas de mentir :

— Moi.

— Toi ?

— J'en assumerai les conséquences.

— *Toutes* les conséquences ?

Je hausse une épaule.

— Je ne peux pas promettre de ne pas me défendre.

Arsen s'esclaffe. Sa main, petite, mais robuste, me percute l'épaule.

— Je n'en attends pas moins de toi, gamin ! Je serais déçue si ce n'était pas le cas.

Ce n'est pas comme si mon séjour en prison m'avait épargné... Je sais ce que la véritable torture implique. Je sais aussi que j'y ai survécu.

— Sacré coup de poing, me complimente Sova.

Je fronce les sourcils, sur mes gardes.

— Mais la prochaine fois que tu veux faire du ménage dans mon équipage, essaie de m'en parler avant.

— Parce que tu m'écouterais ?

— Tu serais étonné de ma réponse, p'tit insolent, ricane-t-elle.

J'essaie de ne pas m'attarder à essayer de comprendre le sous-entendu. À la place, je rétorque :

— Alors, il te faudra agir avant que je tombe sur lui si l'un de tes chiens s'en prend de nouveau à Riham.

— Chasse gardée ?

Je déteste lui donner de l'ingrédient pour se divertir.

— *Ma* vengeance. Personne ne doit interférer.

— Compris, gamin.

Elle reporte son regard sur l'horizon, là où le crépuscule disparaît, avalé par les vagues impétueuses. La nuit est sombre, morne, mais ne couvre pas encore tout à fait le monde de son obscurité. Des étoiles persistent à nous montrer qu'elles sont là. Enfant, quand je m'allongeais dans l'herbe, au pied de la tour, j'observais les constellations et je rêvais. Je rêvais que Riham les contemple à mes côtés un jour. Je rêvais de voir l'émerveillement le plus sincère redessiner les traits de son visage. Je rêvais de lui faire découvrir le monde. *Notre* monde. Celui que ses ancêtres ont bâti. Celui que la Déesse originelle a créé de sa carcasse. Je rêvais de la rendre heureuse. *Véritablement* heureuse.

Quelle niaiserie.

Aujourd'hui, ma stupidité m'encombre d'amertume.

Je me souviens trop bien du soir où elle s'est épanchée sur ses connaissances fraîchement acquises. Mon oncle était encore son précepteur. Il lui faisait étudier la Genèse et tout ce que cette dernière a apporté à notre monde tel que nous le connaissons.

Ces étoiles sont les reflets célestes de nos royaumes. La Tortúga de Zuria y trône, représentée par la constellation de la Daliakys. Et tous les milliers de points lumineux qui l'encerclent sont toutes les âmes qui ont peuplé sa terre.

Elles se dérobent lentement, s'effaçant définitivement de l'existence, mais elles perdurent longtemps pour s'assurer un souvenir ancré à travers les siècles et les générations. Riham rejoindra les lignes de la constellation principale pour s'y graver à jamais. Mon âme, elle, s'éteindra un jour.

— Gamin ?

L'arrachement à mes pensées est douloureux, mais je ne laisse rien paraître, ou du moins, je l'espère. Les mèches rousses de Loasodhsan flamboient sous les derniers rayons du soleil.

— T'as fait du bon boulot, aujourd'hui.

Je ne réponds pas, mais incline tout de même la tête. Ce genre de remarques de la part de la capitaine n'est pas à négliger. Ni même à rejeter. Qu'importe le trouble émotionnel que nous endurons.

— Plus de carambolage secret avec Leika, hein ?

Je ravale un grognement désabusé.

— C'est fini.

— M'en suis doutée dès que j'ai vu ta mademoiselle.

Je préserve le contrôle de mes réactions, y reste insensible, n'affiche aucune expression. Arsen ricane et change de sujet pour m'informer :

— Arrivée à l'aube. Va prendre ton bain et repose-toi, morveux.

Mon dos est raide. J'ai la sensation d'avoir du plomb dans les jambes et dans les joues. Je mets plusieurs minutes à revenir sur mes pas pour atteindre les portes de mon espace personnel. Je prends une profonde inspiration et me contrains à toquer. Mon cœur est aliéné dans mon torse. Je sens les vibrations de ses à-coups jusque dans ma gorge puis dans mon abdomen. Les secondes s'écoulent et aucune réponse ne me parvient. Exaspéré, je tambourine un peu plus fort. Ma langue s'est rendue trop pâteuse par l'appréhension pour que j'aie la force de parler. Pourtant, rien ne vient et l'agacement dénoue mes cordes vocales.

— Riham, c'est moi. Ouvre.

Silence.

— Riham ?

Le sang me monte au cerveau. Je répète son prénom, mais toujours rien. Mes poumons s'enflamment, mes réflexions s'embrasent. Ma vue devient floue. Je me retrouve dans le même état qu'à l'auberge. Pire que sur le pont, quelques instants plus tôt. Entre la panique et la rage. Survolté. J'espère de toutes mes forces qu'elle n'est pas sortie de son plein gré. *Non...* j'espère de toutes mes forces qu'ils ne l'ont pas arrachée de cette cabine *contre* son gré. *Ou peut-être que...* Merde.

— Riham ? insisté-je, le souffle embrumé par l'irritation.

Des points noirs transpercent ma vue. Je perçois presque le craquement de mes veines et le sang submerger le blanc de mes yeux. L'artère dans mon cou s'est gonflée, sur le point de se briser et d'éclater mon cœur avec elle.

Que lui est-il passé par la tête ? Elle s'est enfuie. Encore... Impossible. Elle ne peut pas m'avoir fait ça. Jusque-là, c'est moi qui suis toujours revenu vers elle, parce qu'elle était contrainte de rester au même endroit. Mais je sais qu'elle ne pourrait pas m'abandonner. Elle préférerait crever ici, de la pire des façons qui soit, plutôt que de me laisser. Même si je la trahissais, elle resterait.

Même quand je la trahirai, elle restera...

C'est ce qui était censé rendre les choses si simples. Je n'avais pas assez pris au sérieux la hargne des écumeurs et leur absence de foi ou de loi. Je comptais sur l'autorité de Loasodhsan, mais peut-être se sont-ils décidés à la braver.

Je pose la main sur la poignée dans un geste rageur et la baisse. Mes muscles, emportés par la véhémence de mon émotion, tremblent. La porte flanche. Je bascule. Mes pieds, emmêlés, s'aplatissent sur le sol de ma chambre. J'étouffe un juron entre mes lèvres, mais une main se pose sur mon torse pour me stabiliser et me pétrifie. Mon cœur rate un battement contre la paume chaude étalée au-dessus de ma chemise. Je ne sais pas pourquoi mon premier réflexe est de baisser les yeux sur les longs doigts fins, vernis de noir. Ni même pourquoi je compte quinze secondes avant de les relever ou pourquoi je prie pour que ce ne soit pas *elle*. Parce que c'est inévitable.

Mon regard parcourt son bras couvert de chair de poule, admire les nuances de sa carnation entre les plis et les articulations, puis coule sur son épaule dénudée. C'est elle. Il n'y a qu'elle pour transformer mon sang en lave.

Riham.

L'un de ses poings tient fermement le nœud du drap enroulé autour de son corps. Il trône, posé sur sa poitrine, dissimulant le pendentif que je lui ai offert.

— Je suis désolée, entame-t-elle, penaude, je ne voulais pas t'inquiéter. Vaheem, Nehõo et Dragor ont apporté la bassine. Je… Je me disais que je pouvais me nettoyer en t'attendant.

Son sourire contrit pulvérise les lambeaux de mon cœur. Ses boucles brunes, encore humides, encadrent son visage, mais ne m'épargne pas la vision de son cou. Ses courbes, d'aussi loin que je me souvienne, ont toujours été aussi délicates. Depuis toujours, j'aime les dessiner. Pourtant, la Déesse sait combien j'ai horreur des portraits. Riham est la seule que mes doigts sont incapables de ne pas dresser sur le papier. Elle ne le sait certainement pas puisqu'elle ne connaît de mon art que mes sculptures, mais dès que j'ai eu l'âge de tenir un crayon, c'est elle que j'ai esquissé. *Pour* elle que j'ai façonné ma passion.

Comme une victime éprise de son bourreau.

Je suis tombé dans ses filets et il m'a fallu être emprisonné pour m'en libérer.

Ses prunelles noires luisent d'une gêne que je ne comprends pas tout à fait au départ. Puis ses doigts se resserrent sur le drap. L'embarras me gagne à mon tour. J'essaie de ne rien montrer, mais je suis incapable de détacher mon attention d'elle. Prendre conscience de sa tenue renforce mon intérêt.

— Je vais me rhabiller et te tourner le dos, m'indique-t-elle après s'être raclé la gorge. Prends le temps qu'il te faut.

Elle se décale pour verrouiller la porte et c'est dans cet élan qu'elle retire sa main de mon thorax. Une brise glaciale s'immisce entre les pans de ma chemise pour geler ma peau. Je l'observe trottiner jusqu'à l'armoire. Elle en sort l'un de mes vêtements et l'enfile par-dessus sa couverture improvisée. Le drap glisse sur ses cuisses lorsqu'elle termine d'attacher les boutons.

— Je suis désolée de t'avoir agacé, ajoute-t-elle. Je t'écouterai et ne transgresserai plus tes règles.

Une boule d'indignation explose dans ma gorge, mais je la ravale avant qu'elle n'atteigne ma bouche. Inutile de protester. Après tout, c'est ce que j'attends d'elle.

Je ne prononce pas un mot, et mon silence doit lui témoigner mon contentement et mon accord puisqu'elle ne renchérit pas. Riham s'enfonce dans le lit jusqu'à n'être plus qu'une masse informe, dissimulée. Pour la première fois depuis quelques années, je ressens le besoin impérieux de la rejoindre et de la prendre dans mes bras. L'envie. L'urgence. Je veux retrouver sa taille entre mes bras, respirer son odeur, sentir la douceur de ses boucles contre mes joues et l'embrasser jusqu'à marquer l'empreinte de mes lèvres sur les siennes. Pour la première fois depuis des années, j'aimerais lui confier tout ce que je renie.

À la place, je me résigne à me détacher de sa vue et à laisser mon cœur s'échouer sur le plancher. Sans elle, il ne m'est d'aucune utilité.

38
La déflagration des cœurs

Riham, 19 ans

La chaleur sous le drap est irrespirable. J'essaie de résister, mais le besoin d'oxygène pur m'encourage à repousser la couverture sur mon ventre. Allongée sur le dos, la tête enfoncée dans le coussin, je fixe le plafond avec une puissante envie de le détruire pour m'envoler loin d'ici. Loin d'Estæbann. C'est effroyable sa façon de me faire sentir ridicule… et insignifiante. Avant, à ses côtés, j'avais le sentiment d'être importante. Qu'il me rendait majestueuse. Et son regard perçait l'obscurité de mon existence pour me dire que je ne suis pas seule ; que même à travers les contrées qui pourraient nous séparer, il serait toujours là pour moi, *avec* moi.

Mes joues me brûlent. Je tente de contrôler ma respiration, d'apaiser le rythme irrégulier de ma poitrine, malgré la douleur qui s'y est enfoncée. Une crampe vorace se forme dans le creux de mon ventre. Je grimace, refusant d'émettre le moindre geignement, et me tourne sur le flanc.

Mon cœur bondit dans ma gorge. La vision qui s'impose à moi est saisissante.

Estæbann se déshabille.

Sa chemise est déjà sur le sol, recouvrant ses bottes. Mon souffle s'écourte lorsque le galbe de ses fesses se révèle. La toile de son pantalon glisse sur ses jambes, dévoilant ses cuisses, sa peau hâlée et ses muscles dessinés, affirmés. Son corps semble avoir été sculpté dans un moule parfait. Comme s'il s'était lui-même créé dans l'argile.

Mon esprit oublie ma peine, obnubilé par ce spectacle. Je veux l'épier, l'aimer de mes yeux autant que de mes mains, mais je me contente de mon regard.

À la lueur des bougies qu'il a rallumées, je distingue des zébrures sur sa peau hâlée. Nombreuses et épaisses. Elles parcourent son dos, s'évadent jusqu'à ses côtes et sillonnent ses hanches. Peut-être que certaines d'entre elles s'étendent sur le V de sa ceinture abdominale, l'endroit que, parfois, les pans de ses chemises froissées me laissaient apercevoir pour m'obnubiler. Ce V que j'ai inlassablement rêvé de tracer de mes doigts. Les cicatrices constituent des lignes nouvelles entre celles de ses muscles. C'est un tableau magnifique et douloureux. Estæbann est beau, mais ses stigmates me démolissent le ventre. Mes poumons se sont logés dans ma gorge et entravent désormais ma bouche.

Il est nu. *Complètement* nu.

Estæbann penche la tête et les longues ondulations de ses cheveux tombent sur son front. J'ai toujours aimé contempler la cascade qu'elles composaient. Avec des reflets d'or et de cuivre, le châtain de sa pigmentation m'obsédait et m'obsède encore. J'aimerais avoir le droit d'y plonger mes doigts. De parcourir le sommet de son crâne, puis de glisser sur sa nuque dégagée. Je voudrais y poser mes lèvres, y semer des baisers jusqu'à atteindre le creux de son cou sous le lobe de son oreille. *Tant de fois je me le suis représenté…* Le mirage paraît presque réel, comme si je pouvais le sentir sur ma peau, contre moi, mais ce ne sont que des illusions. Jamais je ne pourrai le toucher. Jamais je ne saurai ce que cela fait vraiment.

Ses longues jambes ébauchent des arabesques au-dessus de la bassine pour plonger dans l'eau. Entendre le clapotis des vaguelettes contre le sol, sur les parois ou sur son torse me fait fermer les yeux.

Je ne suis pas censée l'observer. Pourtant, je ne parviens pas à rester ensevelie par l'opacité de mes paupières. Mes cils ombragent la pièce, mais mes yeux le retrouvent sans peine. Estæbann a renversé la tête sur le rebord, dévoilant sa gorge et la pomme en son sein, qui s'agite chaque fois qu'il déglutit.

Estæbann ne bouge pas. Il profite de la tiédeur de l'eau et mon attention ne se détourne pas de lui. Du creux de sa nuque. Je m'agrippe à l'oreiller, bien décidée à lutter contre mes pulsions, mais je laisse libre cours à mon imagination, à mon envie folle de me représenter mes lèvres contre son cou, à confectionner des sensations inconnues où la chaleur de sa peau rencontrerait la mienne.

Son grognement m'extirpe des esquisses de scènes chimériques dans lesquelles mon désir s'est perdu. Estæbann s'est redressé, dévoilant son dos au-dessus de la surface. Ses bras atteignent difficilement toute la superficie qu'il tente de recouvrir de savon.

— Putain… l'entends-je grommeler.

Mon souffle se coupe. Un grand vide s'installe en moi. Je sens mon corps réagir avant que ma raison ne puisse le contester. Mes bras libèrent mes jambes de la couverture et je me lève pour rejoindre Estæbann. Mes côtes sont accablées par les coups effarouchés qu'elles reçoivent. Une chape de plomb s'est effondrée dans la cavité de ma trachée. Je ne discerne plus l'air dans ma bouche ou sur mon corps. Mes sens sont braqués sur Estæbann. Sur sa nuque qui se contorsionne au grincement du plancher.

Ses pupilles rétrécies heurtent les miennes. Puis, en un quart de seconde, elles se dilatent. Je le surplombe de toute ma taille tandis qu'il est toujours recroquevillé au cœur de la bassine, penché vers l'avant. Ses longs cils noirs accentuent la clarté de ses iris ; ces coupelles où se mélangent l'émeraude, le turquoise et le lapis lazul – les trois grandes couleurs primaires des meiridons, du symbole de la Vie et de la Résurrection – que les bougies n'éclairent pas assez.

Je cesse ma progression, autorisant mon regard à se balader sur ses clavicules et ses épaules contractées par l'effort. Une veine pulse dans son cou. Sa bouche est entrouverte, mais l'on dirait qu'aucune expiration ne s'en échappe.

— As-tu besoin d'aide ?

Ma voix est éraillée par une émotion trop forte. Une émotion que je ne connais pas vraiment, mais qui court le long de mon corps pour frémir dans mes entrailles et descendre entre mes cuisses… Des vibrations sourdes, douces, intenses. Elles sillonnent mes organes et mes chairs sans que je sache quoi en faire.

— Tu n'es pas obligée de…

Ma main se déploie devant lui. Mes doigts tremblent dans le vide, mais mon geste est assuré. Ses yeux effleurent ma paume, je le vois ravaler sa salive, hésiter, résister, lâcher prise, puis l'éponge caresse l'intérieur de mon poignet. Il baisse ses paupières et pivote dans le bac pour me présenter son dos. Ses omoplates sont saillantes. Ses cicatrices sont davantage impressionnantes, examinées d'aussi près.

Je m'agenouille derrière Estæbann et entame mon ouvrage. Ma peau reste à l'abri de l'éponge pour ne pas prendre le risque de le toucher. Mes mouvements sont tendres, appuyés. Je voyage sur les empreintes des tortures qu'il a subies, navigue entre leurs boursouflures.

Les questions s'assemblent en un nœud dans ma gorge, que je ne réussis pas à défaire pour y céder. L'ensorcellement du moment dépasse ma volonté. Ma curiosité s'étouffe sous les grondements de mon cœur au supplice.

Mon avant-bras plonge dans l'eau pour gagner ses hanches. Son torse me paraît toujours immobile. Il ne respire plus depuis qu'il m'a vue. En remontant dans une cascade fracassante, ma main resserre sa prise sur la boule de tissu et recouvre sa nuque. Sa tête bascule un peu plus vers l'avant, mais sa figure s'incline sur le côté et je surprends son œillade enfiévrée. Ma poitrine se bloque. Ses lèvres sont pincées alors que les miennes s'écartent. Un souffle gémissant se délivre de mes poumons et le corps d'Estæbann tressaille à ce son.

— Combien de temps faut-il pour que tu prennes la vie de la peau ? m'interroge-t-il.

Son intonation est grave, rauque, profonde. Sa voix résonne dans la cabine, mais surtout contre mon cœur.

— Cela dépend des êtres à qui je dois la prendre.

— Si tu devais me toucher, moi ? reprend-il.

Un soupçon d'impatience transparaît dans son timbre et affole mon être.

— Sans doute des heures. Peut-être des jours. Longtemps, lui assuré-je.

— Tu…

— Mais plus le temps passe et plus il me serait difficile de me détacher de toi. Mon corps… Cette *chose* en moi, ce… *pouvoir*, il me contrôle. Plus je te toucherais, plus le risque de ne pas se séparer serait grand.

Rien qu'en ce moment-même, je lutte de tout mon être pour ne pas fondre sur ta peau, embrasser la cicatrice de ton ventre, celle de ton avant-bras, puis toutes les précédentes. Une par une. Jusqu'à ce qu'il n'y en ait plus à cajoler.

Il déglutit encore.

— Est-ce que je peux avoir la force de réagir avant qu'il ne soit trop tard ? poursuit-il.

— Je ne sais pas. Je n'ai jamais eu à ôter la vie à un humain… Si on ne compte ni Markan ni l'homme de l'auberge, m'empressé-je d'ajouter, mortifiée.

Je surprends une lueur d'amusement dans son regard, mais elle disparaît trop vite pour que j'en sois certaine.

— De toute façon, je… Ce n'est pas mon contact qui les a tués.

Pourquoi tu me poses ces questions, Estœbann ?

— Riham, je…

Son buste se plie dans ma direction, il me subtilise l'éponge et la balance par-dessus son épaule. Son torse me fait face, l'eau éclabousse mes cuisses et mon ventre. Ses prunelles uniques sont rivées dans les miennes. Je ne comprends pas ce qu'il veut, mais je le laisse faire. Dans l'expectative et la convoitise.

À travers la chemise noire que je porte, la sienne, je sens ses mains redécouvrir ma taille. L'une d'elles s'aventure dans le creux de mes reins. Elles s'agrippent à mon corps et ses bras m'attirent un peu plus près de la bassine. Je chancelle et m'évertue à rétablir seule mon équilibre pour ne pas me rattraper à lui.

— Qu'est-ce que tu fais ? me soucié-je, décontenancée.

— Pose ta main sur mon cœur.

Sa demande me pétrifie. J'écarquille les yeux et secoue la tête. Un mouvement de recul me fait percuter son étreinte et je le supplie de me libérer.

— Je ne peux pas, Estæbann. Tu n'as pas entendu ce que j'ai dit ? m'offusqué-je.

— Tu ne vas pas me tuer.

— Peut-être que si.

— Non, j'ai confiance en toi.

— Tu ne devrais pas.

— Et j'ai confiance en moi, affirme-t-il. Je saurai te repousser.

— Non.

— Comme je l'ai fait dans la cuisine.

— Estæbann… gémis-je.

— S'il te plaît, insiste-t-il.

— Tu t'en fiches de mourir ?

— Je n'ai pas dit que je voulais mourir, objecte-t-il.

— Pourtant, tu… C'est ce que tu risques.

— J'ai davantage envie de connaître la chaleur de ta peau que de la craindre.

Je m'enferme dans la noirceur de mes paupières.

— Estæbann, murmuré-je, je t'en prie, ne m'oblige pas à te menacer de hurler. Je ne veux pas te tuer.

— Fais-moi confiance.

— Je ne me fais pas confiance, à moi.

— Mais…

— Comme dans la cuisine, ajouté-je sèchement.

Lui-même a été révolté par mes actes. Lui-même a cru, l'espace d'une seconde, que j'allais le réduire en poussière.

— Dis-moi que tu n'en as pas envie, mais que cela n'a rien à voir avec les risques que je meure et je te lâcherai.

Son opportunité est trop belle. Il me donne une raison de mentir, de me libérer pour le sauver. Mais au moment de lui répondre, ma voix s'enraye dans ma gorge.

Un silence pesant et interminable s'abat sur nous. Il ne desserre pas sa prise autour de moi et je me sens de plus en plus prisonnière de mon propre corps. L'odeur d'Estæbann, sa douceur, sa requête… Malgré la paroi de la bassine entre nous, tout frappe ma conscience. Elle rebondit contre mon cœur que la raison a quitté depuis longtemps. Je garde les yeux clos, mais le bruit soudain de l'eau mouvante m'encourage à les rouvrir. Estæbann se redresse, affermit son étreinte pour m'inciter à me lever avec lui.

Je recule alors qu'il enjambe le bac, noyant les planches et arrosant ma tenue. Ma tête chavire vers l'arrière pour éviter le contact entre nos deux visages, mais ma poitrine s'aplatit contre son torse humide. Il laisse ses hanches loin des miennes. Mon bassin brûle de le rejoindre. Mes genoux flanchent et mes cuisses nues se plaquent contre les siennes.

Je le vois grimacer. Pas de douleur. Non. C'est de la peine. Une difficulté trop grande de résister. Il doit lutter. Contre ses pulsions ? Cette idée me séduit. Je suis prête à poser mes mains sur lui pour balayer mes hésitations et l'autoriser à me posséder. Mais je bataille moi aussi et c'est un combat infernal. Affligeant. Je ne suis pas certaine d'y survivre.

— Pose ta main sur ma joue ou sur ma nuque, me supplie-t-il encore.

— Estæbann…

Il attend de longues secondes et je devine qu'il me laisse une nouvelle fois la chance de lui mentir. J'en suis incapable.

Ses yeux de meiridon capturent ma conscience. Alors, je sacrifie ma volonté pour lui céder. Pour m'abandonner à sa propre abnégation.

Sa main gauche cajole mon dos et remonte jusqu'à mon épaule. Sa caresse me paralyse et m'enivre. Elle est la réalisation d'un rêve. Je ne la perçois que par-dessus le tissu de mon habit, mais je sais. Je sais qu'elle trouvera ma peau. Estæbann la balade sur ma poitrine, la descend sur la bordure de mon col détaché. Les boutons ouverts dévoilent une nouvelle fois mon collier. Il en frôle le pendentif du bout des doigts, puis le revers de sa main effleure le sommet de mon sein droit.

Un long frisson me parcourt le corps, me rapprochant un peu plus de lui. Ma joue effleure dangereusement son épaule et je m'interdis de l'y déposer.

Sa paume enveloppe mon bras, se déplace vers le bas. Elle m'effleure dans un froissement de vêtement et le souffle d'un toucher. Son pouce devance les autres, s'arrête au bout de ma manche, à l'endroit où les échos de mon cœur le trahissent. Estæbann découvre son rythme effréné, mon excitation, ma peur et mon incompréhension. Il peut repérer mon envie de fuir et mon besoin de rester. Il peut deviner mes angoisses, mes désirs et mon assurance de plus en plus fragile.

Ses doigts s'enroulent autour de mon poignet, au-dessus de ma manche, et l'éloignent de mon corps pour s'élever vers le sien. Mon poing tremble, fermé, crispé. Je grimace en me fustigeant de ne pas être apte à contrôler les ténèbres dont je suis constituée.

— Estæbann, couiné-je, je ne veux pas te tuer.

Il ne répond pas. Il se contente de poursuivre son ascension dans l'air. Mes phalanges sont presque collées à lui quand son souffle épouse ma bouche et qu'il y chuchote avec pudeur :

— Je ne veux plus jamais te perdre, petite fleur.

Cette phrase, cette réponse à mes déclarations désespérées, signe l'anéantissement de ma ténacité. Mes doigts s'étendent et sa mâchoire se presse contre ma paume. Une violente brûlure me traverse la main, comme une morsure profonde. Je me contracte contre le bras d'Estæbann. La douleur est insoutenable. Elle ravage mon corps de ma tête à mes pieds et ce torrent impétueux explose en s'insinuant dans mon cœur. Un hoquet de stupeur m'échappe. Je perds l'équilibre sous la puissance de cette attaque.

Le corps d'Estæbann suit le mien et la porte de la cabine accueille mon dos. Sa joue percute la mienne tandis que ma main a dévalé son cou. Ma peau, même à quelques centimètres de la sienne, ne peut plus se résoudre à s'éloigner. Chaque seconde de séparation est porteuse de souffrance. Des plaintes se bousculent dans ma bouche que j'étouffe de ma langue et de mes dents plantées dans mes lèvres.

Les mains d'Estæbann se resserrent sur mes flancs. Elles pressent mon ventre contre sa taille, envoyant des frémissements fulgurants entre mes cuisses. C'est comme un orage généré en moi. Un orage accompagné d'éclairs aux grondements voraces. Le désir ou la mort, peut-être les deux mêlés, jaillissent et me dominent.

Ce n'est que sa main.

Ce n'est que son corps nu contre le mien à peine vêtu.

Mais sa peau contre la mienne, son souffle contre ma nuque, son sexe durement pressé contre mon intimité, son odeur dans mes poumons… c'est tout ce qu'il me faut pour perdre pied. Pour réveiller la Bête en moi. L'Attraction la plus totale. Je veux qu'il s'insinue plus profondément entre mes cuisses, qu'il comble un vide, qu'il sculpte mon corps du sien, que ses mains s'aventurent partout et que cette appétence explose.

Estæbann me maintient contre lui de son bras gauche, et sa main droite s'accroche au pan de ma chemise pour libérer mon sein. Écrasée par son torse, je sens sa température élevée remplacer la fraîcheur de l'humidité. Ma poitrine est comprimée par son thorax. J'entends son grognement rauque contre mon oreille. Ses lèvres effleurent mon visage jusqu'à trouver les miennes.

Ma raison déraille.

Mon cœur défaille.

J'ai l'impression que le monde s'arrête de tourner.

Que la vie cesse son cours.

Que le temps se fige.

À travers mes cils, j'observe ses paupières closes. Les rides de souffrance, de lutte et de convoitise sur son front, entre ses sourcils. Et il reste là, sans combler l'infime écart entre nos bouches. J'attends. Longtemps. Puis son visage disparaît dans le creux de mon épaule, l'embrassant par-dessus le tissu.

La déception éclate dans ma poitrine, mais je n'ai pas le temps de m'y attarder. Estæbann me saisit par les cuisses et me soulève. Les pans de ma chemise s'écartent brusquement, offrant ma nudité à la sienne. Un bouton s'arrache dans le mouvement. Un sentiment puissant déferle en moi. Il m'anime, me transporte et me domine. J'en oublie d'essayer de résister, de retenir certains de mes gestes. Mes jambes s'enroulent autour de sa taille. Un gémissement grave résonne contre mon oreille.

— Si tu savais comme j'ai rêvé de ce moment… murmure-t-il, comme dans un songe.

Moi aussi, Estœbann…

— Est-ce que tu m'autoriseras à te prendre si je te pose sur ce lit ?

Mes yeux percutent les siens, descendent vers sa bouche. Mon corps ressent la pression du sien entre mes hanches. À cet endroit-là.

Mes joues s'enflamment au souvenir de ces nombreux rêves impurs, que seules les nuits me permettaient d'exprimer. De mes doigts découvrant mes lèvres, mon anatomie, l'humidité de mes chairs et de mon plaisir. De mes murmures fiévreux où son nom formait une musique dans ma chambre. La mélodie de mon désir.

— Je t'interdis de ne pas le faire, lui réponds-je.

Son sourire ravage mon organisme. Il retourne tout sur son passage. À commencer par mon cœur, en passant par mon estomac… et en explosant dans le secret bien gardé de mes jambes. Un instant, je crois qu'il va me jeter sur les couvertures, mais sa main s'empare de ma nuque et il appuie doucement mon dos contre le mur, juste à côté du lit. Ses reins ondulent au creux de mon étreinte. Je le sens presser son sexe entre mes lèvres humides. Il glisse contre elles, coulisse sur moi. Des geignements me surprennent. Ils m'échappent et j'essaie de me mordre la bouche pour les étouffer.

— Je t'interdis de te taire, me susurre-t-il dans le creux de mon cou.

Sa main déchire ma chemise, impatiente. Son regard luit lorsqu'il me découvre. Les étincelles qui jaillissent dans ses pupilles m'embrasent.

— Alors, prends-moi, le supplié-je. Je ne veux plus t'imaginer, Estæbann. Je veux te sentir. Plus fort. Plus vrai.

Ses dents mordent ma nuque avec une voracité contenue. Il s'écarte légèrement pour avoir assez d'espace entre nos corps agités. Il me pénètre de son index, puis de son majeur et mes mains se cramponnent à ses épaules. Un hoquet de stupeur s'arrache de ma poitrine. Les lèvres écartées, tremblantes, je resserre mes cuisses autour de sa taille et presse mon intimité contre sa paume. Son pouce effleure mon clitoris. Tout mon corps vibre entre Estæbann et le mur de la chambre.

— Je crois que je ne vais pas pouvoir être un bon partenaire pour ta première fois, chuchote-t-il.

Sa confession attise ma confusion, mais je ne réagis pas, l'esprit trop embrumé par les va-et-vient de ses doigts.

— J'ai envie de te prendre tout de suite. Maintenant.

Un rire incrédule transperce la barrière de mes lèvres pour frémir contre sa nuque.

— Fais-le.

Je n'ai pas le temps de le voir se rapprocher que le lit accueille mon dos. Je m'y étale de tout mon long et nos corps se séparent sous l'élan.

Alors qu'Estæbann s'apprête à fondre sur mon ventre, il se fige. Ses jambes effleurent les miennes, ses mains encadrent ma tête, posées sur le matelas. Plus aucun centimètre de nos peaux ne se touche. L'étourdissement emplit ses prunelles, puis elles s'assombrissent en m'observant. Un air horrifié déforme ses traits et un mouvement de recul le pousse à se lever.

Debout au pied du lit, c'est lui qui me surplombe désormais. Son torse se soulève à une allure de plus en plus effrénée. Le désir est toujours palpable, toujours visible entre ses jambes, mais quelque chose est en train de l'avaler. Quelque chose de menaçant. Quelque chose qui transforme l'atmosphère de la pièce en un claquement de doigts.

Quand son regard jauge mon visage, ma respiration essoufflée et mon sein dévoilé, je crois apercevoir du dégoût se matérialiser en lui. Toute son âme emporte son corps dans un tremblement sauvage. Alors, j'aperçois les cicatrices recouvrant son buste, son ventre, ses flancs et ses cuisses. Je découvre l'étendue de ses blessures. Elles développent la haine qui s'est emparée de lui.

— Estæbann… osé-je le héler.

Il lève subitement la main en reculant encore.

— Tais-toi, m'ordonne-t-il d'un ton révulsé.

Un violent coup invisible me percute l'abdomen.

— Putain, tais-toi, tais-toi, tais-toi !

Il enfouit son visage entre ses poings, rageur. Il grogne contre lui-même. Je ne discerne pas tout, mais je l'entends cracher des injures. Je crois percevoir des insultes à sa propre encontre. Son dos cogne le mur face à moi et il sursaute.

Son regard retrouve le mien. Une infinie douleur se propage sur sa figure.

— Je vais dormir sur le pont, lâche-t-il de but en blanc.

Il se détourne brusquement, ramasse ses vêtements et s'apprête à sortir, nu, dans la nuit. Mon cœur pâtit de sa déflagration.

— Ne t'avise pas de la rejoindre, grondé-je.

Ma voix, qui a atteint des octaves suffisantes pour l'immobiliser, atteint son but. Mon âme rugit de colère.

— Quoi ? souffle Estæbann.

— Si tu rejoins Leika, je vous tuerai tous les deux, Estæbann.

Il titube, effaré. La stupeur a déformé ses traits.

— Elle m'a dit ce qu'il s'était passé entre vous et ça me dégoûte. Peu importe ce que tu pourras dire pour me mentir, je sais. Je sais que c'est mon visage que tu vois quand tu es seul ou avec une autre. Dans tes rêves ou la réalité. Je sais que tu m'aimes et que tu ne peux pas te passer de moi. Je me doute de l'avenir que tu me réserves, et je suis prête à l'accepter. À la condition que tu ne rejoignes personne d'autre que moi, persiflé-je. La douleur de ta trahison, je peux la supporter, même dans la mort. T'imaginer offrir à une autre ce que je ne peux pas avoir m'emplit d'une haine dévastatrice qui ne t'épargnera pas.

Je me redresse, ignorant mon accoutrement.

— Voilà ce qu'est l'amour d'une Daliakys, Estæbann.

J'effectue un simple pas pour ne pas l'effrayer davantage que mes paroles.

— Te rencontrer m'a condamnée à t'être asservie. Je ne jurerai jamais que par toi, mais j'ai conquis assez de fierté pour ne pas te laisser piétiner mon ego.

— Je ne comptais pas la rejoindre.

— Tant mieux.

— Ce qu'elle t'a raconté…

— N'était rien, affirmé-je. Je le sais.

— Te toucher était une erreur.

— Je le sais aussi, craché-je. La prochaine fois que tes désirs te rendront déraisonnable, n'oublie pas que je suis à moitié humaine. Mes propres désirs ont besoin d'être assouvis. Soit tu te décides à aller jusqu'au bout, soit tu ne fais rien.

Il ferme les yeux dans un soupir.

— Je ne voulais pas te blesser, Riham…

— J'en doute.

Il sursaute et me fixe, l'air perdu.

— Ta vengeance est tournée vers moi. Tu m'en veux

tellement que c'est impossible à ignorer, Estæbann. Croyais-tu que je ne verrais rien ? Ce serait mal me connaître. Ma meilleure des études, c'est toi, lui rappelé-je. Et même si j'étais en concurrence avec le royaume entier, je serais première de la classe.

Il passe une main fébrile dans ses cheveux. J'essaie de ne pas admirer le jeu de ses muscles, mais mon regard ne s'en détache pas.

— Abandonne ta vengeance et je te donnerai mon cœur.

Il déglutit, ne dit rien, et le silence retombe quand il s'évade enfin. Seule dans ma cabine, je m'affaisse sur le bord du lit et plonge mon visage entre mes mains tremblantes de rage.

Mon orgueil remporte au moins la victoire d'avoir déstabilisé Estæbann.

39
Maudit par l'amour

4 ans plus tôt
AN 855, À LA PRISON ROYALE DE ZURIA

Estæbann, 18 ans

Adieu, mon cher neveu. Je te souhaite que ta folie amoureuse cesse pour que tu puisses mourir en paix.

Ces paroles tournent en boucle dans mon crâne depuis des semaines. Mon corps souffre le martyre. Mon esprit se perd dans les méandres d'un enfer régi par le prince. Je suis enfermé dans ma douleur et mes cris muets, dans une inconscience brumeuse où il n'y a que les coups et les blessures pour me rappeler que je suis encore en vie et que je déteste ça. Pourtant, les mots de l'Oncle Matheiüs me hantent. Ils sont comme les phalanges des gardes sur mon visage, comme le cuir de leurs semelles sur mes côtes, comme le fer de leurs ceintures sur mon dos ou la brûlure de leurs paumes sur mes joues.

Je suis amoureux.

Amoureux d'une fille exceptionnelle, d'un être extraordinaire, d'un soleil noir, d'une fleur mortelle.

Amoureux, amoureux, terriblement amoureux...

Et je suis condamné à mourir pour ça. À cause de ma propre famille. Par la décision de mon propre sang. Le jugement de mes propres parents. C'est ridicule. *Affreusement* ridicule. Mais le résultat est le même. Le *châtiment* est le même. Il ne change pas. La fatigue et les coups me forcent à plonger dans l'inconscient; et chaque fois que mon esprit s'en extrait, les paroles de mon oncle me rappellent que tout ceci est réel, depuis combien de temps et pourquoi. Chaque jour, je comprends que je n'ai aucune échappatoire. À chaque regard du prince Cassiānn planté dans le mien, celui de Riham se mêle, s'interpose, le domine... et je les hais tous les deux. Sans distinction.

Il est elle. Elle est lui. Ils ne forment qu'un.

Je n'aime pas du tout ça, parce que je me mets à abhorrer Riham, et plus j'essaie de combattre mon dégoût d'elle, plus il s'empire.

Je la déteste. Autant que Cassiānn. Autant que ma famille. Et mon cœur se brise. Mon âme s'effondre dans le néant.

Est-elle au courant ? Est-ce qu'elle sait pourquoi je suis là ? A-t-elle participé à cette décision ? M'a-t-elle trompé ? S'est-elle servie de moi ? Non, j'en suis certain, mais mon ressentiment ne s'apaise pas. Je lui ai juré de revenir, mais les semaines et les mois se sont écoulés. Plus d'une année nous sépare de nos derniers instants partagés. Et l'amour s'allie à la haine. L'amour se teinte de sang. L'amour se noie sous sa propre trahison. Ma rage s'alimente.

Riham est comme les autres.

Riham est mon ennemie.

Comme Cassiānn.

— Eh, le souffre-douleur ! m'interpelle une voix rocailleuse non loin de moi.

Un grognement lui sert de réponse.

— T'veux de l'eau ? J't'en ai gardée.

Mes paupières s'entrouvrent. J'entends un type ricaner plus que je ne le vois. Mes yeux sont pourtant rivés sur lui. Ma vue est trop brouillée, tachetée de points noirs. Je n'ai presque pas la force de me redresser, encore moins celle de tendre le bras dans sa direction. Mais je me traîne tout de même vers lui et ma joue heurte les barreaux crades et rouillés qui séparent nos geôles.

— Tends-moi tes lèvres.

Dans des plaintes affreuses, je bouge la tête et offre ma bouche au bord du récipient. Il le présente contre ma peau et verse lentement la boisson sur ma langue. La sensation est aussi douloureuse que bienfaitrice. Mes muscles frémissent et je lâche un gémissement soulagé. Des larmes pourraient bien se mettre à couler de mes cils, si mon corps avait assez d'eau à verser. Mon visage est désespérément sec. La seule humidité que ma peau connaît est celle de ce sempiternel mélange de sang, de merde et de pisse.

— On dit qu'la pluie va pas tarder. Accroche-toi, gamin. Ça va l'faire.

Je continue de boire, jusqu'à ce qu'il n'y ait plus une goutte. Quand le verre s'éloigne, mon corps cogne de nouveau la grille.

— M… me… merci, bredouillé-je dans un enchevêtrement de syllabes approximatives.

— T'fatigues pas à parler, garde tes forces pour les chiens.

— Lor… de… den…

— La ferme, j't'ai dit, cingle-t-il dans l'espoir vain de me réduire au silence. T'a bousillé l'cerveau l'autre ordure ou…

— Pourquoi t'es là ?

— J'te l'ai d'jà dit. T'veux qu'j'radote ou quoi ? s'agace-t-il.

— Pourquoi ?

— Y a pas d'autres raisons, mec. J'suis un écumeur des mers. Y a eu une embuscade sur terre et j'me suis fait prendre. Pas d'grande gloire victorieuse pour moi. Juste l'désastre. V'là, l'résultat ! Une honte pour mon navire et mon capitaine sans doute. Toi, t'm'as pas dit en r'vanche. Pourquoi t'es là ?

Je ferme les yeux.

Non, je n'ai pas envie d'en parler. Ça rendrait les choses encore plus réelles.

— Le prince dit qu't'as buté son gars. C'est vrai ? C'était toi ?

— Si… S'il… le dit.

Ma langue est de nouveau lourde, pâteuse et dure. Ma bouche se pétrifie dans une solidité abominable. Je n'arrive même pas à déglutir. Les mots dépassent mes lèvres sans trop de souffle. Sans trop de voix.

— C'quoi ta version, gamin ?

Je ne parlerai pas d'elle. *Je ne parlerai pas de toi.* Riham n'existe pas. *Tu ne dois plus exister.* Je veux oublier. *Je veux t'effacer.* Que ma mémoire occulte tout. *Même ton regard.* Même son odeur. *Même tes mains.* Même mon collier autour de son cou. *Même ta voix.* Même ses étreintes volées. *Même ton cœur insensé.*

Pourquoi mes sentiments perdurent ? Pourquoi je les sens frémir dans mon ventre ? Remuer dans ma poitrine ? Je veux les annihiler. Je veux…

Riham.

Je te veux toi.

Je veux qu'elle vienne me tirer de là. Qu'elle me sauve ou qu'elle me tue. Qu'elle m'arrache de là. Je veux qu'elle m'emporte loin de cette cage, même dans la mort, j'accepterai tout tant que c'est elle. J'accepterai tout tant que ce n'est pas cette prison, cette torture, cet éloignement.

Tant que tu es avec moi.

Non. Elle est ma perte, ma damnation. Pas ma rédemption.

Seul l'un de mes poings répond aux ordres de mes émotions. Il se serre, du moins, il essaie. Il se crispe, fait naître une tension le long de mon bras, affligeante. Et tout mon corps se met à trembler.

Je ne suis plus qu'une loque. Une merde parmi ses semblables. Une merde dans un tas de merde, mais sans doute la plus pathétique d'entre elles.

Je rassemble tous mes efforts et crache d'une seule traite, dans une peine atroce :

— L'amour est mon pire ennemi.

Je ne vois pas mon codétenu, mais son silence parle pour lui. Il ne s'attendait pas à ça. Peut-être viens-je de lui confirmer l'histoire officielle. Celle où un gamin de bas étage, un fanatique, amouraché du prince, a perdu la tête à l'annonce des fiançailles. Un pauvre gosse que Sazira a possédé pour répandre encore et toujours sa vengeance sur la famille royale. Une vengeance où le prince Cassiãnn souffrirait. Où la mort le frapperait, le transformant à jamais en monstre.

— L'amour.

Il répète ça comme s'il tentait d'en comprendre le sens, l'odeur, la passion, les sensations… puis il éclate de rire.

Un rire franc, moqueur. Ça me perfore le cœur.

Lui aussi, je le déteste. Je le décide dès aujourd'hui. Dès cet instant. Parce que son rire ne me prouve que le ridicule de ma situation. Amoureux du prince ou de Riham, je me fiche de l'histoire. Qu'est-ce que ça change à tout ça ? Rien. Cassiãnn, l'héritier, l'homme destiné à régner, l'une des trois têtes les plus puissantes de Zuria, ne connaît qu'une version de mon arrestation ; et il n'est pas préparé à accepter la mienne. La vraie. Il n'y a que sa folie vengeresse pour le guider. Elle l'aveugle ou révèle sa réelle nature. Or, le peuple n'en est pas témoin. Les Zuriens boivent ses paroles et s'immergent dans sa haine. Ils reflètent la mentalité de leurs souverains.

— L'amour, c'est un sacré merdier. Vaut mieux pas s'y frotter, s'tu veux mon avis.

Parce qu'un écumeur, ça tombe amoureux ?

Ma voix est bloquée dans le nœud de ma gorge. Mon corps devient de plus en plus lourd, et je sens mon esprit s'éteindre. Je ne distingue toujours pas l'homme dans la pénombre ou à travers ma vue affaiblie, mais je peux presque apercevoir les éclats roux de sa tignasse et de sa barbe. Il s'approche de moi, comme pour imprimer son visage sur ma rétine. Perte de temps. Mes paupières se referment et mon souffle se raccourcit.

— J'sais à quoi tu penses, ricane-t-il. J'sais c'que tu t'dis. Mais les écumeurs aussi ont un cœur, p'tit gars. Va falloir qu'tu t'y fasses.

— Leur cœur ne bat qu'en éviscérant ou en écartant de force les cuisses d'autres gens…

Je ne sais pas si j'ai été perceptible, s'il a même conscience que j'ai marmonné quelque chose, mais il devine tout. Chacune de mes pensées. Et il ne s'en formalise jamais. J'apprécie ça. Au moins, je n'ai pas à me battre contre mes malheureux pairs.

— T'as pas tout à fait tort, gamin.

Je grimace. Mes cils papillonnent et je lutte pour trouver son regard. Empli de malice.

— C'est fini pour moi, craché-je.

— Alors, passe à aut'chose.

La guillotine ne t'a pas attendu pour me donner ce conseil merdique, mec.

Il rit de nouveau et j'ai la sensation qu'il peut lire dans mon crâne.

Oui, c'est certain, je le déteste.

— Mon père disait qu'les sentiments, c'était la perte d'un homme.

Il me bouscule doucement l'épaule et me balance dans une ironie grasse :

— R'pose-toi, l'souffre-douleur ! T'auras b'soin d'force jusqu'à ta prochaine tournée d'baffes. J'te cueillerai un seau d'pluie pour qu'tu t'laves. Tu m'fais pitié. Un jour, j'me sortirai d'là, je r'tournerai sur mon navire et j't'embarquerai avec moi, mon pote. T'pourras te venger à ton tour.

Me venger de qui ? De Cassiānn ? De Matheiüs ? De mes parents ? De Riham ?

Une douleur aiguë se répand dans ma poitrine. Elle transperce mes poumons et s'enfonce un peu plus loin dans mon thorax, atteignant mon cœur.

En m'en prenant à *elle*, en anéantissant *le* problème, je les abattrai tous.

40

Au cœur du lagon, un cri de désillusion

Aujourd'hui
AN 859, À ZURIA

Riham, 19 ans

Les sourires de Vaheem et de Nehōo ne suffisent pas à effacer les stigmates de ma nuit d'insomnie. Ma bouche tremble dans une piteuse tentative d'imiter l'expression rayonnante de leur visage. Les jeunes écumeurs m'ont demandé de leur ouvrir la porte pour qu'ils puissent récupérer la bassine. La colère d'Estæbann m'est revenue en tête, mais je n'ai pas décliné.

— Tout va bien, mademoiselle Riham ? se soucie Vaheem.

— Mademoiselle ? Pourquoi tu continues à m'appeler comme ça ?

— C'est la capitaine. Elle veut qu'on t'appelle comme ça.

— Ne le fais pas, s'il te plaît.

Il pince les lèvres. Je ne sais pas s'il veut m'écouter ou respecter l'ordre de sa cheffe. Il n'acquiesce pas, se contente de m'observer avec une attention qui me met assez vite mal à l'aise. Ni lui ni Nehōo n'ont l'air mal intentionné, mais j'ai le sentiment de ne pas réussir à leur cacher mes émotions ou mon humeur noire.

Si Greitshenn avait été là, sa langue aurait claqué son palais de mécontentement. Elle partirait dans l'un de ses interminables discours où il n'est question que de retenue, d'imperméabilité aux sentiments et d'expression figée en quelque chose d'aimable, mais indifférent. Je n'ai jamais compris le sens exact de ses attentes, toutefois, il m'est arrivé de les satisfaire à quelques reprises.

Mais depuis qu'Estæbann est revenu, depuis qu'il m'a propulsée au cœur de ce monde que je n'ai observé qu'à travers ma fenêtre et mes livres, tout est différent. Je n'éprouve ni le besoin ni le devoir de dissimuler ce que je ressens. La notion ne serait-ce que de « devoir » commence déjà à s'effacer de mon esprit.

Estœbann, toujours Estœbann.

J'aimerais qu'il ne représente plus le ver affamé, enfoncé dans mon cœur pour le détériorer. Sauf que mes pensées lui accordent trop d'importance pour qu'il cesse de grignoter mon âme.

Le raclement de gorge de Nehōo me ramène aux garçons. Je lève les yeux vers leurs sourires encore étendus sur leurs lèvres, mais l'inquiétude a quelque peu gagné leurs traits.

— Tout va bien ? insiste Vaheem.

Mes joues s'enflamment. Je n'ai pas répondu à sa question. Mortifiée, je balbutie un faible « oui » qu'il jauge un petit instant avant de le rejeter :

— Ç'a pas l'air.

— Je… Ça ira, Vaheem. Ça ira, répété-je d'une voix plus affirmée.

Mais mon ton rocailleux ne le convainc pas. Vaheem fait la moue, toise l'extérieur de la cabine par-dessus son épaule avant de revenir sur moi. Il paraît embêté et échange un regard avec son ami. Nehōo affiche le même scepticisme.

— On ramène ça aux autres et on t'emmène quelque part, m'annonce Vaheem.

La stupeur me cloue les cordes vocales. Puis, le grondement de mes questionnements résonne hors de mes lèvres :

— Comment ça ? Où ? Je…

— La capitaine veut faire une halte. Je connais un endroit joli qu'y faut que tu vois.

— Je ne suis pas sûre qu'on nous laisse y aller.

— Estæbann n'a pas besoin de nous voir partir, intervient Nehōo de sa douce voix timide.

— Et Loasodhsan ?

— V'là qu'elle s'en fout ! Juré.

L'accentuation de leurs sourires et l'enthousiasme pétillant dans leurs prunelles m'arrachent un éclat de rire. Vaheem effectue un pas en avant, la main posée au centre de son torse, et s'apprête à parler quand une voix forte le coupe dans son élan :

— Vaheem, Nehōo, bougez vos culs ! La captaine veut son bain. Vous ferez mumuse plus tard.

L'un de leurs acolytes s'impatiente à l'extérieur de la cabine. Le sous-entendu de sa réplique me glace les veines. Markan s'insinue dans mes pensées et gâte mon esprit. Je frissonne. De dégoût. D'horreur. De peur. Comment faire confiance à Vaheem et Nehōo ? Le premier a beau n'avoir rien tenté quand il était le seul conscient des trois hommes dans ma chambre, je connais davantage son art que ses intentions. Et Nehōo… Il me semble avoir compris que son amitié avec Estæbann était forte et sincère, mais j'ignore tout de lui. Et s'il est aussi impoli et impudent que l'Estæbann d'aujourd'hui, alors, je dois me méfier. Ils ne sont d'ailleurs pas beaucoup plus jeunes que Markan, et les apparences sont souvent trompeuses. Que pourraient-ils oser me faire ? Ont-ils conscience que je peux les tuer sans recourir à une arme ? Ils m'ont certainement admirée à l'œuvre sur le balcon de ma cabine, hier.

Vaheem me fait signe d'attendre et il entraîne Nehōo à sa suite, poussant le bain jusqu'à l'entresol et claquant les portes de la chambre derrière eux.

Sans trop me rendre compte de mes actions, je suis déjà debout à fouiller l'armoire presque vide d'Estæbann. Je troque ma tenue noire pour une autre, identique en tous points, excepté pour la couleur.

J'enfile un pantalon en toile à la nuance d'un jaune foncé, pareil à celui du blé. J'ôte la chemise, froissée par l'humidité et les mains d'Estæbann, pour une blanche. En me penchant pour nouer mes bottes, mon regard rencontre la rose en obsidienne, suspendue au cordon de mon collier. Je me fige, pétrifiée par cette vision et l'image d'Estæbann jaillissant dans mon esprit. Recroquevillée dans une position inconfortable, je détaille le pendentif avec une moue dépitée. Je ne supporte pas les souvenirs que cette vision fait resurgir. C'est trop tôt. Trop récent. Trop présent. Je le vois s'élever de l'eau pour me rejoindre. Je l'entends me supplier de le toucher. Je le sens contre moi, en moi, contre ma peau. Il est toujours là. Je n'arrive pas à m'en libérer. Mais je veux l'oublier, je veux l'effacer de ma vie l'espace d'un instant, peut-être quelques heures, peut-être toute une journée.

Oui, aujourd'hui, je veux qu'il n'y ait rien pour me rappeler Estæbann.

Pour la première fois, j'observe la fleur et je la déteste. Elle indique tout ce que je ne peux pas vivre. Elle représente tout ce que je tue. Elle symbolise mes échecs et mes désillusions. Je détache le nœud et dépose le collier sur le bureau. Le regret assaille aussitôt ma gorge, mais je m'interdis de le reprendre et me détourne pour ne plus le voir.

Fini Estœbann, les rêves et les espoirs.

Un rire cynique retentit contre les parois de mon crâne.

Non, bien sûr que non. Ce n'est pas terminé. C'est simplement trop tard pour revenir en arrière et ne plus rien ressentir. Je n'ai plus qu'à essayer de ne pas penser à lui.

À l'instant où ma main touche la poignée, celle-ci se baisse. Je recule juste à temps pour éviter à mon front une rencontre trop brutale avec la porte. Mon cœur tressaute, terrifié de découvrir le visage d'Estæbann. D'avoir osé imaginer qu'il laisse mon âme en paix.

— Vaheem ! m'exclamé-je en apercevant le minois du jeune écumeur.

— Riham ! m'imite-t-il, les yeux brillants de joie. Tu nous suis ?

Nehõo et lui me tendent chacun un coude pour que je glisse mes bras sous les leurs, et je m'y résous, un sentiment d'excitation bannissant mes doutes et mes craintes.

À peine ai-je posé le pied sur le pont du Reidhrivein que le paysage me méduse. Il n'y a personne à l'extérieur du navire, comme si l'ordre avait été de ne pas sortir jusqu'à ce que je rejoigne la terre ferme. Nous sommes dans une baie magnifique. Un demi-cercle de roches immenses surplombées d'un soleil éclatant. L'air est frais, la pluie a cessé, les nuages se sont dissipés et le bleu du ciel, de sa clarté, est flamboyant.

Loasodhsan m'adresse un signe de tête depuis le gouvernail alors que ses plus jeunes matelots me guident vers une petite plage de galets noirs. Elle ne paraît pas m'en tenir rigueur pour Markan. Peut-être qu'elle ne s'est pas rendu compte que c'était moi. Peut-être qu'Estæbann a plaidé ma cause, menti ou est intervenu d'une quelconque façon, et peut-être qu'Arsen a assez foi en lui pour le croire. Pour l'absoudre de tous les péchés.

Soutenue par la poigne gantée de Nehōo, je saute de la barque et trempe mes bottes. L'eau peut bien s'infiltrer et me lécher les orteils, je m'en fiche.

— C'est sublime ! m'émerveillé-je en dressant le nez vers la gauche, puis la droite.

Je me contorsionne la nuque, presque jusqu'à la briser, pour tout épier.

La falaise est si haute que son observation en est vertigineuse. Trois ou quatre fois plus haute que le Reid. Elle est blanche, surmontée, par endroits, de lierre et de fleurs de toutes les couleurs. La roche s'enfonce dans une eau turquoise où des bancs de poissons se distinguent depuis la surface. Certains d'entre eux paraissent plus gros que mes deux pieds réunis. Et ils sont là, tout près de nous, des écumeurs, de la terre…

— Ce n'est pas qu'une simple crique, me confie Nehōo. Si tu regardes bien autour de toi, tu verras les escaliers creusés dans la pierre. Et derrière ce rideau de lierre…

Il m'indique un voile large et épais de plantes vertes et tombantes avant de reprendre :

— Il se cache l'entrée d'une grotte.

Ma bouche s'écarquille dans un cercle de stupeur.

— Quelqu'un y vivait, y a des années !

— Plus maintenant ? me soucié-je. Pourquoi ?

— Elle est morte, m'apprend-il.

Je déglutis. Les garçons me font avancer sur un chemin étroit, à peine assez large pour nous laisser passer côte à côte sans nous marcher dessus. C'est un tunnel sans abri qui transperce la falaise jusqu'à atteindre la densité accueillante d'une forêt.

— On raconte que c'était une sorcière solitaire, poursuit Vaheem.

Je trébuche sur un caillou. Nehōo me rattrape en raffermissant sa prise sur mon bras. Je lui adresse un sourire crispé, le regard soudain voilé.

— Elle vivait là, tout près de la nature, me raconte Nehōo. L'entrée de sa grotte a une vue dégagée sur la pointe d'un volcan immergé à des dizaines de kilomètres de là, au large de la mer de Meiridonn. On peut le voir du bateau, mais c'est mieux en altitude. La sorcière faisait toutes sortes de potions et de plantes pour guérir les gens. On disait même qu'elle dressait des meiridons ou qu'elle pouvait communiquer avec eux, les appeler, utiliser leur don ; elle pouvait concrétiser plein de vœux ou jeter des malédictions et elle avait le pouvoir de…

— Promonotion ! complète Vaheem.

Nehōo rit avec tendresse.

— Prémonition, corrigé-je, la gorge nouée.

Mon cœur est étrangement aphasique et mes poumons presque paralysés par une sensation lourde. Comme un mur de béton m'écrasant le thorax. Le tourment s'enfonce en moi à l'écoute de son récit.

— C'est ça, approuve Nehōo en laissant Vaheem ronchonner de bon cœur.

— Elle est morte comment la… la sorcière ?

— Condamnée par la justice.

— À tort, certains prétendent, ajoute Vaheem.

— Brûlée vive.

— Puis ils ont décapité sa tête sur son cadavre. Pour être sûrs, qu'ils ont dit !

Un frisson d'effroi me terrasse l'échine. Un pressentiment, sans doute, ou l'instinct, me pousse à lui demander, un étau douloureux refermé sur ma gorge :

— Elle s'appelait comment ?

— Tu dois la connaître ! C'est Sazira.

Ce nom me percute de plein fouet, mais les garçons ne se rendent pas compte de mon émoi.

— D'après les légendes, c'était une descendante de notre Déesse. Celle qui a créé Zuria. On n'a plus le droit de prononcer son nom ou celui de sa nature, mais tiens-toi bien ! C'était une Daliakys. Tu dois connaître cette lignée, vu que t'es censée être magique toi aussi. D'ailleurs, faudra que tu nous dises ce que tu sais faire ! Bref, la lignée de la Tortúga s'est éteinte avec Sazira.

— Au royaume, quand on est gosses et qu'on grandit là-bas, les adultes nous disent que Sazira a disparu pendant trois ans, m'informe Nehōo. Elle est responsable de la mort du dernier bébé royal. Le roi est devenu fou. Il a convoqué tous les hauts gradés du pays et des représentants d'autres contrées pour la retrouver et la tuer. En fait, elle s'était réfugiée ici, mais elle a été retrouvée par la garde royale, puis elle a été exécutée.

C'est la première fois que j'entends quelqu'un d'autre qu'Oncle Matheiüs me parler de ma mère. De son histoire. De son enfer. Et cette version est… déconcertante.

— La calanque porte son nom ! s'exclame Vaheem. C'est l'Œil de Sazira. Pour beaucoup, c'est pas joyeux, mais pour nous, elle est comme… la terre de notre véritable reine !

Son enthousiasme me pince le cœur. Il plante son coude dans le bras de Nehōo, mais je ne découvre pas la même exaltation dans son regard.

— J'ai encore du mal à me faire à cette vision, murmure-t-il.

Le trouble m'envahit et je le dévisage, dubitative.

— Pourquoi ? me renseigné-je.

— Parce que je ne suis pas un hors-la-loi par choix, se contente-t-il de dire. Le Reidhrivein m'a choisi et j'ai dû répondre à son appel, mais j'ai été éduqué comme un Zurien lambda. Avec les croyances de la plupart des Zuriens, les mêmes craintes et a priori.

En effet, maintenant que je l'écoute attentivement, je note sa diction, ses formulations mieux soignées que les autres écumeurs. Et je comprends alors que Nehōo est une victime de Loasodhsan et de son équipage. Que s'il est devant moi aujourd'hui, en vie, en chair et en os, c'est parce qu'il a dû accepter de vendre son âme pour sauver quelque chose de plus important que lui à ses yeux.

Ma main se presse un peu plus fort autour de son avant-bras. Une ombre tombe sur les nuances déjà sombres de son regard bleu. Une mèche noire se dresse comme un épi au-dessus de sa tête quand il la penche sur le côté, embarrassé. Il est un peu plus âgé que moi, et pourtant, j'ai l'impression d'être face à un enfant dont j'aimerais prendre soin. Quelque chose d'intense et de fragile à la fois émane de lui. De son visage. Je crois qu'il est brisé. Que son cœur et son âme ont été réduits en lambeaux, mais qu'il s'efforce de purger sa peine pour l'éternité. J'aimerais le questionner sur son fardeau, mais je devine qu'en parler ne ferait que remuer le couteau dans une plaie trop infectée pour être guérie.

Je crois qu'il sait que j'ai compris, mais il ne relève pas. Je reporte alors mon attention sur la forêt et tente d'ignorer la douleur installée entre mes côtes.

— C'est vraiment magnifique, répété-je.

Je foule le sol où mon ancêtre a vécu, où la femme dont j'ai hérité le don maudit a résidé, loin de la ville, loin de l'humanité. Mon rythme cardiaque s'est tellement accéléré que ma vue se trouble et mon souffle se perd quelque part entre deux arbres. Impossible de le retrouver, de contempler tout ce que je découvre encore.

Je m'attarde tout de même sur un buisson fleuri. Je le reconnais à ses bourgeons qui luisent sous le soleil. La nuit, ses pétales se déploient pour libérer des dizaines de lucioles et chasser l'obscurité. J'essaie de retrouver son nom en fouillant dans ma mémoire, mais tout ce que j'ai appris dans l'un de mes livres se brouille. Il s'agit peut-être d'un lukir. Je m'émerveille un court instant devant l'immensité d'un foxerim. Cet arbre, au tronc massif, est connu pour abriter des familles entières de foxens. Ce sont des canidés aux poils roux, sauvages, assez petits. Leur fourrure fournie les protège de toute intempérie. Mais le plus impressionnant, ce sont leurs trois queues. L'on dit que leur moindre mouvement est un langage bien établi. Mais il ne faut surtout pas qu'un humain ou qu'un autre animal ne vienne les déranger. Une simple morsure de leur part enflamme les veines de ceux qu'ils prennent pour leurs ennemis. Jusqu'à brûler et consumer les cœurs…

J'essaie de tout scruter, de concentrer mon esprit sur cet environnement que je découvre enfin. Plus beau que tout ce à quoi je m'attendais, tout ce à quoi je m'étais habituée depuis le début de mon escapade. Or, *son* nom me harcèle.

Sazira.

Ma mère.

Mon esprit veut imaginer cette femme évoluer dans cette forêt sublime que sa mort n'a pas encore gâtée. Comme s'il était le seul et l'unique que Notre Déesse avait voulu préserver. Pour m'y conduire. Pour que je le découvre et que j'apprenne à connaître ma mère. Et sa mère avant elle. Au beau milieu de ces couleurs, de ces milliers d'odeurs agréables, de cette douce obscurité, offerte par les feuillages, et non par la mort lente et douloureuse de la nature.

Cette grotte, je savais qu'elle existait. Oncle Matheiüs m'en avait parlé. C'était un lieu gardé secret par les Daliakys.

Jusqu'à ce que ma mère fasse confiance à la mauvaise personne.

Jusqu'à ce que ce quelqu'un la trahisse…

— Sazira… chuchoté-je entre mes lèvres, dans l'attente d'une réponse de sa part qui ne viendra jamais.

— Tu savais déjà qui c'était ? s'intéresse Vaheem.

— Non, mens-je. C'est juste que les histoires d'ésotérisme me fascinent.

— Tu crois en la magie ? m'interroge Nehōo.

Je hoche la tête sans émettre le moindre son.

— Alors t'es bien magique ! s'extasie Vaheem. Qu'est-ce que tu fais ? Tu peux lire dans les pensées des gens ?

— Non, elle saurait déjà tout ce qu'on dit et on n'aurait pas besoin de parler, rejette Nehōo.

— Sauf si elle est trop polie pour nous faire taire.

— Peut-être que… Oh ! Est-ce que tu peux te rendre invisible ? Je crois que… c'est ce que j'aimerais avoir comme pouvoir.

— Tu veux toujours te fondre dans la foule sans te faire voir !

— Qu'y a-t-il de mal à ça ? J'aimerais juste… être oublié, parfois.

— Seulement pour pouvoir t'enfuir, mais il faut pas. Je te perdrais.

Je souris doucement. Ils sont adorables ensemble…

— Non, rien de tout cela, soufflé-je. Je… n'ai pas vraiment le droit d'en parler. Estæbann préfère que je tienne le secret.

— Pff… c'est frustrant.

— Vaheem !

— Quoi ? C'est frustrant ! roumègue-t-il.

Je rigole discrètement devant ses protestations, mais ne cède pas.

— En tout cas, ça tombe bien que tu croies en la magie, parce que l'endroit qu'on veut te montrer est féérique ! claironne Vaheem en riant.

Nous nous arrêtons face à une paroi de la falaise, où un rideau de codonientys – des plantes roses, au port retombant –, comparable à celui du lierre à l'entrée de la grotte, se développe et dévoile ses petites fleurs blanches à la gorge noire.

— Prête ?

Agitée, je m'abandonne à la curiosité et à l'impatience, acquiesçant vivement.

— Ferme les yeux, m'intime Vaheem.

Je m'exécute et me concentre sur les sons. Vaheem écarte les lianes de la plante rose et saisit ma main gantée pour me tirer à sa suite. J'avance prudemment, une légère angoisse dans la poitrine, mais je joue le jeu. La main de Nehõo est posée dans le bas de mon dos, comme pour me rassurer. Un instant, je me demande si je ne suis pas folle. Pourquoi je me fie à eux ? Mais mon instinct, ou quelque chose d'impossible à décrire, me dit de continuer. De les suivre, et de ne pas me soucier de mes doutes.

Aveuglée par mes paupières, je ne distingue aucune couleur. Mais des rayons de soleil percent l'obscurité. Nous entrons certainement dans un lieu illuminé, dégagé de l'ombrage des arbres. Mon visage se réchauffe sous cet éclat tiède. Le sol change sous les talons de mes bottes ; sa dureté se modèle en quelque chose de plus mou. L'odeur iodée de l'océan s'est dissipée dans la forêt, mais les sons d'une cascade m'informent de la présence de l'eau devant moi. Une senteur humide, mêlée à celles des fleurs, me parvient.

— Tu peux ouvrir les yeux, m'indique Nehōo.

Encore une fois, j'obtempère, et presque aussitôt, mon corps effectue un mouvement de recul. Un lagon ovale s'étend devant moi. Large, long, mais incrusté au cœur de la falaise. Des nuances de bleu me subjuguent, autant que la voûte creusée dans la roche pour laisser entrer la lumière et écouler une cascade. Une plage de sable circulaire se promène tout autour du bassin. Et là encore, une vie florale, lumineuse, prospère. L'éclat coloré de certains poissons miroitent à la surface de l'eau.

C'est magnifique.

Les garçons n'ont pas besoin de me demander mes impressions pour les comprendre. Vaheem pouffe comme un enfant fier d'avoir fait plaisir à une amie.

— Le dernier à l'eau n'est qu'un vaurien ! s'écrie-t-il.

Prise de court, je le regarde courir vers l'eau tout en lançant ses bottes et sa chemise loin de lui. Il ne garde que son pantalon avant de plonger. Quand sa tête réapparaît, Nehōo s'esclaffe et je souris.

— Eh ben, alors, vous venez ? Ramenez vos fesses ! s'insurge-t-il.

Un moment, je porte mon regard sur le profil de Nehōo et suis frappée par l'expression que sa figure arbore. Mon cœur rate un battement. Je suis approximativement certaine que c'est de cette façon que je contemple Estæbann… Il retire sa longue veste en cuir, mais s'enfonce dans l'eau entièrement vêtu, conservant même son foulard autour de son cou. Je le regarde courir, droit sur Vaheem, mais il trébuche et s'enfonce dans le lagon. Vaheem éclate de rire alors qu'il le tire vers le haut. Les mains de Nehōo s'agrippent à ses épaules. Le malheureux s'étouffe, crachant de l'eau et toussant à s'en arracher les poumons.

— Faut vraiment que t'apprennes à nager et à surpasser ta peur de l'eau ! Je sais pas comment tu fais au quotidien sur le Reid, le taquine Vaheem.

Un étrange sentiment d'être une intruse me colle à la peau. Cette scène me paraît trop intime. Comme si elle aurait dû n'appartenir qu'à eux. Nehōo pose la tête sur l'épaule de Vaheem pour se calmer, et l'héritier infortuné de l'Eimerald Rhache pivote dans ma direction.

— Mademoiselle Riham, tu viens pas ? Tu seras obligée de faire les corvées sur le navire !

— Mais je ne suis pas un membre de l'équipage, moi ! protesté-je en souriant.

— C'est pas grave. La capitaine sera pas déçue d'avoir des mains en plus pour astiquer la coque. Maintenant, faut venir !

— L'eau est froide ?

— Bien sûr que oui ! proteste Nehōo, tremblant entre les bras de son *ami*.

— Mais c'est ce qu'y a de meilleur ! renchérit Vaheem.

J'en doute. Mon plongeon inattendu dans le ruisseau de l'auberge, quelques jours plus tôt, ne me rappelle pas de bons souvenirs d'une telle expérience.

— Viens ! s'égosille encore Vaheem.

Il s'enfonce un peu plus au cœur du lagon, maintenant fermement Nehōo contre son torse. Ils s'amusent tous les deux, sans se lâcher pour éviter des frayeurs au plus âgé. Mon cœur bat la chamade. J'aime les observer, mais je préfèrerais les rejoindre. Me déshabiller n'est pas envisageable, mais nager avec tous mes vêtements ne m'enchante pas. Je sens ma mine se gâter face au bonheur partagé des garçons.

Comment leur expliquer que dévoiler ma peau causerait la perte de nombreux êtres vivants de ce coin de paradis ? Peut-être d'eux-mêmes. À l'instar de Markan… Et je me refuse à annihiler quoi que ce soit de plus.

— Je ne peux pas, avoué-je.

— Pourquoi ? me questionne Vaheem.

— Tu ne sais pas nager ? me demande Nehōo.

Leurs traits sont soudain marqués par l'incompréhension. Cela me brise le cœur de les décevoir. Eux qui m'ont entraînée jusqu'ici pour partager un moment exceptionnel avec moi, je balaye leurs sourires et leur joie.

— Je… J'ai… bredouillé-je.

— Sa peau est fragile.

Mes organes sursautent avant mon corps. La silhouette d'Estæbann se dessine à mes côtés. Il a le regard rivé sur les garçons.

— Qu'est-ce que…

J'étouffe ma voix suraiguë et me mords les lèvres.

Estæbann adopte une posture décontractée, maintient une respiration placide, mais son expression est rigide. Ses mains sont enfoncées dans les poches de son pantalon bleu. Le soleil fait étinceler ses iris et affirme les nuances de ses cheveux. Des mèches d'or resplendissent dans son châtain foncé. Du cuivre naît dans sa barbe de quelques jours. Sa mâchoire ciselée se contracte sous mon observation, puis les souvenirs de sa rudesse contre ma main, de sa peau contre ma paume, me poussent à tressaillir. Ma poitrine est assaillie de douleur. Ma gorge nouée se comprime et je détourne le regard pour ne plus le voir.

Je le hais.

Lui, ses yeux, ses mains, son corps, nos souvenirs…

Je hais tout ce qui me ramène à lui.

Je hais tout ça tout en le chérissant comme ma raison de vivre.

— Argh… marmonné-je.

Je ne veux pas qu'il repère mes émotions contradictoires. Toute la palette qui le concerne, lui, personne d'autre. Et la folie qu'il me fait éprouver par sa simple existence. À cause de lui, je suis complètement aliénée. Possédée par une inconscience immature. Je ne veux rien laisser paraître devant lui. Pas même ce soupçon infime d'espoir et de contentement qui fleurit en moi en le voyant.

Il ne mérite que mon aversion.

Pour le moment.

Ou peut-être pour toujours.

— C'est vrai, mademoiselle Riham ? se renseigne Vaheem.

Il sort de l'eau en tête, la main liée à celle de Nehōo. Ils avancent tous les deux, l'un derrière l'autre, mais étonnamment près. Les yeux braqués sur moi, ils me rejoignent, inquiets, dégoulinants à grosses gouttes. Penaude, j'ose à peine me redresser pour affronter leurs regards chagrinés.

— Oui, je… je ne peux pas me baigner dans les bassins comme ceux-ci.

— Et dans l'océan ?

L'intérêt de Nehōo est adorable. Vaheem se détache de lui, s'approche d'un ou deux pas, la main tendue vers mon bras. Estæbann se raidit à ma gauche, Nehōo l'imite dans son dos. Le jeune écumeur n'est plus qu'à quelques centimètres de moi. Il ne me touche pas, mais ses doigts m'effleurent.

— C'est la même chose pour l'océan, les ruisseaux et les rivières. Je ne supporte que l'eau du bain faite pour me nettoyer, prétends-je encore.

Je n'aime pas mentir, mais je ne peux décemment pas me présenter à Vaheem et Nehōo comme la personnification de la mort. *La Daliakys de la Damnation.* Ils seraient terrifiés. Ils me fuiraient. Et je n'ai pas envie de ça. C'est égoïste, mais je ne peux pas me contraindre à la vérité. Pas avec eux. Pas alors qu'ils sont les seuls à m'apporter un peu de gaieté quand Estæbann lui-même s'échine à me broyer l'âme.

— Désolé pour toi, mademoiselle, souffle Vaheem, dont la main s'aventure sur mon coude. Faut que ça s'arrange un jour. Nager, c'est le meilleur truc qu'y a dans ce monde.

— Avant même de naviguer ?

Ses doigts descendent le long de ma manche, en direction de mon poignet. Ils atteignent les miens et ils s'entrelacent dans une pression réconfortante à travers le cuir de mon gant.

— Oui, même avant de naviguer.

Son approbation m'étonne. Un sourire tente de tracer sa courbe sur ses lèvres, sauf qu'un raclement de gorge nous fait pivoter vers Estæbann. Son regard, porté sur un horizon constitué de plantes rayonnantes, de cascades et de roches blanches, est sévère. On le croirait presque capable de trouer la falaise.

— Vaheem, Loasodhsan veut que tu sois de corvée sur le Reidhrivein. Nehōo, Zatlan te demande de le rejoindre pour que tu lui laves la vaisselle.

Nehōo soupire.

— Mais je… proteste Vaheem au même moment.

— Tout de suite.

La voix d'Estæbann claque et résonne contre les parois de la cavité dans un grondement sinistre. Vaheem se crispe. Je réprime mon envie d'intervenir, ne sachant pas quel comportement adopter. Est-ce Estæbann qui est aussi imbuvable ou Arsen lui a-t-elle commandé d'être sec envers son matelot ?

Vaheem incline la tête, libère doucement ma main et ramasse ses affaires. Dans un dernier regard consterné, l'écumeur m'adresse son sourire, entremêle ses doigts à ceux de Nehōo, dont le nez et le regard sont rivés vers le sol, et ensemble, ils disparaissent derrière les codonientys.

Une fois seule avec Estæbann, je prends conscience du poids de sa présence. Elle devient pesante, imposante, étouffante. Des images de la veille jaillissent dans ma mémoire, m'acculant sous le désespoir et la rage. Il m'a abandonnée. Il m'a fait miroiter un rêve, des milliers de songes, un espoir… pour retourner notre désir en rage. Pour le transformer en haine et me le faire payer. M'accuser. Mais je sais que je suis la seule à être sous l'emprise absurde de ma nature et de mon pouvoir. Ce qui nous relie, ce qui nous empêche tous les deux de résister trop longtemps… c'est autre chose. Un lien inconnu. Il est là, quelque part en nous. Je le sais. Il existe depuis toujours. Depuis que je suis venue au monde, il nous unit.

Il a choisi de céder.

Puis il m'a abandonnée.

Je m'éloigne de lui, incapable de le regarder ou de rester à portée de sa main. L'eau effleure le bout de mes bottes dans la sérénité de ses remous. Un coquillage en spirale, d'un rose pâle adorable, attire mon attention, et je le fixe comme s'il n'y avait que lui pour valoir mon attention. Je reste à l'affût du moindre bruit dans mon dos, sauf qu'Estæbann ne daigne pas bouger. Il est très bien là où il est. Qu'il me rejoigne me glace d'appréhension ; qu'il ne s'en donne même pas la peine m'ensevelit d'indignation. L'aigreur coincée dans la gorge, je crache entre mes mâchoires serrées :

— Qu'est-ce que tu fais là, Estæbann ?

— Tu as oublié quelque chose, soupire-t-il après de longues secondes de silence.

— Tu sais très bien que non.

Mon timbre est hargneux et mon corps tremble de cette animosité nouvelle. Même en sachant qu'il a tué le fiancé du prince, je ne l'ai pas jugé. La fidélité de mes sentiments pour lui est trop forte. La peur qu'il soit exécuté m'a maintenue terrifiée pendant toutes ces années sans lui. Il peut bien m'insulter, j'arrive à lui pardonner, à ne pas attacher d'importance à ses paroles désobligeantes. Parce que j'ignore ce qu'il a vécu et parce que ses cicatrices témoignent elles-mêmes d'un enfer que je ne l'ai pas vu subir. Je suis prête à encaisser chacun de ses mots, chacune de ses mauvaises humeurs, mais l'écœurement que je lui inspire me mortifie. Sa façon de me jeter me démolit. Je l'entends inspirer. Sa respiration est forte, il tente de se contrôler, je le devine, mais son invective ajoute une lourde couche à ma rancœur :

— Remets-le.

Un ricanement incrédule m'échappe. Je ne me tourne toujours pas. À la place, je hausse le ton pour que ma réplique lui fracture le crâne et y reste logée :

— Je ne te suis pas soumise sur tous les plans, Estæbann.

Je croise les bras contre mon ventre et serre mes poings, énervée, révoltée, révulsée.

— Je ne veux pas transgresser tes règles. Mon seul but, celui que j'ai nourri toute seule, pour moi et pas pour ma destinée, c'est de t'être dévouée. De te soutenir et de t'ai…

Mon souffle se coince dans ma gorge, étouffant le mot de trop. Je ne le laisse pas me déstabiliser davantage, décidée à poursuivre sur ma lancée sans être interrompue :

— Je veux ton bonheur, je veux t'aider, Estæbann. C'est ce que j'ai toujours voulu. Mais ça… Ton regard, ton dégoût… Je ne peux pas les supporter. Pourquoi je t'inspire autant de haine ? Pourquoi me traîter comme une moins que rien ? Pourquoi m'abandonner sur mon lit après avoir exprimé ce que tu ressentais ?

J'essuie mes joues avant même que mes larmes ne se mettent à couler. Je ne dois surtout pas pleurer. Tout ce qui se trouve autour de moi en pâtirait.

— Estæbann, je…

L'inflexion de ma voix faiblit. Je ne supporte pas mes émotions. Elles me submergent. Trop d'années ont passé où j'ai essayé de tout retenir. Trop de temps à réprimer ce que je suis pour que ça explose aujourd'hui. En l'espace de quelques jours, parce que je m'y suis autorisée, je déborde. Mon corps entier est dépassé.

— J'ai besoin de toi, couiné-je pitoyablement. J'ai tellement besoin de toi que je me suis sentie mourir quand tu n'étais pas là. Et même aujourd'hui, ce sentiment ne part pas. Parce que tu as beau être avec moi, je sais que je t'ai déjà perdu. Je n'arrive pas à te retrouver, Estæbann. Je croyais pouvoir y arriver, mais c'est… j'ai l'impression que c'est impossible. Je suis tellement désolée de ne pas avoir été là. Je suis désolée de t'avoir laissé seul, de ne pas avoir tout essayé pour sortir de ma tour, m'évader par mes propres moyens et te retrouver. J'aurais aimé en avoir la force et le courage. J'aurais aimé subir tout ça à ta place, ou au moins être à tes côtés. Tu peux me détester, me traiter comme une inconnue ou décider de te venger pour t'avoir abandonné la première…

Mon cœur se déchire dans ma cage thoracique. Mes propres mots signent mon acte de décès.

— Je le comprendrai. Oui, je t'assure que je le comprendrai ! Mais surtout, je veux que tu saches que je suis désolée. J'aimerais que tu me parles, j'aimerais avoir une chance de t'atteindre encore, de te prouver que je suis prête à tous les sacrifices pour toi.

Je serre les poings contre ma poitrine et me retourne d'un coup sec.

— Même à m'arracher le cœur de mes propres mains.

Ma gorge me brûle d'avoir hurlé, mais mon souffle se coince quelque part entre ma gorge et mes poumons quand le visage d'Estæbann s'impose à moi. Je ne l'ai pas entendu approcher. Sa figure est déformée par une émotion différente. Une émotion qui semble en dissimuler plusieurs à la fois. Il titube, sans doute à cause de mes vocalises impressionnantes, mais ne tombe pas. Il n'effectue aucun geste pour me toucher et l'éclat sombre de l'obsidienne pendu à son poing m'éblouit. Les doigts d'Estæbann rougissent à vue d'œil, ses muscles frémissent, contractés. La veine dans son cou est gonflée. Il est survolté. Le blanc de ses yeux est injecté de sang.

Bien que son corps soit pétrifié dans la pierre, dur, immobile, je le vois flancher au fond de lui, à travers ses pupilles.

— Mets-le, s'il te plaît.

— Pourquoi ? Pour prouver que je t'appartiens ? le défié-je en réprimant un sanglot.

Il pince les lèvres et je comprends qu'il lutte contre ses propres pensées. Je fais un pas vers lui, commandée par ma fureur.

— Tu n'as pas besoin d'un collier pour savoir que j'ai décidé de t'appartenir jusqu'à mon dernier souffle, Estæbann.

— Non, tu ne m'appartiens pas, objecte-t-il avec difficulté. Tu n'es pas à moi et je ne suis pas à toi. Je ne veux pas que tu portes ce collier pour exhiber ta soumission. Je… j'en ai juste… besoin. J'ai besoin que tu le portes, de le voir sur toi, je…

— Je me fiche de ce que tu peux ressentir ! m'écrié-je soudain en frappant son torse de mes paumes.

Il grimace sous la douleur de mes intonations, mais je continue, emportée par ma fougue :

— Je me fiche de tout, de toi, de tes sentiments ! Arrête de te jouer de moi ! Je ne le supporte pas.

Mes larmes coulent malgré moi. Je me déteste de pleurer.

Que me réserve-t-il ? Que cachent ses non-dits et ses regards noirs ?

Je veux qu'il m'avoue tout, mais je suis trop affligée pour l'écouter, pour le regarder. Je veux disparaître de sa vie et qu'il disparaisse de la mienne. Mais je n'ai toujours eu que lui, et une vie sans Estæbann ne rime à rien.

Être si dépendante de lui m'écœure. Je le bouscule, le poussant presque à la chute, et arrache les lacets de mes bottes.

Je retiens un cri de rage dans un dernier élan de discernement. Mes pieds nus s'étalent sur le sable. Je ne pense plus aux êtres vivants. Uniquement à déverser ma rage. À glacer mes pensées. À éteindre mes réflexions. Mon pantalon suit mes chaussures et mes jambes s'élancent vers le lagon. Mon corps fend la surface et un hurlement étouffé par le poids de l'eau s'expulse de mes poumons. Une envolée de bulles étincelant d'un jaune vif, féérique, se propage autour de moi et effleure mon corps sous ma chemise. Le froid me mord la peau, il s'immisce sur chaque millimètre de mon être et se répand partout en moi. Mes cheveux se soumettent à la force du courant, qui s'enroule autour de ma nuque dans une caresse tranquillisante.

Mon cœur s'est affolé, je sens toujours la colère et l'injustice gronder dans mon ventre, mais quelques secondes suffisent pour m'apaiser. La tension se détache de mes muscles, se noie avec les vibrations de mon cri. Mes larmes se confondent dans le lagon. J'ignore si elles sont toujours capables de tuer, mais la vue de quelques poissons nageant loin de moi, bien en vie, me soulage. Certains doivent avoir succombé à mon exclamation acrimonieuse, mais leurs corps ne sont pas visibles et je me prête à croire qu'il n'y a aucun cadavre.

Mais je me leurre.

Au cœur du lagon, le cri de ma désillusion a anéanti mon propre cœur.

41
Céder pour un rêve

Estœbann, 22 ans

Il y a un truc qui se plante dans mon cœur pour le fissurer. Un trou dans ma poitrine qui se creuse. C'est douloureux, affligeant, paralysant. Je suis immobile, figé. Les tibias à moitié immergés. Le corps de Riham vient de surgir au-dessus de la surface dans une cascade fracassante. Mon souffle s'échappe quelque part dans l'air, en même temps qu'un hoquet de stupeur.

Ma chemise blanche lui colle la peau. Les manches lui tombent sur les bras, dénudant ses épaules, et le col révèle la naissance de sa poitrine, dépourvue du collier qui n'a jusque-là jamais quitté son cou. La pointe de ses seins et le galbe de ses fesses apparaissent sous le tissu translucide. Son ventre se creuse sous l'inspiration que ses lèvres absorbent. Ses cheveux bouclés n'ont pas de discipline, ils volent autour de son visage, envoyant valser de nombreuses gouttes d'eau.

Ce tableau me sidère. Sa peau brune resplendit sous la voûte ouverte au ciel. Le soleil tombe sur elle comme une lumière divine. Elle l'éclaire sur mon chemin et je ne vois plus qu'elle. Je sens ma résistance abandonner ma raison.

Je ne suis pas prêt à tout lui raconter, à faire la paix avec mon passé, mais combattre les sentiments qui ont toujours existé, persisté à travers le temps et le sang, est utopique. Je veux céder, la toucher, ses mains sur mon corps, lui expliquer que, malgré mes intentions répréhensibles, mon cœur lui est entièrement destiné. Ça a toujours été le cas. Et cela continuera de l'être. À jamais.

Avec peine, je déglutis.

Riham se tourne vers moi alors que mes bras se balancent le long de mes flancs. Je suis dépossédé de mon aplomb. Son regard s'arrime au mien et mes jambes sont à deux doigts de flancher. Son corps nu m'est dévoilé et je suis hypnotisé par ses courbes, voilées par ma chemise. Cette silhouette dont j'ai rêvé toutes les nuits est face à moi, pour de vrai. Ce n'est plus un songe, plus la création malsaine de mon esprit ravagé par la douleur et le sentiment amer de la trahison. Je lorgne ses cuisses, les seules que j'aimerais sentir contre moi, autour de ma taille.

Riham...

Ou le nom de mon espoir.

Riham...

Ou le nom de ma condamnation.

Riham...

Ou le nom de mon amour.

Riham...

Ou le nom de ma pire épreuve.

Les yeux de mon oncle jaillissent du passé et sa voix

s'extirpe des abîmes de ma mémoire pour me répéter ma sentence, mon erreur…

Tu es tombé amoureux de la seule personne qui t'était interdite.

Adieu, mon cher neveu. Je te souhaite que ta folie amoureuse cesse pour que tu puisses mourir en paix.

Tant de fois, j'ai eu envie de me donner la mort. C'est le sort que l'on réserve aux traîtres à la communauté de Sazira. Tant de fois, j'ai voulu en finir, je me suis résigné à subir mon jugement. J'ai essayé de tirer un trait sur Riham, symbole de ma déchéance et de ma chute. Je l'ai honnie. Longtemps. Toujours plus fort. J'ai voulu la détruire. Et cela a été ma nouvelle raison de fuir. Mon objectif. Il a nourri mon besoin de vengeance contre le prince Cassiānn, contre Riham elle-même. Il m'a donné la force et le courage de m'échapper. De m'extraire de là. De cet enfer dans lequel je me noyais. Il m'a fallu quatre ans avant de m'enfuir. Deux ans avant de m'estimer assez fort pour mener à bien mon combat.

Sauf que je l'ai retrouvée. Et son regard m'a rappelé que je l'aime encore.

Oui, je l'aime. C'est une fatalité. Et je ne sais plus si je veux lui faire du mal. Chaque fois que ma haine se réveille, elle me hante dans mes songes et les remords me martyrisent. La briser me détruit.

Ce matin, retrouver le pendentif sur mon bureau m'a glacé les veines. Tant qu'elle le porte, je sais qu'elle me chérit, et une infime partie de moi est consciente que cette certitude est ma raison de vivre. Savoir qu'elle m'aime quelque part, même si elle n'est pas à côté de moi. J'ai cru accepter qu'elle ne me pardonne jamais, mais je ne supporte pas l'idée qu'elle me renie. C'est plus douloureux que les sévices perpétuels de la garde royale, des chiens du prince. Plus affligeant que des années de prison. Plus abominable que la solitude. Certains de mes actes la blesseront, ils la mèneront même à sa perte, mais je n'aspire plus à repousser mes sentiments. Je ne désire plus tirer un trait sur son amour. Comment céder ? Comment lui dire que je suis désolé ? Comment lui certifier que *je* l'aime ? Moi aussi, je pouvais mourir pour elle. Je *voulais* mourir pour elle. Même si les choses ont changé aujourd'hui, que je ne lui appartiens pas, mon cœur, lui, est resté entre ses mains. C'était écrit. C'est ainsi. Je dois payer le prix de mon amour pour mon expiation.

Riham continue de me fixer, elle est figée au milieu du lagon. Toujours installée sous le faisceau de lumière.

— Pourquoi ne pars-tu pas au lieu de rester planté là comme un imbécile ? me questionne-t-elle, amère. Qu'est-ce que tu veux me faire ? Qu'est-ce que tu prépares pour moi, Estæbann ?

Je ne réponds pas, la gorge asservie par les regrets.

— Je ferai tout pour toi, répète-t-elle dans un souffle. Je te donnerai ma vie.

Ses yeux brillent de larmes, mais ses pleurs ne coulent plus.

— Pourquoi as-tu besoin de moi ? Pourquoi ne veux-tu pas me perdre si ce n'est pas parce que tu tiens à moi ? Tu dois répondre à mes questions, Estæbann. J'en ai besoin. Je *dois* savoir. J'en ai le droit. Surtout si tu veux sacrifier ma vie pour la tienne.

Je me raidis violemment. Je n'ai donc pas rêvé, elle a compris. Elle m'estime elle-même capable de la voir mourir pour ma propre liberté. Ma malveillance a tant contaminé mes veines que Riham a deviné ces années de rancœur et de douleur. Je me suis laissé pervertir sous la haine et la rage, les meurtres et les coups, la géhenne et la violence… Et Riham en subit les conséquences.

Ça me meurtrit le cœur.

— Je suis désolé, petite fleur, chuchoté-je, effaré.

Désolé d'être un enfoiré. Désolé de ne plus être celui que tu as aimé, celui qui te protégeait. Rien n'excuse ce que je t'ai dit et ce que je t'ai fait. Rien n'excuse ce que je te ferai encore…

— Je ne veux pas te perdre. Pas parce que tu es la clé de ma liberté, mais parce que tu… tu es…

Les mots m'échappent. Ils me fuient. Inlassablement. Je lutte pour les retrouver, mais le tourment m'accable et m'empêche de les prononcer.

— J'ai peur de ce que je suis et de ce que je ressens, enchaîné-je avec difficulté. J'ai peur des pensées qui m'habitent quand je me mens. Ils m'ont détraqué. Je les ai laissés me massacrer. Anéantir le garçon que tu connaissais. Abattre l'homme que je voulais être à tes côtés. J'ai essayé de résister, de tout surmonter, j'ai essayé de ne pas changer, mais j'ai perdu pied.

— Qu'est-ce que tu racontes ? balbutie Riham.

Sa voix tremble et je ne parviens pas à soutenir l'intensité de ses prunelles. Je fais quelques pas de plus vers elle, puis m'agenouille dans l'eau, immergé jusqu'aux coudes. Les souvenirs de mes années, enfermé dans ma geôle minuscule, m'écrasent. Je perçois leur poids sur mon crâne. Ma nuque en souffre. Mes épaules s'affaissent. Tout mon corps se courbe sous l'écho de mes propres cris, sous la vision de mon propre sang, sous les perceptions de ma mémoire physiologique, des chocs que j'encaisse encore.

— J'ai besoin de toi, Riham. Ils m'ont tout pris, tout arraché. Ils ont réussi à t'atteindre dans ma tête, à te diaboliser quelque part dans mon cœur et… parfois, j'ai envie de te détester, je te hais pour m'avoir envoyé en prison. Pour les avoir laissés m'y retenir. Pour les avoir laissés me torturer. Encore et encore. Puis je comprends que ce n'est pas ta faute. Que c'est la leur et que je… et que tu es toujours là pour moi.

— Estæbann…

Elle s'est approchée, ses mains nues survolent mes joues sans les toucher.

— Je ne veux pas te perdre, parce que, même quand j'essaie de me convaincre du contraire, je sais… Je sais que tu es tout pour moi, Riham, insisté-je, la voix éraillée.

Ses yeux brillent. Ils étincellent d'émotion, d'humidité. Elle a toujours eu cette part de pureté, celle qui, en quelques mots, ressurgit pour prendre soin de moi. Sa colère ou sa tristesse, même dissimulées, se ressentent, puis elles s'effacent pour céder leur place à sa bienveillance. Elle est naïve, douce, mais c'est ce que j'aime le plus chez elle et ce que je m'apprête à user pour la trahir.

Je reste à genoux devant elle, dressant le menton pour apercevoir son visage couronné par l'éclat du soleil.

— Tu es tout ce que j'ai de plus précieux, parce que *tu* es précieuse et parce que je crèverais plutôt que de te sacrifier.

C'est ce que j'ai toujours fait. Avant. J'ai toujours eu des convictions, mais je me suis moi-même vendu pour la sauver.

— Pourquoi tu dis qu'ils t'ont obligé à me haïr ? De qui tu parles ?

— De notre famille.

Je refoule mes émotions et force l'insensibilité de mon ton :

— Oncle Matheiüs m'a piégé, poursuis-je. Il s'est

débarrassé de moi en étant le porte-parole de mes parents et du Conseil. Il m'a laissé tomber parce que j'ai… parce qu'ils ont estimé que j'étais… trop proche de toi.

Sa poitrine se bloque d'un coup. Ses yeux s'écarquillent et ses lèvres s'écartent. La stupéfaction s'empare de ses traits.

— De moi ?

— La Mort ne peut pas avoir d'amis, soufflé-je, le regard perdu dans le vague. Elle ne peut pas non plus être aimée. Surtout pas par un type aussi insignifiant, par un mec qui dérange.

— Alors… tout… Tes cicatrices… C'est à cause de moi ?

Je n'arrive pas à nier, à lui dire que non, qu'il n'y a pas que ça, mais je ne peux pas lui parler du prince Cassiānn, pas encore. Je ne suis pas prêt. Je ne veux pas. C'est trop de vérités à dévoiler, trop d'horreurs à revivre, trop de honte à supporter.

— Estæbann, chuchote Riham. Je suis désolée… tellement désolée ! Je…

— Tu ne m'appartiens pas, soufflé-je en me redressant un peu pour affirmer la puissance de mon regard dans le sien. Tu es une beauté mortelle et je me plais à dire que tu es la mienne, mais tu es libre avec moi. Je *veux* que tu le sois. Je t'ai promis de revenir, et maintenant que je suis là, je donnerai jusqu'à ma plus petite étincelle de vie pour que *tu* continues d'exister.

Ses mains toujours humides osent se déposer sur mes épaules. Elles se pressent sur ma chemise, agrippant mon col pour ne pas toucher ma peau. Mes yeux quittent son regard pour m'aventurer un peu plus bas. Sa souffrance fait frissonner son corps.

— Je peux te prendre dans mes bras ? lui demandé-je doucement.

J'ai peur qu'elle me le refuse. Elle hésite, je le sens, mais elle me soulage en abdiquant. Mes mains l'enlacent et ses jambes cèdent. Elle s'assied sur moi, contre moi, et mon corps réagit au contact du sien. Sa nudité perturbe mes sens. Elle me rassérène aussi. Parce que sa peau a été si réconfortante, le temps d'un instant, que je sais. Je sais que je ne pourrai plus m'en passer si elle m'autorise encore à la parcourir.

— Redonne-moi ma Daliakys, me supplie-t-elle.

Mon cœur rate quelques battements. Sa requête me cisaille les entrailles tant elle m'apaise. Je m'empresse d'attacher le collier à sa nuque et admire le pendentif entre ses seins.

— J'ai envie de t'embrasser, avoué-je dans un murmure presque imperceptible.

Elle frissonne, sans doute plus effrayée qu'enthousiaste à cette idée.

— Tu n'as pas besoin de mourir inutilement maintenant, réplique-t-elle.

— J'ai toujours eu envie de mourir sous tes baisers.

— Et moi, je refuse d'être celle qui te tuera.

— Même pour mettre un terme à mes souffrances ? m'efforcé-je de la taquiner.

— Pas pour quelque chose d'aussi futile qu'un baiser.

— Je préfère me noyer tout de suite dans ce lagon plutôt que de me priver de toi.

Elle se fige entre mes bras et émet une plainte désapprobatrice.

— Tu as dit que cela pouvait durer des heures, toute une journée peut-être, lui rappelé-je. Je saurai me délivrer à temps.

— Estæbann, je… Ce n'est pas…

— Tu as envie de m'embrasser ?

— Ce n'est pas la question, c'est…

— Si, c'est précisément la question que je te pose, affirmé-je. En as-tu envie, Riham ?

Ses hanches s'avancent à la rencontre des miennes, son ventre s'écrase contre mon torse et ses seins effleurent ma mâchoire.

— Depuis toujours, me confirme-t-elle.

La barrière de ma raison trébuche. Le désir en profite pour s'emparer de mon corps. Durant quelques secondes, je peins le portrait de Riham dans mon esprit, ses taches de son brunes, son nez retroussé, sa peau mate, ses longs cils noirs et ses yeux de biche. Sa nuque savoureuse, gracile. Elle est magique. Magnifique.

Ma bouche épouse les courbes de la sienne dans une étreinte salvatrice.

Un frémissement naît dans ma figure, s'infiltre dans mon corps et court dans chacun de mes membres. Il se répand si vite qu'il m'entraîne à plaquer ses seins contre mon buste. Ses dents mordillent ma lèvre inférieure et une vague de plaisir m'engloutit la poitrine, se répercutant jusque dans mon bas-ventre. Je m'élance à la découverte de sa langue, tout en resserrant ma prise sur sa taille. Ma main gauche disparaît sous la chemise qu'elle porte. Mes doigts caressent l'une de ses fesses avant de s'étendre sous sa cuisse.

Un sentiment croissant de convoitise se propage en moi. La toucher est inespéré. Presser sa peau et l'étreindre presque nue… Ça me submerge d'un bonheur inéluctable. Je la ressens, je perçois le moindre centimètre de son corps comme un nuage dans lequel je plonge. Elle est un songe entre mes bras, un rêve que j'embrasse, une réalité à laquelle je ne crois toujours pas.

Mon corps durcit contre le sien. Elle le sent et ses jambes

s'écartent d'elles-mêmes. Un gémissement lui échappe lorsqu'elle presse son intimité contre moi. J'étouffe ses soupirs avec ma bouche, macule sa peau de rougeurs. La chaleur de son corps augmente la température de l'eau. Mon épiderme est parcouru de chair de poule et je perçois mes poils se dresser sur ma nuque. Mes veines se réchauffent, mon cœur implose, mes poumons brûlent.

— Estæbann, si… si tu ne t'arrêtes pas… chuchote Riham entre deux danses langoureuses. Je vais… Je ne pourrai plus lutter.

— Ne lutte pas, soufflé-je contre ses lèvres.

— Mais j'aimerais…

Sa main tremble contre ma hanche. Elle l'effleure pour se poser entre nos sexes. Ses doigts se referment sur moi et je lâche une plainte.

— Je te veux, couine-t-elle, comme si son aveu lui coûtait.

Mon érection s'écrase contre sa paume et ma bouche quitte la sienne pour glisser dans son cou. L'un de ses bras s'enroule autour de ma nuque. Mes baisers voyagent sur sa peau, se profilent jusque sur sa poitrine et terminent leur course sur son sein droit. Ma langue enveloppe son téton et j'obéis à sa volonté. J'ôte ma chemise sans me détacher d'elle et dénoue le cordon de mon pantalon pour m'en libérer.

— Je te veux, répète Riham dans un souffle que je sais à peine contrôlé.

Ma bouche continue ses succions et je savoure les vibrations de son buste dans le creux de mes bras. Mon pouce s'infiltre entre ses lèvres immergées, tout près de mes cuisses, et trouve la protubérance de son plaisir. Elle frémit quand je la touche. Elle gémit quand j'effectue des cercles. Mon cœur bat à tout rompre. Un sentiment indescriptible m'envahit, comme si mes forces commençaient à m'échapper, mais que mon corps était galvanisé par un désir trop grand, trop bon. Ma main saisit la sienne pour la refermer sur ma hampe. Je l'embrasse tendrement et murmure contre sa bouche :

— Guide-moi.

Je veux que ce soit à son rythme, qu'elle dirige, éviter de la blesser.

— Je ne sais pas comment faire, bredouille-t-elle.

— Écoute ton corps.

Sa poitrine se pétrifie contre mon torse. Elle retient son souffle, resserre sa prise sur moi et se soulève au-dessus de mes cuisses. Je ferme les paupières, réprimant un geignement trop fort, bataillant contre mes propres réactions trop vives. Lentement, elle glisse sur moi. Sa tiédeur m'enveloppe. Je me crispe à ses plaintes, appréhende de lui faire mal, mais elle poursuit ses mouvements. Saccadés et rêches à cause de l'eau, mais assez fluides pour persévérer. Une impulsion de son bassin me transmet une vague de plaisir dans le ventre.

Mes yeux s'ouvrent de nouveau pour capter le spectacle de son sourire émerveillé, soulagé, alors que nos corps s'unissent. Un soupir s'extirpe de sa poitrine, et sans crier gare, ses lèvres fondent sur ma bouche, ses mains emprisonnent mon visage. Je suis captif de ses baisers appuyés, retenu par ses doigts enfoncés dans mes joues, mais pour la première fois, ma prison est mon firmament. Ma Genèse. Mes impulsions vont à la rencontre des siennes. J'empoigne ses fesses pour la soulever et l'allonger sur le sable. Nos chairs palpitent, nos muscles se répondent avec véhémence. Ses jambes se verrouillent autour de ma taille. J'encercle sa nuque de l'une de mes mains, pressant son visage contre le mien. Elle est ma destinée, c'est elle ma liberté. J'en suis persuadé. Mon cœur s'affole de plus en plus dans mon thorax et même si la mort le guette, il ne s'est jamais senti aussi vivant, aussi survolté.

Ma paume se déploie au centre de ses seins, à l'affût de ses propres battements, et j'écoute la musique de nos instruments. Ils se coordonnent, s'assemblent, s'allient… et j'ai la sensation de m'enivrer de ces percussions pour l'éternité. Que même en enfer ou au paradis, cette musique me suivra. C'est mon souhait. Il le faut.

Le corps de Riham se contracte contre moi, ses cuisses se referment sur mes flancs. Elle gémit un peu plus fort et plante ses dents dans ses lèvres, offrant ses tétons à ma bouche.

Un rire explose dans l'air, doux et euphorique, soulagé et troublé.

La vision de ton sourire éclatant, de ton regard porté vers le ciel, de ton corps abandonné, de ta poitrine dévoilée, rougie par mes baisers et mes succions…

La perception de ta moiteur, de tes frissons sous mon torse, de tes palpitations contre mes mains, de ta respiration entrecoupée par l'effervescence et le désir comblé…

Je suis quelque part dans un monde qui n'existe que pour nous deux. Quelque part dans un univers qu'elle a créé pour moi. Quelque part seul avec elle, comblé, heureux, et je ne lutte pas. Je ne combats plus. J'accepte cet amour auquel j'ai renoncé dans la haine. Et je scelle mon bonheur d'être à elle.

Il n'y a que dans mes rêves que l'union de mon corps à celui de Riham ne représente aucun danger. *Uniquement* dans mes rêves. C'est une certitude.

Je sens le gouffre emporter ma conscience. Mon cœur bat trop vite, comme embarqué dans un vent de panique ou un torrent d'angoisse. C'est trop fort. Trop puissant. Et j'affronte le regard de ma propre mort. Elle domine mon plaisir et l'amplifie à la fois. Mon corps tremble et s'emporte. Je ne me sens plus maître de rien, plus maître de moi-même. Riham – ou plutôt ce qui vit en elle, ce qui s'étend dans ses veines – aspire mon âme et je ne suis plus certain de vouloir résister. C'est comme si je connaissais enfin la véritable sensation de vivre.

Stupide ironie.

Mes gestes deviennent plus pressés, insistants. Ma bouche voyage sur sa peau entre les pans de ma chemise. Les bouts de ses seins glissent sous ma langue. Je les mordille et Riham gémit encore. Ma main explore sa cuisse nue, découvrant sans cesse la délicatesse de sa peau. J'aime son odeur, indescriptible. Un mélange de fragrances qui ne se trouvent que dans le creux de sa nuque, contre l'arc de ses lèvres, la chaleur de sa poitrine ou le creux de son ventre. J'inspire contre ses hanches, avivant mes poumons de cet oxygène chargé d'elle. Je me nourris de l'air qu'elle respire et je me rends de plus en plus compte de la folie qui s'est installée en moi.

Y a-t-il quelque chose de sain dans mon amour pour elle ? J'ai bien peur que non. L'opium me terrifie, mais Riham me donne la sensation d'une drogue beaucoup plus dangereuse, vorace, intense. Les sentiments qu'elle fait naître en moi n'ont sans doute rien de normal. Peut-être suis-je en train de m'y perdre, peut-être que je n'ai jamais réussi à m'en défaire. Mais je suis incapable de me tuer à essayer, de continuer à le vouloir.

Pas alors qu'elle gesticule sous mon corps.

Pas alors que ses ongles griffent mes omoplates et que ses doigts s'infiltrent dans ma chevelure.

Pas alors que ses mains s'agrippent à mes mèches pour plaquer un peu plus mes lèvres contre son sein et qu'elle gémit sous la danse de ma langue sur son téton.

Pas alors que son étreinte m'entraîne un peu plus bas sur son corps.

Je souris contre elle, contre ses courbes. Je souris sous le creux de son ventre. Mon souffle chaud répand des frissons sur son épiderme. Je la sens fébrile. Perdue. Elle ne sait pas ce qu'elle fait, mais elle me dirige toujours. Et je l'écoute. J'obéis. Si je le pouvais, si mes genoux n'étaient pas déjà à terre et qu'elle n'était pas allongée sur le sable, je m'abaisserais devant elle et je lui déclamerais ma servitude éternelle.

Et je trouve ça tout aussi pathétique que dramatiquement sincère.

Parce que si j'ai un jour lutté contre la royauté, si je condamne le monde dans lequel nos souverains ont plongé notre pays et si j'ai toujours mené ma lutte dans l'ombre contre eux… je veux que Riham soit ma reine. Elle a déposé sa couronne sur mon cœur et j'en suis rendu à être l'esclave de son amour. L'esclave de ce que le destin a préparé pour nous. Un chemin semé d'obstacles et de sang. Une route semée de pièges et de trahisons. Mais un sentier vers lequel la lumière se tourne toujours. Parce que nous nous retrouvons à chaque fois. Parce que je reviens toujours vers elle. Parce qu'elle m'attend inlassablement.

Foutaises.

Putains d'illusions.

— Estæbann… murmure ma beauté mortelle dans ses soupirs.

Elle n'a peut-être même pas conscience de prononcer mon nom. Son pouce effleure mes lèvres, puis revient conquérir ma nuque. Mon épaule glisse sous sa jambe et je la soulève tendrement pour la coller à mon visage. Ma bouche la parcourt, laissant des traînées humides à mes nombreux passages.

— Estæbann, tu… tu n'es pas… Continue.

Un rire m'échappe et la douceur de mon sourire contre l'intérieur de sa cuisse lui arrache un frémissement. Elle ouvre les yeux, mais ses pupilles sont si dilatées qu'on la croirait emportée dans un autre monde. Je prends le temps de l'observer alors que mes doigts se fraient un chemin pour apaiser nos désirs. Elle est sublime. Parfaite. Elle n'essaie pas de faire semblant. Elle s'abandonne à une sincérité déconcertante. Il n'y a plus de barrières, plus de retenue. Elle tremble, elle gémit, et ses lèvres entrouvertes trahissent la pudeur qu'elle a toujours tenté de préserver dans le silence, en ne parlant que lorsqu'elle y était invitée. Je n'ai pas besoin de lui poser de question pour qu'elle s'autorise à parler, à communiquer ses émotions. Son corps et sa voix se joignent pour tout me témoigner.

Je suis assoiffé, affamé. Je la veux encore, plus longtemps. Peu m'importe ce gouffre ouvert à mon cœur. Je sombre en goûtant au bonheur, en m'enfonçant dans la réalité de mes songes.

Je ne la mérite pas. On ne mérite pas une fille comme Riham. Encore moins quand on se destine à la détruire.

Ma bouche circule sur sa cuisse, envieuse d'elle. Ma langue se faufile au-dessus de mes doigts. Au contact de mes lèvres, elle échappe un hoquet de stupeur. Une inspiration brutale qui rapproche son corps de mon visage. Son buste se soulève dans ma direction, ses hanches vacillent. Mon bras s'enroule autour de sa taille alors que ses chevilles se croisent sur mon dos. Elle s'offre à mes baisers, abandonnant l'idée d'étouffer ses plaintes.

— Estæ… Estæbann, continue-t-elle de soupirer.

Son souffle est de plus en plus court. Ses jambes s'agitent encore, emprisonnant ma tête dans un étau réconfortant. J'aime sa chaleur. J'aime ses étreintes. Je veux rester prisonnier d'elle. Prisonnier de sa volonté.

— Estæbann, je…

Ses geignements m'encouragent à relever la tête et je l'entends me supplier de revenir vers elle, en elle.

Tout ce que tu voudras, pensé-je.

Seulement pour aujourd'hui.

Seulement pour cet instant.

Je passe mes mains sous ses fesses, enlace son buste et la soulève pour la dresser au-dessus de moi. Mon dos s'étend sur la plage et j'admire de nouveau la vision de Riham dans la lumière. La Mort ne m'a jamais paru si éblouissante.

Ses boucles noires cascadent sur son corps. Du sable chute sur sa peau, mais elle ne semble pas s'en soucier. Elle écarte les genoux pour encadrer mes hanches et m'enveloppe de sa moiteur. Je la sens palpiter autour de moi. Les lèvres pincées, elle ferme les paupières et gémit un peu plus fort. Ses mains me maintiennent au sol alors que mon regard dévore sa silhouette. Ses seins sont impétueux à la lueur du soleil. Ils règnent en maître dans mon champ de vision, autant que son sourire, autant que ses traits détendus et frémissants sous le plaisir. Mes reins suivent les va-et-vient des siens. Ses mouvements m'ensorcellent, me galvanisent, et ses exclamations greffent leur souvenir dans ma mémoire.

Je ne veux pas l'oublier. Si c'est l'unique fois où nous devons nous unir, je veux tout conserver dans les moindres détails, là, sur mon corps, dans ma tête et dans mon cœur. Je veux être hanté par sa chaleur, son humidité, sa jouissance, ses cris et sa beauté. Je veux qu'elle me hante, quitte à ce que j'en perde la raison.

Il n'y a qu'elle pour me faire vibrer.

Il n'y a qu'elle pour me faire exister.

Dans l'extase et le bonheur, comme dans la peine et la rancœur.

42

Quand la Rose abat l'Épée

Riham, 19 ans

Avec difficulté, Estæbann s'échappe de mon étreinte. Je tente de le retenir, mais il parvient à s'extraire et retombe lourdement sur le côté. Un grognement rauque m'expose toute la douleur qu'il éprouve en s'arrachant à moi, et toute la force nécessaire pour qu'il reste loin de moi. À une distance où nos peaux ne risquent plus de s'effleurer au moindre mouvement. Affalé sur le dos, il fixe le plafond de la grotte. Ou peut-être le ciel à travers la voûte.

Je tends le bras pour atteindre Estæbann. Pour toucher ce rêve que je ne veux pas briser. Ma main se perd dans ses cheveux et j'apprécie la caresse chatouilleuse de ses mèches brunes. C'est doux, léger. Si bien, si bon. Je suis bien. Plus que je l'aie jamais été.

Je veille à ce que mes doigts nus ne touchent pas le cuir de son crâne. Mon regard, lui, ne réprime pas ses envies. Je fouille son visage, son expression. Je suis l'arête droite et fine de son nez, le bout rond, pointu, dressé vers le plafond de la grotte, puis tombe sur les courbes de ses lèvres. Leur arrondi laisse échapper un souffle éreinté, qui, quelques secondes plus tôt, caressait ma peau. Rougie par nos baisers, sa bouche tremble encore à chaque inspiration. Elle frémit et j'aimerais pouvoir les apaiser en y passant mon pouce. Le grain de beauté sur sa pommette gauche attire mon œil et mon sourire s'accentue sur ma figure. J'ai enfin pu l'embrasser. Lui dire sans un mot à quel point il m'a obsédé toute ma vie. De sa mâchoire ciselée à son front couvert de boucles et de sable, je le contemple comme si c'était la première fois.

Le chatoiement turquoise de ses iris bouleverse quelque chose en moi. Mon cœur se serre, mon estomac se soulève. Sous la lueur du soleil et des fleurs aux couleurs rutilantes, ses yeux scintillent comme deux pierres précieuses, forgées au cœur de l'océan le plus beau, le plus clair et le plus pur.

— Je t'ai déjà dit que tes yeux étaient exceptionnels ? ne puis-je m'empêcher de lui demander.

Un mince sourire tremble sur ses lèvres.

— Non, mais crois-moi, je le sais. Beaucoup me considèrent comme un monstre.

— Un monstre ? m'étonné-je, éprouvant un soudain sentiment de haine.

— Mes yeux ont la couleur des meiridons. Ça fascine autant que ça effraie.

— Pourquoi ?

— Parce que ce sont des créatures inhumaines, magiques et légendaires. Tout comme le nom des femmes de ta lignée, la simple évocation d'un meiridon propage la terreur partout dans les villages. La magie et les légendes sont hors de contrôle pour les humains. On ne peut pas lutter contre ça.

Sa tête pivote dans ma direction. Il enfile l'un de ses gants et vient chercher ma main, toujours enfoncée dans ses cheveux pour caresser mes doigts un par un.

— Les gens ignorent que les créatures comme les meiridons et les Daliakys ont les mêmes émotions que les humains. Que nous avons tous été créés par la même Mère. La même Genèse. Tout ce qu'ils retiendront de toi si tu te dévoiles à leurs yeux, c'est ce que tu es capable de faire en les touchant, en criant à leur portée, en chantant ou en laissant couler tes larmes noires. Ils ne retiendront que ton don mortel et ils te catégoriseront comme un monstre. Une sorcière.

Il soupire, plante son regard dans le mien et effleure mes lèvres de son pouce protégé.

— C'est pareil pour moi. Mes yeux ne sont pas naturels. Ils évoquent une espèce qui dépasse les humains. Pourtant, je suis comme eux. Je suis mortel et je n'ai aucun pouvoir. Je suis… simplement né avec une défaillance.

— Ce n'est pas une défaillance, contré-je. Tes yeux sont d'une rareté à chérir.

— À chérir, vraiment ?

— Quand tu me regardes, je prends conscience que je suis en vie. Tes iris, tels qu'ils sont, suffiraient à me sauver, j'en suis persuadée. Ils me permettent de m'accrocher à cette existence maudite. Ils sont porteurs d'espoir. Les gens finiront par le comprendre.

— Comment ?

— En montant sur le trône et en devenant leur roi, affirmé-je. À mes côtés.

La surprise envahit ses prunelles. Un trouble s'installe sur son visage, puis un sourire le fend, illuminant les nuances fabuleuses de son regard.

L'instant où nos peaux se sont liées est rompu, mais j'apprécie celui-ci, où nos paroles ne résonnent que pour nous. Comme un secret que nous partageons avec le lagon lui-même. Comme s'il s'agissait d'une promesse que nous accomplirions ensemble.

J'essaie encore de recouvrer mes esprits et de batailler contre la puissance de l'Attraction et l'envie de lui prendre la vie.

Mes muscles frémissent. Je le sens encore contre moi, sur moi, en moi… Ma nudité ne me trouble pas. Je sens la délicatesse du vent sur ma peau, la palpitation de mes chairs toujours en plein émoi. Ce moment inédit s'est achevé et une étrange perception me complète. C'est comme si cela avait toujours été là, comme si nos âmes se retrouvaient, comme si nous nous étions toujours connus de cette manière.

Un jour, l'épée s'est fichée dans mon cœur de fleur naïve. Elle a anéanti mes espoirs, avivé mes ressentiments, exacerbé l'attente et le désir de liberté. J'ai cru que mon âme était condamnée à périr. Sans lui, sans Estæbann, il n'y avait que la fin qui était possible. Mais le soir de ma délivrance est arrivé, et je découvre que mon vœu peut être exaucé. Là, sous cette voûte enchantée, j'en suis persuadée. J'ai retrouvé mon roi. Ma pièce additionnelle. Mon alter ego. Je l'ai retrouvé, et malgré nos affres, nos sentiments sont comblés. Estæbann a tenu sa promesse éternelle : il est revenu.

— Je t'aime, Estæbann.

— On doit retourner sur le Reidhrivein, m'annonce-t-il brusquement.

Le charme se rompt. J'essaie de ne pas lui en tenir rigueur. Estæbann enfile son deuxième gant et m'aide à me relever. Je soulève ma chemise, la noue sur mon ventre et m'enfonce jusqu'à la taille pour nettoyer mon corps du sable et de nos transpirations, dissimulant l'émotion qui gagne mes yeux. Estæbann m'observe avec une attention particulière, plus intense et plus affectueuse encore qu'avant. Il admire mes jambes nues, ma poitrine de nouveau protégée des regards par l'opacité de mon haut, et me présente mon pantalon et mes bottes.

— Attends.

Estæbann saisit doucement mon poignet entre ses doigts fins et me souffle une demande presque muette :

— Je peux ?

Il me désigne un bandana et je hoche la tête. Je n'ai pas besoin de voir mon reflet dans un miroir pour savoir que mes yeux brillent. La colère ou même la peur se sont effacées pour céder toute la place à la fascination. Je ne veux pas oublier ce moment. Peu importe ce qu'il se passera par la suite, je veux croire aux paroles d'Estæbann, je veux préserver ma mémoire intacte sur ce que nous venons de partager. Il dépose le foulard blanc sur ma tête et soulève ma cascade de boucles noires pour les nouer.

Ses doigts s'attardent sur ma nuque, et malgré le cuir qui les préserve de la fatalité, leur contact propulse mon cœur dans une exaltation malicieuse. Ses pouces effleurent ma mâchoire, puis mes lèvres. Les siennes s'incurvent dans un sourire léger, magnifique, qu'il dépose sur ma bouche dans une tendresse délicieuse. Ce baiser est comme un frissonnement. L'ébauche d'une promesse après un instant fatidique. C'est infime, fragile, rapide. Estæbann s'écarte vite, *trop* vite, mais il lie nos mains protégées et me fait signe d'avancer.

Les doigts tendus vers le rideau de fleurs, il se fige, ferme les yeux, puis incline lentement la tête dans ma direction. Son souffle est haché. Je ne comprends pas très bien pourquoi jusqu'à ce qu'il me porte ses mots :

— Je t'aime, ma beauté mortelle.

Mon cœur éclate. Il implose. Je trébuche sur le mouvement d'Estæbann, le suis sans répondre.

Il m'aime. Une euphorie particulière enfermée dans la poitrine, je quitte le lagon et nos confessions pour rejoindre le cœur de la forêt. Le paysage y est magnifique, mais mon esprit ne prend plus le temps de l'observer. *Il m'aime.* Mes pensées sont brumeuses, je sens ma tête emplie d'émotions et de réflexions sans pouvoir les définir, y poser des mots. *Il m'aime, bon sang.* Elles ne sont que du ressenti. Quelque chose de flou qui me cajole la poitrine. Une légèreté indescriptible s'empare de mon corps et un large sourire ne quitte pas mon visage.

Par Ma Mère ! Il m'aime !

J'ai la sensation d'un bonheur éternel, assez grand pour me rassasier toute une vie.

— Tu es toujours fidèle à ma mère ? lui demandé-je.

— Pas de l'image que la communauté sazurienne lui a donnée.

— De quoi alors ?

Il soupire et souffle, comme si ses mots ne devaient pas être entendus, comme si chacun d'entre eux lui promettait les fers et le bagne :

— La justice est importante pour la cohabitation de l'espèce humaine, mais elle est biaisée, compromise, abusée… Sazira en a elle-même fait les frais et le royaume entier en paie le prix chaque jour. Depuis son exécution, tout s'est empiré. La malédiction de Notre Déesse atteint le cœur de chaque village autant que celui de leurs habitants. Tous les esprits périssent. Et la faute ne revient qu'aux dirigeants. Parce qu'ils n'ont pas su écouter Sazira lorsqu'elle a essayé de défendre sa cause. Ils ont préféré se débarrasser d'elle.

— Il s'est passé quelque chose dont Oncle Matheiüs ne m'a pas parlé ? m'intéressé-je, intriguée. Quoi ? Qu'est-ce que la famille royale a refusé d'entendre ?

Estæbann s'arrête. Il est raide, son regard porté vers le lointain. Il n'y a que des arbres, des buissons et des fleurs. Même immensément beau, le paysage ne paraît pas obtenir son attention. Son regard est brumeux, trouble, obscur. Perdu. Estæbann grimace. Et c'est pire lorsque je me plante devant lui, ma main gantée sur sa mâchoire, mon pouce sur la commissure de sa bouche. Il m'observe sans me voir, ou peut-être est-ce tout le contraire. Il me voit. Il me fixe. Ses iris s'emplissent d'une intensité menaçante et je comprends que la rage afflue. Un instant, la peur de m'être trompée m'assaille, mais je refoule mes craintes pour le contempler. Le détailler.

Quelque chose en moi avive sa haine. Une part de lui est toujours vouée à son allégeance envers Sazira, à ses convictions. Mais il n'y a plus cette lueur mesquine que son oncle lui a transmise. Désormais, il ne s'agit ni plus ni moins que de sa propre ferveur. Une férocité née de l'injustice. Un besoin de voir le peuple, dans lequel il est né et a grandi, se délivrer d'une société écrasante, imposée par un gouvernement abusif.

Peu importe combien les souverains sont adorés de leurs sujets, leurs lois semblent révéler leur monstruosité aux yeux d'Estæbann. Au vu des cicatrices que son corps a récoltées, je sais qu'il en a lui-même fait les frais.

— Beaucoup de choses, Riham. Les Zuriens sont aveugles, dévoués au trône. Je n'aurais rien eu contre ça si je n'avais pas eu la preuve qu'ils en profitaient vilement. Ils abusent de leur dévotion, les obligent à les vénérer, parce qu'ils sont les premiers représentants de Zuria, parce que Zuria est la

Couronne. Notre peuple s'immolerait lui-même pour sauver le roi, la reine et le prince Cassiānn. Mais leur justice n'en est pas une. Elle n'existe pas. Ni ici ni nulle part. Pas dans ce monde. Après avoir essuyé des rébellions et des guerres, le palais a érigé des murailles autour de son cœur. Ça s'est empiré au fil des années. Au tribunal, les victimes sont condamnées et les coupables relâchés. Et même quand les fautifs sont jugés pour leurs crimes, les décisionnaires ne sont obnubilés que par la torture ou la mort, et la volonté d'asseoir leur domination, d'imposer l'obéissance.

Un énième soupir lui échappe. Estæbann paraît exténué par cette conversation, révolté par notre société inégale. Sans doute a-t-il forgé son opinion dans les prisons du royaume, puis s'est-elle affirmée en vivant auprès de ses pairs dans le village perdu. Rencontrer tous ces gens a dû faire écho à son histoire et à ses valeurs.

— L'horreur se dissimule sous les parures des anges, Riham.

« Comme toi. »

Ses lèvres ne le formulent pas, mais je le devine dans le tremblement de ses prunelles.

— Et ça me fait les détester plus que n'importe qui d'autre.

— Plus que tes parents ? Plus que ton oncle ?

Sa mâchoire se contracte. Il me foudroie du regard, mais ne répond pas. À la place, il poursuit son récit, le ton plus dur :

— Sazira a tenté de les prévenir à de nombreuses reprises. Elle a essayé de leur faire changer leur fonctionnement. Sans succès. Puis… il y a… il y a eu…

— Quoi ? insisté-je doucement en le voyant déglutir et détourner le regard.

— La naissance du second et dernier enfant royal, murmure-t-il. Sazira les a prévenus que sa naissance n'apporterait que souffrance et malédiction. Quand la reine est tombée malade, ils ont demandé à Sazira de la sauver par tous les moyens. Elle a encore essayé de leur faire entendre raison, de choisir la reine plutôt que le bébé…

Mes yeux s'écarquillent.

— Se débarrasser de l'enfant ? Comment a-t-elle pu exiger une telle chose à des parents ?

— Parce que…

Sa voix n'est qu'un geignement. Il ferme les paupières et secoue la tête. Sa main lâche la mienne. Dans un geste fébrile, il passe ses paumes sur son visage, mais le contact de ses gants doit provoquer son dégoût puisqu'il s'en débarrasse dans un grognement rageur et les jette sur le sol. L'écœurement s'est bel et bien installé sur sa figure. Il observe ses doigts nus, tremblants de colère, et je pourrais jurer qu'il souhaite les brûler. Si sa vision en avait le pouvoir, ses mains ne seraient que des cendres sur lesquelles ses pieds s'écraseraient.

— Aussi glaçante que soit la demande de Sazira, elle l'a formulée pour sauver la reine, son mari et Cassiänn. Elle l'a fait pour eux, parce qu'elle-même les aimait. Sauf que le monde est cruel et préfère fermer les yeux sur la réalité. Le bébé est né et les propos de Sazira se sont confirmés. Des propos qui l'ont menée à sa perte, mais aussi à celle de l'enfant.

Mon cœur se serre violemment. Un étrange sentiment me gagne le ventre. Il s'incruste dans mes organes, dans mes veines, et s'y accroche comme un parasite. Je ravale ma salive avec peine. Cette histoire est d'une tristesse accablante. Je ne suis pas sûre de discerner tous les enjeux, mais cela crée un vide en moi, la sensation d'un abysse creusé quelque part dans mon cœur.

— Qu'est-il arrivé à l'enfant ? me soucié-je, la gorge nouée.

— Il a… disparu.

La stupeur me pétrifie. J'ai beau fouiller l'expression d'Estæbann, je ne comprends rien. Pourquoi a-t-il l'air de se sentir coupable ? Pourquoi ai-je l'impression qu'il ne supporte pas la teneur de cette discussion ? Est-ce qu'il me cache quelque chose d'important ou est-ce que cela signifie plus pour lui que la simple histoire d'un pays ? Il a toujours été impliqué dans la vendetta politique et secrète de son oncle et de notre communauté, l'emprise que cela a sur lui ne m'étonne pas, mais je *sens* qu'il y a plus.

— Depuis, reprend-il d'une voix éraillée par une émotion que je ne parviens pas à définir, Zuria est plongée au cœur d'une malédiction mortelle. Parce que la Déesse pleure la mort de l'une de ses filles sacrées et de toutes celles qui se sont sacrifiées pour les humains avant elle.

— Et ta quête a quelque chose à voir avec… tout ça ?

J'ai besoin de savoir. Entre ses idéologies et ce qu'Estæbann a vécu dans le gouffre des geôles royales, je commence à cerner l'ampleur de son aversion pour notre contrée. Elle est plus dangereuse encore que celle qu'il éprouvait en tant que fidèle.

Une intuition menaçante m'étreint la poitrine. Une intuition qui n'augure rien de bon. Pour personne. Pas même pour lui ou pour moi.

— Ma quête… Je… Avant, j'avais…

Estæbann balbutie et s'agace. En s'énervant, ses joues prennent une teinte plus foncée, tirant vers le rouge. Ses yeux roulent sous leurs paupières. Il se déteste parce qu'il perd ses moyens.

— Non, mes aspirations sont purement égoïstes, déclare-t-il d'un ton abrupt. *Strictement* égoïstes. Je me fiche de ce que le monde peut bien devenir, je n'ai pas les armes pour tout renverser, mais je peux atteindre Cassiānn, lui rendre au centuple ce qu'il m'a fait subir.

La vengeance, toujours la vengeance.

Plusieurs ennemis, mais un seul et même but : abattre ses démons. Un par un.

Je glisse une main gantée sur sa nuque, la seconde s'impose comme un bouclier sur ses lèvres. Ma bouche imite la marque affective qu'il m'offrait avant, durant notre enfance, et j'embrasse mes phalanges, espérant qu'il perçoive l'écho de nos étreintes.

— Tu as oublié Matheiüs, Greitshenn et Connrhad, lui fais-je remarquer dans un murmure.

Un sourire courbe les traits de son visage, légèrement éclairé. Son regard abandonne son air morose pour l'adoption d'une malice que j'aime voir en lui.

— Pour eux, ça a déjà commencé. Avec toi.

— Moi ?

— Je t'ai arrachée à eux alors que tu es la clé de toutes leurs manigances. Le cœur de leur plan, chuchote-t-il en esquissant un ricanement audacieux. Tu es…

Un hennissement retentit non loin de nous et un fracas de sabots martelant le sol fait trembler la forêt. Le bruissement des feuilles et les battements d'ailes des oiseaux éclatent. Nous sommes aveugles à la furie du spectacle, mais une troupe au nombre conséquent de cavaliers mène leur concert près d'ici. Ils sont là, à quelques pas, quelques mètres. C'est certain.

— Qu'est-ce que c'est ? m'inquiété-je.

— Mets-toi derrière moi, m'ordonne Estæbann.

J'obtempère. Mes doigts se mêlent aux siens et nous cheminons en direction des éclats de voix. Je le suis sous l'abri des arbres, tentant de faire le moins de bruit possible. Mon agilité s'apparente sans doute à celle d'une vieille dame ankylosée. Certainement pas à une jeune fille capable de reproduire chaque pas et chaque geste de son guide. Aussi fringant soit ce guide. J'ai aspiré trop de son énergie pour qu'il ne vacille pas à quelques reprises, mais il tient bon. Il essaie.

— Vous me voyez ravie de votre visite, mais je suis pas capable de vous aider, s'exclame la voix claire de la capitaine Arsen.

Un soupçon de soulagement me traverse comme un éclair, mais à l'entente du timbre de son interlocuteur, mon cœur bondit dans ma poitrine.

— Ne me croyez pas si crédule, Loasodhsan.

Mon front cogne le dos d'Estæbann. Je n'ai même pas le temps de protester que sa main s'écrase sur mes lèvres, étouffant mes cris. J'ignore à quel moment il s'est retourné, mais ma tête s'enfonce dans son torse et ses bras m'encerclent pour m'immobiliser. Je le sens trébucher, un caillou roule sous sa botte et, lentement, douloureusement, il s'échoue sur le sol. Par la prouesse de ses muscles aguerris, ou peut-être cela ne tient-il que de la chance, notre chute demeure silencieuse. Estæbann s'est rattrapé au tronc d'un arbre pour nous faire glisser sur la terre, derrière un épais buisson, et il me garde prisonnière de son bâillon, comme si nos vies en dépendaient.

Nos vies en dépendent-elles ?

— Votre Reidhrivein a beau être dépourvu de la présence que je souhaitais découvrir, je sais qu'il reviendra vers vous. Et ce jour-là, je serai présent, Capitaine. J'attendrai votre protégé.

Un ricanement répond à l'inconnu et mon cœur s'affole. Je ne déchiffre pas grand-chose, mon cerveau refuse de me transmettre des informations cruciales. Des questions comme « pourquoi Estæbann s'est jeté sur moi de cette façon » ou « pourquoi nous dissimulons-nous » ne deviennent que des échos, et je m'évertue à écouter l'échange entre Arsen et le cavalier, à deviner l'identité de l'homme à qui l'écumeuse s'adresse. Loasodhsan me sert la réponse sur un plateau d'argent et elle me glace le sang…

— Permettez que je vous offre un conseil, mon prince. Ne vous donnez pas cette peine !

Un vent de panique me claque le visage. Je retiens un gémissement et m'efforce de rester immobile. Parce que, oui, nos vies en dépendent. Ou plutôt : *celle d'Estæbann.*

— Estæbann reviendra pas. Jamais.

Estæbann, Estæbann, Estæbann…

Il est là, juste derrière moi, contre moi. Il me serre de plus en plus fort. Il se cramponne à moi. Sa peau contre ma bouche me brûle. Ses doigts s'enfoncent dans ma mâchoire.

— Vous pensez que je vais vous croire ? Vous ? L'écumeuse des mers la plus impitoyable de sa génération ? argue l'héritier au trône.

La voix de Cassiānn résonne dans mon crâne et mon sang bat violemment mes tempes.

— Pourquoi, moi, je vous croirais ? Vous ? Le prince ?

La paume d'Estæbann s'est figée sur ma bouche, elle est moite, inerte, mais toujours plaquée contre mes lèvres. Soudain, l'affolement d'être découverts par Cassiānn s'estompe. Une autre crainte, plus urgente, plus importante, me transcende l'âme.

Estæbann.

Estæbann est en train de périr.

Son cœur n'émet que de faibles à-coups contre mon dos. Une plainte muette transporte son souffle sur ma nuque, et je peux presque sentir l'effluve de la mort gagner ses poumons.

Parce qu'il me touche.

Parce que sa main nue est étalée sur mon visage.

Parce que ma peau profite de sa peur, de son angoisse et de sa haine pour le consumer plus vite.

— Estæbann Van de Saez n'est pas celui que vous...

Dans un cri étouffé, je plante mes coudes dans l'abdomen d'Estæbann et me projette loin de lui. Mon corps s'étale sur le sol, à l'écart du sien, mais déjà des exclamations s'élèvent de l'autre côté des feuillages. Tous mes sens sont en alerte. Le prince ne doit pas venir ici. Personne ne doit s'aventurer là. Je n'ai pas le choix. Dans un élan irréfléchi, je me redresse et me mets à courir, battant le sol des talons de mes bottes pour me propulser au cœur de l'assemblée. Je ne m'attarde pas à contempler la plaine que je n'ai pas eu le loisir de découvrir avec Vaheem.

Mon regard croise celui du matelot, debout à la droite de sa capitaine. Nehōo est à leur gauche. Les deux premiers se tiennent droits comme des piquets face à un immense équidé blanc, le troisième courbe l'échine, la mine misérable. Je ne m'accorde pas le temps d'observer l'animal et ne lève pas non plus les yeux vers son cavalier, refusant d'apercevoir le visage de *mon* ennemi – celui d'Estæbann. Je me précipite, tête baissée, pour me réfugier dans les bras de Vaheem.

Mon cœur s'embarque dans une terreur vaste. La terreur et la culpabilité me transpercent le corps comme des lames aiguisées. Je retiens mes larmes contre l'épaule du jeune écumeur, mais laisse ma peur se dévoiler.

Ils doivent me prendre pour une folle, et cela me convient. De toute façon, ce n'est guère différent de la vérité. Peut-être mieux. Je préfère être traitée ainsi plutôt que l'on m'accuse d'avoir tué l'homme que j'aime.

Et pourtant…

À quelques mètres de nous, Estæbann est en train d'agoniser derrière un mur de buissons.

43

Pour effacer le sourire d'un prince

Riham, 19 ans

Mon regard rencontre celui du prince et mon corps entier se fige dans un ressentiment sauvage. L'œil perçant, la clarté de l'iris scintillante sous les rayons du soleil, Cassiānn me fixe, à l'instar de tous ses hommes. Ils sont une vingtaine, ou peut-être plus, et je ne peux réprimer ma haine à la pensée que chacun d'entre eux ait joué de leurs poings sur le visage ou le corps d'Estæbann. Leur troupe est une armée ennemie. Les tortionnaires de mon protecteur.

— Qui est cette fille, capitaine Arsen ?

Cette voix m'est familière, mais je suis certaine de ne pas la connaître. De ne l'avoir jamais entendue. C'est un sentiment étrange dans mon ventre. Peut-être y a-t-il quelque part dans mon âme un élément, une fibre, une particule… quelque chose capable de prédire mes rencontres, d'identifier mes ennemis avant même de les apercevoir. Je suis certaine, à cet instant précis, que détester cet homme, ce prince, est inscrit dans mes gènes.

— Une… commence Loasodhsan.

— *Cette fille* sait se présenter elle-même, l'interromps-je.

J'aurais sans doute dû me taire, peut-être est-ce même une question de respect à avoir envers le prince héritier, de ne pas parler sans y avoir été invité. Mais je ne me plierai pas à ces règles. Ce type, qu'il soit couronné, aux poches emplies de modestes pièces ou sans le sou, ne m'inspire aucune sympathie. Je ne veux rien lui donner. Pas même la satisfaction de me voir baisser les yeux ou plier le genou à son approche. Il peut bien me réprimander, commander à ses chiens de me punir à coups de fouet, je m'en fiche. Je n'ai que ma rage pour lui parler. Elle bouillonne en moi. Dans mes veines, mon cœur et ma gorge. Même mes poumons respirent les flammes de ma colère.

Moi aussi, je veux lui faire payer ce qu'il t'a fait, Estæbann.

La vengeance est un fléau. Y compris pour les cœurs les plus purs. Or, j'ai beau agir comme une enfant, me considérer naïve et fragile, me comporter comme une empotée insouciante, mon cœur n'est pas pur. Il est contaminé par la malédiction de la Déesse des Sept Mers. Pire encore, mon cœur nourrit sa putréfaction de la vie et des espoirs de tout un chacun.

Et toi, petit prince sur ton équidé blanc, tu pourrais bien être le prochain humain à succomber entre mes mains.

J'intercepte le regard ébahi de Loasodhsan alors que les bras de Vaheem se sont raidis autour de mon buste – il me supplie de me méfier de mes propos, soucieux qu'il m'arrive quelque chose. La capitaine du Reidhrivein semble presque admirative. Cela me suffit pour balayer les chuchotements de Vaheem et me sentir fière, rassérénée. Je me redresse, sans pour autant m'éloigner.

Le prince Cassiānn m'observe avec attention. Il demeure silencieux. Quelque chose le trouble dans mon apparition, je crois, et je me plais à affronter son regard pour lui prouver qu'il ne me déstabilise pas. Je ne me démonterai pas devant lui.

— Alors ? s'impatiente l'héritier.

— Une belle garce qui fait bien le ménage sur le pont du Reid, m'sieur l'prince !

Des éclats de rires gras retentissent dans mon dos. Surprise, je croise le regard noir de Leika. Son large sourire me fait frémir et je note toutes les menaces que ses yeux me témoignent.

— Qui es-tu ? insiste Cassiānn, ignorant *royalement* l'intervention puérile de Leika.

— Personne.

— L'un de mes gars, me corrige Loasodhsan. Elle fait partie de mon équipage.

Quelques heures plus tôt, cette phrase m'aurait donné la nausée, et même si la perspective d'être comme eux me répugne, ils sont ma couverture. Surtout, ils sont de mon côté. Et je préfère cent fois être membre du Reidhrivein que de me tenir sur l'une de ces stupides montures royales. Les équidés sont trop beaux, trop immaculés pour ne pas mettre en évidence le ridicule des armures et des figures tirées à quatre épingles.

Je te le promets, Cassiānn, quand j'aurai pris ta place sur le trône, c'est toi qui croupiras au cachot.

— Qui a dit que les femmes ne pouvaient pas être des écumeuses des mers ?

— Riham, me sermonne Vaheem.

Pas assez doucement pour que Cassiānn ne l'entende pas…

— Riham ? relève-t-il. D'où venez-vous pour intégrer l'équipage de Loasodhsan ?

— Un lieu, quelque part dans Zuria. Hélas, tout le monde ne naît pas avec une cuillère en or dans la bouche.

Un ricanement échappe à la capitaine.

— Une véritable écumeuse, vous voyez, mon prince ?

— Aussi affable que vous, Arsen, réplique Cassiānn sans détourner les yeux de moi.

Ne pas vomir.

Je retiens une remarque désobligeante, mais son observation appuyée commence à jouer avec mes nerfs.

— Que faisiez-vous, *seule*, dans cette forêt ? m'interroge-t-il encore.

Je me grignote l'intérieur des joues pour ravaler mes insultes. À la place de ce visage pâle, de ces yeux bleus perçants et de cette chevelure blonde, c'est celui de Matheiüs qui se déploie devant moi. Ils ont la même prestance, le même charisme, la même sournoiserie figée dans les traits. Oncle Matheiüs n'est pas différent du prince, et cela m'amuse de savoir que l'opposant au trône ressemble tant à son rival. Il peut bien se fatiguer à renverser le royaume et y parvenir, le monde ne changera pas. Je le méprise déjà autant que cet inconnu souverain, dont je sens, même de loin, la vicieuse liane manipulatrice. Celle sur laquelle il s'appuie pour se servir des gens et obtenir d'eux ce qu'il désire. Deux êtres exécrables.

— Je n'étais pas seule, le contredis-je. Je n'avais jamais visité ce lieu. Vaheem et Nehōo se sont chargés d'y remédier.

— Vaheem et Nehōo ?

Les deux concernés se manifestent d'un signe de la main.

— Vaheem et Nehōo, répète Cassiānn avant de lâcher un ricanement méprisant. Les écumeurs dont j'ai croisé la route à mon arrivée, et qui m'ont conduit, sans vous, jusqu'au Reidhrivein ? Ceux-là mêmes, mademoiselle ?

— Ceux-là mêmes, affirmé-je.

Je ne me démonterai pas. Pour le lui prouver, j'esquisse un sourire malicieux sur le coin gauche de mes lèvres.

— Où étiez-vous et que faisiez-vous alors ?

— Je me baignais, *seule*.

Mon insistance sur ce dernier mot peut très objectivement être qualifiée de moquerie. Si la bienséance veut que je me confonde en excuses à la moindre remarque offusquée du prince, je suis décidée à l'ignorer.

Vous pouvez bien aller vous faire foutre, Votre Altesse Royale.

Nehōo est muré dans le silence. Vaheem, lui, s'efforce de ne pas protester. Il ne croit sans doute pas à mon histoire à cause de mes mensonges, mais il n'intervient pas pour éviter d'évoquer la présence d'Estæbann. La réelle raison de notre séparation. Et je comprends que tout l'équipage doit la taire. Loasodhsan en a décidé ainsi. Alors, Estæbann est protégé. Tant que personne ne le dénonce. Que chacun le respecte me donne un peu plus foi en eux. Les écumeurs ont donc une certaine loyauté. Dès qu'ils se considèrent égaux ou amis, ils se respectent. Estæbann n'est pas un membre du Reidhrivein, il a sacrifié Lazia et Sranan pour Nehōo, mais il est l'un des leurs. Ils le lui prouvent à cet instant.

— Pourquoi avoir surgi de nulle part de cette façon ? enchaîne le prince Cassiānn.

— Trop maladroite, prince Cassiānn ! intervient encore Leika, perfide. Elle a déjà failli passer par-dessus bord en trébuchant. À sa place, c'est un de nos potes qu'est tombé à l'eau !

Je tressaille.

— Le pauvre ! Son corps doit déjà être bouffé par la poscaille !

— Vous ai-je adressé la parole, mademoiselle aux cheveux blancs ? s'agace Son Altesse Royale.

Cette appellation me dégoûte. C'est lui démontrer un honneur qu'il ne mérite pas, volé par ses ancêtres et perpétuellement profané par sa famille.

— Pas besoin d'avoir la permission pour…

— Assez ! l'interrompt Cassiānn. Mademoiselle Riham, pouvez-vous répondre à ma question ?

Ma réponse ? Évidemment. La vérité ? Certainement pas. C'est à mon tour de protéger Estæbann.

Et il est toujours en train de mourir…

Cette pensée me perce le cœur.

— Dévastée.

Je n'aurais sans doute pas mieux choisi.

Le prince est-il doué pour déceler les mensonges ? Je suis brusquement terrifiée qu'il lise en moi comme dans un livre ouvert. Or, il n'est pas Estæbann. Il ne me connaît pas. J'ai passé ma vie à réfréner mes émotions. Je peux user de mes compétences pour feindre. C'est comme un jeu d'enfant. Il ne manque que le discours.

— Il y a des choses que je ne peux pas m'autoriser à confier, Votre Altesse Royale. Je me suis fait le serment de laisser mon passé derrière moi, de ne plus l'évoquer à haute voix. Mais le passé, lui, n'a pas formulé la même promesse. Si vous acceptez que je ne vous en explique pas la cause, je peux avouer avoir été prise dans la folie de souvenirs sombres.

Mon timbre s'est radouci, mais je reste froide, pour ne pas éveiller ses soupçons quant à mon comportement. J'affiche un léger rictus pour trahir ma fausse peine et affronte son regard pour maintenir ma défiance.

— Si au moindre rappel de ce qui vous a blessée, vous galopez dans les bras de quelqu'un, peut-être n'êtes-vous pas faite pour être une écumeuse, commente l'héritier après un long silence.

Je devrais être piquée au vif. Sans doute même que je le suis, mais ce qui me gonfle le ventre au point d'envahir ma gorge et de menacer de couler hors de mes lèvres n'est que de l'écœurement. Une répulsion intransigeante, assez puissante pour m'encourager à franchir toutes les limites. La main de Vaheem se resserre autour de mon bras, me rappelant que je dois rester forte, indifférente.

— Je ne crois pas pouvoir vous demander des leçons de maraudage, Votre Altesse Royale. À moins que vous n'ayez la volonté d'avouer que vous n'êtes, vous-même, pas si différent de nous.

Cette fois, l'orage s'installe dans ses iris bleus. Un muscle de sa mâchoire tressaute et je ne peux réprimer un sourire audacieux. Provocateur. Certaines personnes ne supportent pas d'être comparées à ceux qu'elles condamnent. Sans même creuser, il n'est pas difficile de voir qu'ils sont similaires. Le prince ne l'assume pas, peut-être le réfute-t-il, mais à moins qu'Estæbann m'ait menti depuis le début, Cassiānn est comme Loasodhsan, Markan, Leika et le reste de l'équipage. Il n'y a que la couronne à la place du tricorne, et l'équidé contre le bateau, pour les dissocier.

— Je n'oublierai ni ton nom ni ton visage, écumeuse, déclare le prince.

Je n'arrive pas à déterminer s'il s'agit d'une simple promesse ou d'une sincère menace. Dans les deux cas, je m'en fiche. Pas une seule fois, il n'a haussé le ton. Ça le rendrait presque admirable. Sa maîtrise de sa voix est impeccable. Mais je ne compte pas m'attarder pour l'applaudir.

— Je le prends comme un privilège. De mon côté, même si je le souhaitais, il me serait difficile de vous oublier.

— Estæbann Van de Saez n'est pas celui que vous croyez, Arsen, ajoute Cassiānn avant de faire signe à ses soldats. Dites-lui que je reviendrai. Que partout où il est, je peux l'atteindre. Je finirai par lui mettre la main dessus.

Il s'attarde une nouvelle fois pour contempler mon visage, mon allure. Ses sourcils se froncent et j'ai la sensation qu'il veut poursuivre son investigation à mon sujet, mais ma réticence doit le dissuader puisque ses épaules s'affaissent.

— À une prochaine, *Riham*, me lance-t-il.

Et je comprends que ce n'est que partie remise.

Ce n'est qu'à cet instant que je remarque la fleur noire, gravée sur ses bottes et sur le harnais de son équidé.

Ma main tremble sur l'éponge humide. Je tente de dissimuler mon émotion, mais elle est trop présente pour réussir à disparaître. Le front d'Estæbann ruisselle de sueur. Des gouttes perlent sur ses tempes et se mêlent à l'eau fraîche.

J'ai réussi à obtenir un seau et m'en sers pour apaiser sa fièvre.

Estæbann a sombré dans l'inconscience, ne se réveillant qu'en cours de route, sur le dos de Dragor, soutenu par Vaheem et Nehōo. Loasodhsan les a conduits jusqu'à la cabine pour déposer le corps brûlant de son protégé sur le lit. Je ne pense pas pouvoir oublier l'air horrifié qui s'est dessiné sur son visage lorsque les portes se sont refermées entre l'équipage et nous. Il n'y avait plus de témoins. Malgré sa retenue, j'ai observé le moment exact où le masque de la capitaine s'est fracturé. C'était terrifiant. La douleur qui a envahi ses yeux m'a retourné les entrailles. Elle a attendu de longues minutes dans le silence et l'agonie pour qu'Estæbann recouvre paisiblement ses esprits, mais elle a fini par lui tomber dessus. Un torrent d'interrogations se déverse de sa bouche depuis longtemps déjà et Estæbann garde les yeux clos, une grimace pour seule preuve de sa conscience.

— Morbleu ! Y s'est passé quoi ? vocifère Arsen.

Mon pouce, enfermé dans le tissu de cuir, effleure les lèvres que j'ai enfin pu goûter. Estæbann rouvre les paupières, non sans papillonner des cils sous la lumière.

Trois bougies pour une seule pièce ne permettent pas une telle difficulté…

Ses hallucinations et sa température beaucoup trop haute, en l'occurrence, si.

— Qui t'a mis dans cet état ? Où ça s'est passé ? Comment ? s'agace Loasodhsan sans écorcher le moindre mot.

La colère sied à sa diction.

— Par tous les Dieux de l'Océan, Estæbann, réponds-moi ! Qui ?

Mes doigts se crispent. La culpabilité me perfore l'estomac. La nausée chatouille les parois de ma gorge et l'acidité s'étale sur ma langue.

Loasodhsan sait que je suis dangereuse, mais elle ne me soupçonne pas.

— Loasodhsan, je… commencé-je.

— Personne, tranche Estæbann d'une voix cinglante. J'ai reconnu la voix de cette ordure de prince, à quelques mètres de moi, et quelque chose a vrillé dans ma tête.

Il ment. Plus il s'enfonce, plus son corps se marque d'une émotion rageuse.

— Je n'ai plus eu les idées claires pendant un moment, j'ai voulu foncer dans la mêlée, Riham m'en a empêché, mais je l'ai poussée trop fort et elle est tombée, explique-t-il. Elle m'a fait signe de ne pas bouger et j'ai obéi. La tension est redescendue d'un coup. Puis j'ai perdu connaissance.

Un grand silence suit son discours incongru. Je me demande si Loasodhsan va gober tout ça, mais Estæbann surenchérit :

— Je te l'ai dit, je ne suis pas un écumeur ! Je ne suis même pas foutu d'affronter mon ennemi et dès que j'entends sa voix, je me chie tellement dessus que ça me fait sauter le cerveau.

La réaction de la capitaine est immédiate. Elle s'esclaffe, mais le son qu'émet sa gorge sonne de manière étrange à mes oreilles. Je fronce les sourcils et la fixe un long moment. Son amusement a beau être sincère, l'incendie dans ses prunelles l'est tout autant. Il est dévastateur. Comme si elle se tenait prête à flamber tout ce que son regard frôle. Estæbann doit le percevoir puisqu'il tressaille sous ma main.

— Capitaine… tenté-je encore d'intervenir.

— J'ai déjà perdu un fils, vaurien, j'en perdrai pas un second, dit-elle froidement.

Je manque de m'étouffer. Je dévisage Loasodhsan, puis jette un coup d'œil à Estæbann. Il déglutit et ferme de nouveau les paupières. Je le connais trop bien pour ne pas déceler une ride de culpabilité sur le coin de ses lèvres. Sa bouche est barrée par un rictus tremblotant, mais c'est trop infime pour qu'Arsen le discerne dans la pénombre.

— Loasodhsan, grommelle Estæbann. Je… je ne suis pas…

— Je sais.

Sa voix claque dans la pièce. Elle gronde tant qu'elle en fait vibrer les murs. Mon cœur bondit contre mes côtes. Estæbann, lui, reste immobile, les yeux braqués sur le plafond.

— Je suis pas ta mère, t'es pas mon fils. Je suis une écumeuse, descendante de la lignée légendaire de Loasodhsan, toi non, expose Arsen. Je connais la chanson, mais c'est pas pour rien que t'es là et que tu te paies le luxe de voyager dans cette cabine. Alors, permets-moi de te considérer comme je veux. Vendu ?

Estæbann soupire. Son torse s'affaisse sous ma paume, posée au-dessus de son torse. Je ressens la déraison de son rythme cardiaque, comme une mauvaise mélodie. Ou une partition douloureuse. Celle d'être en vie après avoir manqué de peu d'y passer, peut-être ? Les émotions d'Estæbann sont chamboulées à cause de moi. Il a besoin de se reposer pour avoir les idées claires.

— Vendu, souffle-t-il à contrecœur. C'est bon, *mamounette*, t'as fini ? J'aimerais me reposer.

— Morbleu, quel gredin !

— T'as pas choisi le plus aimable des types pour remplacer ton fils, Arsen, assène Estæbann d'un ton assez sec pour m'intriguer. Tu ne peux t'en prendre qu'à toi-même.

— Comme si le premier l'avait été un jour…

Un ricanement retentit et ces mots me filent la chair de poule. Cette fois, Loasodhsan affiche une véritable fierté. À croire que sous-entendre la monstruosité d'un fils peut rendre une mère fière. Un instant – infime et minuscule instant –, je regrette de ne pas avoir jeté mon dévolu sur l'armée du prince plutôt que celle du Reidhrivein.

Estæbann serait mort, me rappelle aussitôt la petite voix lucide de ma raison. *Et tu te serais alliée à son pire ennemi. La preuve d'un soutien indéfectible à celui qui t'a toujours protégée…*

— Le Reid s'arrête au port de la capitale dans deux heures. On y restera trois jours. Si vous voulez dormir ici, c'est possible.

— Merci, Loasodhsan.

Elle me considère, paraît enfin remarquer ma présence.

— Occupe-toi bien de lui, princesse.

Estæbann se raidit sous ma main. Maladroitement, j'imite le sourire d'Arsen et hoche la tête pour confirmer que j'en ai bien l'intention. Une fois seuls, en tête-à-tête, je me retourne vers Estæbann et une mine coupable s'installe sur mon visage. Les yeux fermés, il a l'allure d'un ange déchu que la paix ne vient jamais apaiser.

— Je suis désolée, murmuré-je. C'est ma faute et je ne sais pas combien de temps il te faudra pour t'en remettre, je…

— Deux heures, ça suffira.

Interdite, je le fixe quelques secondes avant de secouer la tête.

— Tu auras besoin de plus que ça.

— Mais c'est tout ce que j'ai, réplique-t-il.

Il replie son bras pour ramener sa main vers son front. Ses doigts glissent dans ses cheveux et je le vois déglutir en crispant son poing sur ses mèches. Tout son visage se contracte dans une expression de contrariété. De celle que je ne lui ai que rarement vue. Quelque chose le tourmente, c'est certain. Mais il ne désire pas en discuter. Pas avec moi. Il n'en a pourtant pas besoin pour que je comprenne. Il se sent responsable.

— Pourquoi ? Tu comptes te jeter dans la capitale alors que tu es recherché par tout le pays ? Par le prince et ses chiens ? Par la Couronne ? Ce n'est pas intelligent, Estæbann.

— Est-ce que j'ai déjà prétendu l'être ?

Ses cils s'écartent, dévoilant la clarté de ses iris. Un embrasement meiridien sous les reflets des bougies. Même à moitié recouverts d'obscurité, les traits d'Estæbann resplendissent. Sa beauté n'a sans doute d'égale que l'amour que je lui porte. Ou peut-être que cet amour m'aveugle.

— Pour accomplir mon plan, il faut que je passe par la capitale, m'explique-t-il. C'est là-bas que se trouve le palais.

— Alors, tu veux vraiment tuer le prince Cassiānn ?

Il ferme de nouveau les paupières, laissant son bras retomber au-dessus de sa tête. Ses lèvres frémissent et je suis impuissante face à l'attraction de sa bouche. Inapte à en détourner mon attention. Elle m'obsède. Le désir renaît. Une terrible envie de l'embrasser me tord les tripes, mais j'enfonce mes ongles dans mes cuisses, décidée à ne pas bouger, à ne pas céder. Estæbann a besoin de reprendre des forces avant de me toucher sans entrave ni protection. Dans son état, il ne résistera pas plus de quelques minutes. Je n'en suis pas certaine, mais je le devine au fond de moi. C'est comme un avertissement que la perfidie de mon âme me transmet. Je dois déjà m'estimer heureuse d'avoir pu goûter à son corps pendant une heure.

— Cassiānn est un monstre, murmure Estæbann.

Mon pouce voyage sur la courbe de sa nuque et je déteste la vision de mon gant contre sa peau. C'est une torture.

— Et en le tuant, cela fera-t-il de toi quelqu'un de différent ? rétorqué-je.

— Je suis déjà un assassin, tu l'as oublié ?

Il se tourne sur le côté, creusant le matelas entre nous, mais je discerne toujours son profil. Le sarcasme dans son intonation encourage mes membres à tressaillir. Et je ne supporte pas l'air qu'il arbore, celui qui signifie : « ne vois-tu pas que je ne vaux rien ? » Je ne peux réprimer le grognement dans ma voix lorsque je réplique :

— Tu comptes tenir un tableau de chasse ?

— Peut-être.

À mon tour de lever les yeux au ciel.

— C'est pathétique, Estæbann.

— Non, ça ne l'est pas. Pas dans un monde qui a été bâti comme ça. Pas dans un monde où la cruauté gouverne.

— Tu n'as plus envie de le renverser ce monde ?

— Je te l'ai dit. Seul, je n'ai pas les armes.

— Tu m'as moi, lui rappelé-je d'un ton sec. Tu l'as oublié ? C'est ma destinée !

— En quoi ton aide m'apporterait quelque chose ?

Je pique un fard. Je refuse que sa remarque me touche, mais je suis furieuse qu'il me pense inutile à son combat. C'est illogique. Surtout parce que c'est avant tout le mien.

— Tu n'es capable que de tuer, Riham. Tu me reproches d'avoir des desseins sanguinaires, mais c'est tout ce que tu peux m'offrir…

— Non, l'interromps-je. Je suis la descendante de Notre Créatrice, Estæbann. La fille de Sazira. Tu te souviens ? Cela devrait pouvoir servir à quelque chose que…

Je ravale mon souffle, m'étouffant presque avec ma langue. Estæbann s'est redressé dans un bond brusque. Son regard est incendiaire et son nez survole le mien. Je le vois résister à un vertige, mais sa rage est trop puissante pour qu'il se laisse abattre.

— Ne le dis plus jamais, cingle-t-il.

— Qu… Quoi ? bredouillé-je, désemparée.

— Ne dis jamais à voix haute qui tu es, Riham. Même ici, seule avec moi.

— Pourquoi ?

— Tu…

Il déglutit et ses yeux s'aventurent un peu plus bas, sur mes lèvres. Sa main s'est levée, je la sens effleurer ma joue, mais elle ne se pose pas sur ma peau, consciente du danger.

— Les murs ont des oreilles et tu n'es pas n'importe qui, susurre-t-il tout près de ma bouche. Tu le sais très bien.

L'air caresse ma tempe quand il saisit une mèche pour la replacer derrière mon oreille.

— Tu y risquerais ta vie.

De cela aussi, je suis consciente.

— Alors, je suis condamnée à n'être personne ? chuchoté-je, la voix coincée dans la gorge. Jusqu'à ce que tu décides que j'en vaille la peine ? Jusqu'à ce que tu m'estimes assez pour me tenir à tes côtés ?

— Tu es déjà plus importante que n'importe qui d'autre dans ce monde. Tu dois être la personne la plus chère à tes propres yeux. Parce que tu es la reine légitime de ce pays. Et parce que tu es la descendante des Dieux. Tu comprends, beauté mortelle ? Tu es la clé de tout. L'âme la plus…

— Après toi, l'interromps-je.

Il rit doucement. Mon cœur trébuche sur ce son.

— Non, *avant* moi. Je me contenterai de la seconde place.

— C'est faux, tu es très mauvais perdant.

— Tu as raison, mais je m'en contenterai quand même.

Un silence nous accompagne. Nous restons figés, l'un en face de l'autre. Nous nous contemplons un moment.

Mon regard se fige sur le grain de beauté qui trône sur sa pommette, le sien arpente les contours de mon visage. Puis Estæbann s'approche. Je sursaute lorsque le bout de son nez effleure le mien.

— Je t'aime, souffle-t-il.

Il me caresse avec tendresse avant de reculer. Je le laisse se rallonger sur le dos, tirant la couverture sur son torse.

— Je vais dormir un peu, m'annonce-t-il. Tu restes avec moi ?

— Non, je pourrais…

— Réveille-moi dans une heure.

Vaheem et Nehōo me vantent les nombreux talents d'Estæbann. Assise par terre, contre la porte, je les écoute, l'oreille appuyée contre le bois. Chacun leur tour, ils me racontent des frasques, des péripéties dans lesquelles mon compagnon d'infortune tenait un rôle principal. Des bagarres ou des chamailleries sur le pont du Reidhrivein, des concours de celui qui hurle le plus fort sur l'établi d'un marché, ou des duels entre les artistes vendant le plus d'œuvres en quelques heures… Vaheem m'explique que les sculptures d'Estæbann leur servent à vivre quand leurs voyages ne suffisent pas à les fournir en trésors. Il doit y en avoir encore des centaines sur leurs étagères. Combien de temps Estæbann a-t-il passé à les faire pour leur en fournir autant ? Quelqu'un l'a-t-il aidé ? Peut-être Aria ?

Je m'extasie sur la presque totalité des œuvres d'Estæbann, redessinée par le talent indéniable de Vaheem. Je plisse la feuille en la serrant contre mon cœur, puis la lui rends en la glissant sous la rainure de la porte.

— J'ai récupéré ça pour toi, murmure Nehōo.

Des larmes brouillent ma vue lorsque je reconnais la peinture de Vaheem. Celle où il a représenté Estæbann et qu'il m'a offerte.

— Oh, merci, Nehōo. Merci les garçons. J'y tiens beaucoup.

— Mets-la dans ta sacoche ! Tatou et Patou veilleront sur elle.

— Je le fais tout de suite.

Je m'exécute avant de revenir m'installer sur les planches, et resserre mes doigts autour de mon pendentif.

— Je parie que tu touches ton collier, devine Vaheem.

— Comment le sais-tu ?

— Il a appris à très vite cerner les gens, m'explique Nehōo.

— C'est Estæbann qui te l'a fabriqué ?

— Oui, c'est lui.

— C'est magnifique, commente Vaheem.

— Je trouve aussi, soufflé-je dans un sourire en admirant le pendentif.

— Pourquoi le noir ? se renseigne Nehōo.

Je déglutis.

— Parce que c'est cette couleur qui me va le mieux au teint, mens-je à moitié.

— Pas d'accord, réfute Vaheem.

— Quelque chose de clair t'irait mieux, affirme Nehōo.

— Du blanc, peut-être.

— Ou du beige.

Comme la robe que la couturière du village perdu m'a confectionnée. Edlena, une fée aux doigts magiques.

Je souris et remercie les garçons.

— C'est une rose ? m'interroge Nehōo.

La fameuse question piège.

— Une rose à la forme rare, précisé-je malgré moi.

— Je savais pas que ça existait des roses bizarres, mais c'est joli. Faudra que tu m'en montres en vrai !

Je ris doucement.

Tu en as une en chair et en os derrière cette porte…

— Avec plaisir, Vaheem.

Je me racle la gorge, les yeux rivés sur la masse sombre étendue sur le lit.

— Les garçons, je… Il est temps que je retourne auprès d'Estæbann.

— Oui, bien sûr, on te laisse, accepte Nehōo. J'ai des corvées à terminer.

— Foutue vaisselle !

Je peux entendre la grimace dégoûtée de Vaheem dans son exclamation.

— Va retrouver ton prétendant malade, mademoiselle Riham.

La culpabilité vient une nouvelle fois s'enrouler autour de mon cœur.

— Vaheem ?

— Oui, mademoiselle ?

— À qui appartenait cette chambre avant l'arrivée d'Estæbann ?

Le silence de l'autre côté du battant impose un air glacial à ma trachée. Ça se coince comme une boule dans ma gorge. Épaisse et douloureuse.

— Pourquoi cette question ?

— Tu ne veux pas répondre ? l'interroge Nehōo.

Sa voix n'est qu'un chuchotement, si bien que je me demande si j'étais censée l'entendre.

— Je… ne sais pas, réponds-je à Vaheem. Une intuition.

J'ai le sentiment d'avoir mis les pieds dans le plat.

— Morbleu… marmonne le plus jeune des écumeurs. Pose pas cette question. Jamais.

Mes lèvres me brûlent. Je veux protester, dire quelque chose, me défendre et insister, mais je n'en ai pas le temps. La porte m'échappe. Mon épaule bascule et mon buste suit le mouvement. Je réprime un cri de stupeur avant de m'écraser entre les bras d'Estæbann. Il les a enroulés autour de ma taille pour m'éviter une chute douloureuse et me plaquer contre son torse. Je peux à peine tourner la tête vers les garçons.

— Ça va aller, les gars, vous pouvez partir, tranche Estæbann d'une voix plus dure que nécessaire.

Je ne l'avais pas entendu approcher. Je le sens à peine me soulever pour reculer et claquer la porte. L'obscurité de la pièce m'accueille de nouveau. Estæbann me lâche aussitôt, chancelant. Il grimace et je l'aide à retourner sur le lit. Il s'assied en travers, le dos appuyé contre le mur.

— Tu poses beaucoup trop de questions, Riham…

— Tu ne donnes pas beaucoup de réponses.

— Qu'est-ce que tu veux savoir ? soupire-t-il.

— Tout.

— Et je peux commencer par quoi pour te satisfaire ?

— Le fils de la capitaine ou le prince, exposé-je. À toi de choisir.

Estæbann renverse sa tête vers l'arrière, révélant la pomme saillante de sa gorge et faisant glisser le col de sa chemise. La vue de ses clavicules me met l'eau à la bouche, mais je freine mon désir de le rejoindre sur le lit. Je préfère me tenir loin de lui tant qu'il est toujours faible. Il marmonne quelque chose dans sa barbe sans que je puisse en cerner les syllabes, mais je comprends que peu importe le sujet, ça ne l'enchante pas de l'évoquer. Je l'imagine presque me dire « plutôt crever ».

Et ça me ferait sourire si je n'avais pas réellement besoin de ces réponses.

— Les deux se relient, petite fleur, ricane Estæbann, sans aucune lueur de joie dans le regard. Et les deux se valent, mais l'un d'eux a déjà reçu son jugement.

Mon cœur tressaute. Quelque chose de sombre envahit ses prunelles claires, et ce regard-là me fait peur. C'est le même qu'il me porte lorsqu'il me témoigne son dégoût. Mon seul répit est que cela ne m'est pas adressé, mais je déteste déjà les hommes – ou les personnes – qui l'ont transformé en ombre.

44
Une alliance avec un monstre

3 ans plus tôt
AN 856, À LA PRISON ROYALE DE ZURIA

Estæbann, 19 ans

Un ricanement bourdonne dans mon crâne. Je n'y vois rien, le sang me coule sur les paupières et m'aveugle. Les doigts qui effleurent mes lèvres sont frais, mais ils me brûlent la peau. C'est mordant. Des gémissements m'échappent sans que je puisse envisager de les retenir.

— Laissez… faire, me souffle quelqu'un.

Une voix dont je suis incapable de déterminer le timbre ou la tessiture. Mes oreilles bourdonnent, enveloppées d'une épaisse couche de brume. Les sons ne m'atteignent que par saccades. Seules quelques phrases se forment dans mon crâne. J'ignore si je les invente ou si mon esprit réussit à combler les manques.

— S'il vous… calmez…

— Qui… balbutié-je. Qui 'ous… z'êtes… Je…

Ma tête bascule sur le côté. Ou peut-être sur l'avant. Mes muscles m'abandonnent. Ou peut-être tout. Ce n'est certainement qu'un cauchemar. Rien n'est réel. Même les phalanges des gardes sur mes pommettes paraissent s'enfoncer dans de la mousse. Je les ressens, lointaines, atténuées. La douleur percute toujours mes organes, elle vibre dans mon corps et secoue mon crâne. Mes murmures eux-mêmes sont indistincts. Je ne sais plus ce que je raconte, mais il n'y a qu'un prénom dans ma bouche, un prénom dans ma voix. Il réside dans mes poumons, installé là comme la seule raison de leur survie. Il est ancré dans mon cœur, malgré tous mes efforts pour l'en extraire.

— Ri… ham…, marmonné-je.

Est-ce compréhensible ? J'espère que non, que personne ne soit témoin de ma peine, de mon déclin et de cette dépendance persistante à travers les années. Plus j'essaie de la chasser, plus elle réapparaît.

Ma beauté mortelle.

Je vais revenir.

Je veux revenir.

Pour toi. Juste pour toi.

Non, je ne peux pas. C'est à cause d'elle que je suis là. Mon poing se crispe au centre de ma poitrine. Mes ongles peuvent presque griffer ma peau à travers les lambeaux de ma chemise. Je veux détruire mon existence, la réduire à néant. Ça ne sert plus à rien de se battre. Plus si Riham n'est pas là, avec moi, dans ma réalité. Ce n'est pas envisageable. Je ne veux pas. La vie sans elle me terrifie. C'est trop dur.

Résiste, Estæbann. Tu dois te venger, la tuer, elle, Cassiānn et Matheiüs. Tu vas les anéantir comme ils l'ont fait avec toi. Ce sera ça ta raison de vivre.

Ma vengeance. Je tente de m'y accrocher de toutes mes forces. Oui, c'est la meilleure raison que je puisse trouver, mais pourquoi j'ai le sentiment d'abandonner mon humanité dans cette cellule ? Pourquoi ai-je la sensation que mon cœur se déchire ?

Riham.

Riham.

Toujours Riham.

Je grogne, les yeux clos, repoussant les mains qui m'effleurent. Je ne veux pas qu'on me touche, mais mes forces sont maigres, peut-être réduites en cendres par le feu de la haine et les assauts des flammes tyranniques.

— Estæbann, vous devriez…

Je frémis dans l'espoir d'entendre quelque chose, une phrase entière, mais cela s'évanouit trop vite, recouvert par le tintamarre des battements de mon cœur contre les parois de mon crâne.

Une douce odeur florale perce la coagulation de mon sang pour s'infiltrer dans mes narines. J'essaie de l'inspirer, de la ressentir en moi et de m'en nourrir. Or, elle est tout de suite remplacée par l'infection de ma geôle.

— Riham… continué-je à murmurer.

Je n'ai plus assez de force pour avoir honte.

— Même pas foutu d'reconnaît'e sa reine ! L'a bien amoché vot'e chien, *m'dame*.

Le rire gras continue de me marteler les tympans. Je n'ai pas besoin que mes sens fonctionnent pour comprendre qu'il s'agit de Lorden Arsen. Il marmonne dans sa barbe rousse, très certainement à quelques centimètres de mon oreille. Entre deux barreaux de fer crade et rougi par l'humidité et la rouille. Certaines de ses paroles meurent sous le flot assourdissant qui enveloppe mes tympans ; d'autres me heurtent, presque limpides, comme *cette* phrase.

Cette putain de phrase qui révèle quelque chose de terrifiant.

La reine est ici.

Je me fige violemment. Mon cœur se loge dans ma gorge, entravant mes pensées et ma voix. La nausée le baigne, acidulant ma bouche et asséchant mes lèvres. Ma main s'abat sur le poignet de ma soigneuse et je maintiens la distance entre sa paume et mon visage.

— La… rei… ne ? m'entends-je bafouiller avec beaucoup de peine. Qu'est-ce que…

— Restez tranquille, Estæbann.

Je lève la tête, dans une vaine tentative d'apercevoir un visage. *Le* visage. Celui de la souveraine. Elle ne doit pas être si différente de son fils. Une chevelure blonde, des yeux bleus, perçants, sournois, manipulateurs… Une peau pâle et des lèvres roses. Et peut-être des taches de son, un nez en trompette et…

Je grogne sauvagement.

Non, elle ne leur ressemble pas. Pas elle. *Pas toi.* Pas ma Riham.

Pourtant, elle t'a trahi. Elle t'a fait tomber amoureux d'elle. Elle t'a offert son cœur pour le posséder à jamais et tu n'es plus capable de t'en défaire.

C'est de la torture.

Elle te manipule encore.

— Fais attention à toi, Ana, il est très agité.

Je sursaute quand la main que je pense toujours tenir loin de moi se pose sur ma figure. De l'eau coule sur ma peau, et je réprime mon envie de la boire. Je sens le sang et la merde ruisseler sur mes lèvres. Je pourrais abandonner toute dignité et me laisser tenter, juste pour quelques gouttes, mais c'est plus fort que moi, je n'y arrive pas, je résiste.

— Essaie d'ouvrir les yeux, me souffle une petite voix fluette.

La surprise me fait obtempérer. Une forme floue se révèle devant moi, un peu plus nette que l'obscurité dans laquelle j'étais plongé quelques secondes plus tôt. La fille poursuit son nettoyage. Avec une série d'encouragements, elle me guide vers la lumière. Je m'efforce à y croire, à avaler une gorgée du verre qu'elle me présente après avoir passé un linge sur mon front, mes joues et ma mâchoire. Mes efforts portent leurs fruits. Au terme de longues minutes de déglutitions difficiles et de larmes incontrôlées, j'aperçois enfin des couleurs.

Et un sourire...

Doux, léger, presque effacé, mais réel.

— Félicitations, chuchote-t-elle.

Sa voix est étouffée par une obstruction dans sa gorge, mais j'en distingue les mots et je m'y accroche comme à une ancre. Mes entrailles se rétractent au moment où je découvre son apparence. Elle a celle d'un ange. Pratiquement identique à tout ce qu'on décrit de la famille royale. Des cheveux à la nuance de ses iris, elle leur est similaire. Pourtant, il y a quelque chose dans ses prunelles qui me tranquillise et me permet de ne pas complètement céder à la panique.

Cette fille n'est pas la reine.

Mais l'ombre derrière elle...

Avec beaucoup de difficulté et le regard voilé, j'ose l'affronter. Si je m'attendais à voir la silhouette d'une femme dure et sévère comme ma propre génitrice, je n'étais pas préparé à rencontrer la douceur d'un sourire. Les mains jointes dans une forme de prière, elle m'observe en silence. Sa tête ne dépasse pas l'épaule du garde, debout à ses côtés. Elle est petite et frêle, mais sa présence m'écrase quand même. L'éclat des diamants de sa couronne me transperce la rétine.

— Il vous faut manger, Estæbann.

La reine vient de parler. Cette fois, je n'ai pas juste discerné sa voix dans la pénombre, j'ai vu ses lèvres bouger. Mon regard tombe sur le bol en bois que la jeune femme accroupie devant moi me présente. Il n'y a que du pain trempant dans un fond de soupe à l'odeur douteuse, mais mon estomac réagit aussitôt. Alors que j'essaie de lever les bras pour attraper la cuillère, le rire d'Arsen rebondit de nouveau contre les murs de la prison. Je vois le sourire de la fille tressaillir. Elle fusille l'homme du regard avant de m'aider à avaler, bouchée après bouchée. Ç'aurait pu être humiliant si je n'avais pas passé tous ces mois ensevelis sous la crasse et les coups.

— Ana, intervient la reine. Peux-tu t'écarter ? J'aimerais m'en charger.

Je n'en suis pas certain, mais je pourrais jurer sentir mon cœur se contracter un petit instant. La peur s'abat sur moi. Je veux hurler, retenir la servante et la garder contre moi. Comme un bouclier. Sauf qu'elle obéit. Mon souffle s'interrompt alors que Sa Majesté s'agenouille devant moi.

Dans la boue formée par mes déjections, mon sang et mes excréments.

Elle s'empare du récipient et porte la cuillère à mes lèvres. Il me faut de longues secondes pour l'autoriser à atteindre ma langue. Son regard, planté dans le mien, me fait frissonner. Cassiānn lui ressemble beaucoup trop pour que ce soit supportable. Or, ce n'est pas ça qui me fait couler une larme solitaire, ce n'est pas le mirage du prince sur celui de la reine… Mais bel et bien cette impression familière dont j'ai espéré m'épargner. Le pouce de Dianeilis de Zuria caresse ma joue pour en essuyer l'humidité.

— Vous avez deux jours pour vous reposer, m'apprend-elle

de sa voix si douce que je suis incapable de la haïr. Dormez, Estæbann. Vous irez mieux.

Jusqu'à la prochaine raclée.

Je ne me donne même pas la peine de rire. Grâce aux mains de la reine, je vide le bol et me recroqueville dans l'unique coin de ma geôle où le sol n'est pas recouvert de selles.

— Prends ça, me souffle Ana.

Elle glisse quelque chose sous ma tête et mes poumons se serrent quand je comprends qu'elle m'offre son tablier en guise d'oreiller.

— Le prince est un monstre.

Je crois rêver son murmure, mais ces mots m'apaisent.

— Tiens bon, Estæbann. On te sortira de là.

Le claquement du verrou résonne dans l'air et j'écoute le bruit de leurs talons s'éloigner dans le couloir de la prison. Le silence ne demeure que quelques instants, puis la voix de Lorden Arsen me glace le sang :

— L'amour, gamin, c'est d'la fumisterie. Tes prétendants, faut les séduire pour mieux les soumettre et en faire nos esclaves. Même physiqu'ment libérés d'nous, ils savent qu'faut nous écouter. Si t'es pas capable d'être dur avec eux, alors t'es pas un homme. J'tiens cette leçon d'mon défunt père.

Son ricanement me vrille l'estomac.

— On va t'sortir d'là, mon pote. Et cet' pute va nous aider.

45
La douleur des confidences espérées

Aujourd'hui
AN 859, À ZURIA

Riham, 19 ans

Accoudée au bastingage, j'ignore les regards désapprobateurs des écumeurs sur ma nuque. Leika a quitté le pont du navire pour s'enfoncer dans les cales. Sans doute préfère-t-elle s'isoler plutôt que de se risquer à m'approcher. Je ne sais pas si elle me craint, si elle sait que j'ai tué Markan, mais elle se méfie de moi ; et à travers ses yeux gavés de menaces, je discerne ses réflexions. Elle spécule sur un moyen de m'atteindre sans être victime d'une quelconque sorcellerie.

Mon apparition en dehors de la cabine ne plaît à personne – excepté Vaheem, Nehōo… et peut-être Loasodhsan elle-même –, mais l'équipage au complet se tient loin. À l'instar de Leika, la peur et les ordres de leur capitaine pèsent sur leurs décisions.

Encore une petite heure à tenir, puis j'irai conquérir la découverte de la capitale et je n'aurai plus rien affaire avec eux. Nous dormirons dans une auberge, sur place. Estæbann m'a assuré qu'il avait déjà tout prévu pour nous éviter de rester plus longtemps sur le Reidhrivein. Pour le retour, le chemin jusqu'au village perdu se fera à travers la forêt et les villages les plus reculés, dans trois jours.

Depuis quelques heures, je me satisfais des récits qu'il veut bien m'offrir. Des explications sur tout ce qu'il a traversé pendant les six années où nous avons été séparés. Il a repris quelques forces en me relatant toutes les horreurs que le prince Cassiānn lui a fait subir dans la prison royale, mais nous avons tous les deux eu besoin de prendre l'air. Accroché à ma taille, Estæbann s'est traîné jusqu'au pont pour respirer l'air frais et nous tentons désormais de contrôler les émotions qui nous submergent.

Pendant qu'Estæbann répond à mes questions, je me souviens de chacune de ses cicatrices ; des visions d'horreur se matérialisent dans mon esprit. Elles me hanteront pour le restant de mes jours. Il a refusé de tout me décrire, mais les détails de certaines méthodes de tortures suffisent à me soulever l'estomac.

Estæbann a été victime de cette cruauté. La monstruosité de Cassiānn est innommable. Je peine à croire qu'un homme soit capable de ce genre de choses, mais, étrangement, cela ne m'étonne pas. Parce que je l'ai vu dans son regard, cette haine, cette soif de sang quand il a prononcé le nom d'Estæbann devant moi. Son âme, si elle n'est pas née abominable, a été façonnée de ses propres mains pour semer l'horreur chez ses ennemis.

Cinq minutes de silence ont suivi ses aveux et j'en suis encore là, avec le trou béant dans ma poitrine, l'acidité coincée dans la gorge et le nœud exécrable dans mon ventre. Mes larmes ont coulé et je refuse de les sécher. Le vent se charge d'en voler quelques-unes, au cas où l'océan en manquerait. Un sanglot fait vibrer ma langue, mais je refuse d'y céder. Pas tant qu'Estæbann est à mes côtés, qu'il doit encore m'expliquer comment il s'est échappé et pourquoi sa rencontre avec le fils de la capitaine le tourmente encore.

— Lorden Arsen était le genre d'écumeur qui colle à ceux de tes bouquins, me souffle Estæbann.

Cette simple phrase anéantit l'infime espoir que j'avais de m'être trompée.

— Un connard qui se servait des femmes comme « vide-couilles », comme il disait. Il les dépossédait de tout ce qu'elles avaient, et si elles osaient l'affronter ou prendre la fuite, il menaçait leur famille, leurs proches… tout ce qu'elles avaient.

Je frissonne.

— Il était sanguinaire, commente-t-il.

Ses yeux sont rivés sur le sommet du volcan immergé, qui s'éloigne peu à peu de notre vue.

— C'est Loasodhsan qui lui… a inculqué tout ça ? me renseigné-je, terrorisée à l'idée qu'Arsen soit l'exemple que son fils a suivi.

Estæbann soupire. Sa voix est hésitante lorsqu'il daigne me répondre :

— Oui et non. Sova est une écumeuse qui permet à son équipage de faire ce qu'il veut, mais je ne l'ai jamais vue ou entendue se vanter d'en faire de même.

Un infime sentiment d'apaisement me gagne la poitrine. Même si la capitaine n'est pas une femme de valeurs, savoir qu'elle n'est pas aussi horrible que ses hommes me soulage.

— Alors… qu'est-ce qui l'a rendu si… différent d'elle ?

— Crois-le ou non, Arsen est tombée amoureuse.

Mes yeux s'écarquillent d'hébétude.

— Du mauvais homme ? deviné-je.

— Ouais… Elle s'est fait berner par un écumeur un peu trop prétentieux qui avait pour ambition de renverser la légende et de *devenir* la légende. Il voulait tout posséder. Le titre de Loasodhsan. Le Reidhrivein… et anéantir la lignée originelle pour prouver qu'il était le plus terrible.

Mon regard fouille le bateau à la recherche de la capitaine, mais ce n'est pas elle qui est dressée derrière le gouvernail. Dragor incline la tête dans ma direction pour me saluer dès qu'il capte mon attention. Il est peut-être le seul autre écumeur du navire à ne pas me détester. Je réponds à son geste, puis contemple les portes de la cabine principale. Celle de Loasodhsan. Des lacérations de lames en tout genre se sont gravées dans le bois. Je n'ose imaginer le nombre de mutineries que les descendants de Saven Arsen ont dû essuyer.

Juste pour leur titre…

Un désagréable sentiment de reconnaissance m'envahit. Un nouveau point commun entre Loasodhsan et moi s'ajoute à la liste. Nos deux lignées ont été menacées à travers le temps. La mienne a plié. La sienne résiste encore.

— Lorden Arsen a été bercé par les histoires d'amour et de foi de sa mère, mais il admirait son père plus que quiconque. Lorden savait ce que son père préparait. Il croyait en lui et méprisait les niaiseries de sa mère. Le jour où ils se sont retournés contre Loasodhsan, la capitaine a dévoilé un secret qu'elle préservait aux yeux de tous.

Je fronce les sourcils.

— Un secret ?

Estæbann hoche la tête, l'air grave.

— La magie n'existe pas dans les veines des Loasodhsan, mais la haine et le chagrin, motivés par la trahison ultime, brise leur cœur. Ils atteignent l'apogée de leur puissance quand leur cœur arrête de battre. Littéralement.

— Tu veux dire que…

— Oui. Saven Arsen n'avait bel et bien pas de cœur. Il ne vivait pas. Il était destiné à l'errance éternelle. Mais il est le produit des dégâts de la Genèse. Sa carcasse était maudite. Et même s'il n'avait aucun cœur pour le maintenir en vie ou le condamner à mort, une lame pouvait le tuer…

— Celle des Dieux, soufflé-je alors en me remémorant l'un des passages de ses textes personnels, gribouillés dans des marges.

« Les Dieux m'ont créé et je les en condamne.
Ma vie est dénuée de passion, ravagée par la haine.
Je suis aussi faible que les mortels, mais dépossédé
d'âme. Et pour que mes descendants soient invincibles,
ils devront succomber à ma malédiction.
Les Dieux m'ont créé.
Eux seuls peuvent me soustraire. »

— Ou une lame divine, murmuré-je en avalant difficilement ma salive. Forgée par des mains divines… et que toutes les Couronnes à travers le monde possèdent. Une lame pour chacun des Huit Royaumes.

— Et celle de Zuria a été taillée par la Déesse des Sept Océans, me confirme Estæbann.

— Où est-elle ?

Il déglutit.

— Entre les mains du bourreau de la prison. Lui et ses

prédécesseurs ont vendu leur âme aux Dieux pour mourir s'il lui venait l'idée de la voler. Son cœur serait transpercé par la pointe invisible de la Perfidie s'il franchissait les murs de la prison avec cette épée ou s'il laissait quelqu'un s'échappait avec elle.

Je frémis.

Par Ma Mère...

— C'est terrifiant, commenté-je.

Estæbann ne réplique pas ; il n'en a pas besoin. Ses yeux se sont perdus derrière un voile opaque, mais ils persistent à suivre le mouvement des vagues à l'horizon.

— Alors... le cœur de la capitaine s'est arrêté le jour où son amant a monté une mutinerie contre elle ?

Estæbann acquiesce.

— Oui et non. Il s'est arrêté le jour où elle est devenue Loasodhsan. Mais elle est morte sous la trahison. Et Lorden Arsen avait huit ans lorsqu'il l'a vue devenir un monstre. Sans foi ni loi, elle a réduit le père de son fils en lambeaux. Elle l'a torturé, l'a maintenu en vie devant tout l'équipage, a forcé Lorden à martyriser son géniteur pour le punir d'avoir rejoint ses rangs plutôt que de l'avoir soutenue elle, puis elle a démembré son amant. Elle lui a arraché le cœur pour le jeter dans la gueule d'un bébé linidier.

Un frisson me terrasse le corps en baissant les yeux sur la surface de l'eau. *Un linidier...* La créature la plus terrifiante des fonds marins. Un bébé est presque ridicule comparé à un adulte, dont la taille peut atteindre le double du Reidhrivein. Rares sont ceux qui remontent jusqu'à la surface, davantage ceux qui épargnent les navires. Mais si Saven Arsen se prenait pour le Dieu Suprême des Océans, ce n'est pas pour rien. Il pouvait régner sur le monde marin.

Incluant les linidiers.

— L'amant d'Arsen était déjà mort quand elle lui a tranché la tête. Mais Lorden a longtemps été hanté par le visage horrifié de son père, planté comme un étendard au bout d'une pique jusqu'à ce que les charognards achèvent de le dévorer.

La nausée déferle dans ma bouche, fulgurante, acide, mais je ne la laisse pas s'évader.

— À seize ans, il a quitté le Reidhrivein pour bâtir son propre navire.

Une question me brûle les lèvres et je finis par la poser, un étau douloureux refermé autour de la poitrine :

— Pourquoi voulais-tu t'enfuir avec lui si tu ne l'appréciais pas ?

— La réponse est plutôt évidente, non ? réplique Estæbann en me regardant pour la première fois depuis le début de notre conversation.

Ses yeux sont étincelants. Pas de larmes, mais d'une émotion vive que je ne sais pas trop décrire. Colère ? Culpabilité ? Les deux mêlées ?

— Pour m'enfuir tout court, Riham. Que Lorden ait, oui ou non, été mon ami, il m'offrait une porte de sortie. Je n'avais pas envie de rester dans les geôles royales, encore moins en sachant que Cassiānn n'était pas rassasié de toutes ces putains d'années à me laminer la gueule.

Ses paroles ont l'effet d'une pluie de coups de poing dans mon abdomen. Mon cœur se retrouve pris au piège entre mes poumons étouffés, écrasés par le poids de mes côtes. Ma cage thoracique en est affligée. Imaginer l'acharnement des gardes, sous l'œil pervers du prince Cassiānn, me démolit. Mon esprit ne le supporte pas et sans doute que mon âme non plus. Je la sens se fissurer quelque part au fond de moi.

Estæbann a enduré les pires épreuves. Il a été sali, battu, brisé, harcelé, humilié… Mon cœur hurle sa rage.

— C'est la servante de la reine qui vous a aidés ? demandé-je en déglutissant, tentant de chasser le tourbillon infernal de mes tourments.

— Oui. C'était la dernière fille que Lorden avait sous sa coupe. Il l'avait abordée avant d'entrer en prison et avait menacé d'envoyer des types tuer ses proches.

— C'est arrivé ? m'inquiété-je.

Le vert et le bleu de ses iris disparaissent sous ses paupières. Estæbann baisse la tête en soupirant.

— Elle a pris trop de temps pour agir, m'explique-t-il. Les gars de Lorden ont eu l'ordre d'agir au bout d'un an. Ils ont trouvé les parents de la fille et les ont tués sous ses yeux. L'un d'eux a violé son frère et les autres… s'en sont pris à elle. Après ça, ils ont tous les deux trouvé le moyen d'intégrer le personnel du palais. Ça leur a pris six mois supplémentaires pour exécuter leur plan. Six mois où… Ana m'a apporté mes repas et où son frère a intégré le troupeau de gardes chargés de surveiller la prison.

— Comment avez-vous réussi à vous échapper ?

— C'était en pleine nuit. Le frère d'Ana a drogué les autres gardes pour les endormir et ils m'ont traîné dehors.

— Et Lorden Arsen ?

C'est presque imperceptible, mais les épaules d'Estæbann frissonnent. Son expression sévère me fait froncer les sourcils. Sans trop savoir pourquoi, mes yeux s'embuent de larmes. L'une d'elles s'échappe pour courir sur la courbe de ma joue.

— Il est mort avant qu'on puisse sortir de la tour.

— Comment ?

Il soupire et se redresse, le regard fuyant.

— Retourne à la cabine, je vais voir Loasodhsan, m'annonce-t-il d'un ton sec.

Il tourne les talons sans demander son reste et je le regarde s'éloigner, le cœur serré. Le voir dans cet état m'afflige, mais mes prunelles s'attardent sur la pointe d'une cicatrice dans le creux de sa nuque. L'horreur s'empare de moi. Elle fige mon souffle et ma poitrine se contracte sous la douleur. Ma main, crispée au-dessus de mon cœur, sur la fleur en obsidienne, essaie d'apaiser mon propre corps, sauf qu'un magma de scènes terrifiantes me submerge encore et c'est comme si je me noyais à l'air libre.

Désemparée, les genoux flageolants, je me mets à courir jusqu'au balcon de notre cabine et m'écroule contre la porte close pour m'effondrer dans l'obscurité.

PARTIE 3

« À sa douleur et son fardeau.
Mon cœur sera l'étau. »

— Riham de Zuria, Daliakys de la Damnation.

46
Dans la danse de l'amitié

Riham, 19 ans

Estæbann me réveille d'une caresse dans les cheveux. Son sourire désolé attire mon attention sur mes joues humides. Elles le sont toujours après quelques minutes de repos. Le sommeil ne m'a pas laissée tranquille, empli de cauchemars et de souvenirs qui ne m'appartiennent pas. En ouvrant les yeux, mon premier désir est d'embrasser cette bouche merveilleuse qui survole mon visage. Elle est tentatrice. Ses courbes, à elles seules, suffisent pour me séduire. Je les aime. Depuis tant d'années. Et malgré cette heure somptueuse que nous avons partagée au lagon, je ne suis toujours pas rassasiée d'elles, de *lui*.

Estæbann dépose un baiser sur mon front, furtif, léger, mais d'une infinie tendresse, et je sens l'instrument infernal de ma poitrine réagir. Il n'est pas près de s'apaiser quand les coupelles turquoise de ses iris me surplombent. Ses longs cils bruns contrastent avec la clarté de son regard et consolident l'intensité de ses yeux en amande. Pour eux, je serais prête à me vendre moi-même aux geôles royales.

Mon roi…

Le murmure de mon esprit m'envoie des frissons dans le corps. Malgré tout ce que j'espérais, tout ce que je désirais, Estæbann me paraissait hors d'atteinte. Aujourd'hui, je peux tendre le bras pour fracturer cette frontière imposante et le toucher. Du bout de mon index, j'effleure le grain de beauté sur sa pommette.

— Comment tu te sens ? me questionne Estæbann, prudent.

— Je ne sais pas, murmuré-je. Comme… quelqu'un qui ne savait pas ce que tu vivais. Pas… à ce point.

— Tu t'en veux ?

Son timbre est doux, mais je perçois sa fragilité sur son visage. Une moue soucieuse fait frémir ses lèvres et ses yeux me couvent d'un air protecteur. Je hoche la tête, incapable de répondre à cette question de vive voix.

— Ne t'en veux pas, objecte-t-il. Tu n'y es pour rien.

— Oncle Matheiüs t'a condamné à cause de moi et… je n'étais pas là pour toi, je n'ai pas…

— Tu es là maintenant.

Il enveloppe mes joues de ses mains gantées.

— Je suis venu te chercher et on est ensemble.

— Je ne veux plus te quitter, Estæbann. Je ne veux plus te laisser vivre seul quelque chose d'aussi… abject. Horrible et…

— Respire et n'y pense plus. C'est fini.

— Et si les gardes te tombaient dessus de nouveau ? Et si… tout recommençait ? Tu es recherché. Le prince a retrouvé ta trace jusqu'au Reid, il…

— Trois jours. C'est tout ce qu'il me faut. Ensuite, on fera notre vie au village perdu. Là-bas, il ne nous retrouvera pas. Personne ne vient jamais chercher les âmes égarées.

— Parce qu'elles sont tombées dans l'oubli, comme le lieu où elles habitent, répliqué-je. Mais toi… ce n'est pas pareil. À travers le prince, c'est le pays lui-même que tu as retourné contre toi. Parce que ses souverains veulent ta peau, Zuria tout entier s'est certainement lancé à ta recherche. Comment comptes-tu t'en sortir ? Passer inaperçu aux yeux de tous ces gens ?

Il me sourit d'un air malicieux, mais son regard est teinté d'une lueur triste.

— Je crois que le Dieu ou la Déesse du Temps est de mon côté, pour une fois. Le ciel est redevenu gris et il pleut, mais peut-être que c'est à cause de la malédiction, réfléchit-il. À part l'Œil de Sazira et la grotte du lagon, le royaume est plongé dans un automne éternel.

— Tu as une cape ?

Il opine du chef.

— Et la tienne est au fond de l'armoire.

— Tu avais pensé à tout ?

— Évidemment.

Je souris et son regard s'échoue sur mes lèvres.

— J'ai très envie de t'embrasser, me confie-t-il.

— Ah oui ?

— Pas toi ?

— Non.

Il arque un sourcil et une fossette se creuse dans sa joue.

— Je dois te croire et me sentir triste ? bougonne-t-il.

— Cela ne dépend que de toi.

— Menteuse.

Un petit rire m'échappe, chassant les dernières traces de douleur sur ma figure.

— Je préfère qu'on évite. Je n'ai pas envie de t'affaiblir encore une fois.

Ses lèvres s'ourlent et il approuve d'un mouvement de tête. Ma tempe recueille son second baiser, mais il ne s'attarde pas assez longtemps pour réveiller le feu meurtrier de mon âme.

— J'ai une surprise pour toi, beauté mortelle.

Sa joie me paraît forcée et un affreux pincement me saisit le thorax.

— Qu'y a-t-il ?

Il ne s'attarde pas sur mon inquiétude et poursuit :

— Aria et Edlena nous attendent sur le port. On les rejoint ?

Un éclair de bonheur me foudroie.

— Vite ! m'écrié-je.

Le rire d'Estæbann résonne dans la pièce… et j'en rate une marche invisible. Mon cœur frémit entre mes côtes fragiles. Ses paupières plissées dissimulent l'éclat de ses yeux, mais le large sourire étendu sur son visage me pétrifie.

— Pourquoi tu rigoles ? bredouillé-je d'un ton volontairement dégagé.

Il s'étrangle avec son rire et un air étrange submerge ses traits.

— C'est juste que je te trouve… a-adorable.

Il se racle la gorge.

— Habille-toi, souffle-t-il.

J'essaie de ne pas en tenir compte, mais le trouble a envahi mes sens.

Nous enfilons tous les deux nos capes noires, enfonçant nos têtes sous nos capuches. Le bord du tissu m'effleure le nez. Estæbann essaie de la réajuster, et même si je devine qu'il réprime ses sentiments, je vois à la lueur de son regard qu'il se moque de moi.

— Tu as l'air d'un voleur, commenté-je après lui avoir tiré la langue.

L'ombre de sa capuche se projette jusqu'à sa mâchoire. Estæbann hausse les épaules.

— C'est toujours mieux que l'allure d'un tueur de fiancé de prince.

Ce n'est pas drôle, mais son ton désabusé me fait éclater de rire. J'étouffe ma voix derrière ma paume en le voyant vaciller et tends l'autre main vers lui pour le retenir. Il en embrasse le dos à travers mon gant pour me tranquilliser avant de m'indiquer la sortie.

— Suis-moi au cœur du royaume, petite fleur, je vais te faire découvrir le monde.

J'essaie de ne pas réagir à la délicatesse de sa voix, mais elle glisse déjà en moi pour dorloter le creux de ma poitrine.

À peine ai-je posé le pied sur le pont du bateau que mon regard percute celui d'Aria en contrebas. Mon cœur bondit contre mes côtes et j'émets un petit cri avant de me mettre à courir. Je me donne probablement les allures d'une enfant de six ans, mais la revoir m'emplit de ravissement. Aria et moi nous connaissons très peu, cela ne m'empêche pas pour autant de la considérer comme une amie. Mon expérience en la matière est réduite à zéro – ou peut-être à Estæbann si on omet la réelle nature de mes sentiments ainsi que nos actes sur la plage du lagon –, sauf qu'Aria répond avec la même allégresse à mes élans d'affection. Je ne rêve donc pas. Elle et moi, ça commence à exister et ça peut se révéler comme quelque chose de grand.

Prenant garde à ne pas toucher sa peau, je me jette sur elle et me pends à son cou.

— Tu m'as tellement manqué, soufflé-je pour ne pas trop attirer l'attention sur nous.

Ma course folle a sans doute suffisamment alerté les quelques marchands que Loasodhsan aborde. Le Reidhrivein n'est pas le seul bâtiment à avoir investi le port. Or, c'est le seul de cette envergure. Il s'impose même à côté des navires royaux. Et malgré son écart des pontons principaux, il projette son ombre sur les étals. Certaines personnes semblent avoir fui à son approche, d'autres ne rebroussent chemin qu'à la vue du tricorne rouge d'Arsen. Les silhouettes des écumeurs se détachent de l'obscurité pour disparaître dans les ruelles de la capitale et la masse de gens.

J'observe les alentours, abasourdie, puis pivote vers Edlena pour la saluer.

— Oh, ma belle ! Je suis heureuse de te voir ici… vivante, entière et… souriante ! s'exclame-t-elle, comme si cela relevait d'une réelle prouesse à ses yeux.

Elle lance un coup d'œil amer par-dessus mon épaule, sans doute adressé au Reidhrivein, puis elle glisse son bras sous le mien, crochetant nos coudes. Aria me contourne pour enlacer ma taille, de l'autre côté, et sceller cette étreinte.

— On a plein de choses à faire et à te montrer, ma chère Riham ! s'enthousiasme Edlena. D'abord, on va faire un détour par une auberge à la frontière de la capitale. On a plein de cadeaux pour toi !

Le regard pétillant, je me tourne vers Estæbann et constate que Vaheem et Nehōo se tiennent à sa droite, dans l'attente.

— Vous venez aussi ? leur demandé-je.

— Bien sûr ! s'exclame Estæbann. Quoi de plus palpitant que d'assister à une réunion de filles !

Edlena s'offusque, Aria secoue la tête, un léger sourire aux coins des lèvres. Je roule des yeux et rétorque :

— Ne fais pas ton misogyne, petit cœur, ça ne te va pas au teint.

Mon intonation est un peu moqueuse, mais m'entendre prononcer ce surnom m'envoie une bouffée de chaleur au visage. Mes joues s'empourprent d'embarras, à l'image de celles de Nehōo – un peu trop empathique pour estomper ma honte –, alors que Vaheem rigole de concert avec mes amies. Edlena me félicite, mais je l'écoute à peine. Mon attention est rivée sur la figure d'Estæbann dont la teinte hâlée s'est transformée en un rose vif.

Trois amusés pour trois gênés…

Cette balade s'annonce merveilleuse.

Je peux presque discerner la chaleur de la peau d'Estæbann sans m'approcher de lui. Son regard se fait un peu plus intense et je me sens prête à lui offrir mes lèvres pour qu'il me pardonne.

Le ciel est couvert. Des nuages noirs et épais surplombent la capitale. Peut-être le royaume entier. Certains éclatent dans de grands bruits sonores, puis un torrent de larmes chute sur le sommet de nos crânes. Bien vite, nos capes s'imbibent d'eau. La pluie frappe nos épaules et notre dos dans un fracas de tonnerre et de cris terrifiés. Des gens courent autour de nous. Les marchands plient leurs affaires, et les habitants de la capitale, eux, se précipitent pour s'abriter dans des commerces ou regagner leur maison. L'agitation m'effraie autant qu'elle m'excite. Je sens l'adrénaline s'engouffrer dans ma poitrine et la bomber avec vigueur. C'est magique. Magnifique. Malgré la noirceur, malgré le temps, malgré les hurlements.

Des enfants jouent dans des flaques, de jeunes couples improvisent une danse dans laquelle Aria et Edlena m'embarquent. Nos rires s'envolent alors que Vaheem, Nehōo et Estæbann s'arrêtent à contrecœur, tapis sous la devanture d'une échoppe. Edlena semble être la plus âgée de ce cercle, mais cela n'importe pas. Elle s'amuse autant que les autres et mon sourire répond aux assauts de mon cœur. La félicité dans les yeux de mes deux amies est une bouffée d'oxygène et d'espoir. Un homme offre ses bras à ma couturière préférée, et je me retrouve seule avec Aria. Jusqu'à ce que Vaheem nous sépare, tendant une main timide dans ma direction. Je scrute la silhouette d'Estæbann, glissée dans le dos d'Aria, puis sur celle de Nehōo, blottie dans le coin de la ruelle, prostrée et fermée. Une moue s'installe sur mon visage. Vaheem se penche au-dessus de moi et me confie :

— J'ai essayé de le convaincre de nous rejoindre, mais c'est pas son truc. Faut pas le forcer.

Dans un soupir, le cœur serré, j'accepte. La pluie se charge de chasser ma culpabilité, et nous dansons, inconscients, au milieu d'une cohue de gens effrayés ou d'inconnus aussi fous que nous. Les mains de Vaheem s'aventurent sur mon dos, puis son visage survole de nouveau le mien. Mon cœur rate un battement en croisant le regard désapprobateur d'Estæbann. Il fronce les sourcils en se balançant aux bras d'Aria. Les lèvres de Vaheem frôlent mon oreille et j'entends sa voix hésitante me demander :

— Est-ce que ton amie accepterait de danser avec moi ?

Je me fige pour le détailler. Sa mine coupable se révèle à moi et ses yeux, rivés sur le sol, me font de la peine. Je ne sais pas comment il interprète ma réaction. Mal, à l'évidence. Mon cœur s'affole alors que mes yeux zigzaguent entre

Nehōo et Vaheem. La mine affreuse et peinée de Nehōo me tord les entrailles. Mais Vaheem s'apprête à prendre la fuite et mes doigts se resserrent autour de son poignet.

— Propose le lui, lui conseillé-je. Si elle n'accepte pas, on continuera de danser ensemble, tous les deux.

Il acquiesce, un faible sourire sur les lèvres, et me remercie. Je m'écarte un court instant pour ne pas interrompre la petite foule de danseurs, et épie le jeune écumeur. Estæbann le toise d'un air sévère, mais il se détend dès qu'il comprend pourquoi – et surtout pour *qui* – Vaheem se pointe devant lui. Des mèches châtaines tombent sur le front d'Estæbann lorsqu'il se penche au-dessus d'Aria pour lui souffler quelques mots. En une poignée de secondes, l'appréhension visible dans ses prunelles frémissantes, Aria échange de bras et Estæbann me fait signe de le rejoindre.

— À nous deux, petite fleur.

Son sourire est étincelant sous sa capuche. Cet homme est l'incarnation du péché. C'est certain. Ma poitrine rencontre son torse, son étreinte se referme autour de mon corps et nos doigts s'entrelacent. Son visage est suspendu au-dessus du mien alors que nos yeux sont accrochés les uns aux autres. Pour musique, il n'y a que le fracas de la pluie battant le pavé et les cris enjoués des gens.

— Tu es magnifique pour une créature sanguinaire, me murmure Estæbann.

Sa plaisanterie est de mauvais goût, mais je ne peux m'empêcher de sourire un peu plus.

— C'est pour mieux vous duper, mon cher Estæbann.

— Si mourir est la condition pour goûter encore à votre corps, mademoiselle Riham, je vous offre ma vie sur-le-champ.

— N'est-ce pas cher payé juste pour un corps ?

— Ce n'est pas n'importe lequel. C'est celui qui détient le cœur que je convoite.

— Oh, mais vous le possédez déjà.

Une étincelle vibre dans ses pupilles.

— J'ignorais qu'il m'appartenait avant, commente-t-il.

— Ne faites pas l'innocent, Estæbann Van de Saez, vous le saviez très bien.

Il se penche un peu plus, inclinant le menton pour que nos lèvres s'effleurent. Ses caresses m'amputent de mon discernement.

— Et vous… susurre-t-il contre ma bouche. Savez-vous que tout, jusqu'à mon âme et mon esprit, vous est voué ?

— Je préfère que vous l'exprimiez à voix haute plutôt que vous me le laissiez deviner.

Il rigole, les pouces enfoncés dans mes joues, au-dessus de la ligne de ma mâchoire.

— Des gestes ne suffiraient-ils pas ?

— Probablement que si, approuvé-je, mais le jour de ma naissance n'a pas voulu me faire don d'un toucher tendre et respectueux.

Son rire est léger, je le sens se faufiler entre mes lèvres pour rouler sur ma langue.

— Tu me rends fou, beauté mortelle.

Son souffle se perd dans ma nuque. Ma capuche glisse sur ma tête alors qu'il infiltre son visage pour cajoler ma peau de sa bouche et de son nez. Ses doigts se referment sur mes hanches et mon ventre se presse contre le sien. L'une de ses mains s'aventure sur mon flanc, voyageant sur mon bassin et atteignant le creux de mes reins.

— Et dire qu'il y a quelques jours encore, tu envisageais de me tuer…

— Je ne sais pas si je me suis assez convaincu pour y croire ou si, en réalité, je m'en suis toujours su incapable. J'ai facilement abandonné l'idée depuis que nous nous sommes retrouvés. De toute façon, comment pourrais-je ne plus être obsédé par ton odeur, tes courbes et ton regard ? chuchote-t-il.

Mon cœur tente d'emporter ma raison sous l'inconscience pour m'offrir la chance d'épouser de nouveau la bouche d'Estæbann, mais je résiste et étale ma main sur son torse pour l'écarter.

— Plus tard, petit cœur.

Ou je perdrai le contrôle… et, cette fois, tu pourrais bien en mourir.

Aria tire Edlena de l'étreinte d'une femme et elles s'accrochent toutes les deux à mes bras. Nehōo nous suit timidement, à la gauche d'Estæbann, accroché au bout de sa manche. Nous rions lorsque des enfants nous éclaboussent par accident, et nous jouons avec eux jusqu'à ce que leurs parents leur ordonnent de rentrer. Vaheem fait rire les filles en s'arrêtant brusquement et me questionnant à propos du contact de l'eau sur ma peau. Je le rassure en lui montrant mes couches de vêtements et mes bottes, bien que lui mentir entame ma bonne humeur. Estæbann embrasse ma joue par-dessus ma capuche. À travers ce geste, je comprends qu'il m'encourage à ne pas m'en faire. Il faut ça pour m'éviter des ennuis. La pluie s'apaise un peu plus tard, et nous pouvons profiter de notre promenade en longeant deux immenses prairies. Bovins et équidés sont éparpillés sur les terrains. Un jeune aleizian gambade aux côtés de sa mère, et manque, à deux ou trois reprises, de chuter. Mes exclamations face à ce spectacle amusent mes amis. J'ai beau en avoir déjà vu à l'apparition du prince Cassiānn, je n'avais pas eu l'opportunité de m'extasier sur leur présence. Ici, ils m'apparaissent presque affranchis, sereins, et j'admire les occupations de quelques-uns, des jeunes bovins couchés les uns contre les autres, des valkiars concentrées dans leur dégustation de l'herbe humide, un second aleizian un peu trop joueur qui taquine la croupe de quelques adultes… Surtout, la couleur de leurs robes varie. Il n'y a pas qu'un pelage blanc immaculé ou une crinière soigneusement brossée.

— Pourrions-nous en monter un, un jour ? demandé-je à Estæbann.

— Peut-être, mais je ne peux pas t'en faire la promesse. Il n'y en a que très peu au village.

Je hoche la tête et me retourne. Un sursaut de frayeur me fait bondir en arrière. L'une des valkiars s'est approchée de la clôture et son museau n'est qu'à une petite dizaine de centimètres de mon visage. Ses narines se dilatent pour expulser un souffle bruyant. Mon dos heurte le torse d'Estæbann et je m'exclame, terrifiée :

— Je crois qu'elle ne m'apprécie pas trop, celle-là !

Edlena et Vaheem rient de bon cœur. Aria émet un son étouffé, un large sourire sur les lèvres. Nehōo lui-même esquisse un sourire diverti, gentiment moqueur. Mes joues se recouvrent d'embarras.

— Froussarde, me glisse Estæbann.

Je lui colle mon poing au centre du torse et il recule sans effort. Sa bouche pincée étouffe son rire, mais la lueur claire de ses pupilles m'arrache mon souffle.

— Ne te moque pas de moi ! protesté-je.

— Les autres en ont le droit, mais pas moi ? s'offusque-t-il.

Un grondement fait vibrer ma gorge sous l'hilarité de notre petite troupe.

— Tu causeras ma perte, Estæbann Van de Saez.

La lueur devient une étincelle vive dans son regard.

— Je l'espère bien, petite fleur.

Je le défie d'un simple regard. Il m'adresse un clin d'œil qui, je l'espère, se veut rassurant.

— Chers camarades, claironné-je, reprenons la route, voulez-vous ?

— Avec plaisir ! s'exclame Edlena. Éloignons-nous de ces ennemies herbivores avant qu'elles ne décident que nous ferions un meilleur repas et qu'elles nous prennent en chasse.

Des rires, encore des rires… et mon visage brûle toujours un peu plus malgré mon sourire.

Au bout d'une heure supplémentaire de marche, le poids de mes jambes s'est accentué. J'ai la sensation que de l'or pur – ou peut-être du plomb – me coule dans les veines. Tous les six, nous persévérons et réussissons à gagner l'auberge dans laquelle les filles ont troqué la location de trois chambres contre quelques services domestiques. Edlena et Aria en partagent une. Estæbann et moi avons la deuxième, Vaheem et Nehōo rejoindront le frère d'Aria, que je rencontre alors, installé à une table dont les sièges nous tendent les bras.

— Marlhann, se présente-t-il avant de détailler la tenue de Vaheem, puis celle de Nehōo.

Sa mâchoire tressaute et il se rapproche de sa cadette, les sourcils froncés, l'air pincé.

— Qu'est-ce que deux écumeurs viennent faire dans notre groupe ?

Il ne prend même pas la peine de dissimuler son agacement ou de diminuer le son de sa voix. Les cibles de son irritation s'affaissent sur elles-mêmes. Surtout Nehōo. *Pauvre Nehōo...* Plus le temps passe loin du Reidhrivein, plus il croule sous le poids de la honte. Craint-il d'être reconnu, ici ? Vivait-il à la capitale avant d'être contraint de rejoindre l'équipage de Loasodhsan ?

— J'avais pourtant été clair, Estæbann, non ? Pas de ce genre-là près de moi ou d'A…

— Vaheem et Nehōo sont de très bons gars, affirme Estæbann sans se démonter. Ils ont veillé sur Riham tout au long de notre voyage. Je leur fais confiance.

— Pas moi, crache Marlhann. Ce sont des écumeurs !

C'est sa seule argumentation. Je comprends ses réticences, mais les deux garçons ne ressemblent pas au reste de l'équipage. Et de ce que je sais, leurs agissements sont loin d'être aussi condamnables. Certes, ils pillent les chambres des auberges ou les poches des passants, mais jamais ils n'ont causé de tort physique à qui que ce soit. Leurs acolytes les surnomment « le duo innocent » ou « les prudes ». Je les ai même entendus remettre en question leur présence parmi eux. Surtout celle de Vaheem… Lui, qui devrait pourtant être l'héritier légitime de l'Eimerald Rhache. À leurs yeux, il devrait être habité par sa nature, par la perfidie de leur vie, et ils ne comprennent pas le respect qu'il a pour ses propres valeurs.

— Nehōo est pas sur le Reid par choix, le défend Vaheem, la tête dressée, haute et fière. C'est un des mecs les plus droits que tu croiseras jamais. Il a juste eu pas de chance et j'essaie de faire au mieux pour qu'il soit pas comme les autres. Et moi, je veux bien m'excuser d'être né dans la mauvaise famille, mais si tu connaissais vraiment les écumeurs, tu verrais qu'ils sont pas nés comme ça. Je suis pas un monstre et j'essaie tous les jours de pas en devenir un. Alors, pense ce que tu veux de moi, mais je t'interdis de dire du mal de Nehōo.

Les yeux humides de l'intéressé sont rivés sur le profil de Vaheem. Il déglutit avec peine avant de baisser la tête. Aria intervient en enroulant son bras à celui de Vaheem et en adressant un sourire tendre à son aîné. Marlhann soupire, pas détendu pour un sou, mais il approuve la présence de nos amis et accepte de partager sa chambre avec eux. Sans doute est-ce là son unique réconfort, savoir que les écumeurs ne tiendront pas compagnie à sa petite sœur.

— À la première entourloupe, je vous provoque en duel, les défie-t-il. Les mecs comme vous, j'ai appris à les affronter, alors je vous conseille de vous méfier ou vous le regretterez.

— Je te laisserai me trancher la tête si tu estimes que je le mérite, approuve Vaheem.

Un hoquet offusqué m'échappe. La raideur des muscles de Marlhann me fait comprendre que lui-même ne s'attendait pas à ça.

— Mais avec tout le respect que j'ai déjà pour ta sœur, si tu t'en prends à Nehōo, c'est moi qui te le ferai regretter.

Aria considère Vaheem avec une légère méfiance, mais elle ne s'éloigne pas de lui. Nehōo a serré les poings sur ses cuisses. Estæbann et Edlena se contentent de boire en silence. Intervenir ne semble pas être dans leurs priorités. Marlhann défie longuement Vaheem du regard, mais doit finir par estimer les négociations honnêtes puisqu'il soupire et chuchote à sa sœur :

— J'espère qu'on ne le regrettera pas, ma petite Anamaria…

Ce nom résonne dans mon crâne alors qu'Estæbann se raidit à côté de moi. Mon cœur s'accélère alors qu'un silence gêné a pris forme autour de notre table. Une femme, interpellée par un nombre conséquent de soûlards sur son passage, remplit de nouveau nos chopes. De bière pour Edlena et les garçons, de chocolat chaud pour *Anamaria* et moi. La fumée s'échappe de mon récipient et mon regard se perd dans le liquide brun.

Des images s'imposent à moi comme des révélations fracassantes.

Ana et son frère, Aria et sa crainte des écumeurs, Marlhann et son aversion pour eux, Lorden Arsen et ses propos, Estœbann et l'évasion…

Estœbann et son amitié avec Aria, le respect que Marlhann a pour lui…

Les propos d'Edlena me reviennent en tête et je comprends. Estæbann m'a raconté son histoire, mais pas seulement. Son histoire se lie à celle d'Aria et de Marlhann. Elles se rejoignent et n'en forment qu'une. Aria est tombée amoureuse d'un écumeur. Pas n'importe lequel… Elle a été séduite et manipulée par le fils de Loasodhsan. Le monstre qui en admirait un autre et réprouvait sa mère.

Anamaria.

Ana et Aria ne sont qu'une seule et même personne.

— Riham ? s'inquiète Edlena. Tout va bien ?

Je reste silencieuse. Toutes les paires d'yeux autour de la table se rivent sur moi. Excepté celle d'Estæbann. Il garde la tête baissée, les paupières closes. Parce qu'il sait que j'ai compris. Une grimace tente de déformer mes traits, mais je bataille contre elle pour m'éviter de pleurer.

— Je suis désolée, je…

Je me sens pâlir sous mes taches de son. Ils ne peuvent

certainement pas s'en rendre compte, mais la sueur froide, qui me saisit le front et court le long de ma colonne vertébrale pour me pétrifier se reflète dans mes yeux. Elle trahit mon émotion dévorante. Mes cils sont humides, ma vue est brouillée, troublée par un voile opaque, et mes joues tremblent sous la tension de mes muscles.

Aria a été séduite et manipulée par un monstre. Elle a été violée, frappée, menacée, brisée, et son frère a subi le même sort. Sous leurs yeux, leurs parents ont été assassinés. Ils ont été contraints de libérer le planificateur de leur massacre et ont été condamnés au même titre que leur bourreau. Ils se sont réfugiés dans le village perdu, devenant des âmes égarées, recluses dans une communauté où des coupables anonymes se sont eux-mêmes réfugiés. Il ne reste rien de leur vie, de leur existence dans le royaume.

— S'il n'était pas déjà mort, je le tuerais de mes propres mains, soufflé-je.

Mes amis frémissent. Estæbann lève enfin les yeux sur moi et je ne peux retenir une larme sous sa contemplation. Il la fixe d'un air peiné avant de l'essuyer au coin de ma bouche. Je me défais de son pouce ganté et me tourne vers Aria et Marlhann. Je n'ai pas le droit de leur en parler, de leur rappeler ces souvenirs horribles, mais mon regard semble leur suffire. Les leurs s'assombrissent.

— La prison s'en est chargée, m'assure Marlhann après un long silence.

Je comprends ce qu'il ne dit pas. Estæbann m'a confié que Lorden Arsen n'a pas eu le temps de sortir avec eux de la tour où ils ont été enfermés. Quelques gardes, peut-être Cassiānn lui-même, ont tenté de leur barrer la route, mais ils ont réussi à s'enfuir. Hormis le fils de Loasodhsan. Lorden Arsen, lui, a été abattu.

Pour la première fois depuis longtemps, je n'éprouve aucune pitié pour une victime. S'il l'a été d'un meurtre, il a été l'assassin de bien trop d'histoires, de bien trop de cœurs et de bien trop d'âmes. Je ne pleurerai pas sur sa tombe.

La fébrilité d'Aria la pousse à quitter notre table plus tôt que nous et je la suis jusqu'à sa chambre, m'excusant d'avoir ressassé le passé. Elle me prend dans ses bras, et sans ôter ma cape, j'accepte de me glisser avec elle dans le lit. Elle est fatiguée et tourmentée. Je la presse contre moi et elle se réfugie dans mon étreinte. Malgré mon épuisement, je ne me laisse pas embarquer dans le sommeil, attendant qu'elle s'endorme pour la veiller. Je ne veux pas risquer de toucher sa peau dans mon inconscience, mais j'espère pouvoir lui témoigner mon soutien et mon amitié par ma présence.

Au bout d'une petite heure, son corps se détend et un sourire se sculpte sur ses lèvres.

— Merci d'être là, me murmure-t-elle.

Et mon cœur bat un peu plus fort.

47
Dans le cœur de son étreinte

Estæbann, 22 ans

J'ouvre difficilement les yeux sur la silhouette qui se glisse dans ma chambre. Le sommeil se retire avec lenteur alors que Riham retire sa cape pour glisser son corps sous les couvertures de mon lit. J'écarte le bras pour l'inviter à se coller à moi. La protection de nos habits nous assure une nuit sereine, sans Attraction pour voler mon âme. Je recueille le visage de ma beauté mortelle contre mon torse et enfonce ma main gantée dans ses boucles noires. Elle ne pleure pas, pour m'éviter la fatale brûlure sécrétée par ses glandes lacrymales, mais je devine l'effort titanesque qu'elle emploie pour ne pas y céder. Dans une pudeur déconcertante et une précaution soignée, je dépose un baiser sur son front. La piqûre de son contact se grave sur mes lèvres et les fait frémir de longues secondes, même un fois écartées de sa peau.

— Comment va Aria ?

— Aussi bien qu'elle le peut avec ses souvenirs, souffle-t-elle. Edlena est venue me remplacer. Pourquoi ne m'as-tu pas dit que c'était elle ?

— J'estimais que ce n'était pas à moi de te raconter son passé.

— Je comprends. Ça me fait tellement mal au cœur, c'est…

Elle tressaille entre mes bras.

— Est-ce qu'il a souffert ?

— Qui ?

— Le fils d'Arsen. Est-ce qu'il a souffert quand il est mort ?

— Atrocement.

— Bien.

Je souris.

— Tu en es ravie ?

— Pourquoi ne faudrait-il pas ?

— Parce qu'une vie a tout de même été arrachée.

Elle soupire.

— Je suppose que je ne devrais pas, mais je n'ai aucune pitié pour lui.

— Et…

Je me racle la gorge.

— Et si je te disais que je suis impliqué dans sa mort ?

Je frémis. Je sens son sourire contre les battements de mon cœur. *Elle sourit.*

— Alors je me risquerais à te dire que je suis fière de toi.

— Vraiment ?

— Qui serais-je pour te reprocher d'avoir tué un monstre quand, moi, j'ai peut-être tué deux hommes qui ont juste commis l'erreur de s'en prendre à moi ?

Mes muscles se tendent à ce rappel. Une silhouette inconnue s'impose dans mon esprit. Puis c'est au tour du visage de Markan. Ces enflures ont tenté de la posséder. Riham a essuyé deux tentatives de viol. Si elle n'avait pas eu ses pouvoirs, elle en aurait été victime. Cette simple idée me rend malade. Ce qu'elle aurait vécu… ce serait apparenté au sort de Dhlavia. Markan l'aurait tuée sous mes yeux. Et ses amis m'auraient maintenu pour que j'observe la scène jusqu'au bout. Des images atroces se succèdent dans mes pensées et mon estomac se soulève. Je repousse une boule nauséeuse plus loin dans ma gorge, mais mon corps se met à trembler. Cette éventualité aurait pu être une putain de fatalité et… j'ai agi comme si de rien n'était.

— Tu n'en sais rien pour l'homme de l'auberge, tenté-je de la rassurer sans la brusquer de ma subite humeur massacrante. Pour ce qui est de Markan… il n'a eu que ce qu'il méritait. Pourquoi crois-tu que Sova se soit contentée de jeter son corps par-dessus bord sans cérémonie ? Elle se doit de protéger les membres de son équipage quand ils sont en vie, mais ceux qu'elle méprise ne reçoivent rien de plus qu'un traitement à leur hauteur. Je… je crois, en fin de compte, que c'est une femme exceptionnelle. Même si elle les laisse semer l'horreur la plupart du temps. Dans la mort, elle les condamne.

— Markan était-il réellement mauvais ?

— Tu n'imagines pas à quel point, petite fleur.

— Raconte-moi.

— Tu es sûre de pouvoir le supporter ?

— Et toi de pouvoir te souvenir ?

Je ferme les yeux, mais ne me laisse pas l'opportunité de me rétracter. Riham a besoin de m'entendre me confier.

— C'était lors d'un accostage, il y a quelques mois. Nehōo et moi nous sommes liés d'amitié à une jeune femme. C'était la fille d'un aubergiste. Elle était tombée sous mon charme, je pense, et elle m'a demandé de la suivre dans la nuit pour… discuter. Elle m'a embrassée.

— Je ne l'aime pas trop…

Je souris douloureusement.

— Si, au contraire, tu l'aurais adorée. Mais je n'ai pas eu le temps de lui dire que j'avais quelqu'un d'autre dans mon cœur.

Les doigts de Riham se resserrent sur mon flanc.

— Markan a débarqué. Ils me l'ont arrachée et elle a… Elle a tout subi. Il l'a violée et frappée sous mes yeux, jusqu'à la tuer. Je n'ai rien pu faire. Et il aurait fait la même chose avec toi si tu n'avais pas eu ton don, petite fleur. Alors, ne regrette rien. Tu t'es sauvée et tu continueras de le faire contre tous ceux qui tenteront de lever la main sur toi. Parce que c'est ta nature. Et parce que tu as beau être née d'une malédiction, tu es ta propre gloire.

Je soulève doucement son menton pour planter mon regard dans le sien. Mes lèvres s'étirent et cueillent l'une de mes larmes. Je sursaute sous ce contact glacé. Je ne m'étais pas senti pleurer. Mais évoquer l'histoire de Dhlavia dans les bras de Riham déverrouille quelque chose dans ma poitrine. Peut-être… mes émotions ? Les véritables. Au-delà de l'indéchiffrable.

— Ne l'oublie pas, ma beauté mortelle. Tu es la damnation en personne et ton propre salut.

Elle essuie ma joue avec une tendresse qui me cloue le cœur aux poumons.

— Et les tiens, murmure-t-elle.

Encore et toujours...

— Et les miens, approuvé-je.

— Je te libérerai de tes chaînes, Estæbann. Ensemble, on vaincra. Et ensemble, on vivra. Je te le promets.

Oui, maintenant...

— J'y crois. Je t'aime, petite fleur.

— Je t'aime comme deux fois Zatlovia.

Je ris en embrassant sa bouche.

48

Causer la perte du roi

Riham, 19 ans

Il fait toujours nuit sur la capitale lorsque nous nous réunissons tous les sept au-devant de notre auberge. Marlhann, à la demande d'Estæbann, a approché un paysan. Celui-ci, contre quelques pièces en argent et la promesse de nouveaux habits confectionnés par Edlena, pour ses filles, nous offre l'opportunité de monter quatre de ses équidés.

Estæbann est assis derrière moi. Mon corps, plus petit que le sien, s'imbrique entre ses bras, tout contre son torse. Sa poitrine se soulève lentement contre mes omoplates, mais son cœur martèle mon dos. Ma capuche glisse sur ma tête et il se rapproche un peu plus de moi pour effleurer ma joue de son souffle. Ses lèvres caressent l'arc supérieur de mon oreille avant de disparaître dans mes cheveux pour y déposer un baiser. L'une de ses mains se resserre autour des brides, l'autre s'infiltre entre les pans de ma cape pour s'étendre sur mon ventre.

Mon abdomen se creuse sous sa paume. Peu importent les couches de tissus qui séparent nos peaux, j'ai toujours la sensation de sa chaleur sur mon corps et je rêve de la retrouver pour de bon. Elle me hante, tant et si bien qu'elle est susceptible de me faire perdre la tête en quelques secondes.

Notre guide nous mène sur des chemins sinueux, où peu de gens s'aventurent. Nous ne croisons pas grand monde et arrivons au rivage d'un immense fleuve, trop vite pour me laisser profiter des mains d'Estæbann sur mon ventre et sur mes côtes.

L'obscurité nous enveloppe. Au loin, les lumières des villages que nous contournons nous servent de repères. Le son des sabots me berce et je m'affaisse un peu plus au creux de l'étreinte d'Estæbann. Je ne sais pas combien de temps s'écoule jusqu'à notre arrivée, mais la surprise au bout du chemin m'émerveille. Ce sont Edlena et Aria qui m'ont préparé cette sortie : la visite de la capitale à bord d'une gondole. Elle sillonne le fleuve de Zuria sous les étoiles d'une nuit noire. Plusieurs personnes naviguent déjà sur les eaux calmes. Nous nous sommes encore une fois répartis en binômes : Harlint, le paysan, est avec Edlena en tête de notre troupeau. Marlhann accompagne sa sœur. Vaheem et Nehōo les suivent. Estæbann et moi fermons la file.

Les lumières du palais, situé en hauteur, sont assez puissantes pour se refléter sur la surface. Des lucioles volent autour de nous dans une valse tranquille et élégante. De la musique nous parvient depuis les ruelles de la ville. Plus nous avançons, plus nous nous approchons du monde et de la vie. Estæbann glisse de nouveau sa tête sous sa capuche.

Des lukirs bordent les rivages et offrent à la verdure un rayonnement sublime. Je repère un foxerim, quelque part dans le décor. Mon regard pétille à la recherche d'une famille de foxens.

La discrétion de leurs déplacements me prive de cet espoir.

Des gouttes d'eau atterrissent sur mes cuisses, attirant mon regard sur la surface de la rivière. Des callionymidaors scintillants zèbrent l'eau de mille éclats. Ces poissons, petits ou grands, arborent différentes couleurs miroitantes et embellissent la nature d'une féérie saisissante. La curiosité m'encourage à tendre la main, mais les doigts d'Estæbann effleurant mon coude. Je me tourne vers lui pour l'observer. Il me dissuade d'un mouvement de tête et mon cœur oublie son rôle sous les nuances affolantes de ses iris. Là, sous l'obscurité de la nuit et la protection de sa capuche, ils ne m'ont jamais paru aussi beaux. Aussi exceptionnels. Alors que les ombres dansent tout autour de nous, les lumières naturelles de la rivière se précisent dans ses yeux. Le turquoise se transforme en vagues mouvantes autour de ses pupilles, soulevant des clairs et des obscurs de plus en plus fascinants. Jamais je n'aurais cru que son regard pouvait gravir des sommets plus culminants encore d'envoûtement. Il me captive, absorbe mon âme. Et j'ai le pénible sentiment qu'il me dévore de l'intérieur.

— Tes yeux sont *vraiment* identiques aux meiridons.

Ma déclaration le surprend. Estæbann se crispe sous sa lourde veste ; et je me demande s'il est choqué d'apprendre que j'ai déjà croisé des meiridons ou si c'est ma remarque qui le déstabilise. Comme il ne dit pas un mot, j'inspire un bon coup et m'arrache à la contemplation de son visage ciselé.

De grandes festivités se déroulent au pied de la colline où trône la résidence royale. De jeunes gens s'adonnent à de nombreuses acrobaties sur les différents pontons. D'autres, plus âgés, sans doute des villageois, dansent sur la terrasse d'une auberge. Un vieil homme, dressé au centre d'une barque, use de sa voix de ténor pour séduire les foules.

— C'est toujours ainsi dans la capitale ? me renseigné-je, ahurie.

— Pas du tout ! s'exclame Edlena depuis son embarcation. Cette soirée est spéciale. C'est l'anniversaire de la reine. Regarde, son convoi est là-bas !

Elle m'indique la direction à suivre et je remarque, abasourdie, la plus grosse gondole du fleuve. Avec un toit et plusieurs convives, le bateau resplendit d'or. La tête blonde d'une femme couronnée entre dans mon champ de vision et Estæbann grogne quand je lui demande de nous approcher.

— Il ne vaut mieux pas, Riham, m'avertit-il.

— Elle connaît ton visage ? me soucié-je.

— Tout le monde le connaît. Il est placardé partout sur les murs de la ville, tu n'as rien vu ?

— Il pleuvait, soufflé-je, le cœur serré. Les affiches ont dû se noyer dans les flaques.

Je toise les inconnus autour de nous, même ceux qui nous jettent des œillades furtives ne paraissent pas nous suspecter.

— Personne ne semble t'avoir reconnu, déduis-je.

— Ça ne veut pas dire que ça n'arrivera pas. Je préfère rester dans l'ombre.

— Et c'est moi qui suis censée porter les ténèbres dans mon âme…

Mon soupir le fait sourire. Je ne le vois pas, mais je le sens tout contre moi. Je me tords le cou dans l'espoir d'en apercevoir un peu plus sur le transport royal. Mon regard effleure des visages au-dessus d'autres visages. Mes cheveux balayent mes joues sous le souffle frais de la brise nocturne. Mon cœur tremble encore à la vue de la fleur noire, trônant comme un symbole impérial.

Et ils osent faire régner la peur sur le royaume en

promettant de couper la tête à tous ceux qui prononceraient le nom des Daliakys...

Ça n'a aucune logique.

Je n'ai pas le temps de m'y attarder ou de me questionner à ce sujet. Mes yeux rencontrent ceux de Sa Majesté et ma poitrine tout entière se pétrifie. Je ne sais pas si elle me distingue de là où elle est, mais je peux le jurer sur tout ce que j'ai de plus cher : elle s'est raidie. Son expression se craquelle dans un mélange de stupeur et d'effroi. Sa bouche s'entrouvre et je l'imagine bafouiller quelque chose pour alerter les femmes à son service. Un petit vent de panique gagne l'embarcation royale, mais je ne la détaille pas davantage. Le bras d'Estæbann encercle ma taille et me ramène contre son torse.

— Ne bouge pas trop, tu risquerais de nous mettre à l'eau.

— Ce n'est pas comme si nos vêtements n'étaient pas déjà trempés, rétorqué-je, bougonne.

J'entrelace mes doigts aux siens et appuie l'arrière de ma tête contre son épaule.

— J'aurais aimé pouvoir chanter à la place de cet homme, confessé-je. C'est l'une des seules choses que je sache faire. Pourquoi fallait-il que l'un de mes seuls plaisirs solitaires soit synonyme d'emprise et de mort imminente pour les autres ?

— Je n'en sais rien, petite fleur, mais si je pouvais faire quoi que ce soit pour te rendre heureuse, crois-moi, je le ferais sans hésiter.

Je me tourne vers lui, le buste toujours niché dans le creux de ses bras, et nous autorise un baiser. Ma bouche épouse ses lèvres, quelques secondes, pour un infime moment, mais un précieux instant. Puis je m'éloigne de nouveau et caresse le dos de ses poignets avec tendresse.

— Tu es la réponse à cette énigme, Estæbann.

Le trouble gagne son expression et un faible sourire fait trembler ses lèvres.

— Garde cet instant dans ta mémoire, tu le dessineras plus tard, me souffle-t-il.

Notre gondole s'est éloignée des autres, nous enfonçant dans l'obscurité. En quelques gestes, Estæbann nous rapproche de nos amis et leur annonce que nous prenons de l'avance pour le retour.

Le visage de la reine et mes tourments s'estompent de mes pensées. Dès que nos pieds touchent la terre ferme, le désir déferle en nous. D'une main frémissante, j'attrape la manche d'Estæbann et l'entraîne à ma suite. Je m'adosse au tronc d'un arbre, à l'abri des regards indiscrets sous son feuillage, et attire le visage d'Estæbann vers le mien. Ses lèvres percutent ma bouche. Mon cœur explose contre mes côtes. Sa langue s'enroule autour de la mienne alors que ses mains gantées parcourent mon cou. Un soupir gémissant résonne dans son corps. Des frissons courent sur ma peau. Je tire sur sa capuche pour qu'elle tombe sur ses épaules et que mes doigts plongent dans ses cheveux. Des mèches châtains, assombries par la nuit, lui tombent sur le front et les tempes. L'éclat lascif de son regard fait gronder mon âme dans son étreinte.

Mon cœur s'est laissé embarquer dans l'aliénation du sien. Mes seins, écrasés contre son torse, peuvent en sentir les battements effrénés. Dans un balancement de hanches, j'échange nos positions et m'agenouille devant lui. Nos regards se croisent un instant. Ses traits se déforment sous la surprise et ses lèvres s'arrondissent, mais il ne dit rien et je lui souris. Mes doigts délacent son élastique. Son pantalon chute sur ses genoux et mes lèvres parcourent la longueur de son érection. Un soubresaut le secoue.

Pour la première fois, alors qu'il me surplombe et que je suis à ses pieds, il paraît intimidé. Ses mains se cramponnent au tronc derrière lui, ses yeux brûlent mon visage et des soupirs rauques s'échappent de sa gorge.

Ma bouche l'accueille, d'abord hésitante, puis de plus en plus gourmande, affamée. Le silence ne dure que quelques instants avant que ses gémissements osent le trahir. Les paupières fermées, j'enroule ma langue autour de lui et la presse sur les veines irriguées. Il tremble contre moi et un sentiment d'euphorie s'empare de mon corps. Peut-être que mon esprit flanche lui aussi… Estæbann ne contrôle plus son désir. Pourtant, les cheveux ébouriffés, le regard voilé, il m'arrête. Ses bras me soulèvent, ses mains me débarrassent de mon pantalon et mes cuisses s'accrochent à ses hanches. Mon dos s'enfonce dans l'écorce de l'arbre et je gémis de douleur autant que de plaisir.

Mon roi…

Ça résonne comme une litanie.

Mon roi…

Toute mon âme empoisonnée par la malédiction le hurle.

Mon roi…

Nos âmes s'appartiennent.

— Mon roi… murmuré-je.

La bouche d'Estæbann me recouvre. Il m'embrasse, me heurte, me frappe. Et le désir enfle. La mort et la vie se répandent dans mes veines. Je veux le tuer, le vivre, mourir et exister. Ses bras m'offrent le commencement et la fin. L'histoire complète et l'éternité. Je réponds à sa ferveur en lui mordillant la lèvre inférieure et en pressant mon bas-ventre contre le sien.

Lentement, il me pénètre. Il s'insinue en moi. Entre mes

chairs. Je laisse échapper une expiration forte et me sens palpiter autour de lui. Estæbann s'immobilise, étouffant une plainte contre ma gorge. Ses mains écartent les cols de ma cape et de ma chemise pour lécher mes seins. Puis ses mouvements de bassin m'arrachent un gémissement comblé. Des frissons remontent le long de mon dos, jusque dans ma tête. Ils frétillent dans ma nuque pour s'écouler dans chacun de mes nerfs.

Nous faisons l'amour, encore, et je suis forcée de me mordre les mains pour ne pas crier. Pour ne pas alerter le premier venu ou pour préserver la vie d'Estæbann. Mon cœur, lui, rugit. Mes poumons sont gonflés d'air à expulser. Je veux plus, je veux tout. Mes talons s'enfoncent dans son dos pour l'incliner un peu plus vers le haut.

L'écorce me taille la peau à travers mes vêtements, mais je résiste. Et ce n'est pas si difficile puisque mon corps ne perçoit plus qu'Estæbann. Mes jambes s'agitent de plus en plus contre lui. Autour de lui. Sa langue recouvre ma peau comme une caresse divine et ses dents mordillent le bout de mes seins à m'en faire perdre la raison. Je ne parviens plus à réfléchir. Estæbann coulisse toujours en moi, au-dessus de moi, sur ma poitrine, dans mon cou, et je suis emplie de lui. Son nom résonne jusque dans mon cœur.

Mon roi...

Des sensations me traversent le corps pour atteindre mon visage. Je les sens fourmiller dans mes joues et je me mets à rire. C'est compulsif, incontrôlé, euphorisant, tranquillisant.

Le visage d'Estæbann se réfugie dans le creux de ma nuque et je comprends qu'il jouit entre mes cuisses. Son orgasme est silencieux, mais ses muscles parlent pour lui. Ses bras se referment autour de moi et il me presse contre lui.

Nous restons ainsi un long moment, puis ses lèvres s'appuient avec douceur sur ma bouche.

— C'est toi qui causeras ma perte, beauté mortelle, chuchote Estæbann.

Il s'éloigne, m'aidant à reposer les pieds au sol, et je ne relève pas ses paroles.

Nous nous rinçons avec l'eau du fleuve, tous les deux haletants.

Habillés, nos mains liées, enfoncées dans le cuir de nos gants, nous rejoignons la rive et nous nous asseyons à même le sol boueux pour attendre nos amis.

49

Une dernière nuit pour y croire

Estæbann, 22 ans

Nos capes étendues sur l'herbe fraîche, on forme un cercle dans le bois désert. À l'abri des regards, je profite de ce que notre guide se soit absenté pour découvrir mon visage. Un soupir perce mes lèvres en sentant la brûlure de l'alcool se répandre dans mon œsophage. Je tends la bouteille à Riham, l'invitant à boire au goulot, comme chacun d'entre nous, mais elle me dévisage avec des yeux ronds, surpris.

— Qu'est-ce que tu fais ? s'indigne-t-elle.

— Je te propose de goûter à cet élixir avec nous.

— Je ne peux pas ! proteste-t-elle. C'est…

— C'est le meilleur opium du royaume ! vante Edlena. Si tu n'en veux pas, je prends tes gorgées avec plaisir.

— Ivrogne, se moque joyeusement Marlhann.

— Je ne te permets pas, jeune homme. Je suis la plus âgée ici, je fais ce qui me chante.

— En quoi cela t'épargne-t-il le titre d'ivrogne ?

La sœur de Marlhann plante son coude dans ses côtes. Il se plie en deux, geignant de douleur, et j'étouffe un rire.

— Tu es un effronté, Marlhann Fitzderbhann ! commente Edlena.

Aria applaudit la remarque de notre couturière préférée, attisant les exclamations offusquées de Marlhann, puis Riham reprend la parole, hésitante :

— Je n'ai jamais… bu d'alcool. Je… Est-ce que je ne vais pas… mal réagir ?

Un ricanement sinistre gronde dans mon torse. Je me racle la gorge sous les regards intrigués de nos amis et clame :

— Je t'invite seulement à goûter, tu peux refuser et tu n'es pas non plus obligée de continuer à boire si ça ne te plaît pas ou si tu n'en as tout pas envie.

— Personne n'est là pour forcer qui que ce soit, à quoi que ce soit, souligne Edlena. Soit tu goûtes, soit tu me donnes tout.

Toutes dents dehors, son sourire amuse l'ensemble de nos amis. Riham esquisse une petite moue peu convaincue, mais elle acquiesce tout de même. Je me penche au-dessus d'elle, effleurant sa tempe de mes lèvres dans un baiser presque imperceptible, puis murmure à son oreille, sur le ton d'une confidence lascive :

— Crois-tu vraiment que l'alcool peut avoir un effet sur le poison de tes veines, ma beauté mortelle ?

J'en nourris un sacré doute. Je sais qu'elle craint les effets néfastes de l'alcool, de perdre la notion de ses limites et de rendre tout le monde vulnérable à ses dépens. Tuer ses amis, même par accident, lui coûterait plus que son âme. Mais j'aimerais lui faire goûter à tous les péchés de la vie avant de la condamner pour toujours. Alors, je vais m'efforcer de veiller sur elle, et ça commence par lui laisser le choix.

— Tu viens de boire ? me questionne-t-elle en admirant le goulot.

— Oui, pourqu…

Son sourire malicieux me coupe dans ma lancée.

— Je ne compte pas dire non au moindre des baisers que je pourrais te donner, souffle-t-elle en haussant les sourcils de manière suggestive.

Ébahi, je fixe ses lèvres qui encerclent le verre. Le liquide brun coule et disparaît entre ses joues creusées. Mon corps entier se fige. J'imagine sans peine ma langue à la place de la boisson et les récents événements, impliquant sa bouche autour de mon sexe, ravivent un désir foudroyant dans mes entrailles. Je me redresse, relevant mes genoux pour les maintenir contre mon torse grâce à l'étreinte féroce de mes bras. Les autres n'ont pas besoin de voir à quel point je suis l'esclave de mes pulsions quand il s'agit de Riham.

Foutu désir. Foutu corps humain. Et foutue poupée maudite.

— C'est infect ! crache-t-elle entre deux quintes de toux.

Vaheem, à qui Riham passe la bouteille, rigole de bon cœur. D'un coup d'épaule, il bouscule gentiment Nehōo et son geste force mon meilleur ami à se dérider. J'essaie de me concentrer sur les garçons pour faire redescendre la pression, sur leur complicité et sur les regards qu'ils s'échangent, mais chaque sourire, chaque parole et chaque messe basse me ramène au visage de Riham. Ce doux et fin visage taillé dans de la cire d'ébène. Ses taches de son brunes se dévoilent comme des constellations stellaires sur ses pommettes et sur son nez. Elle a toujours arboré ce charme qui discutait directement avec mon cœur, mais depuis que je sais tout ce que nos corps ont à se dire en silence, c'est la quintessence.

Elle est la réponse à toutes les sensations les plus pures, les plus puissantes. La cause de toutes mes émotions incontrôlées. De ce nez élégamment arqué vers le haut à ses lèvres fines, illégalement dessinées dans une divine perfection, elle me fascine. M'obsède.

— Estæbann ?

Son murmure contre ma joue me désarme. La douleur du poison s'infiltre dans mes poumons. Son odeur est juste là, à portée de souffle. Dans mes inspirations. Dans mes expirations. Tout autour de moi. Sur moi.

— Ça ne va pas ? s'inquiète-t-elle.

Non, pas du tout.

J'ouvre les yeux pour les planter dans son regard luisant de passion. Une passion que son âme corrompue me voue depuis toujours. Mes lèvres restent scellées. J'ignore les regards de nos amis posés sur nous, le silence qui s'est abattu sur notre cercle. Il n'y a qu'elle. Qu'elle, son regard, son visage, et cet amour qui brûle son cœur maudit. Le mien loupe un battement dans sa frénésie. Je glisse ma main derrière sa nuque et heurte sa bouche. Je l'embrasse. Avec toute la douceur et le pardon que je ne saurais exprimer à voix haute. Je l'embrasse du bout des lèvres, puis de tout mon souffle, langoureusement. Je la sens vivre en moi. Je sens le goût de son amour, le désir dans son corps, les flammes de son pouvoir dévastateur. Je l'embrasse comme si le monde autour de nous n'existait pas. Comme s'il n'y avait jamais eu que nous dans cette existence. Comme si l'histoire elle-même n'avait été écrite que pour cet instant. Pour notre rencontre. Je l'embrasse. Comme un fou. De tout mon être. Mes doigts se pressent sur sa peau, et sa chaleur envahit mon âme.

Pour la première fois, une larme, une seule, dessine la courbe de ma pommette pour s'évanouir dans mon cou. Dans l'obscurité, personne ne s'en est aperçu, pas même Riham. Mais le sillon humide sur mon visage se transforme en lave. Je le sens crépiter, s'enfoncer et ronger ma chair. Ma langue danse sa dernière valse, plus appuyée, plus désespérée. Puis je rouvre les yeux.

Comment ai-je pu, ne serait-ce qu'un seul instant, croire que je pourrais la tuer ?

Mes lèvres survolent les siennes. Nos regards se retrouvent ; écarquillé, émerveillé, pour l'un ; éteint, hanté, pour l'autre.

— Tes lèvres ont le goût de l'opium, murmure-t-elle en étouffant un rire.

Un frisson fourmille dans mes joues quand je prends conscience que je la trouve… mignonne. Elle n'est pas juste belle. Elle est sublime. Je déglutis, m'arrachant à sa peau pour ne plus sentir les frémissements de la Mort attaquer mes veines.

— Les tiennes ont le goût de mon agonie, soufflé-je entre mes dents.

Elle s'étouffe, pâlissant à vue d'œil. Je masque la douleur qui déferle en moi pour afficher un sourire innocent au reste de notre groupe. Affronter les regards de chacun de nos amis me glace le sang. Ils nous fixent, éberlués, et c'est ce moment que la brise du soir choisit pour gagner de la vitesse. Elle me gifle les joues. Ma honte fige mon corps, pétrifiant mes muscles jusqu'à les clouer à mes os. J'ai embrassé Riham comme si ma vie en dépendait… et ils en ont tous été témoins. Un raclement de gorge puissant attire l'attention de notre cercle sur l'enthousiasme forcé d'Edlena.

— Tout le monde s'allonge ! ordonne-t-elle en tapant des mains. C'est l'heure d'observer nos valeureux ancêtres ! Marlhann, joue-nous… des musiques, quitte à ce qu'on s'endorme. Ça va être bien !

Joignant le geste à la parole, elle tire un grand sac pour en sortir un luth et le pose sur les genoux de Marlhann. Ni une ni deux, la couturière bascule en arrière. Aria échange un coup d'œil perplexe avec notre amie, mais obtempère. Vaheem et Nehōo affichent des mines troublées. Sous les yeux surpris de Marlhann, les deux écumeurs se tournent dans ma direction, dans l'attente de mes indications. Quelque peu étourdi, je leur adresse un mouvement approbateur de la tête et ils obéissent.

Dans l'expression éberluée du musicien missionné par Edlena, je peux lire la moindre de ses pensées : « ce sont des écumeurs, et ils t'écoutent, toi ?» « Ils prennent ton avis en compte ?» « Sérieusement ? Ils en sont capables ?» « Est-ce que c'est réel ?» J'acquiesce une seconde fois, avec un peu plus d'assurance. Aussi sceptique que déconcerté, Marlhann se laisse aller sur le dos, l'instrument appuyé sur son torse.

Je me raidis en remarquant qu'il ne reste plus qu'une autre silhouette dressée au-dessus de nos capes. Je m'allonge sans lui accorder l'ombre d'un regard. Les yeux clos, je peux presque distinguer le soupir coincé dans sa gorge. Puis, à son tour, elle se renverse sur le sol. Et tout le groupe relâche son souffle.

Des notes s'envolent vers le ciel, dansant sous les boucles du vent, s'élevant jusqu'à la cime des arbres, caressant leur écorce, leurs feuilles, et entraînant la danse de dizaines, puis de centaines de petites lucioles. La musique guide nos sens vers les étoiles. L'œil opalescent de la nuit nous veille, surplombant nos corps étendus, là, au cœur de cet océan de lumières. Les âmes de nos ancêtres. Les huit immenses constellations, représentant chaque royaume de la Genèse, s'étendent à travers cette voûte inaccessible. Seule la Daliakys se déploie au-dessus de nous, entière, accessible à notre contemplation.

Lorsque nous étions sur le pont du Reidhrivein, peut-être que j'aurais pu montrer à Riham les autres constellations. Celle du royaume de Lhorie est visible depuis nos côtes, en mer, et sur le flanc ouest de Zuria. Entre la nageoire gauche – Sazuria – et la tête de Notre Déesse – là où se dresse le palais royal, la capitale, le point culminant de notre territoire.

Plus tard, je le ferai, me promets-je.

— Vous croyez qu'elles ont réellement existé ? demande la voix discrète de Nehōo.

— Elles ? relève Vaheem, incertain.

— *Elles*, insiste Nehōo.

Son intonation apporte la précision que tout le monde craignait. Marlhann manque une note. Une toux sèche emporte Edlena. Je peux entendre le souffle de Riham se bloquer dans sa poitrine. Je peux *voir*, sans pivoter vers elle, ses seins s'immobiliser, son thorax se creuser et ses yeux s'écarquiller.

— Bien sûr qu'oui ! s'exclame Vaheem. Sazira en était une.

Je me raidis.

— La dernière de sa lignée, affirme Marlhann en reprenant un rythme soutenu, assuré.

— Elle est morte sans héritière ? se soucie Nehōo.

Riham reste immobile alors que tout mon corps me hurle de bouger, de m'agiter, et d'interrompre cette conversation.

— C'est ce qu'y disent dans le pays, confirme le jeune écumeur.

— Tu ne les crois pas ? s'intéresse Edlena.

— Pas le moins du monde ! Sazira a disparu pendant trois ans ! Moi, je vous dis qu'il a pu se passer quelque chose dans tout ce temps. Que nous, pauvres humains, on se débarrassera pas si vite des êtres divins !

— Et où serait son enfant ?

— Je sais pas. Quelque part en train de préparer un plan pour revenir et faire payer à notre cruauté ce qu'on a fait à sa mère. Ce serait pas cher payé, si vous voulez mon avis !

— Depuis que Sazira a été exécutée, on prétend dans les villages que la nature se meurt et que Notre Déesse nous en veut, relate Nehōo.

Un coup d'œil dans sa direction me permet d'apercevoir ses mains. Il les entortille au-dessus de lui, mais son corps est figé. Je réprime mon envie de me racler la gorge, puis me tourne vers Riham. Elle a les paupières closes, les poings serrés. Je voudrais m'attarder sur son visage, la détailler un peu plus longtemps sans qu'elle le sache… mais je n'en ai pas le temps. Une voix fluette, presque imperceptible et inconnue, transcende l'instant. Ce n'est qu'un murmure avec la puissance d'un orage. Une caresse avec la force d'une claque. Nous nous pétrifions tous. Même Vaheem et Nehōo, qui ne connaissent pas Aria.

— Moi, intervient-elle, je suis persuadée qu'elles existent encore et qu'un nouveau destin les attend. Plus grand. Plus beau. Plus…

C'est de cette façon, soudaine, imprévue, frustrante, que le mutisme se referme sur sa gorge. Dans un étau étouffant, oppressant, il lui lacère les cordes vocales, la contraint au silence. À la soumission muette. Je me redresse sur mes coudes, juste assez pour apercevoir son visage crispé par la douleur et la tristesse, la main portée à son cou. Elle m'aperçoit, essaie de me sourire, de glisser son regard sur Riham, pour me signifier qu'elle a compris, et un coup de massue me fracasse le crâne.

— Plus divin, reprend Edlena.

Riham, bien que touchée par les paroles d'Aria, demeure résolument plaquée au sol. Marlhann s'évertue à poursuivre sa musique pour ne pas se perdre dans ses émotions. Pour la première fois en un peu plus de trois ans, il a entendu le timbre de sa sœur. Un timbre dont il avait lui-même fait le deuil.

— Estæbann ?

Je déglutis. La voix, douce, timide, de Riham rompt la quiétude déjà fébrile de la mélodie. Marlhann ne s'arrête pas de jouer, mais tous les corps se crispent de nouveau autour de nous. Le mien y compris.

— Hm ?

— Est-ce que tu peux chanter ?

Je tressaille et laisse ma tête tomber sur le côté. Mon regard percute le sien, suppliant.

— S'il te plaît.

Par Sazira...

Cette fille causera ma perte avant que j'aie l'opportunité d'accomplir mon but. Elle atteint quelque chose dans mon corps et je suis obligé de céder. Mon âme lui obéit. J'ai la conviction que mon cœur lui appartient. Que *je* lui appartiens.

J'ignore délibérément la stupeur de mes amis, ravale ma salive, fixe le ciel, et me mets à chanter. Dans la langue ancienne de Zuria, le dialecte des premières existences, je psalmodie mes sentiments pour elle. Ma volonté de la trahir, envolée. Cet amour qui m'enchaîne à elle, libéré. Cette vengeance, j'en prends conscience, n'est qu'une futile promesse, irréelle. Je me suis battu contre des démons trop puissants, j'ai rivalisé contre l'impossible, j'ai lutté pour préserver ma résolution de sacrifier celle que j'aime. Celle entre les mains de qui j'ai abandonné mon existence.

Je vais me venger.

Mais je ne la tuerai pas.

Même si pour ça, je dois accepter de ne pas annihiler tout ce qui a détruit ma vie.

Si elle meurt, ma vie n'aura plus de sens. Aucune saveur. Nul intérêt. Je ne serai plus qu'une carcasse vide, fantomatique, dédiée à l'errance, dans le cœur d'un village perdu, et vouée à la noyade dans les affres de ma souffrance. Ce n'était qu'une vengeance promise à l'autodestruction. En dépit de l'amour. Je chante ces maux, ce trouble, ces pensées, ces amertumes… et Riham les écoute. Edlena et elle sont les seules à connaître le dialecte ancien de Zuria.

Riham m'entend. Elle sait tout. *Je lui dis tout.* Je lui révèle mes plus terribles ambitions. Et sa main gantée trouve la mienne. Ses doigts protégés par le cuir s'emmêlent aux miens. Son corps habillé se blottit contre mon flanc. Son visage trouve sa place dans le creux de mon épaule. Son sourire tremblant effleure mon cœur. Puis sa voix, dans un murmure, condamne mon âme :

— Ma vie et ma mort t'appartiennent.

Le craquement du lit me fait tressaillir. Je jette un coup d'œil par-dessus mon épaule pour voir le visage ensommeillé de Riham émerger dans la lueur de la lune. Ses boucles se livrent bataille tout autour de sa figure, assombrie par les ombres de la nuit. L'aube ne tardera pas à pointer le bout de son nez, et je n'ai pas réussi à trouver le sommeil depuis que nous sommes rentrés. Cette nuit marque la fin. De ma vengeance ou de ma délivrance. Dès que le jour baignera le royaume, les dés seront jetés. Plus de retour en arrière ne sera possible. Et je ne sais plus ce que je veux. Les mains tremblantes autour de mon crâne, assis au bureau de la chambre, je retiens mon souffle quand les yeux de Riham me discernent dans l'obscurité.

— Tu ne viens pas te coucher ?

Sa voix enrouée par la fatigue m'abîme les tripes à grands coups de pelle imaginaires.

— Je ne suis pas fatigué.

— Tu tombes de fatigue, marmonne-t-elle.

— Non, je…

— Viens te coucher, Estæbann.

— Je ne peux pas, dis-je sèchement.

— Pourquoi ?

— Parce que si je te rejoins, ce n'est pas pour me contenter de dormir.

Elle frissonne, hébétée. Son silence me laisse le temps de comprendre que je suis foutu. Puis elle se racle la gorge, se redresse et réplique :

— Qui a parlé de dormir ?

Mes lèvres s'entrouvrent pour protester, mais aucun son ne sort de ma bouche.

— Viens te coucher, Estæbann, répète-t-elle, je m'occupe du reste. Contente-toi de me repousser avant que j'aspire ton âme.

Un rire cynique, mais tendre, s'échappe de sa poitrine. Le silence et le froid qui lui répondent, enveloppent son corps dans une solitude effrayante, lui arrachent un simple soupir.

— Comme tu voudras.

Un hoquet de stupeur s'étrangle avec mon souffle dans ma gorge. Elle repousse les couvertures et saute du lit, chancelante. D'un mouvement sec de la tête, elle chasse sa fatigue, bascule, retrouve son équilibre, émet un rire adorable, puis pose ses mains sur les manches de sa chemise. *Ma* chemise. Elle la soulève au-dessus de sa tête et sa nudité s'expose dans le clair de lune. Les étoiles brillent derrière elle et me donnent l'effroyable sentiment d'être observé par les Anciens. Le galbe de ses seins rebondit quand ses bras retombent le long de son corps. La pointe brune de ses tétons est dressée dans ma direction. Comme un appel. Sa respiration entrecoupée par son rire fait vibrer son ventre, puis ses cuisses légèrement écartées. Ses boucles noires chutent sur ses épaules, jusqu'à ses hanches, l'habillant d'un voile, d'une cape, qui lui offre une élégance singulière, même là, en cet instant, nue au beau milieu d'une chambre miteuse de la capitale.

Je lui ai confié les desseins mortels que je lui réservais avant de céder, et elle m'offre son corps. Sa dévotion dépasse toute logique.

— J'imagine que ça n'a rien de surprenant, mais je n'ai jamais connu personne d'autre que toi, me confie-t-elle sans l'ombre d'une gêne. J'ai découvert mon corps par mes propres moyens, comme je le pouvais, en pensant à toi, en t'imaginant. Je n'aurais jamais songé un seul instant que mes rêves se réaliseraient. Je l'espérais, je le priais, mais j'étais persuadée que ça n'arriverait pas.

Elle avance lentement et c'est mon souffle qu'elle m'arrache à chaque pas. Ma conscience, mes pensées…

— Mais c'est arrivé. Cette *chose* en moi me terrorise autant qu'elle me fascine. Parce qu'elle désinhibe mes sensations. Je saigne, j'ai mal, mais l'Attraction est plus forte. Elle dévore tout, jusqu'à mon propre cœur. Je meurs en même temps que toi sous son poids. C'est effrayant et exaltant à la fois, parce que je ressens tout. Je te ressens au centuple, et si j'étais une simple humaine, je crois que je n'aurais pas cette chance. Je ne sentirais pas ce lien unique, exceptionnel. Dès que je te touche, il se tend, se tord, mais ne rompt pas. Je pourrais mourir chaque fois que nos mains se frôlent, chaque fois que nos bouches se joignent dans un baiser, chaque fois que tes bras m'enlacent… parce que c'est trop fort, trop puissant. Indescriptible.

Je sursaute, ensorcelé. Sa main effleure mon épaule.

— J'ai conscience que si j'étais une simple humaine, ce serait fou. Je n'y survivrais pas. Ce ne serait pas correct. Mais que je le veuille ou non, le désir de ce monstre en moi t'a choisi. Toi, rien que toi. Il t'a voué mon âme. Alors, prends tout, Estæbann. Prends-moi, aime-moi, déteste-moi, vis avec moi ou tue-moi. Je suis ce que tu veux que je sois. Je suis née pour toi. Pour être ton arme.

Ma destruction. Ma damnation.

Elle fait traîner ses mains sur mes hanches pour baisser mon pantalon sur mes genoux. La peau, chaude et menaçante, de ses fesses recouvre mes cuisses. Sa main s'enroule autour de moi et l'humidité de son intimité me désarme.

— Prends-moi, Estæbann. Prends-moi comme tu l'entends.

Un frémissement surhumain me secoue le corps. Mes mains percutent son bassin et je la soulève pour qu'elle me glisse en elle. Je la pénètre, lentement, durement, et ses dents étouffent un cri sous la douleur. Ses hanches tremblent, ses lèvres échappent des gémissements étranglés, mais elle m'enfonce dans son corps jusqu'à la garde. Ma bouche heurte son épaule pour semer des baisers féroces sur ses clavicules, dans son cou et sur ses seins. Elle se crispe, bascule, offrant ses tétons à mes émotions. Ma langue les couvre avec une avidité que je ne m'étais pas encore permis. Je la pénètre, l'emplis, la supplie, et la vénère. Elle est là, entre mes mains, et mes reins cognent contre la chaise.

— Je t'appartiens, Estæbann.

Un grognement éclate dans mon crâne, mais ce n'est qu'un piteux gémissement plaintif qui s'exfiltre de ma gorge. D'un mouvement brusque, je me redresse et parcours la pièce pour l'écraser sur le lit.

— Tu n'es pas à moi, déclaré-je en agrippant ses cuisses pour soulever son bassin et lui arracher un bruit aigu. Mais j'aime croire que tu l'es.

Les paumes étalées sur ses fesses, j'enfonce mes doigts dans sa peau et coulisse entre ses lèvres humides, ses chairs palpitantes, en la dévorant du regard.

— Tu es *ma* beauté mortelle, mais tu es ta propre reine.

Dans un éclair de lucidité, qui échappe à mon contrôle, je marmonne :

— Ne laisse personne, pas même moi, décider de ton sort.

Une lueur enflammée prend possession de ses pupilles. En quelques secondes, ses cuisses m'enserrent la taille et ma tête plonge dans les coussins. Ses mains s'abattent sur mon torse et son buste me domine de toute sa stature.

Cette vision…

Bordel.

Je jure de la sculpter dans l'argile exactement comme elle est en cet instant. La tête renversée, dominatrice, libérée, possessive. Elle me soumet. Et je cède. Je m'abandonne. Je sacrifie tout sur ses courbes, sous ses coups de bassin et entre ses cuisses. Mais le plus terrible, c'est que je ne me suis jamais senti aussi puissant que maintenant. Soumis. J'ai le sentiment d'être un roi béni par une déesse. Mes doigts se referment sur ses hanches et un rire explose dans ma cage thoracique. Une larme, une seule, s'aventure sur ma tempe.

Parce que je sais.

Parce que je comprends.

Parce que j'en suis convaincu.

Riham n'est pas ma faiblesse. Elle est toute ma puissance.

La faible lueur de l'aurore nimbe le visage endormi de ma poupée maudite. Sa nudité, dangereusement exposée, se dévoile sous les froissements du drap. La pointe de son sein gauche se dresse vers le plafond. Ses lèvres, entrouvertes, m'obsèdent. J'aimerais y déposer les miennes, y glisser ma langue, la goûter pendant des heures jusqu'à oublier de respirer. Mais je m'abstiens. Je ne peux pas. Cette nuit, au lieu de me préparer, m'a affaibli.

— Je t'aime, beauté mortelle.

Mon propre souffle me fait frémir. Je m'arrache au lit, enfile mes bottes et m'empresse de rejoindre la porte. La main figée sur la poignée, je me retourne. Des yeux noirs, inertes, me fixent. Patou. Ce foutu caméléon. S'il était vivant, doué de parole, je suis certain qu'il m'exprimerait toute sa haine. Peut-être son dégoût. C'est ce que je déteste chez lui. Ce regard… Même en n'étant qu'une peluche, j'ai le sentiment qu'il a toujours su. Qu'il sait tous mes mensonges et tous mes desseins. Je soupire. Réprimant mon aversion, je me dirige vers la sacoche et ramasse les deux compagnons de Riham.

— Prenez soin d'elle, chuchoté-je.

Je dépose les peluches contre sa poitrine et ses bras se referment sur elles. Un sourire tremble sur mes lèvres. Je ferme les yeux, fais un pas de recul et me fige au froissement sonore du papier. Sans bouger le reste de mon corps, je toise mes pieds et remarque une feuille épaisse, pliée sous mon talon. Mon cœur s'échoue sur ma langue quand je reconnais les couleurs du crépuscule, ma propre silhouette et les voiles du Reidhrivein.

La peinture de Vaheem.

Elle n'était pas destinée à la vente, au troc ou à la donation. Celle-là, il la gardait précieusement avec tous les portraits des gens qu'il apprécie et qu'il aime dessiner. S'il la lui a offerte, c'est que Riham compte pour lui. Ou qu'il a décrété qu'elle deviendrait importante dans sa vie. La jalousie calcine mes viscères. Je serre les poings, la trachée brûlée à vif, et me dépêche de sortir de cette misérable chambre. À peine ai-je effectué un pas dans le couloir que mon regard percute une boule humaine, recroquevillée à même le sol, contre le battant d'une porte close. Je la détaille un instant sans rien dire, immobile, puis…

— Nehõo ? Qu'est-ce que tu fais là ? Vaheem t'a viré de la chambre ?

Je chuchote en m'approchant doucement pour ne pas réveiller nos amis, mais le son de ma voix surprend le jeune écumeur. À tel point que la porte contre laquelle il est appuyé claque dans son encadrement. Je me précipite sur la poignée pour la maintenir et calmer ses tremblements.

— Estæbann, bredouille Nehõo. Je… désolé, je t'ai pas entendu.

— Qu'est-ce que tu fais comme ça ? insisté-je.

Je le surplombe alors qu'il s'est un peu plus affalé sur les planches pourries de l'auberge.

— Je... je...

— Respire, Nehōo.

Je m'accroupis à sa hauteur et pose une main consolante sur son épaule. Il tremble. Je grimace. C'était censé le réconforter, pas le terroriser davantage...

— Retourne te coucher.

Il déglutit.

— Je peux pas.

— Si, tu peux.

— Mais Vaheem...

— Il préfère t'avoir à ses côtés plutôt que de te savoir assis par terre, dans le couloir d'une taverne où tu n'as rien à faire.

Il ferme les yeux. Ses longs cils bruns effleurent presque ses pommettes. Si mon cœur n'appartenait pas déjà à quelqu'un, il serait capable de flancher pour ce visage torturé, d'une beauté innocente, mais tourmentée. Nehōo a ce quelque chose de rare, d'incandescent dans le regard, qui vous ferez lui servir le monde sur un plateau d'argent. Malheureusement, il a croisé la route du Reidhrivein et de son équipage. De Loasodhsan et de ses lois. Cette particularité en lui, brillante dans ses prunelles, captivante, a été recouverte d'une couche de crasse. Et le cœur de Nehōo a déjà choisi la personne qu'il aimerait estimer comme son sauveur, son protecteur.

Je jette un coup d'œil à la porte verrouillée. À ce que Nehōo tient fermement dans son poing.

— Rejoins-le.

Je lui subtilise la clé et m'écarte pour ouvrir l'accès à sa chambre. Nehōo m'observe un long moment, sans un mot, puis il accepte ma main tendue et se redresse. Ses doigts tremblotants ajustent le foulard autour de son cou. Je lui souris pour l'encourager. Il incline la tête, embrasse ma joue et disparaît dans la pièce.

Seul dans ce couloir sombre, je prends conscience que le temps est venu pour moi d'avancer. Pour de bon. La terreur me foudroie de la tête aux pieds, mais une profonde inspiration anime assez mon corps pour l'élancer.

Pas de regard ou de retour en arrière.

Je salue l'aubergiste et sors de la bâtisse.

Je me fige au bout de la ruelle.

Mon regard croise celui de Loasodhsan et mon cœur cesse de battre. Un court instant.

Je la dévisage cette femme… cette écumeuse, et je ne peux pas ignorer le sentiment de trahison, emmitouflé par une déception puissante, qui me déchire le torse. Je m'attends à ce qu'Arsen incline le menton dans ma direction, qu'elle révèle ma présence, si bien que je n'ai même pas la force de bouger, d'essayer de me cacher et d'insérer ma silhouette dans l'ombre des bâtiments.

Si bien que…

Je reste pétrifié. La capitaine du Reidhrivein pivote vers son interlocuteur comme si de rien n'était et poursuit leur échange. L'homme, de dos, ne se retourne pas. Il ne se doute pas de qui se trouve derrière lui. Que *je* suis là. Tout près. Plus près qu'espéré. Il pourrait me voir. Il pourrait m'entendre s'il tendait l'oreille et distinguait mon souffle irrégulier dans la foule matinale. Je serais tenté d'en profiter, d'avancer à pas de loup pour l'achever tout de suite. En finir avec lui une bonne fois pour toutes. Mais il y a trop de monde, trop de témoins. Trop de gens susceptibles de m'arrêter. Et si lui est là, alors cela signifie que la garde royale n'est pas loin. Qu'elle n'attend qu'un geste de sa part, qu'un cri ou qu'un mouvement brusque pour refermer son cercle oppressant sur moi.

Je suis fait comme un rat. Pourtant, Loasodhsan ne me dénonce pas. Elle achève sa conversation dans un rire gras, cynique, dont elle a le secret. Des têtes effrayées se tournent dans sa direction et les foulées, tout autour d'elle, s'accélèrent. La fuite et le danger, c'est tout ce qu'Arsen inspire aux Zuriens. Et sans doute aussi à tous les citoyens des autres royaumes.

— Adieu ? s'exclame la voix claire et malicieuse de mon oncle. Oh, non, pauvre femme, nous ne nous dirons certainement pas *adieu* aujourd'hui. Le jour où nous nous dirons *adieu* sera le jour où nous en aurons réellement fini avec toute cette histoire.

Un frisson s'infiltre entre mes vertèbres, s'agrippant à ma colonne et à chacun de mes muscles. Mis à part les quelques touches de blanc et de gris qui trahissent sa vieillesse sur son crâne, il est toujours le même. Sa chevelure blonde est impeccablement coiffée, sa posture droite, fière, confiante. Il a les bras croisés contre son torse, le menton haut. Je ne vois pas son visage, mais je sais comment ses yeux s'éclairent de ce jeu sournois qui le fait tant vivre. Il aime écraser les autres, avoir le contrôle, mais par-dessus tout, il adore anéantir les espoirs de ses victimes en leur prouvant qu'il est le maître de leur destin.

Ça ne fonctionne pas avec Loasodhsan.

— Je vous l'ai déjà dit, Matheiüs, je sais pas où est votre neveu. Je me fous d'où il est, d'ailleurs. Passez votre chemin.

— Je suis convaincu qu'il me ramènera à vous. Plus tôt que vous ne sembliez vouloir le croire.

— Nous verrons. Bon vent, m'sieur le Conseiller.

— Priez pour qu'il ne tourne pas en votre défaveur.

Arsen sourit de toutes ses dents et s'incline. Elle regarde mon oncle s'éloigner, puis, quand il a disparu de la place, elle me fait signe d'attendre et rejoint des écumeurs, plus loin sur le port. Je reconnais la chevelure blanche de Leika et la silhouette cabossée de Dragor. Me décidant à sortir de l'ombre, j'enfonce ma capuche sur mon visage. Loasodhsan jure entre ses dents dès qu'elle m'aperçoit non loin d'elle.

— La patience, tu connais, vaurien ? me sermonne-t-elle.

— Mes parents m'ont éduqué pour d'autres vertus.

— Comme le meurtre et les machinations ? suggère-t-elle.

— En quelque sorte.

Je jette à peine un regard vers ses deux subordonnés.

— Que t'a-t-il dit ? Je croyais qu'il ne devait revenir à la capitale que dans la soirée.

— Y sait que t'es là, petit.

Je ravale une injure.

— Y te cherche.

— Pas pour me serrer dans ses bras, j'imagine, ironisé-je.

— Je n'en ai pas l'impression, ricane Arsen.

— Y te veut quoi ce gars ? intervient Leika.

— Ma mort.

Elle paraît à peine surprise.

— Ben, voyons ! s'amuse Dragor en m'infligeant une bourrade douloureuse entre les omoplates.

— V'là une bonne nouvelle ! ajoute Leika, rayonnante.

— Allons, ma chère, tu vas quand même bien finir par faire

une croix sur la queue de ce mec, n'est-ce pas ? s'offusque Loasodhsan.

Son index me pointe, mais ses yeux, exagérément écarquillés, sont braqués sur Leika.

— Me dis pas que t'as personne d'autre pour satisfaire tes envies ! Y en a un bon paquet sur le Reid !

Leika lève les yeux au ciel, irritée.

— Ce mec, comme tu dis, Capitaine, est à moi.

Je ris.

— Depuis quand ?

— Depuis que je l'ai décidé.

— Et c'était quand ?

— Le jour où je t'ai sucé.

— Ce jour-là, j'imaginais un autre visage que le tien.

— Celui de ta catin ?

Mon sang ne fait qu'un tour.

— Elle est où, d'ailleurs ? Entre les cuisses d'un autre ? Un homme qui lui convient mieux que Markan ? Elle va le tuer aussi ? Y a que toi qu'elle garde près d'elle ? En vie ? Sagement ? Comme un bon vieux toutou ? T'as le cœur mou, Estæbann. Elle aurait pu finir comme ta misérable Dlhavia. Pourquoi l'a fallu qu'tu courres à son s'cours ?

Dlhavia.

Ce nom rebondit contre les parois de mon crâne. Je frémis. Imaginer Riham vivre le sort de Dlhavia me révulse.

— Comment veux-tu mourir, Leika ?

Déconcertée par le ton de ma voix, elle arque un sourcil, mais ne se démonte pas.

— Au combat. Comme une écumeuse.

— Tu mourras comme une moins que rien. Je m'en chargerai personnellement.

— Comme pour Lorden ?

Un poison glacial se propage dans mes veines, paralysant mes muscles, un par un.

— Cessez vos enfantillages, vous voulez ? soupire Loasodhsan.

— Arsen…

— Je t'ai donné une mission, Leika. Rejoins Dragor et ferme-la.

— Oui, Capitaine.

Elle tourne les talons, les joues rouges de contrariété. À l'instant précis où nous sommes seuls, Loasodhsan accroche mon bras et m'attire plus loin, à l'abri des regards et des oreilles, dans l'ombre d'un grand navire. Sa force, pour une femme de sa taille, est impressionnante. Mais j'ai appris, depuis que j'ai absorbé mon tout premier souffle dans ce monde, que les apparences fragiles n'ont de faible que leur réputation. Riham, à l'instar d'Arsen, n'est que l'enveloppe charnelle d'une entité menaçante. Là où Loasodhsan est l'âme de la Rage, Riham est l'ange de la Mort. Deux légendes masquées par des visages inoffensifs.

« Comme pour Lorden ? »

Je n'aurai peut-être pas le temps de vivre une heure de plus.

— Cette fille…

Je ferme les yeux. Je m'attends à ce qu'elle me demande des comptes. À ce qu'elle exige d'en savoir plus. Leika est une écumeuse audacieuse, intrépide. Elle est l'un des éléments les plus importants de l'équipage de Loasodhsan. Je l'ai toujours su. Arsen me l'a confié dès mon arrivée sur le Reidhrivein. Les femmes, sous le capitanat de Sova, sont les reines des Sept Mers.

— Mademoiselle Riham.

La précision me percute de plein fouet et me prend au dépourvu. Je rouvre les paupières, abasourdi, et dévisage Loasodhsan.

— C'est la descendante de Sazira ou…

Incrédule, je ne réagis pas tout de suite, puis je comprends. Je saisis ce que son silence signifie et j'y réponds par le mien.

— Ton oncle la cherche, m'informe Arsen. Y te lâchera pas tant qu'il aura pas mis la main sur vous. Sur elle, surtout. Toi, il se fiche bien de ce qui peut t'arriver, du moment que tu lui rends la fille.

— Jamais.

— Pour ta quête ?

— Pour quoi d'autre ?

— Me prends pas pour une bleue, gredin !

Je soupire et secoue la tête.

— Ça ne change rien, articulé-je.

— Ça change tout, au contraire. Fais pas ça.

— Quoi ?

— La tue pas.

Quelque chose craque dans mon dos. Peut-être mes cervicales…

— Tu peux prétendre ce que tu veux, ton indifférence apparente est un livre ouvert pour ceux qui savent te lire, gamin. Tu l'aimes. Tu tuerais pour cette demoiselle. Plus que pour toi-même. Alors, poursuis ta vengeance, mais place-la à tes côtés, pas dans le groupe de tes ennemis.

— Tu ne sais rien, Arsen, je…

— Je sais tout, Estæbann, tonne-t-elle durement.

Et ses paroles me giflent les joues jusqu'à les tracer d'un sillon profond. Ensanglanté.

— J'ai toujours su, affirme-t-elle. Mais y a quelque chose d'autre que j'ai su dès que je t'ai rencontré. Dès que t'as atterri sur le Reid quelques heures après ton évasion. C'est toi et personne d'autre. Tu me succèderas, gamin. Et j'ai le sentiment que ça va arriver. C'est tout près. Peut-être aujourd'hui, demain ou dans quelques jours si les Dieux le veulent, mais ça va arriver.

— Quoi ?

— Mon exécution, Estæbann. Je vais mourir. C'est maintenant. Je le sens.

Mes oreilles bourdonnent. Je secoue la tête, encore une fois, sous le choc, perdu.

— Tu dois devenir Loasodhsan ou élire celui qui le deviendra après moi. Je te laisse le choix. Mais c'est à toi que je remets mon symbole et mon épée.

— Ton… Quoi ? Non. Je ne suis pas un écumeur, Arsen. Je ne le serai jamais, et je n'ai pas ton sang.

— Que tu sois ma chair et mon sang ou non change rien, gamin. Le destin t'a mené à moi et je t'ai choisi. Tu seras Loasodhsan dès que je crèverai. À moins que tu choisisses quelqu'un d'autre, répète-t-elle.

— C'est toujours non.

— Qui t'a permis de refuser un présent de Loasodhsan ? T'es qu'un vaurien.

— Raison de plus pour ne pas me léguer ton…

Elle me frappe l'arrière de la nuque. Je n'ai pas le temps de protester qu'elle ramasse un sac non loin de nous et ses mains plaquent deux objets contre mon torse.

— Planque ça avant que je te botte le cul, pigé ?

Sans trop réfléchir, j'attache l'épée à ma ceinture et tire sur ma cape pour dissimuler son tricorne rouge. Celui qu'elle a juché sur son crâne n'est pas le vrai. Je le comprends alors. Mais celui que je tiens contre moi, dans le secret de ma veste, contre mon flanc… il appartenait à son ancêtre. Au Premier. À la Genèse.

Saven Arsen.

— Sova… soufflé-je.

Et pour la première fois, mon cœur s'arrête sous sa paume. Ses doigts s'étendent sur ma joue dans un geste… *maternel*. Son pouce effleure ma peau et elle me laisse entrevoir des larmes dans ses yeux. Je contemple ce visage que j'ai détesté pour ce qu'il représente autant que j'ai vénéré pour avoir été le visage de mon espoir. Ses longues tresses rousses flottent dans le vent comme des flammes invincibles. Je fixe ses lèvres qui tremblent dans un sourire ému. Ce qu'elle me montre en cet instant vaut peut-être plus que le Reidhrivein. Que son tricorne et que son épée. La relique divine, capable de la tuer, elle, et tous ceux qui portent son sang dans ses veines. Oui, cette émotion qu'elle me dévoile, me terrasse. Jamais personne ne m'a regardé de cette façon. Comme une mère.

— Je m'excuserai pas pour ce que je suis, murmure-t-elle, parce que y a qu'un regret que j'ai depuis deux ans : le fait que tu sois pas mon fils.

— Pourquoi tu me dis tout ça maintenant ? me soucié-je en réprimant mon envie de reculer. Qu'est-ce qui se passe, Sova ?

— Je te l'ai dit, espèce de p'tit con. Je vais crever. Je crois bien que c'est la dernière fois que je pourrais te dire tout ça.

Je soupire et m'arrache à son étreinte.

— C'est ridicule. Tu es Loasodhsan.

— Et chaque Loasodhsan est mort jusqu'à présent, souligne-t-elle. L'éternité, c'est que pour les Dieux.

— Je croyais que Loasodhsan était le Dieu des Océans.

— Foutaises ! On sait tous depuis toujours qu'c'est Zuria, la Déesse des Sept Océans.

— Arsen…

— Ferme-la, gamin. T'as assez parlé. Maintenant, va-t'en avant qu'ils reviennent ! Fais tout ce que t'as à faire, mais la tue pas. T'auras besoin d'elle pour assumer la responsabilité du Reid, ricane-t-elle.

Sonné, je trébuche quand elle me repousse. Elle me regarde partir à reculons. Puis je m'arrête.

— Si j'avais été ton fils, j'aurais fini comme Lorden.

— Alors, c'est mieux que tu le sois pas.

— Et si…

Une lueur explose dans ses prunelles.

— … je l'étais en fin de compte ?

Elle s'approche, noue un collier derrière ma nuque et me repousse brusquement.

— Alors, je peux mourir en paix.

La pointe d'une flèche transperce sa poitrine. À l'endroit exact où un vide a remplacé son corps. Elle ne tombe pas, ne flanche pas, mais son sourire s'élargit et elle incline la tête vers la surface de l'eau.

— Fuis, *fils*.

« Je me battrai jusqu'à ce qu'ils utilisent la lame des Dieux. »

C'est ce qu'elle ne prononce pas, mais ce que son corps entier me hurle.

Et je saute dans la mer glacée.

50
Noyer le cœur du fils

Estœbann, 22 ans

Mon fils.

Mon fils.

Mon fils.

L'eau pénètre ma bouche et inonde ma trachée, je m'étouffe sous la surface. Mes yeux me brûlent, des larmes de rage m'aveuglent. Je nage, douloureusement. Mes mouvements sont acharnés, frénétiques, déchaînés.

Je ne comprends pas.

Je me déchire les muscles, les bras et les jambes.

Par Sazira…

J'ai mal.

Je ne comprends pas.

Bordel. Qu'est-ce qu'il vient de se passser ?

Les poumons irrités par un feu destructeur, je m'accroche à la corde couverte de moisissure d'une embarcation et sors la tête de l'eau. Je me bouffe les lèvres pour ne pas haleter comme un chien à l'agonie. Les yeux flous, injectés de sang, je fouille la place du port pour repérer Loasodhsan. Son tricorne rouge est tombé à terre, aux pieds d'un écumeur estomaqué. Des dizaines de subordonnés de Sova Arsen ont dégainé leurs armes, mais s'il y a une règle que même les membres de l'équipage du Reidhrivein respectent, c'est de ne pas combattre pour leur capitaine. En mer, on ne se bat que pour l'or, le sang et la gloire ; pas pour l'honneur.

La chevelure de Loasodhsan brille entre les étals des premiers marchands. J'entends, d'ici, la nouvelle se répandre. Elle se propage déjà aux quatre coins de la capitale.

L'arrestation après huit siècles à poursuivre une légende.

Le royaume tout entier saura en quelques heures. Loasodhsan, sans héritier légitime, est tombée. Le pire, c'est qu'elle ne s'est même pas battue. Pas de départ en fanfare. Aucune fierté. Pas d'apothéose. Ça n'a aucun sens. Quelque chose ne tourne pas rond.

La silhouette calme de Matheiüs, debout à l'extrémité d'un ponton, me le confirme. Ce sourire fin, mauvais, je le connais par cœur. Avant, je croyais à tort qu'il était mon allié. Maintenant, je sais. Il peut s'adresser à son propre sang, à son propre clan. Cet homme n'a foi qu'en lui-même. Il fouille la surface de l'eau, à ma recherche, et mon cœur tambourine contre la coque pourrie de la barque. Les dents serrées, je m'agrippe à la corde et me décale pour échapper à son regard.

— Putain…

Ma tête cogne l'embarcation. Un gémissement pitoyable fait vibrer mon torse. J'étouffe mes plaintes, ravale mes injures.

Je ne peux pas crier.

Je ne peux pas hurler.

Je ne peux pas pleurer.

Désemparé, je suis obligé de m’éloigner. De laisser Loasodhsan derrière moi. La caresse de sa main sur ma joue, l’éclat maternel de son regard. Des années à croire qu’elle était un monstre… pour arriver à cet instant. Un instant incompréhensible.

Je n’y crois pas.

Je ne peux pas y croire.

Alors que les cris s’élèvent encore dans mon dos, que des écumeurs s’interpellent pour remonter à bord du Reidhrivein et déguerpir, abandonnant leur capitaine, je m’éloigne.

« Fuis, fils. »

Non, moi aussi, je t’abandonne, Sova.

Nager ne m’avait jamais paru aussi douloureux.

Désastreux. Dangereux.

Mais quand je m’écroule sur un petit bout de plage délabré, j’ai la sensation que mes poumons s’écrasent sous mon poids. Que je suis mort, même si mes yeux sont ouverts et que ma bouche aspire de l’air. Mon cœur, quelque part, s’est brisé. Comme celui de Loasodhsan. À tâtons, affaibli par mon effort et toujours abasourdi par l’incompréhension, je déchire ma chemise noire et palpe mon torse.

Mon cœur est…

Toujours là. Il bat encore. Je n’ai pas muté. Je ne suis pas devenu la légende. Un rire incrédule, aliéné, m’échappe. Des larmes s’accumulent sur mes cils pour exploser sur mes joues, traçant des sillons brûlants sur mes tempes. Étendu sur le dos, les talons toujours dans l’eau et le visage face au ciel gris, je ris à m’en décrocher les côtes, une par une. Lentement. Douloureusement.

Je ne suis pas son fils. Je ne suis pas Loasodhsan. Je n'ai rien d'exceptionnel et pourtant… je suis en vie.

Grâce à Arsen.

— Pourquoi, bordel ? grommelé-je.

Je m'étrangle entre mes larmes incandescentes et mon rire absurde. Mes doigts glissent sur mon torse et percutent un médaillon. Je le serre contre ma peau, pour sentir les lignes de l'épée tranchant la fleur… mais ce ne sont pas elles. Le souffle court, je me redresse, arrachant le pendentif de mon cou pour l'observer. Le médaillon de *Loasodhsan* repose dans le creux de ma paume. Un médaillon en or ancien, du temps de la Genèse. Le même or qui a forgé les pommeaux des huit épées divines, capables de tuer le ou la capitaine du Reidhrivein. Je passe la pulpe de mon pouce sur le crochet et l'objet s'ouvre dans un couinement. Un morceau de papier y est niché, roulé sur lui-même. Fébrile, je m'en empare et le déplie.

Mon cœur se coince dans ma gorge alors que je lis les mots écrits de la main de Sova Arsen.

« Le prince avait raison, tu n'es pas celui que je croyais.
Rendez-vous de l'autre côté, mon fils. »

Si la chapelle de cette plage n'était pas déjà tombée en ruine des siècles plus tôt, son toit s'effondrerait sur ma tête.

51
Aux adieux des êtres qu'on aime

Riham, 19 ans

Des murmures flottent tout autour de nous. J'ai beau tendre l'oreille, je ne discerne pas grand-chose. Le mot « arrestation » semble se former sur les lèvres de la plupart des Zuriens. L'angoisse qui est née en pensant à Estæbann s'est évanouie lorsque je me suis arrêtée devant un étal à bijoux. L'homme du couple de marchands s'est offusqué auprès de ses acquéreurs au sujet de l'incompétence de la garde royale.

— Sont même pas fichus de mettre la main sur ce gamin ! s'est-il exclamé, haut et fort. Ce vaurien ! C'est quoi son nom ?

— Le connaît pas, a soupiré la voix chevrotante de son épouse. Sait juste qu'il a du sang d'un des conseillers de la Couronne.

— On dit que son oncle lui a fait rencontrer le prince quand il était jeune et qu'il est tombé amoureux, leur a expliqué l'un des clients. Le pauvre Matheiüs, ça doit être une plaie d'avoir un fou dans sa famille.

— Surtout quand on est si haut gradé que lui ! a ajouté quelqu'un d'autre.

— Bons Dieux, mériteraient d'être démis de leurs fonctions, ces foutus gardes, a repris le commerçant, pour que d'autres, plus valeureux qu'eux les remplacent.

— Oui, t'as qu'à te présenter pour le poste, a plaisanté sa femme.

Les poings serrés, le cœur lourd, je progresse à travers la place avec un mauvais pressentiment. J'ai beau ne pas avoir connu Zuria de mon vécu, y compris la capitale, j'ai le sentiment pesant que cette agitation n'est pas normale. L'arrestation qui a eu lieu ici semble annoncer des festivités conséquentes pour le royaume. Je m'efforce de ne pas y penser, de ne pas écouter, et me concentre sur mes amis.

Aria, vêtue d'une robe similaire à la mienne, mais d'un bleu foncé qui renforce la nuance de ses iris, est accrochée à mon bras. Nous flânons ensemble derrière le reste de notre groupe. Edlena nous distance, surexcitée devant chaque étoffe. Je parviens à sourire quelquefois en la contemplant. Elle a l'entrain d'une fillette placée face à ses rêves, et les trois garçons essaient tant bien que mal de la suivre tout en maintenant une pile de tissus en équilibre sur leurs bras.

— Ça... te suffit pas là ? gémit Marlhann alors qu'une nouvelle soierie s'ajoute et vient lui cacher la vue.

— Tututut ! Il m'en faut de toutes les couleurs.

— Pourquoi il ne pleut pas aujourd'hui ? baragouine Marlhann.

Je ris. Aria lève les yeux au ciel en entendant les lamentations incessantes de son frère.

La capuche de ma cape glisse de ma tête pour s'échouer sur mes épaules à plusieurs reprises. Quelques passants me dévisagent, intrigués. Il y a quelque chose de perturbant dans leurs regards. Certains s'illuminent, puis très vite, ils s'assombrissent. Les mines se parent d'une mélancolie désagréable. Un bref instant, je crois apercevoir l'éclat d'un pendentif, similaire au symbole royal dans la main d'une roturière. Elle me fixe de longues secondes, embrasse la fleur noire et disparaît derrière les silhouettes d'autres gens. Une nouvelle angoisse s'empare de ma poitrine et m'agrippe à la gorge. Mon bras se resserre autour de celui d'Aria et je m'efforce de respirer avec calme. La dame ne m'en laisse pas le temps. Son visage surgit devant moi, nous obligeant, mon amie et moi, à nous arrêter.

— Qui êtes-vous ? me questionne-t-elle d'un ton presque accusateur.

Je couine entre mes lèvres et tente de pousser Aria sur le côté pour échapper à cet assaut. En esquissant un faible sourire, je m'excuse, mais elle me retient par le poignet et je frissonne.

— Je suis l'une des domestiques de la reine Dianeilis, m'annonce-t-elle de but en blanc. C'est vous qu'elle a vu durant la soirée de son anniversaire. Sur le fleuve. Je vous en prie, donnez-moi votre nom.

Il n'y a plus aucune interrogation dans sa voix. La suspicion a quitté ses traits pour n'y laisser qu'un mélange d'espoir, de panique et de culpabilité. Pourquoi cette pauvre femme se met-elle dans tous ses états ? Elle me fait presque de la peine, mais elle me terrifie tout autant.

Aria m'adresse une œillade inquiète. Les propos de la servante me pétrifient. Sa Majesté a-t-elle reconnu Estæbann ?

Même à travers l'obscurité, caché sous sa capuche et assis dans mon dos ?

— Je suis désolée, madame, bredouillé-je. Vous devez faire erreur, je suis arrivée ce matin avec mes amis. Pardon, mais nous sommes pressées.

Aria ne relève pas mon mensonge, elle me tire à sa suite, sans doute aussi bousculée que moi par cette rencontre inattendue. Or, la femme nous barre une nouvelle fois la route et me demande :

— Connaissez-vous l'histoire de l'enfant disparu ?

Déconcertée, je balbutie une réponse geignarde :

— Vaguement. Je suis désolée pour le roi et la reine, c'est tragique, mais je dois…

— Il n'est pas mort ! s'exclame-t-elle. La reine le sent, elle le sait. Peu importe ce que les gens lui disent, elle y croit. Elle ressent encore la présence de son bébé dans ce monde et…

— Riham ! s'écrie une voix masculine non loin de nous.

Je me tourne aussitôt à la recherche d'un seul regard. La figure d'Estæbann se révèle au coin d'une ruelle. Sa capuche est toujours enfoncée sur son visage, mais en un coup d'œil, je repère tout ce qui ne va pas. Ses cheveux humides, les perles d'eau qui dévalent son visage, ruissellent sur son torse dénudé. Sa chemise sombre est déchirée. Je jurerais que la folie s'est étendue sur ses prunelles claires. Les nuances meiridiennes se sont fait submerger par l'obscurité et la peur. Un mélange inédit sur les traits d'Estæbann. Quelque chose ne va pas. Ça ne va pas du tout.

Ses lèvres tremblent, le blanc de ses yeux est injecté de sang, et son torse se soulève dans une respiration ahanante. Il considère la dame d'un œil suspicieux et joue des coudes pour nous atteindre. Je lui mâche la moitié du travail en emportant Aria dans mon sillage. Ses doigts se referment autour des miens et je le sens tressaillir en poussant un juron.

— Rentrons ! nous beugle-t-il.

Nous nous élançons tous les trois dans une course folle, retrouvant nos amis auprès d'Harlint, le paysan. Encore une fois, il a accepté de nous conduire. Je n'ai pas le temps de m'attarder sur chacun de mes compagnons. Estæbann agrippe mes hanches et me hisse sur la selle d'un équidé. Il en fait de même pour Aria avant de sauter sur le dos d'une jument que Nehõo enjambe déjà.

— Vite ! hurle Estæbann.

— Attends, Estæbann… tu peux…

— Pas maintenant ! s'écrie-t-il.

Interdite, je le regarde élancer notre escorte et sens à peine ma monture suivre le mouvement. Quand je manque de chuter, je m'accroche à la taille d'Aria pour me maintenir, puis m'empare des rênes pour rejoindre la tête de notre peloton.

— Explique-nous ce qui ne va pas, exigé-je, agacée.

— Il faut qu'on quitte Zuria au plus vite.

— Quoi ? m'étouffé-je. Pourquoi ? Qu'est-ce qu'il s'est…

— Je sais pas, Riham ! Justement, j'en sais rien !

Sa colère est orageuse. Je le détaille, lui, sa mâchoire contractée par une contrariété mêlée à une terreur que je ne comprends pas. En trouvant son mot ce matin, m'informant qu'il était parti accomplir sa destinée, j'étais persuadée que je ne le reverrai pas de la journée. Sur ce bout de papier, il m'avait promis de revenir avant la tombée du jour. Il n'est même pas encore midi. Le soleil n'a pas encore atteint son apogée, son point culminant.

La peur flagrante d'Estæbann me terrifie. J'aimerais me soulager en me disant qu'il est en vie et que c'est tout ce qui compte, mais quitter Zuria implique d'abandonner sa quête. Tout ce pour quoi il est venu me chercher au départ. Tout ce qui l'anime depuis son évasion des geôles royales. Ce n'est pas normal. Abandonner n'est pas dans le vocabulaire d'Estæbann. Pas comme ça. Pas soudainement. Pas comme un lâche.

— Estæbann…

— Cette nuit, on dormira dans la ferme d'Harlint, mais plus personne ne retournera à l'auberge.

— Estæbann ! m'énervé-je, la voix étranglée par un sanglot dont je ne connais même pas la raison.

Son regard brillant se pose sur moi. C'est furtif, mais suffisant pour que je saisisse l'ampleur de la situation. Il tremble de rage, de terreur et d'impatience.

— Estæbann, parle-moi.

Son équidé ralentit imperceptiblement sa foulée. Le mien et ceux qui nous suivent l'imitent.

— Mon oncle est ici, Riham, souffle-t-il d'un ton chargé d'une émotion fébrile. C'est le conseiller du prince, il sait que je connais Loasodhsan et qu'elle m'a aidé. Il savait aussi que le Reid devait accoster au port cette semaine. Je l'ai aperçu, ce matin. Et je crois… qu'il m'a vu lui aussi.

Un hoquet de frayeur me traverse la gorge. L'effroi me gèle les os.

— Il a arrêté Loasodhsan, crache-t-il alors, faisant bourdonner mes oreilles. Mais deux choses ne collent pas : Arsen s'est délibérément vendue pour me laisser partir, et Matheiüs ne m'a pas poursuivi. Il ne m'a pas poursuivi, Riham ! Je… je ne comprends rien, putain. Je sais juste… Il faut qu'on parte. Tous. Quelqu'un lui a sans doute donné la description de chacun d'entre nous et on est tous en danger. Même vous, dit-il en jetant un coup d'œil à nos amis par-dessus son épaule.

Un long silence s'installe sur nous. Les muscles de mon ventre pèsent sur mes intestins. Je suis nauséeuse et ma gorge encaisse le poids de cette douleur.

— Alors, on va où ? s'exclame Edlena. Harlint est d'accord pour tous nous héberger ?

— Certainement pas, rétorque Estæbann.

— Quoi ? s'offusque Marlhann. Qu'est-ce que tu…

— La ferme d'Harlint, c'est que pour Riham et moi. Vous, vous rentrez au village.

— Tu veux qu'on se sépare ? Pas question ! proteste Edlena.

— Vous aurez besoin de nous à vos côtés, renchérit Marlhann. À plusieurs, on peut…

— Par Sazira, arrêtez ! C'est non ! Vous y risquez votre vie.

— Tout comme vous deux, observe la couturière.

— Raison de plus pour que vous partiez. Que deux d'entre nous meurent, c'est suffisant. Pas besoin d'encourager un suicide collectif.

— Mais la gamine, elle, tu veux bien la pousser vers la mort ?

Un rire sans joie résonne.

— Estæbann… essayé-je d'intervenir, les larmes aux yeux. Je ne comprends pas. Tu ne devais pas… mettre tes plans à exécution aujourd'hui ? Tu ne devais pas… être ailleurs ?

Estæbann m'ignore et se concentre sur les argumentations animées de Marlhann :

— J'ai une dette envers toi, Estæbann !

— Tu m'as sauvé, Marlhann, réplique-t-il. Elle est déjà payée depuis longtemps.

— Mais tu…

— J'reste avec eux, clame Vaheem.

— Moi aussi, affirme Nehōo.

Estæbann accorde un coup d'œil désapprobateur dans la direction des deux écumeurs, mais il ne dit rien. Les garçons hochent la tête comme un seul homme en guise de pacte scellé. Marlhann pince les lèvres, peu enclin à accepter, mais Aria lui fait signe et il souffle pour consentir.

— Séparés, on aura plus de chance de s'en sortir, reprend Estæbann en essayant d'avoir l'air plus confiant. Et si l'un d'entre nous doit servir d'appât pour les autres, c'est moi. Vous n'avez pas à payer le prix de votre vie pour sauver la mienne.

Edlena ne desserre pas les dents, mais renonce à s'opposer plus longtemps. La décision est prise. Nous faisons une halte à l'orée d'une forêt pour délaisser nos amis. Estæbann me donne quelques secondes pour presser les mains des filles à travers mes gants. Tout juste le temps d'un au revoir, puis ils disparaissent tous les trois, Edlena, Aria et Marlhann, sur le sentier incurvé. Mon cœur se brise sur le sentiment que je ne les reverrai plus.

Estæbann, 22 ans

Je ne sais pas pourquoi je suis revenu. Je ne sais pas pourquoi mon corps s'est jeté à contresens de mes desseins. Son visage m'est apparu dans la brume de mes lamentations, et j'ai su. J'ai su que je ne pouvais pas la laisser, l'abandonner. Parce qu'elle est tout ce qu'il me reste. Et parce qu'elle est tout ce que je veux.

Alors, je suis avec elle. Encore. Toujours. Je suis revenu pour ce que j'espérais être la dernière fois. Pour le fuir, lui. Avec elle. J'ai essayé de l'éviter, d'aller plus vite que lui, de tous nous sauver, de sauver Riham.

Mais j'ai échoué.

À l'instant précis où je l'aperçois, dressé face à nous, je comprends que je n'ai jamais eu l'opportunité de gagner, que mon cœur m'aura fait basculer du côté des perdants, et que mon sort aura toujours été funeste.

J'ai échoué.

Et dans ma chute, je la condamne encore.

52
La fleur au destin funeste

Riham, 19 ans

La ferme d'Harlint s'étend devant nous et la silhouette de Matheiüs se dessine sur le terrain. Il est seul. Je me crispe. Estæbann est raide contre moi. Je jurerais même de le voir pâlir… jusqu'à devenir livide, aussi blanc que les nuages, aussi malade que le temps. Il n'a que la force de m'indiquer de rester sur l'équidé et de ne pas bouger.

Harlint me jette un regard inquiet, mais obtempère quand Estæbann lui dit d'emmener Vaheem et Nehōo avec lui à l'intérieur. Ensemble, ils continuent d'avancer, contournant la ferme sans que Matheiüs ne leur accorde la moindre attention. Une fois le paysan et les écumeurs disparus de notre champ de vision, Estæbann s'approche de quelques pas de son oncle. Il s'arrête à une distance raisonnable, mais trop courte pour être à l'abri d'une potentielle menace. Matheiüs a les yeux rivés sur moi. Il paraît décontracté, sûr de lui… et un profond sentiment de rage alimente le nœud de mon estomac.

— Toujours trois coups d'avance, entame-t-il de son intonation froide.

Son expression est sculptée dans la forge mesquine du calculateur. Ça me fiche la chair de poule. *Surtout* aujourd'hui. Parce que je fais face à la réalité. À ma décision.

Quelques jours plus tôt, je me suis enfuie au bras d'Estæbann.

Je peux prétendre ce que je veux, oui, je l'ai choisi.

J'ai délibérément trahi *ma* communauté, mes desseins, mon rôle, ma mère et ma lignée.

J'ai trahi ma Déesse.

— Vous n'avez pourtant pas réussi à m'intercepter ce soir-là.

— Léger imprévu, je l'admets, affirme Matheiüs.

Les mains croisées dans le dos, le sourire aux lèvres et le ton glacial, il adopte sa fidèle posture d'homme dominant. Un instant, sous son observation appuyée, je sens la panique me submerger et l'asservissement me grignoter le ventre. Puis je me souviens de sa trahison. Des raisons pour lesquelles Estæbann a croupi en prison, à cause de *qui*. Quand bien même il a été justement puni pour ses crimes, ce n'est pas pour avoir tué le fiancé du prince que son oncle l'a condamné. C'est pour m'avoir *aimée*, pour m'avoir *protégée*. Il m'a utilisée comme excuse à sa perfidie.

Je le déteste de tout mon être.

Mes poings se serrent sur mes genoux et je m'efforce de paraître calme. Tout en moi prend feu. Je veux fondre sur lui pour le tuer de mes mains.

Comme pour Markan, l'homme de la première auberge, et très bientôt, le prince Cassiānn.

— Pourquoi êtes-vous là ? crache Estæbann… même s'il connaît déjà la réponse.

Le rire de Matheiüs m'encourage à grincer des dents.

— Pour deux raisons, annonce-t-il. La première : retrouver Riham. La seconde : te renvoyer dans ta geôle.

— Vous la considérez comme une traîtresse. Vous pouvez aller vous faire foutre, rétorque Estæbann.

— Tu es si prévisible, mon cher neveu. Mais, vois-tu, le prince commence à se poser trop de questions pour que je ne te dénonce pas et ne lui prouve pas qu'il a tort sur mon compte.

— Cassiānn n'est pas aussi con que tu le crois.

La raillerie d'Estæbann sonne comme un compliment à l'adresse de son pire ennemi.

— Mais toi, oui, s'amuse Matheiüs en posant enfin les yeux sur le visage d'Estæbann. Tu pensais pouvoir m'atteindre ? T'allier avec Loasodhsan pour assassiner le prince et réussir ? Tu te bats contre beaucoup plus fort que toi, Estæbann, tu n'es qu'une mouche contre des félins. Qu'une proie avec laquelle nous jouons. On te bouffera tout cru.

— Avec Riham, je suis plus fort que vous deux réunis.

— Ta force ne tient à rien, contrattaque Matheiüs. Riham est incapable de tuer qui que ce soit.

— Ne sois pas si sûr de toi, argue Estæbann.

Les yeux de son oncle plongent de nouveau dans les miens pour me jauger et son rictus s'élargit.

— L'amour est une immense énigme, commente-t-il. Il peut pervertir les âmes les plus pures – pures, malgré leur nature. Je me suis peut-être trompé sur toute la ligne. Peut-être étais-tu la clé pour obliger Riham à tuer sa famille.

Mon corps se contracte violemment. Le mot a claqué dans l'air comme une insulte, une menace. Mon regard s'arrondit et dévie sur Estæbann. Ses épaules se sont raidies. Ses poings se sont crispés. Je le sens décontenancé, mais tout aussi prêt à se jeter sur Matheiüs pour le faire taire. Je tente de respirer, mais mon cœur s'est coincé entre mes poumons et joue des tambours avec eux.

— Ma… *famille* ? balbutié-je.

Le sourire de l'Oncle Matheiüs me donne des envies sombres. Je m'imagine me jeter sur lui et le lui arracher de mes propres ongles. Lentement, je descends de mon équidé et m'approche d'Estæbann.

— Tu ne lui as encore rien dit ? s'amuse Matheiüs. Ton but n'était donc pas de la retourner contre nous ? De tout lui révéler pour qu'elle nous tue ? La Couronne ? Ta famille ? Nous tous ?

Je suis pétrifiée, paralysée. L'Oncle Matheiüs s'esclaffe alors que le corps d'Estæbann est devenu aussi rigide que le mien.

— Quelle merveille ! C'était donc ça ton plan ? Te venger de nous tous, l'incluant, *elle* ? Elle devait nous occire un par un et tu l'aurais tuée, toi, de tes propres mains ?

Son rire m'horripile.

— Après tout, tu as raison, elle est le symbole de ta malédiction.

Je me sens lourde. Mon cœur s'affaisse contre mes côtes.

Ma mère, c'est Sazira.

Je suis une Daliakys.

Ma mère, c'est Sazira.

Je suis la descendante de la Déesse des Sept Mers.

Ma mère, c'est Sazira.

— Demande à ton cher et tendre Estæbann de t'expliquer ton histoire, Riham. Demande-lui de t'expliquer ce qu'il était censé faire avant de tout envoyer en l'air.

Inconsciemment, mes yeux se rivent sur le profil d'Estæbann, mais lui ne se retourne pas. Ses paupières sont closes, ses lèvres pincées et les traits marqués par une contrariété coupable.

— Ferme-la, lâche-t-il dans un grognement rauque, trop faible pour être crédible.

— Il devait te pousser à tuer ta propre famille, poursuit Matheiüs, le regard fou. Tu devais massacrer ton royaume, *princesse*. Et Zuria serait tombée entre *nos* mains. La Déesse n'aurait été plus que des terres réduites en cendres que nos semelles écraseraient.

Il rit, se divertit, clame sa gloire. Et j'encaisse ses déclarations.

— Tu devais annihiler la Couronne, détruire ton monde.

Il s'avance et je ne bouge pas, le regard perdu sur le visage douloureux d'Estæbann.

— J'étais convaincu que tu serais notre plus belle réussite, notre plus belle arme dévastatrice retournée contre elle-même, mais cette espèce de vaurien a décidé de les tuer lui-même, soi-disant pour nous rendre fiers. La vérité, c'est qu'il ne supportait plus l'idée que tu sois notre instrument de guerre. Il a tout fait pour atteindre le palais, manipulant des domestiques pour obtenir des informations sur les déplacements royaux. Estæbann n'a pas assassiné les serviteurs, mais le roi les a fait exécuter en apprenant ce qu'ils avaient offert sur un plateau d'argent à l'Opposition. Sa déraison l'a poussé à tuer le fiancé du prince alors qu'il était envoyé auprès de lui en tant que porte-parole de notre clan. Seul contre cet homme et sa garde, il n'avait aucune chance. Il l'a tout de même fait et s'est retrouvé enfermé. Il m'a fallu un an pour convaincre Ses Majestés que je n'étais pas lié aux sombres desseins de mon neveu. Et voilà qu'aujourd'hui, ils doutent encore de moi. Si tout avait été fait selon nos plans, Estæbann aurait peut-être mérité de vivre à nos côtés et tu aurais été l'unique responsable du massacre de Zuria.

Je sursaute alors qu'une ombre se projette sur mon visage. Matheiüs est juste là, à un mètre de nous, peut-être moins.

— Avant de mourir à ton tour, tuée de la main de celui que tu aimes. Et c'est toujours le cas maintenant. L'ironie du sort, c'est qu'avant d'être enfermé et torturé par le prince, il aurait pu renoncer à aller jusqu'au bout pour te sauver. Mais il a enfin compris ce que tu étais pour lui, pour sa vie, et cette fois, il va vraiment le faire.

Les phalanges d'Estæbann s'écrasent sur l'arcade de son oncle. Son rugissement rageur vibre dans l'air et fait trembler les arbres.

— Ta gueule, bordel ! Ta gueule !

Le rire de Matheiüs me foudroie les sens.

— Tu te plais à l'extérieur, ma chère petite Riham ? me questionne-t-il sans effacer son sourire de sa figure.

Estæbann le frappe de nouveau, mais Matheiüs reste debout, chancelant à peine. J'ai envie de répondre, de me dresser contre cet homme qui a scellé le sort d'Estæbann six ans plus tôt… non, vingt-deux ans plus tôt, quand il l'a conditionné à devenir un monstre. Ou à le devenir par amour. Mais mon esprit s'alourdit. Un tourbillon de réflexions infâmes me parasite le crâne et je suis sur le point de m'écrouler, à l'image de mon cœur qui a chaviré loin de moi. Il s'est écrasé, quelque part sous les pieds de Matheiüs et d'Estæbann.

Bien mieux que dans une chambre fermée à clé, aurais-je souhaité rétorquer. Mais je n'en ai ni la force ni le courage.

— Profites-en, ricane Matheiüs en envoyant son poing sur la pommette d'Estæbann.

Ces deux mots suffisent à me faire perdre tout contrôle. Mes jambes faiblissent. Ma bouche s'entrouvre sans expirer le moindre son, mais un souffle étouffé s'en extirpe. Je m'effondre.

— Vous n'en aurez plus que pour quelques heures.

Sur cette déclaration, il nous adresse un dernier sourire puis s'éloigne. Sa longue veste en cuir marron vole derrière lui, claquant les mollets de ses bottes. Mon regard ne se détourne pas jusqu'à ce que sa silhouette, hissée sur le dos d'un équidé impérial, s'éclipse de notre horizon.

À peine Matheiüs a-t-il disparu que mon prénom se forme dans le timbre si séduisant d'une voix que j'aime depuis toujours. Or, en cet instant, l'entendre ne m'apaise pas. Je suis figée, pétrifiée, assaillie par des émotions nuisibles. Des émotions que je n'ai jamais connues. Mes épaules se raidissent, ma mâchoire se contracte. Je secoue la tête, longtemps, puis son visage s'impose devant le mien, ses mains tremblantes effleurent mes joues. Son contact me brûle. Je recule, levant le bras pour lui interdire de m'approcher.

— Pas maintenant, Estæbann.

53
Le fracas de la trahison

Riham, 19 ans

Je suis l'enfant disparu.
Le bébé perdu.
Je suis Son Altesse Royale.

Non, ça ne peut pas être la vérité. Je suis la fille de Sazira. La descendante de la Déesse des Sept Mers. La Daliakys de la Damnation. Comment pourrais-je être dotée de pouvoirs aussi puissants si je n'étais… qu'une simple humaine ?

Les paroles de l'Oncle Matheiüs résonnent en moi.

Après avoir posé quelques questions à Harlint, tard dans la soirée, j'ai appris que « l'enfant disparu » s'était volatilisé le jour de sa naissance dans les bras de Sazira. C'est elle qui l'aurait enlevé. Arraché à son palais, à ses parents et à sa couronne. Certains Zuriens prétendent qu'elle l'a fait pour protéger le royaume, parce qu'elle prédisait un destin funeste à Zuria s'il venait au monde. Mais n'ayant pas eu le cœur à le tuer, elle l'avait emporté avec elle. Les autres s'en tiennent à la version officielle : le bébé est mort en couche, ayant succombé au mauvais sort que Sazira a jeté à la reine Dianeilis pendant sa grossesse. Malgré la mobilisation du royaume tout entier et de quelques pays étrangers, l'enfant n'a jamais été retrouvé, ce qui a renforcé l'hypothèse principale.

Si Cassiānn est mon frère…

La destinée que Matheiüs m'a imposée m'a poussée à le haïr. Et je ne suis pas certaine de pouvoir ressentir pour lui autre chose que cette aversion. Le prince héritier n'a sans doute rien à se reprocher concernant mon enlèvement, mais je n'ai pas grandi avec lui. Ce n'est pas lui que j'aime. Dans mon cœur et dans mon âme, il n'y a qu'Estæbann. C'est lui mon protecteur. Lui qui est devenu mon égal ou qui a fait de moi son égale. Lui que j'estime comme la moitié de mon être.

Même dans la mort et la trahison.

Et Cassiānn l'a brisé. Il a anéanti *mon roi* à l'aide des pires sévices. Comment pourrais-je oublier que je le déteste ? Estæbann est ma famille. Il est tout ce que j'ai, tout ce que je veux. Ne plus l'aimer signifie *me* trahir.

Des bruits résonnent contre les murs. Quelqu'un toque à la porte de la chambre dans laquelle je me suis réfugiée. Le visage de Vaheem apparaît dans l'embrasure de la porte. Le jeune écumeur entre et s'installe au bout du lit.

— Je t'ai pris ça au marché. C'est le symbole de Zuria. Mais… d'après Estæbann, c'est le tien avant tout.

Il me tend un bracelet en cuir noir. Un charme le surplombe en son centre et ma poitrine se comprime.

Une fleur noire.

Dans les livres, j'ai appris que la reine avait été souffrante lors de sa deuxième grossesse. Sazira avait été missionnée par le roi pour les sauver. Elle et leur enfant. Peut-être…

que c'est avec les pouvoirs d'une Daliakys qu'elle y est parvenue. Mais de cette résurrection serait née la Mort. *Moi.* Une malédiction bien trop sombre pour le royaume. Et peut-être qu'en fin de compte… c'est moi qui suis en train de tuer Notre Déesse. Moi et ma naissance illégitime.

La Daliakys de la Damnation.

Je ne suis plus certaine d'apprécier ce qui me représente, et pourtant, c'est moi, je le ressens. Je suis la beauté mortelle d'Estæbann, *sa* petite fleur. Je ne veux pas être autre chose.

— Merci, Vaheem, soufflé-je en lui tendant mon poignet pour qu'il m'aide à l'accrocher.

— Tu sais…

Il hésite une petite seconde. La tension entre Estæbann et moi semble le mettre mal à l'aise. J'ai pourtant essayé de dissimuler mes sentiments hier soir, au dîner, pour que la famille d'Harlint ne me pose aucune question et que notre venue n'alimente pas inutilement leurs inquiétudes. J'ai sans doute été trahie par mon besoin de me retrouver seule…

— Estæbann, c'est pas un méchant gars, se décide-t-il tout de même à dire. Y tient à toi. S'il t'a blessée, je suis sûr que c'est pas ce qu'y voulait. Il se vendrait lui-même pour te sauver.

Au contraire, il a décidé de me tuer. Ça, il me l'a avoué. Et j'étais prête à l'accepter.

— Pourquoi tu me l'as dit à moi ? s'intéresse Vaheem. Pourquoi tu m'as tout révélé ? Je suis un écumeur. J'ai ça dans le sang. Je…

Je souris. Quelque part, ses mots me brisent le cœur. Vaheem a, en effet, beau être un écumeur par sa lignée, une poignée de jours m'a suffi pour ne pas le considérer comme chaque membre du Reidhrivein et comme l'opinion publique les voit.

— Tu es mon ami, déclaré-je. J'ai confiance en toi.

— On peut pas faire confiance aux écumeurs.

— C'est ce que les autres te font croire, mais si cela ne te convient pas, tu peux choisir d'être différent. Tu l'es déjà.

— Tu penses ce que tu dis ?

— Oui.

— Si j'accepte de te croire, t'acceptes de parler à Estæbann ?

Son approche maladroite me déconcerte et mon rire m'échappe. On dirait le chantage d'un enfant. C'est assez touchant. J'en oublie presque la teneur du marché qu'il me propose et mon trouble. En hochant la tête, je me redresse pour le suivre jusqu'au champ principal de la ferme. Mon regard repère aussitôt la silhouette d'Estæbann. Elle se découpe entre les vignes et les rayons de soleil. L'aube commence à peine à s'éveiller, le moment de notre départ va sonner. Je m'attendais à ce que le paysage soit plongé dans l'obscurité et le malheur, mais ici, sur ces terres, la vue est magnifique. Cette ferme resplendit de beauté. Malgré la brume épaisse qui l'entoure et avale les troncs des arbres, les couleurs des plantations et la faible percée lumineuse du petit matin suffisent à égayer le décor.

Les muscles d'Estæbann se dessinent sous ses manches retroussées et le tissu de son dos. La sueur perle dans sa nuque alors qu'il laboure la terre en compagnie d'Harlint et de sa fille aînée. Les deux autres étant parties en ville avec leur mère, pour montrer au peuple leurs nouvelles robes – celles qu'Edlena a confiées au paysan. Estæbann a vêtu une tenue de travail, vraisemblablement prêtée par Harlint, trop grande pour lui, usée et maculée de terre. À mes yeux, il n'en est que plus beau. La fille d'Harlint paraît partager mon avis puisqu'elle ne cesse de lui jeter des coups d'œil à la dérobée. Cela m'amuse.

Mon cœur accélère sa cadence lorsque je réduis la distance. Estæbann est là, devant moi. Mon corps se contracte un peu plus à chaque pas. Je n'ai pas envie de lui parler, mais je sais que je dois le retrouver. Mon instinct me le hurle. Ma poitrine me supplie. Je n'ai que mon ventre pour me rappeler à la bile acide de mon amertume.

— Mademoiselle Riham ! s'écrie Harlint. Vous venez nous aider ?

Estæbann sursaute et se retourne brusquement. Il tressaille en m'apercevant à un mètre de lui. Mon regard plonge dans le sien. Il serre ses poings sur le manche de sa houe, dont la lame est suspendue au-dessus du sol. Je prends le temps de le détailler, quelques secondes, et un sourire incontrôlable se dessine sur mes lèvres. Il est léger, timide, mais j'accepte de le lui montrer. Ses yeux si rares, si exotiques, pétillent en un clignement de paupières.

— Avec plaisir ! réponds-je enfin à notre hôte.

Vaheem et moi nous armons de pioches et de bêches, et nous nous mettons à l'action pendant quelques minutes. J'entends mes acolytes chanter en chœur pour rythmer notre dur labeur. Ma gorge se noue de ne pas pouvoir en faire autant, mais Estæbann se joint à eux pour moi. En une poignée de secondes, mes muscles me tiraillent, mais je ne m'arrête que pour avaler le petit-déjeuner. Ensuite, Harlint nous prépare un bain et nous annonce qu'il part avec sa famille pour une journée à traire des valkiars et s'occuper des animaux d'un voisin fermier, récemment tombé malade.

Seule dans ma chambre, je me laisse accabler par les images d'un Estæbann riant aux éclats, souriant au ciel, chantant sa liberté, et elles ne cessent de me tourmenter.

Tant de fois, en cette unique heure de travail, j'ai eu envie d'embrasser ses lèvres étirées, ses joues rougies par le froid. Nos mains se sont frôlées, attisant les fourmillements sur ma peau. J'ai besoin de le retrouver, d'apaiser mon esprit.

En quelques gestes, j'attrape la robe beige qu'Edlena m'a offerte et me rends dans la chambre qu'Estæbann occupe. Je lui signale ma présence, puis entre. Il est déjà plongé dans l'eau tiède de sa vasque. Sa bouche s'entrouvre et un son étouffé, mais inintelligible, s'en extirpe.

— Je peux venir avec toi ?

Les bains de la famille d'Harlint sont si grands que nous pourrions y rentrer à trois. Peut-être quatre.

Estæbann se pince les lèvres. Je sais qu'il essaie d'étouffer ses geignements dans sa gorge. Je me dénude sous ses yeux, faisant glisser les bretelles de ma robe sur mes épaules, puis le long de mes bras. Mes seins apparaissent les premiers. Le creux de mon ventre se forme sous la caresse du tissu. Ma peau d'ébène se couvre de chair de poule alors que celle d'Estæbann devient dure. Il déglutit, baladant son regard sur moi. Ses yeux se faufilent de mon visage à mes jambes. Nue face à lui, j'éprouve le sentiment urgent de me coller contre lui. D'écarter les cuisses au-dessus de son corps pour m'imbriquer parfaitement dans ses courbes. D'enrouler ses bras autour de ma taille pour que ma poitrine soit écrasée contre son torse. Je veux sentir chacun de ses muscles, sa ceinture abdominale contre mon ventre, son cœur contre le mien. Je veux qu'il glisse en moi. Avec ses doigts ou son sexe. Tout à la fois.

J'ai besoin de le sentir, de le vivre, d'exister.

Estæbann, lui seul, a le pouvoir de tromper la Mort et de lui faire croire qu'elle porte la vie dans ses veines.

Il passe une main sur son crâne pour chasser les boucles brunes qui lui tombent sur le front, et mon regard suit les gouttes qui s'écoulent sur son visage, creusant ma faim de lui. De nous.

Je le veux. Ici et maintenant.

Avec ses mensonges, son âme pervertie par son éducation et la prison.

Parce que mon âme tout aussi déséquilibrée l'a élu, lui. Elle l'a choisi pour lui appartenir.

Quelles qu'en soient les conséquences.

Estæbann se redresse pour m'accueillir face à lui et je m'installe sans détourner mon attention. Il m'obnubile de façon indécente. Depuis toujours, mais davantage depuis que nous nous sommes enfin unis dans le lagon. Parce que je sais que mon être entier vibre pour lui. Il est celui qui l'anime. Celui qui le tranquillise. Celui qui le fait rêver. Peu importent les complots et les désillusions. Je suis prête à accepter qu'il me déçoive ou me trahisse pour profiter de chaque instant avec lui. Où nous nous retrouvons et où nos sentiments prennent le dessus sur la raison. Tant pis s'il se sert de moi ou me tue après sa quête, je sais qu'il m'aime. Il ne peut pas me le cacher. Je le ressens au plus profond de mon cœur. Et pour ça, oui, pour ces vérités que je suis persuadée de comprendre, je m'abandonne à lui.

— Fais-moi l'amour, Estæbann. Aime-moi, aime mon corps comme si c'était la dernière fois qu'on se voyait.

La dernière fois avant que tu m'arraches ce foutu cœur maudit.

Il ne masque pas sa stupeur. Elle le paralyse dans un silence qui ne lui est pas habituel. Je devrais peut-être lui expliquer la direction de mes pensées, pourquoi hier je l'ai fui et pourquoi aujourd'hui je reviens vers lui. Mais je n'en sais rien. Je ne sais pas pourquoi, en réalité, je lui suis toujours vouée. Pourquoi je lui suis si soumise ou pourquoi je le choisis lui plutôt que le respect que toute personne mérite quand il est question d'amour. Mon esprit peut bien se fatiguer à s'offusquer, mon cœur flanche sans cesse. Il n'a qu'un seul mot d'ordre, et il ne s'agit là que d'un prénom : Estæbann.

Je m'approche. Estæbann ne bouge pas, mais son torse se pétrifie quand je grimpe sur ses cuisses. Mes doigts caressent les muscles de ses bras, posés sur le rebord du bac, pour redécouvrir les os de ses épaules, la courbe de sa nuque. J'attends un signe de sa part, le moindre détail qui m'encouragerait à poursuivre mes charmes. Il ne se passe rien durant un instant, court ou interminable, je ne sais plus très bien, mais quand ses paumes enveloppent mes hanches pour me presser contre son érection, je sais. Un gémissement dépasse la barrière de mes lèvres et je coulisse sur lui dans des va-et-vient lascifs. J'ai besoin de lui et de son contact. Je veux qu'il s'immisce en moi jusqu'à me combler pour toujours.

Rassasie-moi de toi, même si c'est impossible, ai-je envie de le supplier. Je n'en aurai jamais assez. Il me drogue. Par un simple regard intense, par un simple effleurement tendre... Le toucher est le déclenchement de l'addiction, de l'overdose.

Ses doigts s'infiltrent en premier, les miens longent sa verge entre mes cuisses, l'obligeant à pointer dans ma direction. Un râlement rauque fait gronder son torse. Il vibre sous mon buste. Je me frotte contre lui, le cœur en perdition. La langue d'Estæbann lèche mes seins, prenant possession de ma poitrine jusqu'à mordre et sucer mes tétons. Puis il me soulève de l'eau et m'allonge sur le lit, trempant les couvertures. Il s'insinue entre mes jambes, tirant sur ma taille pour coller mes fesses à ses cuisses. Ses mains agrippent mes flancs, et en quelques mouvements hasardeux, fébriles, je glisse son corps dans le mien. Sa bouche étouffe nos gémissements quand elle heurte la mienne.

Mes veines se réchauffent. Mon cœur explose dans ma cage thoracique. Mes côtes tremblent sous les coups assaillants. La ferveur du pardon m'emporte dans une fureur démente. Je veux qu'il comble le moindre espace. Je veux m'abreuver de lui. Mes cris résonnent contre ses lèvres, puis dans son cou. Mes dents s'enfoncent dans sa peau alors que ses hanches s'enracinent davantage entre mes cuisses. Elles dansent contre mon corps, suivant le tempo des miennes.

C'est sauvage et doux à la fois. C'est primal et sentimental. Son cœur frappe mes seins alors que ses lèvres sillonnent ma nuque. Son pouce affermit sa présence au-dessus de notre union et, trop vite, mes jambes commencent à trembler, mon corps entier vibre. J'en veux plus, encore, mais je n'arrive pas à me défaire de mes propres sensations. Je veux les vivre, les ressentir, au risque de les perdre pour toujours. C'est là, quelque part dans mon âme, ce sentiment d'urgence.

La tension explose dans mon corps comme une multitude de vibrations dans chacun de mes membres. Pantelante, je m'écarte un court instant pour m'étendre sur le ventre, le visage enfoui dans les coussins, et lui offrir son apothéose. Il retrouve mes chairs humides, chaudes, et son gémissement, tout contre le creux de mon oreille, me pousse à frémir.

Après avoir joui, Estæbann ne s'attarde pas, s'efforçant de garder ses esprits pour tomber à même le sol, loin de moi, de ma peau et de mon contact meurtrier. Il frissonne. Sa transpiration abondante est le signe de son plaisir comblé, mais aussi des efforts qu'il a fournis pour lutter contre le venin de mon âme. J'enfile précipitamment mes gants pour l'aider à se redresser et à s'appuyer contre un mur.

— Je suis désolée, murmuré-je. Je…

— C'est tout ce dont je rêve chaque jour, déclare-t-il enfin, la voix éraillée par l'émotion et la convoitise encore vibrante. Ne t'excuse pas. Même si je dois en mourir, je l'accepterai.

J'attends qu'il reprenne son souffle et lui sers d'appui pour le hisser sur ses pieds. Nous nous rinçons, nous aidant à nettoyer nos peaux avec l'éponge du bain sans plus nous toucher. Puis nous commençons à nous habiller quand un bruit tonitruant résonne à l'entrée de la ferme.

Vêtue de ma robe, je cours la première à travers la maison, sous les protestations d'Estæbann. Pieds nus, je débarque dans le salon pour y trouver Vaheem et Harlint, opposés au prince Cassiānn et à ses gardes. Cette vision me coupe le souffle. Le jeune écumeur tente d'arrêter la milice royale. De son côté, le paysan bredouille qu'il a abandonné son dîner, sa famille et ses amis pour galoper chez lui à la vue du cortège sur le sentier. Harlint est essoufflé, Vaheem à moitié nu. Il dégouline encore de savon et d'eau. Son bain a été interrompu.

— Elle est là, mon prince, entends-je quelque part sur ma gauche.

Mon regard fouille l'assemblée jusqu'à plonger dans celui de Cassiānn. Je tressaille de la tête aux pieds. Parce que je comprends tout de suite qu'il est là pour moi. Il *sait*. Mon cœur s'acharne dans mon thorax. Sur mon profil, je sens la brûlure de l'attention paniquée de Vaheem. Je suis face à… *mon frère* pour la seconde fois. Pourtant, aujourd'hui, aucun de nous ne semble ignorer ce qui nous lie.

— *Mademoiselle* Riham… souffle-t-il.

Sa voix est presque imperceptible. Peut-être même que personne ne peut la percevoir. Mais je ressens l'écho de mon prénom dans mon corps. Il m'appelle. Mon *frère* m'appelle. La douleur a investi ses traits. Et autre chose… de léger, mais d'encore infime, comme du soulagement. Un soulagement que je ne partage pas.

Je recule d'un pas alors qu'un « Riham » éraillé résonne dans mon dos. L'effroi me submerge les poumons. J'ai tout juste le temps de poser une nouvelle fois un talon derrière l'autre que mes épaules heurtent un torse. Les bras d'Estæbann se referment autour de moi, sa voix paraît sur le point de s'élever, dans un murmure inquiet, mais elle s'étrangle dans sa gorge. Il doit l'avoir vu. L'homme qui se dresse devant nous. Aux cheveux blonds, solaires, et aux yeux d'un bleu si clair… perfide. Le type qui a commandité chacune de ses agressions pendant des années. Il les découvre tous présents, les monstres qui ont abattu leurs poings sur son corps. Ses doigts se crispent sur ma peau dénudée. Il porte ses gants, mais cela ne suffit pas pour réchauffer ma peau. Au contraire, mon corps se recouvre de chair de poule. Un frisson glacial m'envahit l'âme.

— Estæbann… couiné-je.

Les pupilles du prince héritier éclatent. Leur obscurité s'intensifie, avalant toute la luminosité de la pièce. Je peux presque sentir chacun de nous trembler de frayeur. Y compris Harlint, alors que le spectacle lui scie les cordes vocales. Il ignore tout, mais la vérité lui explose au visage.

— Estæbann Van de Saez, claque la voix de l'un des chiens en armure, par ordre de la Couronne, vous êtes placé en état d'arrestation pour le meurtre du fiancé du prince Cassiānn et tentative d'évasion. Veuillez coopérer sans témoigner de résistance, auquel cas, nous serions autorisés à vous exécuter sur le champ.

Un hoquet de stupeur éclate dans le salon. Je me presse contre le torse d'Estæbann, ma main à la recherche de la sienne, mais déjà, des soldats nous encerclent et l'arrachent à ma prise. Une femme s'empare de moi.

— Mademoiselle, par ordre du prince Cassiānn, vous êtes priée de nous suivre.

Mes yeux sont braqués sur le visage d'Estæbann. Il ne tente même pas de se défendre. Harlint et Vaheem ont un élan de rébellion à sa place, mais ils sont rapidement dissuadés par l'armée de Cassiānn. Ce dernier ne détourne pas son visage du mien. Je ne lui accorde aucune importance, affligée par la vision d'Estæbann, agenouillé de force aux pieds de l'héritier.

Je peux presque l'entendre crier.

Je peux presque l'entendre pleurer.

Je peux presque le voir souffrir.

Quelques secondes plus tôt, mes mains parcouraient encore les stries de ses cicatrices. Mes lèvres en embrassaient la plupart et je chérissais ce corps qu'ils ont détruit. Ce cœur qu'ils ont brisé. Cette âme qu'ils ont anéantie. Des larmes de rage inondent mon visage. Estæbann va revivre la même chose. Estæbann est de retour, six ans auparavant. Il encourt la peine de mort, mais il sera torturé, encore et encore, par la garde royale. Il croupira en prison, traité comme un chien ou même pire. Non, je ne peux pas le supporter.

Mes lèvres s'entrouvrent, mais une main ferme écrase ma bouche. Mon cœur tressaute. Cette main est couverte d'un gant épais. Ma peau ne peut rien contre celle de mon assaillant. Je tente de me dégager de sa prise, mais il me maintient contre lui et son bras me plaque contre son torse. Un torse… pourvu d'une poitrine féminine. Le corps derrière moi n'est pas plus grand que le mien, et aux visages stupéfaits de Vaheem et d'Estæbann, je comprends que l'identité de cette personne-là n'est pas anodine. La garde qui s'est adressé à moi se tient à l'écart, sur le côté. Cela ne peut pas être elle. Un instant, un bref et terrible instant, je pense à l'Oncle Matheiüs… mais Matheiüs est un homme. Et cette odeur âcre, iodée… ce souffle alcoolisé que je sens autour de mon visage, ce rire sec, perçant, qui résonne contre mes tempes, tout cela n'appartient qu'à l'une de mes récentes rencontres.

— J'vous l'avais dit, mon prince, v'là votre cadette. Tout c'temps cachée dans la veste d'votre enfoiré d'prisonnier. Morbleu ! Une vraie tigresse. Elle a tué l'un des nôtres. Oubliez pas c'que j'vous ai dit : la touchez pas et la laissez pas crier. Elle tuerait n'importe qui dans la pièce. Quoique, si cette enflure de Van de Saez est avec vous, elle aura pas l'courage d'le faire. Elle préfèrerait s'arracher l'cœur à main nue plutôt que d'le tuer.

La haine explose en moi.

— Leika… bredouille Vaheem en essayant de s'approcher, en vain.

L'écumeuse éclate de rire.

— J'te conseille d'pas r'croiser ma route, morveux. Si t'veux rester avec eux, c'est ton choix, mais t'es plus un des nôtres. T'monteras plus sur l'Reid.

Mes yeux terrorisés sont plantés dans ceux d'Estæbann. Ma poitrine est trop douloureuse. Il n'y a que lui. Son visage déformé par l'ahurissement et la culpabilité. Puis par la rage. Cette fois, il tente de se débattre et hurle :

— Ne la touche pas ! Qu'est-ce que tu veux lui faire ? Pourquoi tu t'en prends à elle ?

Sa véhémence surprend le prince qui le foudroie du regard. Il ordonne à l'un de ses hommes de le faire taire, mais c'est à mon tour de protester. Le poing qu'Estæbann reçoit sur son arcade décuple ma folie, et la douleur que les mots de Leika provoquent en moi me fait perdre la raison.

— C'était toi. C'est toi qu'as tué mon capitaine. Mon vrai capitaine. C'lui qu'avait des couilles. L'vrai Loasodhsan. Pas cette niaise d'Sova Arsen, qu'a jamais rien compris à c'qu'on est et c'qu'on doit faire. Saven Arsen aurait eu honte d'elle.

Elle crache et sa salive se projette sur le visage d'Estæbann.

— T'as tué Lorden comme un chien. J'le sais, vaurien. Tout l'monde l'sait. Même Sova l'savait.

L'expression d'Estæbann se fait ahurie.

— Elle pouvait pas tuer son propre fils, mais elle voulait qu'elqu'un le fasse à sa place. Elle t'a accueilli comme un héros quand la pute de Lorden t'a ramené sur le Reid.

Mes oreilles bourdonnent à la mention d'Aria. *Anamaria.* À cette insulte. Et à l'éloge de ce monstre qu'était Lorden Arsen. *Tué par Estæbann...* Je tente de me libérer de la prise de Leika pour lui flanquer mes phalanges dans la figure. Toute ma rage afflue et l'Attraction frémit.

Je veux la tuer.

Je vais la tuer.

Mais elle est plus forte que moi, et une lame, pointée sur ma gorge, me dissuade de bouger. Je ne peux pas mourir. Pas avant d'être persuadée qu'Estæbann ait fui loin de Cassiānn et de toutes ses abominations.

— Plus besoin d'mentir, enflure. Tu vas m'le payer. Tout comme c'te pétasse va m'payer d'avoir buté Markan. Oh, oui, *mademoiselle* Riham, tu vas m'le payer si fort que j'vais t'arracher tout c'que t'aimes. À commencer par ton cher Estæbann…

Mon cri rebondit contre la paume de Leika et se déploie

entre ses doigts. Les vibrations de ma voix la font chanceler, m'emportant avec elle. Elle ne tombe pas, mais je la sens s'affaiblir. Mes coudes s'enfoncent dans ses côtes et je crie de plus belle. Jusqu'à ce qu'elle jure et que sa prise sur mon visage se détache. La lame de son couteau s'enfonce dans ma gorge. J'entends la protestation de Cassiānn à la vue de mon sang, mais je l'ignore. Leika s'effondre contre un mur.

— Manque de chance pour toi, *pétasse*, vociféré-je en faisant vaciller chaque individu présent dans cette pièce et en plantant mes yeux aliénés dans les siens, je suis la Mort en personne, et rien ni personne n'a encore réussi à déjouer la mort. Si ton *cher* Lorden Arsen a succombé entre les mains d'un vaurien, comment crois-tu qu'une moins que rien dans ton genre pourra s'en sortir ?

La stupeur se peint sur ses traits et je lui crache à la figure. Comme elle l'a fait avec Estæbann. La rage bouillonne dans mon cœur, et elle emporte tout mon être dans une folie ravageuse. Contrôlant mes poumons, je m'exclame d'un ton sombre :

— Si vous frappez encore une fois Estæbann, je vous tue.

Mes yeux sont braqués sur les gardes.

— Et si vous en donnez une nouvelle fois l'ordre, je vous tue vous aussi, craché-je à Cassiānn.

La femme armée à ma gauche grogne et s'approche, bien décidée à me faire taire, mais j'ôte mon gant et tends la main vers elle. Elle n'hésite pas, continue d'avancer, épée à la main. Ce n'est que lorsque le prince lui-même lui en intime l'ordre qu'elle s'arrête.

— Tu me tuerais ? relève le prince en effectuant un pas dans ma direction.

Ses yeux bleus me sondent et je rêve de les lui crever. Sa suffisance me répugne.

— Vous ne me faites pas peur.

— Tu sais qui je suis ? Ce que *nous* sommes ?

— Je n'en ai rien à cirer, affirmé-je.

— Tu me menaces de ton plein gré ? me défie-t-il.

Mon regard se pose sur le visage ensanglanté d'Estæbann. Il me fait signe de me taire, mais je n'en suis pas disposée. Que Greitshenn s'en morde la langue. Je me fiche de ses leçons et de la bienséance. Surtout quand il est question d'Estæbann.

— Ce que j'ai dit n'était pas assez clair ? riposté-je en affrontant la fermeté du visage de Cassiānn.

— Qu'ont-ils fait à ma petite sœur ?

Sa moue sincèrement chagrinée me pince le cœur, mais je suis loin de me laisser attendrir.

— Elle n'a jamais existé, lui certifié-je.

— Ça, ce n'est pas à toi d'en juger.

Il recule et beugle à ses hommes :

— Emmenez-les tous les deux ! Attachez le prisonnier avec des fers, aux poignets, aux chevilles et liez-les lui à la nuque, peste-t-il. Ne lui laissez aucune chance de s'enfuir. À partir d'aujourd'hui, et jusqu'à ce que ma propre lame ne le frappe, ce sera son châtiment. Quant à elle, bâillonnez-la.

Je fais un geste pour lui sauter à la gorge, mais il ne cille même pas alors que ses gardes me retiennent pour m'attacher.

— Emportez l'écumeuse avec le prisonnier ! scande encore Cassiānn. Le retour de l'enfant disparu et toutes les arrestations de ces dernières heures raviront le peuple.

Des protestations étouffées me parviennent. Aussitôt, je comprends que Leika s'est elle-même jetée dans la gueule du loup.

— Elle sera exécutée ce soir, avec Loasodhsan. Je ne prendrai pas le risque que des écumeurs viennent les libérer.

Elle ou le scélérat. Un autre se fera sans doute le plaisir de reprendre le commandement du Reidhrivein. Jusqu'à ce qu'il meure à son tour.

Il approche son visage du mien, scrute chacune de mes taches de son, chaque trait de mon visage, et même sans le connaître, à travers la sévérité de son masque princier, je repère sa culpabilité et sa tristesse d'avoir perdu une part de lui, autant que son bonheur de l'avoir retrouvée. Je ne le laisse pourtant pas m'atteindre. Pas quand la silhouette d'Estæbann se dresse dans mon champ de vision, salement traitée par les soldats portant la fleur noire en guise de symbole. J'ai envie de répandre ma haine sur chacun d'entre eux, de leur faire payer la souffrance qu'ils lui ont infligée et qu'ils nous infligent aujourd'hui.

— Regarde-le, me conseille abjectement Cassiănn.

Cet homme est supposé être mon frère…

— Regarde-le autant que tu le peux, *petite sœur…*

Je vais vomir.

Je vais le tuer.

— … parce que c'est la dernière fois que tu le verras vivant.

Je hurle, mais le bâton qu'on m'a forcée à serrer entre mes dents et les foulards qui recouvrent ma bouche étouffent trop bien ma voix.

— Riham, gémit Vaheem juste avant qu'un garde le frappe pour l'immobiliser.

Mes yeux sont ensevelis sous l'incendie de mes larmes noires, infectées, destructrices. Je distingue à peine Estæbann à travers le flou de mes sens ou son ombre flanquée des coups aux gardes qui le retiennent, l'entravent. Il se libère de leur prise, se précipite dans ma direction, saisit mon visage entre ses mains et souffle :

— Je reviendrai, beauté mortelle. Je reviens toujours.

Ses lèvres m'effleurent par-dessus le tissu du bandeau. Puis le bruit tonitruant d'un coup de feu déflagre dans la ferme.

Veuillez coopérer sans témoigner de résistance, auquel cas, nous serions autorisés à vous exécuter sur le champ.

Cet avertissement résonne en même temps que l'assaut de l'arme.

Je sais.

Je n'ai même pas le temps de penser à crier que mon cœur me lâche. Mes genoux flanchent, mon âme vacille et ma conscience sombre dans le néant.

Quelqu'un vient d'abattre Estæbann.

Sous mes yeux.

Mon corps s'affaisse sous le sien. Mon cœur déraille contre son torse. Sa bouche effleure le creux de mon cou et son souffle se répand sur ma peau.

— Estæbann…

Un gémissement, une plainte.

Je m'éteins.

C'est ma vie qui prend fin.

54
Estæbann

Riham, 19 ans

Ma tête et mon esprit sont enfermés dans du coton. La brume, elle, a traversé les parois de mon crâne pour investir les lieux. Elle a voilé mon regard, brouillé mon horizon, assombri mon monde. Je ne distingue rien. Je ne perçois rien. Je ne sais même plus si je vis ou si je meurs. Si j'ai vécu un jour et si je peux encore mourir. Je crois que je suis étendue sur le dos, blottie sur une épaisse couverture… mais la soie du tissu a beau toucher ma peau, je n'arrive pas à la sentir sur ma poitrine. Je la devine. Elle est là, contre moi, elle m'absorbe, m'enveloppe, m'étouffe. Et la réalité, elle, inonde jusqu'à mes poumons. Elle déferle en moi, me noyant dans mon propre corps et me condamnant à la solitude de la douleur.

Une douleur… ce genre de douleur qui… cette douleur que…

Je crois que mon cœur s'est arrêté de battre.

Estæbann est mort. Je suis seule. Mon roi est mort. Ils l'ont tué.

Mes larmes continuent de ravager mes joues, et je regrette de ne pas pouvoir en être victime. Pourquoi le poison de mon âme ne s'en prend-il pas à mon corps ? À ma chair ? À mon cœur ? J'aimerais qu'il me déchire, me consume et me réduise en cendres. Mon dessein n'a aucune importance. Qu'est-ce que je peux faire pour un peuple que je méprise ? Pour un royaume qui m'a arraché celle que j'ai toujours cru être ma mère ? Pour une contrée qui a exécuté l'homme que j'aime, la seule et unique personne qui a jamais compté ? Comment être une reine sans Estæbann ? Il a toujours été la moitié de moi qui me maintient debout, qui préserve mon espoir et ma foi. Sans lui, ma rage dépasserait les frontières. Sans le roi que mon cœur pourri par la mort, mais glorifié par l'amour, a désigné. Chaque royaume et chaque existence, de la plus infime à la plus importante, succomberaient à ma haine. Sans Estæbann, ma rancœur et mon dégoût détruiraient Zatlovia, et l'Histoire ne connaîtrait jamais sa fin, mais quelque part dans les ruines de la vie, il serait inscrit que la Daliakys de la Damnation achèverait de réduire en cendres tout ce que la Genèse a créé.

Estœbann est l'unique rempart entre l'avidité cruelle de ma nature et les âmes qui habitent ce monde.

— Estæbann…

Ma voix, étouffée par mes propres sanglots, m'horripile. Je ne peux pas supporter une existence où *il* n'existe pas. Six ans de séparation, six ans d'incompréhension, six ans de questionnements et de perdition… mais ce n'était rien comparé à ça. Au moins, mon cœur savait. Il sentait qu'Estæbann était en vie, quelque part. Et même enfermée entre les murs de ma tour, j'avais foi. Non, je n'ai jamais perdu espoir. Il était là, en vie, sur ces terres, et il reviendrait. J'en étais convaincue.

Parce qu'il me l'avait promis, que nos cœurs se sont toujours appartenus et que le mien était partout avec lui.

Un coup.
Du sang.
La douleur.

La déflagration.

L'écho...

Un « je reviendrai, ma beauté mortelle » égaré dans l'air...

Le néant.

Non, il ne reviendra pas. Estæbann n'est plus là. Je ne veux pas accepter un monde où le seul être qui me faisait me sentir humaine a été exécuté comme un monstre. Il était le mirage auquel je voulais croire. Assez puissant pour me faire penser que je pouvais être comme lui, comme eux, les mortels. Que mon cœur avait quelque chose de pur en lui.

Maintenant, je sais que je n'ai rien d'humain. Je n'en ai plus la moindre parcelle ou n'en ai jamais eu.

Je ne sais pas comment j'y parviens, mais mes pas me portent à travers la pièce, une chambre trop large, trop grande, trop dorée, et je m'écroule devant une coiffeuse. La brume voile toujours ma vue, mais j'aperçois mon reflet dans le miroir.

Piteux reflet. Pitoyable miroir.

Les sillons noirs de mes larmes ont séché sur ma peau. Et malgré le teint sombre de ma carnation, je vois l'obscurité de cette humidité mortelle étinceler.

Je suis seule. Ici, dehors et partout ailleurs.

Ils m'ont arraché Estæbann. Cassiānn l'a tué.

Un cri déchire mes poumons alors que mon poing brise la glace. Ma voix fait trembler les murs. Un déferlement de semelles sur le parquet lustré, royal, résonne. Ils sont là, tout près, dans le couloir. Je crie, je hurle, et mon sang s'écoule sur ma peau. Noir. Rouge. Sombre. *Ils arrivent.* Mes mains, mes doigts, changent de couleur. *Ils viennent pour moi.* Je me suis blessée… ou peut-être que c'est mon cœur qui pleure. Peut-être que la douleur était si forte qu'elle a déchiré ma peau pour soulager mon corps… Un fracas.

Des silhouettes encapuchonnées surgissent dans mon dos, apparaissent autour de mon reflet. J'ai tout juste le temps d'apercevoir les couches de protection sur leurs oreilles, que déjà, des mains gantées m'empoignent. Des bras couverts de cuir m'encerclent. Des torses se pressent contre mes muscles affolés. Je me débats, je hurle encore, j'étouffe sous des paumes qui écrasent mes lèvres. On me lie les poings, les chevilles, puis un morceau de bois se plante entre mes dents. J'essaie de le recracher, de m'en débarrasser. Mais du tissu épais recouvre ma mâchoire, durement attaché derrière ma nuque.

— Riham, claque la voix désagréable de Cassiānn.

Son visage s'impose dans mon champ de vision alors qu'il retire son armure contre mon pouvoir.

— Tais-toi, bon sang ! Et calme-toi. Tu as l'air d'une sauvageonne. C'est pitoyable. Tu vas être présentée à la reine Dianeilis et au roi Reinhan.

Si je pouvais lui arracher la langue pour la donner à bouffer aux chiens, je le ferais. Un rire cynique, étranglé par mon bâillon, gronde dans ma gorge.

Pauvre con, ai-je envie de lui cracher entre les deux yeux.

La horde de soldats s'installe et se divise dans les quatre coins de la chambre, assez spacieuse pour y voir se dérouler une grande cérémonie. Je ne compte pas moins de dix-sept gardes. Puis il y a Cassiānn, moi… et bientôt trois silhouettes supplémentaires. Reinhan de Zuria. Dianeilis de Zuria. Et… l'Oncle Matheiüs. Le conseiller royal. Le chef de la communauté de Sazira. D'une… *secte ?*

Ce déchet.

Matheiüs escorte le couple royal comme si le palais leur était inconnu… ou comme s'il me ramenait *lui-même* auprès d'eux. Qu'il leur avait annoncé la nouvelle de son plein gré. Comme s'il avait débarqué en courant et qu'il s'était égosillé : « l'enfant disparu est revenu. »

Je suis revenue. Ma haine, ma douleur, ma peine…

Je le hais. Je vais le tuer.

Acharnée, aliénée, attachée… je hurle. On me plaque contre un mur et un cri pétrifie la salle. Tous les regards se braquent sur Dianeilis de Zuria. Le bras droit tendu, la main tremblante, la gauche posée contre ses lèvres, elle paraît effrayée. Ses yeux, d'un bleu si clair, comme celui de son fils aîné, sont noyés de larmes. Ses longs cheveux blond foncé balayent ses hanches. Sa robe parme en soie et en dentelle la couvre des poignets à la pointe de ses ballerines.

Son visage est…

Il me terrorise. Il y a quelque chose d'impossible à décrire, d'impossible à toucher du doigt. Ça me frappe de plein fouet et je reste figée, pétrifiée. La vision de cette femme me sidère. Je l'ai déjà perçue, dans la nuit, depuis ma gondole, mais aujourd'hui, c'est différent. Je la discerne dans la lumière.

— Par Sazira, laisse-t-elle échapper.

— Dianeilis, tonne son époux.

Elle ne tressaille même pas.

— Retirez-lui ses bâillons et ses chaînes ! ordonne-t-elle.

— Mais Votre Majesté, intervient Matheiüs, cette fille est dangereuse.

— C'est *ma* fille ! crache-t-elle avec virulence. Cassiānn ! Détachez-la !

— Oui, Mère.

J'ai un mouvement de recul quand le prince héritier s'approche. Ses chiens resserrent leur prise pour me maintenir en laisse et contenir mes mouvements brusques, mais une fois libre, je crache sur le col de la veste impeccable de Cassiānn.

— Repose tes mains sur moi et ton cher royaume n'aura plus d'héritier.

— Pour la seconde fois, je te conseille de te taire, *petite sœur*, grince-t-il.

— Vous aussi, Cassiānn. Vous en avez déjà assez fait, vous ne croyez pas ? s'agace la reine.

Son aplomb, malgré ses larmes, me déconcerte… ou peut-être qu'il m'impressionne. Dianeilis de Zuria s'avance à son tour, et j'aimerais m'enfoncer dans le mur pour disparaître. Le corps musculeux d'une femme se tient derrière moi, oppressant, me dissuadant d'effectuer le moindre mouvement. Il ne me reste que les mots. Alors ils s'échappent d'eux-mêmes, revendiquent leur libre arbitre :

— Je ne suis pas la princesse disparue, craché-je.

Je me tourne vers Cassiānn.

— Toi…

Monstre, abomination, ordure…

— Je ne suis certainement pas ta sœur.

Puis je pivote en direction des deux têtes couronnées.

— Je ne suis pas votre fille.

— Alors, qui pourrais-tu être ? grogne Cassiānn, irrité. Qui *es*-tu ?

— Je…

— Est-ce qu'au moins ton prénom est bien celui avec lequel tu t'es présentée à moi ?

— Tu…

— Parle !

— Ferme-la ! explosé-je, le faisant vaciller.

L'armure de la soldate derrière moi cogne le mur. Je titube sous le poids qui s'abat sur mon dos et prends conscience de ce que je viens de faire. Là, sous les yeux de Matheiüs, des gardes et de la Couronne, je viens d'assommer quelqu'un. Sans avoir eu besoin de me déplacer. Sans même l'avoir touché. Je déglutis.

Vos émotions, Riham, me souffle encore la voix de Greitshenn. *Voyez comme elles vous contrôlent. Si vous leur laissez le contrôle, vous tuerez tout ce qui vous entoure, est-ce votre volonté ?*

Oui. Je me fiche bien de ce qui pourrait arriver à la Couronne et à ce peuple qui a renié ma lignée, ma mère, ma famille. Peu importe ce qu'ils essaieront de me faire croire, je ne suis pas *humaine*. Je ne suis pas la fille de Dianeilis et Reinhan de Zuria. Je ne suis pas la sœur du type qui a torturé l'homme que j'aime.

Impossible.

— Je suis Riham. Mademoiselle Riham, selon Loasodhsan. Riham de Zuria de mon véritable titre. Daliakys de la Damnation par ma nature. Fille de Sazira et enfant de la Tortúga, Déesse des Sept Mers, par mes gènes. Princesse et reine légitime de Zuria par mon sang, éructé-je d'une traite.

Je ne tremble pas, je ne cille pas.

Tes émotions, Riham, me souffle Zoeila.

Il te faut les contrôler, murmure Oneloz. *Greitshenn risque de te punir si tu n'y mets pas un peu du tien.*

Facile à dire quand on n'a pas un monstre en soi qui décuple tous nos sens et cet appétit vorace pour la mort et la destruction.

— Sazira… murmure Sa Majesté la reine, étrangement émue.

— Ne prononcez pas son nom, proteste son mari.

— Il vous dérange tant que ça ? le défié-je.

— Elle t'a arrachée à nous en nous faisant croire que tu étais morte.

— Je ne suis pas votre fille, rétorqué-je, haineuse.

— Tu…

— Reinhan ! claque la voix dure de la reine pour le contraindre au silence.

Elle rive ses yeux dans les miens.

— Tu es… la fille de Sazira ?

— En personne.

— J'avais raison, s'étouffe-t-elle.

Pardon ?

— Mère ? s'étrangle Cassiānn

Dianeilis ignore son fils pour m'approcher de quelques pas. Je recule, sur la défensive. Elle s'immobilise, les mains tendues devant elle en signe de reddition.

— J'ai cru à un mirage… Mais c'était toi. C'était toi sur le fleuve, n'est-ce pas ? Tu étais avec un homme, relate-t-elle.

Sa référence à Estæbann me torture le ventre et ma haine explose dans ma poitrine.

— Quand je t'ai vue sur cette gondole, dans la nuit, j'ai d'abord pensé à un rêve, répète-t-elle, mais ma servante m'a affirmé qu'elle t'avait retrouvée au marché. Et maintenant… te voilà.

— Que se passe-t-il, Dianeilis ? s'impatiente son époux.

— Riham… fille de Sazira. Tu es la dernière des Daliakys. Tu es…

Un sanglot étouffé l'interrompt. Le sourire étincelant qui scinde son visage en deux me terrasse. *Je ne comprends pas.* Une vague froide submerge mon organisme et mon corps entier succombe à un long frisson.

— J'ai toujours cru qu'elle ne pouvait pas être coupable. Tu es là. Tu es revenue là où est ta place. Ma fille…

— Je ne suis pas…

Ma voix s'éraille.

— Je ne suis pas votre fille !

Toutes les personnes présentes dans la pièce chancellent. La dizaine de gardes royaux brandissent leurs épées. La main appuyée contre sa tempe, grimaçante, la reine lève un bras pour leur ordonner de ne pas bouger.

— Non, en effet, tu n'es pas ma fille, capitule-t-elle.

Un effroyable coup de massue me tombe sur le crâne.

— Tu es la fille de Sazira. Mais tu es… Elle était ma meilleure amie. Ma plus proche et fidèle amie. J'ai toujours eu foi en elle. Même quand elle m'a arraché mon bébé en prétendant qu'il était mort-né. En prétendant que ni elle ni son meiridon n'avait réussi à nous sauver tous les deux.

Ni elle ni son meiridon.

Ma bouche s'entrouvre de stupeur.

— Votre Majesté, tente d'intervenir Matheiüs.

— Restez à votre place, Conseiller, le rabroue le roi.

— Mais elle…

— Assez, l'interrompt Cassiān.

Il a le regard fou, perdu. La colère et l'incompréhension ont déformé ses traits. Il observe sa mère – *ma génitrice ? non, je n'y comprends rien, c'est impossible* – avec une attention marquée, particulière, comme s'il essayait de deviner tous les secrets du monde avant qu'elle ne les lui expose.

— J'ai essayé de croire, de toutes mes forces, qu'elle avait fait tout ça pour une bonne raison, reprend Dianeilis de Zuria.

— Ma reine, proteste encore l'Oncle Matheiüs.

— Par tous les Dieux de la Genèse, faites-le taire, gronde Reinhan.

Deux gardes se précipitent sur Matheiüs pour le bâillonner et le contraindre à s'asseoir sur un fauteuil de la chambre. Dianeilis adresse un œil noir à son premier conseiller, soupire, puis se tourne de nouveau vers moi.

— J'ai essayé, répète-t-elle, mais quand nous l'avons retrouvée, Sazira était incapable de prononcer le moindre mot. Si tu es là, c'est pour m'apporter des réponses. Je le sais, je le sens. Tu vas pouvoir tout m'expliquer. Tu vas pouvoir lever le voile sur vingt-deux années de souffrance et d'incompréhension.

La reine, Dianeilis de Zuria en personne, s'agenouille devant moi. Ses mains se sont agrippées aux miennes, gantées, et ses larmes sillonnent ses joues. Elles les noient, les baignent, les surplombent. Alors qu'un sourire tremblant brise leurs torrents.

— Je t'en supplie, Riham, aide-moi à comprendre. Dis-moi que la femme que j'ai aimée ne m'a pas trahie sans raison.

Vingt-deux ans.

Des yeux de meiridon.

Je titube, accablée. Mon visage perd tout son sang. Je me sens devenir livide. Malade. Abrutie par le poids insoutenable de la vérité. Mon regard affolé trouve celui, haineux, de l'Oncle Matheiüs.

Du conseiller royal. Du chef de notre communauté. D'une secte.

« Ma plus proche et fidèle amie. »

« J'ai toujours eu foi en elle. »

« La femme que j'ai aimée. »

Les mêmes mots se répètent dans mon crâne. Inlassablement.

Vingt-deux ans.
Des yeux de meiridon.

Mon attention dérive sur les visages du roi et du prince. Une mâchoire anguleuse, une autre ciselée. Un grain de beauté sur la pommette de Sa Majesté. Un nez droit et fin, pointu, pour l'héritier. Les mêmes yeux en amande…

À mon tour, je m'écroule. Je tombe à genoux dans les bras de la reine. Des bras dont l'étreinte est porteuse de promesses. De protection et de sécurité. D'amour et de passion.

Vingt-deux ans.
Des yeux de meiridon.

Comment ai-je fait pour ne pas m'en rendre compte ? Pour ne pas comprendre dès le premier jour ?

Des.
Yeux.
De.
Meiridon.

Je chuchote, effarée, des mots que je n'entends pas moi-même, mais un seul, un nom, résonne dans l'intonation caverneuse de l'épouvante :

— Estæbann…

Un tremblement.

Je ne sais pas si c'est dans mon corps ou dans la terre, mais de mon cœur jusqu'à mon âme, je vacille. *Zuria*, notre Déesse, la divinité endormie, *vacille*.

Une déchirure se forme au centre de ma poitrine, et elle libère un cri.

Un cri de rage, un cri de haine.

Un cri sourd, muet.

Le pire de tous.

Celui qui est inoffensif pour la Vie, mais annonce la Guerre. Les batailles acharnées. Jusqu'à l'extinction de l'espèce humaine, animale. De tout ce qui n'est pas directement issu du sang des Dieux.

Je repousse la reine, me délivre rageusement de ses bras et me plante devant son fils. Le prince héritier.

Je te déteste plus que le diable en personne. Plus qu'Oncle Matheiüs.

J'ignore les gardes. J'ignore les armes. Mon poing se ferme et se serre sur le col royal de Cassiānn. Sur la pointe des pieds, je me hisse à hauteur de son visage. Il reste stoïque, mais je lis la panique dans ses yeux bleus.

C'est ceux qu'Estæbann aurait eus s'il n'avait pas eu

besoin d'un meiridon pour naître.

La fureur déferle dans mes veines et je crache à l'expression placide du prince :

— Tu l'as tué, ordure. Tu as tué ton frère.

55

Le sort funeste des destins chancis

Estæbann, 22 ans

J'ai mal…

Qu'est-ce que…

Il fait sombre. Trop sombre. J'ai chaud. Ou peut-être que je suis gelé. Je n'arrive pas bien à savoir.

Qu'est-ce qui s'est…

Un cri s'étrangle dans ma gorge.

Bordel.

J'ai mal. Mon corps entier hurle de douleur. Je peux entendre la fissure affreuse de mes muscles et le craquement sinistre de mes os.

Qu'est-ce qui s'est passé ?

J'essaie de me redresser, mais je ne sais même pas si je bouge. Si je me réponds à moi-même. À mes propres ordres.

Par Sazira…

Et pourquoi l'obscurité est si… noire ? Oppressante ? Quelque chose ne va pas. Je ne comprends pas. J'ai mal, la peur m'afflige et le supplice me paralyse.

Est-ce que je dors ? Est-ce que c'est un cauchemar ? Est-ce que je…

Le rêve, la réalité, je crois que j'en ai perdu les notions.

J'aimerais… je voudrais…

Où je suis ?

Qu'est-ce que je fais ?

Où est Riham ?

— Riham…

Riham.

RIHAM !

Je ne dors pas. Je ne rêve pas. Riham n'est pas là. Elle n'est pas avec moi.

Le froid s'insinue dans mes veines pour glacer mon sang et assujettir mon cœur. Même après toutes ces années. *La prison. Cassiãnn. Les gardes. La mort…* Malgré tout ce que j'ai enduré ici, je n'ai jamais été aussi acculé par la fatigue. Mon corps ne répond presque plus et la souffrance dans ma jambe me paraît irréelle. Tellement que je la discerne à peine.

Cette cellule…

Je suis étendu sur le sol de la geôle que j'ai quittée deux ans plus tôt. Jamais je ne pourrai oublier l'antre des enfers.

Même point de vue. Mêmes taches de sang impossibles à faire disparaître.

Tout est trop calme, mais je sais où je suis. C'est l'évidence. Mes oreilles sont sourdes, mais rien n'est tranquille. Il y a les rugissements des prisonniers autour de moi. Le tintamarre des bottes des gardes sur le pavé. Le fracas des lames sur les barreaux et des ceintures en fer sur les peaux. Leur chœur vibre entre mes côtes, jusqu'à menacer de les briser… aussi facilement que ça.

Aujourd'hui, c'est jour de fête…

Je m'évertue à recouvrir mes sens, alarmé… mais je devine. Je l'ai trop vu. J'y ai trop assisté. Alors que j'aurais dû en être moi aussi, faire partie du spectacle. Ma tête aurait dû se retrouver dans ce foutu panier… Là, derrière ces barreaux et l'obscurité persistante, un détenu est sur le point de se faire trancher la nuque.

Ouvre les yeux ! m'encouragé-je. *Tu peux le faire, bordel !*

J'ai mal, mais je le vois. Il est là, agenouillé sur la potence, au centre de la cour, à l'endroit même où j'ai vu tant de fois le prince Cassiānn s'asseoir, admirant la tour infernale de la prison jusqu'à son sommet. Tous les condamnés, s'ils sont conscients, observent l'exécution. Une étrange sensation me saisit le ventre…

— E-es… tæ… ba-ann…

Mon regard ne dévie pas de cette chevelure épaisse, longue… blanche. Mes cils frémissent. Je ferme les yeux, épuisé. Les rouvre. Ma vue floue refuse de m'aider. Pourtant, je la distingue toujours… cette tignasse claire, éclatante au fond de ce puits de souffrance. C'est elle.

— Leika… soufflé-je.

Alors, Cassiānn n'avait pas menti. J'essaie de garder les yeux ouverts, mais des larmes ruissellent déjà sur mes joues tant l'effort me coûte. Impossible de me traîner sur le sol, impossible d'approcher. J'épie de loin, affalé dans la merde, la boue et la crasse.

Bon nombre de condamnés, hommes ou femmes, jeunes ou adultes, sont morts de cette façon. Devant moi. Et je me suis toujours détourné. Je n'ai jamais pu supporter cette vision. Je n'ai jamais compris comment on pouvait se lever un matin et décider que couper des têtes chaque jour serait sa vocation. Tuer le fiancé du prince et le fils d'Arsen ne m'a pas doté d'une indifférence à toutes épreuves. Pourtant, *elle*, je la fixe. Et quand mes sens reviennent peu à peu, je comprends que son visage est incliné dans ma direction. Ses yeux sont déjà plantés dans les miens. Ma mâchoire se contracte, autant que mes poings. Mon corps retrouve sa sensibilité et je geins de douleur en sentant une morsure brûlante plus puissante que tout ce que j'ai déjà connu. Elle est fracassante. Tant et si bien que ma vue se couvre de nouveau d'un voile. Je lutte pour ne pas sombrer et observe ma jambe. Un trou béant s'est creusé dans mon pantalon, avec le sillon sanglant sur le côté de ma cuisse. Une balle, sans aucun doute. Elle ne m'a pas traversé, mais elle a arraché ma chair si profondément que c'en est horrifiant.

— Regarde-moi, vaurien, me crache Leika dans un hurlement misérable.

Je relève la tête vers son regard furieux.

— T'as p't'être réussi à tuer l'véritable héritier d'Loasodhsan et ceux qui croyaient en lui, mais l'Reidhrivein s'vengera. J'viendrai te hanter, 'spèce d'connard. T'mérites qu'la souffrance et la mort. Et t'verras ta p'tite sorcière crever les cuisses ouvertes, comme c'te pute de Dlhavia.

Elle crache un mollard sur la dalle contre laquelle sa joue est écrasée.

— L'oublie pas, Estæbann ! L'oublie jamais !

— Ferme-la, grogné-je, une seconde avant que le bourreau abatte sa lame.

Je sursaute au hurlement de l'écumeuse. Son cri percute ma poitrine avec une telle violence que mon crâne cogne la pierre dans mon dos. L'arme tente de l'achever, mais elle n'y parvient qu'à la troisième reprise. Le visage de Leika disparaît dans une giclée de sang, recueilli par ce putain de panier en paille. Mon ventre se crispe sous le supplice de cette vision d'horreur. La bile remonte mon œsophage avant de s'extraire de ma gorge et de repeindre le sol de ma cellule. Des rires s'élèvent des deux côtés. Des détenus m'épient à travers les barreaux qui nous séparent. Ils se foutent de ma gueule, mais je ne leur fais pas le plaisir de répondre.

Leika a été exécutée. Et même si elle m'a vendu au prince pour se venger de la mort de Lorden Arsen, même si elle a été l'une des écumeurs les plus barbares du Reidhrivein, même si elle a approuvé les agissements ignobles de ses pairs et vénéré le pire d'entre eux, je ne peux réprimer la minuscule pointe de douleur qui transperce ma poitrine. Qu'elle ait fomenté son désir de me trahir dès le départ ou bien plus tard, elle m'a, un jour, considéré comme un ami. Elle m'a accueilli sur le navire, la nuit de mon évasion, comme chaque autre membre de l'équipage. Savait-elle dès le départ que j'étais l'assassin de Lorden ? Le savait-elle quelques mois plus tôt à peine ? Est-ce que me séduire faisait partie de son plan ? Espérait-elle me faire tomber dans ses filets pour m'infliger une torture assez puissante selon elle ? Mon refus l'aurait-il poussé dans ses retranchements ?

Je l'ignore. Sans doute que je ne connaîtrai jamais la réponse. Je lui suis reconnaissant pour les rires et mon intégration au sein de son cercle, des écumeurs, mais désormais, ça s'arrête là. Avec sa tête séparée de son corps. Avec *sa* mort. Malgré les présents de Loasodhsan, je sais que le Reidhrivein a disparu du port de Zuria depuis des heures. L'équipage décidera d'un nouveau capitaine et prendra le large.

— E-es… tæ… ba-ann…

Le même gémissement me transperce le bide pour terrasser mes tripes. La familiarité de cette intonation me noue la gorge.

— Es… bann…

Je frissonne.

— Je…

Dans une plainte sourde, je m'aide du mur pour me redresser et me retourner. Mon regard tombe aussitôt dans deux billes bleues et orangées. Profondes et… presque vides. Des nuances si sombres… si singulières.

— Es… tæ… bann… geint-il encore.

Ses boucles brunes, ses yeux, ses larmes, son visage pâle et le sang qui zèbre son corps, ses fringues, depuis ses nombreuses fractures. Je vois ses os, les crevasses acharnées de la violence, son crâne fendu. Sa chair palpite, jute, dégueule un liquide poisseux, épais, pourpre… Mon âme le reconnaît, pas mon esprit.

— Qu'est-ce que… m'étouffé-je.

Il est là, avachi entre les bras de Sova Arsen.

— Gamin…

— Je suis…

Je l'observe déglutir et ses traits se brisent un peu plus sur sa douleur.

— Désolé, Est.. bann.

— Qu'est-ce que tu… fais là ?

— I-ils m'a-avaient pro… mis…

— Qu'est-ce que tu fais là ? répété-je, sourd à ses balbutiements.

— I-ils a… avaient promis qu… serais libre. Y z'ont…

— Tu étais censé rester avec Vaheem…

— Je… je croyais que…

Les perles de son sang se mêlent à ses larmes. Elles colorent ses lèvres livides, tremblantes, et mes yeux s'égarent sur sa silhouette frêle, fragile… Il tremble. De froid, de peur, de peine… De mort.

— Nehōo… ?

— Je croyais que… j-je pourrais me… m'en s-sortir, m-mais je… j'ai tout perdu…

La haine, vorace, m'explose en pleine poitrine. Assez puissante pour soulever mon corps. Assez forte pour m'envoyer m'échouer près de lui.

Il est là, dans ma cellule. Je peux l'aider, le soutenir, le sauver. Je l'ai déjà fait.

Ma main s'écrase sur sa gorge, au-dessus de sa cicatrice hideuse. Celle que Zatlan lui a laissée dans les cuisines du Reidhrivein. *Je te maudis, Zatlan.* Mes doigts se pressent sur son cou. Je palpe sa peau, j'essuie son sang, ses pleurs, et empoigne sa tête.

— Nehōo, accroche-toi, bredouillé-je.

— Je suis…

— Tais-toi, garde tes forces ! le sommé-je.

Je pose mon front contre le sien, son corps repose sur mes jambes molles, sur ma blessure chuintante. La morsure qui s'est emparée de mon cœur a monopolisé ma douleur.

— T'as juste besoin de me regarder, d'accord ? poursuis-je. Regarde-moi, Nehōo.

— C-c'est fi… ni, Estæb… ann. Je… je peux p'us…

— Nehōo ! m'énervé-je, au bord des larmes.

— C'est trop tard, gamin.

— Non… Nehōo, tu… Ouvre les yeux ! Nehōo !

— J-je… suis… dé…

— Nehōo…

Je sens son souffle mourir dans mon cou. Un cri me déchire les poumons alors que je le presse contre mon torse.

— Estæbann, soupire Sova Arsen.

— Loasodhsan… murmuré-je. Nehōo… ?

— Il est mort, gamin.

Je ferme les yeux, réfugiant mon visage contre les boucles brunes du jeune *prisonnier*. Ce n'était pas un écumeur. Ce n'était pas un traître. Il n'était pas un criminel. Et pourtant… ils l'ont traité comme tel. Ou même pire. Ma rage gonfle mes veines, mais j'étouffe un cri dans le creux de son épaule. Son épaule… complètement immobile. Inerte. Comme le reste de son corps.

— L'a tenu jusqu'à c'que tu te réveilles, m'explique Sova. Il tenait à s'excuser avant de…

Je peux l'entendre pleurer dans ces quelques mots qu'elle ne prononce pas.

— Il était déjà mort depuis longtemps.

— Qu'est-ce qu'il faisait là ? articulé-je péniblement. Pourquoi ? Il était censé être… Il devait être… à la ferme. Avec Vaheem. Il…

— Leika et le conseiller Matheiüs.

Je tressaille et me fige. Mes yeux se plantent dans ceux de Loasodhsan. Je n'ai pas besoin qu'elle m'explique pour comprendre.

— Ils lui ont promis quoi ?

— Sa liberté et celle de sa famille.

Je serre les poings sur les vêtements déchirés de Nehōo. Je suis presque certain que son sang a imprégné ma peau, ma chemise… et la nausée déferle en moi, mais je la refoule vaillamment.

— Matheiüs a retourné Leika contre toi. Je crois qu'il était là, quand le prince a débarqué à l'Œil de Sazira. C'est là qu'il lui aurait tout dit. Il lui aurait parlé de son plan, de toi, de Riham… J'ai pas tout compris, mais…

— Leika a toujours été fidèle à Lorden.

— Elle attendait ma mort et son retour sur le Reid, approuve Sova. Quand il est mort, elle a voulu se faire une raison, mais Markan et elle… ils étaient impossible à changer. Impossible à rallier. Ils faisaient juste semblant pour survivre.

Je dépose lentement la tête de Nehōo sur mes genoux.

— Tu savais tout ça et tu les as gardés sur le Reidhrivein ?

— Les écumeurs dans not' genre, c'est pas des saints, gamin. Tant qu'y a pas de mutinerie, c'est comme ça sur un bâtiment et faut l'accepter.

— Je les leur aurais donnés.

— Quoi ?

— Tes tribus de Loasodhsan, précisé-je. Je voulais les confier à Vaheem et Nehōo. Vaheem était destiné à être capitaine. Par son sang, comme toi. Il était légitime. Et Nehōo… aurait secondé Vaheem. Il aurait été la force et le courage dont Vaheem aurait eu besoin pour préserver ses valeurs tout en continuant à être ce qu'il est, ce pour quoi il est né.

Sova acquiesce. Ses tresses rousses sont à moitié défaites. Sa peau de porcelaine est craquelée. Du sang presque séché suinte entre ecchymoses et crevasses purulentes.

— L'a vendu ma tête, la tienne et le Reid pour sa liberté, reprend doucement Arsen. Mais une fois qu'on a accepté le marché d'un écumeur, on en devient un. La loi est formelle. Et la loi fait pas de concession.

Vaheem va me tuer. Si Cassiānn et ses chiens ne le font pas avant.

Ou peut-être qu'il se tuera lui-même.

Il avait beau être le plus jeune des deux, c'est lui qui veillait sur Nehōo comme une mère poule sur son œuf. De tous les châtiments, il a fallu qu'il soit victime du pire. Un martyr mort sous les coups de la justice. Assassiné par la Couronne. Si je le pouvais, j'abattrais moi-même la lame sur la nuque de ce putain de prince héritier.

Je frotte mon visage meurtri contre mes paumes, tachées du sang de Nehōo.

— C'est Aria, déclaré-je pour m'arracher à la noirceur de mes pensées. C'est elle qui t'a dit pour Lorden ?

Sova me sourit.

Par Sazira... ça n'a pas de sens.

— Non, mais j'ai compris. Je l'ai su dès que je t'ai vu. Dans ton regard. Dans mon cœur mort. Il pouvait me renier autant qu'il le voulait, Lorden était mon fils. Ma chair, mon sang. Je l'ai su avant que vous arriviez. Et quand je t'ai vu, c'était l'évidence.

— Que j'étais un meurtrier ?

— Que t'étais meilleur que mon fils et surtout que t'étais le fils que j'aurais voulu avoir.

Ma gorge s'assèche.

— Le frère de la p'tite Aria est venu me voir quelques jours avant l'évasion. Il m'a dit qu'y se tramait quelque chose, qu'il avait entendu parler de ma discorde avec mon fils et qu'il me ramènerait sa tête sur un plateau si je lui accordais la vie sauve à lui et sa sœur.

— Et tu as simplement accepté ?

— Parce qu'il m'a promis une âme en échange des leurs.

Mes épaules s'affaissent.

— La mienne, deviné-je.

— C'était le deal, me confirme Sova. Ta vie, celle de mon fils, et en échange, je lui promettais de les protéger, lui et Anamaria, de mes propres hommes.

— Tu as tenu parole ?

— Me semble qu'oui.

— Pourtant… tu m'as pas fait prisonnier du Reidhrivein.

— La faute à mon cœur trop naïf.

— Un cœur qui bat plus depuis longtemps.

— Pas parce qu'il bat plus, que j'ai oublié d'en avoir un.

Un rire triste, franc et enroué s'échappe de mes lèvres. Sova rit à son tour. Une grimace ombrage son visage et je remarque l'angle anormal de son bras gauche.

— Toi aussi, ils t'ont amochée.

— C'est rien. Le pire m'attend encore.

Je déglutis en tournant les yeux en direction de la potence.

— Le bourreau est en train de préparer mon salut.

— C'est avec cette lame que j'ai tué Lorden.

— Je sais, ricane-t-elle. Dans un sens, je trouve la situation comique.

Ah.

— M'enfin, y a bien qu'une lame qui peut m'occire, alors… pas le choix. Dis-moi… comment tu l'as dégotée la lame ? Et comment tu savais ?

— Lorden avait la langue bien pendue concernant ses… projets. Il avait demandé à Marlhann de droguer les gardes et de subtiliser la lame. Surtout, il devait pas oublier la lame divine.

— Il voulait me tuer avec.

— Ouais.

— Ça se tient.

Je soupire en collant ma tempe au mur.

— Marlhann m'a donné l'arme en m'aidant à sortir. Lorden était trop… fier, même s'il a pas tout de suite compris pourquoi Marlhann et Aria étaient seuls dans l'enceinte de la tour. Je crois qu'il a rien vu venir.

— Les acolytes de Lorden étaient en dehors de la prison ?

— Nan… Marlhann et Aria, ils… ils ont fait ça, seuls.

Sova acquiesce, l'air impressionné. Son sourire s'accentue.

— Tu sais, si je t'ai donné mon tricorne, mon épée et mon collier, c'était pas pour te retrouver ici avec moi.

Je lève les yeux au ciel.

— Dis-moi au moins *qu'elle*, elle va bien ? Que tout est pas foutu dans ce monde ?

Riham.

Je la vois sous mes paupières closes. Elle s'effondre contre moi alors que la balle me déchire la chair.

— C'est la princesse de Zuria, lui annoncé-je. Ils ne peuvent pas lui faire du mal.

— La princesse ?

Je hoche la tête.

— Impossible.

— Je t'assure que si.

Un grand éclat de rire fait trembler les barreaux de notre cellule.

— Qui t'a dit cette connerie, gamin ?

Je fronce les sourcils.

— Matheiüs ? comprend-elle. Par tous les Dieux des Océans ! Il t'a bien retourné l'cerveau ! Il t'a dit quoi ? Que la reine a été sauvée par une fleur rare, créée par Zuria en personne et offerte à la reine par Sazira ? N'importe quoi, gamin ! Une Daliakys n'a de mère qu'une autre Daliakys. En chair et en sang. Pas en pétales. La reine peut pas être sa génitrice. Pas plus que le roi peut être son géniteur, il détestait Sazira. L'aurait tuée de ses propres mains plutôt que de la posséder. Il se racontait que Sazira était la seule et l'unique favorite de Dianeilis de Zuria ! Son vrai amour.

— Qu…

Le claquement sévère du fer contre le fer me fait sursauter jusqu'au plafond. Deux gardes se tiennent devant ma porte. *Notre* porte. *Ma* cellule est devenue *la nôtre*. Le tombeau de Nehōo. La salle d'attente de notre mise à mort, pour Arsen et moi.

— Tout ira bien, fils.

Sova pince la bordure de son faux tricorne rouge entre son pouce et son index. Le coin droit de son sourire s'accentue, tremblant vers sa pommette. Elle incline la tête dans ma direction et se soulève sur ses jambes, que je découvre étonnamment faibles.

— Où tu vas ?

— Serrer la main de mon destin. Ou plutôt, lui faire ma dernière bise, ricane-t-elle.

La clé tourne dans la serrure et la voix bourrue de l'un des gardes m'agresse les tympans :

— C'est bien ! Au moins une qu'a compris qu'elle pouvait pas y échapper. À défaut d'être aussi puissante qu'on le dit, elle est plutôt perspicace la légendaire descendante de Loasodhsan.

Deux rires gras résonnent contre les barreaux.

— Je vous remercie du compliment, messieurs, les défie Sova Arsen.

— Remercie-nous pas trop vite, clocharde, on compte sur le bourreau pour s'y reprendre à plusieurs fois.

— Ça vous prouverait que je suis pas si facile à tuer.

Ses railleries m'arrachent mon souffle et ma voix. Mes yeux tombent sur les paupières closes, pâles, de Nehōo, puis sur cette silhouette frêle, qui s'éloigne.

— Sova…

Une masse percute ma tempe.

— Ferme-la, gougnafier !

Un morceau de roche grise, parsemé de mon propre sang, gît sur ma cuisse. Une main plaquée sur mon visage, trop abasourdi pour hurler, je fixe les cheveux roux, les épaules fières, le dos droit de cette femme que j'ai appris à connaître, à apprécier. Une femme à qui mon âme a été vendue. Une femme à qui j'ai arraché son unique fils. Une femme qui m'a offert son cœur de mère. Son cœur mort, mais capable d'aimer.

Elle m'aime.

Comme une mère.

Plus que Greitshenn ne l'a jamais fait.

Et je ne l'ai jamais vraiment compris…

J'ai préféré me méfier d'elle et entretenir la haine que j'éprouvais pour les écumeurs, tout en me servant de ce qu'elle avait à m'offrir.

— Sova ! m'exclamé-je, la peur sciant mes poumons.

Elle se retourne, son visage toujours souriant. L'une de ses paupières se ferme de façon presque imperceptible. Un clin d'œil. *Un putain de clin d'œil.*

— Tu finiras pas comm' moi, fiston, affirme-t-elle. Ça aussi, je le sens dans mes tripes.

Je n'ai pas le temps de protester que la grille se referme entre elle et moi. J'essaie de me propulser, mais le verrou claque durement et ma joue percute les barreaux crades. La semelle de l'un des gardes s'écrase sur la porte. Des gravillons s'enfoncent dans ma peau. Le tremblement de la paroi me fait basculer. Je m'écroule sur le dos en geignant. L'arrière de mon crâne s'enfonce dans le ventre lacéré de Nehōo. Le goût de la gerbe se propage dans ma bouche.

Riham m'a été enlevée.

Leika a été exécutée.

Nehōo a été assassiné.

Loasodhsan est sur le point d'être décapitée.

Et je suis condamné à tout observer… avant d'à mon tour être achevé.

Aujourd'hui vient la potence
Aujourd'hui, sonne l'audience

Mes yeux se ferment, mon front tombe sur les barreaux de ma geôle.

Le capitaine, la légende et leur sang
Ont bravé les mers des huit royaumes
Ont résisté à huit siècles de haine
Ont noyé les cœurs des hommes
Le capitaine, la légende et leur sang

La voix, étonnamment grave, de Sova Arsen résonne contre les murs de la tour. Elle s'infiltre dans chaque cellule de la prison, s'élève jusqu'au ciel, atteignant sa liberté ou la touchant presque.

Aujourd'hui vient la potence

Aujourd'hui, sonne l'audience

Certains hommes lui répondent. Certains prisonniers se joignent à elle.

Le capitaine, la légende et leur sang
Ont vengé leurs âmes maudites
Ont détruit les mondes qui les détestent
Le capitaine, la légende et leur sang
Maintenant, ils quittent le navire

Les murs tremblent. Les regards se voilent. Même les visages perfides des gardes blanchissent sous la mélodie qui s'est approprié les lieux.

Aujourd'hui vient la potence
Aujourd'hui, sonne l'audience

Un chœur se forme dans ce tunnel vertical vers les abysses. *Nos* enfers. Les échos se répercutent contre les dalles crasseuses, bondissant entre les couloirs, sous les talons des bottes, entre les poings des plus fervents. Et le chœur devient un cœur. Assourdissant, enivrant.

Levez les yeux, les gars
Levez les yeux et affrontez
La mort est à vos portes
Levez les yeux et affrontez

Je n'ai pas la force de m'unir à eux, mais mon regard plonge dans celui de Loasodhsan. Ses lèvres bougent, souriantes, fières. Elle se tient droite, prête à subir son châtiment, prête à emporter sa lignée légendaire dans sa chute. Ses tresses rousses se délient alors qu'on lui retire son tricorne. Des étincelles flottent dans l'air, comme des flammes en étendard.

Jamais le feu de son âme ne s'éteindra.

Aujourd'hui vient la potence
Aujourd'hui, sonne l'audience

Elle incline la tête dans ma direction. Un dernier salut.

Regardez le capitaine

On la force à s'agenouiller. Un dernier sourire.

Levez les yeux, les gars
Regardez la légende

Elle pose sa tête sur le socle en métal. Un dernier éclat dans ses yeux sournois.

Levez les yeux et affrontez
Regardez leur sang

On brandit la lame divine. Une dernière inspiration.

Regardez leur sang se propager à vos pieds

Sa tête tombe.
Et les voix des prisonniers reprennent une dernière fois :

Aujourd'hui vient la potence
Aujourd'hui, sonne l'audience
L'envol de l'Oiseau de Sang

56
La Mort pour l'Amour

Estæbann, 22 ans

Ils sont déjà de retour, plantés devant ma porte.

Leika, Nehōo, Sova…

Cette fois, je prie pour qu'on me tue moi aussi et qu'on en finisse.

— C'est ton jour de chance, merdeux, grogne l'un des deux gardes, la Couronne veut te voir.

— Ça va pas nous empêcher de célébrer nos retrouvailles, ricane l'autre.

Pour ponctuer son affirmation, ses phalanges heurtent ma pommette. Ma tempe percute le mur et les chandelles se confondent à ma vue. Mes yeux effleurent le visage inerte de Nehōo… et je comprends que c'est la dernière fois. Mes doigts tombent sur les siens, immobiles. J'ai beau tenter de m'y accrocher, ma main ne se referme que sur la crasse. On me traîne par les chevilles, plongeant l'arrière de mon crâne dans la merde. J'essaie de me débattre, de me redresser alors que mon dos souffre à chaque marche dévalée. Mes lèvres étouffent mes gémissements, mais tout mon être veut hurler.

Je t'en prie, Riham, cède-moi ton pouvoir.

Juste pour ce moment.

Juste pour aujourd'hui.

Après, je te le rends.

Mes jambes s'écroulent sur des dalles froides. Pas le temps de me demander si je suis arrivé à destination que leurs talons et leurs pointes rossent mes côtes. Mon front cogne un mur, et un craquement sinistre surprend mon cœur. Je sens mon pouls s'éteindre, mon sang se glacer dans mes veines. Des rires résonnent au-dessus de moi, comme s'ils étaient des centaines. Un poing percute ma mâchoire et l'arrière de mon crâne se fracture contre le sol.

— Nombreux sont les gardes qui ont été exécutés après ton évasion, crache une voix rauque, mauvaise.

— Tu paies pour eux, renchérit la seconde.

Des mains se referment sur mes chevilles et leur étau m'arrache des plaintes lancinantes. Elles me déchirent le torse, m'éventre. Elles me broient, me tuent et me consument. J'ai mal… *terriblement* mal. Je ne sais pas combien de temps s'écoule jusqu'au palais, mais c'est sous les rires et les coups qu'ils me jettent au beau milieu de la salle du trô… *Non*, au beau milieu d'une chambre. Mon sang tache le tapis royal. Je tente de me redresser, mais la semelle d'un soldat m'écrase les reins. Mon torse s'étale sur le sol, coinçant mes mains attachées sous mon ventre et tordant mes poignets.

Des injures m'échappent alors que mon regard réussit à capter ceux des trois souverains. Ils ne sont pas assis sur des sièges divins, comme je m'y attendais. Au contraire, ils sont debout, à quelques mètres de moi. Le visage de la reine est couvert de larmes. Son maquillage est ravagé par son chagrin. Son époux ne semble pas dans un meilleur état, mais il s'évertue à porter un masque sévère, comme son fils. Celui de Cassiānn, en revanche, ravive mon désir de le tuer. Ce n'est pourtant pas l'un d'eux qui prend la parole pour cracher avec ardeur :

— Dégage ton pied de là, sale chien !

L'homme bascule violemment et je comprends que quelqu'un l'a poussé au moment où un corps s'affaisse contre le mien. Des mains gantées saisissent mon visage pour le tourner et mes yeux retrouvent ceux de Riham. Elle frémit en voyant mes lèvres bouger, et ses larmes redoublent.

— Oh par Sazira, Estæbann ! s'exclame-t-elle, la voix étouffée. Tu es vivant. Tu es… Tu es là ! Je…

Sa bouche tremble, son nez coule et ses joues sont baignées par ses sanglots. Elle est ravissante. Comme une lumière dans l'obscurité. Dans ses veines, dans son cœur, tout au fond de son âme, elle représente la mort, et pourtant, elle est ma vie. À cet instant, j'en suis persuadé. Elle a réussi à contraindre ses parents – les souverains du peuple zurien – de me sortir de ma cellule pour me voir.

— Ils ne t'ont pas tué, souffle-t-elle encore.

— Je… t'ai dit que… que je reviendrai. Je… compte te… tenir ma promesse. Même si… ça doit pr… prendre des années.

Un gémissement de douleur emplit la pièce. Dianeilis de Zuria s'effondre à même le sol sous les yeux sidérés de Reinhan de Zuria et de leur fils. Elle secoue la tête et bredouille des supplications incompréhensibles. Riham resserre son étreinte autour de moi.

— Je n'arrive pas à y croire… murmure-t-elle.

— Dianeilis, tente d'intervenir le roi.

— Tout ce temps… sous mes yeux. Il… comment ? Qu'est-ce que j'ai raté ? Qu'est-ce que j'ai fait pour être aussi aveugle ? Comment n'ai-je pas pu le reconnaître ? Comment…

— Mère…

— TAISEZ-VOUS ! hurle-t-elle, le regard garni de haine tourné vers… son propre fils.

— Estæbann, me hèle doucement Riham dans un gémissement étrange.

Je plonge mes yeux fatigués dans les siens, noirs, gorgés de larmes. Des larmes qu'elle s'évertue à retenir pour ne pas les laisser me toucher.

— Ça ne peut pas être lui ! vocifère Cassiānn.

Quelque chose flanche dans son intonation, et le choc me gifle le visage quand je comprends que c'est de la peur. Une peur viscérale, abyssale, qui creuse un puits sans fond dans ses prunelles.

— Cette fille n'est qu'une menteuse, elle…

— Et toi un assassin sans foi ni loi ! s'emporte Riham.

Ses yeux fusillent sa véritable famille. Elle les observe avec un tel mépris que j'en suis le premier surpris. J'ai toujours cru qu'elle s'effondrerait de joie si elle avait l'opportunité de découvrir qui sont ses parents et son frère, et surtout, de les rencontrer. Aucune version de mon imagination ne la dessinait avec cet air sombre, menaçant, tourné vers eux. Elle me presse dans son étreinte comme s'il n'y avait que moi pour la maintenir en vie, et elle les toise d'un air meurtrier. Ça m'emplit à la fois de fierté et de peine. Parce que c'est en partie à cause de moi. À cause des Van de Saez. C'est parce qu'ils l'ont retirée à ses parents et qu'elle est tombée amoureuse de moi qu'elle les haït, eux. Les victimes du début. Ou peut-être pas tant que ça, puisqu'ils ont sauvagement exécuté Sazira.

— On peut le remplacer, proteste Cassiānn en s'avançant vers nous. Ce type ne vaut rien. Il a tué mon fiancé. L'homme que j'aimais !

Cette confidence, Cassiānn doit la détester. Elle a échappé à son contrôle. Mais sans doute que la présence de sa sœur, celle qu'il a cru morte depuis des années et qui tient aujourd'hui dans ses bras son pire ennemi, affaiblit la forteresse de ses barrières. Ça fait longtemps qu'il a été contraint de se battre à la place de ses parents. Qu'il a été obligé d'être roi à la place de son père. Parce que le roi est pratiquement mort depuis la disparition de son second enfant, et parce que la reine, en plus d'avoir été atteinte au plus profond de son esprit et de son cœur, n'a pas le pouvoir de prendre les décisions. C'est ce que le Conseil, dont mon oncle est membre, a décrété. Et je comprends aujourd'hui pourquoi : sans le consentement du Conseil, les souverains se dressent contre le peuple. Les hommes comme Matheiüs ont profité du déclin du couple royal pour manipuler le prince. Jouer avec ses faiblesses et lui faire faire ce qu'ils voulaient.

Comme moi.

Mon corps entier se raidit en saisissant que nous avons tous les deux été utilisés de la même façon. Et peut-être que pour lui, c'est plus dramatique encore. Je hais l'idée d'avoir un point commun avec cet enfoiré, mais je sais alors quelle carte abattre. Celle que je n'ai jamais jugée susceptible de faire pencher la balance.

— C'est ton… rugit Riham dont le cœur bat trop fort contre ma poitrine.

Je l'interromps avant de pouvoir réfléchir aux conséquences de mes paroles :

— Votre fiancé était un membre de la secte sazurienne.

Les dents serrées, je lutte pour ne pas cracher mon sang et mes tripes avec mes mots.

— Il était chargé de vous tuer.

Un hoquet horrifié explose dans cette chambre grandiose, luxueuse… affreusement royale. Puis un silence s'abat sur la salle. Même les gardes écoutent. Riham, elle, s'est figée. Le visage décomposé, Cassiānn tente de préserver sa contenance, mais c'est trop tard et il le sait.

— Je ne croirais pas un homme comme toi, un moins que rien. Garde tes mensonges pour…

— C'est la vérité, craché-je, d'un aplomb qui le réduit au silence de longues secondes.

— Pourquoi l'aurais-tu assassiné s'il était des tiens et que votre but était de nous anéantir ? s'enquiert-il sans plus chercher à gommer les convulsions de sa voix et de son buste.

— Parce qu'il a compris que je serais incapable de tuer Riham de mes propres mains et qu'il m'a menacé de le faire lui-même dès que vous seriez six pieds sous terre.

Riham frémit contre moi. Une larme m'échappe alors que mon corps tremble. J'essaie de me redresser, mais mon mouvement incite une flopée de gardes à s'approcher, armes pointées sur mon torse. Je déglutis et me tourne vers celle que mon cœur a choisie, mais que ma douleur m'a poussé à haïr.

— Je lui ai fait croire que j'étais d'accord en prétendant que j'étais trop lâche. J'ai accepté son marché. À ce moment-là, ma loyauté envers mon clan, envers… cette foutue secte, était remise en question. Je n'avais pas le choix. Je devais le leur jurer. Mon oncle y comptait. C'est lui qui m'a obligé à tout accepter à moins que je préfère mourir. Une fois que son disciple, le fiancé du prince, m'a fait confiance, j'ai saisi le premier fusil d'un garde et je l'ai abattu.

La douleur irradie mes poumons. C'en est infernal, mais je ne veux pas m'arrêter. Je veux que Riham comprenne, que malgré les doutes et la haine, au fond, il n'y a toujours eu qu'elle. Ça m'éclate le cœur depuis le premier jour. Je me suis fait la promesse de la protéger envers et contre tout. Surtout contre ma propre famille. Sauf que j'ai mis du temps à me l'avouer à moi-même, à admettre que je suis prêt à mourir pour la sauver. À accepter que même ma haine n'était pas aussi puissante que mon amour pour elle. Or, c'est la vérité. C'est elle, juste Riham. *Ma beauté mortelle.* Et je me sacrifierai toujours pour elle. Je me sacrifierai moi, et le monde. Parce que je l'aime. Et parce qu'il n'y a qu'elle qui compte.

— Ça a toujours été toi… soufflé-je en embrassant le front de Riham de mes lèvres frémissantes.

Mes yeux se lèvent sur la silhouette qui a percé le rideau des gardes. Je ne l'ai pas vue avancer. J'ignorais qu'*il* était dans la pièce. Mais il a tout entendu, il a compris que je l'ai dénoncé. Sa haine est profonde, marquée sur chaque pore de son visage. Son cri déchire le silence alors que mes mains se plaquent sur la poitrine de Riham pour la repousser. Mon buste s'affaisse sous la force d'un impact. Mon regard se plante dans celui de Riham et le temps se suspend.

Un léger instant, il n'y a que nous deux…

— Estæbann… murmure-t-elle.

Je t'aime, ai-je envie de lui confier.

Pour qu'elle n'oublie jamais.

Cette fois, je ne reviendrai pas.

… puis l'horreur éclate dans la pièce.

57

La mort obtient la Mort

Riham, 19 ans

Quelque part au fond de moi, je savais que ce jour viendrait.

Ce jour où, enfin, les choses se remettraient en ordre.

Où la mort serait la mort.

Où la vie serait la vie.

Un instant, je crois m'être ratée. Avoir mal jugé le reflet dans les yeux d'Estæbann.

Puis le sang s'écoule sur ma robe beige.

J'ai du mal à respirer.

J'ai mal.

Physiquement.

Mais je souris.

J'ai réussi.

La lame a traversé *mon* corps.

58
Le rêve se meurt et les cœurs se brisent

Estœbann, 22 ans

La terreur.

La terreur ensevelit mon être jusqu'au plus profond de mon âme.

Ce n'est pas moi.

Ce n'est pas mon cœur que la lame a traversé.

J'ai échoué.

— Est-ce que… tu peux… chanter pour moi ?

Elle gémit. Sa voix est si faible que je doute qu'elle soit encore consciente. Riham est en train de mourir. Son sang s'écoule sur mes mains nues. Il recouvre déjà le sol et se répand autour de nous. Mes doigts, agrippés à sa robe, tentent pitoyablement de la redresser. Mes bras tremblent. Tellement que mes maigres forces m'abandonnent. L'épée tinte contre le sol alors que le corps de ma beauté mortelle s'affaisse sur son flanc. Je suis incapable de crier. Incapable de ressentir les émotions qui me submergent pourtant. C'est trop dur, violent, puissant. Riham meurt sous mes yeux et ses pouvoirs ne lui permettent pas de puiser ma vie.

Mes geignements commencent à rouler dans ma gorge, s'élevant en résonance dans la chambre royale. Le seul sentiment de paix que j'éprouvais face à ma mort, c'était de savoir Riham en vie, à sa place, enfin au palais, et plus jamais contrainte de vivre enfermée dans une tour, entre les mains vicieuses de Matheiüs.

Mais maintenant...

Maintenant, mon soulagement s'effondre pour de bon. Je le sens en moi. Je le sens dans ma poitrine. L'écho de son cœur qui s'affaiblit meurtrit le mien. Je ne peux pas la voir mourir. Je ne peux pas ne pas agir.

Tu peux la sauver.

Mon cœur se fige et mon corps se contracte.

Mon regard vagabonde dans la salle et croise celui de Matheiüs, agenouillé de force par les soldats, hurlant des choses que je ne prends ni la peine d'écouter ni de comprendre.

Lui. Cet homme. Ce monstre.

Il lui doit la vie. Lui, plus qu'un autre. Peut-être davantage que le prince.

Tu peux la sauver.

Je peux tuer Matheiüs, réduire son cœur en cendres et, certainement, culpabiliser plus tard. Mais je dois essayer. Je le dois à Riham. Elle qui a tout sacrifié, jusqu'à sa vie, pour moi.

Tu peux la sauver.

Mais comment ? Je ne suis pas comme elle. Je n'ai aucun pouvoir.

L'une de mes mains se pose au centre de sa poitrine, au-dessus de son collier, de son symbole, entre ses seins. Et je prie pour que sa vie reflue, pour qu'elle revienne, pour que celle de Matheiüs s'efface pour la sienne.

Je t'en supplie, sauve-la.

Je ne sais pas à qui je m'adresse. Je ne sais pas auprès de quelle entité je tourne mes prières. *Zuria ? Sazira ?*

Mais je supplie.

Je supplie encore...

Et rien ne se passe.

Rien de ce que je réclame. Tout le contraire de ce que je souhaite. Le cœur de Riham ralentit sous ma paume. Le mien avec. Je plaque ma bouche contre son épaule et expulse des hurlements. J'y étouffe ma peine, ma douleur, ma rage et ma frustration, avant d'écarter nos peaux comme si la sienne m'avait brûlée.

Chante pour moi, ne cesse-t-elle de me quémander, sa voix enfermée dans mon crâne. La souffrance me vrille la poitrine. Je gémis contre elle, contre le creux de sa poitrine.

— Riham… accroche-toi. Je veux pas que tu meures. Je veux pas te perdre. Je peux pas… Tu…

Chante pour moi.

— Je peux pas… répété-je. Riham, s'il te plaît, s'il te plaît…

Chante pour moi.

— Non, couiné-je. Ne me demande pas ça, je… je t'en supplie.

« Si je dois mourir dans tes bras un jour, je veux que tu chantes pour moi. Que ta voix accompagne mon départ », m'a-t-elle confié un soir, ou une nuit. Elle avait onze ans et déjà bien trop conscience de son destin funeste. Malgré tout, jamais je n'aurais cru vivre cet instant. J'ai toujours été persuadé, au fond de moi, que j'échouerais. Que je ne réussirais jamais à me venger d'elle. Aujourd'hui, je me rends compte que ma quête n'a jamais compté. Je ne vivais que pour son existence à elle. Et maintenant, elle m'échappe. Je ne l'ai pas sauvée. Ni des autres ni de moi-même. Je l'ai condamnée.

— Ne meurs pas, la supplié-je. J'ai besoin que tu vives pour exister, que tu m'aimes pour t'aimer encore. Je veux sentir mon cœur battre à tes sourires. Je te veux, Riham. Reste avec moi. Ne meurs pas.

Reste. S'il te plaît, reste.

— Estæbann, souffle un timbre léger au-dessus de moi.

Je frémis.

— Estæbann, regarde, poursuit le timbre que je reconnais comme celui de la reine.

Mes poings se crispent autour de la robe de Riham. Il faut qu'elle se taise. Ou je la tue de mes propres mains.

— Regarde, il est là. Il est en toi. Tes yeux… tu peux y arriver, insiste-t-elle.

Ses mains effleurent mon visage et je me dégage de son étreinte, le regard meurtrier. Je ne comprends rien à ce qu'elle raconte, mais je veux qu'elle s'éloigne, qu'elle me lâche. Elle, comme Cassiānn, est coupable. C'est à cause d'elle. À cause d'eux. Dianeilis de Zuria s'excuse en bredouillant et dépose ses paumes sur le flanc ensanglanté de Riham. Je m'efforce de ne pas me jeter sur elle pour lui arracher les bras.

— Son pouls bat encore, tu peux la sauver, m'annonce-t-elle avec douceur. Sazira a réussi. Tu peux le faire aussi, mais tu dois le faire vite.

Ses poings se referment sur le manche de l'épée. Mon cœur s'accélère trop violemment. Elle la retire d'un mouvement ample, faisant claquer le fer contre les dalles. Le bruit de la chair me file la nausée. Je m'étrangle pour ne pas hurler, pour ne pas vomir.

— Regarde, persiste la reine.

Ses doigts s'enroulent autour de mon menton pour m'obliger à voir. Là, au-dessus du visage de Riham, terrassé par la douleur, un corps déployé, des ailes en coupe, des plumes rares, aux nuances des Sept Océans. Son regard est plongé dans le mien, étincelant. Et mon reflet se projette dans ses billes sombres. Mes propres yeux scintillent. Un hoquet de stupeur s'arrache à ma gorge. Je bascule, titube.

— Je le sais maintenant, tu as survécu, gémit-elle, perdue entre le rire et le sanglot. Tu es né grâce à Sazira. Tu es l'incarnation d'une légende, Estæbann. Tu es mon…

Elle tressaille alors que mes yeux dévisagent encore l'oiseau mythique.

— Tu as ses dons, me souffle Dianeilis, tu es un guérisseur. Un meiridon. Sazira croyait que tu sèmerais le chaos, mais peut-être… peut-être que tu peux être le bienfaiteur, peut-être peux-tu arrêter la Guerre.

— Qu… Quoi ? croassé-je, abruti par ses paroles incompréhensibles.

Elle grimace de douleur alors que des frissons me parcourent la peau. Le meiridon use déjà de ses pouvoirs.

— Tu peux la sauver, m'assure la reine. Pose tes deux mains sur son cœur et laisse-toi guider par la puissance du meiridon.

J'hésite, mais un sentiment étrange me pousse à lui faire confiance.

— Pense à elle, chuchote-t-elle. Pense à son cœur qui bat, à son sourire, à son regard… Pense à ce que tu ressens pour elle, à ce que vous avez vécu. Elle peut être ton déclencheur, elle peut être la volonté qu'il te manque pour que ta force se révèle, pour que le meiridon qui s'est sacrifié pour toi renaisse. Il te faudra toujours lutter pour faire appel à lui, mais tu pourras intervenir. Tu pourras la sauver elle et tous les autres.

J'essaie. J'obtempère. Un rire cynique résonne dans mon crâne, décourageant. Je ne comprends pas bien ce que je fais. Je ne sais pas pourquoi j'écoute cette femme. J'essaie de sauver celle que j'aime, mais je ne suis rien. Rien de plus qu'un humain. Un mortel insignifiant. Un homme qui a cru, un instant, pouvoir changer le monde. Or, je n'ai que ça. Je n'ai qu'elle, que Dianeilis de Zuria et cet oiseau pour me donner un ultime espoir.

— Reviens-moi, Riham, gémis-je en fermant les yeux.

Je m'enferme dans mes souvenirs, dans la vision de sa silhouette, de son visage et de son regard si tendre. Je me souviens de ses gestes, de ses étreintes. De ce que nos corps se sont révélés. De ce que nos cœurs se sont avoués dans le silence de nos baisers. Et je veux que le sien m'assomme de ses battements, qu'il m'assourdisse, qu'il bondisse si fort qu'il force Riham à rouvrir ses yeux, à vivre plus longtemps. Avec moi. Avec Aria, Marlhann, Edlena, Vaheem et…

Nehōo, Sova...

— Je ne peux pas te perdre toi aussi…

Mes larmes s'accumulent sur mes joues. J'en sens quelques-unes dévaler mes bras ou tomber sur mes mains. Certaines s'échouent dans le sang et sur la peau de Riham. Elles éclaboussent mes fringues déchirées de taches écarlates, et je serre les dents pour ne pas ployer sous les arabesques de mon estomac.

— C'est à toi de me promettre de revenir, chuchoté-je en me penchant au-dessus d'elle. Reviens, je t'en supplie…

Mes lèvres humides et tremblantes s'échouent sur sa bouche figée. Mes sanglots inondent son cou. Je suis en train de l'achever, de l'étouffer. J'éteins son cœur. Riham s'en va loin de moi, je la perds et je ne peux rien faire contre ça. Les mains de la reine glissent loin de moi alors que ma poitrine s'écrase lentement sur le buste ensanglanté de Riham. Mon souffle plaintif s'étouffe dans le creux de sa nuque.

Je t'aime, je t'aime tellement, pensé-je sans pouvoir prononcer ces mots. Ils ne valent plus rien si elle n'est plus là pour les entendre.

Chante pour moi, me demande une nouvelle fois sa voix.

Le meiridon s'affaisse dans un bruissement d'ailes. Lui aussi a abandonné. Je n'ai plus le cœur à résister. C'est terminé. Je ne chante pas. Je ne peux pas. Je déverse des mots contre sa tempe, entre mes larmes. Je murmure notre histoire, ma détresse, mon amour. Je chuchote à son oreille. J'ai envie de l'embrasser, de m'ancrer dans son corps, ou elle dans le mien, et de ne plus jamais m'en séparer.

Je t'aime et j'ai envie de me tuer.

Mes doigts s'agrippent au col de sa robe et j'embrasse sa peau, sans cesser de prier pour que je la rejoigne.

— Pardonne-moi, mon amour…

Un bras s'enroule autour de ma taille et je pleure de plus belle, je ne veux pas qu'on m'arrache à elle, je ne suis pas prêt. Au lieu de m'écarter, cette pression me plaque contre la poitrine de Riham, et comme dans un mirage, sa voix résonne contre mon oreille :

— La mort ressemble étrangement à un rêve…

Mon cœur bondit dans ma poitrine. Je me redresse

brusquement et mon regard plonge dans le sien, fatigué. Le meiridon est mort au-dessus de sa tête, étendu sur le sol. Il a sacrifié sa vie pour elle. Pour la Daliakys de la Damnation. Les iris sombres de Riham peinent à s'éclairer, mais ils me sourient, luisant d'un éclat surnaturel, profond, océanique… *meiridien.* Ses lèvres se courbent vers le haut et sa poitrine reprend ses mouvements. Faibles, fébriles, mais réels. Le sang n'a pas disparu. Sa plaie est toujours visible, mais fermée… *cicatrisée.* Je lève la tête vers la reine, toujours agenouillée face à moi. Ses pleurs et sa sueur perlent sur son visage et elle me sourit, elle aussi.

— Tu l'as fait, me murmure-t-elle.

Et je comprends que j'ai sauvé Riham grâce à elle. *Grâce à Dianeilis de Zuria.* Qu'elle est intervenue malgré mes crimes et la condamnation qui pèse sur ma tête. Qu'elle m'a aidée à surpasser ma propre nature.

Pour sa fille.

Mon corps tremble et je me rends compte d'à quel point je suis faible. L'expression de Riham s'anime. Elle tente de se redresser et je me décale pour l'y aider. À l'instant où ses yeux retrouvent les miens, je saisis son visage et écrase ma bouche sur ses lèvres.

— Tu es revenue, lui susurré-je.

Mon rêve s'est éveillé.

PARTIE 4

« La désillusion est un art que le destin maîtrise aux dépens de nos vies. »

— Estæbann Van de Saez.

59
Promettre l'exécution

Riham, 19 ans

Misérable.

C'est le premier mot que m'inspire son visage lorsqu'il entre dans la lumière. Le seul rayon de soleil qui parvient à atteindre sa cellule, là, dans les tréfonds obscurs de cette tour épouvantable. Les râles et les grognements des écroués se sont amplifiés depuis que je suis entrée. Certains ont tenté d'agripper ma robe, de cracher sur mes bottes ou de m'amadouer pour que je les rejoigne.

Misérables.

C'est ce qu'ils sont pour la plupart. Parce que l'enfermement les contraint à le devenir ou, comme pour Matheiüs, la détention exacerbe leur véritable nature.

Oncle Matheiüs.

Ses cheveux blonds sont ternes. En quelques jours, ils n'ont plus rien d'éclatant. Il n'y a que ce regard clair pour percer la noirceur de sa geôle et défier l'autorité. Sa peau blafarde s'est teintée de gris par endroits. Des poils hirsutes ont envahi sa mâchoire et lui donnent cet air négligé que je ne lui ai jamais vu. L'homme au charisme imposé et à l'aura menaçante a été battu. Sa malveillance a beau résister quelque part dans ses traits, derrière ces barreaux rouillés, le poids de sa domination est presque imperceptible. Je le sens, mais j'y reste insensible. C'est fini pour lui. Je le sais. Il ne sortira pas d'ici et vomira son âme empoisonnée dans la flaque de son propre sang. *Sur les dalles de la prison royale.* Celles sur lesquelles il aurait aimé voir les têtes de la Couronne tomber. Le temps de la rébellion est terminé. La secte sazurienne est, en dehors des murs du palais, en train de subir sa chute. Et les souverains s'élèvent encore un peu plus au-dessus du peuple. Comme des Dieux.

— Tu as survécu, articule Matheiüs dans un ricanement pitoyable.

— Vous vouliez tuer Estæbann.

— Tu n'avais pas à t'interposer.

— Vous n'êtes personne pour le décider.

— Tu serais morte si Estæbann n'avait pas été doté du pouvoir des meiridons.

— Peut-être aurait-il mieux valu.

Il se crispe.

— Un Dieu ne doit pas mourir.

— Les Daliakys meurent comme les Hommes.

Il ne réagit pas, visiblement agacé par ma réplique, et me questionne à la place :

— Pourquoi t'es-tu donné la peine de venir me voir ?

Pas pour le plaisir si c'est ce qu'il s'imagine...

— Je veux tout savoir. Tout ce sur quoi vous m'avez menti.

— Presque rien, dit-il, d'un ton clair, affirmé. Je t'ai toujours dit la vérité. Plus ou moins… Je me suis seulement contenté d'omettre des informations et de laisser Estæbann te mentir pour nous.

— Vous m'avez menti à travers lui, insisté-je.

— Soit. Est-ce important ?

— Je veux savoir ce que je ne sais pas.

— Je crois que tu sais déjà tout, au contraire.

— Je ne suis pas née pour être reine.

— Tu es la descendante directe de Notre Déesse, rétorque Matheiüs. Alors, bien sûr que si, tu es née pour gouverner le monde.

— Pourquoi avoir prévu de me trahir au bout du compte ?

— Ce n'est pas toi que nous avons utilisée, Riham.

— En quelque sorte, si.

— Tu étais censée me vouer ton amour, ton allégeance tout entière.

— Et comment ? Vous vouliez que je tombe amoureuse de vous ?

Il grimace.

— Je ne suis pas du genre à m'accoupler avec mon propre sang.

Je me fige. Un vide s'installe dans mon esprit, remplacé par le bruit d'un vent qui s'anime. Ça gronde dans mon crâne, puis…

— Qu'est-ce que…

Je me sens blêmir.

— Vous voulez dire que…

— Je suis ton…

Je frémis.

— Taisez-vous, craché-je, amère.

Un rire cynique résonne dans mon crâne.

— Ma mère n'était pas amoureuse de vous.

— Comment peux-tu le savoir ?

— Je le sais. Depuis que j'ai rencontré Dianeilis de Zuria. Ce n'était pas à vous que la Daliakys de la Prémonition était liée.

— Tu peux donc ressentir cela ?

— Je peux ressentir toute la malveillance qui vous anime. Une femme comme Sazira n'aurait jamais aimé un homme tel que vous.

— Soit.

Il soupire.

— Ce n'était pas toi qui étais censée mourir. Peu importe ce qu'Estæbann a cru tout ce temps et ce qu'il t'a dit, tu étais destinée à le tuer, à vouer ton cœur à notre gloire et à soumettre le monde. Avec toi, j'aurais eu les huit royaumes dans le creux de mes mains et j'aurais prouvé qu'il n'y a pas d'êtres plus puissants que les Dieux.

— C'est la vérité.

— Pourtant, ce sont des Hommes qui gouvernent.

— Parce que les mondes ont été créés pour eux, et parce que toutes les créatures divines qui foulent les terres et les océans ne sont là que pour les aider.

— L'amour qui te lie à Estæbann a été le poison de mes plans. S'accoupler est un devoir. Mais l'amour ? Pourquoi une Déesse aimerait un simple humain ?

Un sourire fracture la raideur de mes lèvres et une étincelle obscure jaillit dans le regard de Matheiüs.

— Estæbann est un Dieu, affirmé-je. Grâce à Sazira, il est né prince, destiné à être roi, et son cœur s'est forgé dans le sang d'un meiridon. Il est donc l'une des Créations directes de la Déesse des Sept Mers. Béni par Zuria. Accepté et élevé par Zuria.

Je le toise avec toute la haine qu'il m'inspire et promets :

— Les Hommes et les Dieux ne sont pas en concurrence. Il serait peut-être temps d'ouvrir les yeux. Ils ne cohabitent que pour exister main dans la main, pas pour en soumettre un autre. Et les Dieux dont les cœurs ont été conçus par les corps d'au moins un être humain, détiennent les émotions et le pouvoir des humains. Ma faiblesse est d'avoir un cœur humain, mais ma force est la détermination de ma nature.

Je me redresse, observe la potence, puis tombe de nouveau sur ses yeux clairs.

Ai-je ne serait-ce qu'un trait de ressemblance avec cet homme ?

Mon estomac se soulève.

Il a violé l'une des créatures de Notre Déesse. L'un des piliers de Zuria, de notre monde. Voilà pourquoi je suis née telle que je suis. Voilà pourquoi j'incarne la Malédiction.

— Tu… tente de riposter Matheiüs.

— Vous serez exécuté dans trois jours, lui annoncé-je sèchement.

— Qui l'a décidé ?

— La Couronne.

— Je veux mourir des mains du roi. Pas d'un vulgaire bourreau comme les autres.

Je lâche un rire dégoûté.

— Vous n'êtes pas en position de choisir ou de réclamer des conditions.

— C'est mon droit en tant que conseiller…

— Peu importe votre titre, vous n'êtes plus qu'un traître.

Sa rage gronde et fait claquer le fer de ses chaînes contre ses barreaux. Je ne bouge pas. Je ne lui ferai pas le plaisir d'avoir peur. Ma haine et mon dégoût ont constitué un bouclier trop puissant pour que je faiblisse à sa première offensive.

— Vous êtes un monstre, Matheiüs, déclaré-je. Vous ne serez jamais mieux que ça. Peu importe combien vos convictions et votre loyauté envers les Dieux sont respectables, vous ne mériterez jamais mieux que la cruauté de vos actes. En essayant d'anéantir le royaume tel qu'il est, vous avez commis les pires crimes aux yeux de Zuria.

Je l'ai compris pendant mon voyage.

Zuria, Notre Déesse… elle nous a tous créés pour nous unir. En dépit de nos rôles et de nos différences, nous sommes destinés à l'entraide. Si les Dieux ont donné leurs corps pour nous offrir l'existence, ce n'est certainement pas pour gouverner et écraser les Hommes. Mais à cause de lui, ma nature est corrompue. Je suis le produit de la trahison et du mal… et je ne représente pas mon peuple, ma lignée. Je représente mon cœur noirci par l'horreur. Tout ce que je porte dans mes veines, c'est la mort. Alors, j'étire un peu plus mon sourire et lance :

— Je vous exécuterai de mes propres mains, *père*.

60

Confier l'amour

Riham, 19 ans

Soignés par les médecins du palais, Estæbann et moi avons passé la majorité de nos journées alités ou assis sur le balcon de la chambre dans laquelle tout s'est déroulé. Là où la mort a affronté la Mort, et où le protecteur a ramené la Vie. Bien que ce soit mon corps qui ait été transpercé par une épée, je me suis remise sur pied plus vite qu'Estæbann. Dès l'instant où j'ai obtenu l'autorisation de me rendre à la prison, j'y suis allée. J'ai confronté Matheiüs. Pour comprendre les zones d'ombres. Pour avoir toutes les clés en main.

Maintenant, je dois l'affronter lui.

L'épaule appuyée contre le mur, bras croisés sur la poitrine, lèvres pincées et cœur affolé, je fixe le corps d'Estæbann. Mon roi se tient courbé, accoudé à la rambarde en pierre blanche, polie, miraculeusement immaculée.

C'est la première fois qu'il franchit les portes sans s'aider d'une canne, d'un fauteuil, des murs ou de mon soutien. Ses muscles récupèrent. Il va mieux. Mais ses sourires et sa voix semblent avoir disparu. Quelque chose pèse dans l'air que l'on respire. Ou plutôt un mélange conséquent de mauvais éléments…

Notre convalescence obligatoire au palais. La présence du roi, de la reine, et surtout de Cassiānn quelque part à l'extérieur de notre chambre. La prison. L'exécution de Sova Arsen, la mort de Nehōo, la trahison de Leika. Une vérité que je suis la seule à connaître, mais qui le concerne lui. Son enfance. Sa vie. Son identité…

Il n'en a pas conscience, Estæbann ne sait pas. Pas encore. Pourtant, c'est présent. Ça s'enfonce dans mes poumons pour en chasser l'air et m'étouffer jour après jour.

Il ne sait pas… et c'est à moi de tout lui dire.

Comment ? Comment annonce-t-on à l'homme qu'on aime qu'il a passé sa vie à croire que la mienne était celle qu'on lui a volée ? Comment explique-t-on à la personne avec qui on a grandi que tout ce qu'il croit savoir n'est qu'un tissu de mensonges ? Une mystification incommensurable ?

Je le fixe en silence et détaille ses boucles plus affirmées, épaisses. Elles aussi se sont développées. Elles s'assombrissent, rivalisant presque avec les ondulations précises de ma chevelure. Des jours que je rêve de plonger mes doigts dans ses cheveux. Un peu plus d'une semaine que je veux les sentir contre ma peau, dans le creux de ma paume… J'aime effleurer ses blessures du bout de mes caresses. Elles s'effacent peu à peu, sans que ma nature vorace n'aspire les battements de son cœur. Sa carnation d'ambre retrouve ses nuances d'or et de brun, son jeu d'ombre et de lumière. La lividité cadavérique de ses forces épuisées, de son corps affaibli, s'est estompée. Mon cœur, transpercé par la lame de Matheiüs, semble intact.

Comme s'il ne s'était jamais rien passé...

Aujourd'hui, je sais pourquoi. Je sais pourquoi Estæbann résiste mieux que les autres. Pourquoi, en sa présence, Aria n'a pas succombé à mon cri étouffé, pourquoi mes pouvoirs s'étouffent, pourquoi mon âme maudite convoite sa vie. Parce que son cœur à lui s'est lié à celui d'un meiridon. La créature légendaire que ma mère a invoquée pour lui. Pour le sauver à sa naissance et pour sauver la reine. L'oiseau rare s'est sacrifié pour Estæbann et Dianeilis de Zuria. Et Estæbann est devenu l'un deux. Il est un *meiridon humain*. Un *guérisseur*. Un *protecteur*. S'il est né pour être la Vie, je suis née du chaos. De la souffrance de Sazira. Nous incarnons tous les deux la Création et la Fin de l'existence. Les opposés. Les complémentaires.

Il m'a sauvée. Mon cœur bat grâce à lui.

Mais Estæbann ne le sait pas encore. Il ne comprend pas pourquoi ni comment. Et je sens que la tourmente lui pèse. Elle est emplie de questionnements. Lui s'est muré dans le mutisme.

Mon Estæbann...

Aujourd'hui, je sais que je me trompais. Il n'est pas né pour être mon roi. Il est né pour être roi. Et moi, j'existe pour lui.

Le col de sa chemise est froissé, comme ses manches. Pieds nus, la tenue débraillée, il donne l'impression d'être négligé. Mais cette négligence révèle de l'élégance. Un désir comblé d'amour.

Je m'approche de lui pour passer mes bras autour de sa taille. Sa chemise n'est pas boutonnée et pend sur ses hanches. Mes mains se déploient sur sa ceinture abdominale, s'aventurent sur son ventre et se pressent contre sa peau, ses flancs, son torse. Je pose mon front sur son dos, sous ses omoplates, et étire un sourire sur mes lèvres.

— Je t'aime, murmuré-je.

Ses doigts s'immiscent entre les miens pour les nouer. Lentement, il soulève ma main pour la porter à sa bouche. Il embrasse mes phalanges, et ses lèvres provoquent des frémissements dans mon ventre. Je sens son sourire contre moi, son cœur battre dans ses baisers… Sa tendresse me déconcerte, mais elle m'enivre aussi, et me fait chavirer.

Estæbann se retourne entre mes bras. Ma poitrine prend appui sur son torse alors que ses doigts glissent avec douceur et langueur sur ma mâchoire. Sa bouche recouvre la mienne. Il m'offre un baiser, comme s'il avait besoin de moi pour trouver de l'oxygène, de mon corps pour respirer. Alors, je lui donne tout, ma respiration, ma vie, les battements de mon cœur et peut-être mon âme. Il prend tout, me donnant en retour tout ce qui lui reste. Les vibrations de son cœur, son souffle, son amour… Il m'embrasse, me caresse avec sa langue.

— Éloigne-toi de moi tout de suite ou fais-moi l'amour maintenant.

Je le sens sourire dans ses baisers.

— Déshabille-moi.

Je frissonne à sa requête. Mes doigts s'aventurent sous le tissu de sa chemise. Son désir se dresse sur sa peau. Il est déjà visible entre ses cuisses. Je souris, amusée, impatiente. Je tire sur ses manches pour les glisser sur ses bras et le dénuder.

— Est-ce que tu me trouves beau, même avec ces cicatrices ?

Surprise par sa question, je lève les yeux sur son visage et son air sombre, défait.

— Ce qui ne l'est pas, c'est Cassiānn et ses chiens. Prince ou pas.

Ses lèvres frémissent dans un sourire nerveux.

— Je t'aime, chuchote-t-il au-dessus de mes lèvres gonflées.

Un petit rire m'échappe. Estæbann l'absorbe contre sa peau.

J'ai été créée pour lui. Pour donner à la Couronne le pouvoir de combattre tous ceux qui contesteraient leurs droits. Je ne suis pas certaine de vouloir apporter mon aide à la reine, au roi et à leur fils aîné, mais Estæbann, lui…

Je suis *sa* beauté mortelle. *Sa* Daliakys. *Son* arme divine. Oui, j'ai été façonnée dans le sang divin pour me tenir aux côtés du *futur roi* de Zuria.

À genoux sur les cuisses d'Estæbann, je brûle entre ses mains. Il vibre en moi, entre mes chairs, et sa bouche forme un cercle contre mon sein. Un filet de sueur perle le long de ma colonne vertébrale. Je sens un liquide chaud s'écouler sur mes cuisses et un frisson emporte mon corps. Mes jambes se referment sur les hanches d'Estæbann.

— J'aimerais pouvoir recommencer encore et encore, murmuré-je.

— Tu finirais par me tuer.

Son ricanement résonne contre mon oreille. Ses mots portent son souffle autour de ma nuque.

— Heureusement, tu es né avec le cœur plus fort que celui d'un humain.

Sa main enveloppe l'arrière de ma tête et ses lèvres percutent ma bouche. Je gémis sous le contact de sa langue, mais mon âme chancelle elle-même quand il s'enfonce un peu plus loin dans mon corps. Le mouvement de ses reins m'arrache un râle de stupeur.

— Tu joues avec moi, m'offusqué-je dans un murmure étouffé.

— Et toi avec ma vie.

Je soupire, l'embrasse, mais n'ai pas le temps d'approfondir qu'il me soulève pour m'éloigner. La réalité me rattrape alors que mon dos s'étale sur la couverture de notre lit.

— Estæbann, soufflé-je, il faut que je te dise quelque chose…

61

L'heure de la Mort

Estæbann, 22 ans

— Est-ce que c'est vrai ?

L'air blasé de l'Oncle Matheiüs me glace les veines. Même là, derrière ces foutus barreaux, sa présence m'écrase. Peut-être même plus qu'avant. Plus que lorsque j'étais persuadé de partager son sang.

— Tu as été si crédule que cela devenait consternant.

Ma mâchoire se crispe. Un grognement vibre dans ma gorge, mais ne forme aucun son.

Je ne sais pas ce qui est le plus terrifiant…

Mes parents ne sont pas ceux que j'ai toujours connus. Greitshenn et Connrhad ne sont pas… Je tressaille. *Cassiānn est mon frère.* Il m'a emprisonné, torturé, parce que j'ai assassiné son fiancé – un traître infiltré dans les rangs de la Couronne.

Non, vraiment, j'ignore ce qui m'effraie le plus…

Que Matheiüs se soit amusé de la situation dans laquelle ma propre famille m'infligeait les pires sévices ou que mes géniteurs ne m'aient pas reconnu dès l'instant où je me suis retrouvé face à eux, au cœur de *leur* prison ?

— Pourquoi m'avoir menti ?

— Depuis le départ, c'était toi. Je ne t'ai pas menti sur nos objectifs. J'ai juste inversé les noms à certains endroits du récit, explique Matheiüs, amusé. Tu as toujours été la clé de notre bataille.

— Tout le monde était au courant ?

— Non, sinon cela aurait été ingérable. J'étais le seul, avec Greitshenn et Connrhad.

— Alors quoi ? Vous avez créé Riham pour me détruire ?

— Le but a toujours été de se servir de toi et de la Couronne, puis de vous anéantir, pour que Riham gouverne le monde et qu'elle réalise que tu n'étais qu'un parasite. Un humain qui s'est emparé du trône en arrachant aux Dieux toute leur puissance. Un traître.

— Les Dieux n'ont jamais gouverné.

Je réprime difficilement un sursaut. En me retournant, je découvre la silhouette de la reine qui se détache de l'ombre des murs. Dianeilis de Zuria. Un homme la suit… et ce sont mes envies de meurtre que je dois réfréner. Le visage de Cassiānn me révulse. Celui qui a hanté six années de ma vie. La figure de mes sévices.

— Zuria a toujours été gouvernée par les Hommes, reprend Sa Majesté.

Ma génitrice…

J'ai envie de dégueuler mes tripes et mes boyaux à ses pieds.

— Les Daliakys, elles, ont été créées pour protéger notre peuple, nos terres et le corps de Zuria contre le temps, ainsi que les affres des autres royaumes. Elles sont craintes pour leurs pouvoirs, mais elles sont respectées. Vous avez fait de Sazira un monstre aux yeux des Hommes.

— Des Hommes dont la légitimité à gouverner est caduque, riposte Matheiüs.

— *Vous* n'êtes qu'un homme, crache Cassiānn. Et vous étiez assoiffés du pouvoir des Dieux. Une fois votre fille s'étant emparé du trône auriez-vous laissé la Couronne entre ses mains ?

La mâchoire du chef des Sazuriens se contracte. Son silence est éloquent. Je m'efforce d'ignorer la présence de la reine et du prince héritier pour ne pas sauter à la gorge de Cassiānn et me concentre sur Matheiüs.

— Riham n'aurait jamais cru au fait que je sois un traître.

— Si, affirme-t-il, me déconcertant. Ce que je n'avais pas prévu c'était qu'elle s'en ficherait et qu'elle te resterait loyale, même au péril de sa vie. Elle devait m'aimer, m'admirer, *moi*. Comme une fille idolâtre son parent.

— Vous n'avez jamais rien été pour elle, pesté-je, excepté son précepteur. Peut-être auriez-vous dû tout lui dire. Lui dire qui vous étiez. Elle vous aurait certainement suivi.

— Et prendre le risque qu'elle m'appelle « papa » devant toi ? ricane-t-il. Tu devais tout ignorer. C'était plus amusant de te voir tomber amoureux d'elle et de te faire croire que tu devrais la tuer, elle, pour le sang qui coule en elle, pas pour sa nature.

Je serre les poings.

— Crois-tu que je sois aveugle ? Je me suis très vite rendu compte de mon erreur. Que tout m'échappait avant même que les choses sérieuses commencent. Dès que tu rentrais dans une pièce, plus rien n'existait pour elle. Il n'y a jamais eu que toi à ses yeux, et je l'ai compris trop tard. Mais Sazira était déjà morte, et il ne restait plus que Riham pour poursuivre la lignée des Daliakys. J'étais obligé de la préserver. De l'emprisonner. De veiller sur elle et de m'assurer que tu ne reviendrais jamais dans sa vie.

Il lève les yeux au ciel en crachant un mollard ignoble à côté de lui.

— J'ai voulu croire qu'elle s'accrocherait à l'idée que les Hommes étaient cruels, que la famille royale était mauvaise et qu'elle se retournerait contre toi dans le désespoir quand elle apprendrait tout. Mais les Daliakys n'ont qu'un amour. Pour Sazira, c'était la reine. Pour Riham, c'était toi.

— C'est toujours le cas, rétorqué-je.

— Et il a fallu que tu t'échappes, que tu la retrouves et que tu lui fasses découvrir le monde. Il a fallu que tu débarques, et elle t'a aimé plus fort encore.

Une pointe de fierté naît dans mon torse.

— Sais-tu au moins le trésor que tu as entre tes mains ? Cet amour indéfectible que celui des Daliakys représente ?

— Je sais ce que représente l'amour de Riham, le corrigé-je, hargneux.

— Te crois-tu à la hauteur ?

— C'est à elle d'en juger, mais je ne compte pas me priver de l'aimer tant qu'elle voudra de moi.

Matheiüs émet un geignement irrité, écœuré. Lui aussi ignore les deux personnes qui nous ont rejoints pour ne s'adresser qu'à moi. Même lorsqu'il les mentionne, c'est comme si elles n'existaient pas. Comme si elles étaient insignifiantes. Il ne soucie pas de leurs protestations.

— Sazira avait prédit que ta naissance apporterait de la souffrance au royaume tout entier. Elle croyait que tu étais maudit par l'amour qu'elle vouait à la reine et que Dianeilis de Zuria lui rendait en dépit de son mariage. Sazira n'a pas compris que la menace était ailleurs. Que ta naissance ne porterait pas une âme obscure, mais soulèverait la rébellion d'une partie du peuple.

— J'ai été empoisonnée pendant ma grossesse, intervient la reine dans un souffle douloureux.

Le sourire de Matheiüs s'élargit gravement.

— Sazira a été obligée de faire appel à un meiridon pour vous sauver tous les deux, confirme-t-il.

— C'est elle qui s'est occupée de mon accouchement, renchérit Dianeilis. Que s'est-il passé ? Savait-elle que mon bébé avait survécu ?

Je frémis en apercevant l'ombre de la reine à ma droite. Elle s'est avancée. Son bras effleure le mien et des frissons m'envahissent le corps. Mais ce n'est rien comparé aux vagues infernales qui me retournent le bide quand ses doigts se cramponnent à ma main. Comme si elle avait besoin de force et de courage. Comme si je pouvais être sa source. La stupéfaction me paralyse. À tel point que j'en oublie de m'écarter et de la repousser. Le rouge de ses joues pâles flamboie presque à l'instar d'un feu de cheminée. Ses longs cheveux blonds sont lâchés dans son dos, sur ses épaules… et tout dans son apparence me décontenance. Elle ne s'est pas apprêtée comme une reine a l'obligation de le faire, y compris dans l'enceinte du palais. Elle ne porte qu'une simple robe sans dorure et un collier en breloque. Elle n'a rien d'une souveraine… à part sa prestance. Elle rayonne. Comme Riham.

— Elle savait, approuve Matheiüs dans un ricanement gras.

— Pourquoi me l'a-t-elle caché ? s'énerve Dianeilis.

— Mère… tente de l'apaiser Cassiānn.

— Pourquoi l'a-t-elle enlevé ? l'ignore-t-elle.

— Elle s'est sacrifiée, elle et votre bébé, pour vous sauver. En échange de son corps et de votre enfant béni par les créatures divines, nous vous laissions la vie sauve.

Il s'esclaffe encore, mauvais.

— Vous voyez ? C'est ça, l'amour d'une Daliakys. Il n'est ni pur ni parfait. Il est fort, puissant, mais plus destructeur que tous les pouvoirs du monde.

Mon indifférence déconcerte le prisonnier.

— Tu ne réagis pas ?

Je souris.

— Sans vos plans, je n'aurais pas rencontré Riham. C'est un mal pour un bien.

La confusion est générale autour de moi.

— J'imagine que le cœur d'un meiridon est aussi fort et destructeur que celui d'une Daliakys, répliqué-je. Peu m'importe qui je suis, je ne compte pas être davantage qu'Estæbann. Et Estæbann n'est personne d'autre que l'homme de Riham.

— À vomir.

Mon sourire se déploie un peu plus. Comme des ailes. Comme un envol. *Une libération.*

— C'est plus que de l'amour, Matheiüs. Grâce à *toi*, la Mort et la Vie se complètent. À deux, on forme une entité surpuissante, et tu n'es rien face à nous. Rien, craché-je. Riham te le prouvera ce soir.

La Mort dans sa robe noire.
L'Ombre sur l'échafaud.

Le Présage obscur dressé au-dessus du peuple.

Elle est là. Elle est belle. Mais la terreur a muselé les acclamations des âmes.

Il n'y a que le bruit de ses pas sur les planches pour s'élever jusqu'au ciel.

La tête du traître doit tomber devant le royaume. Sous les yeux des gens. À leurs pieds. Eux qui ont trompé, abusé…

L'homme qui a corrompu la réputation des Daliakys va mourir.

La Mort retire ses gants.

Ses mains encadrent le visage de sa proie.

— Tu ne t'approprieras plus le Destin.

Cette phrase résonne alors que la lame du bourreau tranche la nuque.

L'os craque.

Le sang jaillit.

Des gouttes écarlates se projettent sur la peau de la Damnation. Elle dresse la tête devant la foule, puis la laisse tomber de la scène.

La Mort peut pardonner.

Mais elle peut aussi sévir.

Aujourd'hui, elle a choisi de punir.

62
Apaiser les affres du roi

Riham, 19 ans

Sa tête tombe à mes pieds.

Mes mains sont couvertes de sang. *Son* sang.

Je le sens couler sur mon visage. Il roule sur mes joues, suit les lignes de ma mâchoire pour se réunir en filet gluant à la pointe de mon menton. Comme des larmes. Comme *mes* larmes. Je crois que je pleure. Mon cœur, lui, est effrayé. Je viens de tuer un homme en le regardant dans les yeux. En le désirant de toute mon âme. Au-delà de ma propre nature. Avec toute ma raison. Toute ma conscience.

Mes yeux affrontent la foule. Elle ne représente que le miroir de ma terreur, de ma stupeur et de mon horreur. Le peuple ne sait pas s'il doit me craindre ou m'acclamer. Moi non plus.

J'ai tué un homme en le regardant dans les yeux.

J'ai simplement posé mes paumes sur ses joues, fredonné une chanson au-dessus de lui. La lame de la guillotine n'est intervenue que pour le spectacle. Que pour le sang. Tout le monde, ici, sur cette place, devant cette estrade, le sait.

Ma contemplation se poursuit jusqu'à la loge royale. J'effleure le regard d'Estæbann, tapi dans l'ombre, derrière les trois souverains.

— Je t'ai libéré de lui.

Mes lèvres articulent mes mots, mais mes cordes vocales n'émettent aucun son. Il incline la tête. Mon cœur vibre. Une larme mortelle se noie dans le sang de Matheiüs. Je souris. Je suis née pour Estæbann, pour lui vouer ma vie. Aujourd'hui, je n'ai fait que mon devoir. Je l'ai vengé. Mon attention se plante sur la figure de Cassiānn…

Le décisionnaire de ses sévices.

… et ma haine déborde.

Estæbann, 22 ans

Les exécutions s'enchaînent et se ressemblent. Riham les observe, à mes côtés, dans l'obscurité de la loge royale. La secte sazurienne a été décimée, désarticulée, exterminée. Certains fidèles courent peut-être toujours dans la nature, mais la majorité des rebelles a comblé le vide de la prison et parsemé le sol de leurs cendres. Greithsenn et Connhrad croupissent derrière les barreaux d'une cellule. La même que j'ai côtoyée pendant quatre ans. Ils attendent leur tour. Le peuple a voté pour la pendaison sur la place du port. Ils seront les dernières victimes. Un dernier meurtre avant de signer un nouveau décret, de nouvelles lois.

Ridicule.

La Couronne sème le chaos pour ensuite proclamer la paix. Un chaos qui va au-delà de la mort.

L'enfant disparu est revenu.

C'est un prince.

Le prince est revenu.

L'histoire a déjà plusieurs versions. Le nom de Sazira a retrouvé son honneur, mais pour quelques Zuriens, plus que les souverains ont envie de le croire, l'incompréhension règne. La haine et la peur persistent. Il n'y a que l'assassinat des fanatiques pour accorder tous les esprits.

— Ça vous fait bander tous ces morts ? craché-je.

Je toise les trois visages de la Couronne. Là, dans la salle du trône, face à leurs sièges royaux, je me tiens droit, fier, rageur. Je ne peux pas en dire autant d'eux. La reine a ramené ses talons sur le bord de son assise et a refermé ses bras autour de ses genoux. Cette position témoigne d'une émotion qu'elle a, en temps normal, l'obligation de garder secrète. Les épaules du roi sont voûtées, sa mine est sombre et son regard me fuit. Depuis que j'ai débarqué, peu de paroles s'échappent de sa bouche. C'est à le croire muet…

Le prince, lui…

Je serre les poings. Il se dresse devant moi, fébrile, mais vaillant. J'aimerais lui cracher entre les deux yeux.

Retenez-moi.

— Tu n'avais pas l'air contre nos méthodes quand ta petite copine s'est dévouée pour exécuter le Premier Conseiller Matheiüs Van de Saez, cingle Cassiãnn.

Il n'y a pas d'autre garde que les deux hommes qui encadrent l'estrade des trônes et la femme dressée devant les portes principales. Ils ne pourraient pas agir assez vite si je décidais de me jeter sur le prince héritier. À moins qu'ils aient une arme à feu.

Le bras de Riham effleure le mien quand elle s'avance. Sa mâchoire contractée par la fureur se tient haute. Ses yeux noirs sont emplis d'une animosité meurtrière. Si elle pouvait tuer en un simple regard, nous serions tous morts.

— La seule chose qui me retient d'en faire autant avec toi, c'est ta couronne, peste-t-elle.

— Les Daliakys existent pour protéger les Hommes et la Couronne, souffle Dianeilis de Zuria, confirmant la déclaration de Riham.

Cassiānn ferme sa gueule. Son silence et celui de son père sont appréciables. Presque jouissifs.

Bientôt deux mois que nous sommes enfermés dans l'enceinte du palais. Nous avons bien essayé de fuir, de contacter nos amis au village perdu… en vain. Nous aurions été contraints de tuer tous ceux qui se dressaient sur notre chemin. Enfin, peut-être, avons-nous une chance de parler puis de rentrer chez nous.

— Est-ce que tu veux partir ?

La question de la reine me prend de court.

— Me garder prisonnier ne me fera pas davantage accepter qui je suis.

— Votre devoir de naissance est de rester ici, intervient le roi.

— À *vos* côtés ? À *ses* côtés ?

Je désigne Cassiānn.

— Je ne crois pas, non. Mon devoir de naissance, ça fait vingt-deux ans que je l'ignore et je continuerai. Je resterai avec elle, dis-je en m'emparant de la main de Riham. Et nous rentrerons chez nous.

— Chez elle, c'est le palais, me rappelle Cassiānn. N'as-tu donc rien compris ? Les Daliakys nous protègent. Elles sont souveraines même sans monter sur le trône. C'est l'ordre des choses. Sa place, c'est le royaume. Sa famille, c'est nous.

— Estæbann... gémit Riham.

— Je ne peux pas te retenir, moi aussi, j'ai envie de le crever.

Le rire amusé de Dianeilis de Zuria est mince, discret, mais il emplit la pièce et fait tourner toutes les têtes. Celles des gardes ne font pas exception.

— Ma Reine, êtes-vous devenue folle ? s'inquiète son époux.

— Par Sazira, Reinhan, taisez-vous ! s'agace-t-elle. Les rois, que ce soit de naissance ou par le mariage, se paient le luxe de butiner de fleur en fleur, faisant des bâtards aux quatre coins du royaume tout en maintenant les apparences d'un couple royal qui s'aime et s'adore. Quand j'ai rencontré Sazira, j'avais quatorze ans, mon dernier parent venait de mourir et j'étais sur le point d'être couronnée. Mon cœur lui a été destiné dès le premier jour. Au premier regard. Mais j'ignorais qui elle était. La Daliakys qui était sa mère avait été chassée du royaume après avoir été soupçonnée du meurtre de la reine avant moi, explique-t-elle. Je l'ai d'abord désignée comme ma conseillère, puis elle m'a avoué qui elle était et j'ai compris qu'elle ne pourrait jamais être ma femme. Une Daliakys ne peut pas porter la Couronne.

— Ce sont les Hommes qui l'ont décidé ou Notre Déesse ? me renseigné-je.

— C'est l'ordre naturel des choses. L'âme des Daliakys est offerte aux Hommes. Si elles portent la Couronne, elles s'effondrent et s'éteignent. Leur cœur n'est pas destiné à diriger. Il est voué à l'allégeance.

— Matheiüs le savait ? demande Riham.

— C'est ce qu'il convoitait.

— Il prétendait se battre pour les Dieux…

— Il voulait soumettre l'une d'elles, affirme Dianeilis de Zuria.

— Avec toi, il aurait eu le monde dans le creux de sa main, décrété-je dans un souffle agacé.

— C'est précisément ce qu'il a dit.

Un sourire perce le masque froid de mon visage.

— Riham est ma famille, vous ne me l'enlèverez pas.

— Nous pourrions avoir une place pour chacun de vous ici, insiste la reine.

— Vous pourriez avoir des chambres pour tout un village dans ce palais, rétorqué-je. Ce n'est pas le problème.

— Quel est le problème alors ? s'indigne Cassiānn, irrité.

— Toi ! Que tu sois mon frère ou non, tu resteras celui qui a ordonné à ses chiens de me tabasser sans relâche, au quotidien, et qui m'a laissé m'étouffer dans ma merde, me noyer dans mon sang. Je me fous de savoir que tu es désolé aujourd'hui et que tu ne savais pas, que tu ne pouvais pas deviner, le fait est que tu es responsable de tout ça.

Je m'avance dangereusement vers le prince héritier, ignorant le mot « frère » qui résonne contre les parois de mon crâne. Debout devant la dernière marche de l'estrade, je vocifère :

— Tu ne peux pas me demander d'ignorer mes sentiments et mon ressentiment juste parce que du jour au lendemain, je suis devenu prince. J'ai passé vingt-deux ans de ma vie à vous haïr, à haïr vos existences, votre place, et quatre putains d'années à nourrir un désir de vengeance sanguinaire pour toi. Je veux te tuer. Mon cœur, aujourd'hui, bat chaque seconde pour la promesse que je me suis faite, la bouche plongée dans ma crasse. Mon âme tout entière brûle, flambe, fulmine et scande sa volonté de te détruire. Je veux sentir ton sang couler sur mes mains et tes os se broyer entre mes doigts. Je te déteste tellement que j'en deviens fou.

Les trois gardes pointent leurs armes dans ma direction quand la semelle de ma botte heurte la marche. Je me fige.

— N'attendez pas de moi que j'accepte la vérité, m'écrié-je en balayant le couple royal du regard. Je ne veux pas faire partie de votre famille. Ma famille, c'est Riham. Mon cœur et mon âme lui appartiennent à elle. Pas à vous ! Vous ne pouvez pas me forcer à vous les donner. Sauf si vous comptez me tuer moi aussi. Exécutez-moi, c'est la seule façon pour vous de garder mon corps dans l'enceinte de ce foutu palais.

— Estæbann… murmure la reine.

— Ne vous approchez pas ! hurlé-je.

Elle s'immobilise, mais ouvre la bouche pour répliquer.

— Si Riham n'accepte pas sa place, Zuria périra.

Mes yeux s'écarquillent. Mon souffle se dérobe à mes poumons.

— Quoi ? croassé-je.

— Le cœur de Notre Déesse *est* le palais. Il a jailli de sa poitrine. Les Daliakys peuvent vivre là où elles veulent, mais leur place est ici. Elles sont l'âme de Notre Mère. Leur cœur est son essence. Si elle renie son rôle, elle renie Zuria. Elle nous condamne tous, y compris elle-même.

— Non.

Une main s'enroule autour de mon bras.

— Estæbann…

Je frémis.

— Non ! protesté-je.

— Estæbann, insiste Riham.

Elle tire sur mon coude pour me tourner face à elle. Son sourire m'explose les côtes. Ses mains encadrent mon visage et ses longs doigts fins caressent ma peau. Je les sens partout. Sur mes pommettes, les coins de mes lèvres, ma mâchoire… Elle me sourit et ses yeux pétillent. Ils luisent, de larmes et d'une émotion que je n'arrive pas à décrire.

Elle est belle. Divinement et diablement belle.

Le halo de sa chevelure sombre étincelle. La lumière du soleil perce les vitraux de la salle du trône pour éclairer ses boucles. Ses taches de son se sont assombries, mais son teint rayonne.

Oui, elle rayonne.

Elle, *mon* soleil.

Ma beauté mortelle.

Ma reine.

Ses lèvres percutent les miennes et sa langue s'infiltre dans ma bouche. Sa douceur et sa fougue se confondent, vibrent en moi, et je m'en nourris, affamé. Il suffit de ça, d'un baiser, pour que je m'agenouille devant elle. Elle m'embrasse et je me soumets.

Voilà ce que signifie l'amour d'une Daliakys, Matheiüs.

Le temps d'un instant, le cœur à nu, le corps à terre, tu as la sensation d'être un Dieu parmi les Hommes.

— Tu meurs et je meurs, me souffle Riham. Tu vis et je vis.

La mort de notre monde ou le règne.

« La Mort est la mort, et la Vie. »

— Riham de Zuria, Daliakys de la Damnation.

EPILOGUE

Pour un règne

4 ans plus tard
AN 863, AU PALAIS DE ZURIA

Riham, 23 ans

La statue de Sova Arsen trône au milieu de l'esplanade du marché. Là, face au port, la pointe de l'épée en marbre blanc vise l'horizon. Ce lieu a été baptisé : « la place de Loasodhsan ». La capitaine en tapisse le sable des fonds marins avec le contenu de ses boyaux faisandés. Je la contemple depuis le balcon de ma cabine. Le Reidhrivein nous appartient. Il est à nous. Il ne parcourt plus les océans en quête de trésors et de sang. Il ne sème plus le chaos. Mais notre royaume s'en sert pour les échanges commerciaux. Vaheem en est aux commandes quand il n'est pas sur terre. Aria est avec lui. Elle le seconde. Edlena et les autres, tous ceux du village perdu, sont sur le pont. Ils forment le nouvel équipage du navire et Creicidha est officiellement reconnue comme la reine du Reidhrivein. Elle n'a pas une île à elle, mais elle possède mieux : un territoire mouvant. Avec lui, elle peut découvrir le monde.

— Quels tissus as-tu encore dénichés en Lhorie ? s'exaspère Estæbann.

Il s'aventure sur le pont pour rejoindre notre couturière préférée. Le vent me porte sa voix, puis celle de notre amie :

— De très belles étoffes, mon cher Estæbann ! se réjouit Edlena. De quoi m'aider à créer les plus beaux habits de Ses Majestés et de Vos Altesses.

Son air taquin fait sourire mon compagnon, puis le regard d'Edlena se lève dans ma direction. Je dépose un baiser sur le bout de mes doigts et le lui destine. Elle me sourit, ravie, épanouie, avant de tourner les talons pour rejoindre son échoppe. Sa course effrénée m'arrache un rire attendri.

— Là-bas, regardez, on la voit ! s'écrie Marlhann d'un ton faussement enjoué.

— Wouah ! s'exclame en chœur une dizaine d'enfants.

— Elle est super trop méga grande ! s'enthousiasme une fille.

— Trop bien !

— J'l'avais encore jamais vue ! s'extasie un garçon.

— Enfin ! renchérit un autre. V'nez voir ça d'plus près, les gars !

Dès que les gamins détalent, Marlhann s'affaisse sur un tonneau, soulagé.

— Putain, c'est pas trop tôt, grommelle-t-il.

— Tu dis ça, mais tu les aimes, ces mioches, murmure sa sœur, de sa voix un peu plus claire chaque fois que je la retrouve.

Marlhann observe le groupe qui s'éloigne en courant. Leurs chaussures frappent les planches du port à en faire trembler la roche des falaises. Leur professeur rigole, vaincu.

— Je les aime, admet-il, mais ils sont épuisants.

Aria se moque gentiment de lui avant de m'apercevoir. Je leur fais signe.

— Tu nous rejoins à la ferme d'Harlint pour la soirée ? me hèle Marlhann.

— Bien sûr, quelle question ! me devance Estæbann.

Je sursaute. Son bras encercle ma taille alors qu'il me plaque contre son flanc.

— Soyez à l'heure ! nous menace Vaheem.

— Dit celui qui a deux semaines de retard, riposté-je, amusée.

Il hausse les épaules, un faux sourire contrit aux coins des lèvres.

— Allez, Nehōo, viens ! scande le nouveau capitaine du Reidhrivein en pinçant le cercle de son tricorne rouge.

— *Miaouuuu*, ronronne un gros matou noir aux yeux bleus.

Il saute de la balustrade, atterrissant sans douceur sur le pont du navire, et emboîte le pas à son maître. Je souris en apercevant une cicatrice dans le cou de l'animal.

— Je pourrais presque croire en la réincarnation… marmonne Estæbann.

— Tais-toi et descendons, le taquiné-je.

Les gens nous observent sans nous approcher. Ils nous saluent, de loin, nous posent quelques questions, mais respectent notre espace. Certains enfants se risquent à venir trop proche, mais leurs parents les réprimandent. Armée de mes gants, j'accepte l'étreinte d'une jeune fille. Elle arbore un collier similaire au mien autour de son cou. Mon sourire s'accentue quand je prends le temps de détailler sa peau brune, ses yeux sombres et ses cheveux bouclés. Elle me ressemblerait presque…

— Je voudrais être aussi belle que vous, Riham, me confie-t-elle.

J'arque un sourcil surpris puis remarque une ombre au-dessus de nous.

— Bonjour, Votre Altesse, me salue une dame aux cheveux gris, que je reconnais comme la directrice de l'orphelinat. Je vous prie de pardonner l'impolitesse de Thayna et mon inadvertance.

— Son impolitesse ? relevé-je.

— Oui, je lui ai donné l'autorisation de venir vous voir ici, sur cette place, à la condition qu'elle ne se fasse pas remarquer, mais elle… elle tenait à vous parler.

— Ce n'est pas grave, madame. Thayna est charmante.

Je fixe la fillette.

— Tu es déjà très belle, lui assuré-je.

— Elle pourrait être ta fille, me glisse Estæbann.

— *La nôtre*, tu veux dire ?

Il frissonne.

— Est-ce également un devoir de naissance de devenir père ?

— J'imagine qu'une lignée ne se poursuit pas par la simple volonté de l'esprit, le taquiné-je. Et nous en avons deux à assurer, Votre Altesse.

— Retire ce titre de ta bouche, grogne-t-il.

Je ris sous cape.

— Si le monde savait…

— Quoi ? Que je suis un prince ? Par Sazira, tous les royaumes le savent et je n'ai pas d'autre choix que de le savoir aussi.

— Que le prince de Zuria a accepté de porter la couronne pour ne maintenir qu'un cœur en vie.

— La personne qui possède ce cœur ne serait-elle pas censée se sentir comblée ? Honorée ? réplique-t-il.

Je hausse une épaule et fais la moue.

— Peut-être qu'il faut encore lui rappeler pourquoi c'est bon d'être en vie.

Sa pupille se dilate. Comme ça. En un clin d'œil. En un battement de cils.

— Et si on rentrait au palais ? me propose-t-il.

— Ah oui ? Pour faire quoi ? minaudé-je.

— Il nous reste de longues heures avant la soirée où nous sommes conviés. Nous pouvons mettre notre temps à profit pour…

Il susurre à mon oreille :

— … nous déshabiller…

Caresse ma tempe de ses lèvres.

— … nous nettoyer…

Embrasse le coin de ma bouche.

— … nous préparer lentement…

Son poing se referme sur ma hanche.

— … prendre tout notre temps…

— C'est une idée très alléchante.

— « Alléchante » ? relève-t-il, l'œil brillant, malicieux.

— *Alléchante*, confirmé-je.

Il incline la tête, comme pour me faire la révérence, et fend la foule jusqu'à notre diligence. Un laquais ouvre notre porte dès qu'il nous voit arriver. Estæbann m'aide à monter et je m'engouffre dans la cabine, m'étalant sur le divan et délaçant mon corset.

— Ses Majestés, le roi et la reine, souhaiteraient vous parler à votre arrivée, Vos Altesses, nous avertit le valet.

Estæbann le remercie dans un grognement avant de

claquer la porte derrière lui. L'obscurité nous envahit, mais la flamme de notre désir réchauffe la voiture. Le claquement des sabots retentit au-dehors, au moment où mon prince s'agenouille entre mes cuisses. Il n'attend pas que je termine d'ôter ma robe. Les seins à découvert, il tire sur ma jupe pour la soulever jusqu'à ma taille et agripper mes fesses.

— Si je te lèche, je veux que tu cries. Que tout le monde tremble et que le royaume tout entier sache combien tu aimes ça.

— Terriblement embarrassant, commenté-je.

— Je te mets au défi de te retenir.

— Bonne chance, le provoqué-je.

Mais sa langue se pose déjà sur mes lèvres et ma voix s'étrangle dans ma gorge. Deux de ses doigts me pénètrent alors qu'il réchauffe de son souffle mon clitoris. Ses baisers m'arrachent des tremblements brusques. Et plus je gesticule, plus il s'en amuse. Plus il rit, plus mon corps s'embrase. Sa bouche me fait l'amour. Ma main plonge dans ses cheveux bruns et mes cuisses se resserrent autour de sa tête. La vision de son visage contre mon intimité incendie mes veines. Mon cœur s'affole, gronde. Il fait rage dans ma poitrine. Même la brise fraîche qui transperce les parois de la diligence ne suffit pas à me donner froid. Mes tétons pointent, ma peau se couvre de chair de poule, mes jambes chancellent, perdent leur force, mes poumons se compressent et mon âme hurle.

— Prends-moi, Estæbann.

— À vos ordres, ma reine.

Il agrippe ma taille, m'attire vers lui et me retourne. Un juron s'envole hors de ma gorge. Le buste écrasé contre les coussins du divan, les genoux plaqués au sol, je lui fais une place entre mes chairs humides, palpitantes, et gémis en le sentant me pénétrer. Il glisse en moi sans effort. Mes fesses cognent durement son aine.

— Je pourrais vivre ici si tes pouvoirs n'étaient pas plus puissants que les miens, me chuchote-t-il.

— Alors, dépêche-toi de devenir plus fort.

Il rit et accélère, galvanisé par ma pique.

— Pourquoi avez-vous l'air… êtes-vous si… débraillés ? bredouille Cassiānn.

— À ton avis, crache Estæbann. Une partie d'échecs déchire aussi bien les boutons ?

— Estæbann, le réprimande Dianeilis de Zuria, un sourire amusé aux coins des lèvres.

— Mère, il se joue de moi ! Ça n'a rien d'amusant !

— Préféreriez-vous qu'il vous tue, mon fils ?

— C'est un sort qui me pend au nez, déclare Cassiānn, désinvolte. Je l'ai accepté.

— Parfait, alors, on peut en finir dès maintenant ?

Estæbann s'avance, décidé. Je pose une main sur son torse pour l'arrêter.

— La cohabitation est difficile, nous l'avons compris, soupire Reinhan de Zuria en faisant reculer son fils aîné.

— Heureusement, on est dans une maison assez grande pour pouvoir s'éviter sans problème, complète la reine.

— Rien n'est assez grand pour le protéger de moi, affirmé-je en souriant.

Les deux majestés et leur héritier soupirent. Le prince cadet ricane. Son rire s'étrangle quand il me voit sortir mes deux peluches de ma sacoche. Il grommelle, mais je le tire déjà en direction des couloirs pour regagner notre chambre.

— Pourquoi ne les as-tu pas brûlés ?

— Parce que je les aime. Si tu comptes t'en débarrasser, je te coupe les bourses.

Son hoquet de stupeur résonne avec le claquement de la porte.

— Sorcière ! s'offusque-t-il.

Quatre ans.

Quatre ans se sont écoulés depuis qu'Estæbann a pris la décision de régner. De vivre au palais. Pour me sauver et sauver le monde. Notre peuple. Notre Déesse. Tous les Dieux de la Genèse.

Quatre ans.

Une décision qui l'a logé dans la résidence de son persécuteur. *Son bourreau, son propre frère.* Il ne porte la couronne que parce qu'il est né pour elle, mais sa famille n'est pas celle qui se trouve ici, avec nous, dans la salle du trône. Bien qu'il se soit pris d'affection pour Dianeilis de Zuria, elle n'est pas sa mère et ne le sera jamais. Sa famille… *Notre* famille, c'est Vaheem, Edlena, Aria, Marlhann, les habitants du village perdu devenus l'équipage du Reidhrivein.

Sova Arsen…

Et Nehõo…

Sova demeurera la mère qu'il n'a jamais eue ; sa mère dans son cœur. Et Nehõo, son frère. Rien ni personne ne pourra le changer ou les détrôner. Pas même le poids du gouvernement, de la richesse ou de la gloire.

Estæbann est à sa place. Sur l'estrade royale. Et il attend son heure. Celle où il règnera, où il sera proclamé roi. Parce que c'est à lui que le monde doit appartenir. À l'homme pour qui le cœur de Zuria bat dans *ma* poitrine.

« Je suis né pour être roi.
Elle pour être ma reine. »

— Estæbann de Zuria.

L'envol de l'Oiseau de Sang

Aujourd'hui vient la potence
Aujourd'hui, sonne l'audience

Le capitaine, la légende et leur sang
Ont bravé les mers des huit royaumes
Ont résisté à huit siècles de haine
Ont noyé les cœurs des hommes
Le capitaine, la légende et leur sang

Aujourd'hui vient la potence
Aujourd'hui, sonne l'audience

Le capitaine, la légende et leur sang
Ont vengé leurs âmes maudites
Ont détruit les mondes qui les détestent
Le capitaine, la légende et leur sang
Maintenant, ils quittent le navire

Aujourd'hui vient la potence
Aujourd'hui, sonne l'audience

Levez les yeux, les gars
Levez les yeux et affrontez
La mort est à vos portes
Levez les yeux et affrontez

Aujourd'hui vient la potence
Aujourd'hui, sonne l'audience

Regardez le capitaine
Levez les yeux, les gars
Regardez la légende
Levez les yeux et affrontez
Regardez leur sang
Regardez leur sang se propager à vos pieds

Aujourd'hui vient la potence
Aujourd'hui, sonne l'audience
L'envol de l'Oiseau de Sang

REMERCIEMENTS

Cette romantasy était un véritable challenge. C'est l'histoire que je rêvais d'écrire depuis plusieurs années. Pas tellement parce qu'elle me hantait, mais parce que j'avais vraiment envie d'inscrire mes romances et mes valeurs dans un univers qui, lui, m'accompagne depuis toujours dans mon esprit et dans mon cœur. Ce monde imaginaire que je me suis créé, très – trop – tôt pour échapper à la réalité tout en la confrontant. Aujourd'hui, je vous le partage. Au moins un bout. Ce n'est qu'une pièce de ZATLOVIA, mais j'ai soulevé un pan du rideau pour vous et j'espère que vous avez apprécié ce premier spectacle ; ce premier voyage avec Riham, Estæbann et leurs collègues (autant les bons que les mauvais).

Un voyage qui n'aurait peut-être pas dépassé les frontières de mon ordinateur sans certaines personnes…

Avant tout, j'aimerais remercier l'équipe Celeste pour m'avoir permis de confier cette part de moi à un monde plus grand. Tout particulièrement Eugénie et Charlotte. Merci pour les belles surprises que vous m'avez annoncées pour la sortie de ce livre et que je vais vivre à vos côtés. Merci pour votre confiance et pour vos mots rassurants, encourageants et enrichissants. Un merci tout spécial à Eugénie : tu incarnes l'éditrice avec qui j'ai toujours rêvé de travailler, je t'ai déjà dit l'essentiel, mais merci pour tes mots, ta bienveillance, ton soutien et tes remarques. C'est une grande chance de vous connaître toutes les deux et de compter parmi les auteur.ice.s de cette belle maison d'édition.

Un merci reconnaissant à Aria, l'une de mes plus précieuses amies, qui m'a accompagnée sur ce projet en lisant son premier jet et en me donnant son avis détaillé pour que je puisse le retravailler et le rendre plus abouti. Merci pour tes conseils et tes corrections. Je m'estime chanceuse de t'avoir dans ma vie.

Je ne cesserai jamais de remercier ma binôme de toujours dans ce monde livresque : Hajar Bennani. Une autrice de talent, une amie incroyable. Merci de croire en moi autant que je crois en toi depuis le premier jour. Sans toi, ma vie d'autrice ne serait certainement pas la même. Tu es une grande source de motivation et de détermination. Merci d'être toujours présente pour moi, mes angoisses, mes personnages, les incohérences de mes premiers jets… tu es un véritable pilier.

Merci également à Emma pour le soutien indéfectible. Merci de te réjouir autant de tes réussites que des miennes. Merci de pleurer autant pour tes déceptions que pour les miennes. Merci d'être là, tout simplement, tu es si chère à mon quotidien. Que ce soit dans le monde du livre ou à l'extérieur. Ça compte tellement pour moi. Et j'espère chaque jour te rendre la pareille.

Un immense merci à Anne-Sophie (@anajazart sur Instagram), pour avoir réalisé de magnifiques illustrations de

Riham et Estæbann (et pas seulement, mais le reste est encore secret) et pour avoir aimé donner vie à mon univers ainsi que mes personnages à travers ton art. Je suis toujours en admiration devant ton talent et ta bienveillance. Merci pour tes vocaux à mourir de rire, ton amitié, nos échanges dramatiques sur notre meilleure ennemie : l'anxiété, ta spontanéité hilarante… bref, merci pour tout. Tu es un véritable rayon de soleil dans ma vie !

Un merci un peu particulier à Adélaïde. À vrai dire, je ne sais pas vraiment pourquoi je tiens à vous mentionner ici, dans ce roman, alors qu'il y en a d'autres où cela aurait davantage de sens pour vous, mais merci. Merci pour votre soutien depuis toutes ces années. Il est difficile de rencontrer un ou une thérapeute avec qui une connexion se crée. Vous êtes l'une des perles rares que j'ai eu la chance de croiser. Je vous ai confié ma safe place, liée à cet univers, et depuis, le monde de ZATLOVIA, malgré ses drames, se confirme comme une véritable bouffée d'oxygène au-delà de mon esprit.

Merci à ma marraine, Émilie. Tu lis chacun de mes livres et tu as ton petit coin dans ta bibliothèque, réservé pour mes histoires, ça me touche tellement. Merci d'être là, même à des centaines de kilomètres de moi.

Merci aux membres de ma famille qui me soutiennent et qui sont toujours là. Merci à mes parents de croire en moi au moins un samedi par mois (je vous entends tous les deux vous offusquer en lisant cette phrase : apaisez vos cœurs, je vous aime). Maman, tu auras de nombreuses lectures pour ta retraite ! J'espère que tu trouveras le temps de tout lire en gérant ton futur potager de 1000 m 2. Papa, ça me fera toujours rire de me dire que tu me voles tous mes goodies pour les afficher dans ton bureau au travail, mais que les seules choses que tu lis de mes livres sont la dédicace personnalisée et la dernière page.

Un merci un peu dépité, mais empli d'amour, à ma Yuumi. Un petit être fait de poils et de miaou qui est adorable environ une heure par jour. Nombre de fois, j'ai cru m'étouffer avec mes cris en voyant les suppressions, les ajouts incompréhensibles et les bugs de MEP que tes gracieuses – satanées – pattes ont semé sur mon document. Malgré les sueurs froides, je suis accro à tes ronrons quand je travaille, alors j'espère que tu reviendras m'embêter pour tous mes autres romans, juste… par pitié, ne supprime plus un fichier complet, merci.

Enfin, merci à toi, cher.ère lecteur.ice. Merci d'avoir choisi mon livre. Merci de lui avoir donné une chance, une opportunité de te convaincre ou de te faire voyager à travers son univers. Ton soutien, tes mots et ta bienveillance sauront toujours toucher mon âme d'autrice sensible. Merci à toi qui es là depuis longtemps ou à toi qui me découvres avec ce roman. Merci à toi qui continues de me suivre et à toi qui décides peut-être de m'accompagner à partir de ce livre. Merci d'être présent.e. N'hésite pas à m'écrire sur Instagram pour échanger avec moi sur ta lecture ou simplement pour discuter : @juliethomieres_autrice et si tu souhaites m'aider à parler de cette histoire, je t'invite à partager ton avis sur les plateformes en ligne <3

Merci de tout cœur !

BIOGRAPHIE

Julie Thomières est autrice de romances, correctrice-relectrice et rêveuse à temps plein.

Passionnée par les mots et les émotions, c'est tout naturellement que l'écriture s'est imposée à elle durant l'enfance. Ses livres et les univers qu'elle construit, au-delà de former son refuge, sont porteurs de ses valeurs, de ses messages et de ses combats.

Hypersensible et engagée, elle aborde des sujets intimes avec bienveillance, comme la santé mentale, les maladies gynécologiques et les violences sexuelles.

En dehors de la sphère livresque, elle est animée par son amour pour le rugby, la natation et la culture thaïlandaise. Quand elle n'écrit ou ne travaille pas, ce sont les T-dramas et K-dramas, ou la T-pop et la K-pop, qui rythment son quotidien.

Ce livre est imprimé sur un papier composé de fibres naturelles, renouvelables, recyclables et fabriquées à partir de bois provenant de forêts gérées durablement.